Sur l'auteur

Salvatore Scibona est né à Cleveland dans l'Ohio. Il a étudié la philosophie et les mathématiques à Santa Fe (Nouveau-Mexique) et est diplômé du master de création littéraire de l'Iowa Writers' Workshop. Après *La Fin*, *Le Volontaire* est son deuxième roman paru aux éditions Christian Bourgois.

SALVATORE SCIBONA

LE VOLONTAIRE

Traduit de l'anglais (États-Unis)
par Éric Chédaille

10/18

CHRISTIAN BOURGOIS ÉDITEUR

Titre original :
The Volunteer

Édition originale publiée par Penguin Press
Droits de traduction gérés par l'agence Anna Jarota
et par The Clegg Agency, Inc, USA.

ISBN 978-2-264-07780-6
Dépôt légal : janvier 2021

À Jennifer Sprague et Philip LeCuyer

Je ne suis personne ! Et toi ?
N'es-tu – personne – non plus ?

EMILY DICKINSON

HAMBOURG

2010

Le garçonnet portait une parka noire, une casquette de ski assortie, un jean et des tennis. Il paraissait avoir dans les cinq ans et il pleurait.

Engoncé dans sa doudoune, les bras ballants, il se tenait à proximité de la porte C3 de l'aéroport de Hambourg-Fuhlsbüttel. Il parlait entre ses sanglots – sans crier ni geindre, il parlait aux hôtesses qui se succédaient auprès de lui, et aucune ne parvenait à déterminer en quelle langue il s'exprimait. Cela ressemblait à du polonais. Au dialecte embrouillé d'une bourgade que dix empires avaient successivement prise en chemin.

Moins d'une heure plus tôt, un avion d'airBaltic avait déversé ses passagers par une porte voisine. Attendu que ce vol arrivait de Riga, peut-être était-ce le letton que parlait cet enfant. Mais quand il se matérialisa devant ce comptoir C3, l'appareil en question avait déjà quitté le terminal et il ne restait plus aucun membre du personnel d'airBaltic à la porte ni nulle part ailleurs dans le hall. Les yeux levés vers les employés assis derrière leurs pupitres, l'enfant exposait son cas de façon inintelligible sous le regard médusé de deux cents voyageurs qui attendaient le vol 531 de la Lufthansa à destination d'Amsterdam.

Peut-être était-ce du lituanien.

Le petit garçon cessa bientôt de prononcer des paroles articulées, se bornant à tendre le doigt vers les portes C1 et C2. Mais son accompagnateur, qu'une demi-douzaine d'employés et de clients de la Lufthansa se mirent à chercher dans les cabines fumeurs et les toilettes, et que les haut-parleurs invitèrent en allemand à se présenter sur les lieux, restait introuvable dans cette extrémité du hall.

« *Je m'appelle Laurence. Comment t'appelles-tu ?*[1] »

« *Ich heiße Elisabeth. Wie heißt du ?* »

Nul ne parvenait à lui soutirer quelque chose qui ressemblât à un prénom. Et certaines des grandes personnes qui l'entouraient commençaient à penser que toute cette sollicitude ne faisait qu'accentuer sa détresse. Leurs questions obtenaient toujours moins de réactions de sa part.

Une infirmière du Kazakhstan s'agenouilla près de lui, lui caressa les cheveux, mais il continuait à pleurer. Son vêtement n'était guère à sa taille, avec des manches qui lui arrivaient à peine aux poignets. Des morceaux de bourre dépassaient de déchirures dans le Nylon que quelqu'un avait tâché de réparer avec du ruban adhésif. Une employée de la Lufthansa – dont l'âge (autour de soixante ans) et la coiffure élaborée parcourue de mèches faisaient une personne d'autorité – essaya l'anglais, le russe et le néerlandais afin d'obtenir un nom. Cependant, l'infirmière kazakhe pensait que le garçon *savait* qu'on lui demandait son nom et que, dans le cauchemar de ce qu'il vivait présentement, le fait de le taire était la seule chose qui le retenait au

1. En français dans le texte. (*Toutes les notes sont du traducteur.*)

bord du gouffre où il risquait de tomber. Il tendit un index recourbé vers le labyrinthe de l'aéroport comme s'il se demandait où il avait pu emprunter une mauvaise direction. Il laissa l'infirmière prendre sa main poissée de morve. Il les emmena, elle et l'employée, le long du hall grouillant de monde.

Un jeune Américain, qui se présenta comme ambulancier, demanda : « Est-ce qu'il voudrait respirer dans ce ballon ? *Quieres hablar conmigo, hermano ?* »

L'employée lui répondit d'un ton catégorique : « Non, il est *Estländer.* » Ce qui n'était que supposition de sa part.

Le haut-parleur répéta en anglais : « Terminal 1, un enfant aux objets trouvés », tandis que le garçonnet traçait son chemin, incongru, tel un corps automatisé programmé pour un but précis, et dont, en y collant l'oreille, on aurait pu entendre les rouages s'engrener. Cependant, sous sa casquette cabossée, son visage était tordu par des reniflements et des clignements spasmodiques. Sa poitrine se soulevait sous la petite parka. Jugeant qu'il devait avoir terriblement chaud, l'infirmière voulut baisser la fermeture Éclair. Mais il se détourna dès qu'elle le toucha. Incroyable que sa tête pût contenir autant de liquide : il pleurait depuis si longtemps et sans avoir rien bu. Les deux femmes l'emmenèrent aux toilettes pour dames afin d'y prendre des serviettes en papier.

Quand ils ressortirent, il refusa que l'une ou l'autre lui donne la main. Chaque fois qu'elles faisaient une tentative, il s'écartait vivement. Il désignait telle direction, puis telle autre, et elles finirent par comprendre qu'il ne cherchait nullement à revenir sur ses pas. Il allait à l'aveuglette dans un labyrinthe. En quête d'un parent. Et il ne voulait pas de l'aide de ces deux inconnues. Il espérait néanmoins qu'elles resteraient à portée.

À côté du snack-bar, une Hollandaise, assise sur son sac posé à terre – toutes les chaises étaient occupées –, observait le garçonnet arpenter le hall de long en large, suivi par les deux femmes. Elle portait un manteau bleu en polyester, un chemisier en soie et des chaussures de jogging.

Tombée elle aussi dans le piège, elle ne quittait pas le garçon du regard, un regard aussi fervent qu'écarquillé. Mais à la différence des autres, elle avait les mains agrippées à son sac, comme pour empêcher son corps de se lever. Elle regardait. Regardait.

Elle avait les cheveux rasés sur un côté. Le reste était blanc.

Le squelette d'Elroy Heflin n'avait pris ses deux derniers centimètres qu'à l'époque de sa sortie de la prison de Los Lunas, l'année de ses vingt et un ans. S'ensuivirent deux années passées à arpenter l'asphalte surchauffé du Kansas, du Nebraska et du Maine ; à mettre en rayon des boîtes de céréales dans des supérettes ; à revendre de l'héroïne, de la meth ; à en consommer ; à dormir dans des refuges de nuit ou bien dans la rue ; la bise coupante, chargée d'humidité, qui vous pénètre comme s'insinue le Malin ; l'arrêt brutal de la drogue, sans méthadone, sans protocole ; de multiples infections résistantes aux antibiotiques résultant de contusions au cuir chevelu ; cheminant d'un pas chancelant dans la neige en direction d'un refuge ménagé dans une église, où, sur un seuil mal éclairé, une corpulente silhouette lève les mains comme pour une bénédiction, prenant la forme de son père dans son esprit altéré par l'alcool – l'espoir y inscrit même le visage du vieux – jusqu'à ce que l'apparition se résolve en un vigile à trogne rose qui lui lance : « Tu entreras ici quand tu auras dessoûlé », avant de le repousser dans la nuit ; sur quoi Elroy lui décoche son poing en plein visage, une plaie à l'œil et au nez de ce fumier, du sang sur le verglas comme une provocation qui le pousse à appliquer des coups de pied dans le corps du porcelet après sa chute, lui arrachant couinements et suppliques, lui gueulant : « Je rentrerai si je veux, personne m'en empêchera » ; épisode suivi d'un second séjour en prison, plus prolongé celui-là, avant qu'il s'enrôle dans l'armée, qu'il y ait chaque soir un lit où dormir et que les véritables emmerdements finissent par lui tomber dessus.

Peu de temps après, il se vit affecter au sein d'un service de coopération en matière de défense, office rattaché à l'ambassade des États-Unis à Riga, en Lettonie, un pays qui se préparait à intégrer l'Otan. Ce fut une période géniale. Tout le monde était logé dans un hôtel trois étoiles – un palais du XVIIIe siècle rénové de fraîche date grâce à des capitaux suédois – que l'Armée rouge avait utilisé comme casernement durant cinquante ans.

Son commandant dînait de truite fumée sur du pain de seigle dans la salle à manger de l'hôtel. « J'ai l'intention de vous offrir des perspectives, dit-il. Vous êtes d'où, Heflin ?

— Du Nouveau-Mexique, monsieur.

— Asseyez-vous. D'où ça, Albuquerque ?

— De Las Cruces, monsieur, un endroit qui s'appelle Ramah, un coin paumé à l'ouest de Vado, dans le comté de Doña Ana. »

La table était dressée pour des convives du genre de ceux qui n'avaient jamais à faire la plonge.

Sept couverts en argent, cinq assiettes en porcelaine, une nappe en lin, quatre verres de formes diverses disposés de front, étincelants, vides, avec un reflet bleu.

Le commandant se servit du café. « Imaginez une base russe en plein centre d'Albuquerque. Des gars de la campagne en uniforme russe sont en train de déjeuner au Lotaburger. Vous êtes l'un d'eux. Votre camp a gagné la guerre froide sans brûler une cartouche. Comment vous sentez-vous ?

— Je suis rudement fier, monsieur.

— Et vous pouvez. Mais vous feriez mieux de ne pas le montrer. »

Les filles du coin allaient commencer à s'habiller de façon provocante, expliqua le commandant. Il revenait à Elroy d'empêcher les nouvelles recrues de se monter le bourrichon. Du fait de son âge, les jeunes soldats suivraient probablement son exemple. Pour eux, les toilettes affriolantes des filles voudraient dire : Emmène-moi faire un tour. Pour elles, elles voulaient dire : C'est comme ça que s'habille une authentique Européenne, non ? Aussi, bas les pattes. Les gars n'étaient cantonnés là que pour huit mois. Les jeunes Lettonnes, elles, ne pensaient qu'à se marier, comme toutes les filles.

Ce discours plut bien à Elroy. Il se dit qu'il était devenu le genre qu'on épouse. Au bout de deux mois, il fréquentait en douce une régulière. Le regard, un autre regard en retour, les travaux d'approche, tout s'était fait si facilement. Pas comme au pays. Il buvait un verre avec d'autres types dans un café de la vieille ville, dans une rue pavée tout juste assez large pour un cheval bien découplé. La serveuse leur apporta des fraises et des paninis qu'ils n'avaient pas commandés. Elle voulait exercer son anglais.

Au lit elle lui demanda : « Comment ça se fait que tu aimes autant mon oreille ? »

Son oreille avait un drôle de goût. Elle ne se fatiguait pas trop à la laver. Il avait ainsi un petit bout d'URSS en bouche. Cela avait un goût de sueur, de sébum et de parfum citronné.

« Il y a vingt ans, dit-il, on m'aurait envoyé ici pour te violer et mettre le feu à ta maison.

— C'est idiot, dit-elle tout en feuilletant un magazine de voyages. On n'avait pas de maison. »

Se réveillant dans le studio de la demoiselle, il la trouva occupée à lui cirer ses chaussures, leur crachant dessus et les frottant avec une vieille chaussette. Plus d'une fois elle lui proposa de s'occuper de son linge. Non merci, répondait-il. Il répugnait à l'idée qu'une femme manipule ses sous-vêtements sales, qu'elle sente ses odeurs et sécrétions.

Un vent froid et humide, puis de la neige fondue. Un dimanche. Il acheta deux parapluies. Ils se promenèrent dans le quartier Art nouveau et elle lui montra les faciès torturés sculptés sur la corniche de la faculté de droit. Ils se retrouvèrent dans une église catholique au moment de la messe et prirent un malin plaisir à communier, nonobstant le sport de la veille. Il ne savait pas ce que racontait le curé, même s'il en connaissait la teneur générale. Tous les offices religieux se ressemblaient. Les yeux levés vers les chauves-souris suspendues aux pièces de charpente, il s'entretint avec le Dieu du lieu. Il demanda à son amie s'il pouvait rencontrer ses parents, mais ceux-ci étaient morts.

Elle se prénommait Evija.

Il fut tenté de lui suggérer de se montrer plus conservatrice en matière de maquillage ; mais il était respectueux des autres cultures. Sa période d'affectation n'était pas arrivée à son terme qu'il l'avait engrossée. Il voulut se marier, mais elle n'était pas encore prête. Et c'est ainsi que, par un subséquent enchaînement de décisions tactiques, chacune raisonnable en soi mais non pas guidée par une vision stratégique, il se retrouva cinq ans plus tard, alors que cantonné dans le nord de l'Afghanistan, en train de virer le tiers de sa solde à une banque de l'ancienne Union soviétique pour l'entretien d'un garçon qu'il ne parvenait à voir que deux fois l'an. Pendant ce temps, Evija sortait avec un pédé théâtreux russe et lui envoyait des courriels pour lui demander s'il était possible d'avoir son numéro de carte de crédit. Elle voulait emmener le petit en croisière pour visiter la Norvège. Il sollicita le conseil de son nouveau chef de section – pour une fois un homme avec de la bouteille et autant de jugement que d'expérience. Était-ce bien la chose à faire ? Et si quelqu'un interceptait le message et se procurait son code ?

« Une foutue croisière, dites-vous, caporal Heflin ? » lui rétorqua son supérieur.

Elroy répondit par courriel qu'il ne paierait pas pour la croisière. À la suite de quoi il n'eut plus de nouvelles d'elle pendant quelques mois. Afin de lui forcer la main, il cessa d'envoyer de l'argent. Plus tard, lors d'une permission au Nouveau-Mexique, il reçut un message d'Evija : en raison de circonstances personnelles, elle partait vivre en Espagne ; elle ne pouvait emmener l'enfant ; sa famille ne pouvait s'en charger ; cela ne laissait plus que lui, Elroy ; quand viendrait-il chercher Janis, son fils ; et désolée de le bousculer, mais dans le courant du mois ?

L'armée venait de l'élever au grade de sergent. Il était devenu plus résolu, plus intraitable. Il était présentement assis, en train de manger une prune devant l'ordinateur dans l'appartement de son père retraité à la périphérie de Los Alamos. Le fruit avait explosé entre ses dents, du jus éclaboussant sa chemise. Il n'en remarqua rien. Il versait des larmes – de quoi ? De gratitude ? Il voulait, oui, qu'il s'agisse de larmes de gratitude. Puis il se prit à rire à gorge déployée. « Ben merde alors », dit-il à l'adresse de l'écran lumineux.

Deux jours plus tard – sans savoir clairement qui s'occuperait de Janis quand il serait redéployé, sans s'être renseigné sur le statut d'immigrant de l'enfant et sans même avoir prévu un matelas gonflable à son intention –, Elroy était assis dans un café de la rue Stabu où Evija et lui avaient jadis eu leurs habitudes. Blond, les yeux petits, il avait le type du parfait autochtone, si bien que la serveuse jeta la carte sur la table tout en lâchant une tirade en letton. Il répondit d'une phrase qu'Evija lui avait appris à énoncer clairement : « J'ai besoin d'un moment pour réfléchir, merci. »

Evija allait entrer avec le petit. Que se passerait-il ensuite ? Il n'en avait pas la moindre idée.

L'endroit écarté qu'il avait choisi lui offrait une vue sur le vestibule vitré par où entraient les clients, tout en le protégeant des regards indiscrets de la salle. Si jamais ses sentiments devaient se donner libre cours, qu'il en soit ainsi ; mais il n'était pas nécessaire que la galerie en profite. Immobile, les mains croisées sous la table, il attendait. Depuis son décollage du Nouveau-Mexique, il n'avait dormi dans aucun des avions ni aucun des aéroports. Il avait le visage marqué de petites rougeurs, les yeux desséchés par l'atmosphère des cabines. Il n'avait certes aucune envie de se donner en spectacle ; mais si jamais ses émotions en venaient à jaillir de la base de son cerveau pour se mettre à ricocher sous son crâne, cela faisait-il vraiment de lui un enfant de vouloir qu'une femme se tienne auprès de lui sans détourner le regard ?

Il consulta sa montre. Il avait envisagé de la soudoyer avec des fleurs ; mais ce qu'il attendait d'elle, quoi que ce pût être, ne se pouvait acheter. Et il n'en voulait pas si elle ne le lui offrait pas spontanément. D'un doigt pointé sur la carte, il commanda un verre d'eau gazeuse. Quand il fut servi, il se pencha derrière un ficus en pot pour se verser un peu d'eau au creux de la main et s'en frictionner les yeux et l'arrière des oreilles. Après quoi il se redressa, en possession de lui-même, confiant.

Chaque fois qu'il était venu séjourner avec Evija et le petit, il avait trouvé Riga plus propre, plus prospère, avec des automobiles plus récentes. Quand il était là, le Russe ne se montrait pas. Evija lui assurait qu'il s'agissait d'un banal homosexuel qui avait besoin d'une bonne amie pour sauver les apparences, et qu'elle ne l'avait jamais embrassé sur la bouche.

Elle cuisinait des croquettes de pommes de terre pour Elroy et leur fils. Ce dernier détestait la crème fermentée, la compote de pommes ainsi que tout ce qu'on lui présentait pour un condiment. Ainsi des idiosyncrasies qui s'enracinent en chacun de nous. Enfant, Elroy avait toujours préféré dormir sous un drap tendu à lui ployer les orteils. Cette préférence l'avait conduit à trouver du réconfort dans les rigueurs de la formation militaire – on vous brise pour vous reconstruire plus prompt, plus dur – et il s'était découvert un talent pour la destruction, un talent pour l'oubli. Et par la suite, un talent pour répondre à l'impulsion homicide.

Chez Evija, ils avaient coutume de prendre leurs repas sur le balcon. Elle l'appelait « notre coin », en y incluant Elroy et Janis. Elle avait enseigné l'anglais au petit et en faisait exclusivement usage quand son père était là, de sorte qu'il pût pratiquer cette langue. Ses deux parents convenaient que son anglais était trop hésitant. Comme se conformant à quelque règle personnelle, il ne le parlait qu'à eux deux et toujours en rougissant.

Elroy était en train de commander une assiette de foies de volaille lorsqu'une vieille femme franchit le vestibule en s'adressant durement à ce qui semblait être un chien, venant à sa suite, encore masqué par les tables.

La serveuse repartit. La vieille examina une photo, puis balaya la salle du regard. Elroy se jeta à couvert.

Son postérieur resta posé sur la chaise, mais il avait les mains en appui sur le sol, la tête sous la table. Le plancher luisait de vernis. Il pouvait à peine respirer. C'était comme s'il avait vu quelque chose sans l'avoir encore identifié. Comme on écarte vivement la main d'un poêlon surchauffé avant même de ressentir la brûlure. Il avait abattu entre quatre et sept insurgés ennemis sans jamais éprouver la peur irréfléchie de l'instant.

Prenant sur lui, il se redressa. La femme regardait alentour tout en rajustant son châle effiloché. Le chien en question n'était autre que Janis, qui bataillait pour faire franchir le seuil à un sac de voyage à roulettes bien trop grand pour lui.

Elroy agita la main tout en disant « Madame ? » en letton.

Evija ne s'était pas déplacée. Elle avait dépêché cette sorcière en guise d'émissaire. Il la reconnaissait, à présent : il s'agissait de sa concierge.

S'il n'avait tenu qu'à cette femme et à Janis, la transaction aurait pris quinze secondes. Elle regarda la photo – de Janis et Elroy quasi nus sur la plage de Jurmala l'année précédente – et dit au garçon d'aller s'asseoir. Mais il avait déjà fait un mouvement vers son père et se juchait à présent sur la chaise voisine.

Janis dit en letton à la vieille qu'elle pouvait s'en aller – la formule dont usait Evija pour l'autoriser à sortir de table. Mais Elroy attendait de cette femme qu'elle lui dise quoi faire. « Vous n'avez rien à me remettre ? » demanda-t-il.

Elle fit la leçon à Janis, qui hocha la tête. À l'invite de son père, il traduisit dans un murmure qu'elle lui recommandait de prendre grand soin des papiers rangés dans le sac.

Elroy regardait la vieille s'en aller. Il sentit quelque chose de chaud sur sa cuisse. C'était la main gauche de Janis. De l'autre, le petit feuilletait la carte pour examiner les photos des différents plats proposés. Elroy annula sa commande de foies de volaille et ils partirent sans avoir mangé.

Ils prirent un bus pour se rendre à l'aéroport. Il boucla Janis sur son siège à bord du vol pour Hambourg.

Il avait apporté du Nouveau-Mexique un album à colorier et un pastel. Le garçonnet referma les doigts autour de ce dernier. Elroy lui recommanda de ne pas appuyer trop fortement sur le papier. Quelques instants plus tard, le bâtonnet se brisa en plusieurs morceaux. Janis leva des yeux apeurés, sa bouche tremblait, comme s'il redoutait une correction.

Sitôt qu'ils furent descendus d'avion à Hambourg, Elroy l'emmena dans un compartiment des toilettes pour hommes et lui fourra de l'argent dans la poche de son manteau.

« Je ne voulais pas casser le crayon, dit le petit. Je regrette.

— Où est-ce que tu gardes ma montre ? » lui demanda Elroy tout en recollant l'adhésif fatigué sur les déchirures de la parka. Il lui fallait un moment pour passer les choses en revue. Il avait besoin de dix, quinze minutes. Il voulait acheter un livre sur le métier de parent. Il devait dresser une liste de courses, par exemple des céréales, voir pour l'assurance santé, se procurer des antihistaminiques. Le petit faisait une allergie aux phanères, or la maison était pleine de poils de chien, celui du père d'Elroy. Il avait besoin de passer un moment en coulisses, loin du regard de son garçon, de sorte à pouvoir ensuite lui donner l'impression qu'il savait ce qu'il faisait. Il avait besoin d'un bloc-notes et d'un stylo.

« Je garde la montre dans ma poche de pantalon, dit le petit. Je suis désolé.

— Répète encore une fois que tu es désolé, et je te donnerai une bonne raison de l'être. »

Janis, assis sur le couvercle, leva les yeux.

« C'est ça, pleure, dit Elroy. À quelle heure est-ce que je viens te chercher ? »

L'enfant leva pouce et index. « À deux heures. »

Elroy ressortit du compartiment en lui ordonnant de s'enfermer. Il entendit un bruissement de vêtements, puis la manœuvre du loquet. Il quitta les toilettes, attentif à conserver une allure modérée au milieu de la foule insensée des Européens qui fonçaient vers lui ou le dépassaient. Le hall empestait l'huile de friture brûlée. Il s'éloigna en direction du terminal 2, remorquant derrière lui son sac et celui du garçon. Les roulettes ébréchées du plus petit des deux l'exaspéraient car elles le faisaient sans cesse basculer sur le côté. Il ramena à lui le bagage le plus lourd et le souleva par sa barre de traction, qui ne s'escamotait pas. Il perdit cinq minutes à seulement chercher une horloge, cela sans cesser de s'éloigner des toilettes où attendait Janis.

Toujours en vue de réfléchir, il lui fallait acheter de quoi écrire. Il perdit dix minutes de plus au terminal 2 à chercher une papeterie. Quand enfin il en trouva une, il s'aperçut qu'il avait, pour une raison qui lui échappait, laissé tout son argent dans la poche du gosse. Pourquoi lui avoir laissé autant d'argent ? Il l'ignorait. Et voilà à présent que la caissière, qui aurait accepté des dollars s'il en avait eu, refusait sa carte de crédit pour un achat aussi modique. Le haut-parleur fit une annonce en allemand, quelque chose comme : Il y a une crèche pour les enfants à l'une des portes C. Elroy était en train d'exécuter un plan, manifestement de sa propre conception, et cependant il n'en connaissait pas l'objectif. L'embarquement de sa correspondance pour Londres débuterait dans trois minutes. Il était déjà plus de quatorze heures. Il rebroussa chemin en direction des toilettes du terminal 1 dans l'intention de récupérer un peu de son argent, d'acheter un crayon et du papier, de se poser un moment pour faire le point, de retourner chercher Janis et de se présenter à la porte d'embarquement à temps pour le dernier appel. Il allait devoir établir un programme concernant la garderie, le catéchisme, le coiffeur. À quoi pensait-il donc en confiant tout son liquide au petit ? Le haut-parleur annonça en anglais quelque chose comme : Il y a au terminal 1 un bureau des objets perdus. Quelque chose y attendait son propriétaire. Il s'immobilisa pour écouter.

Avec d'inexorables battements sourds, un escalier mécanique emportait au niveau inférieur des passagers fraîchement débarqués.

Il fit demi-tour. Repartant vers la porte du vol pour Londres, traînant toujours les sacs à sa suite. Pareil à un navire en évitage autour de son ancre. Le vent s'en empare. De l'eau tout autour. Il faut un moment pour s'apercevoir que l'on pointe dans la mauvaise direction.

Janis était assis dans une petite pièce, un bureau quelque part au cœur de l'aéroport. Trois aimables Allemands l'entouraient, qui lui parlaient sans élever la voix. Un chocolat chaud posé à côté de lui. Il savait qu'il se trouvait en Allemagne, il devait donc s'agir d'Allemands. Or, sur le compte de cette nation, il savait précisément une chose, une formule entendue à Riga de la bouche de l'ami comédien de sa mère : *L'Allemand peut sembler un brave type, mais il vaut mieux lui passer tout de suite la corde au cou.*

Ne pas se laisser abuser par leur chocolat.

Vas-y, pleure, lui avait dit son père. Et Janis y était allé de ses larmes.

Toutes les choses que les Allemands lui disaient paraissaient être des questions, avec une tonalité douce qui s'achevait sur un accent menaçant. Quelque chose comme : « *Flick flick, bok bok,* ACK ACK ACK *?* » Il jugeait préférable de ne pas répondre. Les plus gros chagrins qu'il avait connus dans la vie, comme de se voir refuser des Kit Kat ou de se retrouver isolé dans sa chambre avant la nuit pendant que les autres restaient debout aussi longtemps qu'ils le voulaient, lui étaient venus d'avoir dit quelque chose.

L'Allemagne se trouvait en Europe. La Lettonie, le pays de sa mère, était également en Europe. Il avait deux foyers : Riga avec sa mère et, bien qu'il n'y soit jamais allé, l'Amérique avec son père. L'Allemagne devait être quelque part entre les deux. Sa mère était en vacances et lui de même, mais « vacances » ne semblait pas le terme adéquat en ce qui le concernait, puisque la maison de son père, où il se rendait, était aussi sa maison à lui.

Papa allait arriver. Pour le dîner. D'une minute à l'autre, désormais. Aussi Janis avait-il intérêt à garder de la place. Il ne mangerait rien de ce qu'on lui servirait. Conformément aux instructions de papa, il était resté enfermé aux toilettes jusqu'à ce que la petite aiguille atteigne le deux. Puis il avait attendu encore un peu. Ensuite, ayant fourré la montre dans la poche de son pantalon, il était retourné à l'endroit où ils étaient descendus de l'avion. Il avait attendu là, mais papa ne s'était toujours pas présenté. Janis avait dû laisser échapper un point de détail de leur plan. Toutefois, l'approche du dîner était une loi immuable que ni lui ni son père ne pouvaient enfreindre même s'ils l'avaient voulu. Papa arriverait forcément pour l'heure du dîner. Tout tournait de travers, mais le dîner allait tout arranger.

Il aurait bien voulu avoir son album à colorier. Son père l'avait repris et mis dans le sac. Ce livre était dépourvu de texte, ce qui ne l'en rendait que meilleur. Janis, qui ne savait pas encore bien lire, n'aimait pas avoir le sentiment de rater quelque chose. C'était apparemment l'histoire d'un petit garçon qui nourrit et apprivoise un renard et reçoit en retour l'amitié de cet animal. Le livre n'avait pas de titre, ce qui permettait à Janis de lui en donner un et de nommer lui-même les personnages.

Il but une gorgée de chocolat pendant que les Allemands conféraient de leur côté. Il n'avait plus envie de pleurer, mais il en avait le droit. C'était une des instructions de son père : il avait le droit de pleurer.

Deux heures plus tard, Elroy se posait à Londres. Il débarqua, sortit de l'aéroport et monta dans un bus qui roulait du mauvais côté. Il découvrait là un autre des prodiges du monde – la conduite à gauche. On n'y croit pas tant qu'on n'y a pas assisté. Comme ces femmes qu'il avait vues flottant dans la rue à Koundouz, couvertes de bleu de la tête aux pieds, une dentelle à la place des yeux. Leur chef de section les avait mis en garde : *Gardez les yeux au sol.* On n'était pas censés les regarder. Mais Koundouz était une planète en soi, façon *Guerre des étoiles*. Genre : Comment un jeune comme moi fait-il pour traiter toutes ces informations ?

Il descendit du bus deux arrêts plus loin, se glissa derrière un groupe d'immeubles et balança cette saleté de petit sac dans une benne à ordures. Après quoi il calcula qu'il n'avait qu'à retourner du bon côté de la rue – tu vois, tout est allé à rebours ; peut-être que tu te plantes au départ pour ensuite tout remettre d'équerre – et, oui, un autre bus se présenta qui le ramena à l'aéroport.

Heathrow, terminal 5. Oblongue et lumineuse construction de verre et d'acier au milieu de pistes bitumées. Billets. Contrôle des bagages. Un panneau proscrivait expressément, entre autres articles, arbalètes, machettes, pinces, armes à feu, briquets en forme d'arme à feu, harpons et lance-pierres.

Ayant abandonné tout ce qu'il avait au tapis roulant et à son scanner, il passa sous le portique, épaules basses, respirant profondément. Le détecteur de métaux le recala dans un couinement, à la suite de quoi un préposé mafflu le conduisit au poste de dépistage secondaire – tout en lui demandant s'il avait un pacemaker, une prothèse de hanche, une broche crânienne – et lui désigna la cabine vitrée d'un détecteur de traces.

Elroy prit une longue inspiration. Parfois, on empruntait la mauvaise voie pour finalement se retrouver sur la bonne. Comme la fois où, avisant sur la chaussée, dans une rue d'un quartier désert de Koundouz, une protubérance avec la terre soigneusement dérangée alentour, il était tombé à genoux pour souffler dessus, faisant bientôt apparaître le plateau de pression. Il s'était relevé en vitesse. Personne en vue. Sans réfléchir, il s'était dit : Et puis merde, et avait donné un grand coup de pied dans la mine. Elle n'avait pas explosé. Un peu comme si Dieu lui avait dit : Je veux que tu vives, pauvre con. Et de toute la journée il n'avait eu peur de rien.

De toutes les directions, des buses serties dans les parois du portique crachaient de l'air sur lui, cependant que la machine reniflait l'espace en quête de cocaïne, PCP, héroïne ou méthamphétamine, et aussi de TNT, C-4 ou Semtex.

Une lumière verte se mit à clignoter et la cabine s'ouvrit devant lui. Un autre homme le mena à un scanner à rayons X. Il se posta devant un mur, mains levées, paumes ouvertes, pendant qu'une trame de radiations le parcourait sur toute sa hauteur. À la console, ne pouvant déterminer ce qui clochait chez lui, une morne Antillaise aux incisives couronnées d'or le laissa filer.

Dans la lumière de cet après-midi d'automne, il était assis au centre d'une rangée de fauteuils en similicuir derrière une enfilade de baies vitrées. Cette semaine-là, une couleur avait disparu de la lumière du jour, le jaune apparemment. Dans toute l'Europe, cette même lumière amoindrie. Et cela le ramenait à une époque d'amoncellements de feuilles mortes, de feuilles de peuplier coincées dans la ceinture de son slip. Montagnes élevées et bientôt démolies.

De l'autre côté des fenêtres du terminal, de gros-porteurs pareils à des orques derrière la paroi d'un aquarium. Le brouillard s'entrouvrit. La lumière vint frapper directement le visage rasé de frais d'Elroy. Il s'y baigna le cou, levant le menton, tournant la tête. Un faux plafond en lattis d'acier blanc.

Près de la porte, un panneau annonçait en grosses lettres de laiton qu'un hameau occupait jadis ce lieu, du nom de Hitherowe, Hetherow, Hethereowfeyld. Une lande plantée d'une rangée de maisons. Heathrow. Des chênes rabougris et des ajoncs sur un sol sableux où les enfants jouaient au milieu de la végétation et des immondices jusqu'à ce que leur mère les appelle pour qu'ils viennent manger.

Il embarqua, gagna sa place, puis l'appareil fila à travers l'atmosphère.

Quelque temps plus tard, les Allemands cherchaient à amener Janis à faire quelque chose, mais il ne savait quoi. Un des hommes ôta sa cravate qu'il déposa sur la table, puis lui posa une question en le pointant du doigt. Ensuite l'homme enleva aussi son veston et en vida les poches : un paquet de cigarettes, des relevés de distributeur de billets. Tout sourires, les yeux grands ouverts, genre : Tu vois ? Une sorte de démonstration.

Est-ce qu'ils allaient le faire se déshabiller ? Il ne voyait pas comment les en empêcher. Sa mère lui avait inculqué cette règle : Nul n'a le droit de t'enlever tes vêtements ni de te retirer quoi que ce soit en ta possession. Une des Allemandes porta la main vers la casquette de Janis et il la laissa la lui ôter, ce qui découvrit ses cheveux en désordre. Il ne pouvait s'arrêter de pleurer. Il était tenaillé par la faim. Ils auraient dû avoir honte de ce qu'ils essayaient de lui faire. Ils le firent mettre debout et lui ôtèrent sa parka. Tout pouvait arriver, à présent. La femme étendit la parka sur le bureau et se mit à en fouiller les poches. Ils le laissaient suivre leur manège. Ils trouvèrent un emballage de Kit Kat. Du chewing-gum. Et deux cent soixante-trois dollars américains pliés en deux.

La route orthodromique vers l'ouest, par-dessus l'Arctique.

La gravité pesait sur l'appareil. Cependant, la pression sous les ailes et la déflexion contre les volets de leurs bords de fuite le soulevaient, si bien que les passagers se trouvaient suspendus dans les airs dans un aéronef de trois cent soixante-quinze mille kilos.

Elroy contemplait un glacier qui se déversait dans l'océan. Dieu saturait le monde de merveilles afin que l'on n'oublie pas Ses commandements. Elroy ne savait s'il avait oublié ou s'il se les rappelait.

À Boston Logan, il prit un autre vol qui le déposa à Albuquerque – son quatrième atterrissage de la journée, quoique celle-ci eût jusqu'à présent duré trente heures. Le pollen de bigelovie puante lui assaillit les narines et lui serra le cœur. Du mucus s'écoulait de ses sinus.

Il avait réservé en ligne une voiture sous-compacte, mais, Hertz ayant surréservé ces modèles, il se vit allouer une Mustang cabriolet. Capote baissée, il prit la direction du nord sur l'autoroute rectiligne qui suivait la vallée du Rio Grande, le visage levé vers des étoiles qui, dans l'Est, avait occupé le même secteur du ciel. Il ne se souciait pas de mordre sur l'autre voie de circulation.

À l'ouest de Santa Fe, il obliqua vers la chaîne des Jemez dans une atmosphère raréfiée à peine suffisante pour sa respiration, sur des routes d'un noir d'encre. Il finit par trouver un mur bas en pisé qui courait sur une longueur équivalant à trois pâtés de maisons – il naviguait au flair, presque aux odeurs mémorisées, comme un chien de chasse – et, à une heure du matin, heure des Rocheuses, il arriva devant un portail. Il n'avait rien avalé depuis l'avion de Londres, et sa faim se manifestait sous la forme d'une panique physique. Son souffle se faisait plus court et précipité. Sa colonne vertébrale se raidissait.

Près du portail, un garde était penché sur une grille de sudoku dans une cabine éclairée. Il demanda à Elroy, en cet anglais rapide des natifs du Nouveau-Mexique, qui il venait voir.

« Je ne vois rien ici disant que Mr. Tilly attend votre visite », ajouta-t-il en consultant son registre.

Il lui fallait une notification particulière des occupants de la résidence pour sonner chez eux passé dix heures du soir.

« Enfin voyons, dit Elroy. J'étais encore ici il y a trois jours. »

Il sortit un paquet de lettres envoyées par une agence de recouvrement, toutes adressées à lui ici, aucune encore ouverte, qu'il avait fourrées dans son sac plus tôt dans la semaine. Le gardien les examina.

Le portail s'effaça dans le mur et Elroy fit entrer le cabriolet à l'intérieur de l'enceinte. Éclairages tamisés, jardins de rocaille, maisons basses en stuc. Il s'avança sous un péristyle et alla toquer à la porte voisine.

Personne ne venait. Il actionna la poignée. Le panneau s'ouvrit et il entra.

Le lendemain, Janis, qui dormait sur un lit de camp dans le bureau de l'aéroport, fut réveillé par un homme en uniforme de pilote. Sous le regard des Allemands, ce personnage lui dit en letton se nommer Kristaps. *Le letton avec les inconnus. L'anglais seulement avec les gens que tu connais.* Système qui avait jusque-là réussi à Janis. Mais force était de conclure qu'un inconnu s'adressant à lui en letton en Allemagne était un cas particulier. Cet homme cherchait à le piéger. Papa allait finir par venir.

Il suivit le pilote dans le hall où on lui servit un petit carton de lait et un sandwich à l'œuf. « Où est ta mère, ou ton père ? » lui demanda l'autre, toujours en letton. Irrité, comme si Janis avait fait quelque chose de mal.

Rougissant, le garçon répliqua en anglais : « Je peux avoir de la moutarde ? » Il entendait cochonner la merveilleuse chose qui occupait l'assiette, de crainte de succomber et de mordre dedans.

« Où est la personne qui t'a amené ici ? » interrogea le pilote.

Pourquoi était-il *agréable* de pleurer ? Il s'était souvent demandé ce qui clochait chez lui et faisait que, quand il pleurait, il trouvait cela d'une certaine façon agréable, alors que ç'aurait dû être le contraire.

Il ôta la tranche supérieure du sandwich avec l'espoir que le blanc d'œuf serait morveux, mais il était parfaitement cuit ; quant au jaune, au lieu d'être dur et verdâtre, il se mit à couler lorsqu'il le creva. Tout son être criait famine.

Il avait besoin de manger. Mais il avait aussi besoin que son père revienne. Tout cela était une sorte d'épreuve. Son père allait venir, mais uniquement s'il gardait confiance et ne mangeait pas.

Le pilote perdait patience.

Janis mordillait la manche de sa parka. Le pilote se leva pour aller chercher un café. Janis éprouvait sa fringale sous forme d'une palpitation derrière son sternum et d'une espèce de courant d'air à l'intérieur de son crâne. Il décida du titre de l'album à colorier. Ce serait *Joe aime Renardeau et Renardeau aime beaucoup Joe*. Il ouvrit le petit carton de lait allemand et le vida au-dessus de l'assiette et du sandwich.

Vers midi, ils le firent monter dans une voiture.

Ils empruntèrent une route gigantesque. Il y avait une grande ville, des navires, des grues, des wagons. Tout était tellement beau qu'il se demanda s'il était au paradis.

Mr. Tilly n'était pas le père d'Elroy. Il n'était pas même son beau-père. Il avait été son tuteur légal jusqu'à ses dix-huit ans. Néanmoins, si jamais Elroy se faisait tuer, l'officier chargé d'en informer son plus proche parent devrait se transporter jusqu'ici. Il ignorait si sa mère était vivante ou bien morte.

Longeant les murs à tâtons, il se dirigea vers le salon. Ainsi plongé dans le noir, l'endroit, pareil à une caverne, avalait tous les sons. Y flottait l'odeur préhistorique des vêtements de laine d'un vieillard en train de sécher. Il sentit sous sa main des draps et des couvertures empilés sur le sofa : un couchage à son intention.

Il délaça ses brodequins. Ici comme nulle part ailleurs, une présence semblait le voir et savoir, connaître la totalité de ce qu'il avait fait et de ce qu'il allait faire. Il existait quelqu'un qui voyait tout et continuait de le suivre du regard quand tous les autres s'étaient détournés.

S'étant nettoyé et essuyé la figure, il revint au salon. Ses yeux, voyant non en dépit de l'obscurité mais comme par son biais, accommodaient. Il distinguait à présent le tapis – expédié au vieil homme à grands frais depuis une base aérienne d'Asie centrale – ainsi qu'un deuxième petit lit improvisé installé dans un coin : une courtepointe pliée en deux en guise de matelas, un oreiller, une couverture en acrylique. Posée sur l'oreiller, une petite brique de jus de pomme avec sa paille sous blister.

Il trouva une télécommande sur le sofa et, la braquant vers le néant face à lui, appuya sur la touche en caoutchouc. Les premières lueurs d'un brûleur à gaz s'allumèrent entre des rondins en céramique.

Du fond du gouffre des flammes – de cet autre monde à l'intérieur du feu – montèrent vers lui une multitude d'âmes. Lui sautant au visage, des âmes tant jeunes que vieilles, de toutes couleurs et époques, venant à lui deux par deux, des âmes appariées tels deux cours d'eau parallèles – toutes le connaissaient, mais aucune ne tournait seulement le visage vers lui pour prendre note de sa présence.

La lueur du feu peignait la pièce de ses sautillements, y créant un petit piano, couvercle entrouvert, des partitions éparpillées sur une table, une pile de revues professionnelles, un arbre de jade et des cactées poussant dans du gravier au fond de bouteilles de soda. Un pachira, un fauteuil là-bas dans le coin, un jean noir, une chemise de laine marron, un coupe-vent gris – l'éternelle tenue du vieux, celle d'un type prêt à se fondre dans une foule comme dans des fourrés. La lumière tremblante fit bouger la chemise. Elle se résolut plus haut en une couronne blanche pareille à un fanal éteint. Une vapeur condensait, affermissait et incarnait vêtements et cheveux. La tête grisonnante se contorsionnait, chassant le sommeil. Les doigts frictionnaient le coin des yeux. « Elroy, dit la voix.

— Merde, je ne t'avais pas vu. »

Dans l'angle obscur de la pièce, Tilly – l'énigme, l'insaisissable créature – bougeait sur son fauteuil, achevait de se réveiller. « Je croyais que tu devais venir avec le petit, dit-il.

— Ouais, répondit Elroy d'un ton apathique.

— J'avais mal compris ?

— Ouais, ça n'a pas pu se faire, tu vois bien ? »

Mavis, l'astucieuse chienne de Tilly, apparut derrière la porte vitrée donnant sur le patio. Elle se mit à gratter la vitre en regardant son maître, oreilles rabattues vers l'arrière, yeux écarquillés, l'air de dire : Je sais que je n'ai pas le droit d'entrer, mais vu que je suis conne, est-ce que je peux entrer ?

Tilly, un magazine à la main, se leva pour clopiner jusqu'à la porte. « Qu'est-ce que je vois bien, au juste ?

— Simplement que ça ne s'est pas fait. N'empêche qu'il me ressemble, maintenant. C'est un putain de miracle, tu penses pas ? On s'attend à ce que ça arrive, puis on n'y croit plus trop jusqu'à ce qu'ils atteignent un certain âge, et là ça saute aux yeux. »

Tilly ouvrit la porte coulissante, roula le magazine et se pencha pour le tendre à la chienne, qui ne voulait pas vraiment entrer, désirant plutôt que son maître sorte sur le patio. Elle saisit vigoureusement le magazine entre ses mâchoires. Tilly entreprit de la tirer à l'intérieur, et elle de l'entraîner à l'extérieur. Dès que ses pattes de devant entrèrent en contact avec la moquette, elle comprit qu'elle allait perdre et battit en retraite dans un glapissement.

Elroy alla ouvrir le réfrigérateur, qui ne renfermait que des condiments tex-mex périmés. « Où est passée ma mortadelle ?

— Je l'ai mangée, répondit le vieux.

— Non ? Tu as fait ça ? dit Elroy, catastrophé.

— Elroy, je suis ici chez moi. Je mange les aliments qui s'y trouvent. Tu as englouti tout ce que j'avais d'autre, y compris les poires. Va t'acheter des trucs au supermarché.

— Pour ça, faudrait que je pousse jusqu'à White Rock, souffla Elroy à l'adresse des pieds en chaussettes du vieux, le gauche effilé comme une truelle : il avait laissé trois orteils au Viêtnam. Tu es censé être mon père », ajouta-t-il.

Au lever du soleil, au moment où Tilly partait prendre son petit déjeuner en ville, Elroy ouvrit les yeux et, de son sofa, lui demanda de lui acheter quelque chose à manger, en bas près des labos. Il fouilla ses poches de pantalon – il avait dormi tout habillé – et en tira une poignée de billets chiffonnés qu'il tendit sans bien regarder.

Tilly y préleva un rectangle de papier bleu-vert décoré d'un chêne. « Qu'est-ce que c'est que ça ?

— C'est un… comment ça s'appelle déjà ? Un lat. Cinq lats… Mais où est passé mon vrai fric ? dit-il en se dressant sur son séant. (Il réfléchit.)

— Qu'est-ce que tu veux ? Un burrito ? Je te prends ça », dit Tilly en passant la laisse au cou de la chienne, aux anges. Où il allait, Mavis allait.

« Je te rembourserai. »

Tilly s'approcha de nouveau du sofa, sur lequel Elroy s'était recouché en chien de fusil, et se pencha au-dessus de lui. Méfiant comme un loup, Elroy eut un mouvement de recul. Tilly plia le billet sans valeur en deux et le lui glissa dans la poche de sa chemise.

« Je ne mérite pas ça, dit Elroy avec des picotements dans les yeux.

— Qui a dit que tu devais le mériter ? » lui répondit Tilly.

PREMIÈRE PARTIE

LE VIEUX

1

Tilly se disait originaire de Davenport, dans l'Iowa. Ses actes de naissance et de baptême donnaient le 14, Greeley Street comme adresse de ses parents. Dans le cas où on lui eût objecté que les plans de l'époque ne répertoriaient dans cette ville aucune rue de ce nom, il aurait répondu que cette voie était un droit de passage à travers un agrégat de cabanes situées dans la zone inondable. Le courrier n'y était pas distribué. L'état civil le faisait naître d'une Ida Elizabeth Tilly, vingt ans, et de père inconnu le 14 novembre 1948. Ses papiers de démobilisation du Corps des marines portaient la même date mais en 1947. Sinon, tous ses papiers importants concordaient sur ce point.

En réalité, aucune personne du nom d'Ida Tilly n'avait jamais existé. Celui qui allait devenir Dwight Elliot Tilly n'était né ni en 1948 ni en 1947, mais en 1950. Non à Davenport mais dans une ferme de cent dix hectares située dans la prairie au nord de cette localité, à proximité de la petite ville de Calamus. Et non pas d'Ida Tilly, mais d'Annie Frade, quarante-six ans, et de Potter Frade, cinquante-trois ans.

Les Frade ne s'étaient mariés qu'un an auparavant, chacun pour la première fois. Union mixte d'une catholique et d'un presbytérien. Chacun s'éveilla le lendemain de la cérémonie avec la conviction d'avoir fait une erreur. Tout ce qu'ils savaient, ils l'avaient appris au spectacle des bestiaux. S'ils avaient eu l'espoir échevelé qu'un enfant naisse de leur union à l'âge qu'ils avaient, ils étaient trop gênés pour s'en ouvrir.

C'est dans leur salon, sur des feuilles du *Quad-County Advertiser* étalées sur toute la surface du tapis, qu'elle donna naissance à l'improbable rejeton. Potter Frade, expert en vêlages, présida à la délivrance, essuya le nouveau-né avec des torchons et lui badigeonna de l'iode sur le nombril. Annie examina sa progéniture sous toutes les coutures, puis, ne relevant rien d'anormal, lui présenta le sein. Il téta aussitôt en gigotant des quatre membres. Il était aussi affamé que vigoureux. S'il avait été veau il aurait déjà tenu debout. Mais il s'apparentait plus à une légumineuse dont la graine, abandonnée dans le jardin à l'automne, aurait survécu à la neige et germé seule au printemps. Ils se mirent à l'appeler le Volontaire. Plus tard, cela devint Vollie. Ils n'utilisèrent jamais son vrai prénom.

Il était étrange que les documents officiels le donnent pour originaire de Davenport. Sa mère ne parlait jamais de cette ville que pour en dire du mal. N'y prospéraient que des financiers et des chiropracteurs. À Davenport, même le Mississippi était tortueux. Elle n'y buvait pas l'eau du robinet. Les Frade et les Marquette, sa famille à elle, n'étaient pas plus issus de Davenport que les poulains ne naissaient des truies.

Ils n'y mettaient les pieds que pour régler les mensualités de leurs différents emprunts. C'est Annie qui prenait le volant, car la vue de Potter baissait déjà. Campé sur le giron paternel, maintenu par une main refermée sur l'empiècement de sa chemise et par un bras passé autour de son abdomen, Vollie inspectait la route. Tout en le serrant ainsi contre lui, son père lui apprenait le nom des propriétaires des fermes devant lesquelles ils passaient. Potter payait toutes ses dettes en personne. Il mettait Annie à contribution pour lui donner lecture des contrats et factures. Quand un papier requérait sa signature, il y traçait un monogramme fait de lignes et de courbes énergiques, une marque qui ne ressemblait en rien aux mots « Potter Frade », mais une espèce de syntagme, le seul qu'il eût jamais appris à tracer. Tilly, qui n'oublia jamais cette griffe, aurait pu en réaliser dans l'instant une imitation convaincante ; sa main l'avait mémorisée comme une mélodie pour piano. Mais il n'en connaissait pas l'origine.

La voici. Un jour, dans l'église presbytérienne de Flat Rock, son père, alors âgé de six ans, avait recopié les lettres frappées à l'or au dos d'un livre de cantiques. *Dieu est amour*, y était-il écrit, ce que le jeune Potter ignorait. Un demi-siècle de labeur lui ayant déformé et tuméfié la main, sa signature ne ressemblait plus du tout à la formule de départ. Tout au plus y reconnaissait-on la marque runique du vieux Potter Frade. Elle signifiait : Nous paierons.

UN MATIN D'HIVER

Les trois Frade étaient penchés au-dessus de leur petit déjeuner – compote de pommes, lard, pain grillé, œufs au plat, confiture, lait, gâteau au café et à la crème fermentée, café. Annie Frade remercia Dieu pour Ses bienfaits et pour Volontaire. Vollie Le remercia pour son peigne de poche. Les yeux de Potter Frade étaient refermés en pleine introspection. Son vieux cou et sa vieille tête bordée de cheveux argentés dépassaient de sa vieille veste, tête dure et qui brillait comme une pièce de cinq *cents* qu'on eût astiquée. Il ajouta : Pour les génisses à la pâture, pour Annie, pour le garçon, pour leur herse à disques, pour ses genoux.

Après avoir fait place nette dans son assiette, Vollie parcourut les trois kilomètres de chemins empierrés blanchis de verglas menant à son école en bardeaux. Miss Travers fit l'appel. Quatre enfants étaient absents. Les élèves, âgés de six à quatorze ans, se levèrent, la main sur le cœur, pour le serment d'allégeance à la République. À l'heure de midi, sous la structure de jeu, Carleen la quaker partagea avec Vollie un bloc de caramel tiré de sa boîte à déjeuner, et il lui donna la moitié du sandwich au jambon tiré de la sienne. Une automobile noire arriva dans la boue et la neige fondue de la route. Mr. Strieg, le directeur, en descendit pour s'engouffrer d'un pas claudicant à l'intérieur du bâtiment, balançant sous lui sa fameuse jambe de bois dépourvue de genou, souvenir de la guerre. Profitant d'un moment où Carleen ne regardait pas de son côté, Vollie leva le visage vers les nuages sombres afin de rendre grâce au Seigneur pour tous les genoux – ceux de son père, ceux de Carleen et tout particulièrement celui de l'autre jambe de Mr. Strieg, qui, elle, fonctionnait.

Peu après, Miss Travers sortit actionner son sifflet. Les enfants réintégrèrent la salle de classe. Le directeur remit à chacun une feuille bleue, encore humide de son passage à la ronéo, qui contenait des directives. Tout le monde rentra chez lui sur-le-champ. Il leur était interdit de cheminer en groupes et même par deux.

Vollie alla trouver son père au chef argenté dans la grange pour lui remettre la feuille ronéotypée. Ce dernier la regarda un moment de l'air de penser à autre chose, puis il sourit, la plia en quatre et la fourra dans la poche de poitrine de sa salopette, et c'est alors que Vollie comprit que son paternel ne savait pas lire. Plus tard, au dîner, ce dernier fouilla dans sa poche, en tira la fameuse feuille et la remit à sa femme, qui, n'ayant pas ses lunettes sur elle, la tint à bout de bras au-dessus de la table.

Il y avait un problème.

Aussitôt, sa mère entreprit de le déshabiller, sur place, dans la cuisine. Elle lui fit couler un bain. Après lui avoir recommandé de bien se récurer, elle emporta précipitamment ses vêtements.

Vollie prit son bain, s'essuya, puis monta dans sa chambre. Là, les vitres de l'unique fenêtre lui parurent refléter d'étranges lueurs orange et bleues. S'étant approché, il embrassa du regard les champs nocturnes recouverts de neige.

Ce qu'il vit ensuite, rituel affreux, pénétra au plus profond de sa conscience, imprima sa forme sur son être le plus intime, pour ensuite promptement se dissiper. Au matin, il avait définitivement oublié ce qu'il avait vu et le fait de l'avoir vu. Mais l'impression produite se durcirait avec le temps, et sa signification persisterait en lui comme un sentiment tout à la fois de peur achevée et de paix parfaite, en viendrait à lui paraître aller de soi et pouvoir probablement s'appliquer à tous ses semblables.

Là, en bas dans la cour, il se vit brûler.

Son père se tenait devant un fût en acier. Des flammes en sortaient. Il avait en main un tisonnier à l'extrémité duquel pendait la silhouette embrasée, accrochée par le devant de la chemise, l'endroit même par lequel il le tenait quand ils étaient en voiture. Des flammes jaillissaient par les manches, par le col. Vollie vit ses jambes prendre feu à leur tour, son pantalon se changer en cendres emportées par la chaleur. Sa mère sortit avec ses chaussures d'école et les jeta de même dans le brasier.

Vollie, en petite tenue, se tenait là-haut à sa fenêtre, étreint par une peur qui était la mère de toutes les peurs passées, qui les englobait et les combinait toutes pour en faire cet effroi absolu qui prenait forme en ces instants : son père et sa mère étaient en train de le brûler vif. Une fumée noire, tout ce qu'il restait de lui, s'élevait et se dispersait dans le vide du ciel nocturne. Les ténèbres, à jamais et sans retour.

Et cependant.

Et cependant, s'il venait d'être néantisé là dehors, quid de cette créature pourvue de bras et de jambes qui observait la scène de sa fenêtre, qui frissonnait de froid et attendait toujours avec appétit l'heure du dîner ?

Son moi était un « qui » s'étant consumé dans les flammes ; mais la créature était un « que » capable d'endurer même cela. Ce moi qui avait paru être la totalité de sa personne n'en était qu'une partie ; il pouvait être écarté et abandonné.

Une saute de vent ébranla la maison, faisant vibrer les vitres. Un courant d'air froid électrisa plaisamment la totalité de son corps.

La mère de toutes les peurs avait quitté la pièce. La créature lui avait survécu.

Tandis qu'il gagnerait en âge, les événements des journées entourant l'épisode du feu lui reviendraient par fulgurances : le petit déjeuner, le trajet de retour de l'école, le dépliage de la feuille ronéotypée, dont il avait par la suite appris qu'elle alertait sa mère à propos d'une épidémie de méningite et lui indiquait les mesures à prendre.

Ces réminiscences ne s'attarderaient pas longtemps, à l'exception d'une seule. Une vision qui lui vint pendant la fièvre qu'il contracta dans les jours suivants. Çà et là au fil des ans, c'est le souvenir non du feu mais de cette vision qui lui revint, le frappant par la promesse d'une liberté sans bornes, mais l'aveuglant sur ce que coûterait cette liberté.

Il ne montra aucun signe d'infection jusqu'à deux jours plus tard. En milieu de matinée, après avoir nourri les cochons, il rentra à la maison le visage congestionné. Sa mère l'envoya au salon faire ses exercices de piano. Quelques minutes plus tard, n'entendant plus ses gammes de la cuisine où elle se trouvait, elle le découvrit endormi, sa tête brûlante reposant sur les touches.

Il garda la chambre une semaine. Sa salopette était accrochée à la vieille patère de la porte de la penderie. Sa mère et son père étaient présents quelque part dans la pièce. Il avait des coups à l'intérieur du crâne. Un médecin venait et repartait. La salopette, pendue verticalement et vide de sa personne, signifiait qu'il était devenu un fantôme. Il sentit une odeur d'oignon et de bouillon de poule, il vit son père debout au-dessus de lui avec un bol fumant et une cuiller, tandis que sa mère s'employait à lui desserrer les mâchoires. Le seul fait de lui soulever la tête de l'oreiller lui donna l'impression qu'on lui brisait le cou. Un prêtre se présenta. À la lueur d'une chandelle et dans des murmures en latin, il lui déposa de l'huile sur les paupières, les oreilles, les lèvres, les narines, la paume des mains, la plante des pieds. Il s'éveilla entre des draps tout propres et se rendormit. Il s'éveilla entre des draps trempés et se rendormit une nouvelle fois, et c'est là que commença la vision.

Clair de lune sur le verger. Quelque part, un porc poussait des cris. Le ruisseau glacé au milieu de la pâture. Mourant de soif, il s'approchait de la berge et abaissait sa tête brûlante au-dessus de la surface mouvante. Le reflet déformait son visage et il y lut de l'angoisse. Il savait que ce visage était le sien. C'est alors qu'il comprenait que cette angoisse ne se trouvait pas à l'intérieur de sa tête en feu mais sur ce visage qu'il voyait. Il savait devoir surmonter sa répugnance et le plonger dans l'eau, là où il serait oblitéré et l'angoisse avec, cependant que sa tête survivrait de même que son corps et le reste de sa personne. Il comprenait aussi que les cris du porc étaient en fait les siens. Des mains sorties d'il ne savait où le poussaient en direction de l'eau. Rassemblant son courage, il y plongeait le visage.

Aussitôt, visage et angoisse disparaissaient. La fin de cette torture du visage était un délicieux soulagement. Cédant aux mains qui lui appuyaient dessus, il tombait tout entier dans le ruisseau – et le corps était saisi d'un effroi glacé.

À cet instant, il revint à lui dans la lumineuse salle de bains de la maison. Il était plongé, tout nu, dans un bain glacé. Son père y versait de la neige à l'aide d'un seau métallique. Sa mère le maintenait contre le fond de la baignoire rouillée.

Puis il repassa dans le monde de la vision, cet univers plus réel tapi sous la surface du ruisseau. Transi de froid, caché, inatteignable et intègre, immergé dans ce qui semblait être son véritable élément. Baignant dans un temps en dehors du temps, affranchi de tout moi.

Quand il reprit connaissance, il était en pyjama dans son lit entre des draps bien secs. Se haussant un peu, il avisa à son chevet une assiette de craquelins posée sur une petite table et en mangea un. Les os de son cou avaient recouvré un peu de souplesse. Immobile, les yeux clos, il repensait à présent à sa vision. Quelqu'un entra et vint lui toucher le front et le cou. À l'odeur, mélange d'essence et de crème pour trayons, il identifia les mains de son père, venu évaluer une température qui avait commencé à redescendre. Vollie aurait pu lui dire à voix haute qu'il se sentait mieux, mais il ne voulait pas encore quitter sa vision.

Il aimait profondément sa mère. À l'adolescence encore, il avait coutume de se lever pour aller la rejoindre dans telle ou telle pièce de la maisonnette et d'y rester avec elle à faire ce qui les occupait, cela sans qu'il soit besoin de prononcer une parole.

Il aimait de même son vieux père. Il aspirait à apprendre ce qu'il savait. Régnait entre eux la compréhension tacite qu'ils disposeraient de moins de temps que d'autres familles, que le père devait tout montrer sans retard à son fils et que celui-là devait y être attentif sans quoi serait perdu tout ce que le premier savait, ce savoir uniquement sien, le vieux monde dans la vieille tête.

Malgré tout, il pensa de bonne heure s'être présenté trop tard pour eux, comme un invité dont l'arrivée vous tire du lit. Les bras qui le soulevaient ne pourraient supporter longtemps son poids. Sa venue avait été anormalement tardive et représentait une charge tout aussi anormale. La nature finirait par les en libérer, mais de quelle façon ? Il serait rejeté. La nature trouverait un moment, un instrument.

Quand il leur restait de l'argent une fois les charges fixes payées, ils se rendaient à Davenport et Potter Frade traçait sa griffe pour faire un versement à la banque où ils avaient contracté des emprunts. Il aurait pu racheter la propriété des Dressler quand le vieux Dressler s'était retiré, mais il préféra rembourser une partie de ses dettes. Il aurait pu démolir la grange en ruines dont les tempêtes emportaient les tôles de la toiture, et commander du bois d'œuvre pour en construire une nouvelle, mais il jugea préférable d'envoyer Vollie sur le toit avec une riveteuse et un seau de goudron. Casey Reese, un voisin, se brisa le dos en tombant de son tas de foin. La partie marécageuse de sa vaste surface de pâturage fut mise en vente séparément. Vollie aurait pu abandonner le temps d'une saison son boulot de capture de poulets pour poser un réseau de drainage dans cette parcelle – il voyait bien que les vieux genoux de son père ne lui permettaient plus ce genre de travail –, à la suite de quoi ils auraient pu engraisser vingt bêtes de plus. Mais son père avait dit non.

« Tu vas rembourser cette dette quitte à y laisser ta peau, lui dit Vollie.

— C'est juste.

— Et si j'y laisse aussi la mienne ?

— Personne n'est jamais mort d'attendre pour bâtir une grange.

— Je ne vois jamais la couleur de notre argent, dit Vollie en crachant dans le pré où ils étaient en train d'épandre du fumier.

— Regarde autour de toi, dit son père. Notre argent, c'est ici qu'il se trouve. »

Une prairie, une grange tout près de s'effondrer, une pâture, un fossé envahi de fougères, quatre-vingts hectares d'éteules attendant la neige.

À l'âge de dix-sept ans, ayant accoté son vélo contre un poteau téléphonique, Vollie Frade se dirigea vers la porte vitrée de la Banque d'épargne et de crédit du comté de Clinton. Il avait la conscience nouée et son sale argent dans son blouson. S'il n'était pas sale en soi, cet argent le devint au moment où Vollie le déposa devant le guichet du caissier et remplit un formulaire pour ouvrir un compte à son nom. L'argent, à la différence des sous-vêtements, appartenait à la famille, non à l'individu ; et pourtant il était en train d'écrire son nom de famille et ce vrai prénom dont nul n'usait jamais, mais qui seyait à l'occasion, car qui était ce misérable commettant pareille indélicatesse ?

Il avait gagné cet argent en travaillant à la capture de poulets et aussi, depuis que sa tante était morte en lui laissant sa bicyclette, comme coursier du garagiste de Lost Nation. Il n'avait pas remis tous ses gains à ses parents : d'un commun accord, une fraction, toute modeste, lui était revenue, qu'il avait remisée dans un pot de peinture vide au couvercle percé d'une fente. Cependant, il arrivait de temps à autre que sa mère ait besoin d'y prélever une somme. Elle ouvrait alors le pot à l'aide d'un tournevis, ne prenait que ce que requérait la facture, puis le refermait d'un coup de marteau, cela en présence de Vollie.

Un oiseau de proie au jabot frappé de l'écu de la BE&C déployait ses ailes en haut du formulaire tout en dardant un œil farouche par-delà le bord de la feuille. Vollie inscrivit son nom, son adresse, sa date de naissance, le montant du dépôt initial. Une ligne en pointillé appelait sa signature. Il ne signait pas. Le temps s'étira comme lors d'une montée de nausée. Signer, c'était détourner et trahir. C'était s'attirer une malédiction. Il ne reconnaissait pas la force qui le poussait à agir. Il ne comprenait pas pourquoi il tenait tant à le faire. Il supportait mal d'infliger à ses parents quelque chose d'aussi cruel et irrévocable, de distraire ce qui était à lui de ce qui était à eux, alors que tout ce qu'ils possédaient, ils le lui avaient offert et le lui laisseraient à leur mort.

Il signa avec horreur.

La malédiction commença à s'abattre ce même jour à la table du dîner.

« J'ai repéré une Grand Prix, déclara-t-il.

— Qu'est-ce que c'est donc que ça, mon ange ? demanda Annie.

— C'est une… (Tout en évitant son regard, il prit le plat que lui tendait son père, puis, les épaules et le cou bien droits, il se servit en pommes cuites et arrosa ses côtelettes de sirop de sucre bruni.) C'est une voiture », dit-il, le visage en feu.

Il savait parfaitement ce qu'en penserait son paternel.

« Et qu'est-ce que c'est, comme voiture ? s'intéressa Annie.

— On a déjà une voiture, plaça Potter.

— Elle est verte et il faut refaire la transmission.

— Ça, tu sais faire, non ?

— On a déjà une voiture, répéta son père.

— Oui, sur ce modèle, je saurai.

— Et tu pourrais ensuite la revendre avec bénéfice.

— Oui, ou bien alors…

— Ça ne sent pas le profit, fit observer Potter.

— Oui, je pourrais peut-être faire ça.

— Les gens ont toujours besoin de voitures, il doit y avoir de la demande, dit Annie.

— Ça sent la dépense.

— Tu pourrais passer une annonce dans le bulletin paroissial et trouver rapidement preneur.

— Je pourrais faire ça, oui, si je voulais, ou bien m'en servir.

— Il n'a pas la moindre intention de la revendre, augura Potter.

— Ou bien la garer sur la 66 devant chez Marion Kierkoff. Ça ne le dérangerait pas. Là où les gens pourraient la voir, avec un écriteau derrière le pare-brise.

— Il a déjà sa petite idée.

— Si je voulais, oui, par la suite, dit Vollie. Je pourrai la revendre là ou ailleurs.

— Avec une pancarte disant qu'elle est à vendre et le prix que tu en demandes, comme ça se fait, histoire de donner une idée de l'offre qui pourrait t'intéresser, mais tu te montrerais arrangeant, tout ça en fonction du temps et de l'argent que tu y aurais mis.

— Qu'une seule idée en tête, dit Potter.

— Je pourrais aussi m'en servir dans un premier temps.

— Dans l'idée de *rouler à toute allure*.

— Oh, pas trop vite, dit Annie. Il ne roulerait pas vite. Pas vrai, mon ange ?

— Sur quoi il aura un accident et se bousillera le dos. Je dis non.

— Je suis bien certaine que tu respecterais les limitations de vitesse, pas vrai ?

— Maman, il nous faut dire non, intervint Potter.

— Je me doutais que tu dirais ça », lui dit Vollie.

Annie se leva pour emporter le plat de porc, celui de pommes et la corbeille à pain. Elle revint s'asseoir.

« J'ai pas l'intention de te tenir tête, ajouta Vollie.

— Personne n'apprécie un garçon qui fonce tête baissée vers son but sans se soucier des conséquences, déclara Annie. Ce n'est pas du tout une bonne attitude.

— Nous sommes obligés de dire non. On n'a pas de poire pour la soif. Pas le moindre argent de côté.

— Vous vous figurez que vous avez gagné », dit Vollie.

Annie et Potter se regardèrent d'un air ahuri, comme s'interrogeant l'un l'autre. « Comment ça ? dirent-ils d'une même voix. Qu'on a gagné quoi ? »

Le visage du vieux Potter était fripé et marbré comme une tarte. Perplexe, il commença : « Qu'est-ce que…

— Qu'est-ce qu'on a gagné ? » demanda Annie.

Le lendemain, après avoir nourri et abreuvé les cochons, Vollie manqua l'école, se rendit en ville à vélo, prit le car pour Davenport, contrefit l'impénétrable signature de son père sur le document attestant l'accord parental pour les engagés en dessous de dix-huit ans, passa sans problème la visite médicale et se retrouva enrôlé au sein du Corps des marines des États-Unis. Il regagna Calamus à temps pour retirer tout son pécule sauf un dollar de son compte à la BE&C.

« Je n'ai pas à vous expliquer quoi que ce soit, dit-il à ses parents. Voici mon argent.

— Seigneur Dieu, mais qu'as-tu fait ? » demanda Potter.

Quand elle eut cessé de hurler, Annie dit : « Je m'étonne qu'ils laissent quelqu'un gâcher sa vie de la sorte.

— On pourrait arrêter tout ça en allant leur dire que ce n'est pas moi qui ai signé ce papier, dit Potter. Sauf que tu trouverais, j'imagine, un autre moyen. »

Jusqu'à cet instant, il n'était pas apparu à Vollie que son stratagème d'imiter la signature pût réussir. Il avait supposé, sans que ce fût tout à fait conscient, qu'Annie les emmènerait au bureau de recrutement de Davenport et que Potter dirait : C'est pas mon écriture. Tenez, je vais vous montrer. Et le lendemain matin, il aurait retrouvé les cochons et leur mangeoire, l'école en journée et le garage de Lost Nation jusqu'à l'heure du dîner. Il ne s'était pas projeté dans l'avenir au point de chercher un autre emploi pour occuper ses journées, et surtout pas le métier des armes, auquel il ne connaissait rien : il ne chassait même pas, ils n'avaient ni le temps ni de quoi acheter des cartouches. Or son paternel prévoyait ses actions avant que lui-même ne les entrevît. L'esprit du vieux était une enveloppe autour de la volonté de son fils, la renfermant mais aussi la comprenant. La connaissant à sa place car il était encore trop jeune pour la connaître lui-même. Il était capable d'agir selon sa volonté et de s'y conformer, mais tout en ne la *connaissant* pas. Il avait besoin de son père pour lui dire où sa volonté l'emmenait. Sans cela, cette chose insensée, sa volonté, fonçant sans frein comme elle le faisait, l'aurait propulsé par-dessus le bord du monde avant qu'il ait pensé à remplir un sac de voyage.

« C'est exact, je trouverais un autre moyen », dit Vollie avant de monter retrouver sa petite chambre dont la fenêtre donnait sur la cour. Sa salopette était pendue à la porte du placard. Alors seulement il comprit que la nature avait trouvé le moment et le moyen de le flanquer à la porte de ce foyer qu'il n'avait jamais espéré quitter, et qu'une force plus puissante que sa volonté l'avait employé comme instrument.

2

Okinawa fut un rêve fiévreux fait de moustiques et de bière Falstaff.

Une règle du Corps des marines interdisait d'embarquer Vollie s'il était trop soûl pour traverser le tarmac et gravir les marches du zinc sans assistance. Pourquoi le commandement édictait-il pareil principe s'il vous laissait toute liberté de découvrir la ville à la veille de vous transporter sur le théâtre des opérations ?

Un copain dont il avait fait la connaissance aux États-Unis lors du stage de survie, un cow-boy du Nouveau-Mexique, lui apprenait à boire jusqu'à tomber. « Il faut te muscler le bide. Desserre-moi cette ceinture. Laisse les bulles descendre au plus profond. Te voilà devenu un chameau à bière. Ils vont me mettre dans l'avion en dix morceaux, sinon je vois pas comment. Ils vont me ficeler en soute. On avait des chameaux, au ranch. Deux, qu'il y en avait. Mon pote, ils étaient capables de se siphonner tout le fossé d'irrigation. Là, tu vois, ta façon de faire, de respirer ou boire, t'as tout faux. Il faut que tu continues de respirer pendant que tu descends la bière. Ça y est, t'as chopé le coup. Va falloir qu'ils m'embarquent dans une caisse, vu que je peux plus arquer. » Ce type avait la bouche pleine de cuspides et, quand il ronflait sur sa couchette, ses yeux se rouvraient, ne révélant qu'un blanc sinistre cependant que les iris étaient dirigés ailleurs, à l'intérieur de son crâne. Il se nommait Bobby Heflin.

Ils prirent la direction d'un autre bar. Tout au long de la rue, des gens cherchaient à leur vendre de la lessive, de la bière et des cartouches de cigarettes, des ustensiles de rasage, toutes les marques comme à la maison dans leur emballage multicolore familier, qui avaient le chic pour le ramener vers ce qui lui semblait déjà une ancienne vie : les longs après-midi sous le pont élévateur dans l'atmosphère froide et humide du garage, où un transistor passait d'entraînantes odes à des bains de bouche et des produits à vitres, où il calquait les mouvements de sa clé à cliquet sur le rythme des jingles.

Ils arrivèrent au nouveau bar. Vollie s'assit à une longue table en bois où quelques marsouins jouaient au bridge, il voyait bien qu'ils jouaient au bridge, concentrés, coupés du monde, carrés contre leur dossier afin de dissimuler leurs cartes dans l'espace exigu d'une tablée pareille à un radeau surpeuplé. Heflin s'en fut chercher des bières. Vollie tira de sa poche de poitrine une lettre datant de plusieurs mois, salie, fatiguée d'avoir été maintes fois dépliée et repliée.

Cette missive datait de l'époque où il était cantonné en Californie. Elle était de la main d'un prêtre de chez lui qui lui écrivait de la part de son père pour lui annoncer que sa mère avait été hospitalisée à la suite d'une crise d'urticaire, sans doute provoquée par le souci qu'elle se faisait pour son fils. Mais il ne devait pas penser à cela, ni à eux, disait la lettre. Il devait rester concentré sur ce qu'on lui demandait, faire le gros dos et, si possible, se tenir à distance des armes automatiques. Le plus bizarre, c'est que Vollie avait été formé à l'entretien et au maniement d'une mitrailleuse de calibre 50.

Ensuite, retour dans cette rue d'Okinawa où tout le monde cherchait à lui vendre toujours plus de détergent. Tide, miracle du jour de lessive, le blanc le plus blanc. Winston, le mélange avec filtre dont le goût fait la différence. La bière Falstaff qui comble votre amour de la vie. Un C-141 passa suffisamment bas pour que l'on voie la lueur gauchie à l'arrière de ses tuyères et une croix rouge peinte sur son aileron de queue, ce qui signifiait qu'il transportait quoi ? Des morts et des blessés, supposa-t-il. Prenez le paquet frappé de la lance et vous y trouverez du plaisir, car c'est Wrigley's, le plus grand petit régal au monde. Tout cela en cheminant d'un pas titubant dans des rues illuminées comme des cartes de Noël et toujours plus belles à mesure que tombait la nuit tropicale. Partout l'invitaient à entrer ces néons rouges dont il avait appris que la forme représentait un verre de Martini. On pouvait aussi acheter un singe accroupi sculpté dans une noix de coco évidée, la bouche découpée d'une fente pour la petite monnaie. Ainsi économisait-on son argent au lieu de le claquer en bières et en babioles à envoyer à des parents qui n'avaient que faire d'une conque leur apportant le bruit de la mer.

Vollie entraîna Heflin vers un bar à cocktails. À moins que ce ne fût l'inverse, Heflin entraînant Vollie. Ou encore l'autre possibilité : tous deux de même guidés par la forme rouge d'un verre de Martini suspendu au-dessus de l'entrée du débit de boissons. L'endroit grouillait de marines, on aurait cru une invasion, maigres boutonneux blancs noirs, idiots hilares, l'œil vitreux au milieu du brouhaha, disposés à se faire tondre jusqu'aux chevilles, à se faire faucher comme les blés. Heflin avait dû s'absenter puisque voilà qu'il revenait avec deux boîtes de bière. « Hé toi, t'es schlass », cria-t-il. Sauf qu'il avait dit en fait : *Envoie ton schlass*. Il retourna les bières, en perça le fond d'un coup de couteau, montra à Vollie comment boucher l'orifice, retourner la boîte à l'endroit, en faire sauter la capsule et la glisser dedans, puis s'envoyer d'un trait tout le contenu. Vollie s'exécuta en tout point, mais la bière avait un drôle de goût. Sa boîte était à demi vidée, l'écusson jaune et noir et le regard mauvais du logo à tête de lion, avant qu'il lui apparaisse que la déconcertante étrangeté de cette bière tenait à ce qu'elle était chaude, chaude comme du sang. Puis elle fut vidée, Falstaff, la fine fleur du savoir-faire du brasseur, et Heflin qui hurlait comme un chien qu'on fouette, et Vollie qui sentait une batte de base-ball le frapper en pleine face – rien qu'une impression, notez bien, juste que cette bière chaude vous faisait comme un coup sur la tête. Une fille – une jeune Japonaise parfaite dans sa toilette scintillante – s'approcha avec un plateau de Singapore slings et dit : « Ton métier de misère », sauf que cela s'accompagnait d'une inflexion interrogative. « Ça, tu l'as dit », répondit-il. Et elle de répéter : « Tu veux un verre ? » Oui. Et comment ! Un aussi pour son ami ? Oui, pour le cow-boy aussi. Vise un peu ses dents de requin. Ne l'embrasse pas, tu vas y laisser la bouche. Et la fille de s'éloigner. Si on était en état d'ébriété, ils étaient censés ne pas vous embarquer à bord de l'avion. Il était stupéfait du caractère disparate de tout ce qu'on pouvait acheter dans un seul éventaire du marché – sauf qu'il était à peu près sûr de se trouver toujours à l'intérieur du bar à cocktails et de ne faire que penser aux étalages qui flanquaient la rue –, tous ces articles de chez lui alors qu'on était au Japon, sans compter des bâtons de maquillage, des magazines, des chaînes hi-fi, du porno, des décalcomanies exaltant la valeur de la 3e division du Corps des marines, la Belliqueuse Troisième ; tout à vendre chez les mêmes péquins de cette rue, sans rien pour indiquer ce qu'on était censé acheter à tel étal plutôt qu'à tel autre, c'était par trop déroutant et c'est pour ça qu'il voulut repasser sous le néon rouge et regagner le bar, car cette enseigne clarifiait les choses, exposait clairement ce qu'on était censé faire à l'intérieur. À cela près que, s'il la voyait, c'est qu'il était dehors et comment cela se pouvait-il ? Il *était* bien dehors, finalement. Parce que son verre l'attendait à l'intérieur, il y retourna. Il venait de se jucher sur un tabouret quand une autre de ces filles étincelantes, nimbée d'un sombre halo comme une image pieuse, vêtue d'une robe longiligne à rayures verticales comme du caramel filé avec, glissée dedans, une baguette de lumière fluo, fallait voir comme elle rayonnait, s'approcha avec un plateau de gobelets en plastique rouges et effervescents, chacun muni d'une paille et orné d'un quart de rond d'ananas. Désirait-il un *long drink* ? lui demanda-t-elle.

Plus tard, il se souviendrait du tabouret. Un siège qui pivotait sur roulement à billes. Il se souviendrait qu'il y était assis et prenait un des gobelets du plateau, puis qu'il n'était pas trop tenté par la tranche d'ananas et n'y mordait que du bout des dents, crainte de tomber sur une de ces pointes épineuses planquées dans la chair. Là-dessus, il lui revenait qu'il n'avait pas payé la fille. Un billet serré dans le poing, il pivotait d'un demi-tour pour la régler avant qu'elle ne disparaisse, rotation si prompte qu'il s'éjecta du tabouret, et sitôt après – aucune fraction temporelle écoulée, point de colle ou tissage serré entre les jours – sitôt après, il y a cette voix, une voix pleine de parasites sortant d'un haut-parleur et qui dit : « Messieurs, attachez votre ceinture, nous allons nous poser en République du Viêtnam. »

Ça se voyait, un gars qui avait peur. Tous, ils crevaient de trouille, même quand ils étaient défoncés, ça se voyait, les yeux écarquillés à l'excès, trop réactifs au mouvement, aux reflets de soleil dans le pare-brise des scooters qui passaient ; des yeux par trop certains de voir le truc arriver, le moment, le tournant fatidique ; une certaine façon de se déplacer, un rien ramassé sur soi, même quand le gars n'avait pas son barda sur le dos ; et tout ça se ramenait au désir éperdu de rester en vie, intriqué à l'idée que cela n'allait pas advenir. Genre : Je sais que j'en reviendrai pas. Et ensuite, quelques semaines plus tard, on apprenait que le type en question était mort.

Fallait pas essayer de comprendre le phénomène. À moins que ce ne fût Dieu qui, n'aimant pas te voir en attendre trop, te punissait en te donnant ce à quoi tu t'attendais. Et on pouvait se dire : Bon eh bien, je vais aller de l'avant et ne pas douter de revoir la maison. Mais c'était parfaitement vain. Aucun fait observable ne venait appuyer une assurance aussi inepte. Dans la semaine de son arrivée sur place, Vollie faisait tomber de sa chemise les éclats d'os du crâne d'un première classe, un garçon dans ses âges, et les cheveux adhérant à ces esquilles sentaient la fumée et le Brylcreem.

On voyait tel type s'arrêter trois fois pour renouer le même lacet, s'arrêter pour regarder le clair de lune reflété par une roche sur laquelle glissait la rivière, s'arrêter et regarder, s'arrêter et regarder. Et un mois plus tard, le gars était mort.

Il connaissait un marine à Da Nang, un planqué de mécanicien dont l'expérience du combat se limitait à la fois où John Wayne s'était pris un coup de baïonnette à Fort Alamo à la télé du foyer de l'hôpital – mais pleutre comme un rat estropié. Quel mal pouvait lui arriver au sein d'un service hospitalier dans la grande ville avec pour toute arme une seringue balançant de la pénicilline ? Un marine un peu timide, et qui avait cet air de non seulement j'ai peur mais je vois la chose venir. Il y passa peu après.

Il avait réussi à se faire plomber le bide sur un banc dans un parc par un gamin de douze ans muni d'un pistolet maison, pas même un Vietcong, encore qu'on ne soit jamais sûr de rien. Et le garçon, une fois arrêté, s'était perdu, barbouillé de larmes, en une longue fugue convulsive suffoquée de redites se résumant à ceci : « Je ne savais pas qu'il était chargé. C'était un jeu. Je ne savais pas qu'il était chargé. De temps en temps, il me donnait de l'oxycodone pour le dos de ma mère. Je voulais lui montrer mon pistolet. Je ne savais pas qu'il était chargé. Il m'a donné des chips de son déjeuner, dehors sur le parking. On était amis. Je ne savais pas. »

La leçon était : tout ce que vous aimez au point que partout où se porte votre regard vous voyez comment vous allez le perdre vous sera enlevé. Même votre vie.

Aussi Vollie avait-il un mantra – il avait appris à méditer au contact de Bobby Heflin, entre toutes les personnalités inquiètes, qui avait lu quelques articles de magazine sur le bouddhisme et la suprême indifférence du bouddhiste à l'égard de la propriété, de la vie, des situations difficiles. Vollie avait donc un mantra. À Dong Ha, il restait immobile sur son lit dans le noir, adossé à la paroi en contreplaqué de la cahute, les yeux mi-clos, les pieds ramenés sous lui, ses pieds enflammés de démangeaisons fongiques, et, respirant profondément, il répétait intérieurement : Tout ça n'a aucune importance. Lui venait alors la vision de la façon dont il allait perdre sa main, la droite, celle qui jouait la mélodie sur le piano de la maison, et il se répétait mentalement : Ça n'a aucune importance. Non que la peur n'eût pas d'importance, ou la vision ou la douleur, mais la *main* n'en avait pas. Puis il se voyait plongeant la main, la gauche, celle de l'harmonie, à l'intérieur d'un trou dans le sol de la jungle, sachant que les Vietcongs disposaient d'une infinité de tunnels interconnectés qui étaient des voies souterraines de ravitaillement. Une division entière pouvait se terrer là-dedans en train d'attendre de lui arracher la main, aussi pourquoi faisait-il cela ? Il le faisait néanmoins dans la vision et, avec une intense clarté – de même que, à travers les ombres de la pluie, l'éclair survenant la nuit dans l'air épais déchire la nue et illumine toutes choses comme en plein midi –, il voyait le trou exploser et le feu en jaillir, son sang lui gicler au visage, et ces deux moignons au bout de ses bras comme quand un gosse marche sur la route sans gants en hiver et rentre les poings dans ses manches, sauf que ses mains, mélodie et harmonie, n'étaient pas cachées, elles avaient disparu. Et au sujet des mains, il déclarait mentalement : Elles n'ont pas d'importance. Et il voyait son père à la tête argentée éternuer dans la soue à cochons, puis s'aliter, et il disait : Ça n'a pas d'importance. Entendant par là qu'*il* n'avait pas d'importance, cet homme vieillissant resté à la maison, le visage congestionné desquamant par endroits, l'homme qui attendait son retour. Et il voyait la ferme avec seulement sa mère pour la faire tourner, ça n'avait pas d'importance.

Des drains fêlés obstrués par de la terre, inondant la pâture, ça n'avait pas d'importance. Les pommiers non traités et les fruits dévorés par les charançons, ça n'avait pas d'importance. Alors, il se levait pour gagner une tente où deux chauffeurs du convoi dormaient couverts de boue sur leur lit de camp devant une télé branchée à un groupe électrogène et passant un film policier, des sirènes, des ombres et des cheveux brillantinés, l'accroche horizontale instable sur l'écran en noir et blanc saisissant l'instant, puis le perdant, la scène emportée comme un store qui se décroche, la retrouvant, des ombres, puis en gros plan des visages d'un blanc luminescent, et Lauren Bacall regardant par la lucarne convexe la nuit qui empestait la mousson, le visage marqué par le désir et le reproche comme pour dire : Je te mets au défi de m'oublier moi aussi.

Du jour où un avion l'y avait déposé, il avait connu le pays à feu et à sang. Il n'avait jamais vu de grande ville que du haut d'un avion ou de l'intérieur d'un aéroport, et le voilà soudain en plein air sur le tarmac – en simple uniforme, la tenue bleue, chargé d'un sac marin, les innombrables Falstaff et Singapore slings exerçant leurs représailles dans son crâne et ses entrailles – en ville, la ville de Da Nang où vivaient des centaines de milliers de gens et qui essuyait un feu d'artillerie, des colonnes de fumée s'élevant au-dessus des toits comme autant d'arbres fantômes géants.

Il se vit dans les deux heures affecter au 26e, à un dépôt de ravitaillement installé à l'arrière, dans la localité de Dong Ha, au départ de laquelle il allait devoir guider des convois sur les routes en terre menant aux bases d'unités combattantes près de la zone démilitarisée, Camp Carroll, Lang Vei, Quang Tri, un coin nommé le Tas de rochers et un autre endroit qui se révéla n'être qu'une piste d'atterrissage – une route, un à-pic, et cette piste sur un plateau peu élevé à la sortie d'un village du nom de Khe Sanh, où toute vie humaine avait été emportée au Ciel peu auparavant, juste avant qu'il le traverse pour la première fois, si bien que ces derniers temps les chats se nourrissaient encore délicatement des morceaux qu'ils trouvaient dans les immondices surchauffés, ces chats qui étaient les âmes des pécheurs laissés-pour-compte.

Les ordres du convoi étaient tout simples : rouler sans interruption. Une seule longue file de camions, vingt, cinquante, parfois cent bahuts. Un pneu crève, on continue de rouler. Il était au volant d'un M54, un cinq-tonnes pourvu de dix roues avec lequel on pouvait se permettre de perdre un pneumatique tant qu'il ne s'agissait pas du train avant et continuer à s'élever sur la route glissante en direction de la zone des combats. Un camion en avarie à la suite d'une défaillance mécanique quelconque ou du passage sur une mine, on l'abandonne et on repart. S'il barre la route, on le balance dans le précipice, on se fout de savoir si ta mère est à l'intérieur. Ne pas s'arrêter. Ils transportaient de la confiserie, des charges de poudre et tout ce qui allait des matériaux pour le bâtiment aux pelles, en passant par le lait concentré, mais la cargaison et n'importe quel camion hors service pouvaient être remplacés. Deux minutes d'arrêt sur un chemin de montagne étaient plus qu'assez pour qu'un convoi se retrouve pris sous un feu d'artillerie et pulvérisé.

Des escouades de biffins gardaient la route, en patrouilles ou pour certains enterrés, d'autres tapis dans des formations rocheuses, vu que là-haut, du côté de la zone démilitarisée, ç'aurait aussi bien pu être la planète Mars question couvert végétal. On ne voyait pas ces troupes enterrées ou cachées ni ces nids de mitrailleuses avant d'avoir le nez dessus. Quand le convoi revenait en sens inverse dans l'après-midi après livraison, les gars qui gardaient la route balançaient au passage des sacs dans les camions, une poche tissée en polypropylène normalement utilisée pour confectionner les sacs de sable mais avec une pierre dedans pour en faire un projectile et on l'attrapait au vol au moment où elle franchissait la fenêtre. À l'intérieur, les listes des provisions qui leur manquaient : lames de rasoir, rations, munitions, cigarettes, savon. Quelqu'un avait noté : *Bouillon de poulet ou jus d'orange – on a tous la crève*. C'était tous les jours Noël et Vollie, qui prenait les commandes, était le Père du même nom. Chaque liste pleurait pour de la bière, mais il ne put en dégoter pendant une éternité.

Ne pas arrêter le convoi. Il entendait cela dans ses rêves, des rêves faits de pilonnage d'obus et de roquettes, et quand on se réveillait ce n'était plus un rêve, c'était un bruit d'explosions dans le lointain. Un feu de roquettes de cent vingt millimètres et de pièces de cent en provenance d'on ne savait où. Un petit *feump*, *feump*, *feump*. On comptait les secondes après le coup de départ et on en déduisait à combien de kilomètres se trouvaient les pièces. Une rumeur propagée par les troupes engagées du côté de Khe Sanh parlait d'un nouveau canon. Un matériel nord-vietnamien engagé pour la première fois sur le champ de bataille. Cent trente millimètres, précis à des distances affolantes, capable de frapper les avions-cargos à l'instant où ils se posaient et de changer l'aérodrome en gruyère. Avec les chasseurs-bombardiers Phantom qui sillonnaient le ciel à volonté, on aurait pensé qu'ils pouvaient repérer ces machins et les faire taire. Ce cent trente était un meilleur canon que ce qu'avaient les Américains ou en tout cas les marines. Un pays aussi petit, une moitié de pays en fait, avec ces gens aussi petits, où est-ce qu'ils se procuraient de pareils engins ? La rumeur voulait qu'ils les planquent de l'autre côté de la frontière avec le Laos, dans des tunnels creusés dans le flanc oriental des montagnes sous une végétation très dense, et qu'ils les en sortent le temps de faire feu puis les rentrent de nouveau, ni vu ni connu. Chaque rumeur comportait un tunnel. Des bruits à propos d'un chargement disparu de barres chocolatées – où étaient-elles passées ? Un rat de tunnel le retrouva par la suite, toute une palette de Snickers dans une salle souterraine avec un chien pour monter la garde, attaché à ladite palette et mort.

Le Laos étant neutre, Vollie aurait pu demander à quelqu'un comment il se faisait que l'ennemi ait le droit d'y faire passer ses voies d'approvisionnement ainsi que d'y enterrer et d'y utiliser ces monstres de canons, et comment il se faisait que nous installions nos camps dans le coin pour attendre d'être pilonnés plutôt que de franchir la frontière pour aller les tuer. Mais à peine soulevées, pareilles questions se dissipaient comme une vapeur, parce que le séjour en camp d'entraînement avait formé l'esprit à se rire des questions et à les oublier. À vivre par le corps et le laisser raisonner à sa manière inepte, à bondir et s'élancer avec précision, à réagir comme une machine. La machine corporelle est en paix avec elle-même et ne connaît rien d'autre que la paix. L'autre structure, l'esprit, les nerfs, cette partie-là souffre, appréhende et connaît le conflit intérieur. Et à quoi bon ? Alors qu'on pouvait n'être que quatre membres, un pelvis, une tête, un torse ? Cela paraissait idiot pendant les classes, cette façon qu'avait le sergent de vous tomber dessus si jamais vous disiez « je » ou « moi ». Il y avait néanmoins quelque vérité dans cette façon d'être que la formation mettait en place. On cesse de s'appeler par son nom, c'est plus ton nom. On cesse de l'appeler « je », on l'appelle « cette recrue », à la suite de quoi on n'est rien d'autre que ça. Peut-être qu'on n'avait jamais été autre chose, une enveloppe de chair et d'os en paix. À force d'insultes, de coups et d'humiliations, ils vous extirpaient toute idée de ce qui s'appelle penser par soi-même. Nul n'a jamais quitté le camp d'entraînement en étant capable de dire : Sergent, je pense qu'il y a peut-être une meilleure façon de procéder. Vous appreniez un truc et vous croyiez l'avoir oublié jusqu'à ce qu'un sifflement suraigu traverse la tente. Là-dessus, vous vous étiez rué dehors pour vous jeter au fond de la tranchée avec le casque sur la tête et le M16 à la main avant que l'esprit à la traîne vous ait dit que ce que vous aviez entendu était, ou plutôt avait été, la balle d'un sniper. Le corps stupide du gars pigeait plus vite et mieux que ne le faisait son esprit.

Il arrivait que les fantassins du bord de la route ajoutent du courrier dans le sac en plus de la pierre et des listes de courses, et s'ils étaient enterrés assez loin de la piste il fallait se tenir prêt, dressé sur la platine couronnant la cabine, pour choper le truc dans les airs comme au base-ball une balle partant vers le champ extérieur, et dedans il y avait une lettre adressée à Mr. et Mrs. Stanley Routenberg de Livonia dans le Michigan, ainsi qu'un billet à l'attention des gars du convoi réclamant au moins, à défaut de bière, deux cents livres d'herbe. Tout ce que Vollie leur trouvait comme boisson était du Coca-Cola. Il s'avéra que certains préparaient un ragoût à base de rations et de

Coca. Un Portoricain du 2e bataillon du 9e Marines lui dit que c'était ainsi qu'on *devait* cuisiner le porc, ce qui était comique : dire à un gars du comté de Clinton qu'il ne savait pas accommoder le cochon.

Il y avait des villages entiers bâtis en cartons de Coca-Cola, et les ingénieux Vietnamiens avaient doublé leurs toitures avec des boîtes de Coca découpées. Le convoi était obligé de ralentir quand il traversait un tel village, et il faut croire que les habitants se méfiaient vu qu'il n'y avait pas de gamins pour se précipiter vers les flancs des camions en quête de friandises et de rations. Tout le monde était tapi dans une hutte quelque part.

Il arriva un jour qu'une bombe explose sur la route. Un obus de l'artillerie du Corps des marines, très probablement, qui n'avait pas fonctionné et avait été modifié en mine terrestre. Elle emporta l'avant du bahut qui précédait le sien. Trois hommes furent soufflés et projetés au loin, mais ils étaient encore en possession de leurs jambes et se mouvaient tant bien que mal, leur chair pendant par lambeaux à travers les treillis fumants – le corps automatique du marine qui se meut avant d'avoir besoin de comprendre. Ils grimpèrent à l'arrière du camion de Vollie. Le convoi poursuivit vaille que vaille, passant sur le village en cartons, en plein sur les huttes Coca-Cola, écrasant allez savoir quoi, des sacs de riz ou des gens, sous ses essieux, mais il ne s'arrêta pas. Il atteignit Camp Carroll en avance sur l'horaire, chargé de courrier, de tentes, de carburant pour moteurs Diesel, de pétrole lampant, de Winston, la seule cigarette filtre à l'arôme garanti vingt fois par paquet, de deux blessés et un mort. Vollie était le Père Noël et le facteur, et un adolescent qui véhiculait des tonnes de munitions sur une route délavée par la mousson de ce début de février avec, aussi banals que des chants d'oiseaux, les *ta-ta-ta* du feu des tireurs embusqués dans les collines. La Winston à bout filtre possède cet arôme unique.

Après quoi, de retour à Dong Ha, il trouva le magasin préfabriqué où les biffins planquaient leur bière. Si les marines ne volaient jamais l'armée et la Navy, nous ne pourrions jamais gagner une guerre. Le marine est voleur de formation, de tradition et par nécessité : Pourquoi manquons-nous toujours de tout alors qu'eux sont comme des coqs en pâte ? Mais les questions se volatilisaient comme une fumée, et un marine de son groupe alluma un fumigène à l'autre bout du dépôt, sur quoi les biffins se précipitèrent pour voir ce qu'il se passait. Pendant ce temps, Vollie reculait son camion jusqu'au préfabriqué et, à l'aide d'un chariot et d'une rampe, avec quatre bonshommes à la manœuvre, une palette entière de bière Hamm's fut bientôt chargée à bord et recouverte d'une bâche, puis ils partirent avant que le fourrier ou qui que ce fût ait compris la manipe. Claire et onctueuse à souhait – Hamm's est là pour vous rafraîchir. Ensuite, sur tout le trajet menant au Tas de rochers, ils balancèrent des caisses de bière tiède aux hommes qui sortaient de derrière les blocs de roche, de sous leurs bannes de fortune, des hommes joyeux comme des retrievers en avisant les étiquettes collées sur les caisses.

Il était midi, le convoi était presque arrivé au Tas de rochers quand un marine apparut au loin suspendu comme une vision au-dessus de la route. Vollie commença par se dire que cette bière tiédasse lui donnait des hallucinations, mais il n'en avait bu qu'une, lentement et en douceur pour ménager son estomac, pas même entièrement puisqu'il en restait une lampée dans la boîte qu'il avait entre deux doigts de la main qui tenait le volant. Le marine en suspension portait autour du cou un écriteau en bois. On distinguait son casque esquinté et son gilet pare-éclats, mais ses pieds étaient trop lâches pour qu'il soit en appui dessus. Il flottait en l'air. Un miracle. Un marine pourvu d'ailes invisibles. Puis ils découvrirent la pique qui lui avait été introduite par le fondement et à travers le torse, une pique très fine qui ne leur apparut que lorsqu'ils furent suffisamment près pour distinguer son visage, celui d'un Vietnamien d'une quinzaine d'années avec des mouches nichées dans les narines, revêtu d'un vieux treillis en lambeaux. L'écriteau qu'il portait en sautoir proclamait :

ATTENTION :
CETTE ROUTE EST PATROUILLÉE
PAR LES SALOPARDS MAGNIFIQUES
DU 2e BATAILLON, 4e RÉGIMENT DES MARINES

Avec le dessin d'un petit hippocampe en guise de signature.

Ils dormirent cette nuit-là au Tas de rochers, ou plutôt en dessous. Nul besoin de poursuivre dans cette montagne de dingues ni d'emprunter aucune des pistes qui y grimpait. Au matin ils reprirent la direction de Dong Ha, roulant sans s'arrêter, jetant parfois des rations individuelles de jambon et de fayots aux Vietnamiens qui se postaient au bord de la route dans leurs guenilles flottantes pour quêter ou faire semblant de quêter de la nourriture pour qu'on ralentisse si on était assez bête pour le faire, histoire de vous balancer une grenade dans la cabine.

Ils entrèrent dans Dong Ha, et les enfants, souriant,

piaillant, se mirent à grouiller en mendiant avec frénésie. Les camions s'ouvrirent un passage avec la célérité requise. Plus loin, au bord de la route près de l'entrée de la base, une vieille femme – peut-être pas si vieille que cela mais tout édentée, souriant de toutes ses gencives brunes changées en cuir à force de mastiquer la noix de bétel – agitait gentiment son chapeau de paille conique. Soudain elle se pencha en avant pour farfouiller en bas de sa jupe. Du haut de sa cabine, Vollie dégaina le Colt M1911 qu'il portait à l'épaule dans un holster, ou plutôt sa main le dégaina, le sortit par la fenêtre et ajusta, cette main tranquille et rapide qui faisait son travail pendant que l'esprit à la traîne moulinait pour comprendre ce qui se passait.

La vieille, nullement perturbée devant ce pistolet automatique pointé sur sa personne par un blanc-bec au volant d'un camion, releva sa jupe par-dessus son ventre et abaissa sa culotte informe tout en lançant : « Zig-zig cinq dollars ! »

La main ramena le pistolet à l'intérieur de la cabine. Les camions franchirent le portail et pénétrèrent à l'intérieur de l'enceinte. Les hommes refirent le plein, garèrent les véhicules au magasin de pneus et, après un détour par le mess, rejoignirent leur grabat.

Jamais auparavant il n'avait vu les parties intimes d'une femme, il avait vu des photos et il avait fait des rêves, mais l'esprit si inébranlable dans ses notions et attentes erronées ne put de toute la nuit se défaire de l'étrangeté du fait que la partie dévolue à la fornication se trouvât devant, alors que chez la femelle de tous les autres animaux qu'il passait en revue on la trouvait derrière. La frontalité, le côté face à face de la copulation humaine, était en soi rétrograde. Mais non, c'était un mensonge de plus de l'esprit discordant. Le corps ne savait pas que nous étions programmés pour faire les choses à l'envers – il ignorait cette chose qui n'était pas vraie. N'empêche que cela le faisait bander de voir une femme sans ses vêtements, fût-elle décrépite ; mais peut-être cette érection provenait-elle du pistolet qu'il lui avait pointé sur le visage et dont il n'avait pas fait usage.

Ce qu'on appelait le jambon aux saloperies, c'était du jambon et des haricots de Lima, et même les crève-la-faim de Khe Sanh n'en voulaient pas.

Ne jamais arrêter le convoi.

Mais un jour, alors qu'ils détaillaient leurs palettes à Khe Sanh – tout à fait inhabituel de s'y arrêter, rumeurs d'un sacré grabuge là-haut entre les lance-roquettes et les obusiers de cent trente millimètres, si bien que le Corps des marines ravitaillait principalement par les airs –, il entendit un bruit. Il était en train de décharger du matériel dans une guitoune et il entendit un bruit. Il regarda autour de lui. Les quatre types qui travaillaient à ses côtés s'étaient déjà envolés. La fumée de leurs cigarettes flottait encore sur place, mais ils avaient disparu. Il se jeta hors de la tente conscient d'être en retard d'un temps sur quelque chose d'important, et le corps qui en savait plus comme toujours plongea dans la tranchée et atterrit sur un troufion mort qui, non, n'était pas mort mais accroupi à couvert, dans un ruisseau qui, non, n'était pas un ruisseau mais un boyau rempli de deux pieds d'eau. Le type le repoussa vigoureusement, si bien qu'il alla s'étaler dans le cloaque. Six hommes étaient tapis là, à demi submergés. Le soleil était en train de se coucher à travers la bruine. J'ai entendu arriver un pruneau, c'est pourquoi je suis dans une tranchée, commenta stupidement l'esprit à la traîne, et j'ai peur. Puis le pilonnage gagna tout le coin, la surface de la piste d'envol se soulevait comme celle d'un ragoût qui bouillotte, et ils restèrent dans cette tranchée jusqu'à ce que le soleil se soit couché encore deux fois. À un moment, il entendit un sifflement et vit son camion sauter. Il se dit alors qu'il allait rester un bout de temps à Khe Sanh.

Une chance qu'il eût descendu sa mitrailleuse du camion une heure avant ce premier tir de barrage afin de la démonter et de la lubrifier ce soir-là pour la remettre en place au matin avant de repartir pour Dong Ha, un peu comme dans l'idée de lui faire nuitamment l'amour, ou pour être honnête non pas lui faire l'amour, domaine dont il ne connaissait que les rudiments matériels, mais plutôt la panser, la bichonner comme une truie avant la foire, la brosser, la graisser. La non-destruction de cette arme avec le reste du camion allait se révéler utile au cours des deux mois où il resterait coincé à Khe Sanh, y élisant domicile entre piste d'envol et tranchées creusées sur le périmètre de la base.

Dans le convoi, chaque servant de ces mitrailleuses de calibre 12,7 avait donné à la sienne un petit nom et bombé celui-ci au pochoir sur la platine de montage au-dessus de la cabine. Des armes baptisées Nuit d'hiver, Mafia SA I, Mafia SA II, Voss, Shirley. Il avait nommé la sienne la Charcutière et partageait avec elle une intimité telle que, quand, quelques semaines plus tard, les fantassins la mirent en position sur les sacs de sable le matin où l'armée vietcong finit par déclencher son offensive, cohue de silhouettes innombrables pareilles à des fourmis, il fut à deux doigts de l'enlever du rebord de la tranchée, craignant qu'il ne lui arrive du mal et plein de ressentiment envers les biffins qui avaient posé sur elle leurs sales pattes de voleurs. Il savait bien qu'en dépit de son activité la Charcutière appartenait au sexe faible.

Il ne fut pas le seul chauffeur coincé à Khe Sanh. Une fois l'assaut lancé, il ne fut plus possible d'envoyer du monde en avant pour déminer la route, et tout le convoi resta en carafe sur place. Par la suite, il n'y eut plus de route à nettoyer, plus rien d'approchant par où repartir de cet endroit. La base était un îlot sur un lac d'argile qui bouillonnait sous les obus et les bombes. Des attaques au mortier tuèrent plusieurs des autres chauffeurs du convoi, si bien qu'il hérita d'un de leurs camions, un autre M54, par chance un diesel.

Un des types coincés là était venu au volant d'un bahut à essence si vieux qu'il avait sans doute connu la Seconde Guerre mondiale et assurément la Corée. Ce chauffeur n'avait pas de chance, car le réservoir de ce modèle était pourvu d'un robinet de vidange et, les fournitures s'amenuisant, il devint la seule source de combustible pour la cuisine de tous ceux qui se trouvaient dans cette partie de la base. Il était théoriquement possible de cuisiner au mazout, mais il fallait voir le goût que prenait la bouffe, cette impression de lécher le cul soufré du diable. Ce qu'il convenait de faire, c'était de se dégoter une boîte de thon vide, la remplir de terre, la faire tremper dans de l'essence dérobée à ce vieux camion et l'allumer sous la grille de votre gamelle. On obtenait de la sorte quelque chose de mangeable. Mais les rations diminuaient et le Corps des marines ne projetait apparemment pas de tenter bientôt un autre convoi. Pendant des semaines, le périmètre de l'aérodrome encaissa obus, roquettes et napalm au point que Vollie commença à se faire au bruit. Il vivait sur un plateau entièrement cerné par le feu. Le dispositif poseur de questions lui ayant été ôté, il ne venait pas à l'idée de demander à qui que ce soit ce qu'il y avait là-bas pour justifier un tel pilonnage. Il ne voyait vraiment pas quel en était l'objectif. C'est un autre chauffeur qui interrogea un des sergents de l'infanterie sur ce qu'on bombardait ainsi. « L'ennemi, espèce de crétin, lui fut-il répondu. T'as pas compris qu'on est assiégés ? » Vollie ne voyait pas le moindre ennemi. Il voyait la terre embrasée.

L'ennemi était sous terre.

Puis vinrent les avions de transport, des C-130 principalement, les Hercule, à présent chargés du ravitaillement puisque, à l'évidence, il n'était plus question de faire passer des convois, mais Vollie était content de voir les pilotes se conformer à la vieille consigne. Ne pas s'arrêter. Un Hercule immobilisé sur une piste faisait une cible de choix, probablement plus juteuse qu'un convoi arrêté car, s'il était touché, les flammes montaient plus haut dans le ciel. Si on est trop loin pour compter le nombre des tués de l'autre camp, comment mesurer le succès autrement qu'à la hauteur des flammes ? C'est pourquoi les pilotes réalisaient ce tour de force qui consistait à survoler la piste en rase-mottes, parfois suffisamment bas pour décapiter le péquin qui se serait tenu là. Le hayon s'ouvrait et un grappin scellé dans la piste accrochait la boucle d'un câble pendant à l'arrière de l'avion. Celui-ci poursuivait son vol, ne se posait pas, mais l'autre extrémité du câble était assujettie à une longue succession de palettes qui jaillissaient de la soute et tombaient au sol tandis que l'Hercule reprenait de l'altitude, sans jamais avoir touché le plancher des vaches.

La base se faisait pilonner sans relâche, la piste était

dans un état épouvantable, des hommes couraient y combler les trous et les recouvrir avec des plaques de treillis soudé cependant que de nouveaux obus faisaient de nouveaux cratères à quelque distance de là. Pendant ce temps, tout le périmètre alentour, à part quelques collines, était soumis à un bombardement aérien tout aussi soutenu mais beaucoup plus incendiaire décidé par le gouvernement américain. Pourtant, Vollie ne voyait ni ennemi isolé ni troupes massées. C'était un siège en théorie seulement. Et le voilà de temps en temps dehors en train de jouer au basket-ball avec les fantassins – l'armée du Nord-Viêtnam pouvait d'un instant à l'autre balancer un obus de mortier sur chaque pouce carré de l'enceinte, alors pourquoi ne pas prendre un peu d'exercice ? – et quand il ne trouvait pas le sommeil il jouait des morceaux de Gershwin ou de Schumann sur un piano muet qu'il s'était confectionné avec un dessus de table et un marqueur noir. Il s'avéra qu'il entendait la musique dans sa tête, même ses fausses notes, et faisait des progrès réguliers par cette pratique obstinée du piano, la musique moins le son ne laissant que le corps du garçon en paix dans un mouvement fluide, en accord et en mesure avec les nombres mouvants qui règlent et gouvernent toute chose, de Schumann à la propulsion par réaction et jusqu'à la tension du sang dans les artères. Il faisait mijoter des rations dans les boîtes de thon sur les réchauds à essence. Il allait probablement mourir, ils seraient vaincus et ça n'avait aucune importance.

Parfois au loin la terre et le ciel s'illuminaient violemment sans signe avant-coureur. C'était la nuit, puis durant un long moment vous aviez devant vous le jour. Non pas un déchirement du ciel et comme un éclair d'orage, mais un monde qui s'ouvrait et s'ouvrait par en dessous, un monde avec, en son intérieur, un soleil qui surgissait du sol. Alors l'esprit sceptique comblait son retard et disait que la source devait en fait provenir d'en haut. Et c'est là qu'on levait les yeux en se demandant d'où cela pouvait bien survenir. Le monde renouvelé en totalité avec une lumière jaillie des ténèbres.

C'est alors seulement que le grondement vous arrivait.

Il s'agissait de l'opération Arc Light. Des bombes, beaucoup de bombes, des tonnes et des tonnes et des tonnes, venues de Guam à bord de B-52, larguées toutes d'un coup dans la basse stratosphère et chutant de plusieurs kilomètres à travers la nuit ininterrompue, ou bien de jour à travers le dôme de soleil ininterrompu qui recouvre la planète comme une paupière, à travers la pluie et les perturbations troposphériques et un air toujours plus dense dans la rayonnante chaleur de la basse atmosphère, tombant trop vite et de trop haut pour être vues ou entendues ou soupçonnées, sur la terre fumante verte et brune à l'ouest d'une rivière au nord d'une route, sur un plateau entre une montagne et ses contreforts, sur des bivouacs et des retranchements, de longs tunnels de ravitaillement, des gens en armes tapis sous terre, attendant dans le noir. C'était de toute beauté quand ces bombes frappaient le sol, toutes d'un coup et en un même lieu, en produisant un fracas incomparable. Les B-52 volaient si haut qu'on ne pouvait ni les voir ni les entendre, habituellement par groupes de trois, trente-cinq tonnes de bombes en soute. On ignorait qu'ils étaient quelque part dans le pays jusqu'à ce qu'ils soient passés depuis longtemps.

La fraction de seconde d'effarant silence avant le bruit.

Arc Light, l'arc de lumière. Et ce rugissement.

Et si on était un soldat du Nord-Viêtnam, cela pouvait être une chouette façon de mourir, puisque nous devons tous mourir d'une manière ou d'une autre. Là, et l'instant d'après plus là. Dans un siècle un cratère subsistera à l'endroit où tu venais de pisser pour la dernière fois dans l'obscurité d'un tunnel, une cuvette de la taille d'une maison creusée dans le sol où, un jour, l'arc de lumière t'expédia au paradis.

La nuit était tombée, février touchait à sa fin. Espinoza, le Portoricain, avait dégoté une pinte de bourbon et la partageait avec Vollie, qui n'avait jamais bu ni bourbon ni whiskey. Cela avait un goût de Coca réduit sur le feu et coupé d'un fluide plus léger. Il craignait de fumer en buvant de crainte de s'enflammer. Tout en faisant jouer une graine de tournesol entre ses lèvres, Espinoza semblait par moments se gratter les parties intimes par la poche de son pantalon ; en fait, il y conservait un chapelet et marmonnait des prières. Il n'y manquait jamais, même pendant qu'ils buvaient du whiskey ou jouaient aux cartes jusque tard dans la tente de Vollie. Il était autour de deux heures du matin quand ils eurent vidé la bouteille, et Espinoza se leva pour regagner sa tente près du dépôt de munitions, mais il reparut quelques instants plus tard en disant qu'il ne voyait pas sa main dans le noir et le brouillard. Aussi Vollie lui ménagea-t-il une place pour dormir dans sa propre tente, ce foyer de fortune qu'il s'était bricolé à Khe Sanh sur la terre battue en abord de la piste d'envol et qui n'était à vrai dire rien de plus qu'une moitié de tente confectionnée à partir d'un parachute, tenue d'un côté par des piquets fichés dans le sol et attachée de l'autre à la portière de son nouveau camion. Là-dessus Vollie sombra dans un sommeil alcoolisé et sans rêves.

D'où il émergea soudain en hurlant : « Je suis touché ! Je suis touché ! »

On entendit Espinoza se battre avec les parois de la tente, l'arrachant de ses fixations au camion, incapable de voir par cette nuit sans lune le rabat que Vollie gardait entrouvert pour laisser entrer la brise et par lequel un éclat d'obus venait apparemment d'entrer pour lui labourer le visage, les bras, la gorge.

« Je suis touché », répétait-il. L'éclaboussure lui paraissait douce tant elle était chaude. Il ne pouvait bouger ni voir. De façon inexplicable, il n'avait été touché qu'aux parties de sa personne qui n'étaient pas recouvertes par son treillis. S'il ne pouvait sortir de là cela tenait probablement à ce que ses jambes ne fonctionnaient plus. « Je suis touché », dit-il encore à l'intention de rien ni personne et il regarda vers l'endroit où auraient dû se trouver ses pieds mais ne vit rien. Il faut dire qu'il faisait noir.

Esprit et corps finissant par se retrouver, il envoya un message à son pied, s'exprimant à voix haute afin de mettre en alerte toutes ses parties. « Je vais taper du pied et si j'entends quelque chose c'est qu'il est toujours là. » Les muscles de la cuisse se contractèrent, suivis d'un battement assourdi au milieu du Nylon de la tente dont il était enveloppé comme d'un linceul. Il procéda de même avec l'autre pied.

Dehors, Espinoza lui demanda : « Mais à qui tu causes, mec ? Glisse-toi sous le putain de camion. »

Il n'était pas touché, Vollie non plus, du moins pas vraiment. De la boue avait giclé sur son visage, son cou, ses bras. Un obus ou une roquette avait explosé à proximité et projeté cette boue à travers l'ouverture de la tente. Il comprit cela une fois sous le camion, en soi pas le plus sûr endroit où s'abriter lors d'un tir de barrage. Quelques lueurs d'explosions leur éclairèrent le chemin jusqu'à la tranchée. Ils s'élancèrent de ce côté-là. La totalité de cet épisode – son réveil avec l'idée d'avoir été touché, la vérification de l'état de ses pieds, la connexion de l'esprit avec les membres inférieurs, la reptation jusque sous le camion, la course jusqu'à l'enceinte et le plongeon dans la tranchée où des fantassins arrachés au sommeil faisaient déjà feu – avait duré à peu près le temps qu'il faut pour beurrer une tartine grillée.

Les biffins de la tranchée, qui avaient mis la Charcutière en position sur leurs sacs de sable, avaient déjà brûlé près d'une caisse de munitions. Vollie en avait dérobé et planqué une vingtaine à la suite d'un largage par un Hercule qu'il avait aidé à récupérer, il les avait volées parce que c'est dans la nature du marine, et cachées dans une cahute à cinquante mètres de là sous un carton de papier hygiénique. Voyant à quelle vitesse défilaient les bandes de cartouches, il sauta hors de la tranchée et fila à toutes jambes en direction de ladite cabane, qui en ces circonstances lui parut plus éloignée que Pétaouchnok.

Il courait vite. Chaque foulée, un coup de chance insensé. Il obliqua. Une nouvelle explosion lui éclaira la cabane rase à travers la fumée. Jamais il n'avait couru aussi vite. Seulement, quelqu'un avait abattu un arbre pour faire du bois de chauffage, laissant en place une souche d'un mètre de haut qu'il percuta de plein fouet à hauteur de ses parties intimes. Il se tordit de douleur en hurlant comme s'il avait été une nouvelle fois touché, mais ce n'était pas le cas cette fois non plus. Il s'était violemment cogné les génitoires contre un arbre. Une trouée dans la fumée, quelque chose qui ressemblait à l'aube venait poindre au-dessus des hauteurs. Il atteignit la cabane, envoya dinguer le papier hygiénique – ils appelaient ça des rouleaux de douceur –, souleva trois caisses de munitions et repartit en clopinant, les couilles en piteux état, s'attendant à être touché et à exploser avec toutes ces cartouches dans les bras. Il progressait aussi vite que possible, le regard braqué sur sa destination, la tranchée, afin de retrouver la protection des sacs de sable. Cheminant en terrain plus élevé et plus ferme dans ces premières lueurs du jour, il jouissait d'une meilleure vision que précédemment. Une des caisses menaçait de tomber. Il tâchait de ne pas perdre la tranchée des yeux. Mais voilà qu'un nouveau point de vue s'offrait à présent et c'est là que, plissant les yeux contre la fumée, il les vit.

Il avait déjà vu des Vietcongs, des partisans, et vu arriver obus et roquettes de cent vingt millimètres. Mais voilà qu'il avait à présent devant lui l'ennemi en personne, les véritables ennemis sortis de leurs terriers, l'armée régulière du Nord-Viêtnam en masse et courant sur des jambes humaines.

Ils étaient pareils à des fourmis, la façon dont les fourmis grouillaient sur une bête morte dans la pâture, sauf qu'ils venaient tous de ce côté. Quelques-uns étaient arrivés suffisamment près pour que soient visibles leurs chemises barrées de cartouchières. Et l'esprit à la traîne de dire : Attends, ces gens là-bas en ont après ma peau. Tout cela dans les secondes qui s'écoulèrent avant qu'il ait mis la tête et les caisses sous l'étagement des sacs de sable. Il s'accroupit. Ses testicules hurlaient de douleur. Le biffin qui avait servi la Charcutière échangea sa place avec lui et se chargea d'approvisionner l'arme avec les nouvelles munitions. Vollie empoigna la mitrailleuse, en réalité une arme antiaérienne dont on disait que l'emploi direct contre des êtres humains constituait une violation d'il ne savait quel article des conventions de Genève. Cinq rafales, pause, cinq rafales, pause ; d'infimes fragments des crêtes de son canon rayé jaillissaient par sa gueule ; les balles traçantes rouges partaient comme des morceaux de corde enflammés, d'abord rapides puis ralenties et comme paisibles dans les lointains, fortement défléchies lorsqu'elles rencontraient une roche ou pour ce que Vollie en savait le bol à cervelle d'un gamin, son casque, dont les traçantes arrivaient réciproquement sur lui, sauf que celles des Viets étaient vertes dans ce ciel bas encore presque nocturne, un champ de traçantes rouges et vertes en trajectoires courbes et changeant brutalement de direction, quatre balles invisibles entre chacune d'elles, les couleurs pareilles à des illuminations de Noël, sur quoi la Charcutière s'enraya.

Elle s'enraya. Il l'ouvrit par le dessus. On aurait dit une vivisection. Il avait enfilé ses gants en amiante. Elle était tellement brûlante qu'il y aurait laissé la peau des doigts. Il déversa de l'huile moteur SAE 30 à l'intérieur de la chambre avant de la refermer, puis le biffin réengagea la bande garnie de longues cartouches et remit l'arme en position. Vollie recommença à tirer.

Pareils à des fourmis ou à un raz-de-marée. Et les traçantes fusaient du canon brûlantes et rouges comme des vœux et paraissaient ralentir à mesure qu'elles s'éloignaient, traçantes qui parfois viraient brutalement sur le côté ou vers le haut comme des désirs avortés quand elles percutaient un rocher ou un casque ou une autre balle au milieu de cette profusion de projectiles cinq fois plus nombreux que ce qu'on en voyait. À la lueur des traçantes, des hommes se cassaient en deux, tombaient en arrière. Vollie était suffisamment proche du poste de commandement pour entendre un radio tourner la manivelle de son téléphone et communiquer des coordonnées.

Ne pas arrêter le convoi.

Un autre bruit voulait que le haut commandement ait lancé cette rumeur à propos des conventions de Genève pour économiser de l'argent sur les coûteuses cartouches de 12,7.

Il pointait son arme sur la marée humaine, les balles traçantes pareilles à des vœux ou bien à des semences de maïs que l'on disperse autour de soi et qui disparaissent en des endroits que l'on ne peut voir. Des vœux parce qu'on les envoyait mais ne pouvait savoir ce qu'il en adviendrait. Le recul de la mitrailleuse transmettait une onde de choc à travers tout son squelette, un-deux-trois-quatre-cinq pause un-deux-trois-quatre-cinq pause. Se baissant pour aider à décharger une nouvelle caisse de munitions, il demanda au fantassin : « Il appelle qui ? », parlant du radio.

« Le New Jersey, je suppose. »

C'était une blague, le radio en communication avec le prestigieux État de l'Est où Annie Frade s'était un jour rendue pour assister au mariage d'une cousine et dont elle était revenue avec un livre d'images sur les gratte-ciel pour son fils.

Mais non, ce n'était ni une boutade ni un État. « Non, rectifia le type. Le bateau. »

Le navire de guerre. Le *New Jersey*, un cuirassé remis en service, porteur de canons de 406 retapés, dont il se disait qu'il avait quitté sa cale sèche de Philadelphie et qu'il faisait route pour venir par ici. Vollie tirait et tirait sans désemparer mais avec résignation : vu le nombre des fourmis, ils allaient être culbutés. Ne pas arrêter le convoi. Et il continuait de faire feu.

Ce fut alors comme si quelqu'un, d'un endroit aussi éloigné que Davenport, avait tiré au canon sur la grange à Calamus et l'avait frappée en plein sur le toit. Et avait remis cela, encore et encore. À l'endroit exact où grouillaient les fourmis, il y eut une onde de choc et un mur de feu et des nuages qui s'élevèrent en colonnes et s'épanouirent en fleurs de cendre, de terre, de fumée. Espinoza courut à la cahute et en rapporta des munitions pour la Charcutière. Vollie continua son mitraillage. En pivotant vers la gauche et la droite comme l'aiguille du cadran d'une radio. Il devait s'agir des pruneaux du *New Jersey*. On les entendait passer au-dessus en déchirant les airs, puis une onde de choc et un nuage, une impossible magie comme si un objet pouvait être porteur d'un savoir – les obus provenant de loin en mer et s'abattant à l'endroit précis communiqué par le radio.

Il fallut moins de dix minutes aux Phantom basés à Da Nang pour couvrir les cent soixante kilomètres. Les longues lignes de l'ANV pullulaient et faisaient feu, les canons de marine les volatilisaient, les Phantom passant à basse altitude les nappaient de napalm. Et encore des obus de 406 cisaillant l'espace en provenance du *New Jersey* ou d'une autre unité.

Ses ordres étaient de ne pas arrêter le convoi. Il regarda derrière lui. Son second camion n'était plus là. Des enfants de salaud étaient partis avec. En fait non, le véhicule n'était plus qu'un tas de ferraille tordue, de toile fumante et de caoutchouc fondu. Il venait de perdre un deuxième camion. Chacun de ces engins valait à peu près le prix de leur ferme, et il en avait perdu deux.

Personne ne lui avait dit à quoi tout cela – la piste d'envol, le siège, le bombardement – servait.

Quand il rentra à Dong Ha une fois l'affaire terminée, une carte de Pâques l'attendait, portant la signature de sa mère et la griffe de son père, ainsi qu'un billet de deux dollars, un vieux billet datant de 1953, mais bien lisse. Elle lui avait donné un coup de fer.

Il continuait inexplicablement de ne pas se faire tuer. Il reçut un éclat de roquette dans le pied, l'éclair brûlant traversa le bout de son ranger puis la chair puis la semelle mais sans toucher un os. Pas de problème, il se trouva une nouvelle paire, du 44 large, au dépôt à Dong Ha, et retrouva le convoi.

Les camions circulaient comme précédemment sur la route 9, ou ce qu'il fallait bien appeler une route. Toujours est-il qu'elle était de nouveau carrossable, à présent. On était en train de réapprovisionner les bases de première ligne comme si l'épisode des mois à Khe Sanh ne s'était jamais produit. Vollie se demandait ce que son père dirait s'il apprenait qu'il en était à son troisième camion. Son père et sa mère lui manquaient trop pour qu'il leur écrive. Espinoza non plus n'écrivait pas chez lui en s'appuyant sur l'astucieuse théorie selon laquelle on rendait service à tout le monde en se faisant passer pour mort ; s'il s'avérait par la suite que vous étiez vivant, ce ne pouvait être qu'un bonus, à supposer qu'ils vous eussent à la bonne.

Personne ne déclara officiellement que le siège de Khe Sanh avait été brisé. Cet endroit, après avoir été un îlot environné d'éruptions d'argile et de tours de feu, était tout bonnement redevenu tranquille, et une équipe dépêchée d'une des bases de l'arrière était venue réparer la route. Vollie avait fini par retrouver Dong Ha, où l'officier responsable des expéditions l'avait félicité d'être toujours en vie et lui avait attribué un autre M54. Son paternel aurait dit : Si chaque fois que vous donnez un camion à ce garçon il explose, cessez de lui en confier.

Allongé en nage sur sa couchette à l'heure du crime, il lisait à la lampe torche un manuel de poche traitant des mines antipersonnel et autre booby traps, où il était conseillé de rester à l'écart des pistes, sentiers, chemins muletiers et autres possibles voies de déplacement. On devait évoluer où évoluaient les locaux, éviter les habitudes, maintenir un intervalle de quinze mètres entre chaque homme et de cent mètres entre hommes et véhicules à chenilles. On devait se déplacer lentement. Ne pas tenter de distancer l'explosion. Ne pas se porter immédiatement au secours de marines blessés par des mines ou des engins piégés. Il y en avait fréquemment un deuxième à proximité du premier. Beaucoup étaient reliés entre eux.

Il arrivait qu'en chemin pour réapprovisionner Quang Tri le convoi rattrape un bus Volkswagen ou autre roulant comme un escargot et surchargé de civils vietnamiens. Du haut de leur affût de mitrailleuse, les hommes s'amusaient à balancer des douilles d'obus sur le toit de ces véhicules, puis les regardaient s'arrêter, portières s'ouvrant à la volée, civils terrifiés sautant à terre pour s'égailler précipitamment.

Est-ce que Vollie participait à ce sport ? Oui.

La nuit, allongé sans dormir sur sa couchette, il demandait à l'obscurité quelle était cette force invisible, imparable comme la gravité ou le vent, qui le poussait à faire ce qui aurait abasourdi et écœuré ses parents s'ils avaient su, cette force qui semblait égale à, et causée par, l'amour qu'il éprouvait pour eux, mais orientée en sens opposé.

Désormais, il lisait que le meilleur détecteur de

mines et de booby traps du Corps des marines était un marine observateur et vigilant. Il devait se méfier des taches de boue, des boulettes de boue, des excréments, d'une planche traînant sur la route, des réparations de la voie qui étaient trop apparentes, des fils de fer qui partaient de la chaussée ; des fils de détente courant le long de l'accotement à travers une végétation dense, des gués, des fossés, des digues des rizières, des objets insolites dans les arbres et les buissons. Pour ses opérations de minage, l'ennemi exploitait fréquemment des objets de rebut : boîtes de ration, de bière ou de soda, piles usagées, cartouchières vides. Tout article tenu pour inutilisable par les forces du monde libre devait être complètement détruit ou convenablement recyclé.

Il *ne devait pas* se déplacer seul.

Décollant de Da Nang avec escale à Singapour, il alla passer sa permission de détente en Australie avec quelques types de son bataillon. Ils louèrent des chambres dans une pension de Sydney. La sienne possédait une télé couleur au lieu d'une fenêtre. Il l'alluma, curieux des jingles de cet hémisphère. La première chose sur laquelle il tomba fut un reportage des actualités internationales : ce même jour, une unique frappe avait fait pour treize millions de dollars de dégâts sur la base aérienne américaine de Da Nang au Sud-Viêtnam. « C'est quoi ce bordel ? » demanda-t-il à l'écran. Une roquette vietcong avait frappé un avion sur la piste, cela une heure apparemment après qu'il avait lui-même décollé de cette même piste, frappé et pulvérisé, tandis que lui-même fumait dans la cabine d'un long-courrier au-dessus de Java ou de Bornéo, où vivaient encore des peuplades de montagnards n'ayant jamais eu aucun contact avec ce qu'on appelait la civilisation, à savoir ces gens qui faisaient de la terre une ferme, une piste d'envol, un arc électrique. Quel regard ces indigènes purent-ils porter sur l'aéroplane qui passait tout là-haut ? Le prirent-ils pour un animal, pour une divinité de second ordre ou pour un débris cosmique traçant son trait de nuage blanc ? Le Pentagone avait déjà donné le montant des dégâts en dollars américains.

Ensuite passèrent des publicités. Pour la limonade Tarax, parce qu'aujourd'hui était une journée dédiée à la famille. Pour l'essence Caltex, dopée au butane. Pour la poudre Desert Flower CornSilk qui vous garantissait cet air naturel, ni effet croûté ni reflets. Puis de nouveau la guerre, qui, à en croire le présentateur, n'allait pas fort, même si on voyait une séquence présentant des bombes entassées comme du bois de chauffage, une autre montrant l'ennemi qui cherchait à échapper à un bombardement massif, un court extrait dans lequel le Président Johnson déclarait : « Ne vous y trompez pas, nous allons l'emporter », et de l'avis général une déroute complète de l'ennemi partout où il s'était montré lors de la récente offensive.

Assis sur le lit aux draps bon marché tout propres, Vollie grillait des cigarettes et ne pouvait détacher les yeux de cette même émission, qui évoquait maintenant ce qui avait pris les noms d'offensive du Têt et de bataille de Khe Sanh. Suivirent des images montrant Khe Sanh, rouillé comme la planète Mars, ce qui n'était pas loin de la réalité. Il crut comprendre qu'il était à présent question de combats à l'époque de l'administration française ou bien chinoise dans les siècles passés. En fait non, l'homme en cravate et veste de tweed qui le regardait droit dans les yeux du lieu improbable où la télé s'élabore parlait d'événements survenus cette année à Khe Sanh, comme si tous les téléspectateurs étaient au courant et n'avaient besoin que d'une petite mise à jour. Là sur l'écran, les C-130 chiaient sans se poser leurs bondissantes palettes et reprenaient de l'altitude au milieu de la fumée, suivis dans leur remontée par le feu de la DCA. Il essaya de se repérer au milieu des types crasseux, qui torse nu, qui en treillis, pelletant de la terre dans des sacs de sable. Il fumait ses cigarettes à la chaîne dans cette petite chambre sur ce continent étranger, tout en mangeant des olives noires dont il recrachait les noyaux au creux de sa main avant de les jeter dans le cendrier. Il se coupa les ongles. Le regard rivé à l'écran, il ne parvenait pas à se trouver. S'il n'était nulle part visible dans cette séquence, avait-il vraiment été là-bas ? Les olives avaient goût de bacon à peine cuit et de saumure. Il n'arrêtait pas de les pêcher machinalement dans leur bocal.

Des mortiers vietcongs touchaient un dépôt de munitions aussitôt dévoré par les flammes, une fumée noire envahissait l'écran. Il avait vu ce dépôt sauter, puis entendu la détonation, puis suffoqué, l'explosion ayant aspiré tout l'oxygène sur son périmètre. Il s'était retrouvé à terre, à demi asphyxié. La télé connaissait les dates, les altitudes, les tonnages, le nombre de tués. Elle montrait au public ce qui s'était passé et pourquoi. Et cependant, dans cette émission très détaillée, la bobine de Vollie Frade n'apparaissait nulle part.

Il regardait sa propre vie sans être dedans.

Il y avait à cela une justesse. Un éclair de reconnaissance et d'espoir. Le fait qu'il pouvait voir sans avoir à apparaître. Et là-dessus quelque chose de plus étrange mais de tout aussi juste. Une sinistre conviction qui lui revenait de très loin dans le temps. L'idée que son corps portait un moi comme un blouson et que celui-là pouvait s'ôter. Vollie Frade pouvait bien se chercher dans cette séquence ; mais son corps ne recherchait rien ; il se bornait à regarder. Ce corps n'avait pas de nom. Il n'avait pas de moi à trouver.

Il était assis sur le lit, les coudes sur les genoux, dans la pénombre de cette chambre étrangère. Il se leva, orteils agrippés à la moquette. Ses poumons s'emplirent de fumée de tabac. Il regardait toujours l'écran. Une espérance le pénétrait comme un souffle. Un espoir extatique. Que son moi puisse s'éteindre et laisser son corps continuer à vivre.

Dans son anglais australien qui lui tordait la bouche, le très sérieux et grave présentateur informait le téléspectateur de ce que les initiatives décisives de la bataille de Khe Sanh avaient été les opérations Niagara et Rolling Thunder, un bombardement coordonné de la Navy, du Corps des marines et de l'Air Force, le plus massif de l'histoire sur un même objectif. Le général Westmoreland avait remporté un formidable succès. Il n'avait pas eu recours à l'arme nucléaire, contrairement à l'insistance de certains. Un court extrait tourné plus tôt dans l'année montrait un général thaï déclarant qu'on ne pouvait sous-estimer l'importance stratégique de Khe Sanh. Le Président Johnson s'était fait construire une maquette du lieu dans la salle de crise de la Maison Blanche.

Vollie avait la nostalgie du piano du salon. L'antique instrument qui avait connu trois générations dans cette maison. Quand il en jouait, c'était son corps qui jouait, avec tout à la fois ses sens, ses membres, le corps de sa mère et celui de son père, le salon et la maison. Aucune autre entité imaginaire telle que son moi n'intervenait. Dernièrement, seul l'emploi de sa mitrailleuse lui avait donné un sentiment semblable. La ferme aussi lui manquait, le goût de l'eau de ses robinets. Il avait évacué depuis belle lurette toute l'eau bue à la maison. Si un corps était principalement composé d'eau, il était désormais presque en totalité un étranger.

L'homme à veste de tweed décrivait à présent comment les Américains avaient gagné la bataille de Khe Sanh. L'armée du Nord-Viêtnam avait massé entre vingt et quarante mille combattants autour de cette modeste base qui lui barrait la route du Sud, base où six mille marines sécurisaient une piste d'atterrissage. C'était – cela avait été – une bataille pour une piste d'atterrissage. L'Amérique l'avait emporté au prix de ce que le présentateur appela l'indicible et inestimable prix du sang. Il ajouta que Khe Sanh était la grand-porte du monde libre.

Il dit encore que l'été avait maintenant gagné le Viêtnam – sauf que cela voulait dire qu'ici, en Australie, c'était l'hiver. Le siège était désormais fini depuis plusieurs mois, et si Khe Sanh revenait de cette façon à la une, c'était dû au fait que le haut commandement, après avoir étudié et revu les priorités stratégiques, venait de décider le démantèlement et l'abandon de la base qui s'y trouvait.

Vollie prit une douche, puis les garçons partirent ensemble en quête de steaks. L'un d'eux voulut commander un chateaubriand de kangourou. La serveuse répondit qu'elle n'en avait plus mais pouvait leur servir des kebabs d'émeu.

La chair d'émeu était maigre, tendineuse et rouge, bien que cet animal fût un oiseau si Vollie ne se trompait pas. La mère de la serveuse avait coutume de faire fondre la graisse des émeus pour s'en enduire les cheveux. « Bienvenue en Australie, leur dit-elle. S'il vous plaît, ne nous tuez pas. »

Ils se mirent en civil et se payèrent des chaussures en agneau, légères comme des mules, puis écumèrent les boîtes en quête de filles. Des filles blanches, avec des perles aux oreilles et des jupes dont l'ourlet était plus proche de la taille que des genoux, qui en échange de leur attention attendaient non de l'argent mais de la conversation, de préférence si vous souriiez comme un benêt et non comme un tueur qui, à dix-huit ans, avait déjà goûté au sexe tarifé, un tueur qui tout à la fois prenait en pitié et adulait ces demoiselles parce qu'elles faisaient don de ce qu'elles auraient pu monnayer. Il suffisait de parler et de sourire, à en juger d'après le succès relatif de ses camarades, qu'il observait du coin de l'œil tout en restant planté devant le juke-box, lisant chaque mot de l'étiquette de chaque disque, souvent suffisamment près d'une fille pour la humer, souhaitant qu'il fût envisageable d'aborder l'une d'elles et de non pas parler mais chanter. Il connaissait les paroles de la plupart des chansons que renfermait la machine. Il ne chantait pas mais écoutait. Le bout de son soulier en agneau, libre de toute pensée, tapotait le sol comme il l'eût fait s'il avait joué ce thème sur le piano à Calamus au lieu de renifler cette fille, enivré par son odeur de rose et de sueur d'avoir dansé, mais sans jamais se tourner pour la regarder.

Puis ils retrouvèrent le Viêtnam et se remirent à faire passer des convois. En février 1969, à la fin de ses treize mois, Vollie Frade rentra en Caroline du Nord, où un capitaine tiré à quatre épingles qui n'avait pas mis les pieds hors d'Amérique du Nord et lui était néanmoins infiniment supérieur de par le fossé qui sépare les officiers des hommes du rang, un rigolo frais émoulu de l'École navale et déjà ses trois galons – ce qui voulait dire qu'il s'entendait à sucer des bites –, lui passa un savon parce qu'une des quatre étoiles de campagne de son ruban ne pointait pas exactement vers le haut. Pour cette infraction, le gradé le traita de misérable raclure et d'insulte à son uniforme. Bien évidemment, Vollie ne lui rit pas au nez, il l'aimait de l'une des manières nullement insolites dont on laisse autrui croire ce qui lui chante, ou dont on laisse passer un mensonge, ou comme quand un gamin en culotte courte vous lançait une pierre, manquait son coup et détalait, et que vous aviez sa nuque dans votre ligne de mire et ne tiriez pas. C'était l'amour né de la miséricorde.

Quand il fut rendu à la liberté, il put se baguenauder en continuant d'aimer ce trois-galons comme on peut aimer quelqu'un qu'on a envisagé de trucider, cette putain de bonne sœur en tenue de pitaine qui lors d'une inspection de la chambrée trouva dans ses affaires la partition des pièces de Schumann et voulut savoir comment il se l'était procurée. Elle est arrivée par le courrier, lui répondit Vollie en omettant le « monsieur » à la fin. L'autre la fit brûler sous ses yeux. Pour cela et d'autres abus d'autorité, Vollie l'aimait d'amour. Et à sa mère et son père il n'écrivait pas un mot.

Il arpenta les rues banales recuites par le soleil de Jacksonville ou emprunta une voiture à un marin, ancien ouvrier des aciéries cantonné là, et poussa jusqu'à Myrtle Beach, en Caroline du Sud, mais il resta la plupart du temps à Camp Lejeune et joua du piano dans la salle de catéchisme d'une église méthodiste située non loin de la base. La perte de la partition était un moindre mal. Il travaillait les pièces courtes intitulées *Kinderszenen*, qu'on lui avait fait jouer au lycée et qui ne l'intéressaient pas à l'époque, mais qu'il avait en grande partie mémorisées à Dong Ha en lisant la partition. Il avait reconstitué les passages dont il ne se souvenait pas en écoutant leur interprétation par Vladimir Horowitz sur un microsillon qu'il avait acheté. Ces compositions avaient des noms tristes et très beaux : « L'enfant suppliant », « Un événement important », « Bonheur parfait », « Gens et pays étrangers », « Au coin du feu », « Presque trop sérieusement », « Croquemitaine », « L'enfant s'endort », « Le poète parle » ; mais celle qu'il jouait le plus était la septième, « Träumerei », ou « Rêverie », celle qu'il avait coutume de jouer après le dîner tandis que son père, assis non loin, caressait le chat d'une main déformée et fredonnait en sourdine.

À Wilmington, il entra dans une boîte de jazz où il but en solitaire tout en écoutant les cuivres des musiciens noirs. En les écoutant et en les regardant. En tâchant de se laisser pénétrer par la musique. Mais avant la fin du set, cette musique prit dans sa tête la forme de la guerre. Le trombone, avec seulement sa coulisse et rien à quoi la mesurer, jouait note après note étrangement parfaites, ajustements précis comme un tir de mortier : la charge de poudre, le tube, la trajectoire parabolique qui frappait sa cible lointaine.

Il entretenait une correspondance avec Bobby Heflin, l'ancien cow-boy, qui avait passé quelques nuits à cuver au trou à Okinawa et fini par être déployé à Da Nang avec le reste de la bande pour passer ses treize mois dans une unité d'infanterie du côté de Phu Bai, où il avait même découvert le surf. Il avait été du séjour à Sydney, où il était tombé amoureux. Il écrivait que c'était vraiment le grand amour, qu'il allait convoler avec cette Australienne. Elle s'appelait Anne Marie. Il la comparait dans ses lettres à des chevaux auxquels il avait été très attaché en ses jeunes années : son entrain, sa crinière, son allure. Vollie occupait le tabouret voisin dans la boîte de Sydney le soir où Heflin et cette fille avaient commencé à se parler. Sachant que son copain n'avait plus que de la petite monnaie, il avait attendu que la demoiselle détourne la tête afin de commander une nouvelle tournée pour lui glisser un billet de cinq dollars australiens avant de prétexter le décalage horaire pour dire qu'il rentrait se coucher. En fait, il avait déambulé seul jusque fort tard en laissant courir sa main sur les voitures, sur les arbres, en contemplant les illisibles astres des antipodes. Bobby parlerait par la suite de prêt à propos de cet argent, mais il s'était agi d'un don. Il écrivait qu'il était à présent cantonné sur une base de Californie où il enseignait aux jeunes recrues les techniques de survie et comment se nourrir en fouissant le sol lorsqu'on était coincé derrière les lignes ennemies, et il décrivait à l'aide d'un diagramme à la fin de sa lettre comment se confectionner une paire de mocassins à partir d'un lièvre que l'on a pris au collet.

Puis Vollie décacheta le deuxième envoi reçu ce jour-là, un télégramme en provenance de Washington par lequel il apprit le décès de son père.

Ton père a fait une embolie cérébrale, disait le papier.

Il savait ce que c'était. Une bulle éclate dans le cerveau, plus petite qu'une bulle de savon, mais qui produit à l'intérieur du crâne l'effet d'une grenade antichar, cette onde de choc qui transforme un bâtiment en un tas de gravats, sauf que cela se passe à l'échelle microscopique, trop infime pour émettre le moindre son, mais est ressenti comme du son, une déflagration d'une mégatonne pulvérisant la forteresse de l'esprit.

Il revêtit ce soir-là la tenue bleue de sortie, pour la première fois depuis plus d'un an, et se rendit à un bal à Wilmington. Avec leurs robes et leurs cheveux laqués relevés en manchon, les filles ressemblaient à des gâteaux.

Il dansa avec une dénommée Shirley. Une épaisse couche de fond de teint la vieillissait tout en peinant à masquer son acné. Il aurait voulu lui dire qu'elle était très bien, que cela passerait avec l'âge. Au lieu de cela, il lui sortit : « J'ai connu une mitrailleuse qui portait ton nom. »

Elle ébaucha une révérence et lui sourit avec des yeux sans expression. Ils continuèrent de danser gauchement. La musique était pas mal forte, une musique en boîte déversée par des haut-parleurs. Se penchant vers son oreille, il sentit une forte odeur de laque aérosol et se dit que, compte tenu de la dispersion de sa coiffure et de l'oxygène séparant les mèches, elle pouvait prendre feu à la moindre étincelle. Partout où il portait le regard, des cigarettes étaient allumées comme autant de menaces disséminées dans la jungle. Elle pouvait s'embraser d'un coup.

« C'était une Browning, calibre 12,7 », précisa-t-il.

Derechef le visage inexpressif souriant avec une fixité toute plâtreuse. Quand le morceau prit fin, elle fit une nouvelle révérence et lui tendit dans un sourire sa main gantée de blanc. Il la prit dans la sienne mêmement gantée et s'inclina légèrement. « Le plaisir fut pour moi », dit-il. Elle finit par articuler un petit mot aimable et s'éloigna sans à-coups dans sa robe de confection qui lui dissimulait les pieds. Elle avait dit ce mot sans lui adapter en aucune façon son sourire. Ce mot était « animal ».

Kinderszenen signifiait « Scènes d'enfants ». Il y avait un peu partout des ritardandos dans celle qui s'intitulait « Rêverie ». Selon son père, Vollie n'avait jamais compris ce que cela voulait dire, ce qui était singulier puisque Potter Frade ne savait ni lire ni jouer du piano. Mais il avait de l'oreille. Et il ne pensait pas que son fils sût vraiment ce que signifiait « lentement ». Une vraie lenteur. Un ralentissement progressif. Une marche ralentissant graduellement jusqu'au repos. Une longue progression sans heurt qui aboutissait et s'achevait quelque part. « Tu te figures qu'en allant trop lentement tu n'arriveras jamais. Ça ne se passe pas comme ça, Vollie. Si tu ne ralentis pas, tu vas arriver au bout et carrément le dépasser. »

Le lendemain matin, il s'habilla et ne prit pas de petit déjeuner. Laissant dans sa cantine le bocal de menue monnaie qui aurait pu lui servir pour un téléphone à pièces, il quitta la base tout en se repassant mentalement, sans vouloir encore les prononcer, les mots d'un télégramme. Il arriva devant le bureau de la Western Union, voulut y entrer mais c'était fermé. Il fit le tour de la petite ville, pénétra dans un bar, se jeta un whiskey dans la bouche et, après l'avoir réglé, il ressortit et le recracha dans le caniveau. De retour au bureau, à présent ouvert, de la Western Union, il prit la file d'attente derrière d'autres marines, derrière des Noires, des Blanches, des jeunes et des moins jeunes, derrière une vieille courbée comme un arbre, son sac pendant au creux du coude – l'innocent sac à main verni couleur miel avec une fermeture brillante, pareil à une cible sur laquelle il aurait pu tirer parce qu'elle brillait et bougeait, parce qu'il était innocent et la femme de même. Quand arriva son tour devant le guichet en verre armé, il se mit à fouiller ses poches, faisant semblant de ne pas trouver sa pince à billets, et laissa un autre marine passer devant.

Ce fut de nouveau son tour. Il s'adressa non pas au

préposé mais au réseau de fibres qui blindait la vitre entre eux.

« Je t'écoute, fiston », dit l'employé, un garçon de son âge au visage couvert de taches de rousseur.

Vollie lui dicta un télégramme adressé à sa mère disant qu'il ne lui était pas possible de rentrer à la maison pour les obsèques.

Jamais il ne lui avait menti avant ce jour. Pendant que l'autre lui relisait le texte, il se persuada presque que ce mensonge ne comptait pas du fait qu'il l'avait dit à un intermédiaire et non pas directement à elle. Puis il tira de sa poche de poitrine la petite pince à billets en argent, donna deux dollars au guichetier, ramassa sa monnaie. Cela lui apparut d'un coup comme un mensonge de sang-froid.

Il fit du stop pour rentrer à la base, alla trouver le capitaine pinailleur dans son bureau et signa pour une deuxième période de service. Il retrouva le Viêtnam dans le courant du mois. On lui remit ses galons de caporal.

Ça se voyait, un gars qui avait peur. Occupé à huiler son pistolet dans la casemate à la lueur de la télé, il se levait pour aller regarder à travers la moustiquaire. Vous avez entendu ce bruit ? Puis il retournait s'asseoir. Il se relevait pour aller de nouveau jeter un œil et revenait s'asseoir. Se levait et se rasseyait.

Quelques jours plus tard, le gars était mort. C'est le fantôme de sa mort qu'il avait entendu. Mais ce n'est pas parce que ton spectre te poursuit que tu dois le fuir.

Ainsi, lors de sa seconde période, le caporal Vollie Frade, à présent un ancien de dix-neuf ans, développa-t-il une nouvelle forme de méditation. Il s'agissait toujours de dire au spectre : Tu n'as aucune importance, sauf qu'il le faisait désormais avec le corps plutôt qu'avec la tête. À chaque parcours en convoi, quand il était servant de la mitrailleuse, position qui faisait de lui une cible de choix, il portait un T-shirt Hanes flambant neuf, moulant, d'un blanc intense, visible à des kilomètres à la ronde. On n'était pas censé voyager juché sur la cabine comme il le faisait, mais la conception de la tourelle vous plaçait jusqu'à la moitié du torse à l'intérieur du camion : on n'était pas assez haut pour voir correctement et on avait l'impression de tirer vers le ciel plutôt que vers le sol. Aussi préférait-il s'asseoir plutôt sur l'affût de la mitrailleuse. Il s'agissait de la nouvelle 12,7, baptisée Charcutière II. Bien dressé et ostensible au milieu de la jungle, manière de dire : Tu as droit à un coup. Vas-y, tire ; mais si tu me rates, il faut que tu le saches, je te déquille.

Ce comportement était un peu dingue mais entretenait l'esprit de la règle première d'un échange de tirs telle qu'énoncée pendant la formation : établir immédiatement sa supériorité en puissance de feu. Arroser abondamment les abords ; faire savoir à l'adversaire de quel équipement on dispose, lui montrer une vigoureuse disposition à l'utiliser. Dans la probable éventualité où il n'est pas touché par votre tir de barrage, il va décamper. Le but était moins de frapper l'ennemi lui-même que de susciter une vague de panique dans le périmètre environnant. À un moment donné, Vollie s'entendit donner du « il » et non du « elle » à sa mitrailleuse et prit conscience qu'il faisait cela depuis son retour au Viêtnam. Il s'interrogea à ce sujet même s'il répugnait à tout questionnement. C'est alors que lui apparut avec évidence le fait qu'il ne voulait pas d'une présence féminine auprès de lui à cette époque particulière. Le corps était par nature en paix avec lui-même, mais le contact d'une fille le rendait dissipé et ingouvernable, et il n'aimait pas cela. Cela ne l'empêchait toutefois pas d'aller rendre visite à mama-san quand il en avait la possibilité, attendu que baiser était une chose à part.

Le T-shirt arboré bien en vue au-dessus de la cabine n'atténuait pas sa peur, mais faisait de lui-même un spectre, une figure sans ambiguïté de notre fin imminente, avec tatoué sur un bras l'insigne du Corps des marines – l'aigle, le globe et l'ancre – et sur l'autre les mots ESSE QUAM VIDERI en capitales noires.

Il s'était fait tatouer à Jacksonville, rond comme une queue de pelle, et s'était réveillé sans aucun souvenir, sinon celui d'un pari perdu dans un bar avec un des types du coin. Au matin, son portefeuille était toujours garni, aussi peut-être avait-il finalement gagné ce pari. S'il se creusait la tête, il se rappelait avoir feuilleté le classeur du salon de tatouage, classeur semblable à un album de photos de famille, à ceci près qu'il ne paraissait inclure aucune figure de connaissance jusqu'à ce que lui apparaisse l'insigne – à savoir l'oiseau, la boule et la chaîne – pareil au visage d'un géniteur dont vous voudriez que le fantôme ne vous abandonne jamais. Pendant un mois il ignora ce que signifiait ce deuxième tatouage. Puis il rencontra une nouvelle fois un des gars du cru. Lui et ses copains s'étaient fait faire le même le soir où ils le lui avaient payé. *Esse quam videri*. La devise de leur État de Caroline du Nord. « Être plutôt que paraître. »

Une nuit de cette deuxième période dans le Sud et la jungle, au terme de treize mois d'affilée sans événements notables, des hélicoptères passèrent à basse altitude au-dessus de la canopée. Vollie vivait dans la crainte de devoir utiliser la Charcutière contre un aéronef : s'il tirait accidentellement sur un hélico américain, sûr qu'ils lui feraient la peau. Or à mi-chemin de sa seconde période il n'avait encore jamais vu d'appareils nord-vietnamiens ; celui-ci devait donc être de son camp en dépit du fait qu'il parlait vietnamien. Oui, c'était un hélicoptère qui parlait dans la nuit. Un vrombissement et une plainte. Un bruit geignard et ensuite des voix vietnamiennes, vraiment psychédéliques, lançant des appels avec de la réverbération, une voix d'homme et une voix de femme se répercutant au-dessus des arbres, et qui provenaient manifestement d'un hélicoptère américain.

La première fois qu'ils entendirent cela, les hommes de son unité se mirent à couvert dans un fossé. Pris de panique, les fumeurs de joints du lot échafaudèrent en guise d'explication des théories plus farfelues les unes que les autres. Aucune théorie ne pouvait toutefois rivaliser de dinguerie avec celle qui fut donnée pour un fait un mois plus tard par un pilote de l'aviation sud-vietnamienne qui avait pris place à bord d'un camion pour se rendre à la base de Pleiku.

Ils avaient entendu les voix des âmes errantes, leur dit-il.

Cet hélicoptère participait à une opération psychologique déployée au-dessus de la jungle afin de faire peur aux superstitieux Vietcongs. On avait enregistré des comédiens locaux dans un studio de Saïgon, puis cela avait été mixé avec des sons psychédéliques et autres effets sonores de films d'horreur. Ces voix déchirantes suppliaient leurs parents de les aider, d'éviter les erreurs qu'eux-mêmes avaient commises en s'aventurant loin de leur village pour se faire tuer, leurs corps abandonnés, de sorte que leurs âmes restaient dans un no man's land des morts. « Rentre à la maison avec moi ! » disait la voix féminine. Et l'homme de répondre : « Qui m'appelle ? Ma fille ? Ma mère ? Mais mon corps a disparu. Rentrez chez vous, mes amis, dépêchez-vous ! Sinon vous finirez comme moi. » Le projet portait le nom de la fête estivale pendant laquelle les âmes de pécheurs bouddhistes échappaient pour un jour et une nuit à la perdition afin de parcourir le pays, nus, affamés, sans abri.

Vollie conduisait le camion à bord duquel le pilote, assis à la place du mort et à demi retourné pour s'adresser aux hommes assis à l'arrière, expliqua tout cela. La cabine empestait les mets exotiques, posés sur ses genoux dans un panier, que sa mère lui avait cuisinés ce matin-là sur la côte. Le camion gravissait les hauteurs de la province de Pleiku. Une brume translucide baignait la route, le genre de brume placide que Vollie en était venu à redouter car elle endormait toute vigilance.

Par-dessus le vacarme du diesel, les hommes se demandaient d'une voix forte quelle branche du haut commandement pouvait bien claquer l'argent public sur un projet pareil. Cela ressemblait bien à la Navy, d'entretenir un club de théâtre clandestin ; cependant, les hélicoptères en question n'appartenaient pas à cette arme.

« Il est peu vraisemblable que ce soit votre marine », déclara le pilote. Le projet ne reflétait pas des priorités stratégiques navales. Plus probablement, la CIA ou bien le MIC ou encore la DIA[1].

Vollie n'était pas surpris que ce capitaine sud-vietnamien connaisse mieux que lui le fonctionnement des agences américaines de renseignement. Les officiers du monde entier partageaient une supranationalité.

1. MIC : Military Intelligence Corps. DIA : Defense Intelligence Agency.

Ils échangeaient leur savoir d'officiers et leurs mensonges d'officiers dans leur langage d'officiers, dans le cas présent avec un accent français. Mais il s'étonna de la réaction du pilote quand le fantassin assis entre eux affirma que la guerre était en train de diminuer d'intensité, rumeur que Vollie croyait due à leurs convois peu mouvementés des derniers temps.

« Vous rigolez ? » ricana le pilote. Quelles que fussent les déclarations publiques, les sorties de bombardement sur les voies de ravitaillement de l'armée nord-vietnamienne au Laos et au Cambodge se poursuivaient, si elles n'étaient pas en augmentation. Il en avait vu les effets depuis son cockpit. Or ces opérations ne servaient à rien du tout. De grandes quantités d'approvisionnement parvenaient quand même au Viet Cong.

Les autres Américains à bord du camion, rompus au cynisme ayant cours au sein du Corps des marines, levèrent des verres invisibles pour porter un toast à l'absurdité de ces dépenses en matériel. Seul leur sergent-artilleur les défendit sincèrement : « Quoi que l'Air Force balance de l'un ou l'autre côté de la frontière, c'est positif sur un point : y a pas de marines au sol au Cambodge. C'est tout ce qui m'importe. » Tout le monde aimait bien le sergent. Pour lui, le Corps des marines passait avant tout. Son mépris pour le haut commandement était absolu. Plus les huiles tenaient mordicus à faire quelque chose, plus il était certain que c'était un micmac destiné à tuer des marines.

Le pilote s'agaçait toutefois de l'orgueilleuse ignorance de cette camionnée de Yankees, tous des appelés. « Si des marines devaient dormir ce soir de l'autre côté de la frontière, vous seriez le premier à être mis au courant, sergent, dit-il d'un ton de sarcasme sans joie.

Une telle opération dût-elle amener Chinois ou Soviétiques à envahir ces territoires pour assurer, disons, leur propre sécurité. Nul doute que le haut commandement commencerait par vous consulter. »

Le sergent s'en alarma trop pour se formaliser. « Vous avez entendu des bruits, monsieur ? »

Un silence affreux se fit à l'arrière – les hommes écoutaient à travers le ronflement du diesel ce que le pilote allait répondre. Si le haut commandement envoyait deux hommes au Cambodge, toute une division n'allait pas manquer de suivre.

Le pilote parut choisir ses mots afin de dissimuler le fond de sa pensée. « Peut-être que toutes les officines du complexe défensif américain ne prêtent pas un même degré de, disons, d'intimidation aux révélations publiques concernant le respect des frontières entre pays.

— Sommes-nous, oui ou non, au sol là-bas ? » demanda sèchement un des hommes.

Vollie avait le regard braqué à travers la brume blafarde, s'en remettant à sa seule vue, tâchant de rester sourd à la discussion, de faire peu de cas des souvenirs et des attentes, se voulant un œil unique qui pénétrât la boue de la route et vît quels pièges elle recelait.

Le pilote vietnamien dit qu'il ne s'était peut-être pas bien fait comprendre. Il était dans l'intérêt des deux camps de se déployer au Laos et au Cambodge mais pas d'en faire état. Par conséquent, dans la mesure où la réponse à la question pouvait être oui, elle devait aussi, en même temps et par une même nécessité, être non.

Des lettres de sa mère arrivaient jusqu'à lui dans la jungle – lettres décousues à propos du temps qu'il faisait cet automne, de confitures, du Seigneur venu la visiter dans son sommeil pour lui dire : « N'aie pas peur, je suis avec toi », d'asperges ; et elle ne savait que faire de la grange, il y avait tellement de trous dans la toiture ; et est-ce que cela l'ennuierait si elle trouvait un locataire pour la pâture ? ; et le Seigneur aimait chacun de nous, même dans nos péchés ; et elle espérait qu'il comprendrait si elle ne joignait pas un peu d'argent à sa carte de Noël. Chacune de ces lettres plus zinzin que la précédente – la compote de pommes cédant la place à Jésus, lui-même cédant la place à : S'il te plaît pardonne-moi si je vends la herse à disques vu que je me suis déjà séparée du tracteur.

Je porte ce T-shirt blanc parce que je suis l'ange de ta mort qui te pourchasse. Ou du moins telle était sa compréhension de ce qu'il exprimait en le portant. En tout cas, plus jamais il ne se refit tirer dessus, pas une fois, ainsi vêtu et juché sur l'affût de la mitrailleuse. Il devait ressembler à César au jour de son triomphe. Sur la base, un bleu lui demanda : « Pour quelle raison portez-vous ce T-shirt, m'sieur ? » Vollie réfléchit une seconde, inclina la tête pour regarder le jeune de biais et répondit : « Ça me protège. J'attrape facilement des coups de soleil. »

Sa seconde période terminée, il rentra à Camp Lejeune dans la peau d'un jeune Sudiste d'adoption, car nanti du tatouage que l'on sait. Les soirs de semaine, il jouait du piano en solitaire à l'église. Un week-end, il poussa jusqu'à Norfolk en civil pour boire et contempler les grands navires en cette saison estivale. Il vagabondait. Au bout de quelques mois de telles sorties, l'esprit à la traîne lui dit que ces vagabondages aussi loin de la base signifiaient que le corps recherchait un endroit où s'établir et ne le trouvait point. Son juste lieu était la ferme, mais être d'un endroit voulait dire boire son eau, or il était désormais plein de cette eau d'ailleurs, celle du Viêtnam et de la Caroline – il avait introduit la discorde dans le corps en paix, et celui-ci était dans l'égarement. Son engagement de trois ans tirait à sa fin.

Bobby Heflin, à présent rentré chez lui pour ses trois années de réserviste, lui écrivit du Nouveau-Mexique. Il avait tout d'un homme nouveau. Il avait hérité du ranch de ses parents, et une poignée de gens intéressants y habitaient désormais avec lui, des gens sympas, hommes et femmes, qui vivaient chichement mais s'efforçaient d'être bienveillants les uns envers les autres, avec leurs chiens et leurs chevaux. Ils n'avaient pas de bétail en dehors de quelques vaches laitières de race Jersey parce que l'esprit de la viande était la mort et celui du lait la vie. Vollie n'avait qu'à venir les rejoindre à la fin de son temps. Rien sur Anne Marie, l'épouse éternelle. Heflin avait tapé sa lettre à la machine, une première, car il entendait peser ses mots. Il concluait avec un passage d'un livre qu'était en train de lire un de ses compagnons :

> *Observe la mesure, connais les termes, instruis-toi à ce sujet. Retiré dans la solitude, prie. Prosterne-toi avec amour et baise la terre. Aime inlassablement, insatiablement, tous et tout, recherche cette extase et cette exaltation. Arrose la terre de larmes d'allégresse, aime ces larmes. Ne rougis pas de cette extase, chéris-la, car c'est un grand don de Dieu, accordé seulement aux élus*[1] .

1. *Les Frères Karamazov*, Fédor Dostoïevski, traduit du russe par Henri Mongault (« Folio classique », 1994).

Vollie fourra la lettre dans son enveloppe, l'enveloppe dans sa poche, et prit la direction du QG du bataillon sous d'étranges nuages bas portés par les vents océaniques. Il se rendit au bureau de l'EECQCI, soit l'enfoiré en chef qui commande ici, un lieutenant-colonel qu'il en était venu à admirer avec la distance requise en raison de l'aptitude de ce type à se tenir raide comme un piquet, à vous fixer sans ciller et à donner l'impression qu'aucune part de lui ne touchait à ni n'était touchée par ce qui l'entourait, cela tout en régissant ses hommes jusqu'à leur structure atomique par télépathie. Vollie ne l'avait jamais vu parler. Il était assis derrière un bureau métallique au plateau caoutchouté, occupé à écrire quelque chose. Vollie demanda la permission de parler, qui lui fut accordée d'un hochement de tête, puis demanda si, dans le cas où il signerait pour une nouvelle période de trois ans, on pouvait lui promettre une affectation au Viêtnam plutôt qu'aux États-Unis.

3

Non, impossible, lui répondit le lieutenant-colonel.

Vollie demanda la permission de se retirer, qui lui fut accordée.

Pourtant, dès le lendemain matin, il signait son rengagement. Guère de temps ne passa avant qu'il se retrouve au Viêtnam, mais encore plus au sud cette fois, dans un coin exempt du moindre signe de civilisation hormis une piste et de vastes étendues de ravins et de montagnes mis à nu par l'agent orange. À bord d'une Jeep au milieu d'un convoi roulant vers l'ouest. Il avait été promu au grade de sergent-chef.

Le convoi quitta la piste et s'engagea en cahotant sur des ornières creusées par les véhicules expéditionnaires qui l'avaient précédé. Vollie partageait sa Jeep avec un grand gaillard de lieutenant qui venait d'arriver au Viêtnam, et cela n'était pas à son goût car si un type avait jamais eu le genre : Je vois le truc venir, c'était bien celui-là : chaque caillou qui tintait contre le châssis lui faisait baisser le nez vers le plancher comme si les mines terrestres envoyaient un préavis ou comme s'il portait en lui un machin que son organisme dût expulser par la bouche.

Le convoi transportait du ravitaillement pour trois mois, quelques sous-officiers, une douzaine de fantassins, des bleus pour la plupart, afin que les sous-offs aient des types à maltraiter et terroriser, et deux civils qui s'entendaient comme larrons en foire, un reporter et un botaniste, tous deux appartenant manifestement au renseignement.

Plus tôt ce même jour, lors du barbecue d'adieux sur la base aérienne de Bien Hoa, ces deux cachottiers avaient mangé leurs côtelettes avec couteau et fourchette. Ainsi fut-il entendu qu'ils souhaitaient que les hommes du rang les eussent dans le nez. Le lieutenant les rejoignit à leur petite table, donnant par cette première impression l'image en pied d'une assurance très École navale. Il avait en fait joué au poste de linebacker dans l'équipe de football d'Annapolis. Tandis qu'il commençait à parler avec les deux civils, les hommes qu'il allait commander firent des paris sur la manière dont il attaquerait son déjeuner. Personne n'entendait ce qu'ils se disaient. Le lieutenant porta une côtelette à sa bouche, balança un temps, parut remarquer comment mangeaient les deux autres, reposa sa viande et empoigna ses couverts. L'ensemble de la longue tablée l'avait vu hésiter ; personne ne s'esclaffa.

Peu après, un quatrième se joignit à eux. Il avait à la main une assiette qui menaçait de déborder de côtelettes et de pain de maïs. Il portait un costume de lin repassé de frais qui flottait autour de ses longs abattis. Ses cheveux paille lui recouvraient impeccablement les oreilles. Il se mit à manger avec les mains. Aussitôt, les trois autres l'imitèrent. On saisissait au vol des bribes d'un aristocratique accent sudiste, mais ce qu'il avait à dire, à quoi les trois autres étaient suspendus, n'arrivait pas jusqu'à la table.

Selon la rumeur, ce quatrième homme était un importateur de produits de nettoyage qui se trouvait être présent sur la base ce jour-là au moment de la bouffe. L'idée qu'un tel personnage – le soi-disant voyageur de commerce dont il semblait qu'il y eût en permanence plusieurs spécimens sur toutes les bases – eût parcouru tout ce chemin jusqu'à Bien Hoa au service de l'industrie privée était un attrape-nigaud auquel nul n'était tenu de croire. Sa clientèle était toute théorique. Cela permettait à un homme comme lui de se soumettre à des règles d'engagement différentes de celles auxquelles il aurait dû se plier s'il avait porté l'uniforme de l'armée du pays qu'à l'évidence il servait. Usant d'allez savoir quelles couvertures, habilitations, faux-semblants, désinformations et purs mensonges, il avait les coudées franches. Les hommes du rang ne voyaient pas cette liberté d'un mauvais œil, ils l'enviaient. Le convoi n'avait pas quitté la base que ce quatrième homme avait disparu.

Une fois à bord de la Jeep surchauffée, l'assurance du lieutenant s'évapora. Il ne disait pas un mot. Il était torse nu. Il s'arc-boutait pour encaisser les secousses et on aurait dit que ses omoplates allaient transpercer la chair pâle de son dos ruisselant de sueur.

Le convoi poursuivit sa progression à travers la jungle, roulant vers le soleil tout l'après-midi et toute la soirée. Vollie n'avait pas eu jusque-là idée de la largeur du Viêtnam dans sa partie méridionale. Les hommes allaient défendre un dépôt de munitions. Il ne savait rien de plus sur cette mission, sinon, désormais, que ce dépôt était singulièrement distant de la base.

Quand ils arrivèrent à la nuit tombée, un sous-officier de l'unité qu'ils venaient relever lui demanda : « On est toujours nulle part ? »

Cet homme se méprenait visiblement sur son niveau d'habilitation.

« Faut croire, répondit Vollie. Ça ne paie pas de mine.

— Mais tout ceci n'a toujours pas de réalité, c'est bien ça ? Et on n'est jamais venus ici ? Ou alors est-ce que je peux dire aux gars qu'ils ont passé ces deux derniers mois à l'étranger ? Ils le savent bien, de toute manière. »

C'est ainsi que Vollie acquit la certitude d'être passé au Cambodge, où, officiellement, pour des raisons géopolitiques traitées dans les hautes sphères, il ne se trouvait pas, ni lui ni ses hommes.

Ils passèrent cette première nuit à bord des camions. Au lever du soleil, les pleins furent refaits à partir de cuves à l'intérieur du camp, qui ne possédait pas ses propres véhicules. Les hommes des deux unités se serrèrent la main. Ceux que l'on était venu relever s'en repartirent avec tous les engins roulants, laissant l'unité de Vollie clouée sur place, exposée en territoire inconnu.

Les hommes entrèrent dans l'enceinte rudimentaire, recouverte de plaques en fibre de verre, et choisirent leurs couchettes. Après quoi le lieutenant les rappela dehors. Il leur ordonna de se dévêtir et de brûler leurs uniformes. Il ouvrit une caisse au milieu des fournitures qu'ils avaient apportées et remit à chacun un pyjama noir comme en portaient les autochtones. Ils seraient désormais une unité clandestine.

Aucun des hommes ne savait en quoi consistait exactement une unité clandestine, mais il apparut clairement dès la première matinée que le statut du camp avait été modifié. La précédente unité n'avait pas été relevée mais, tout au moins sur le papier, rappelée. Quelqu'un avait appris l'existence de ce camp et ordonné qu'il soit démantelé. Quelqu'un d'autre prétendait se soumettre à cet ordre tout en passant outre. Et pour jouer sur les deux tableaux, leur unité avait été shuntée de la chaîne de commandement. Cela sautait aux yeux. N'importe qui pouvait voir que le lieutenant recevait ses ordres des deux civils.

Ils avaient des radios mais ne les utilisaient pas. Ils avaient des vivres, des pastilles de potabilisation et des cigarettes en abondance. Ils avaient des profondeurs océaniques de tranquillité comme on en rencontre dans la jungle. Ils avaient de longues heures de sommeil et connaissaient l'ennui d'une mission aussi facile et paisible que celle de tenir sa langue. Nul ne venait puiser dans leurs réserves de matériel. Ils avaient de l'aspirine Bayer, du bain de bouche, du shampooing. Et ils furent comme recouverts par un manteau d'invisibilité jusqu'au matin où les deux civils prirent avec eux la moitié des hommes pour mener une reconnaissance le long de la piste vers l'est.

Pendant leur absence, un unique coup de feu se fit entendre.

Puis un tir d'enfilade.

Le camp insuffisamment défendu était soudain attaqué à l'est et à l'ouest par des troupes régulières de l'armée du Nord-Viêtnam. Vollie voyait leurs uniformes et leur AK-47. Çà et là, il voyait leurs yeux. Et plus tard il aurait le souvenir d'avoir vu, chose impossible, la balle même qui le frappa dans le dos et s'y logea, sur la gauche, entre rein et colonne vertébrale. Un caporal demanda au lieutenant la permission de passer un appel radio pour obtenir un soutien aérien. Le lieutenant répondit par l'affirmative. Puis, doutant d'avoir autorité de révéler leur position sur les ondes, il se ravisa. Dans les minutes qui suivirent, le caporal et quatre autres hommes avaient été abattus.

Le camp qui n'était pas là tomba. Vollie, le lieutenant et un bleu survivant furent attachés avec des cordes qui n'étaient pas là. Ils furent transportés pendant des heures à bord de véhicules qui n'étaient pas là, les yeux bandés et leur sang s'écoulant des blessures qu'ils n'avaient pas reçues, et ils s'aperçurent que lesdits véhicules avaient pénétré à l'intérieur d'un genre de caverne quand les moteurs furent coupés et qu'il n'y eut plus alentour de bruits de jungle qui n'existaient pas, de sangliers qui ne couraient pas sous les pins et les palétuviers, de canards ne battant pas des ailes, d'une bruine classée secret défense qui ne devenait pas obsédante.

Il fut traîné, les yeux toujours bandés, hors du véhicule et resta un moment debout. Le monde invisible dans lequel on le fit ensuite avancer s'étrécit immédiatement en un tunnel creusé dans la terre où ses épaules passaient à peine. Il se traîna sur des kilomètres, cassé en deux, le dos aiguillonné par un geôlier qu'il ne vit jamais. Ils finirent par arriver dans un évasement où le bleu et lui furent de nouveau entravés puis laissés seuls. Un espace comme une marmite en terre, humide et froid. Les deux hommes tendaient l'oreille en quête des bruits de la jungle, des bruits d'une ville, de n'importe quoi en provenance de la surface.

Seuls des sons inexistants leur parvenaient. Les sons doublement inexistants d'un tunnel qui n'existait pas et d'hommes qui n'étaient pas là, cela pendant une étendue de temps qui n'eut jamais aucune réalité et qui de toute façon ne se pouvait mesurer puisqu'ils ne voyaient ni lumière du soleil ni lueur des astres, et qu'est-ce que le temps sans sa mesure ? *Observe la mesure, connais les termes, instruis-toi à ce sujet. Retiré dans la solitude, prie.*

C'est là que débuta son long travail. Le travail vers lequel il s'était dirigé à l'aveugle depuis le moment de son enfance où on l'avait plongé sous la surface du bain glacé. Le travail de devenir personne. Dans l'obscurité totale, il ferma les yeux. Il étudia la différence : le noir en lui, le noir au-dehors.

« Sergent Frade ? commença Wakefield, le bleu, d'une voix altérée, lui aussi enchaîné à ce qu'ils avaient cru identifier comme un affût d'artillerie de fabrication soviétique privé de son canon. Comment s'appelait votre équipe de football au lycée ?

— On n'était pas assez de garçons pour faire une équipe. » Vollie se redressa, exposant ainsi à l'air l'orifice suppurant de sa blessure – mieux valait un air vicié que la terre humide.

« De basket, dans ce cas », fit la voix défaillante. Wakefield était originaire de l'Arkansas. Il avait trois frères et cinq sœurs. Pas une fois dans sa vie il n'avait dormi seul dans une chambre.

« Les Comets.

— Racontez-moi un match des Comets. Du début à la fin, comment ça se passait. J'essaie de faire comme vous m'avez dit, monsieur, et de ne pas penser à ma gorge.

— T'es pas encore mort, Wakefield. Tu vas t'en tirer.

— J'ai la gorge plus serrée que la chatte d'une veuve, monsieur. »

En plus d'une jambe et d'une clavicule cassées, Wakefield avait contracté une fièvre sans toutefois connaître le soulagement de transpirer tant il était déshydraté. Tous deux l'étaient.

Vollie fit des pompes jusqu'à ce que sa blessure l'élance trop cruellement pour continuer. Wakefield, qui ne bougeait plus guère, sinon pour se soulager d'un peu d'urine dans une cuvette qu'ils avaient creusée, avait compté les pompes. « Allez, monsieur, s'il vous plaît, racontez-moi un match. Je sais que vous n'aimez pas parler de vous. »

Vollie, essoufflé, se rassit, la tête et les épaules en appui contre la paroi en terre, le dos déjeté vers l'avant, de l'air sur la plaie, cherchant à saisir des réminiscences qui se dérobaient prestement. Il ne se rappelait pas une seule partie dans laquelle il avait joué. Il raconta à la place un match qu'il avait suivi – devait avoir suivi, bien qu'il ne se souvînt plus des tribunes ni du banc où il aurait été assis, pas plus de ce qu'il avait bu ou grignoté tout en regardant le jeu. Une rencontre à l'extérieur, à Maquoketa, que les Comets avaient remportée dans les toutes dernières secondes. Il se revit dans les gradins, il n'avait pas joué cette fois-là. Et pourtant, c'était un fait qu'il avait occupé le poste d'arrière dans tous les matchs des Comets cette saison-là sans jamais quitter le terrain. Impossible de concilier ces réalités concurrentes.

« Vous l'entendez ? » interrogea Wakefield.

Le lieutenant était de nouveau en train de prier dans une chambre située plus loin le long du tunnel. Vollie l'entendait mais il répondit que non.

« Mais si, vous l'entendez, insista Wakefield.

— Ses prières, ça le regarde.

— Pourquoi prie-t-il à haute voix s'il ne veut pas qu'on entende ?

— Pour s'entendre lui-même.

— Combien de frères et sœurs avez-vous ? demanda encore Wakefield.

— Je te l'ai déjà dit.

— Aucun ? Ils sont morts ? » C'était une voix d'enfant souffrant, en confiance. « Moi, j'en ai huit. » Une note de fierté avait adouci le coassement de sa gorge. « Tu me l'as déjà dit. C'est gravé.

— Je trouve que ça fait pas mal. C'est bien assez, je veux dire. Maman va y arriver.

— Tu ne devrais pas parler autant. »

Les prières sourdes et solennelles du lieutenant n'en finissaient pas.

« Sergent Frade ?

— Qu'est-ce qu'il y a, Wakefield ?

— Je veux vivre, monsieur.

— Bravo, mon gars. »

Durée.

Espace.

Allongé sur le sol du tunnel, il faisait son travail intérieur. Il se remémorait la vie qu'il avait menée tout en ne se rappelant pas la place qu'il y avait occupée. Cette vie se perpétuait là dans le noir, nullement régie par les séquences normales, les rythmes diurnes, les routines en flux et reflux du corps et de la conscience. La fille apportait de l'eau dans un quart en aluminium ou bien elle n'en faisait rien. Il pissait et déféquait ou ne le faisait pas. Cette chose qu'il comprenait autrefois comme étant lui-même s'était bornée à un agglomérat de phénomènes, prévisibles et répétés. En leur absence, cette entité illusoire, son moi, se flétrissait comme une mauvaise herbe sous le goudron.

Le défaut d'habitus. Les trois prisonniers étaient maintenus dans des endroits distincts, ou bien les deux hommes du rang se trouvaient ensemble et le lieutenant à part, ou bien tous trois partageaient le même espace. Ils étaient attachés à l'affût d'artillerie par des chaînes ou des longueurs de chanvre. Des adolescents se présentaient derrière des lampes à carbure, charriant du matériel dans le tunnel, ils déplaçaient les prisonniers vers des emplacements écartés où ils resteraient séparés pendant un temps inconnaissable, peut-être infini, en sorte que chacun pût occuper séparément sa tombe intemporelle. Du riz froid arrivait, ou pas, dans des cornets en papier journal. Un épais brouet dans un bol. Wakefield empestait la pourriture, il fredonnait des cantiques de Noël. Ils le traînaient sur sa couverture pour ménager le passage d'une caisse. Ils le ramenaient de même à sa place.

Ils conduisirent Vollie dans une cave plus spacieuse. Une sorte d'atelier où des enfants et des grands-mères en pyjama emplissaient d'explosif et de gravier des boîtes de jus de tomate vides en leur ajoutant pour enveloppes, avec beaucoup de précautions, des boîtes de bière vides : des grenades faites maison comme autant de boulettes de manioc.

Incapable de se lever comme de ramper, Wakefield était traîné dans un sens puis dans l'autre.

Leurs ravisseurs assuraient leurs propres convois à pied sous terre, des caisses obscures sur des chariots grinçants, et ils ramenaient Wakefield, ou pas, auprès de Vollie. Par une bouche d'aération, le lieutenant demandait pardon, s'adressant à l'espace, à la terre. Vollie n'écoutait pas la teneur intime de cette triste confession.

Ses os et son sang, ses doigts – chacun de ses éléments participait à la faim. Si du riz lui arrivait, il en dévorait jusqu'au dernier grain avant d'avoir pris le temps de le goûter. Puis il réveillait Wakefield et lui faisait manger sa ration, en lui rappelant de bien mâcher.

Travail difficile que de reconfigurer le monde en l'absence de moi, et il l'abordait avec engagement. Le réenregistrement d'innombrables trajets à bicyclette sur la route 61, dans le comté de Clinton, le sarclage des amarantes rugueuses – tout cela s'étant désormais fait sans lui. L'être épuré de toute qualité. De tout accessoire. Travail invisible, nécessaire, comme, dans les poumons, la distillation de l'oxygène à partir de l'air brut. Ce qui subsistait : un être, vivant.

Le lieutenant et Wakefield étaient en train de mourir, Vollie sentait l'odeur de la mort les gagner. Mais pas lui.

« Sergent Frade, dit Wakefield. Ils savent qu'on est ici, pas vrai ? »

Vollie fit pivoter son dos, étirant les muscles lombaires raides et agités de spasmes au point de faire naître une douleur nouvelle, et gardant cette douleur dans sa chair, y élisant domicile. « Probablement, répondit-il.

— Mais j'ai peur que si c'est eux, les barbouzes, qui nous ont fourrés là-dedans, alors personne d'autre ne soit au courant.

— Ça les arrange, si personne n'est au courant. »

Ils voyaient et entendaient rarement leurs gardiens, qui venaient vérifier leurs entraves et leur apporter de l'eau, ou pas. On ne cherchait pas à leur arracher leur nom ou leur matricule, ce dont Wakefield finit par déduire qu'ils n'étaient pas retenus en tant que prisonniers de guerre mais comme monnaie d'échange. « Si la mission était secrète, notre disparition est classée secret défense. Et nous serons portés disparus pour l'éternité. Mais pour quelle raison nous laissent-ils en vie ? À moins qu'ils pensent que nos services de renseignement vont nous racheter ? On vaut combien, à votre avis ? »

Comme Vollie ne répondait pas, Wakefield ajouta : « Je me sens vraiment mal, aujourd'hui.

— Ta gorge va mieux.

— C'est vrai. Merci de me le rappeler, monsieur.

— Tu vas t'en sortir, Wakefield.

— Oui, merci, monsieur. »

Mais Vollie avait bien peur que la gorge du garçon ne se soit desserrée ainsi que parce que son corps était en train de céder.

Le corps cédait. Le corps amaigri et nauséabond qui souvent s'endormait en mangeant, tandis que Vollie, lui-même tenaillé par sa fringale, lui portait le riz à la bouche. Le corps succombant à ses blessures contrairement au sien. Le corps près de mourir qui n'avait sûrement pas faim comme le sien. Le corps de ce jeune garçon qui ne méritait pas de manger du fait qu'il refusait de lutter.

Le lieutenant se faisait entendre au loin par un tunnel de communication, parlant sans discontinuer. Un échange à trois ou quatre dans lequel il faisait toutes les voix. Plus tard, quand il fut un temps entravé en compagnie de Vollie et de Wakefield, il ne parla plus, se bornant à frissonner. Ses tremblements faisaient bruire les petits cailloux sous lui. Wakefield lui demanda combien il avait de frères et sœurs.

Il advint une fois que la fille mit sur le riz du poisson ou quelque préparation odorante, et Wakefield, retrouvant un peu d'énergie, voulut que tous trois disent le bénédicité. À l'époque, le lieutenant ne parlait plus que tout seul. Wakefield rendit grâce au Seigneur pour Ses bontés, pour leur bonne fortune, et dit amen. Vollie attendit, sans y prendre part, que la prière se termine. Puis il mangea.

Il déposait les aliments dans la bouche de Wakefield et celui-ci les mâchait. Il s'endormit tout en mastiquant et Vollie le réveilla pour lui dire d'avaler.

Le lieutenant fut emmené ailleurs.

Le corps qui refusait de lutter était toujours capable de manger. Le corps de Wakefield. Il respirait et bougeait.

Au terme de peut-être deux jours sans nourriture, un jeune Vietnamien se présenta derrière sa lampe avec du riz, deux cornets humides et froids, un pour Vollie, un pour Wakefield. Le garçon s'en fut. Vollie ouvrit le premier paquet et mangea, léchant ensuite le papier tout en prêtant l'oreille à la respiration de son compagnon. Puis sa main ramassa la deuxième portion – non pas sa main mais celle de la non-personne qu'il devenait –, la déballa et porta le riz à la bouche de cette non-personne, et la bouche se remit à manger.

La fois suivante où la pitance arriva, il préleva de nouveau ce qui était sien et le mangea, puis il prit l'autre portion et la mangea également, cependant que l'autre corps dormait.

Travail étrange, seulement possible en l'absence du temps. L'agencement des impressions dans la mémoire se défaisait puis reprenait forme sans lui. Le crépuscule gagnant la pâture boueuse. De la musique et le retour du printemps. Les gens qu'il avait connus et aimés. Tout cela se détachant de lui dans les ténèbres.

L'autre corps se mit à mourir plus vite désormais.

Vollie avait froid, ou pas. Il désirait avidement une nouvelle portion de riz, ou bien il était descendu en dessous de tout désir. Aucun rythme ne gouvernait les inspirations et les expirations de sa poitrine. Il ne pouvait ni confirmer ni infirmer que ses pieds étaient bien ses pieds. Les poils de son corps étaient surtout de la terre.

Oubli maximum possible.

La blessure dans son dos s'était refermée.

Observe la mesure, connais les termes, instruis-toi à ce sujet. Retiré dans la solitude, prie. Mais il ne fut jamais vraiment seul jusqu'à ce que le lieutenant et Wakefield meurent enfin. Cela se produisit quatre mois après qu'on les eut amenés dans le tunnel. Peut-être moitié moins ou peut-être deux fois plus. Il y avait eu moins à manger, puis presque plus rien. Wakefield mourut. Puis le lieutenant le suivit très rapidement dans la mort et Vollie se retrouva seul. Il ne sut jamais de quoi souffrait le lieutenant, un nouveau mal contracté sur la fin. Il toussait beaucoup, mais Vollie ne fut pas infecté. Les corps furent emportés au bout d'un certain temps. Il fut placé dans une autre excavation remplie de matériel. La majeure partie du temps, il y fut attaché par les poignets et les chevilles à la roue d'un chariot, si bien qu'il se tenait assis ou lové à même le sol mais ne pouvait ni s'allonger ni se tenir debout. Une chance qu'il eût la lettre de Heflin à lire et qu'un jeune garçon passât de temps en temps avec une lampe. *Prosterne-toi avec amour et baise la terre.* Il la mémorisait. *Aime tous et tout.*

C'est dans la nuit du tunnel, ce nulle part où le temps était aboli – après que les corps du lieutenant et de Wakefield eurent été enlevés, après que ses os eurent paru adopter la forme à laquelle ils étaient contraints, après que la durée eut perdu toute représentation spatialisée, se réduisant désormais à un milieu où se perpétuaient les choses, qui n'avaient jamais accédé à l'être et ne pourraient jamais en sortir – que sa vision lui revint :

La ferme. Clair de lune sur le verger. Givre nocturne dans les hautes herbes qui crissaient sous les pas. Le cri d'un cochon. Soif. Il traversait le pré en direction du ruisseau. Les parages étaient déserts. Sa tête était brûlante. Sur l'onde, le reflet déformé de la figure angoissée qu'il savait sienne. L'appréhension de l'eau froide. La récognition du fait qu'il en était issu et devait à présent y retourner.

Ses yeux entrés sous la surface, son visage disparaissait comme s'il n'avait jamais existé. La personne perdait sa nature spirituelle, lieu de conflit, elle n'était plus porteuse d'un nom, se trouvant ramenée à un corps flottant dans le milieu aqueux qui était le sien. Le temps de la vision se fondit au temps du tunnel. Il lui était déjà arrivé une fois de tomber de la vision dans le bain glacé, sa mère le tenant par les pieds, son père déversant de la neige dans l'eau à l'aide d'un seau. Il tenait cette nuit dans la nuit pour une des nombreuses naissances qu'il avait connues. Et toutes ces naissances avaient déjà eu lieu. Chacune était la répétition d'une précédente naissance. Aucune ne s'était produite la première. Soumise à la durée, son âme ne vivait alors que temporairement dans la trame du temps. Désormais, elle subsistait autrement, sans nom ni visage, en paix en dehors du temporel.

Puis une jeune fille se présenta.

Des semaines ou des années s'étaient écoulées.

Elle lui recouvrit la tête d'un sac grossièrement tissé. Il entendait des voix masculines.

On lui détacha les pieds. On le poussa dans le dos pour le faire lever. Son dos mit plusieurs minutes à se redresser ; la balle y était toujours logée depuis le jour lointain où le camp était tombé. Puis on le poussa de nouveau pour qu'il se mette en marche. Ayant compté ses pas, il estima qu'ils avaient parcouru une huitaine de kilomètres dans l'obscurité, lui constamment courbé en avant et heurtant continuellement de la tête la terre ou le rocher des parois d'un tunnel creusé pour des hommes plus petits.

Il y eut une halte. On souleva un peu le sac, le lui resserrant sur les yeux, le temps de lui faire avaler un bol de riz. Puis on le lui remit en place et la marche reprit. Il calcula à peu près cinq kilomètres de plus. Lentement, de plus en plus lentement à mesure que diminuaient ses forces. Puis une odeur d'égouts, et il foulait à présent une surface plus ferme, plongé jusqu'aux chevilles dans une eau froide et stagnante. Ensuite, une échelle. On lui plaça les mains sur les barreaux. Il entendit des ordres brefs, quelqu'un lui aiguillonna les jambes, il se mit à grimper. Après l'échelle, ils parcoururent encore une cinquantaine de mètres, lui toujours ployé en avant.

Il sentit une odeur de feuillages. Puis un peu de lumière filtra à travers le sac. Une lumière verte, jaune et orange qui lui blessait les yeux. *Baise la terre inlassablement, insatiablement*. On le fit monter dans un véhicule qui s'ébranla. On lui donna de l'eau sous le sac, qui fut ensuite étroitement noué sous sa mâchoire.

Quand le véhicule s'immobilisa, on lui administra des bourrades pour qu'il en descende. D'autres tapes sur les épaules pour qu'il s'agenouille sur le sol. On lui rattacha les mains dans le dos. Des tapes derrière le crâne lui firent baisser la tête. La chaleur du soleil vint lui frapper la nuque et il lui sembla qu'elle lui réchauffait même les os. Ses yeux se resserrèrent comme s'il allait pleurer – pleurer de la honte que les autres aient dû mourir dans l'obscurité alors qu'il s'apprêtait, lui, à mourir la nuque baignée de lumière, de la honte qu'à l'heure de sa fin il ait eu la faveur du soleil et pas les autres, ou encore de la honte de la nourriture qu'il avait reçue –, pourtant la non-personne qu'il était devenu ne pouvait éprouver aucune honte : il désirait seulement, ardemment, ridiculement continuer de vivre.

Il perçut des bruits pareils à ceux d'une ville. Des bruits de moteurs et au loin un brouhaha de voix. Personne ne le rudoyait plus, aussi ne bougeait-il pas. Puis il entendit des hommes parlant l'anglais américain en baissant la voix.

Soudain, des bruits de pas. Une odeur de Brut, l'après-rasage. Des mains empoignant ses bras rachitiques par le coude et l'épaule, et l'invitant à se relever.

Des doigts s'affairaient devant sa pomme d'Adam, là où le sac était noué. Celui-ci ôté, une explosion comme un arc électrique trop proche pour qu'il lui survive. *Ne rougis pas de cette extase, chéris-la, car c'est un grand don de Dieu, accordé seulement aux élus.*

Puis il fut conduit à l'hôpital de Saïgon.

4

C'est là, au réfectoire de l'hôpital, que le civil entra pour la première fois en contact avec lui. Le type bien sapé, le dernier arrivé au barbecue de Bien Hoa et le premier à en repartir. Il s'appelait Lorch. Vollie ne l'apprit que ce jour-là, à l'hôpital. Il importait vraiment des produits de nettoyage au Viêtnam, mais il put révéler au sergent-chef Frade que cette activité commerciale ne représentait pas la totalité de ses opérations sur place. Il dirigeait aussi ce qu'il appela une « officine », qui mettait au point des produits destinés au renseignement – à la fois des produits à l'état brut et des produits finis –, tout en se lançant, ici et là, dans cette plus moderne fonction du renseignement qu'étaient les opérations clandestines. Il allait finir par soumettre une proposition à Vollie. Au début, on aurait dit que ce péquin voulait le fourrer dans un autre tunnel. Avec le temps toutefois, Vollie identifierait cette proposition comme le souhait traceur que l'on émet, rougeoyant et brûlant, quand on est encore trop jeune pour savoir ce qu'on veut, et qui parfois heurte quelque chose dans le noir, un rocher au loin là-bas, et ricoche et déclenche des conséquences en chaîne qu'on ne pouvait avoir prévues, tout en les espérant.

Les policiers militaires qui le trouvèrent, ligoté à genoux sur le trottoir devant un bureau local du Commandement pour l'Assistance militaire, l'installèrent sur un banc de la salle des urgences de l'hôpital. Ils conférèrent à voix basse avec le responsable des entrées. L'un d'eux lui donna une barre chocolatée, mais l'être étrange qu'il était devenu restait insensible à la faim, et il ne la mangea pas. Il n'y avait là personne d'autre attendant d'être pris en charge. Peut-être la guerre avait-elle été gagnée en son absence. Les policiers lui serrèrent la main avec un air perplexe et s'en furent. Une infirmière lui fit prendre la direction des douches. Tandis qu'ils suivaient un couloir embrasé de lumière fluorescente, elle lui donna un Coca, mais il ne le but pas. Elle lui remit une serviette. Il se déshabilla et entra sous la douche. Quand il en sortit, elle l'attendait pour lui donner un treillis repassé, des chaussettes neuves, des sous-vêtements et des chaussures. Elle avait tout de la dernière femme sur terre. Elle l'emmena chez un coiffeur dans un autre bâtiment de la base silencieuse. Pendant que le coiffeur lui coupait les cheveux, elle se plongea dans un magazine, debout dans un coin. Elle lui fit ensuite traverser le complexe hospitalier jusqu'à un service presque exempt de patients.

Est-ce que la guerre était terminée ? interrogea-t-il.

« Pour ainsi dire », lui fut-il répondu.

L'infirmière signa sur une planchette quelques documents qu'elle lui remit, lui dit de s'asseoir dans le couloir et de donner ces papiers à l'aide-soignant qui lui indiquerait son lit. Elle lui demanda si cela ne le dérangeait pas d'attendre là tout seul. Après avoir réfléchi un instant, il lui répondit que ça irait et la regarda passer la porte, ses jambes et ses pieds, sa chevelure relevée en manchon. La porte se referma et il ne la revit plus jamais.

On lui attribua une chambre individuelle. À la nuit, flottant mince comme un fil dans ses frusques, il sortit arpenter la pénombre des couloirs, le carrelage lisse et froid sous ses pieds nus.

Des gens essayaient de lui parler, des hommes du renseignement militaire, des marines sociables qui avaient entendu des bruits à son sujet. Il ne se montrait pas très disert. Il passait ses heures d'exercice à l'écart des autres patients, parcourant les bazars hétéroclites et populeux de Saïgon, le soleil sur des visages anonymes. Là, à la différence de l'hôpital, nul ne prétendait le reconnaître d'une promenade précédente ni ne lui demandait si l'appétit revenait, à qui il fallait télégraphier qu'on l'avait retrouvé, comment il s'y était pris pour entretenir ses ongles sans rien pour les couper – rien qu'un grouillement de visages jeunes et vieux le frôlant sans heurt comme un individu quelconque dans un banc de poissons, ou massés sous les bannes du marché en ces parties de la ville où il ne lui était pas permis de se rendre.

Quand le personnel de l'hôpital lui répétait jusqu'à quelle distance il pouvait s'éloigner de la base, il les écoutait, coudes sur les genoux, tirant sur sa cigarette, sans piper. Ensuite de quoi il allait où bon lui semblait. Sur les marchés ou encore chez un disquaire pour écouter dans un casque les Beach Boys ou Schumann, langage codé fait de nombres en mouvement par lequel un esprit tentait de lui communiquer depuis sa petite enfance il ne savait quelle information pressante, un précepte de la première importance qu'au bout de près de vingt ans il n'avait toujours pas compris. La tête penchée en avant, le casque sur les oreilles, tout ouïe, il était blanc comme un linge après les mois passés sous terre.

C'est au cours de sa troisième semaine d'hospitalisation, alors qu'il se forçait à manger un sandwich au bacon dans un coin écarté du réfectoire, que le civil fit son approche. Vollie le reconnut aussitôt à ses cheveux couleur paille, mais il ne le regarda pas directement et ne lui montra en rien qu'il consentait à compromettre sa solitude. L'autre s'assit en face de lui, ayant déposé sur la table une assiette de mini-épis de maïs, une autre abondamment garnie de poitrine de bœuf et une coupe de beignets aux pommes. « Je note que vous aimez parcourir la ville », dit-il.

Vollie ne répondit pas. Il était en train de regarder une jeune Vietnamienne vêtue d'un *ao dai* lumineux comme un fruit ciré, occupée à nettoyer les grandes vitres de la véranda. Deux choses qu'il pouvait contempler sans se lasser : le feu et les autres en plein travail. Derrière elle, la lumière de la ville à midi. Un smog luminescent.

« Est-ce que c'est pas surtout l'odeur qui avertit : “Toto, on n'est plus au Kansas” ? lui demandait le civil.

— J'ai jamais mis les pieds au Kansas.

— L'odeur, bien plus que tous ces gens identiques sous leurs chapeaux identiques, vous êtes pas d'accord ? »

L'homme arborait des mocassins, de rutilants boutons de manchettes, une fine cravate jaune. Un cadre supérieur revenant de faire son golf, avec cet accent particulier aux riches du Sud, ces inflexions communes à tous ces péquenauds et dont ils n'arrivaient pas à se départir même pour raconter une blague sur le parler yankee. « Qu'est-ce que vous voyez quand vous déambulez ? demanda-t-il. Khe Sanh ? Calamus ? Kalamazoo ?

— J'ai jamais mis les pieds à Kalamazoo. » Et, après un silence : « Qu'est-ce que vous savez de Calamus ? »

Une bourgade de quatre cents âmes. Mais il apparut que ce type en connaissait un rayon. Jusqu'au nombre des volontaires de l'armée de l'Union, par tête de pipe, de n'importe quelle localité de l'État d'Iowa. Vollie lui-même ne savait pas cela, bien qu'il descendît de bon nombre d'entre eux.

L'autre en savait long sur beaucoup de choses. Quand Vollie mentionna les obus de 406 du *New Jersey* qui avaient allumé le périmètre ce fameux matin à Khe Sanh au temps de sa première période, l'autre l'écouta en souriant avant de lui expliquer que cela ne pouvait être vrai. Ce cuirassé faisait effectivement route vers le sud de la mer de Chine, mais il lui restait à traverser le Pacifique à l'époque de la bataille de Khe Sanh. Les obus que Vollie avait vu tomber provenaient très probablement des batteries de 175 de Camp Carroll. « De toute manière, les 406 n'auraient pu atteindre Khe Sanh, à moins d'approcher le navire d'une vingtaine de kilomètres dans les terres. » Le type avait bien potassé ses dossiers, ou quelqu'un l'avait fait pour lui, c'est pourquoi Vollie jugea inutile de chercher à lui dissimuler ses affaires. Impossible de se figurer ce qu'il savait déjà.

L'autre savait tout du tunnel, savait où se trouvaient certaines de ses entrées, ainsi que le nombre exact des jours que Vollie y avait passés. Il évoqua indirectement l'intérieur du tunnel lui-même, comme s'il avait vu et entendu ce que seul Vollie y avait vu et entendu. Il semblait y avoir un message dans ces allusions, à savoir qu'il aurait pu s'exprimer de façon plus explicite, mais choisissait de ne pas le faire.

Il présenta à Vollie des excuses de la part du gouvernement – ce qui ne signifiait pas qu'il fût employé par ce dernier ; il opérait sur une base contractuelle – pour le temps qu'on avait mis à le sortir du tunnel ainsi qu'en ce qui concernait la regrettable exigence lui interdisant de révéler à qui que ce fût où il avait été pendant quatre cent douze jours. « En fait, vous-même n'êtes pas habilité à savoir où vous étiez.

— J'étais au Cambodge, dit Vollie.

— Impossible, repartit sèchement le civil. Le Congrès dans sa grande sagesse vous a interdit de mettre le pied au Cambodge.

— Je ne sais pas exactement où se trouvait cette dernière partie du tunnel, monsieur. Il n'a fallu qu'une demi-journée de marche avant qu'on débouche dans cet égout en dessous de Saïgon et qu'on me relâche. Par contre, quand ils nous ont attaqués, nous étions bien au Cambodge. Et c'étaient pas des partisans qui se baladaient dans le coin. C'était l'armée régulière. Ils avaient les nouveaux K-50M et des AK-47. Leurs uniformes étaient propres. Et ils étaient à quatre contre un en leur faveur. Un camp clandestin. Ils savaient parfaitement bien où nous trouver.

— Je vous entends, sergent, mais après les bombardements secrets et l'incursion clandestine, le Congrès a voté une loi. Cette loi dit que vous ne pouviez pas être au Cambodge. Donc vous n'y étiez pas. L'ennemi a le droit de vous canarder de derrière une frontière internationale, mais vous n'avez plus le droit d'aller le trouver pour lui dire que ça suffit. Il faudrait être sacrément intelligent pour discerner la logique de la chose. Moi, je ne le suis pas, aussi je ne comprends pas. Pas plus que certains des pauvres gus du ministère de la Défense directement responsables des soldats et des marines déployés dans les zones de combat. Mais il y a dans d'autres sphères du gouvernement des gens beaucoup plus subtils. Si subtils qu'ils pensent qu'on peut sauver des hommes en les perdant. Ils sont capables d'élaborer un raisonnement complexe expliquant pourquoi notre victoire ici est impossible. Leur démonstration est à leurs yeux d'une telle beauté qu'ils préféreraient nous voir échouer et leur donner raison plutôt que nous voir l'emporter et leur donner tort. »

Tout intéressant que fût tout cela, Vollie n'avait nulle intention de gober ce que ce type était venu lui proposer, probablement un avancement enveloppé dans quelque autre secret qu'il devrait emporter dans la tombe. La véranda était inondée de soleil. Il eut envie de sortir faire un somme. « Ne vous en faites pas pour ça, monsieur, dit-il. Je n'ai personne à qui révéler où j'étais. »

L'autre hocha la tête, mordit dans un beignet, mastiqua. « À vrai dire, non seulement vous n'étiez pas au Cambodge, mais… je suis au regret de vous annoncer ça, mais vous avez déserté. »

Un rire faillit échapper à Vollie avant que les implications de ce que venait de dire le civil ne lui pénètrent le cerveau. « Et puis quoi encore ?

— Je suis désolé, mais sur le papier, c'est ce qui s'est passé. Quiconque se penchant sur vos états de service n'y trouvera nulle mention d'opérations que nous aurions pu conduire ou pas. Je suis désolé. Vous n'avez aucun témoin. On se retrouve avec un vide. Un vide qui va se combler avec une désertion. Un mêle-tout de l'hôpital a déjà demandé à soumettre votre dossier aux services du juge-avocat général. Un marine a joué les filles de l'air, puis, le ventre vide, il est rentré au bercail – voilà ce qu'ils se figurent.

— Putain, mais vous êtes qui, vous ? »

Il s'appelait Lorch. Il n'en fit pas mystère, supposant que Vollie l'avait déjà appris par la rumeur. « J'ai le sentiment que nous vous devons quelque chose, reprit-il. Je pense qu'il nous faut trouver moyen de glisser tout ça sous le tapis. Car si jamais la justice militaire y met le nez, on ne pourra pas simplement lui dire de s'occuper de ses oignons. Et on pourrait difficilement vous disculper en expliquant que vous vous êtes trouvé là où le Congrès a décidé que votre présence était contraire à la loi. Il nous faut donc penser de façon créative. Si j'ai voulu venir vous voir, c'est pour parler avec vous d'une proposition qui permette de vous refaire une virginité. »

Les lumières s'éteignirent. Elles s'éteignaient toujours. Puis elles se rallumèrent.

Lorch avait été rappelé à la maison. Ses activités étaient tristement en perte de vitesse, en même temps que la guerre. Il s'était bien amusé ici, les gens qui collaboraient à l'officine qu'il avait mise sur pied avaient une bonne production, et qui plus est s'entendaient bien. Ç'aurait été un terrible gâchis de laisser les liens de confiance qu'ils avaient forgés se flétrir simplement parce qu'il n'y avait plus de guerre à mener. Une fois qu'on a créé un lien, il faut le conserver. Aussi étaient-ils en train de refondre ladite officine en espérant que leur clientèle existante leur donne suffisamment de travail sur la scène intérieure pour rester en activité. « Il y aura toujours une demande en ce qui concerne le renseignement, même chez nous, fit-il observer. Bien. Donc, sergent, vous allez bientôt avoir besoin d'une nouvelle situation.

— Je ne savais pas que je quittais le service.

— C'est malheureusement le cas. Vous ne m'avez pas bien écouté. Vous allez partir pour le Kansas. Pour la prison de Fort Leavenworth, vous me suivez ? Ou bien alors vous me laissez vous aider. Ils ne vont pas se contenter de vous mettre au trou pour un mois. Il ne s'agit pas d'une absence d'un week-end sans permission, mais de désertion en temps de guerre. Vous resterez enfermé jusque vers 1985. »

Les orteils de Vollie se contractèrent à l'intérieur de ses souliers comme s'il s'apprêtait à sauter par-dessus la table, empoigner la fourchette de ce type et la planter dans sa langue de diable.

« Je mise sur une situation qui, tout en étant susceptible de vous intéresser, permettrait de contourner le problème. Voulez-vous que je vous en parle ? »

Il ne croyait pas un mot de ce que Lorch venait de dire. Tout cela comportait cependant une si grande part de vérités manifestes qu'il ne pouvait même pas s'en remettre à son incrédulité ; il choisit en conséquence d'écouter ce que l'autre avait à dire pour le cas où en ressortirait quelque réalité nouvelle qui lui donnerait un cap. Car dans le tunnel il n'avait aspiré à rien d'autre que s'extraire de lui-même et sentir le soleil sur sa tête, et voilà qu'il se retrouvait tout nu au bout d'une route, entièrement baigné de soleil, mais avec nulle part où aller, surtout pas chez lui – ce n'était plus son chez-lui – et sans personne.

Lorch savait combien Vollie avait de caries, quelles étaient ses sympathies en politique (aucune), ses attaches familiales au sein du corps des officiers d'active des quatre armes (aucune), ses avoirs bancaires (aucun), combien de personnes au pays s'étaient souciées de harceler Washington pour savoir où était passé le sergent-chef Frade pendant qu'il se trouvait sous terre (seulement une lettre écrite au nom de sa mère par un prêtre à qui il avait été répondu que le courrier n'arrivait pas là où Vollie était temporairement cantonné) ; et même s'il n'écopait pas de Leavenworth, quid de ses perspectives d'emploi avec une exclusion de l'armée pour conduite déshonorante ? Bref, il lui restait à entendre quelle pouvait être cette fameuse situation. La fonction n'était pas écrasante. Pour peu qu'il possédât des yeux et pût s'établir quelque part, il ferait l'affaire.

« Vous vous intégreriez dans une localité présentant pour nous un intérêt et vous nous rapporteriez ce que vous observez », dit Lorch.

Ayant passé tant de temps coincé au Viêtnam, il se souvint de ce que l'on ressentait à être une menace – l'adrénaline, l'appétit de faire souffrir, et aussi cet aperçu mal dissimulé dans le regard de l'adversaire sur ce qu'on allait peut-être lui infliger et sur tout ce qu'il était prêt à faire pour s'y soustraire. En quoi que consistât cette situation, Vollie ne voyait pas pourquoi Lorch la lui proposait ; sa seule préoccupation devait être de rester au contact avec un ennemi potentiel. « Ça ne résout en rien le problème que vous dites que j'ai.

— J'y arrive. Quand on implante ainsi un sujet, c'est le protocole standard que de le toiletter. Avez-vous déjà traité un mouton contre les parasites ? Je parie que oui. On le plonge dans du pesticide, du fongicide. Rien de vivant ne subsiste dans la toison. En ce qui nous concerne, nous dépouillons, temporairement, le sujet de tout ce qui figure à son dossier ; le nom, les liens familiaux, tout ce qui concerne son parcours personnel, tout cela lui est enlevé pour un temps. Cela lui permet d'évoluer non encombré dans son nouvel environnement. » Et Lorch de poursuivre en expliquant que, dans le même temps, une seconde personne, rudimentaire, était créée. Cela ne requérait pas beaucoup d'ingéniosité. Une guerre avait été menée au Laos par des milliers d'agents ainsi formatés. Des documents créant cette seconde personne étaient insérés dans des dossiers à différents niveaux de l'administration, desquels des papiers d'identité pouvaient ensuite être obtenus à l'usage du sujet tandis qu'il engageait sa mission.

Habituellement, on n'avait pas à intervenir sur l'existence légale de la personne de départ, que le sujet réintégrait à la fin de sa mission. Mais dans le cas de Vollie, il se pouvait que l'on pousse le protocole jusqu'à récurer entièrement son passé. Sa localisation demeurant inconnue, personne ne mènerait la moindre investigation, et des affiliés, fonctionnaires au ministère de la Défense, auraient tout le temps d'établir des traces écrites capables de réfuter toutes spéculations ultérieures à son endroit. Une fois terminé son travail avec l'officine de Lorch, il réintégrerait son ancienne vie, retrouverait un nom sans tache et pourrait prétendre à tous les avantages réservés aux anciens combattants.

La majeure partie du pain imprégné de mayonnaise restait sur le bord de l'assiette de Vollie. Au moins avait-il réussi à manger le bacon et la laitue. « Je suis pas intéressé », dit-il.

Quant à l'aspect financier, continuait Lorch. Sa boutique n'était pas une société avec des propriétaires et des employés. C'était une famille, chaque membre ayant son rôle, opérant généralement à grande distance des autres mais partageant avec eux ses bonnes comme ses mauvaises fortunes. Les militaires de différentes unités coopérant parfois avec l'officine n'avaient pas conscience de leur participation et ne percevaient rien de ses revenus. Ce serait différent pour Vollie, qui ferait désormais partie du troupeau. Personne, pas même Lorch, ne touchait un salaire. Les membres étaient rémunérés, chacun selon sa part, quand l'équipe dans son entier avait appliqué les termes d'un contrat et que le client payait le prix prévu. « Autrement dit, nous travaillons indépendamment pour une gratification commune. Nous ne prenons dans le pot commun que ce qui nous *revient*, dit Lorch avec une petite pointe d'insinuation. Vous, entre tous, devriez comprendre cela. »

Vollie sentit son estomac se soulever, les aliments lui remonter dans la gorge. Il suffoquait presque. D'un bond, il se dressa pour partir…

Mais il s'était levé trop brusquement. Sa tête s'était vidée de tout son sang.

« Je respecte ce que vous avez traversé, sergent. Toutes ces menues décisions que vous avez été, je n'en doute pas, obligé de prendre. Et j'ai le sentiment que nous vous sommes redevables, moralement sinon contractuellement, pour la façon dont notre… pour la façon dont votre opération a capoté. Je n'aime pas être redevable. Pourquoi ne pas vous rasseoir un moment ? Vous ne semblez pas dans votre assiette. »

Vollie, chancelant, s'appuyait sur le dossier de sa chaise. Son cerveau était une baudruche emplie d'eau ; c'était comme si, de loin, il allait le regarder éclater, la pression qui lui donnait forme se dispersant. Si seulement quelqu'un d'autre avait pu en ces instants partager sa confusion, son vertige – mais il était bien évidemment seul à vivre ces expériences. C'est alors qu'il comprit que celui qu'il était avant le tunnel s'était abusé en croyant savoir l'effet produit à l'intérieur de la tête argentée de son père quand l'artère avait cédé, comprit que son paternel était comme le reste d'entre nous seul à l'intérieur de la caverne de son crâne, au moment de sa mort comme à tous les moments de sa vie.

La cafétéria était déserte. « Allez vous allonger, dit Lorch d'un air inquiet. Je vous ai assommé de paroles. Pourquoi n'allez-vous pas dormir un peu et réfléchir ? Cependant, si j'étais vous, je ne mettrais pas trop longtemps. »

Vollie passa le restant de l'après-midi allongé dans les dépaysants draps de son lit, mais il ne dormit pas. À la nuit tombée, il quitta la base pour retourner chez le disquaire et, tête basse, le casque sur les oreilles, écouter les nombres en mouvement, la musique gravée dans le vinyle puis expédiée ici en provenance de l'autre côté du monde. Ces écouteurs avaient quelque chose de cruel, le fait qu'il était condamné à savourer un morceau intitulé « Gens et pays étrangers » en présence d'autres personnes sans que celles-là puissent le partager. Il leva les yeux vers les Vietnamiens en chemise d'un blanc impeccable qui laissaient courir les doigts sur la tranche des pochettes de disque en ce lieu où la guerre avait apporté quelque prospérité, les élégants Vietnamiens eux aussi coiffés d'écouteurs, qui prêtaient l'oreille tout à côté de lui à d'autres musiques d'autres époques, chacun à l'intérieur du globe distinct de son cerveau.

Le courant fut coupé. Dans une obscurité quasi parfaite, tous levèrent la tête. Les platines perdirent lentement leur élan, mais le son, lui, s'interrompit d'un coup, comme mort. Tout le monde le nez en l'air. Des inconnus, quelque chose d'animal dans leur saisissement, d'humain en leur anonymat. Le temps d'une seconde, il se retrouva dans le tunnel et vit la fille lui remettre le sac sur la tête. Il sentit même contre son visage le contact de la trame du tissu. Cela l'emplit non de peur mais de paix. Une personne invisible, inconnue, oubliée même – s'il espérait quelque chose, c'était de rester ainsi.

Les lumières du magasin se rallumèrent et ce qu'il allait faire lui apparut.

Le lendemain, il trouva Lorch à la cafétéria, dévorant des yeux à travers la vitre du présentoir un plateau fumant de poulet cuisiné à la cocotte.

Ils allèrent s'asseoir à une table d'où la vue embrassait une grand-route engorgée de voitures, d'hommes et de femmes chargés de provisions qui se frayaient un passage à travers la circulation. « Vous pouvez m'éloigner combien de temps ? » interrogea Vollie.

Ne comprenant pas la question ou bien choisissant de l'ignorer, Lorch voulut d'abord parler de ce que Vollie pouvait espérer gagner. « Le chiffre exact dépend de l'importance du contrat de base et de votre pourcentage sur les parts. Nous prévoyons qu'en ce qui vous concerne, et par opération, l'amplitude se situera entre huit et dix mille dollars, payables comme il vous conviendra soit avant soit après votre réintégration.

— C'est ce que je veux vous demander. La réintégration. Est-ce un acte volontaire ? »

La langue de Lorch rencontra quelque chose de déplaisant dans la bouchée qu'il venait de prendre et il la recracha dans une serviette en papier. « Ou bien un petit caillou ou bien une esquille d'os, dit-il en regardant la serviette bouchonnée dans sa main. Est-ce que vous m'écoutez ? Ce n'est pas une petite somme que je viens de vous annoncer. Comment ça, volontaire ? Vous m'avez mal compris.

— Non, monsieur, j'ai parfaitement bien compris. Ce sont pas mes arrières que vous couvrez mais les vôtres. Je suis une boulette que vous avez commise. Vous voulez m'écarter du paysage jusqu'à ce que je ne puisse plus vous causer le moindre ennui. Moi aussi, je veux dégager.

— Vous êtes complètement à côté de la plaque. Nous avons dépensé un gros paquet pour vous sortir de là où vous étiez. Nous sommes fiers de vous, et je suis sincère. Nous ne voulons pas vous dégager. Nous voulons vous engager.

— Non, monsieur, vous voulez que je disparaisse. Et moi aussi. » Vollie avait des picotements à la racine des cheveux. C'était comme si son épiderme était un contenant insuffisant pour la pression de l'espoir qu'il pouvait nourrir. Sa vision revint sans y avoir été invitée, la vision fiévreuse de son enfance. Le ruisseau dans la pâture. Le visage déformé et l'angoisse qui disparaissait quand il le plongeait sous la surface. Le choc glacé quand il s'y engloutissait tout entier. Le corps faisant un avec tout ce qui l'entourait. Le corps nu nageant au-dessus du lit rocheux du cours d'eau. Le corps se retournant pour faire face à la lune miroitante. Dans cette version-là toutefois, ce n'était pas la lune mais le soleil. Inondé de lumière, il se laissa aller à un espoir insensé. « Je ferai ce que vous voulez, dit-il. Mais seulement si je peux disparaître pour toujours.

— Vous ne parlez pas d'un récurage, mais d'un effacement radical. En fait, il existe un protocole pour ça, mais il concerne des personnes dans une situation autrement critique que la vôtre.

— Je croyais que j'allais à Leavenworth.

— Il y a pire que Leavenworth. Et il y a des gens plus importants que vous. L'effacement radical, ça n'en finit *jamais*. On ne peut pas faire ça en interne. Or une demi-douzaine des assistants du sous-directeur des conneries bureaucratiques auraient chacun la possibilité de bloquer le processus. Le protocole de transfert d'actifs et de passifs financiers est à lui seul un cauchemar. Ils ne vous laisseraient pas user de cet expédient pour fuir vos créanciers, si c'est à ça que vous pensez. Ils mettraient aussi en place une chaîne de comptes afin de filtrer toute espèce de fonds en fidéicommis, pensions ou legs qui pourraient être payables à l'ancienne entité après son effacement.

— Je ne voudrais d'aucun compte de ce genre.

— Peut-être bien, mais le protocole prescrit que vous les auriez quand même. Je peux toujours étudier la question pour vous. Seulement, écoutez-moi bien : dans le cas d'un récurage, le sujet est rincé et, plus tard, il revient comme avant ; après l'effacement radical, il n'existe plus. Soit il est tué sur le papier, soit on détruit toute trace disponible prouvant qu'il a existé. Il n'est pas possible que ce soit votre souhait.

— Si, monsieur, c'est ce que je veux.

— Un tel protocole existe bien, mais… il y a même une enveloppe. » Lorch décrivit les attributs physiques de cette enveloppe et ce qu'elle renfermait, des documents permettant à l'entité, nantie de son avoir net, de continuer à vivre affranchie de son passé, cela pour toujours. « Vous savez comment on appelle cette enveloppe ? Ils appellent ça un Luc 9, 62. "Quiconque met la main à la charrue et regarde en arrière n'est pas propre au royaume de Dieu." »

C'était l'espoir de l'enlèvement vers les cieux qui prenait forme.

« Vous ne voulez pas vraiment ça, reprit Lorch. Vous déraisonnez. Vous n'avez rien fait de mal. Pensez à ce que vous devez à ceux qui vous ont fait. »

Or c'était précisément à ces mêmes personnes et à sa dette envers elles qu'il ne devait pas penser, qu'il refuserait de penser et auxquelles, au bout du compte, l'homme qu'il devint ne parviendrait jamais à cesser de penser. Longtemps après que Vollie Frade eut en grande partie disparu de son esprit, sa mère et son père – dont il s'était détourné pour faire face au vide qui lui semblait son véritable chez-soi – habiteraient son monde intérieur, cela avec une affreuse douceur. L'odeur de leurs cheveux, leurs ronflements. À quoi cela les avançait-il qu'il pensât à eux ? Son cœur partageait sa substance avec eux et ne pouvait être contraint à les aimer moins. Il aurait beau essayer de se défiler, son cœur ne lui permettrait pas d'oublier ce qu'il leur devait. Jamais la dette ne diminua. Ses intérêts s'accrurent. Un jour, à quelqu'un, elle serait payée.

Impatient d'éloigner Vollie des fouineurs de la base, Lorch lui organisa un vol à destination de la Californie. Tandis que l'autorisation pour un effacement radical était encore à l'étude, une chambre lui fut attribuée dans une résidence à l'intérieur du Presidio de Monterey, où il ne connaissait personne et où la plupart de ses voisins étaient des biffins apprenant le russe ou le chinois à l'École de langues du renseignement militaire, le genre universitaires prenant leurs repas ensemble à des tables attitrées tout en échangeant des propos inintelligibles. Nul ne lui demanda : Si tu n'es pas étudiant, qu'est-ce que tu fais ici ? puisque nul ne lui posait la moindre question. Personne ne se mêla non plus de lui trouver un emploi. Cela dura deux ou trois jours. Ses ordres étaient d'attendre. Puis cela dura des mois. Il mangeait. Il courait le long de l'océan émeraude au milieu de vents assourdissants.

Un matin, on toqua à sa porte. Face à lui, un civil qu'il avait aperçu à la bibliothèque, le prenant pour un professeur. L'homme lui demanda un moment de son temps pour lui transmettre le message d'un ami commun, puis promena un regard à l'intérieur de la minuscule chambre comme pour en inspecter l'état de propreté. Un type souriant, avec un accent insituable, vêtu d'un épais gilet de la poche duquel il tira deux cigarettes froissées.

Vollie lui proposa la chaise de bureau tandis que lui-même restait adossé au mur. C'était la première fois qu'il recevait quelqu'un dans cette chambre.

« Je trouve ce climat abominable », déclara le professeur en s'adressant à la fenêtre, où une brise fleurant le ressac agitait le feuillage jaune et lumineux d'un noyer. Son sourire était celui d'une personne entre deux âges ayant décidé d'être reconnaissante pour les épreuves qu'elle avait traversées.

« Pour moi, dit Vollie, c'est le plus bel endroit que j'aie jamais vu.

— Oui, mais on y rencontre une telle uniformité des températures. J'aurais aimé un poste à Chicago. » Il s'exprimait comme si sa vie touchait à sa fin. Il examinait la chambre d'un regard distrait. Vollie lui tendit un cendrier en aluminium. « Ah, merci. J'espère que vous avez trouvé votre traitement suffisant pour vos besoins, le logement correct ?

— Je me contente de peu.

— C'est ce que j'ai pu faire de mieux dans les bornes de la discrétion. Je suis désolé de n'avoir pu vous voir plus tôt, mais notre connaissance commune est un peu pointilleuse en ce qui concerne ses protocoles. Je ne devais pas communiquer avec vous avant d'avoir reçu un message bien précis. Votre matelas est-il bien ferme ? (Comme s'il vérifiait la cuisson d'un steak sur le gril, le professeur enfonça le doigt dans l'oreiller, qui se creusa puis reprit sa forme initiale.) Elle vous fait savoir que la première requête, celle d'un effacement radical, a été rejetée. Ce sont ses mots. Tout à fait entre nous, je vous conseillerais d'être très attentif quand il recourt à la forme passive afin d'omettre le sujet d'un verbe. On peut en inférer, non sans raison, qu'il est lui-même dans une certaine mesure ce sujet. Quoi qu'il en soit, il désire savoir si vous êtes disposé à reconsidérer les choses. À savoir, si vous accepteriez de poursuivre sur la base de la proposition originelle. Une fois encore, ce sont ses termes.

— Laissez-moi le temps de comprendre.

— Vous pouvez bien sûr demander ce que vous voulez, mais sachez que je ne sais rien de plus que ce que je viens de vous rapporter. Quelle que soit votre décision, vous devez rester au Presidio et attendre.

— Vous enseignez vraiment ici ?

— Mais oui, répondit le professeur avec une expression de souriante lassitude. Je suis professeur agrégé adjoint de roumain. Je suis au regret de préciser qu'au terme de cette conversation nous n'aurons probablement pas d'autre occasion de nous entretenir. Je suis un canal de communication peu usité, vous comprenez.

— Dites-lui que c'est non.

— Il va vouloir savoir si ce “non” est assorti de conditions.

— Dites-lui simplement que c'est non.

— Très bien. Il y a en ville un excellent restaurant

de fruits de mer. Saumon et… voilà que j'ai oublié. » Il eut un geste de marionnette en plein émoi.

« Palourdes.

— Palourdes, oui, merci. Vous ne devriez pas faire l'impasse. Je trouve qu'il n'y a pas deux restaurants de fruits de mer qui se ressemblent.

— Les eaux sont différentes partout où l'on va.

— Sans aucun doute. »

Ils se serrèrent la main. Des pochettes de moutarde et de mayonnaise, un crayon, une paille usagée et plusieurs fourchettes en plastique dans leur emballage en Cellophane dépassaient de la poche de poitrine, peu profonde et déformée, du cardigan du professeur. La poignée de main dura plus longtemps que ne l'exigeait l'usage. Cela suggérait une compréhension mutuelle du fait que, attendu qu'ils n'auraient plus l'occasion de se parler, leur au revoir méritait d'être un peu cérémonieux. Une poignée de main qui parlait de mortalité. Puis le professeur s'en fut.

Vollie mangeait avec plus d'appétit. Il allait courir le long du rivage, cogitant tout en essayant de s'en garder. Les travaux de la ferme lui manquaient, il aurait voulu sarcler les mauvaises herbes parmi les sojas, tâche dans laquelle l'esprit inutile se perdait. Lui manquaient aussi les bois au-dessus de la pâture – où le soleil se serait couché pour faire place à une nuit sans lune ni étoiles, où l'on aurait marché sans déranger la moindre feuille, sans bruit, et non seulement seul mais imperceptible, constitué de la même matière que la terre et les arbres, et sans avoir plus besoin d'un nom que les arbres eux-mêmes.

En fin de semaine, quand il pouvait compter y trouver une foule, il prenait un car pour Big Sur. Des gens vivaient là-bas, dormant à la belle étoile, dont pas mal d'anciens marines. Lui-même n'était pas à proprement parler un ancien marine, il était toujours porté disparu quelque part au Viêtnam. Sur la plage, lorsqu'ils avisaient son tatouage, les vétérans venaient le trouver pour lui demander où il avait été affecté, cela avant d'essayer de lui soutirer de l'argent. Ils ne sentaient pas si mauvais puisqu'ils se baignaient quotidiennement dans l'eau glaciale. Il leur donnait généralement la moitié de ce qu'il avait sur lui. Ils en avaient besoin, pas lui. Son pécule diminuait.

Puis deux associés de l'officine de Lorch vinrent le trouver dans la salle de musculation du Presidio. On était en septembre 1972. Ils s'excusèrent pour le retard et l'emmenèrent déjeuner dans une paillote où il mangea les premières huîtres de sa vie. Au terme d'un réexamen, l'effacement radical avait été approuvé.

Au cours de rencontres subséquentes, ils le formèrent aux nombreux et fastidieux protocoles de l'officine.

Ils le briefèrent également sur la première opération à laquelle il allait prendre part, un projet de collecte de renseignements qui lui prendrait un an de son temps sans que cela soit apparemment d'aucune utilité ; seule l'armée pouvait avoir commandé cela. Les associés soutinrent néanmoins ne connaître ni l'identité ni les motifs du véritable commanditaire. Ce type de cloisonnement était une procédure cruciale, pratiquée du haut en bas de la chaîne du renseignement. Leur ignorance de l'identité du client était à l'image de l'ignorance de celui-ci à leur endroit. Nul ne pouvait être informé de tout – de la teneur de l'information, de son usage et des moyens par lesquels on l'avait obtenue. Aucun des acteurs n'en portait toute la responsabilité. Cela mettait la chaîne à l'abri de toute interférence organisée.

La position de Vollie dans cette chaîne devait être des plus subalternes. Il ne devait en aucune circonstance demander à qui que ce fût ce qu'il savait du sujet sur lequel l'opération était focalisée. Les protocoles allaient jusqu'à lui proscrire de prononcer le nom du sujet lorsqu'il se trouvait sur le terrain. Son rôle était de glaner non pas des faits mais ce sous-ensemble du renseignement baptisé collecte des rumeurs ou « rumcol », faits anodins, on-dit. Il devait se tenir à l'affût de mentions du sujet ou de signes de lui dans les rues du quartier du Queens à New York, où on lui louait un appartement, où il devait se trouver un travail et gagner sa vie comme n'importe qui, et où il était possible, mais peu probable, que le sujet eût vécu à un moment donné.

Son objectif n'était pas de trouver le susdit mais de confirmer qu'on avait perdu sa trace. Si, au bout de douze mois d'une veille serrée, il n'avait rien appris, on considérerait que sa mission était un succès. Il était un récipient laissé dehors pour la nuit afin d'établir le lendemain matin qu'il n'avait pas plu.

De plus amples détails seraient disponibles après son effacement, qui prendrait effet lors d'un entretien avec des supérieurs à Bridgeport, Connecticut, dans deux mois.

Le sujet se nommait Egon Hausmann. On était quasi certain qu'il était mort.

À Monterey, les briefings avaient toujours lieu pendant un repas. La procédure exigeait que les informations soient communiquées verbalement, jamais par écrit, et toujours dans un lieu public. Ses contacts étaient tous les deux d'anciens sous-officiers, tête inclinée vers l'avant, attentifs, silencieux. « Silencieux » ne voulait pas dire repliés sur soi ou méditatifs. Ils avaient des yeux sombres, placides, tournés vers le monde, comme en ont les chevaux.

Il voulait croire qu'il ne s'agissait pas de menteurs. Toutefois, ce boulot fût-il aussi rudimentaire qu'ils l'affirmaient, en quoi était-il qualifié pour le faire ? Il n'était pas issu du milieu des gens qui accomplissaient ce genre de missions. Ils auraient dû l'utiliser à autre chose. « Pourquoi est-ce que je vous servirais à quoi que ce soit ? leur demanda-t-il. Je n'ai jamais fait que travailler à la ferme et conduire un camion. »

Un des types s'étrangla sur sa soupe de palourdes. Cela lui éclaboussa la bouche d'une écume blanchâtre.

« Je t'avais prévenu qu'il serait comme ça, lui glissa son collègue.

— Monsieur, dit le premier à travers sa serviette, vous êtes tout de même le sergent-chef Frade. »

Vollie ne saisit pas ce qu'il entendait par là.

« Vous êtes célèbre. »

Voyant Vollie exécuter un mouvement de recul sous l'effet combiné de l'égarement et du dégoût, l'autre lui assura que sa renommée n'excédait pas le cercle restreint du renseignement. « Vous êtes quand même celui qui s'en est sorti après que tous les autres y ont laissé leur peau. »

C'est au printemps que Vollie reçut l'ordre de partir pour l'Est. Il prit un billet de car à destination de Dallas, un deuxième pour Pittsburgh, un troisième pour Bridgeport, et glissa le tout dans son portefeuille.

La première étape lui fit longer les chaînes montagneuses du littoral californien, traverser le désert Mojave, franchir les étendues arides du sud de l'Arizona et entrer au Nouveau-Mexique. Là, il y eut un arrêt programmé d'une demi-journée à Las Cruces, nom à jamais gravé dans sa mémoire car la lettre de Bobby Heflin portait le tampon de cette localité. Pendant que les autres passagers faisaient la queue aux toilettes de la gare routière, il alla inspecter le soleil et remarqua un assortiment de taxis fatigués sur l'aire de stationnement en mâchefer.

Il tira de son portefeuille la lettre de Heflin, se penchant à la fenêtre d'un des taxis pour montrer à un chauffeur plus tout jeune l'adresse de l'expéditeur et lui demander s'il avait idée de l'endroit où cela se trouvait.

Le chauffeur dessina une carte dans le vide d'un doigt pareil à un morceau de craie. « Cent kilomètres dans cette direction, estima-t-il en montrant une mesa. Cent cinquante par la route. »

Vollie se redressa pour faire jouer son buste de droite et de gauche, s'étirer la colonne vertébrale et les muscles ankylosés qui l'entouraient, là où la balle était logée. Puis il revint au taxi pour demander combien coûterait de le conduire là-bas, d'attendre une heure, le temps qu'il salue quelques amis, et de le ramener ensuite ici.

« Quinze dollars », lui fut-il répondu.

Il objecta qu'il ne les avait pas.

« C'est que le compteur tourne pendant que j'attends.

— Ah bon. »

Si le vieux envisageait la possibilité de diminuer le prix de la course, il n'en montrait aucun signe. Il pela et mangea toute une banane tandis que le soleil de midi irradiait chaque pouce carré du monde où Vollie était exposé aussi inéluctablement qu'au jugement de la conscience.

C'est seulement à cet instant que l'alternative se présenta à ce dernier. Il n'était pas obligé d'en passer par là. Il pouvait tout aussi bien aller vivre avec Bobby et ses amis. Il avait à la main l'invitation à le faire, vieille de trois ans et passablement fatiguée.

« Et si vous me déposez seulement et repartez aussitôt ?

— Treize cinquante.

— Je peux monter jusqu'à onze. »

Le chauffeur accepta de descendre à treize, pourboire compris, cela eu égard à l'uniforme que Vollie avait toujours sur le dos. Il lui suggéra d'emprunter les deux dollars manquants à ses amis, une fois arrivé à destination.

Vollie se redressa. Le grand ciel bleu était d'une pureté pleine de promesse. Il essaya, comme des vêtements nouveaux, les formulations qu'il aurait à utiliser : Pourrais-tu me prêter… Veux-tu me dépanner… Est-ce que je peux te demander…

Il prit une profonde inspiration.

Il se pencha à la fenêtre. « Non, je peux pas faire ça », dit-il.

Dans la nuit, tandis qu'il dormait sur la banquette du car, quelqu'un lui vola son portefeuille, glissé dans sa poche revolver. La majeure partie de son pécule, la lettre de Heflin, ses billets de car, il avait tout perdu. De Dallas, il fut obligé de continuer à pied ou faire de l'auto-stop.

5

Des étoiles.

Il se réveilla tout frissonnant dans un pré du Missouri où les hautes herbes l'avaient dissimulé et où la voûte du ciel nocturne était suspendue suffisamment près pour qu'il la mange. Trop frigorifié pour dormir encore, il empoigna son sac marin et reprit sa marche sur la route. Même les oiseaux n'avaient pas encore ouvert l'œil.

Il avait traversé Grovespring – une station Esso, un bureau de poste – et se trouvait déjà à mi-chemin de Lebanon quand un semi-remorque Peterbilt, colossal sur cette modeste route 5, le dépassa lentement, silencieusement, en roue libre. L'attelage ralentit encore, évacua de l'air sous pression et s'immobilisa. Ses feux de détresse entrèrent en action. Sur ses bavettes de garde-boue se détachait en blanc le logo d'un distributeur d'agrumes de Petaluma, en Californie. Vollie se mit à courir. Le ciel jaune-vert de l'aube naissante. Au loin, l'éclairage extérieur fluorescent d'une porcherie s'éteignit. Les gaz d'échappement couleur soufre du camion flottaient au-dessus d'un champ labouré où se tenaient, très intéressés, quelques cervidés, trois biches, un cerf, un faon maigrichon dans son gilet tacheté.

Les ailes du tracteur se paraient de flammes peintes à l'aérographe. Vollie arriva à hauteur de la portière côté passager, l'ouvrit.

Le jeune conducteur cracha du jus de chique dans un gobelet à café en papier. Il avait les cheveux coupés ras, séparés par une raie et peignés. Il désigna du menton le sac de Vollie. « Je repérerais ce sac marin à un kilomètre de distance, lança-t-il par-dessus le bruit du moteur. Tu serais pas des fois dans la Navy ?

— Non, m'sieur, hurla Vollie. Les marines. Enfin, j'en étais.

— Moi aussi. Monte, que je puisse t'entendre. »

Vollie monta sur le marchepied et se hissa dans la lumière de la cabine. Sa chemise d'uniforme était couverte d'un voile de poussière, mais le chauffeur discerna les chevrons indiquant son grade, les compta à voix haute et demanda où allait le sergent-chef. Bridgeport, Connecticut, répondit Vollie. L'autre lui dit qu'il avait de la veine, car lui-même se rendait dans le Rhode Island, et il lui dit d'embarquer.

Rien des détritus d'un long voyage n'encombrait la cabine. Pas même le capuchon d'un stylo tombé au sol. Le vinyle du tableau de bord brillait à la lueur des voyants comme s'il avait été huilé de frais. Mais il flottait dans l'atmosphère cette odeur de transpiration des petites pièces où des hommes ont dormi seuls.

Le moteur tournait au ralenti. Vollie claqua la portière. Dehors, la famille de cervidés décampa, queues blanches en l'air, pour aller s'égailler sous les arbres. Le chauffeur enfonça une pédale, enclencha la première. Le moteur rugit. Ils étaient partis.

Lever du soleil. Ils roulaient droit dessus comme les anges d'une apparition.

Le chauffeur demanda si le sergent-chef avait fait le

Viêtnam, et Vollie répondit que oui. L'autre demanda où. Ici et là, répondit Vollie. Le chauffeur dit avoir passé treize mois comme première classe à Chu Lai, sur la côte, avoir aussi participé à quelques patrouilles en vedette rapide sur les rivières, et de dresser la liste des villages où il avait bivouaqué, nommant chacun de ces endroits comme s'il s'agissait de questions. Vollie réagissant toujours aussi peu, il dit avoir également servi un M40 sans recul à la bataille de Hué, lors de l'offensive du Têt.

Vollie écoutait, le regard fixé sur la route.

Au bout de quelques kilomètres, le chauffeur demanda comment il se faisait qu'il ne portât pas ses rubans de campagne sur sa chemise et il répondit qu'il les avait perdus.

Ils ne s'arrêtèrent pas pour manger avant d'avoir traversé la moitié de l'Illinois. Le chauffeur conseilla alors à son passager de bien se restaurer, car ils ne feraient pas d'autre halte avant le soir ; Vollie prit un café et deux œufs durs au distributeur. « T'es à ce point fauché ? » lui demanda le chauffeur. Vollie lui dit avoir fait un copieux petit déjeuner, bien qu'il n'eût rien mangé ce matin-là. En réalité, il n'avait plus que quatre dollars en billets de un et petite monnaie, rangés dans une poche de chemise à l'intérieur de son sac, les billets serrés dans une pince qui était en fait une barrette plaquée argent qu'il avait réussi à conserver durant les mois dans le tunnel quand sa fonction était de lui racler les dents, une fine barrette à cheveux gravée d'un minuscule motif de plantes grimpantes, bijou qu'il avait acheté pour une prostituée qu'il aimait bien à Da Nang – une fille du Nord à la face camuse et à l'air affamé, qui sentait le chou mais lui faisait des grâces comme de se dévêtir entièrement, de se rappeler son nom, de lui dire dans son petit vocabulaire heurté qu'il savait vraiment y faire, qu'elle y prenait plaisir, qu'elle voyait un halo autour de lui, toutes choses que le grand adolescent qu'il était crut mordicus pendant les mois qui suivirent – et qui disparut un après-midi comme par magie de son coin de trottoir, et personne dans les bouges alentour pour lui dire son nom, que lui-même ignorait, la cherchant autour de ce coin de rue à des heures inhabituelles, ou bien aux mêmes heures mais du côté de différentes boîtes, avec son cadeau inepte dans la poche de son pantalon.

Quand ils s'arrêtèrent pour la nuit à la sortie de Toledo, il alla courir sur un chemin de terre donnant sur l'aire de stationnement pour camions. Il s'était mis torse nu afin d'économiser son linge. L'atmosphère était humide et froide. Il courait avec le soleil dans le dos et quand il fit demi-tour pour revenir l'astre était couché. N'ayant pas de serviette, il attendit que le vent le sèche. Le chauffeur dormait déjà sur la banquette sous une couverture en laine de l'armée. Vollie alla s'enfermer dans la remorque. Il s'enroula dans une bâche, bouchonna sa chemise en guise d'oreiller et s'allongea sur le plancher au milieu des caisses de pamplemousses. Une forte odeur de résine emplissait l'obscurité, pareille à un bienfait qui, dispensé en excès, devient une calamité.

Au bout de deux jours sur la route, le chauffeur n'avait toujours pas dit son nom. Vollie non plus, qui n'en avait pas encore. Ils s'arrêtèrent à Akron chez un grossiste pour décharger une partie des fruits. Ils prirent ensuite vers le nord jusqu'à Rochester où ils livrèrent une autre partie de la cargaison. Vollie déclina la part de pain de viande que lui proposa le chauffeur dans une taverne, ne buvant qu'un café qui ne le revigora pas. À la nuit tombée, la veille du jour où il devait rencontrer ses supérieurs à Bridgeport, avachi et ramolli par la faim et la fatigue, il était en train de glisser dans un rêve quand le chauffeur, après avoir inspiré à trois reprises dans un inhalateur de benzédrine, lui dit : « Bon alors, sergent, je suis sûr que tu serais curieux de savoir comment ça s'est passé pour moi là-bas.

— Pas maintenant, marmonna Vollie.

— Tu ne veux pas savoir tout ce que j'ai vu et tout ce que j'ai fait ?

— Peut-être à un autre moment. Là, j'ai besoin de dormir. »

Les nerfs à vif, le chauffeur balaya d'un regard rapide la route déserte. Il actionna son clignotant gauche, jeta un coup d'œil dans les rétroviseurs, engagea à demi le semi-remorque sur la voie de dépassement, consulta une nouvelle fois ses rétros et finit de changer de voie. Ni voitures ni phares en vue hormis ceux du camion. Le chauffeur mit son clignotant droit et, accomplissant l'opération inverse, se rabattit sur la voie de droite. Le semi accéléra. Il ralentit. Il accéléra derechef sans raison apparente. Le chauffeur se mit à parler de façon inaudible, puis se tut et déglutit. Les marques sur son visage blafard étaient une matrice d'incertitudes. Il surveillait la route comme s'il la redoutait. Sa bouche se déforma pour réprimer un sanglot qui montait. Ses yeux s'emplissaient de larmes, mais il ne leur laissait pas libre cours.

Ils abordèrent soudain une montée et cependant le chauffeur enclencha une vitesse supérieure. Le moteur frémit et renâcla. Voyant l'autre reprendre deux bouffées de benzédrine, Vollie se redressa et lui dit : « Arrête-toi.

— Pour quoi faire ?
— Gare-toi sur le bas-côté. Je vais conduire.
— T'as pas le permis poids lourd, je me trompe ?
— J'ai déjà conduit des semi.
— Ça va pas fort du tout, sergent.
— Ça va aller.
— Je pensais que ce serait différent une fois rentré au pays.
— T'en fais pas, mon gars.
— Je croyais que ce serait comme une éponge humide sur un tableau noir. Mais ça empire, et pas moyen que ça s'arrête. J'ai personne à qui en parler. Si je rentre chez moi, je vais pourrir la vie à tout le monde.
— Ici, tu as de quoi t'arrêter. »

Il s'agissait en fait du début d'une voie réservée aux véhicules lents s'ouvrant au bas de cette rampe à fort gradient. Le camion s'y engagea de façon trompeuse avant de retourner sur la voie rapide.

« Reviens vers cette ligne blanche continue », dit Vollie.

Le semi-remorque ralentit, puis piqua vers le bord de la route et s'immobilisa avec une forte secousse à cheval sur la limite entre bitume et accotement. Ils se trouvaient sur un escarpement dominant une vallée en forme de canoë. Le chauffeur commença à ouvrir sa porte.

« Regarde dans ton rétro », lui dit Vollie.

À l'instant où le chauffeur passait un pied à l'extérieur, un autre semi-remorque, festonné de lumières comme une raffinerie la nuit, les frôla à pleine vitesse. Le courant d'air de son passage secoua la cabine. Le chauffeur prit une brutale inspiration, puis, après un coup d'œil dans son rétroviseur, il descendit et alla se poster devant les phares.

Soudain, il se mit à courir sur la route.

Au début, il resta sur la voie. Vollie le voyait regarder de façon intermittente à gauche et à droite comme s'il avait des rétroviseurs sur chaque épaule. Il obliqua vers le bord de la chaussée et poursuivit sa course. Après un plat, la pente reprenait, mais le coureur ne montrait aucun signe de ralentissement.

Tandis que Vollie se glissait derrière le volant et que ses pieds localisaient les pédales, l'autre, se fondant peu à peu au loin dans le faisceau des phares longue portée, courait toujours comme un chien increvable.

Vollie enclencha une vitesse et l'eut bientôt rattrapé puis dépassé de cinq cents mètres. Il immobilisa de nouveau le semi-remorque sur le bas-côté, en descendit et lança une fusée éclairante. Il alla s'asseoir à l'arrière sur le pare-chocs et alluma une cigarette dans le clignotement des feux de détresse.

Une silhouette émergea des ombres intermittentes. Elle semblait se mouvoir trop lentement pour être humaine. Approchant dans la nuit aux pulsations rouges et ambre, elle devint le chauffeur à figure de revenant, les mains dans les poches, la face zébrée de larmes et de morve.

« Où est-ce que tu pensais te cavaler comme ça ? » lui demanda Vollie.

Le chauffeur s'essuya le nez d'un revers de manche.

Vollie retira un fragment de tabac de sa langue, cracha, puis regarda le grand gosse à bout de forces. Car c'était un gosse à présent, ses larmes le démasquaient.

« Il y a une maison là-bas derrière les arbres », déclara ce dernier, comme animé d'un espoir timide.

Vollie l'examinait sans répondre.

« Je viens de la voir à l'instant. Peut-être qu'on nous y accueillerait.

— Fais-moi le plaisir de remonter dans la cabine. »

L'autre restait planté sur place, tout tremblant.

« Je ne vais pas te faire de mal.

— Ouais, tu dis ça.

— Si je rate mon rendez-vous demain, j'ai pas de numéro où appeler, pas d'endroit où pieuter ni les moyens de prendre le train dans l'autre sens. Tu me suis ? Alors, remonte dans la cabine et je vais nous conduire dans le Connecticut. Tu n'as rien à craindre de moi. »

Une fois que Vollie eut remis le camion en marche, l'autre, n'ayant rien à faire, s'assit sur les mains et se recroquevilla comme un enfant battu une seconde fois pour avoir donné de la voix pendant la première raclée.

La route se matérialisait sans fin à l'horizon des phares.

Au milieu de la nuit, Vollie dit : « Tu n'étais pas à Hué, pas vrai ? »

L'autre tâcha de se composer l'air d'autorité qu'il affichait la première fois que Vollie était monté dans sa cabine deux jours plus tôt, mais il y renonça vite et reconnut qu'en effet il n'était pas sur place lors de l'offensive du Têt. Il avait traversé – enfin, il avait survolé les lieux par la suite. C'était une affabulation qu'il avait pris l'habitude de raconter. Désormais Vollie ne croirait plus rien de ce qu'il dirait. Il se sentait tellement déboussolé. En revanche, il avait vraiment été dans les autres endroits.

« Je sais, dit Vollie.

— Comment ça ?

— Je te crois, voilà tout.

— Ça te dérange pas qu'on te serve des bobards ?

— Pas si je le sais.

— Le Président a dit qu'on tient la victoire, le secrétaire à la Défense a dit la même chose, mais en privé ils reconnaissent qu'on est en train de perdre, qu'on ne peut pas l'emporter. C'était écrit noir sur blanc dans les journaux.

— J'ai vu ça.

— Ça te laisse froid ? »

Vollie exhala lentement par le nez, prolongeant les nombreux arômes de la fumée de cigarette.

« Je voudrais bien être comme toi, reprit le jeunot. Moi, ça m'affecte beaucoup. Toi, on a l'impression que rien ne t'atteint. Tu es comme la montagne sous les arbres. »

Un jour, le père de Vollie lui avait dit que si on laisse quelqu'un croire qu'on possède un talent qu'on n'a pas, on est pire qu'un vantard, on est en plus un menteur. « Ce qui m'embête, dit-il, c'est d'être fauché.

— Ah oui ?

— T'es bon à quoi de nos jours quand t'es sans un ?

— Avant, les gens n'avaient pas besoin d'argent ?

— Ils n'avaient pas tout le temps besoin d'argent pour tout. Je hais l'argent. »

Alors qu'ils entraient dans le Connecticut, l'astre du jour jaillit au-dessus d'une barrière de nuages bas et Vollie abaissa le pare-soleil. Cela faisait une trentaine d'heures qu'il n'avait ni dormi ni mangé. Néanmoins, son esprit impatient et tendu restait attentif au milieu de l'heure de pointe sur l'autoroute à l'approche de Hartford. De là, il trouva l'itinéraire menant à une église méthodiste de Bridgeport où il avait rendez-vous.

Il jeta son sac sur le trottoir, puis tendit la main au camionneur. Celui-ci avait le visage couvert des cicatrices encore roses de l'acné d'un organisme jusqu'à récemment soumis à l'afflux des hormones de l'adolescence. C'était la première fois que Vollie le regardait vraiment. Tout en lui serrant la main, il lui demanda comment il s'appelait. « Clayton », lui fut-il répondu. Vollie ne sut jamais s'il s'agissait de son véritable nom.

L'instant d'après, le semi-remorque avait disparu. À sa place, une rue hérissée de poteaux téléphoniques et de panneaux STATIONNEMENT INTERDIT et DÉFENSE DE VAGABONDER.

Il s'assit sur son sac à même le trottoir, s'étirant le dos face à la grille délimitant un cimetière jonché en tous sens de pierres tombales renversées et fêlées. Après lui avoir lancé un coup d'œil, les passants traversaient brusquement les uns après les autres les trois voies d'une avenue de l'autre côté de laquelle se dressaient les quais de chargement d'une usine plongée dans un venteux sommeil pailleté de rouille.

À midi, ladite usine s'éveilla. Une centaine d'hommes s'en déversèrent dans une vaste aire de stationnement et s'assirent sous leur hayon ouvert pour manger des sandwichs emballés de papier sulfurisé tirés de glacières en polystyrène. Certains s'allongeaient pour une sieste sur le plateau de leur pick-up. Quatre autres, la cigarette s'agitant au coin de la bouche, jouaient aux cartes sur le capot d'une Ford LTD. Deux Blancs émergèrent du lot pour venir se poster au bord du trottoir derrière le flot bruyant de la circulation, puis, profitant d'une accalmie, traversèrent la chaussée en petites foulées vers l'endroit où attendait Vollie. L'un d'eux interrogea : « Sergent, c'est vous ?

— Oui, m'sieur, répondit Vollie, mettant plusieurs secondes à reconnaître Lorch avec sa moustache, ses favoris et sa chemise écossaise.

— Vous avez une sacrée touche, dit ce dernier. Est-ce que vous avez faim ?

— Non, mentit Vollie (il aurait mangé un bœuf).

— Vous me rappelez Opie le boiteux. Ce type faisait toujours la manche devant le salon de beauté de ma mère.

— La consigne était d'attendre devant le cimetière.

— Certes, mais vous avez un côté : Hé, mon frère, t'as pas dix *cents* ? Je me demande pourquoi.

— J'ai jamais fait la manche de ma vie.

— C'est la chemise – où est passé votre fer à repasser ? Ou alors c'est l'ensemble.

— Dans mon sac, monsieur », répondit Vollie en le soulevant.

Lorch ne présentait pas l'autre type, qui regardait Vollie avec de petits yeux impassibles.

« Repos, soldat, dit Lorch. Vous avez été rendu à la vie civile. Il n'y a plus personne pour se soucier de la façon dont vous entretenez vos frusques.

— Monsieur, j'ai jamais demandé l'aumône, monsieur.

— Repos, j'ai dit. C'est l'heure d'aller déjeuner. On est partis. »

Vollie n'avait jamais rencontré Lorch qu'à Bien Hoa et à l'hôpital de Saïgon. Le retrouver aujourd'hui en Amérique lui donnait le vertige, chamboulait sa vision du monde. Il supposa un court instant que tout cela se déroulait dans un rêve et qu'il n'allait pas tarder à voir apparaître d'autres personnages tout aussi incongrus : des nabots qu'il avait tués au combat allaient passer dans la rue ; sa mère allait l'aborder, sans le reconnaître, pour lui demander le chemin de la gare.

Bridgeport était pilonné de soleil, mais des nuages menaçaient à l'ouest. Le ciel était une cervelle scindée en deux. L'autre type marchait en tête, Vollie et Lorch le suivaient. Au moment où un clochard laissa tomber une bouteille qui se fracassa à quelques mètres de là sur le trottoir, Vollie et Lorch firent un bond, tout leur squelette emporté d'un coup, comme s'ils étaient des pantins au bout de leurs fils et que l'invisible marionnettiste eût éternué, tandis que l'autre ne réagissait nullement et poursuivait sa marche. Il leur tint la porte d'un petit restaurant étrangement conçu de quatre niveaux exigus meublés de tabourets, de banquettes et de tables étroites, reliés entre eux par de petits escaliers en fer aussi raides que des échelles de bateau. Vollie fourra son sac dans la penderie et tous trois montèrent au dernier étage. Le collègue de Lorch s'assit dos au mur face au palier tandis que la serveuse redescendait dans l'entrepont.

« La cuisine familiale vous a bien remplumé, en partie du moins, déclara Lorch. Sans ce sac marin, je ne vous aurais pas reconnu. »

Vollie consultait la carte.

« J'ai une sœur, poursuivit Lorch, qui nous faisait une tarte au vinaigre chaque fois que je revenais en permission. Il fallait que je fasse appel à toute ma retenue pour ne pas boulotter le tout avant que les autres soient à table – Ah, mais, j'oubliais. Vous n'êtes pas rentré chez vous, pas vrai ?

— Qu'est-ce que vous fichiez dans cette usine ? » interrogea Vollie.

Lorch sortait ses couverts de la serviette en papier

où ils étaient enroulés. « On verra ça plus tard », répondit-il.

Quand Vollie parlait, le troisième homme le regardait avec intensité, et cependant ses yeux étaient étrangement orientés vers le bas. Il lui apparut bientôt qu'il lisait sur ses lèvres.

Il se nommait Arthur Van Aken, retraité de l'armée des États-Unis. Il avait perdu l'ouïe lors d'une intervention aérienne qu'il avait demandée par radio sur un ravin au Laos où il était coincé en compagnie d'un groupe de guérillas hmong. Tout cela fut raconté plus tard. Il avait cinquante-huit ans et possédait de larges épaules, mais son buste avait perdu beaucoup de sa vigueur. Ses mouvements étaient rares et sans heurt, comme s'ils n'étaient pas guidés par la conscience et nullement perturbés par une interférence de celle-ci. Il avait eu la mâchoire cassée, ce qui lui donnait une physionomie renfrognée – cette grimace plissée, asymétrique, d'un vieillard cherchant à dégager avec la langue une graine coincée dans une molaire. Ses yeux injectés étaient petits et ternes. Il n'avait jamais été marié. Il s'exprima, distinctement mais dans un murmure, quand la serveuse se présenta. « Du poulet rôti, une salade de chou, des légumes, de l'eau, une limonade, une tourte aux fruits.

— Même chose pour tout le monde », décréta Lorch en tendant la main pour reprendre la carte que tenait Vollie. La serveuse s'en fut. La lumière changea. La table voisinait avec des croisées à claire-voie, mais une étrange pénombre régnait dans ce perchoir sous les chevrons. Les fenêtres donnaient sur la rue sombre en contrebas et ses arbres noirs et tordus. Deux personnes passèrent en courant, courbées en avant, la veste ramenée sur la tête. Il pleuvait, mais la pluie ne se voyait pas.

« Nous avons besoin que vous preniez vos aises dans un premier temps, commença Lorch. Pensez-vous pouvoir faire ça ? Vous installer et faire en sorte qu'on vous connaisse de vue. Faire votre trou comme une tique. Je sais bien que ce n'est pas votre formation que de sous-traiter les tâches domestiques, mais nous avons besoin que vous renonciez un peu à votre indépendance. Allez au pressing. Portez-y en premier lieu cette chemise – que dis-je ? Non, cette chemise doit disparaître. Tous ces chevrons ne sont plus de mise. Payez la demoiselle du dessus pour lustrer votre voiture.

— Je n'ai pas de voiture.

— Eh bien, si, vous en avez une, et elle est payée. De même que l'épinette que nous avons trouvée pour mettre chez vous. Jouez-en la fenêtre ouverte. Que les voisins vous entendent.

— J'ai oublié de vous demander : pain ou biscuits ? » intervint la serveuse en s'adressant à Van Aken sur son flanc.

Ce dernier ne la vit pas.

« Faites-vous détartrer les dents et prenez un rendez-vous de suivi, poursuivit Lorch. Des biscuits, merci, mon petit. » Il attendit tandis que la demoiselle s'en repartait. « La voiture est assortie d'un prêt pour son acquisition, et donc d'une histoire de crédit. Quand vous aurez écopé d'une amende pour excès de vitesse, votre nom sera porté sur la liste des pécheurs du cru. Cela pourra vous être utile par la suite. "Car tous ont péché et déçu", Romains 3, verset 23. Ce que je dis, c'est ne vous planquez pas. Si notre sujet est quelque part dans le coin, il est probablement sous un pont ou sur un banc public. Jamais vous n'entendrez parler de lui si vous restez enfermé chez vous. »

Van Aken ne se départait pas de son regard de statue. Il s'était mis à la lecture sur les lèvres en l'espace d'une année. Impossible de dire si la fixité de ses yeux procédait d'une disposition naturelle ou bien de cet entraînement. Ils rappelaient à Vollie ceux d'un capitaine de corvette appartenant au renseignement naval auquel il lui était arrivé de faire un rapport, un vieux de la vieille formé avant l'ère des appareils photo surminiaturisés à mémoriser d'un trait des documents entiers. Un regard indifférent, avide. Ce regard ne disait pas : Je vous vois ou je vous comprends. Il disait : Vous n'échapperez jamais aux conséquences de ce que vous êtes en train de faire ; je serai détenteur des preuves et je n'oublierai pas.

Chargée du poulet, rien que des cuisses et des pilons, la croûte épaisse comme des bernacles, la serveuse gravit péniblement l'échelle de navire. Les trois hommes attaquèrent leur repas, tamponnant avec leur serviette en papier la graisse qui se prenait dans leurs favoris.

Vollie eut bientôt nettoyé son assiette. Il se servit de deux cuisses supplémentaires et se remit à manger.

« J'espère que vous êtes content de cette mission, lui dit Lorch. Nous ne pouvons nous permettre de vous voir désappointé, insatisfait, désenchanté.

— L'affectation me va », répondit Vollie.

La pluie avait cessé. Hommes et femmes déambulaient nu-tête sous la fenêtre. D'ici, on ne voyait pas leur visage mais seulement leur chapeau, leurs bras qui se balançaient et leurs jambes raccourcies.

La tourte aux fruits arriva. Lorch demanda à la serveuse d'apporter de la crème glacée. Il évoqua son souvenir des glaces diverses de sa jeunesse dans la ville d'Alpharetta, aujourd'hui une banlieue d'Atlanta. « Il me plaît que vous ne songiez même pas à demander en quoi notre client les intéresse, je me trompe ? »

Vollie mangeait son dessert.

« L'idée ne vous vient pas de chercher à savoir le *pourquoi* ?

— Ça ne m'intéresse pas, monsieur. »

Lorch eut l'air déçu que Vollie ne voulût pas s'informer de ce qu'il n'aurait de toute manière pas révélé même s'il l'avait su. « Il n'est que naturel d'avoir un peu de curiosité quant au *pourquoi* ou au *comment*.

— Peut-être que je ne suis pas naturel.

— Tout le monde est naturel, c'est toute l'idée de naturel. Et vous, posté là pendant des mois ou un an à appliquer des ordres sans même une question, c'est un peu… Cela vous indiffère vraiment ?

— Pourquoi chercherais-je à m'informer ? Vous seriez forcé de mentir.

— Entre nous, nous disons la vérité. Lévitique 19, 11. Colossiens 3, 9. Apocalypse 22, 15. "Dehors les chiens, les enchanteurs, les impudiques, les meurtriers, les idolâtres et tous ceux qui aiment et pratiquent le mensonge." Ça, c'est dehors. Vous vous trouvez au sein d'une famille, à présent.

— Je ne vous en tiens pas rigueur, monsieur. C'est votre boulot de mentir.

— Mon boulot ? Où sont les *idéaux* dans un boulot ? Écoutez, il y a un client direct pour ces renseignements. Est-ce que je sais si ce client direct est le commanditaire ? Évidemment non. Cela ne veut pas dire que je mens. Si je ne vous dis pas quelque chose, je ne vous le dis pas, point. Mais si je vous dis quelque chose, c'est la vérité. Vous faites de même et nous aurons d'excellents résultats. Maintenant, Arthur va vous livrer quelques éléments concernant notre sujet. »

Van Aken sirotait son café. Il était plus âgé que Lorch. Peu lui importait que Vollie crût ou pas ce qui venait d'être dit. Il reposa sa tasse. « Nous ne notons rien de tout ceci par écrit, dit-il.

— Je comprends, dit Vollie.

— On prête bien attention la première fois.

— Oui, monsieur.

— Je ne suis pas votre supérieur. Je suis en retraite. »

Ensuite de quoi le sourd réduisit la triste vie d'Egon Hugo Hausmann à si peu de données de base que cela n'aurait guère valu la peine pour lui de mentir. Né à Budapest en 1894. Orphelin à dix-neuf ans. Exilé peu après à Athènes. En septembre 1965, fauché et crachant le sang, il s'était présenté au 20, West Broadway à Manhattan, siège des bureaux du Service d'immigration et de naturalisation, pour demander une carte de résident permanent. La demande fut refusée. Une procédure d'expulsion fut engagée, bientôt contrecarrée par le fait que Hausmann n'était pas en possession de papiers émis par l'un ou l'autre des pays vers lesquels on aurait pu le renvoyer. De toute façon, il s'était déjà évanoui dans la nature.

Plus récemment, une dénommée Sandy Colt, qui disait partager une adresse avec Hausmann dans le Queens, avait rempli pour le compte de ce dernier une demande d'affiliation à la Sécurité sociale. Cette demande était restée sans effet faute d'un numéro d'immatriculation et parce que personne de ce nom n'était enregistré. Les requêtes réitérées de Colt avaient conduit un enquêteur en validation à signaler le cas comme une possible tentative de fraude auprès des services de l'inspecteur général de l'administration de la Sécurité sociale. Entre-temps, le ministère de la Santé l'avait toutefois déjà sanctionnée d'une amende pour avoir tenu un hôtel borgne chez elle. Le temps que l'enquêteur vienne frapper à sa porte, elle avait déjà fichu dehors ce qu'elle avait de locataires, sans doute par peur de se voir expulser puisqu'elle n'avait pas non plus de papiers.

Quant à l'apparence physique de Hausmann, on ne disposait que de sa description dans le rapport des services de l'immigration : homme blanc, un mètre quatre-vingt-deux, cinquante-neuf kilos. La photographie de lui figurant dans le dossier s'était décollée et perdue.

Quand Van Aken en eut terminé, Lorch attendit de voir si Vollie avait assimilé les grandes lignes d'une vie.

« Où est ma voiture, monsieur ? s'enquit ce dernier. Garée dans une rue du Queens ?

— Vous entendez vous comporter comme si tout ce que vous faites, c'est prendre des ordres, dit Lorch. C'est une façon de voir les choses. Vous touchez un salaire. L'argent a certes tendance à concentrer les énergies d'un agent, mais il me faut vous dire une chose : d'après notre expérience, il ne les soutient pas sur le long terme. Un sens plus profond de la mission est requis. Cependant, attendu que les motifs du client sont classés secret, je ne puis vous pourvoir directement d'un sens du but à atteindre. Nous nous trouvons donc face à un défi.

« Que je vous donne un autre exemple. Certains de mes amis qui travaillent au sein des équipes de planification stratégique du ministère de la Défense ont conclu – et cela pourrait bien vous choquer – que nous n'avons pas… remporté un succès au Viêtnam. Et leur diagnostic est – et je reconnais que cela m'a interloqué – que c'est la très nette *absence* de ce sens du but à atteindre au sein de la société dans son ensemble qui a conduit à ce qu'ils appellent… (une profonde inspiration et une mobilisation de son sang-froid pour prononcer le mot à haute voix…) l'*échec* de notre projet là-bas. Il ne m'était jamais apparu que la défense de nos libertés constitutionnelles contre des assassins et des collectivistes ne répondait pas à une menace suffisamment manifeste pour mobiliser nos volontés. Mais telle est leur conclusion. L'opposition politique n'a pas réussi en soi à nous arrêter. Mais elle fut un *chancre* qui proliféra faute d'un but impérieux qui aurait pu oblitérer tous les doutes. Vous rappelez-vous ce qu'on disait que signifiaient les initiales "U.S." chez votre général yankee U.S. Grant ? *Unconditional Surrender*[1]. Il n'y avait pas à se tromper sur son objectif. Quel est le vôtre ?

— Je ne compte pour rien, monsieur.

— Le bon marine que voilà. Pourquoi faudrait-il en effet que vous preniez la chose à cœur ? Sauf que je pense que cela pourrait quand même vous intéresser, à cause de l'argent. Attendu que vous n'avez probablement jamais accepté d'être payé pour un travail sans vous en acquitter. C'est votre côté orgueilleux. C'est ce qui fait que je vous apprécie. De plus, vous savez manifestement encaisser une certaine dose de solitude, ce qui ne fait pas partie de mes talents. Toujours est-il que, en ce qui concerne ce boulot, comme vous dites, vous allez devoir le prendre à cœur pour le faire correctement.

1. Reddition sans conditions.

— Cet homme ne représente rien pour moi, monsieur.

— Oui, mais il en va tout autrement de l'*argent*. C'est chevillé aux tréfonds de votre carcasse. Et puis vous avez là un individu soit mort soit près de mourir, sans personne à ses côtés. Et vous y voyez comme un reflet.

— Vous autres vous figurez que je pense que la vie m'a déçu, dit Vollie. C'est pas le cas. J'ai été gâté. J'ai eu plus que ma part.

— Votre mère vous a inculqué de bonnes manières. » Silence. Grand discoureur, Lorch était néanmoins un maître du silence insidieux, ce moment où il laissait mordre le poisson avant de le ferrer. Il reprit : « Vous auriez été bien inspiré d'apprendre à cuisiner auprès d'elle, quand c'était possible.

— Allez vous faire foutre, monsieur, lâcha Vollie. Qu'est-ce que vous faisiez dans cette usine ?

— J'y fais ce que j'y fais. » Lorch eut son sourire de satisfaction innocente. « Tantôt nous y restons longtemps puis nous en sortons. Tantôt nous passons beaucoup de temps ailleurs et nous y rentrons, comme vous allez vous-même y entrer. Parfois encore, nous y entrons par la porte de derrière pour tout traverser et ressortir par-devant, cela sans même marquer le pas. Et qui peut dire si nous n'y avons pas passé une centaine d'années à attendre ce jour pour en ressortir ? Et qui peut dire si nous en sommes sortis, si nous avons fait la belle ou si on nous a ouvert la porte de la cellule en nous disant : “Vous êtes libres” » ?

En contrebas, le soleil de midi faisait fumer la chaussée mouillée de pluie, le genre de chaleur vaporeuse qui signifiait jadis que le maïs allait lever à toute vitesse. Point de maïs désormais pour lui obnubiler les idées. Et cette touffeur lui évoquait surtout des ravines de jungle défoliée, l'attente, la nausée provoquée par les cachets de chloroquine que prenaient tous les hommes pour tuer la malaria qui leur nageait dans le sang.

L'addition arriva. Lorch griffonna de longues divisions sur son set de table pour calculer le pourboire. Un silence s'était installé pendant lequel la planète de l'esprit de Vollie tournait inexorablement. Le soleil avait gagné la part de lui-même qui espérait. Il ne pouvait plus contenir la question qui l'avait amené ici : « Est-ce que je suis déjà personne sorti de nulle part ? »

C'est là que Van Aken lui remit l'enveloppe, tiède d'avoir séjourné à l'intérieur de sa veste. C'était exactement l'enveloppe en papier kraft à liseré bleu que Lorch lui avait promise à Saïgon, du type fermée par une ficelle rouge rubis passant en huit autour de deux boutons. Vollie défit le cordon.

« Vous êtes le sergent Dwight Elliot Tilly, dit Lorch en rebouchant son stylo. Né en 1948 à Davenport, Iowa. Désolé pour la rétrogradation.

— Davenport ! s'étonna Vollie.

— Il est préférable de conserver la région d'origine. Les gens l'entendent quand vous parlez. Qu'est-ce qui ne va pas avec Davenport ?

— Mes parents n'aimaient pas cette ville.

— Nous avons obtenu votre libération honorable de l'armée, et pas de périodes de réserve », précisa Lorch.

Vollie passait en revue les pièces d'identité, l'échéancier d'un emprunt pour une Buick Electra de 1966, les polices d'assurance, les papiers attestant un retour à la vie civile, le certificat de baptême. Il y avait des documents émanant d'un cabinet d'avocats de l'Illinois établissant un fidéicommis non encore doté, ainsi qu'un dossier dentaire et des certificats de vaccination contre les maladies infantiles. Des mots imprimés sur du papier cartonné et des carbones, certains comme neufs, d'autres marqués de plis et de taches contrefaisant les années. La vérité inventée. Le nom et les dates. Les termes nés d'une décision arbitraire. La femme donnée pour sa mère. Le blanc laissé tel quel pour son père. Les lettres d'un nom. L'individu tiré d'une foule anonyme.

Parti de Bridgeport cet après-midi-là, un train suivit en ferraillant la direction sud-ouest, s'arrêtant à Fairfield, Rowayton, Darien, Cos Cob. Un convoi en grande partie inoccupé en cette heure creuse, où avaient pris place une équipe de peintres d'intérieur, un club d'opéra de banlieue, un homme assis côté fenêtre avec une chemise défraîchie du Corps des marines qui se dévissait le cou pour réussir à lire le nom des arrêts. Un homme adulte pas même âgé d'un jour. Il avait les yeux enthousiastes d'un jeune garçon qui, n'ayant jamais trahi personne, ne prévoit nul mal à son encontre, personne cherchant réparation ou vengeance.

Le train obliqua vers le sud pour suivre le tracé de la côte. Il s'arrêta à Mamaroneck, à Pelham, villes densément urbanisées, où abondaient les voitures en stationnement, où nul ne marchait dans les rues. Arbres taillés et ciel bleu.

Il était désormais vivant dans son seul corps, et dans la mémoire de personne.

La voie ferrée plongea sous le niveau des rues. Les murs de soutènement du déblai enserraient le train qui filait à toute allure. Il avait eu espoir de voir la grande ville de loin, les ponts et les tours de bureaux, mais les parois de la tranchée se resserrèrent encore, occultant le soleil à l'intérieur de la voiture, dont le sol était jonché de billets de réservation en papier bleu. Un ultime éclat de lumière lorsque le convoi franchit une rivière.

De nouveau la terre, une nouvelle tranchée, plus profonde.

Puis tout s'enveloppa de noir quand le train entra pour de bon sous terre.

Il débarqua à Grand Central Station, en sécurité au milieu des bancs de navetteurs nageant dans leurs files, chez lui comme dans la cohue du marché de Saïgon. Il faisait déjà partie de la ville sans jamais l'avoir vue.

Il allait prendre la ligne 7 à destination du Queens. Il allait se présenter pour du travail chez un réparateur de transmissions, chez un concessionnaire Pontiac et enfin dans un entrepôt de crème glacée. La ville lui semblerait être le monde dans sa globalité, ses limites celles de l'espace intersidéral ; de même, le temps semblerait s'étirer jusqu'à l'horizon du temps, comme si les gens n'étaient jamais nés et jamais morts, et que sa place parmi eux – homme de parfaite inconséquence – fût permanente.

6

POSTE RECHERCHÉ :
AIDE À DOMICILE

Élève du lycée Ursuline cherche 15 heures par semaine. Premier poste. Apprend rapidement. Ponctuelle, soignée. Expérience : toilette/repas, raccommodage, rudiments de cuisine (excl. pâtisserie, sauces, rôtis), dactylographie 54 mots/minute (en progrès). Titulaire d'une carte de bus. App. Trisha au MV5-3416. Amen.

Debout près de l'entrée barrée par une chaîne du collectif abritant trois familles, la fille était plongée dans un manuel de sténographie. Elle portait des chaussures en vinyle ornées sur le dessus d'un nœud en gros-grain de couleur vive, une robe trapèze jaune à passepoils roses, des gants en lin boutonnés aux poignets. Une chèvre au piquet la considéra un moment de l'autre côté de la clôture avant de se remettre à brouter la salsepareille qui envahissait la cour pelée de l'immeuble. Quelques cagettes en plastique pleines de livres de poche aux pages rongées et gorgées d'eau étaient renversées au milieu des mauvaises herbes. La fille avait le nez dans son cahier. Elle respirait, mais sa tête inclinée et son cou en tension n'étaient parcourus d'aucun mouvement. Elle continua ainsi à étudier dans un état d'immobilité parfaite pendant toute une minute tandis que le vent agitait sa queue-de-cheval comme un serpent pris au piège. Puis elle glissa le manuel dans son sac à main, gravit les marches de la véranda et toqua à la porte.

C'est la femme, Sandy Colt, qui lui ouvrit.

L'appartement, situé au rez-de-chaussée, avait tout d'un poulailler. Y régnait une sordide odeur de fertilité. Des disques de fond de teint se racornissaient sur les rebords de fenêtre. Dans l'évier, un vieux gâteau. Sur le sol du couloir, des amoncellements de Cellophane, des boîtes de crayons, des bas, des pochettes de disque. Des bocaux de différents sables ramassés dans des déserts des quatre continents comme précisé par un étiquetage au ruban adhésif gaufré. Six pièces, chacune tenant lieu d'une manière ou d'une autre de séjour, avec dans un angle un appareil électrique qui n'avait rien à faire là. Baignoire et meuble de toilette ne partageaient pas un même endroit. Chacune de ces pièces paraissait avoir servi de chambre à coucher. Des dessus-de-lit et des oreillers étaient empilés ou étalés sur tous les radiateurs. Un lit de camp était installé près du poêle.

La fille emboîta le pas à Miss Colt, qui se ménageait un passage au milieu de cactées en pot, tongs, carnets usagés, meubles de jardin repliés. L'endroit était agencé moins comme un logement constitué de pièces distinctes que comme une garenne de terriers contigus.

Des gonds se voyaient encore sur les jambages, mais les portes avaient été enlevées. On pouvait se croire en train de continuer vers les profondeurs de l'appartement et bientôt s'apercevoir qu'on était revenu sur le devant. Elles se dirigèrent vers une penderie masquée d'un rideau. Se frayant un chemin au travers de nombreuses robes fleurant la naphtaline, on découvrait qu'une ouverture avait été percée dans le mur du fond, donnant sur un petit dégagement. On n'aurait pas tenu cet espace exigu pour autre chose qu'un cul-de-sac servant à entasser de vieux journaux et des écheveaux, sauf si on remarquait un renfoncement dans le lambrissage noirci par la graisse de maints tâtonnements. Après une poussée, une partie de la paroi se révélait être une porte miniature. Miss Colt se courba pour passer sous le bas linteau. La fille l'y suivit.

Quand la lumière s'alluma, il était étendu là. Allongé tout seul.

Un vieillard sur un matelas couvert de taches, à l'évidence presque nu sous des couvertures bouchonnées. Sa moustache blanche était jaunie aux coins de la bouche. Son torse squameux était concave. Sa respiration soulevait faiblement son abdomen découvert. Odeur toxique de champignons cutanés. Point de fenêtres. Une lampe à basse tension posée sur le sol. Aucun mobilier hormis le lit et cette lampe. L'homme ressemblait à… Qui est celui qui gifla Jésus sur le chemin de croix et fut condamné à arpenter la terre sans salut ni sommeil jusqu'à la Seconde Venue ? Il se dressa sur son séant et se mit à parler dans une langue étrangère. Son regard errait, à l'évidence presque aveugle. Il implorait dans sa langue, quelle qu'elle fût. Interrogée sur ce qu'il voulait, Miss Colt répondit : « Comment voulez-vous que je le sache ? »

Le Juif errant. Lequel avait aussi donné son nom à une plante grimpante. Dans sa quasi-cécité et sa décrépitude, il répétait la chose avec insistance, ses yeux suivant comme ils pouvaient les déplacements de Miss Colt. Son regard pivota vers le seuil comme si, ayant remarqué qu'une deuxième personne se trouvait là, il entendait adresser sa supplique de ce côté-là.

Nul ne le comprenait. Des gens dans la pièce qui regardaient et parlaient, deux personnes et non pas une seule ; mais aucune ne le comprenait. La personne de haute taille, celle qui venait habituellement, et une autre, plus petite et qui avait un cahier à la main.

Miss Colt déclara qu'elle n'aimait guère ce nom de Trisha et préférait le deuxième prénom de la demoiselle, Agnieszka, bien qu'il fût polonais. Née en Pologne et ayant fui ce pays, Miss Colt avait depuis longtemps rejeté tout ce qui était polonais, les amis, l'Église, la langue. Elle tint à traduire ce prénom en Agnes. Quand Trisha se sentit obligée de corriger sa prononciation de la consonne postalvéolaire vélaire, Miss Colt la rebaptisa de nouveau en Alice, prénom qui lui donna toute satisfaction.

Cet été-là, Trisha et la vieille femme qui l'avait recrutée pour l'aider à s'occuper de Mr. Hausmann – son locataire ou patient ou prisonnier ou quel que fût son statut – suivaient une fois encore un match de basket-ball des Grands Frères de la Jeunesse catholique du haut des gradins que la paroisse avait bricolés sur la voie désaffectée du métro aérien, perchoir d'où la vision du jeu était sans égale et où même quelques prêtres venaient assister à la rencontre après leur travail s'ils avaient conservé quelque attachement pour les garçons. Une règle leur interdisait de jouer.

Soleil bas. Le rugissement à effet Doppler d'un gros-porteur au décollage. Le vent chaud et humide venu de la baie sentait la mélasse.

« Alice, ce garçon a les doigts trop longs, Alice. Méfiez-vous de ses doigts. Ils ne me disent rien qui vaille. » Miss Colt n'avait pas besoin de préciser de qui elle parlait. Pour Trisha, il n'existerait jamais qu'un seul garçon, et pas même lui, du fait de sa vocation. Il était non seulement le seul garçon qu'elle aimerait jamais, il était aussi le seul qu'il lui faudrait à jamais s'interdire d'aimer. Cela amplifiait jusqu'à un degré éprouvant l'attrait monomaniaque normal du béguin que pouvait éprouver une fille de quatorze ans.

« Je n'ai pas à me soucier de ses doigts, répondit-elle avec un vigoureux mouvement de la main, c'est juste un ami. Et je donne ma vie au Seigneur, aussi rien de tout ça n'a d'importance. Excusez-moi, mais vous ne savez rien de lui.

— Lui le garçon, Marlon, ou Lui le Seigneur ?

— Marlon, répondit Trisha sans élever la voix.

— Et vous savez, vous, des choses sur son compte ? interrogea Miss Colt. Quoi, par exemple ?

— Personne ne le connaît vraiment. Tout ce qu'on entend sur lui, c'est que des *ragots*.

— Alice, vous n'allez pas vraiment entrer au couvent. Vous en avez été détournée rapport à un garçon, et c'est celui-là avec ses doigts qui entourent la moitié du ballon. Là, vous voyez ? Ce n'est pas naturel. La malice de la main, imaginez-moi cela, cependant qu'avec l'autre on n'imagine même pas, tant ça fait froid dans le dos, ce qu'elle peut faire. Vous êtes en toute chose d'un autre niveau que ce Marlon. Eu égard à votre mère et votre père tous les deux au foyer. Mais il n'était en vérité qu'un *moyen* pour vous d'aller à la promenade. » Et d'ajouter d'un ton impérieux : « La prochaine fois, vous irez, mais avec quelqu'un d'autre.

— On dit la "prom"[1].

— Savez-vous au juste pourquoi sa mère est en prison ? La mère de ce Marlon ?

— Elle n'est pas en prison. Elle est dans un hôpital de réadaptation. » Trisha porta le regard vers les autres filles, qui, de la tribune, couvaient Marlon des yeux ; elle ne pouvait pas les voir, celles-là.

« Quel âge avez-vous ? »

Miss Colt revenait souvent sur ce sujet, probablement par sadisme, pour forcer Trisha à répéter le mensonge qu'elle avait dit lors de leur premier entretien. Il n'était pas dans la nature de cette femme d'oublier un chiffre.

« Seize ans, affirma l'adolescente.

— Savez-vous ce que subissent les filles de seize ans au cloître ? Des livres entiers ont été écrits depuis des siècles au sujet de la dépravation. Et des tableaux ont été peints. Des peintures licencieuses dans de très importants livres d'art européens à la bibliothèque. »

Trisha, les yeux baissés vers le sol goudronné de l'aire de jeux, prit une profonde inspiration. Marlon reçut le ballon, qu'il passa aussitôt à un de ses équipiers des Maillots. Celui-ci tenta un tir mais subit une faute commise par un type musclé, plus âgé, qui faisait partie des Peaux, un Blanc qui ne jouait que depuis ces derniers mois, un vétéran du Viêtnam, ce qu'on avait déduit à la vue de sa coupe de cheveux très courte et du brillant de ses chaussures de travail quand il livrait des glaces pour le compte de la maison Breyers. Son torse nu révélait aujourd'hui un tatouage du genre militaire

1. La *prom* est un bal habillé organisé chaque année dans les lycées américains.

ou patriotique. Marlon et les autres Maillots, claquant chacun son tour la main du tireur, se rassemblèrent autour de la raquette et se plièrent en deux, cherchant à reprendre leur souffle.

La vitalité tranquille qui irradiait de Marlon debout à mi-court, se bornant à dribbler tout en regardant alentour, donnait à Trisha l'impression d'un objet dense déformant l'espace-temps environnant. La balle lui parvenait des confins du système solaire, il la plaçait en orbite autour de lui et amenait les autres hommes et garçons à tourner en épicycles du simple fait de leur avoir annoncé la tactique d'un geste de la main. Quand il dribblait, la balle ne se bornait pas à tomber de sa main et à rebondir, elle sautait vers ses doigts. Il la jetait au sol et elle lui revenait comme si elle l'aimait.

La proximité physique de ce garçon affolait Trisha.

« Alice, écoutez, Alice. Je n'en sais pas assez sur votre… » Miss Colt, en quête du mot qu'elle cherchait, reporta son regard vers les Ford, Chevrolet, Pontiac et Buick qui filaient à toute allure sous l'ancienne ligne du métro aérien. « Sur votre état d'esprit pour me prononcer quant à votre vocation.

— Merci.

— Cependant, vous allez avoir des rapports sexuels, c'est *inéluctable*. Vocation ou non, promenade ou non, Marlon ou non, oui ou non, *non* ou non. Dans tous les cas, c'est quelque chose d'imminent. » Elle leva le poing en l'air et le ramena pour se frapper le ventre de la paume de la main. « C'est une force qui s'abat sur chacune d'entre nous.

— Je vous en prie, ne soyez pas dégoûtante, dit Trisha, l'esprit en proie à des fantasmes échevelés tandis que d'autres parties de sa conscience étaient taraudées par la chasteté et le reproche.

— La mère était receleuse, fit observer Miss Colt.

— *Pardon* ?

— La mère de ce Marlon, elle faisait du recel, elle revendait des autoradios volés. »

Trisha retourna son poignet vers l'intérieur pour consulter sa montre. « Il faut rentrer à la maison. Je donne toujours à Mr. Hausmann son porridge à huit heures.

— Comment voulez-vous qu'il sache l'heure qu'il est !

— Il n'est pas juste que son dîner doive attendre sous prétexte que je voulais regarder un garçon débile jouer au basket.

— Mais ce soleil est *divin.*

— Eh bien, restez.

— Non, je vous accompagne.

— Restez. Ce spectacle vous plaît plus qu'à moi.

— Comme vous insistez, je vais vous accompagner. »

Trisha était membre de la paroisse, alors que Miss Colt ne l'était plus. Elle avait rejoint les Témoins de Jéhovah et ne cessait de lancer des regards méfiants autour d'elle, comme si un prêtre allait venir la chasser des gradins. Mais il s'agissait d'une paroisse perméable que les gens rejoignaient et quittaient sans cesse à mesure que les limites des quartiers avoisinants se déplaçaient d'une année sur l'autre. Pour lors, les pâtés de maisons blancs gagnaient vers l'est, les noirs vers le sud et l'ouest, quelques dominicains, mexicains et d'autres plus mélangés vers le nord, avec la paroisse et son terrain de basket-ball au milieu pareils à la colonne centrale panneautée d'un manège. Une jeune femme descendit d'une Impala qui s'était arrêtée contre le trottoir. Une des nombreuses sœurs de Marlon, inutile de chercher à savoir laquelle – la jalousie de Trisha s'étendait jusqu'à ces dernières. Elles partageaient tout, les vêtements, l'appartement, la vieille Impala que Marlon lavait et passait au polish chaque semaine, et Marlon lui-même, qui avait été leur poupée à toutes mais avait à présent pris de l'assurance et entendait agir à sa guise, où et quand cela lui chantait. Trisha comprenait cela, pas ses sœurs.

Interruption de la partie.

Miss Colt et Trisha descendirent des poutrelles et rentrèrent à la maison.

Les Maillots firent circuler entre eux une salière, un couteau, un sac en papier kraft d'où ils sortaient des pêches. Quelqu'un avait rabouté des longueurs de tuyau d'arrosage et trouvé un robinet alimenté dans la cité d'immeubles de brique brune qui jouxtait le terrain, au milieu des murs en parpaings abritant atelier de mécanique, réparateur de téléviseurs, fournisseur de matériel de plomberie, nettoyeur de tapis, séparés par d'étroites venelles. L'eau arriva à la sortie du tuyau. Tour à tour, chacun y but à longs traits et s'arrosa abondamment le crâne.

La partie terminée, l'Impala et la sœur de Marlon, vêtue d'une robe d'intérieur sans manches à l'imprimé délavé, attendaient toujours au bord du trottoir tandis qu'il sortait de la cage grillagée du terrain. Il la rejoignit en secouant la transpiration de ses longues mains, son long cou ployé en avant. Elle le sermonna tout en fumant sa cigarette. Ils montèrent en voiture. Le moteur tournait au ralenti, ronronnait et crachotait. La voiture démarra à travers le jour qui déclinait…

À travers un monde très dense. L'échappement de la voiture et la rouille tombant des poutrelles du métro aérien placardées de publicités fanées pour du lait en promotion, des casseroles en aluminium émaillé, des jeux de clés à douilles. Des hordes de larves de moustique barbotant dans des flaques d'eau formées par le ruissellement provenant d'amoncellements d'ordures. L'euphorique consternation des klaxons. Une jolie femme en habits usagés prenant le frais sur l'esplanade, tirant sur une cigarette tout en démêlant les cheveux d'une fillette de cinq ans qui n'avait pas exactement la même couleur de peau, toutes deux les sourcils froncés, repues au sortir du dîner et les jambes arquées sur les marches, contemplant la rue ; une de ces mères encore sexy pour quelques années, une de ces filles à la chevelure incompréhensible pour celle qui l'a portée. Partout, des gens sortant prendre l'air, fuyant leur intérieur pareil à un four. Une jeune fille poussant sur le perron de l'immeuble le fauteuil roulant d'une vieille dame handicapée à la respiration difficile, puis rentrant pour revenir avec une chaise à dossier ajouré pour elle-même et une coupe de copeaux de glace, approchant ceux-ci du visage de l'invalide, dont les yeux pleins d'incompréhension revenaient à la vie le temps d'une seconde de plaisir, la succion de la glace, le froid devenant en soi une sorte d'aliment. Un jeune homme qui faisait les trois huit, dans l'entretien, peut-être avait-il dix-neuf ans – deux ans plus tôt son derrière aurait trempé dans une rizière, né trop tard pour cela, chanceux garçon –, sortait à son tour sur le perron, le vent tout alentour, et s'asseyait avec un monceau d'œufs brouillés et d'oignons à demi cuits sur les genoux, ainsi que du café. L'heure de son petit déjeuner.

Les gens sont debout, à présent. Le garçon se lève pour finir son repas : même les marches sont brûlantes. La chaleur restituée par les immeubles est torride. Mieux vaut se tenir debout plutôt que s'asseoir sur le grès, ainsi la surface de contact est-elle le plus réduite possible. Beaucoup des gens qui sont dehors ont adopté cette position. On croirait qu'un défilé se prépare. On croirait que quelque chose va se produire. Être d'ici et ne pas en être parti lorsque c'était encore possible, avant de se faire happer par la reproduction humaine ou un boulot valable si on parvenait à en décrocher un, revient à dire : Je n'ai pas besoin que quelque chose arrive. Mon frère, ma mère, ma voiture, ma bande de copains d'école, leurs petites amies, leurs petits amis, leurs gosses – qu'est-ce qui cloche dans tout ça ?

Tombée du jour.

À cette époque de l'année, la lumière s'attarde longtemps. Un agrégat particulier de gosses de la rue, âgés de douze à quinze ans, est en train de marchander avec le propriétaire d'une voiture. Tu parles d'une chaleur – t'as le dos à même le macadam du Queens, au mois d'août, sous un moulin qui tournait il y a encore quelques minutes. Leur activité : la vidange express sur place. Ils vont même vous changer le filtre à huile si vous pouvez attendre quelques minutes de plus le temps que l'un d'entre eux fonce au magasin de pièces détachées de Marion Boulevard. Ils possèdent plusieurs fûts volés de Pennzoil 10 W 40 et, pour recueillir l'huile usée, une vieille rôtissoire à dinde en alu, et parce que des gens vivent ici et les voient, ils ne vont pas la vider dans le caniveau, mais quelques pâtés de maisons plus loin sur une discrète parcelle de terre nue – à l'intérieur du cimetière public (celui qui est déjà à pleine capacité et où les morts s'en fichent) ou dans le parc aux seringues – ou bien parfois ils la déverseront sous l'autoroute dans un fût avec divers autres rebuts et allumeront le tout, contemplant le feu, le contemplant longuement dans un état d'absolue fascination, avec cette notion ancienne que nous portons en nous selon laquelle les mythes au sujet du feu sont véridiques, un corps pourrait y entrer, s'y consumer et en ressortir sous une forme nouvelle, une forme plus vraie ; contemplant les flammes, visages rougeoyant autour du fût ardent, les cent mille voitures roulant au pas sur l'autoroute, jusqu'à ce que, voyant approcher sur la voie de service les reconnaissables phares orthogonaux des Crown Victoria de la police, ils s'arrachent de là. C'est moins drôle que les virées en bagnole, mais l'essence coûte plus cher que le champagne, le cognac ou le shit.

Il est possible d'attirer les chauves-souris en vol en lançant très haut une balle de tennis fluo. Et cela se passe là-bas au coin de la rue. Une vieille dame de couleur bien habillée arrive à petits pas, et ceux qui s'intéressent aux chauves-souris font une pause le temps qu'elle les dépasse et portent la main à leur casquette de base-ball par égard pour sa toilette élégante un soir de semaine, qui signifie peut-être qu'elle se rend à une veillée funèbre, alors qu'en fait elle ne va qu'à la salle du Royaume pour y trouver de la compagnie, du soda et des pralines. Et quand elle y parvient, dans une salle de réunion fétide dont les fenêtres ne s'ouvrent pas, et que tout le monde prend place autour de la table, la tête penchée sur les Saintes Écritures, un frère lit à haute voix par-dessus le bourdonnement du déshumidificateur que le Malin contrôle l'ensemble de la terre. Mais une sœur déclare que le fils de Dieu est venu détruire l'œuvre du diable. Et que le Seigneur a choisi Jésus-Christ pour gouverner le monde. Et, tout en faisant circuler autour de la table une crépitante barquette en Cellophane doublée d'un délicat papier ondulé et contenant des gâteaux secs, ils étudient de quelle manière prendra fin l'empire de Satan. Les chaînettes de leurs lunettes pendent dans le vide, sauf pour les personnes qui promènent une loupe au-dessus de la page, les crayons sont suspendus en l'air, tandis qu'une boîte de strudels de la marque Entenmann's repose dans un plat au centre de la table en Formica, hors de portée, tel un nouveau-né que l'on va sacrifier pour se concilier le faux dieu Diabète.

À quoi ressemblera le monde après que son dirigeant maléfique aura été déposé ?

La force inconnue qui s'entend à allumer les réverbères ne l'a pas encore fait. Si vous contemplez le crépuscule et attendez l'éclairage public parce que vous êtes mère et que le moment de son allumage est le dernier carat où votre enfant doit être rentré, il est alors possible que l'administration de la ville de New York ait commis une dangereuse boulette, dans la mesure où, l'heure dite arrivée, vous attendez toujours dans le soir tombant, tandis que l'insouciant réceptacle des soins de toute votre vie est caché quelque part dans les ruelles, traitant sa propre vie comme si elle n'avait de valeur pour nul autre que lui. Un homme est en train de détruire un fauteuil dans la ruelle et, à chaque coup de son marteau, des cendres de cigarette, des poils de chat, des décennies de cellules de peau humaine s'élèvent autour de lui dans la lumière qui filtre d'une fenêtre de l'immeuble voisin. Des feuilles de journaux cabriolent sur toute la longueur de la rue à cause d'une poubelle renversée par personne n'a vu qui. Les intérieurs ayant encore monté en température et leurs habitants sortant dans la nuit, les esplanades des immeubles paraissent plus sombres quand les voitures passent avec leurs phares allumés, aussi pourquoi la ville n'a-t-elle rien remarqué, l'administration, les autorités responsables ? La rue tout entière noire de monde. Comment peut-on supporter de rester enfermé ? Ici et là un transistor, pas trop fort, une espèce de sourde pulsation, très discrète et continue. Les gens aiment écouter de la musique tout en laissant entrer le vent. Du merengue. Claude Debussy. Eartha Kitt. Ou la télé, garder le poste allumé dans une autre pièce pour l'impression d'une fenêtre donnant à travers le mur sur des vies plus réfléchies, cette façon dont les gens à la télé accordent plus d'attention à ce qu'ils font que l'on n'est tenu de leur en accorder et cela fait de vous un démiurge en votre éminent privilège de les écouter élucider fiévreusement leurs crimes ou de leur couper la chique, et la façon dont le thème musical familier vous renseigne sur l'endroit où cela se passe et si c'est triste ou drôle ou niais ou encore rétrospectif et nostalgique du temps jadis quand du bois brûlait sous la théière et John-Boy[1] chassait le faisan avec le chien. Voilà à présent la première des mères qui sort pour dire à une partie de football qui se joue dans la rue que lorsqu'on ne voit plus le ballon il est l'heure de rentrer. Suit la demande reconventionnelle : si on les autorise à jouer un peu plus longtemps, les garçons et filles dans la rue, les réverbères vont s'allumer et ainsi ils verront le ballon. Ce type de temporisation va échouer car ce n'est pas exactement à la nuit que pensent les mères. C'est au fait que justement les lumières vont s'allumer. Comme, dans les lieux plus anciens, les cloches d'église sonnent les heures importantes. Mes enfants ne jouent pas dans la rue après que les lumières se sont allumées ; j'ai été bien élevée. Une parabole est équipée à sa base d'un moteur électrique et on la voit s'orienter lentement comme une arme martienne dans un film à petit budget vers le signal télé d'une autre ville. Peut-être un fan des Phillies[2], à en juger par l'orientation sud-ouest de

1. Personnage de la série télévisée *The Waltons* (*La Famille des collines*) diffusée dans les années 1970.

2. L'équipe de base-ball de Philadelphie.

l'antenne. Pas trop de bruit supplémentaire, à présent. L'installation de la nuit comme un saint moment œcuménique, comme le dîner de Thanksgiving. Pas trop d'activité en arrière-fond. Une femme transporte un poêlon de graisse fumante jusqu'au palier de l'escalier d'incendie et le dépose sur la grille. Très haut dans le ciel une armada de mouettes vole en direction de l'East River après toute une journée à terre dans les décharges. Ce sont des mouettes navetteuses qui passent leurs nuits sur l'eau au large de Throggs Neck ou plus loin dans le Sound.

À la lumière dispensée par une fenêtre de cuisine, Tilly, le vétéran de Davenport dans le Midwest, se penche et parcourt son trousseau de clés. Il en prélève une en secouant les autres et l'introduit dans la porte sous l'esplanade, au pied de la façade de grès sur laquelle un graffiti proclame les engagements de la jeunesse locale.

Dans la serrure, il tourne la clé.

Il y a des adolescentes au bout de la rue, des Hispaniques qui le regardent de leur perron, le regardent lui et d'autres qui vont et viennent, se rancardent et échangent boulots, noms et relations. Un homme qui vit de cette façon, seul comme ça, au moins devrait-il avoir un chien. Personne ne connaît son prénom. Il a les initiales D.E.T. brodées en cursive rouge sur les T-shirts brun clair du grossiste en crèmes glacées chez qui il travaille, et du fait de ce boulot et de son air impassible, certains jeunes l'appellent le Glacier. La plupart des gens l'appellent par son nom de famille, distinction réservée à ceux qui n'en ont pas, de famille.

Il a ouvert la porte, il est entré et a refermé derrière lui. Il est à l'intérieur, maintenant.

Tous les réverbères s'allument d'un coup.

7

Elle se nommait Sandy Colt, mais les personnes déplacées avaient toutes changé de nom. Elle portait des lunettes carrées avec une barre en travers de l'arête nasale. Des chaussures mastoc. Peu lui importait ce qu'elle avait aux pieds. Trisha admirait cette indifférence à la mode et aurait aimé la partager mais n'y parvenait pas encore ; son âme était encore en train de s'épanouir ; elle espérait bientôt n'aimer plus que les choses les plus nobles : la clémence, la justice.

Du milieu de l'avant-bras de Miss Colt jusqu'au muscle adducteur qui refermait son gros pouce sur la paume de sa main courait une cicatrice (Trisha la couvait du regard) – le résultat non pas d'un suicide raté mais d'une évasion réussie contrariée par du fil barbelé de type concertina. De telles évasions l'avaient rendue à la fois bien disposée envers les personnes en fuite, à la rue, et apte à mesurer le profit qu'elle pouvait en tirer. Elle semblait ne rien oublier. Les dates de batailles et de tremblements de terre ; un rendez-vous pris à la volée six mois plus tôt dans le bus. Si vous trouviez un de vos livres au milieu des autres sur ses étagères ou au milieu des falaises de papier imprimé qui équivalaient à des rayonnages sur les flancs de son appartement, elle ne faisait pas semblant de n'avoir pas compris que vous entendiez le récupérer. Elle se l'appropriait. Il était désormais à elle. Elle avait vécu partout. Elle avait survécu.

Le pays était encore suffisamment jeune pour absorber des vies entières, des vies criminelles ou simplement effondrées, et ne laisser à l'inconstant animal humain que le peu d'argent qu'il pouvait avoir, ainsi que ses frusques. Des types comme ceux qui lui versaient cinquante *cents* pour dormir chez elle à même le sol pouvaient vivre longtemps sans se faire repérer au milieu des rues polyglottes, en pleine vue et clandestins, vieillissant plus vite que la normale. Si les conditions de cette prétendue pension de famille étaient connues pour être sordides, ses locataires n'avaient pas connu meilleur sort après que le ministère de la Santé eut découvert son activité et l'eut contrainte à les mettre dehors. De ce jour, la plupart vécurent de nouveau dans la rue ou en dessous.

Une de ces âmes infortunées lui avait toutefois inspiré malgré elle une sorte de pitié : Hausmann, qui, à l'époque où les autres vidèrent les lieux, ne tenait plus debout, comme elle l'avait un jour confié à Trisha. Si jamais les inspecteurs municipaux repassaient – comme ils l'avaient avertie qu'ils pouvaient le faire à tout moment – et trouvaient un seul individu ayant encore ses quartiers sur place, Miss Colt se verrait adresser à une instance supérieure. Que Hausmann n'eût plus un *cent* à lui donner ne comptait pas pour ces gens. D'un autre côté, le fait qu'elle pouvait être persécutée pour la vertu dont elle faisait preuve en l'hébergeant la rendait, selon sa lecture des Écritures, éligible pour le royaume des Cieux.

Trisha était à peu près d'accord là-dessus – elle

éprouvait une solidarité à l'égard de quiconque prenait un risque pour appliquer ce qui était juste – mais rien de ce que la vieille aurait pu dire ne justifiait à ses yeux son effarante absence d'hygiène domestique.

« Je ne suis pas d'accord quand tu dis que ça sent *mauvais*, répondit Trisha à son amie Lizzy. Les vieux ne peuvent rien contre l'odeur qui règne chez eux.

— Qu'elle y puisse quelque chose ou non, c'est pas la question, dit Lizzy. Moi, j'appelle un chat un chat.

— Ça sent comme quand on est allées visiter ton cousin à New Paltz. Comme dans la salle d'eau du dortoir. Ça ne sent pas mauvais, ça sent fort.

— Quand ça pue, je dis que ça pue.

— Seulement, elle ne veut pas me laisser nettoyer le *moindre* truc. Ce n'est pas juste pour Mr. Hausmann, même si c'est un fugitif ou ce que tu voudras. »

Les deux adolescentes approchaient de l'aire de jeux goudronnée et grillagée où les garçons donnaient déjà de la voix, courant en pas chassés comme ils le faisaient toujours avant d'entamer la partie. Elles gravirent les marches des gradins pour voir si Miss Colt occupait la place où elle venait souvent prendre le soleil de l'après-midi, mais elle n'était pas là. Elle ne pouvait qu'être partie à la salle du Royaume se plonger en compagnie des autres hérétiques dans l'étude de quelque brochure sur le Jugement dernier. Et Marlon n'était pas sur le court, aussi poursuivirent-elles leur promenade.

Tout en réarrangeant la grosse fleur qu'elle portait dans les cheveux depuis qu'elle avait accompagné son père lors d'un voyage d'affaires aux Samoa, Lizzy commença : « Un jour, papa et moi passions en avion au-dessus des Rocheuses…

— Et c'est reparti, dit Trisha.

— C'était la nuit. Tout était noir en dessous de l'avion.

— Encore ton histoire de montagnes. »

Lizzy rougit mais poursuivit : « Et on apercevait de la lumière là où il y avait des villes.

— S'il faisait aussi noir, comment pouvais-tu savoir que vous étiez au-dessus des montagnes ?

— Le pilote nous l'a dit dans l'Interphone. Et moi je voyais la trappe d'évacuation près des toilettes. Avec sa grosse poignée rouge. Et je me disais comme ça : Qui pourrait t'empêcher de prendre un parachute et de sauter au-dessus des Rocheuses et de tout recommencer en vivant de noix et de baies, en posant des pièges et ce que je sais ? »

Trisha en avait par-dessus la tête de cette chimère. Elle parcourait la rue d'un regard anxieux. Aucune trace de Marlon. « Et donc tu crois que Mr. Hausmann s'est jeté d'un avion ? demanda-t-elle.

— Oui, à sa façon, tu ne penses pas ?

— Pourquoi aurait-il fait ça ?

— Soit parce qu'il n'avait personne pour le retenir, soit parce qu'il n'avait pas peur. »

Lizzy n'avait presque pas de poitrine et le peu qu'elle avait n'était pas encore équilibré entre les deux côtés. Trisha avait un jour avoué à confesse que, si elle aimait tant se promener avec Lizzy, c'est que son buste asymétrique rendait le sien plus séduisant en comparaison. Et puis les garçons devaient trouver débile la fleur qu'elle se collait dans les cheveux. Le prêtre l'avait félicitée et lui avait dit que de confesser ainsi son péché à l'encontre de Lizzy était en fait aimer Lizzy. La clé consistait à ne jamais oublier que l'on pouvait décevoir les autres ; un des moyens de les aimer consistait à comprendre notre malice à leur endroit.

Sur le perron de Miss Colt, Trisha récupéra une clé glissée sous la jardinière de ciment en forme de gargouille qui débordait de digitaires, de bons de réduction de pizzerias, d'allumettes brûlées, sans oublier un pied de pissenlit dont, au bout de sa tige, la fleur unique présidait sur le tout comme la bonne action au-dessus d'un monde de vilenie. Lizzy arracha une partie des mauvaises herbes et les jeta dans la cour. Elles entrèrent. Même si elle se gaussait du boulot idiot de son amie, Lizzy paraissait fascinée par la vieille carcasse dégoûtante de Mr. Hausmann et il lui était arrivé de rester plus d'un après-midi plantée, frappée de stupeur, sur le seuil de son compartiment secret à regarder Trisha lui laver les cheveux ou lui rogner les ongles. Mr. Hausmann ne tournait qu'occasionnellement la tête vers la porte, avec l'air de prendre conscience qu'une troisième personne se trouvait là. Parce qu'elle ne parlait jamais en sa présence, Lizzy se tenait pour dissimulée avec succès. Elle avait astucieusement remodelé le trac qui la tenaillait au cours de ses premiers mois au lycée en se composant un regard sexy, séduisant et un peu intimidant, muet et indéchiffrable, qu'elle pratiquait en présence de Mr. Hausmann, des autres hommes et des garçons de son âge, et qui mettait Trisha en rage parce que cela l'obligeait à s'acquitter pour elles deux de toute la parlotte stupide, pendant que Lizzy ensorcelait le mâle du moment sans se fouler, comme si ses seins étaient symétriques.

Alors qu'elle préparait le porridge du vieillard dans la pièce baptisée cuisine parce que c'est là que se trouvait le réchaud, Trisha avisa, à demi enfouie dans un panier d'épingles à linge, une boîte de sucre roux Domino, pétrifié depuis un inconnaissable nombre d'années. Elle en jeta quelques morceaux dans les flocons d'avoine.

Les deux adolescentes s'attardaient au-dessus du vieux pour voir s'il remarquerait cette modification de son régime. La mâchoire barattait comme celle d'un cerf qui rumine. La langue claquait contre le palais. Les orbites remuaient derrière des paupières toujours closes. Postée derrière Trisha, Lizzy rajusta sur son épaule la courroie de son sac. La pièce sentait les émanations de Hausmann, le porridge, la poussière, la fleur capiteuse qu'elle portait dans les cheveux. La pomme d'Adam du vieillard se souleva. On entendit la bouillie passer mollement dans son œsophage. Les narines palpitèrent. Des larmes s'écoulèrent d'un œil fermé, elles ruisselaient autour du gras maigre de la narine.

Un disque se mit à jouer dans une pièce éloignée. Une chanson intitulée « Innsbruck, il me faut te quitter ». Lizzy s'en fut voir de quoi il s'agissait. Elle trouva Miss Colt en train de verser lentement du whiskey dans un verre de thé glacé. Sans se retourner pour voir qui était là, la propriétaire du lieu lança : « Bonjour, ma chère Alice » avant de boire une petite gorgée. Un long soupir lui échappa. Sa tête et ses épaules s'affaissèrent comme si elles se dégonflaient. Elle déroula ses bas. « Mes chiens ne chassent plus, dit-elle.

— Comment cela ? demanda Lizzy.

— Elizabeth ! s'écria Miss Colt en se retournant. Je croyais que c'était notre Alice. Venez bavarder pendant que le bon Dieu me maltraite les pieds. Faites-vous un sandwich.

— Non merci.

— Venez vous asseoir et parlez-moi de votre fleur.

— D'où est-ce qu'il vient, Mr. Hausmann ?

— D'Allemagne, je crois.

— Est-ce qu'il était nazi et qu'il a tué des tas de juifs ?

— Oui, je crois que oui.

— Mon œil, dit Lizzy.
— À questions graves, réponses graves.
— Vous voulez juste m'apprendre à ne pas parler à la légère.
— Si vous le dites.
— Qu'entendez-vous par *je crois* ?
— Que je tiens ça pour vrai.
— Donc vous supposez.
— Il y avait des millions de nazis. Où croyez-vous qu'ils sont passés ? »
Comme si Miss Colt lui avait rivé son clou, Lizzy dit : « Aujourd'hui, ma fleur est une pivoine.
— L'Argentine n'a pas pu les accueillir tous, pas vrai ? J'en ai rencontré en Argentine. Des nazis pur jus. Et au Paraguay et dans la péninsule de Baja au Mexique. Des nazis tout craché avec leur accent et le front évidemment entaillé par des balles. Aujourd'hui, les nazis sont les oignons dans le ragoût, fondus, partout.
— C'est Omar qui me l'a donnée.
— Félicitations ! Elle est énorme. Vous devez être tellement fière ! Est-ce que vous les choisissez à l'avance pour les assortir à ce que vous portez ?
— Vous voyez qui est Omar, il tient le kiosque à journaux près des pneus Firestone ? Il me donne ma fleur tôt le matin et je rentre à la maison pour choisir la robe qui va avec. »
Trisha reparut, alla rincer le bol à porridge dans une pièce voisine, puis resta postée sur le seuil jusqu'au moment où Miss Colt lui dit : « Retournez là-bas lui parler.
— Il dort, répondit l'adolescente.
— Vous n'en savez rien. »
Lizzy, recourant au ton de voix volontaire et abrupt

que son amie lui avait longtemps envié, encore qu'elle eût oublié de l'employer ces temps derniers en compagnie des hommes et des garçons de son âge, interrogea : « Miss Colt, pourquoi le cachez-vous ?

— Qui a dit qu'il était caché ?

— Si vous ne le cachez pas, pourquoi le maintenir dans ce réduit secret ?

— Vous avez atteint l'âge de montrer vos chevilles, vos épaules et autres jolies parties de votre personne. Plus tard, vous atteindrez l'âge où l'on aime à s'isoler. Rester allongée dans le noir vous sera agréable.

— En ce cas pourquoi nous est-il interdit de parler de lui à l'extérieur ? » C'était là la Lizzy d'avant, celle qui osait parler de ce que Trisha craignait d'aborder. Cette dernière savait que c'était uniquement le différend de Miss Colt avec les services de la Santé, lequel n'avait pu la détourner de sa compassion pour le vieillard, qui nécessitait de maintenir le secret. Mais elle ne s'en était jamais ouverte à Lizzy. Une confidence était une confidence.

« Question de vie privée, plaça Miss Colt. Ma vie privée, voilà tout.

— Miss Colt dit que Mr. Hausmann était un Waffen SS, dit Lizzy à l'adresse de Trisha.

— Cette enfant enjolive mes propos, déclara Miss Colt, mi-indignée, mi-perplexe.

— Non, il n'était pas ce que tu dis, protesta Trisha.

— Miss Colt pense que si.

— Elle les enjolive avec une grosse et belle pivoine dans les cheveux.

— Il n'a jamais été SS, maintint Trisha.

— Comment pourriez-vous affirmer une telle chose ? lui demanda Miss Colt. Retournez lui parler.

— Il me l'a dit, voilà comment.

— Et que vous a-t-il donc dit ? interrogea Miss Colt d'un ton narquois.

— D'où il vient, ce genre de chose.

— Ah oui ? Et d'où vient-il ? »

Trisha tâcha d'adopter le ton clair et sans détour qu'aurait employé Lizzy : « De Grèce.

— Tu ne m'avais jamais dit ça », intervint Lizzy.

Sans quitter Trisha des yeux, Miss Colt faisait tourner les glaçons dans son thé.

« Mais il est né ailleurs, ajouta Trisha.

— Il vous a *parlé* ?

— Oui, deux fois. Pourquoi, il n'a pas le droit ?

— Comment a-t-il fait ?

— Comment ça, comment ? Avec la bouche, pardi. »

Miss Colt allongea encore son thé de whiskey. « Il vous a parlé en anglais ?

— Non, en grec. Je n'ai pas tout compris. Il ne le parle pas très bien, et moi non plus. J'ai essayé le grec et il m'a répondu. Que voulez-vous que nous fassions tout au long de l'après-midi ? Je termine mes devoirs et vous ne voulez pas que je m'occupe dans la maison ni que je balaie. Est-ce parce qu'il est retenu prisonnier que je n'aurais pas le droit de lui parler ?

— C'est quoi cette histoire de grec ? Je vous croyais polonais, vous et votre famille, et que vous ne parliez que l'anglais.

— C'est le père de mon père qui est polonais. Sa mère est née à Athènes. Maman, elle, est de la Dominique. Ce n'est pas comme si j'avais étudié le grec. Je suis meilleure en français vu que j'en fais à l'école, mais j'ai essayé le français avec lui et il est resté sans réaction.

— C'est quoi cette histoire de français ? dit Miss Colt, agacée. Qu'est devenu le latin pour les lycéennes ?

— Aujourd'hui, on nous enseigne des langues utiles, déclara Lizzy.

— *Utiles*. Je croyais que c'était un établissement religieux ; il est vrai qu'on y dispense un enseignement technique, ricana Miss Colt. Et ensuite, où est-il allé ? »

Lizzy ôta l'épingle qui maintenait la pivoine pour la rajuster, cela sans que son corps bougeât hormis les bras et les mains. Elle travaillait son regard fornicateur.

« Après la Grèce, précisa Miss Colt.

— Il m'a dit : "En dessous".

— En dessous de quoi ?

— Je vous en prie, ne me dites pas que j'ai mal agi. Ce n'était pas mon intention. Pauvre vieux bonhomme. En tout, on n'a parlé que deux fois. J'aime mieux prêter l'oreille à ses marmonnements insensés que de rester à ne rien faire. Il m'a dit : "J'étais en dessous. Mais maintenant je suis remonté à la lumière." »

Cinq heures de l'après-midi.

L'Impala remonte lentement l'avenue en ratatouillant et s'immobilise devant l'aire de jeux. Ailes rondes et lisses, capot pointu comme un bec, carrosserie rutilante, chromes étincelants. Toutefois, son moteur mal réglé fait penser à un tuberculeux qui tente vainement de contenir sa toux. La porte arrière s'ouvre en grand. En sort le dénommé Marlon. Il s'élance d'une course élastique vers le court grillagé. L'Impala s'éloigne, stertoreuse.

Quelque part dans les immeubles environnants, une radio dispense une angélique chansonnette vantant les Raisinets[1].

1. Barre chocolatée.

Le garçon approche de la porte de la cage, près de laquelle se dresse la statue en bronze d'une sainte. Une offrande a été déposée au pied de celle-ci dans le réceptacle prévu à cet effet. Deux dollars en billets, une pierre posée dessus. Cet argent fait de l'œil à Marlon. Il promène un regard alentour. Personne pour l'observer des appartements comme des gradins. Puis il avise le Glacier qui le regarde de l'intérieur du court. Il agite la main pour chasser les moucherons qui l'entourent.

La porte de la cage se referme bruyamment derrière lui. Soudain, les moucherons ont disparu. Avant qu'il ait eu le temps d'ôter son coupe-vent, le ballon arrive sur lui d'il ne sait où. Il le saisit et le lance à Fernando, qui l'envoie à Maitland, qui le passe à Pickett le coiffeur, et ainsi de suite au Glacier, à Julito, à Josip et à Jerome puis retour à Marlon, qui est en train d'exécuter une flexion suivie d'un saut en pleine extension pour s'étirer les ligaments. Il attrape le ballon à mi-saut et, du milieu du court, shoote dans le même mouvement.

Le ballon tournoie dans le vent mêlé de fumée. Il retombe sur la fixation de l'arceau, rebondit haut, monte, monte encore, puis plonge comme un nageur au travers du panier en chaînette.

Hurlements et jurons. Les jeunes comme les plus âgés. Le petit Maitland demande à lui toucher le maillot. Même les moucherons savent que Marlon est ici le roi.

La partie se poursuit jusque dans la soirée. Les réverbères s'allument.

L'un de ceux-ci est placé suffisamment près pour qu'ils puissent continuer à jouer. Marlon infatigable, jamais déconcentré, un rugissement lorsqu'il dépose la balle dans le panier, utilisant les autres comme une paroi contre laquelle appuyer l'épaule. Il joue moins avec eux que parmi eux. Ses yeux suggèrent un autre adversaire, un fantôme dans les limites du terrain. Il est de taille modeste, il a le tir patient, s'accorde une microseconde de réflexion qui le sert bien sur la ligne des lancers francs mais le rend prenable dans la raquette. Il est plus lourd que les autres garçons, mais, en dépit de leur coordination, ses muscles restent relâchés. N'importe lequel des autres l'écraserait dans une bagarre.

Toutes les voitures ont à présent leurs phares allumés. Seuls des hommes et Marlon occupent encore le court. Pickett fait remarquer à Marlon qu'il tarde à rentrer chez lui. C'est un fait connu que ses sœurs aînées restent à l'appartement pour lui imposer une heure de retour ; or, même s'il n'ignore pas tout à fait cet impératif, on a pu ces derniers temps le voir à tel ou tel coin de rue du quartier traînant avec des adultes, prêtant l'oreille à leurs conversations tout en se tenant en retrait, sa présence à peine remarquée, jusqu'au moment où une femme raisonnable se trouve à passer par là et lui dise que ses sœurs sont pendues au téléphone et cherchent à savoir où il est, lui dise de rentrer, est-ce qu'il sait l'heure qu'il est ? ses sœurs sont mortes d'inquiétude, non mais qu'est-ce qui lui prend ? ses sœurs sont au comble de l'angoisse, il ne sait donc pas qu'un jeune garçon peut se faire enlever, démembrer, dissoudre dans des cuves ? rentre te coucher, il te faut dormir si tu veux grandir.

La partie s'interrompt. Assis à même le sol, les joueurs fourrent les jambes dans leurs pantalons de survêtement, remontent la fermeture de leur coupe-vent. L'argent a disparu de la coupelle au pied de la statue. Marlon referme le loquet de l'aire de jeux et emboîte le pas aux autres. Toute sa grâce s'évapore sitôt qu'il quitte le terrain. Il traîne les pieds et chaloupe tout en singeant la gestuelle de ses compagnons, cette démarche qui ne révèle à personne ce qu'ils pensent ou éprouvent. Rétention de l'information, comme les hommes peuvent le faire. La posture montrant qu'ils connaissent le prix des choses et ne donnent rien gratis.

« T'as bien bossé sur les chromes de ta frangine, dit Fernando.

— *Coño*, cette caisse est au poil, lâche Julito, le blême Cubain, machiniste dans les transports publics.

— Tu lui diras de remplacer son compresseur, dit le Glacier à l'adresse de l'adolescent. Ses vis et ses bougies sont mortes aussi. Tu l'entends pas ?

— C'est l'heure de rentrer, Marlon, dit Pickett. Tes sœurs t'attendent. »

Marlon fait comme s'il n'avait pas entendu. Il a l'oreille sélective, comme ses compagnons adultes, confortablement enfermés dans l'enveloppe opaque du moi. Il a appris de ces hommes qu'il doit être indifférent aux demandes de toutes les femmes tout en ne vivant que dans le sempiternel espoir de coucher avec les plus jolies, mais il n'a pas encore trouvé comment concilier les deux.

« On va boire un coup, déclare Julito. La superstar, elle, rentre à la maison. »

Ils cheminent sur la chaussée, où des ballons crevés, des boîtes à hamburger défoncées, ce qu'il reste d'un rat aplati par maints pneumatiques sont collés à l'asphalte surchauffé. Des fourmis s'affairent sur des fruits écrasés.

Le barman est sorti remonter son auvent avec une manivelle. « Marlon, dit-il, ta sœur a appelé. Rentre chez toi. »

Les hommes pénètrent à l'intérieur ; le garçon reste dehors.

« Bon, demandez-lui où est l'argent, dit Miss Colt.

— Quel argent ? » lance Trisha, assise sur son tabouret à côté de Mr. Hausmann.

Lizzy se tenait, inutile, sur le seuil miniature.

« Demandez-lui où il a mis son argent.

— Pour payer sa pension ?

— Demandez-lui s'il connaît son numéro de Sécurité sociale et demandez-lui aussi s'il a des enfants ou autres parties intéressées, soit en Grèce soit dans un autre pays, qui souhaiteraient lui dire au revoir, et si l'un ou l'autre détient son argent.

— Il m'a dit n'avoir ni enfants ni famille. Pauvre vieux. Il m'a dit ça l'autre jour.

— Demandez-lui s'il a une rente ou un fonds de retraite.

— Miss Colt, je ne connais pas ces mots-là en grec.

— Il détient peut-être des actions, des titres, des certificats de dépôt, sous d'autres noms dans d'autres pays. Demandez-lui quels sont ces noms, ces pays, et le nom des banques.

— Je sais conjuguer "Où sont les belles assiettes que j'ai données à ta mère pour Noël ?", des choses comme ça.

— A-t-il une assurance vie temporaire et quand arrive-t-elle à échéance ?

— Je ne saurais même pas comment décrire ce que c'est avec les mots que je connais.

— Allez-y. Des polices d'assurance. Ou peut-être des reconnaissances de dette. De l'argent que lui devraient les parties intéressées, et qui sont ces parties.

— Monsieur Hausmann ? commença Trisha. C'est inutile. Il dort.

— Non, il ne dort pas.

— Quand il est en état de parler – c'est difficile à décrire –, il a un côté du visage qui s'affaisse et l'autre qui tressaille, et on voit alors qu'il est dans un jour où il est capable de parler. Ce n'est pas le cas en ce moment, aussi je pense que ce n'est pas le bon moment. Là, il dort, on n'obtiendra rien de lui.

— Ben voyons, apitoyez-vous sur son sort. En ce cas, ayez aussi pitié de moi et demandez-lui s'il a des fonds secrets quelque part », insista Miss Colt.

Écartant Trisha d'un mouvement du coude qui ne se voulait pas trop brusque, elle se pencha au-dessus du vieillard et lui fit pivoter la tête, le globe jaune rosâtre de sa tête, le monde inscrutable de sa tête, et avec elle le visage raviné et les longues mèches ternes traînant sur l'oreiller. Armant son geste derrière elle, elle lui appliqua une gifle sur le crâne, bien au-dessus de l'oreille, là où nul cheveu ne poussait plus, et, tout en lançant quelque chose en polonais, elle prolongea son geste comme on enseigne de traverser la balle avec la batte. Le bras ayant atteint sa pleine extension, elle le ramena à elle et lui frappa l'autre côté de la tête du revers de sa main chargée de bagues.

Les yeux de Mr. Hausmann s'ouvrirent comme deux poussins sortant de leur coquille.

Trisha aurait dû dire : Mais pourquoi lui faites-vous ça ? ou bien : Arrêtez, Miss Colt, il est invalide. Mais quelque chose l'en empêcha. De quoi s'agissait-il ? Appelons la chose par son nom : c'était de la lâcheté. Et cela prit la forme d'un pas en arrière vers l'endroit où se tenait Lizzy dans la sombre entrée encombrée de vieux lainages qui gardaient l'accès à la crypte vivante.

Mr. Hausmann dit quelque chose. Trisha ne put l'entendre en raison des incompréhensibles imprécations que Miss Colt déversait en polonais.

« Il a dit quoi ? s'enquit cette dernière.

— Répétez en grec, plus fort », articula Trisha.

Il tourna la tête approximativement vers l'endroit où elle se tenait, vers la brume de naphtaline des vieilles frusques et l'épaisseur de cent autres odeurs arrivant par bouffées de l'appartement confiné. « Tu es la fille, dit-il en grec.

— Oui, c'est moi. »

Les broussailleux sourcils poivre et sel se haussèrent, écarquillant des yeux fatigués qui prirent un air de curiosité enfantine. « Pourquoi me faire ça ?

— C'est pas moi, c'est cette dame. » Lâcheté toujours : elle s'était tenue à l'écart et avait laissé faire.

« Elle essaie de m'aider à mourir ?

— Non, elle veut savoir où est votre argent.

— Je suis tellement fatigué.

— Demandez-lui où, intervint Miss Colt.

— Je suis désolée de ne pas l'en avoir empêchée, dit Trisha.

— Pardon ? dit-il.

— Je suis désolée de ne pas l'avoir empêchée de… (Trisha ne put se rappeler que le mot que son père employait parfois.) De vous fesser. »

Il leva une main molle en signe de pardon ou dans l'idée de se protéger. Miss Colt balaya violemment cette main, qui alla choir par-dessus le rebord du matelas.

« Pourquoi cette femme me frappe-t-elle ? »

Trisha prit note du mot. « Il veut savoir pour quelle raison vous le frappez. » Elle recula encore d'un pas, s'abaissant sous le bas linteau, agitant la main pour que Lizzy la lui prenne. Mais sa main ne rencontra que le jambage de bois brut. Lizzy l'avait abandonnée.

8

Vollie savait à présent comment se fondre dans le décor. Cela lui vint comme lui était venu le tour de main pour immobiliser un porc : dans un premier temps, une débauche de gestes mal synchronisés visant à s'assurer des quatre membres de la bête affolée, puis une maîtrise si soudaine et naturelle qu'il en eut bientôt oublié ses difficultés de débutant, et enfin avec de la pitié pour les pourceaux hors d'eux, les faits qu'il avait entravés.

Il ne faisait pas d'affabulations, il n'éludait pas ni n'esquivait la vérité. Il mentait carrément. Il émaillait ses mensonges de détails distincts de leur fonction pour mieux se les rappeler. Il n'en proférait pas beaucoup, mais toujours fidèlement les mêmes. Le comptable du grossiste en crèmes glacées lui demanda s'il avait des frères et sœurs. Estimant judicieux de distinguer sa nouvelle vie de celle d'avant, il emprunta le prénom de Heflin et se donna un frère Bobby. Dans la foulée, il fit mourir ce Bobby dans l'enfance, de crainte qu'on ne s'attende par la suite à le voir en recevoir des nouvelles ou une visite. Chacun était un fait nouveau et définitif auquel les mensonges subséquents devaient se conformer. Il n'évitait d'en commettre d'autres qu'en raison de la difficulté à les faire s'accorder. Tant qu'il était question des affaires du moment, la nécessité de mentir se présentait rarement. Quand il lui fallait parler du passé, il débitait ses mensonges sans détour de sorte à leur donner apparence de vérité – à l'exception de celui qui sortait chaque fois avec difficulté, auquel il n'apprendrait jamais à répondre sans un instant de cogitation, le nom, le mensonge source, celui qui importait et fonctionnait avec difficulté : son nom était toujours là.

Le mécanisme d'effacement de celui qu'il était comportait un dysfonctionnement qui avait moins à voir avec devenir le nouvel homme qu'avec laisser l'ancien en arrière. Personne à l'entrepôt, lors de sa tournée ou dans le quartier ne doutait qu'il fût Tilly, aussi rien de ce que les gens disaient ou faisaient ne réfutait-il l'existence de quelqu'un qui se nommait Vollie Frade. C'était un affront à son indépendance qu'il eût besoin d'un témoin, mais sauf à voir quelqu'un d'avant venir corroborer ce qu'il tentait d'accomplir, jamais il n'y croirait lui-même. Cependant, si ce quelqu'un avait su ce qu'il faisait, la vie d'avant aurait continué ; jamais la nouvelle ne l'aurait supplantée ni ne serait devenue vraie.

Il lui fallait néanmoins un témoin. Lorch et ses pairs ne réunissaient pas les conditions requises. Ce témoin devait provenir non seulement d'avant son changement d'identité mais aussi d'avant le tunnel. Cela, il n'en doutait pas tout en ne le comprenant pas.

Il y avait un adolescent en lui, bien visible aux yeux de tous au camp d'entraînement, à Okinawa, se retirant un peu plus en lui-même à chaque jour de cette première période de service. Après le tunnel, il fut évident que nul autre que lui ne le voyait plus. On voyait un homme, un vagabond, et on changeait de trottoir, ou bien on voyait un marine ou un camionneur ou Tilly, ou bien encore on ne remarquait la présence de personne. Mais au plus profond, cet adolescent continuait d'attendre et de couver. Il fallait le mettre à mort, brûler ses restes et les éparpiller. Et il fallait à cette exécution un témoin, sans quoi il se pouvait que tout cela ne soit jamais arrivé. Dans l'isolement, on ne pouvait jamais être certain de ce qu'on avait réellement vécu comme de ce qu'on n'avait vécu que dans la caverne de l'esprit.

S'il existait une personne d'avant en laquelle il avait suffisamment confiance pour lui raconter le tunnel et le nouvel homme, c'était Bobby Heflin, dont l'éloignement, là-bas au Nouveau-Mexique, ne présentait aucun risque, Heflin dont il avait fait un frère fantôme. Aussi lui écrivit-il une lettre :

Salut, citoyen,

Ça y est, j'ai quitté l'armée. Cette deuxième période m'a paru plus longue. J'ai longtemps conservé sur moi ta lettre du 20/04/70 avec le projet d'y répondre. Cela m'a été impossible une bonne partie de ce temps-là. Mais il y a eu des moments où je suppose que j'aurais pu le faire. Récemment, un car m'a fait passer à deux heures de voiture de chez toi. Tu parles que c'est un beau pays, tel que tu me le décrivais. J'aurais dû m'arrêter pour te saluer mais je ne l'ai pas fait. J'aurais tout un tas de trucs à te raconter mais il faut que j'y aille.

Ton ami,
Vollie Frade

P.S. une nouvelle lettre suivra sous peu.

Il allait d'abord attendre une réponse. En guise d'adresse, il loua une boîte postale. Personne d'autre que Bobby ne connaîtrait l'existence de cette boîte. Le bureau de poste se trouvait à Manhattan au troisième étage d'un ancien atelier de confection du Lower East Side, assez loin du parcours de sa tournée et suffisamment éloigné du métro pour qu'il ne soit pas tenté d'aller l'ouvrir plus d'une fois par mois, chaque premier samedi, tôt le matin quand les guichets étaient encore fermés. Sur les murs jaunasses, des gens avaient écrit leur nom. Ils y avaient tracé des numéros de téléphone, des insultes, des devinettes, des offres de service, des obscénités, des croquis anatomiques, des intentions – des noms du haut en bas du mur, des visages au crayon noir, d'autres gravés dans le plâtre avec parfois un nom en dessous. Les autres étages étaient pour certains habités par des squatters, pour d'autres inoccupés. Les fenêtres de la salle de tri, située derrière la batterie de boîtes aux lettres, donnaient sur l'East River. À travers le jour découpé dans la porte de sa propre boîte il pouvait voir par lesdites fenêtres – il apercevait des avions dans le lointain au-dessus de Brooklyn – car le soleil seul emplissait cette boîte lorsqu'il venait la relever. Il n'avait même pas à en actionner la serrure pour constater qu'elle était vide.

Au bout de quelque temps, le véritable espoir concernant la boîte postale se révéla de lui-même : il n'était pas qu'elle renfermât une lettre adressée à Vollie Frade, mais qu'elle demeurât vide, attestant ainsi qu'aucune personne de ce nom ne subsistait au monde pour y recevoir de la correspondance.

Le Glacier rapporte de l'entrepôt des produits endommagés, des cartonnettes d'un litre et demi de napolitaine et de glace au beurre et noix de pécan qui ont été abîmées par la fourche du chariot élévateur et sont désormais invendables. Sur le court, hommes et garçons les mangent sans attendre, avant qu'elles ne fondent, puis ils reprennent le jeu, l'estomac barbouillé, mais rafraîchis et pleins de sucre à brûler. Parce qu'il rit rarement, les autres l'appellent parfois Mr. Bonne Humeur – de même que le rapide Josip est surnommé le Scaphandrier, et le jeune Jerome Blanco parce qu'il est noir comme un pneu mouillé.

Omar, le marchand de fleurs et de journaux, les doigts accrochés au grillage, hurle à Marlon que ses sœurs le cherchent. Il a intérêt à rentrer en vitesse.

L'adolescent finit d'abord la partie, puis supplie le Glacier de le rapprocher de chez lui à bord de son Electra, qui est mortellement cool. Le second talent du garçon est l'astiquage des chromes et le polissage des carrosseries, et les hommes du court le paient pour nettoyer méticuleusement leurs voitures. Il traite ces véhicules non pas tout à fait comme s'ils étaient siens, mais plutôt comme de jeunes frères et sœurs qu'il doit protéger des éléments corrupteurs du quartier.

L'Electra descend à présent l'avenue, créature noire, anguleuse, sensitive, sur laquelle les garçons se retournent dans la rue. Un modèle ancien, mais propre, moderne. Sobre. Rien qui cherche à en mettre plein la vue. Le coupé, pas le cabriolet, avec de longues baguettes chromées courant sur les flancs et des ailes qui recouvrent les roues arrière. De l'acier et du verre. Basique et solide. On ne désire pas la posséder, on veut juste être celui qui obtient de la bichonner. L'approcher et voir comment elle se comporte. Une voiture si cool qu'elle pourrait se conduire toute seule.

Alors que le Glacier et Marlon sont arrêtés à une intersection, deux garçons à vélo, un peu plus jeunes que ce dernier, s'approchent de la voiture comme des hirondelles. Le Blanc fait mine de toquer à la vitre. Le Noir rétropédale dans le vide. Le Blanc lève un doigt. Marlon se tourne vers le Glacier avec des yeux interrogateurs d'enfant au centre d'un corps qui est presque celui d'un homme. D'un imperceptible mouvement du menton, le Glacier lui indique qu'il peut baisser la vitre.

Le jeune Blanc sur son vélo : « Marlon, t'as une seconde ?

— Ouais, rien qu'une petite seconde, renchérit le jeune Noir.

— Chouette caisse, dit le Blanc.

— Ouais, je peux la toucher ? interroge le Noir.

— Hé toi, un peu de respect, dit le Blanc.

— Qu'est-ce que tu veux ? lui demande Marlon dans le ronronnement du moteur.

— Est-ce qu'on peut passer chez toi tout à l'heure ? Lizzy…

— Ça m'est égal que vous passiez ou pas, rétorque Marlon.

— Lizzy, elle m'a donné un mot pour toi.

— J'ai juste envie de la toucher une fois, insiste le Noir.

— Un peu de respect, je te dis. »

Dans la lumière éblouissante de cette fin de journée, le Noir se dévisse le col par-dessus son guidon pour regarder à travers la vitre sans défaut. « Hé, le Glacier ? lance-t-il à pleine voix.

— Salut, Maitland.

— Est-ce que je peux toucher le hard-top ?

— Lâche-nous, avec ça, lui dit le Blanc.

— Allez, tirez-vous », leur dit Marlon.

Le feu passe au vert. « Il peut la toucher, Pinker, dit le Glacier.

— Le laisse pas faire, dit le Blanc. C'est une crevure.

— C'est vrai, je peux ? » demande Maitland, le Noir, la main en suspens. Mais l'Electra démarre avant qu'il ait osé.

Trisha le vit qui se tenait derrière la grille de la maison de Miss Colt, contemplant la chèvre, les livres imbibés d'eau : Marlon.

Il avait aux pieds, lacets défaits, des brodequins qui ne lui allaient plus. Une chemise écossaise synthétique avec des boutons-pressions sur le devant et aux poignets. La fenêtre était encombrée d'un tel amoncellement de magazines décolorés qu'il n'y avait aucun risque qu'il la voie le regarder. Dieu avait fait longue et parfaite chaque partie de ce garçon. Sa grande main reposait sur le dessus du portillon gris. L'adolescente ne pouvait que se répandre en conjectures quant à ce qui l'amenait chez Miss Colt. Elle recourut à tous ses pouvoirs de télépathie pour lui en faire franchir l'entrée. Pour qu'il toque à la porte et la trouve à l'intérieur, quoiqu'elle fût seule à la maison, exception faite de Mr. Hausmann, et bien que cela n'aurait pas été une bonne idée, vraiment pas, de se retrouver seule avec lui, avec Marlon, dans une maison emplie de toutes sortes d'immondices. Mr. Hausmann était certes dans les murs, et même s'il n'avait pas vraiment les qualités requises pour lui tenir lieu de chaperon, elle pourrait quand même garder la tête haute en public et soutenir qu'elle ne s'était pas trouvée seule avec Marlon, le vieillard ayant été présent pendant toute la durée de sa visite.

Le bouton-pression de Marlon, celui du poignet qu'il posait sur le portillon, était défait.

Il fit un quart de tour et commença à s'éloigner d'un pas traînant.

L'endroit où il s'était tenu de l'autre côté de l'entrée était maintenant vide et sans forme. La chèvre était couchée dans l'herbe. Trisha ne bougeait plus, ne respirait plus. Quelqu'un lui avait mis la tête en feu.

Puis, comme s'étant ravisé, voilà qu'il revenait. Il s'avança d'un pas dans la courette, où une auge en béton, pleine à ras bord de terre, croulait de mauvaises herbes jaunissantes. Il s'était de nouveau immobilisé, lisant un écriteau qui disait *Veuillez ne pas vous asseoir sur les fleurs*.

La situation réclamait quelque chose qu'il ne semblait pas avoir mais qu'elle possédait peut-être. Peut-être pouvait-elle puiser cela en elle et le lui insuffler. Comment cela s'appelait-il, déjà ? Le culot. Elle alla ouvrir la porte.

« Hé, poulette, lança-t-il.

— La maîtresse de maison n'est pas là, dit-elle.

— Je m'en doutais.

— Elle est partie lire la Bible.

— Je sais. On est mercredi.

— Sa fausse Bible mal traduite. Il va falloir que tu repasses ou bien tu peux l'attendre dehors. Mais elle n'est peut-être pas près de rentrer. Tu ne peux pas entrer, elle ne serait pas d'accord. »

Il vint jusqu'au perron et s'assit d'un air hésitant sur une marche. Trisha, debout au-dessus de lui, regardait les nuages bleu-brun pareils à des vaisseaux de guerre célestes s'apprêtant à se pulvériser les uns les autres, puis elle abaissa le regard vers le col de Marlon, la décoloration au pli de l'encolure, et envisagea la meilleure façon de traiter cette tache, en faisant tremper, en brossant, avec du jus de citron, du vinaigre ; les possibilités pour détacher ce vêtement étaient infinies.

Un gros garçon plus âgé qu'eux, coiffé d'un tricorne en papier journal, descendait la rue en slalomant à vélo. Il salua au passage Marlon, qui lui répondit d'un mouvement du menton, geste spontané, franc, d'une flegmatique autorité, geste nouveau qu'il avait glané on ne savait où.

Il braqua sur elle ses yeux gris, soulignés par des taches de rousseur et de petites lésions qu'elle aurait facilement pu traiter avec du Noxzema et des compresses froides, et déclara : « C'est pas elle que je viens voir, c'est toi, si ça te dérange pas. »

Trisha dut réfléchir à toute vitesse. « Je peux te faire entrer mais pas longtemps. J'ai un travail important à faire, vu que personne ne va le faire à ma place. Ne t'avise pas de faucher quelque chose. Je n'hésiterais pas à alerter les autorités. »

Bientôt, ils se frayèrent un chemin entre plastique et autres articles recyclables, et Marlon se retrouva auprès du corps de Mr. Hausmann gisant là et perdant peu à peu ses qualités humaines.

« En gros, je le réveille, je le sèche, je le rase, etc. Il ne mange plus grand-chose. Un autre truc que je fais, c'est de lui glisser une paille dans la bouche. On démarre dans la vie avec, dès le moment de la naissance, la capacité à sucer même quand on est totalement idiot. De quoi est-ce que tu voulais me parler ? »

Marlon suivait la scène, impressionné et horrifié par la loque chiffonnée et noueuse qu'était le patient de Trisha.

« Ne va pas imaginer que je pourrais jamais vivre comme ça, reprit-elle. Elle ne veut pas que je m'occupe de ses trésors, comme elle dit. Si je suis ici, c'est juste pour lui, pendant qu'elle va faire ses visites de courtoisie, ce genre de trucs, ou se livrer à l'étude. Et, oui, il a un bassin ; et, oui, je le vide.

— Vous vous parlez ?

— Un petit peu. En grec. Ma grand-mère parle grec.

— On se demande jusqu'où il est parti, dit Marlon. Juste derrière ses paupières ou bien au fin fond de l'océan ou encore de l'autre côté de l'univers ? Et à quoi il pense là où il est. »

Elle n'avait jamais tenu Marlon pour un philosophe. « Au péché, dit-elle.

— Tu trouves qu'il a l'air d'un pécheur ?

— Et qui regrette de n'avoir pas fait de meilleurs choix au cours de sa vie, de sorte qu'il n'aurait pas fini seul, dans le coma, avec des inconnus pour s'occuper de lui.

— C'est donc ça, un coma ?

— Pas encore, techniquement parlant.

— Je me dis parfois que les gens n'ont pas le choix, dit Marlon. Pas vraiment. Simplement, la nature les a faits comme ils sont et, quoi qu'ils fassent, ils aboutiront toujours au même résultat.

— Ça, ça s'appelle le calvinisme et c'est une hérésie, répondit Trisha. Il y a un prix pour tout.

— Tu n'as jamais entendu parler de la malchance ?

— La chance, c'est pour les gens qui ne croient pas que Dieu est sensible à ce qu'ils font. À l'évidence, Egon que voilà est reparti de zéro quelque part et soit il n'est pas venu ici avec les gens qui l'aimaient, soit il les a plantés là. Il faut continuer d'aimer les gens même si ce sont de vrais cons. »

Marlon avait avancé la lèvre et se la mordillait. Trisha le sentit sur le point de lui faire un aveu. Mais, parce qu'elle aspirait tant à l'entendre et parce qu'il était dans sa nature de saboter ses espoirs au moment où ils se profilaient, elle continua de jacasser bêtement : « Toute la famille de Miss Colt est morte. Mais là, elle est partie retrouver son groupe de lecture et, plus tard, ils vont aller manger des sandwichs au fromage chez Fregel.

— Je ne te suis pas.

— Ce que je veux dire, c'est qu'elle a décidé de continuer à aimer les gens. Si nécessaire, de nouvelles personnes.

— C'est ça, l'amour ? interrogea Marlon en désignant la pièce d'un mouvement du menton.

— Ce qui est pire, c'est ne pas traiter les gens aussi bien qu'on l'aurait pu ou de se comporter comme s'ils étaient déjà morts.

— Enfile-lui la paille, je veux voir comment il fait s'il est dans le coma. »

Trisha débarrassa la paille de son emballage en papier et en passa l'extrémité recourbée sur les lèvres du vieillard. Il ne paraissait pas plus dormir qu'être éveillé, mais se trouver dans un champ intermédiaire entre les deux. La bouche flétrie palpita, les mâchoires se desserrèrent. Il aspira de l'air par la paille. Elle en plongea l'autre extrémité dans un bocal de bière au gingembre. Cette boisson était la seule qu'il acceptait désormais sans regimber, ça et de la compote de pommes allongée de lait.

« Tu veux boire un… je ne sais pas ce qu'elle a… un Coca ? demanda Trisha.

— La caféine retarde la croissance, répondit Marlon. Je n'en bois pas.

— Tu veux mesurer combien ? »

Il avait une réponse toute prête : « Un mètre quatre-vingt-quinze. »

Trisha, stupéfaite, en avala sa salive.

« Et je peux y arriver, reprit-il. Si je me nourris comme il faut et avec un peu de chance.

— Qui t'a dit ça ?

— Mr. Tilly.

— Le Glacier ? Et tu l'as cru ?

— Mais oui.

— Il te dit ça et toi, tu y crois ?

— Je crois que je lui ai posé la question.

— Quelle question ?

— Je lui ai demandé s'il pensait que je pouvais atteindre le mètre quatre-vingt-quinze. Et il a répondu… Je crois que ses mots exacts ont été : “C'est ce que tu veux ?” Et j'ai dit : “Oui, comment faut-il que je m'y prenne ?” Et il a dit : “Mange.” Ensuite il a réfléchi un petit peu avant d'ajouter : “Mais, tu sais, il ne suffit pas de le vouloir.” “Oui”, j'ai répondu. “J'espère que tu vas y arriver.” Et je l'ai remercié. »

Trisha était contrariée de voir la conversation se centrer sur un rien-du-tout du quartier, qui, à en juger d'après ses tatouages, avait probablement fait le Viêtnam, où il avait tué et mutilé des gens en guise de divertissement. « Marlon, commença-t-elle.

— Oui ?

— Est-ce qu'on pourrait ne pas parler pendant une minute ? Genre ne rien dire du tout ? Pendant toute une minute, montre en main ?

— Pourquoi ça ?

— Arrête avec tes pourquoi. Ne sois pas comme ça.

— Comme quoi ?

— Primesautier.

— C'est quoi, ça ?

— Caméléon, alors que moi, je m'efforce d'être sincère.

— Bon d'accord », concéda-t-il.

Elle retourna la main pour regarder l'heure à sa montre – elle portait cette montre, de la taille d'un noyau d'abricot, sur l'envers de son poignet – et dit : « C'est parti. »

Elle ôta la paille de la bouche de Mr. Hausmann. Un peu de bière au gingembre reflua dans le bocal. Le vieillard, sans plus rien à aspirer et sa respiration ralentissant encore, paraissait prendre part à l'expérience, son souffle devenu sa seule action, à la fois obstinée et résignée, mais paisible comme souvent après un nourrissage. On put voir, cachés sous la fine membrane des paupières, ses yeux matérialisés par un petit bombement se tourner sans heurt vers le mur comme pour y suivre une autre cérémonie.

Un chien donnait de la voix dans la ruelle. Marlon était adossé au mur, bras croisés, les yeux au plafond, habitant le temps, ce temps distinct où lui seul demeurait. Ses oreilles et son crâne. Son cou musclé. Les longues mains qu'elle n'osait toucher de crainte de mourir sur place.

Les entrailles de Mr. Hausmann gargouillaient. Il bougea. Il respira bruyamment et s'enfonça plus profondément en lui-même, derrière les couches de peau et de chair sous lesquelles le temps avait enfoui le moi essentiel, l'être innocent qui ne faisait pas de choix, qui n'abritait nulle illusion de choix – un arbre dans son écorce au milieu d'une tempête de neige silencieuse en sa saison finale, grinçant çà et là où l'accumulation pèse de tout son poids, mais n'émettant aucun bruit hormis cela, ne cédant pas encore sous la masse neigeuse, les racines glacées fixant encore l'être privé de choix à l'intérieur de la terre gelée, vivant sans avoir besoin de trahir le moindre signe de vie. La vie ci-enfouie en attente de la fin.

« Marlon ? murmura Trisha.

— Ça fait déjà une minute ?

— Tu voulais me demander quelque chose ? »

Il s'assit par terre dans la pièce exiguë. Un méli-mélo de peu maniables abattis. « Je suis embêté, mais je me disais que tu saurais quoi faire », commença-t-il.

Elle savait que Mr. Hausmann était réveillé et qu'il écoutait. Elle seule s'entendait à lire ces signes.

« Lizzy m'a fait passer un billet, dit Marlon.

— Oui ?

— Or vous deux, vous êtes copines. »

Elle fut saisie d'un effroi prémonitoire. « Oui, dit-elle.

— Et toi et moi on est un peu amis, pas vrai ?

— Oui, il me semble », balbutia-t-elle. L'innocence de ce garçon était magnifique, glorieuse, obscène, comme un corps nu. Tout le monde savait qu'il finirait voleur comme sa mère. Mais chaque parole qu'il prononçait avait l'accent écœurant de la vérité.

« Lizzy voudrait qu'on sorte ensemble de temps en temps, rien qu'elle et moi.

— Ah ? » souffla-t-elle, éperdue. Elle saisit la main de Mr. Hausmann et l'étreignit. La sienne était aussi livide que celle du vieillard. La totalité de son sang était montée à sa tête en feu.

« Je ne la connais pas vraiment, dit Marlon. Tu penses que ça pourrait marcher, elle et moi ? »

Le clochard dormait à même le sol du bureau de poste au milieu d'une puanteur qui plongeait la clientèle dans un état d'effarement. Debout devant les comptoirs métalliques, les gens léchaient leurs timbres en respirant par petits coups à l'abri de leur mouchoir ou de leur écharpe. Leurs sinus klaxonnaient. Ils griffonnaient un code postal tout en échangeant des regards. Sans se connaître, ils partageaient un acquiescement tacite, vous êtes d'accord ? Ce n'est pas une odeur pour rire. On s'y cogne, elle vous secoue. Voilà ce qu'exprimaient ces regards. Vous confirmez, n'est-ce pas ? On peut parler d'agression olfactive, non ? On est bien tous dans le même bateau. La silhouette allongée par terre était un amoncellement de frusques, sans sexe, sans âge, sans rien de visible, ni peau ni cheveux, toute caractéristique identifiable étant recouverte des pieds à la tête, le visage rencogné comme dans un oreiller à l'angle du sol carrelé et du mur griffé d'inscriptions, hardes et couvertures souillées se soulevant et s'abaissant lentement au rythme d'une respiration aussi laborieuse qu'inaudible. Là-dessous, une personne.

Vollie, le nez derrière son col de chemise, se pencha vers l'œilleton de la boîte en alliage de cuivre. À l'intérieur, éclaboussé de soleil, il n'y avait rien. Il fit prestement demi-tour pour vider les lieux. Le volet métallique venait d'être abaissé devant les guichets. Le hall était éclairé d'un unique néon bleuté. Au cours des quinze secondes requises pour le traverser et relever sa boîte postale, il affronta une puanteur de fèces, d'urine et de pourrissement, le tout se combinant pour composer une pestilence douceâtre, extraordinaire et inédite, comme une forme de vie nouvelle ou un gaz de combat.

Cependant, cette silhouette couchée sur le sol avait appris à vivre à l'intérieur de son odeur infecte. Au moment où Vollie posait la main sur la poignée de la porte, son dégoût fit place à autre chose et il se retourna. Il marcha en direction de la forme humaine, s'immobilisa à quelques pas de distance et ne bougea plus. Les autres usagers s'étaient hâtés de repartir. Pendant un moment, personne n'entra. Vollie ne prononçait pas une parole ni ne sortait le nez de son col de chemise, mais il ne détournait pas non plus les yeux. Sous les frusques, la respiration semblait faiblir, s'interrompre, puis reprenait. Le carrelage tatoué de marques de semelles. Son dégoût ne retombait pas mais il s'entrouvrait, révélant quelque chose d'une autre nature et qui n'était pas de la pitié.

C'était de la fierté pour cette personne qui dormait sous le tas de vêtements.

Une jeune femme en veste et jean à paillettes ouvrit la porte, fit un pas à l'intérieur, émit une plainte, tout en voyelles et lamentation, et se sauva.

La fierté passait sur lui comme une bourrasque soudaine. Il était fier de l'endurance de cette personne, comme s'il avait une part dans sa prouesse du seul fait qu'ils appartenaient tous deux à l'espèce humaine. Le fardeau de la vie qu'un être pouvait se coltiner. L'histoire qu'un être pouvait porter sur son dos sans jamais la déposer. L'histoire non seulement d'avanies diverses mais aussi des belles choses qui étaient arrivées, le rêve d'évasion, la dégringolade ; dans son cas à lui, l'éclat du soleil sur sa tête à la sortie du tunnel, le goût de l'eau de son pays ; et aussi le négatif, dans sa totalité, les chagrins de l'enfance, une balle dans le dos, un temps sans mesure, la faim comme une lame dans l'estomac, la prise de conscience dans le noir après la mort de Wakefield que le lieutenant était lui aussi en train d'y passer, mais que lui-même allait devoir continuer à vivre, le souvenir parcellaire des actes de rapacité liés à la faim et à la soif qui l'avaient maintenu en vie. L'ensemble de la vie, trop, bien trop de vie, s'accumulait autour de l'individu. Et c'était seulement sa propre faiblesse que de vouloir la déposer à terre, s'en détacher, s'en rincer, être nu sous le soleil, se défaire des autres et affronter seul ce soleil. Il était fier de cet être allongé à même le sol, qui avait pu faire ce dont lui-même n'était pas capable, qui avait choisi de ne pas se dépouiller de la vie et de continuer à la trimballer sur son corps et dans ses vêtements. D'être un univers, fût-il de bactéries, de moisissures, un écosystème vivant respirant sa puanteur au milieu de ses paletots et liquettes.

Une personne était un monde qui parcourait un monde.

Les dons de jeunesse de Vollie ne lui revenaient plus spontanément – dire la vérité, le sentiment de fraternité en petits comités, cracher sur le chemin de terre quand les moissonneuses-batteuses s'ébranlaient vers le nord et le Minnesota, et aussi l'aise de la solitude, son pas léger dans les bois, les heures passées à griffonner le doigté sur une partition –, tous ces dons qu'il n'avait jamais regardés comme tels étaient désormais enterrés et perdus. Une nouvelle vie les avait étouffés. Sans doute en possédait-il de nouveaux qu'il ne voyait pas. Il ne s'était pas découvert celui de savoir quand il se faisait manipuler et quand ce n'était pas le cas.

Il avait demandé à un des deux types de Monterey – eux-mêmes sûrement des menteurs, même s'il n'en voulait rien croire – s'il y avait un point sur lequel il pouvait être sûr que Lorch lui dirait la vérité ; et l'autre de répondre dans un rire où il avait voulu voir de la franchise : « Lorch va mentir sur à peu près tout du début jusqu'à, comment dire ? jusqu'à l'avant-dernier truc. Par contre, sur le dernier truc il ne ment pas. Je veux parler de l'argent. »

Au bout de six mois passés dans le Queens, Vollie en était arrivé à la quasi-certitude que Hausmann ou bien n'était pas là ou bien n'avait jamais existé. Aucune de ces deux possibilités ne le mettait en émoi ni ne le tracassait. Mais il ne supportait plus la façon dont Lorch lui avait interdit de faire autre chose que tendre l'oreille. Peut-être l'idée générale était-elle de le rendre dingue à force d'ennui.

Il retrouva Lorch dans un snack de la 42e Rue, leur lieu de rendez-vous habituel et le seul où ils communiquaient. Van Aken n'était pas là. Lorch avait rasé ses rouflaquettes de hippie. Il portait un complet bien coupé de tweed bleu. Il avait de toute évidence un bureau à Manhattan. Quand Vollie demanda où, il répondit que cela se trouvait entre Houston Street et le Yukon, à l'ouest de l'Euphrate et à l'est du barrage Hoover.

Après quoi Vollie dit avoir identifié, en laissant traîner ses oreilles dans le quartier, la dénommée Sandy Colt et sollicitait l'autorisation de faire ce qui s'imposait, à savoir l'approcher pour lui demander si elle savait ce qu'il était advenu de Hausmann, son locataire.

« Attendez, lui répondit Lorch.

— Pourquoi ? Si on fournit l'information, on est payés. Il y a quelque chose que je n'ai pas compris ?

— Je m'interroge : pourquoi cette hâte ? Pourquoi ce ton méfiant ? Il cherche à voir nos cartes. Est-ce parce qu'il ne croit pas que nous tiendrons nos engagements ? L'avons-nous jamais laissé tomber une fois un accord passé ?

— D'après ce que j'avais compris, plus vite la livraison a lieu, plus vite le contrat est honoré, dit Vollie.

— Vous êtes tout pâle. Je n'aime pas l'effet que produit sur vous ce boulot à l'entrepôt. Ça ne suffit pas de faire votre petit tour après le dîner. Sortez à l'heure du déjeuner. Il vous faut un soleil direct, pas oblique. Levons-nous, et montons en plein midi. Car le jour décline et les ombres du soir s'allongent.

— Dites-moi carrément pourquoi non.

— Cette femme n'est pas le genre d'entité que vous pouvez aller trouver et qui va vous raconter des choses. C'est le genre, si vous toquez à sa porte, vous êtes la police secrète ou le cavalier sans tête. La Sécurité sociale et le ministère de la Santé lui ont déjà flanqué une bonne frousse. N'allez pas saper ma sécurité opérationnelle, sergent.

— J'assure le boulot, après quoi je suis payé, dit Vollie.

— Pour un peu, cela me dégoûterait de mes gaufres que vous évoquiez déjà un hypothétique "après", sergent Tilly. Mettez un peu de crème dans votre café. Vous vous nourrissez comme ces dames trop minces des publicités pour Metrecal[1]. Laissez-moi au moins vous commander un biscuit. (Lorch fit signe au serveur.) Il suffit pour le moment que vous observiez et nous rendiez compte. Il existe des protocoles qui nous cadrent, vous, moi et le client. Le client immédiat et le client plus éloigné. Ce que vous proposez n'est pas seulement une pratique du renseignement passible de poursuites, mais se rapproche aussi d'un

1. Marque d'aliments diététiques en vogue dans les années 1960, retirés du marché dix ans plus tard sur recommandation de l'Administration.

interventionnisme susceptible de pervertir les données. À ce niveau, il y a encore d'autres protocoles.

— Vous me confiez le boulot. Vous me dites que je travaille en autonomie. Et pour couronner le tout je dois me fier à des supérieurs qui ne semblent pas aussi désireux que vous le dites de me voir le terminer. »

Sur le ton sourd et soyeux d'une voix off à la télévision, Lorch déclara : « Les voici – les tout minces, les tout sveltes. Qui sont-ils ? Ce sont les Metrecal de votre collation.

— Je veux travailler, monsieur.

— Dieu n'a pas besoin des œuvres humaines ni de Ses propres dons », déclama Lorch.

Le biscuit arriva. Paraissant oublier pour qui il l'avait commandé, il le beurra prestement et se le fourra dans un coin de la bouche. De l'autre, il bredouilla quelque chose comme : « Vous n'avez même pas touché à votre assiette.

— Mais si », dit Vollie avec agacement en montrant les reliefs de son omelette.

Lorch déglutit avec lourdeur et reprit : « Pas moins ne sert qui reste là et se tient prêt. »

Vendredi soir. Le pâté de maisons inconnu était posé là, enfermé dans une bogue. Hiver dans l'air et poussières de gravillons.

En quête d'une place de stationnement après avoir enchaîné deux plages de travail, Vollie parcourut des quadrilatères toujours plus élargis avant de trouver un emplacement entre un tas d'ordures et une Bel Air, pavillon enfoncé et les quatre pneus crevés. Ni réverbères ni personne, excepté une fille qu'il crut reconnaître, assise sans manteau sous la marquise non éclairée d'une discothèque qui était aussi un bowling et s'appelait le *Bowl-d'or*. Un dos nu, une idée de jupe, nu-pieds, le maquillage défait. Une fleur voyante, hors de saison, juchée sur l'arrière des cheveux. Elle pleurait avec grande maîtrise et tremblait comme une feuille. Elle n'avait rien fait pour interrompre ses larmes et projetait un air de résilience à la face de la douleur, tempérament acquis à la faveur de longues années, quoique cette fille menue eût à peine quinze ans. Ses joues restaient la partie la plus ronde de sa personne.

Vollie l'aurait sans doute laissée pleurer en paix si elle ne lui avait lancé : « Ah, salut, le Glacier.

— Qu'est-ce qui t'arrive ?

— Rien du tout. Je me suis fait ça toute seule. » Il ne s'agissait pas de la fille qui venait regarder le basket avec Sandy Colt, mais de celle qui les y accompagnait parfois, examinant les gens sur les gradins de l'ancien métro aérien ou lisant un magazine, celle qui se dissimulait au milieu des attroupements sur le trottoir, se détournant quand passaient des hommes. « Je ne regrette absolument rien, dit-elle. Qu'est-ce qu'il y aurait à regretter ? » Elle s'absorba dans l'examen de ses ongles de pied à travers son collant.

Les groupes habituels avaient déserté les ruelles, les abandonnant à la faune nocturne. Des hurlements d'adolescents s'échappaient de l'immeuble, bien que les lourdes portes fussent fermées. La circulation de l'avenue était périodiquement bouleversée par des voitures survitaminées qui se tiraient la bourre. Les vieux ne roulaient pas le soir par peur des jeunes.

« Où sont passées tes chaussures ? interrogea Vollie.

— Et si je ne les avais pas mises du tout ? Tu as pensé à ça ?

— Est-ce que tu les avais aux pieds en sortant ? »

Elle le regarda de biais, relevant ironiquement un coin de la bouche.

« Faut que je rentre, dit Vollie. Est-ce que tes amis viennent te chercher ?

— Quels amis ? Je suis d'accord, tout est ma faute. Mais c'est pas parce qu'elle a été la première à avoir le béguin qu'il lui appartient. Je suis une fille traînant dehors sans rien sur le dos. Et en pleine nuit. Les gens pourraient se faire des idées. Je me fiche bien de ce qu'ils pensent.

— Toi, tu as bu, conclut Vollie.

— En fait, j'ai pris des barbituriques ou je ne sais quoi pour me détendre, et j'ai un peu bu, c'est vrai, et je me sens *rudement bien.* » Elle prélevait des bouloches sur sa pauvre jupe. Ses genoux se croisaient et se décroisaient avec gaucherie. Affectant un quant-à-soi à éclipses, elle fixait d'un œil vide la largeur de l'avenue. Il était évident qu'elle n'allait pas tarder à vomir.

La porte du bowling s'ouvrit. Une porte métallique peinte en noir et portant des tags récents.

Marlon apparut. « Ah, tu es là, dit-il.

— Fous-moi la paix. Va t'amuser avec ton *admiratrice.* »

Marlon regarda Vollie. Puis il regarda la fille. Puis il se tourna de nouveau vers Vollie. « Je ne vois pas bien ce que vous fabriquez ici, monsieur Tilly.

— Ta petite amie cherche à se faire kidnapper contre rançon. Bon, je vous laisse. Bonne nuit.

— Hé, minute ! s'insurgea Marlon. C'est quoi, cette histoire de *petite amie* ? Lizzy, ne me dis pas que tu as raconté qu'on sortait ensemble ! »

La fille s'appuyait sur le trottoir comme sur les

plats-bords d'un canot instable. « Tire-toi. J'attends mon bus.

— Le bus ne passe plus à cette heure-ci, lança Marlon.

— Demande-lui ce qu'elle a fait de ses chaussures, dit Vollie. Histoire de voir ce qu'elle va répondre.

— Il y a eu une altercation, dit Marlon.

— Il faut être deux pour une altercation, rétorqua Lizzy. Trish m'a *agressée*.

— Je suis en train d'inscrire un spare sur la feuille de score, dit Marlon, plaidant son cas auprès du plus proche adulte. Trisha se pointe, elle fait une descente en piqué – je sais pas d'où, elle tombe de la gouttière comme une chauve-souris. (À l'adresse de la fille :) Elle t'a pas vraiment frappée.

— J'ai l'air d'une vraie *conne*, déclara Lizzy d'un ton geignard.

— Monsieur Tilly, est-ce que vous pourriez la ramener chez elle ? »

La fille se remit à verser des larmes. « Je peux pas rentrer défoncée ! Mon père va me tuer. »

La porte s'ouvrit à la volée sur Trisha qui sortit à grands pas et marcha sur Lizzy. « Lève-toi, traînée, dit-elle de toute sa hauteur. Je vais t'arracher la tête. Toute la tête. Tu comprends ça ? »

Conciliante, Lizzy essaya de redresser le buste.

« Tu veux récupérer tes chaussures ? Va piquer une tête dans le bac à graisse derrière le bâtiment. T'as une chance de les trouver. Si je fais un pas de plus, roulure, tu vas vraiment le regretter. À propos, Marlon…

— Non, je t'en prie, dit faiblement Lizzy.

— Tu sais pourquoi Lizzy se trimballe toujours une fleur dans les cheveux ?

— Arrête, suppliait Lizzy. Tais-toi.

— C'est parce que, chantonna Trisha d'un ton

gnangnan, son *papa* lui a donné une *fleur* un jour en vacances.

— Trouve-lui un manteau, dit Vollie à Marlon, qui cherchait à s'esquiver.

— Ne me laissez pas ici avec elle ! s'écria Lizzy.

— Tu sais ce qu'elle fait d'autre quand il l'emmène en voyage ? Elle m'écrit des lettres.

— Je suis désolée ! glapit Lizzy. Tais-toi, je t'en supplie.

— Tu parles, que t'es désolée. Si tu as décidé de t'intéresser à lui, c'est uniquement parce que j'avais un faible pour lui – tu veux savoir, Marlon, ce qu'elle me raconte dans ses lettres ?

— Non ! »

L'haleine de Trisha était blanche. Elle portait un pull écossais avec de longs revers repliés par-dessus le col. « "Chère Patricia. La plage est nulle. Je ne trouve pas les mots pour dire combien je me sens *seule* quand je suis loin de toi. Papa m'a larguée pour la journée entière. Je t'adore."

— Non, pas ça !

— "Je t'adore, Patricia. Tu es ma seule *véritable* amie, claironnait Trisha. Tu es mon amie de cœur. Nous devrions partir toutes les deux et *tout recommencer* quelque part dans les *montagnes*." »

Dans un sanglot, Lizzy arracha sa fleur et se la plaqua violemment sur les yeux.

Trisha fit un pas vers elle et leva haut son bras gracile, comme pour armer son coup. Sa main était en suspens. Lizzy se recroquevilla. « Que l'un de vous deux fasse quelque chose, lança-t-elle à l'adresse de Vollie et de Marlon.

— Monsieur Tilly, dit ce dernier, faites quelque chose pour l'arrêter. »

Un coupé AMC passa en rugissant sur la longueur du pâté de maisons. Une moto tout-terrain le poursuivait, se cabrant soudain pour faire une roue arrière sans même décélérer.

Trisha se tourna vers le Glacier, le mettant au défi d'intervenir. Elle avait le nez qui coulait, mais n'en concevait aucun embarras. Elle ne doutait pas une seconde de son bon droit.

Et cependant elle vit, réfléchie dans les yeux, noirs et inquiétants, du Glacier, ce qui lui parut une supplique qu'elle lui adressait : pouvait-il l'aider à sortir de cette situation ?

Mr. Tilly dit que, d'accord, il allait ramener Lizzy chez ses parents. Mais cette dernière, qui semblait sur le point de s'évanouir à même le trottoir, refusa de quitter les lieux. On était dans une impasse. Il fallait pourtant bien que quelqu'un se charge de mettre cette pauvre fille à l'abri.

Personne n'allait trouver la solution sinon Trisha elle-même. Le fait que Lizzy l'avait trahie apporta de l'eau à son moulin. Impossible d'aller chez elle, car sa mère aurait tout cafté par téléphone à la mère de Lizzy. Aussi dit-elle à Mr. Tilly que le mieux était d'aller chez son employeuse, Miss Colt, qui, quoi qu'on puisse dire sur son compte, savait garder un secret.

Mr. Tilly parut réfléchir un instant, puis annonça qu'il était d'accord. Marlon dit bon, très bien, il retournait finir sa partie, prouvant par là qu'il était bien comme tous les autres garçons, qui fuient les problèmes – encore une illusion qui sautait. Le désir qu'il avait inspiré à Trisha s'évapora dans l'instant. Elle se sentit guérie.

Trisha assise à l'avant, indiquant l'itinéraire, ils virent défiler d'innombrables pizzerias, restaurants polonais, établissements de bains. Tous trois se frayèrent un chemin à travers les caisses et le fatras qui jonchaient la pelouse. Mr. Tilly tenait Lizzy par le bras pour la maintenir d'aplomb. Une lumière s'alluma. Miss Colt ouvrit la porte, des rouleaux roses dans ses cheveux noirs.

« Amenez-vous par ici, bougres d'idiots », dit-elle en ménageant de la place sur un sofa au milieu de la prodigieuse accumulation d'objets sans valeur disposés et entassés comme si c'était autre chose que du rebut.

Mr. Tilly alluma une cigarette et entreprit d'expliquer ce qui s'était passé, mais c'en fut trop pour Trisha, qui se remit à proférer des menaces à l'encontre de Lizzy tout en l'accablant de noms d'oiseaux.

« Alice ! Taisez-vous, lança Miss Colt. Vous n'avez aucune idée de ce que signifient ces mots. »

Trisha demanda s'il y avait un manteau que Lizzy pouvait emprunter.

« Absolument pas, lui répondit Miss Colt.

— Mr. Hausmann n'en aurait pas un ? insista Trisha.

— Elizabeth, allez vous débarbouiller le visage.

— Oui, Miss Colt, dit Lizzy.

— Vous êtes à faire peur.

— Je sais bien.

— Alice, allez faire du thé pour nos hôtes.

— Vous n'avez pas une couverture qu'elle pourrait utiliser ? demanda encore Trisha.

— Est-ce que je la récupérerai un jour ? s'enquit Miss Colt d'un ton acide.

— Je vous le promets.

— Vous me le promettez. Seulement, est-ce qu'elle me le promet, elle qui sort en plein hiver vêtue comme une entraîneuse et qui va jusqu'à perdre ses souliers dans un bowling ? »

La cigarette de Mr. Tilly se terminait par une longue cendre courbe.

Trisha s'en fut pour revenir bientôt avec des verres de thé sur un plateau.

« Alice, allez me chercher la couverture indienne dans la deuxième chambre.

— Voulez-vous que j'en profite pour jeter un œil à Mr. Hausmann ?

— Pourquoi feriez-vous ça ? demanda sèchement Miss Colt.

— Je me dis que ce serait bien de le faire », répondit Trisha en contemplant ses souliers vernis.

Là-dessus, Lizzy revint par l'autre entrée, l'air rafraîchie, et le malaise de Trisha lui ôta de nouveau tous ses moyens.

« Vous avez trouvé une crème de beauté ? lui demanda Miss Colt.

— Oui.

— Et vous vous sentez mieux maintenant que vous vous êtes nettoyé le visage ? »

Lizzy hocha la tête et, toute tremblante, prit un verre de thé sur la table basse.

Trisha s'en fut voir Mr. Hausmann. Quand elle revint avec la couverture à laquelle Miss Colt était attachée en raison de ses motifs navajos, Lizzy était confortablement installée, ses pieds nus ramenés sous elle sur le sofa à côté de la maîtresse des lieux. Avisant ce tableau, Trisha sentit son cou et son visage s'empourprer. Miss Colt et Lizzy, qui se regardaient, ne lui accordèrent pas la moindre attention. Elles se parlaient et n'eurent pas un mot pour elle. Pendant un moment, elle ne put saisir de quoi elles s'entretenaient, bien que ce fût dans sa langue maternelle. Elle se trouvait de l'autre côté du gouffre. Les autres étaient ensemble. Elle était seule.

C'est alors que Mr. Tilly traversa le voile, les traits tirés, les yeux cernés, tel celui qui vous fait passer le fleuve vers un monde d'ombres. « Ne pleurez pas, dit-il. Qu'est-ce qu'il avait à dire ?

— Pardon ?

— Vous avez parlé d'aller voir votre Mr. Hausmann », dit Tilly d'une voix mesurée.

Elle était plantée là, la tête vide, respirant la honte. « Il a dit qu'il entendait comme une réception. Il aimerait bien être capable de se joindre à nous. Mais il ne peut pas. Je voudrais bien l'emmener voir un médecin, mais Miss Colt dit que ça ne servirait à rien. Il est en phase terminale. »

Peut-être le passeur éprouvait-il, après tout, quelque compassion pour les morts. « Pourquoi n'allons-nous pas lui parler et lui tenir un peu compagnie ? » proposa Mr. Tilly d'un ton aussi poli qu'hésitant.

Miss Colt étant toujours en grande conversation avec Lizzy, Trisha ouvrit la marche et mena Mr. Tilly jusqu'au réduit au fond de l'étrange passage. Il ne parut pas le moins du monde gêné pour elle, pour Miss Colt ou pour Mr. Hausmann devant le caractère miteux du lieu. Il était si tranquille qu'il se dirigea directement vers le tabouret sur lequel Trisha faisait souvent, l'après-midi, la lecture au vieillard, et s'y assit pour regarder le visage de poulet déplumé de Mr. Hausmann, cela sans montrer la moindre répugnance et sans faire de bruit, comme pour ne pas le déranger.

« Est-ce qu'il y voit ? murmura-t-il.

— Non. »

Les globes oculaires de Mr. Hausmann bougèrent derrière les paupières, et elle crut comprendre qu'il était revenu de ce côté-ci du gouffre.

« Est-ce qu'il nous entend ?

— En ce moment, je pense que oui.

— Est-ce qu'il nous comprend ?

— Il n'y a que moi qu'il comprenne.

— Demandez-lui où il est.

— Monsieur Hausmann, savez-vous où vous vous trouvez ?

— Qu'est-ce que c'est ? Du russe ? souffla Tilly.

— Du grec. »

Mr. Hausmann paraissait s'éveiller. Son crâne roula sur la toile de l'oreiller.

Trisha reposa sa question.

« Bien sûr, ma chère, dit-il en grec. Nous sommes dans le monde à venir. »

9

Pour une fois, Lorch n'avait rien à dire. Son regard embrassa la table du snack-bar, balaya le plafond, se tourna vers les fenêtres, qui donnaient sur la façade monumentale de la gare de Grand Central, ses baies cintrées, ses colonnes de pierre et les divinités noires de suie qui se prélassaient dans leur toge, l'une d'elles nue et amorçant une enjambée, prête à se jeter dans le vide du haut de l'horloge dorée. Puis il dit : « Cependant, Hausmann ne parle pas le russe.

— Je vous l'ai dit, j'ai demandé si c'était du russe, précisa Vollie, et la fille a dit que c'était du grec. » Il n'avait pas encore révélé où la rencontre avait eu lieu. Il gardait cela en réserve.

L'addition arriva. Lorch n'y jeta pas un regard. Il avait renoncé à commander un plat. Il avait désormais cessé de manger pour deux. Il avait besoin de savoir tout ce que Vollie avait vu, toutes les paroles qui avaient été échangées, et il voulait savoir où vivait Hausmann. Il ne comptait visiblement pas rester tranquillement assis pour entendre tout cela. Ils allaient sortir marcher ; Vollie ferait son rapport ; Lorch écouterait et assimilerait. Il voulait savoir la couleur des vêtements, si la position suggérait un sommeil paisible ou s'il était ankylosé, s'il avait besoin d'un étirement du cou. Lorch avait toute la journée, il pouvait au besoin appeler le bureau pour demander qu'on libère son agenda. Le sergent Tilly était incapable de mesurer ce que cela signifiait. Par rapport à Arthur, à l'officine, à Lorch lui-même. « Vous allez devenir une véritable légende parmi les gens qui n'abordent jamais ces sujets », lui dit-il.

Il replia deux dollars, posa sa tasse à café dessus, puis tendit la main vers celle de Vollie, qui, avec un coup au cœur, se prit à espérer qu'il le guide à travers la jungle de ses propres appréhensions. Au lieu de cela, l'autre le prit par le poignet et l'entraîna dehors jusqu'au bord du trottoir. Des quidams en veste écossaise étaient en train de monter dans un bus. Les avertisseurs des voitures faisaient un nuage sonore au milieu duquel les paroles de Lorch étaient inaudibles.

Un fourgon de livraison de pain accéléra. Le treuil d'une démolisseuse gronda en tendant son câble à travers une ouverture creusée dans la chaussée.

« Je ne vous entends pas, dit Vollie.

— Livrez-moi tout. Surtout, dites-moi où il est.

— Entendu, mais qu'est-ce qu'il a fait ?

— Comment voulez-vous que je le sache ?

— Non, dites-moi. Qu'est-ce qu'il a fait ?

— Il nous suffit que le client le sache.

— Qu'est-ce qu'il a fait ? Je veux savoir », insista Vollie. Le vent lui faisait mal aux dents.

« On s'assied sur cette question. C'est facile. Il suffit de se reporter à la formation que nous avons reçue à propos des questions. »

Vollie avait espéré recevoir quelques lumières de la part d'un homme dont le métier consistait à égarer. La colère montait en lui. Il détestait poser des questions.

Il n'avait pas besoin de connaître la réponse à celle-là. Il l'avait posée presque par accident. Mais Lorch refusait de répondre, si bien que, à présent, il lui *fallait* savoir. « Dites-moi ce qu'il a fait.

— Il a sauté votre mère avec ses cornes. Est-ce si important ?

— J'en ai jusque-là. Vous me racontez ce qu'il a fait ou bien je laisse tomber tout votre bazar.

— *Notre* bazar, vous voulez dire. Vous ne pouvez pas laisser tomber. Vous êtes avec nous, désormais. Le corps n'est pas constitué d'un seul mais d'un grand nombre d'organes. Vous êtes plongé dans les entrailles de votre pays, sergent. Vous faites partie de quelque chose de plus grand que vous. Il vous faut assumer votre rôle particulier. Si tout le corps était œil, où serait l'ouïe ? S'il se bornait à l'ouïe, où serait l'odorat ? Mais Dieu a placé chacun des membres dans le corps comme Il a voulu. Et s'ils se ramenaient à un seul membre, où serait le corps ? Or maintenant il y a plusieurs membres, toutefois il n'y a qu'un seul corps. Donc, dites-moi où il est.

— Non.

— Nous sommes là-dedans ensemble, sergent. L'œil ne peut pas dire à la main : Je n'ai pas besoin de toi ; ni la tête aux pieds : Je n'ai pas besoin de vous. Non, les membres du corps qui paraissent être les plus faibles n'en sont que plus nécessaires ; et ceux que nous estimons les moins honorables, nous les entourons d'un plus grand honneur, tandis que ceux qui sont honnêtes n'en ont pas besoin. Dieu a disposé le corps de manière à donner plus d'honneur à ce qui en manquait, afin qu'il n'y ait pas de division dans le corps, mais que les membres aient également soin les uns des autres. Et si un membre souffre, tous les membres souffrent avec lui ; si un membre est honoré, tous les membres se réjouissent avec lui. »

Une silhouette barbue emmitouflée comme un ecclésiastique du désert poussait un chariot sur la pente en criant : « Cigares, montres, bananes, noix de cajou, piles. »

« Dites-moi ce qu'il a fait, insista Vollie. Et dites-moi ce que vous lui voulez. »

Ils se tenaient à un coin de rue en cette année 1973. Le soleil s'abattait partout pareil à une douche formidable, et les deux hommes ne projetaient aucune ombre. La lumière arrosait également et indifféremment les gens, les falaises de verre et de granite, les véhicules de luxe et les taxis, les sombres tessons d'une bouteille de bière fracassée. Tout était visible et en évidence. Au prix d'un effort lent, le treuil arracha du sol une conduite. Le câble luisait de graisse. Lorch se pencha tout près de Vollie comme pour lui donner un baiser mais tourna la tête pour lui parler à l'oreille.

« Et Dieu a établi dans l'Église premièrement des apôtres, secondement des prophètes, troisièmement des docteurs, ensuite ceux qui ont le don des miracles, puis ceux qui ont les dons de guérir, de secourir, de gouverner, de parler diverses langues. Tous sont-ils apôtres ? Tous sont-ils prophètes ? Tous sont-ils docteurs ? Tous ont-ils le don des miracles ? Tous ont-ils le don des guérisons ? Tous parlent-ils en langues ? Tous interprètent-ils ? Aspirez aux dons les meilleurs. Et je vais encore vous montrer une voie par excellence.

— Vous n'avez pas assez confiance en moi pour me confier la plus petite chose sur ce que vous faites.

— Nous vous *protégeons*, sergent. Nous sommes liés l'un à l'autre, dorénavant. Vous ne le comprenez donc pas ? Il y a façon et façon de veiller sur quelqu'un à qui on est lié, de prendre soin de lui.

— Fermez-la.

— Pourquoi vous semble-t-il à ce point impensable que des gens veillent les uns sur les autres, pourquoi cette idée vous répugne-t-elle à ce point ? Vous connaissez le plus excellent des moyens, n'est-ce pas, sergent ? »

Vollie s'éloignait de nouveau sur Madison Avenue. Mais Lorch ne le lâchait pas d'une semelle. « Ce moyen, c'est l'amour, sergent.

— Fichez-moi la paix.

— Si je parle les langues des hommes et celles des anges, si j'ai le don de prophétie, la compréhension de tous les mystères et toute la connaissance, et si je possède toute la foi au point de pouvoir déplacer des montagnes, mais n'ai pas l'amour, je ne suis rien. Si même je livre mon corps aux flammes, mais n'ai pas l'amour, cela ne me sert à rien.

— Vous êtes un menteur. Fichez-moi la paix.

— Vous pensez pouvoir vous en sortir tout seul, sergent. Vous faites erreur. »

Le premier samedi de janvier.

Vollie se leva et emprunta la ligne EE pour gagner Manhattan, puis celle de Lexington Avenue pour descendre *downtown*.

Le monde de gravures et de graffitis sur les murs du hall de la poste, les poèmes, les visages et les numéros, tout avait été repeint en blanc. Les corbeilles grillagées étaient vides. L'endroit était aussi propre et sombre qu'un mausolée. Le soleil en son orbe hivernal ne pénétrait pas derrière la batterie de boîtes aux lettres, et le dedans de la sienne était de surcroît obscurci par une ombre de biais.

Il ouvrit la porte d'un tour de clé et sortit deux enveloppes. La perspective d'y voir écrit son ancien nom l'emplit d'un mauvais pressentiment, comme si un homme assassiné était revenu à la vie avec le dessein de se venger. Il referma la boîte. Le pressentiment fit place à de la peur. Sans regarder ce qui y était écrit, il fourra les deux plis dans la poche de sa parka.

Chez lui, il les glissa dans la partition des *Kinderszenen* – une nouvelle partition qu'il avait trouvée chez un bouquiniste du Bronx – à la page de la onzième de ces pièces, intitulée « Fürchtenmachen » ou « Croquemitaine », celle qu'il n'avait jamais travaillée, celle que son père aimait le moins, la seule à avoir *Schneller* pour indication de tempo. Toutefois, même les enveloppes ainsi dissimulées, l'angoisse ne le quitta pas. C'était comme si elle baignait l'appartement. Ces lettres possédaient un terrible pouvoir, il lui fallait s'en éloigner.

Il descendit dans la rue et partit à pied vers le sud, traversant les jeux abscons des enfants rassemblés devant chaque pâté de maisons, faisant cercle en se donnant le bras tandis que deux d'entre eux couraient autour de ce cercle ou tentaient de le traverser comme une balle de fusil, des enfants alignés face à face en deux équipes sans le moindre ballon ou bâton ou traçage au sol, mais concentrés, organisés et désireux de l'emporter, s'élançant vivement, s'arrêtant sur une marque invisible et faisant demi-tour pour courir et stopper derechef, penchés et hors d'haleine, conférant entre eux avant la prochaine partie, regroupés en packs, enroulés autour du but commun comme les fibres d'un fil. Il continua de cheminer du mieux qu'il pouvait vers le sud, sous un couvercle nuageux, à travers des quartiers moins mélangés, à la signalisation en coréen ou en espagnol, passant devant des silhouettes solitaires endormies au pied des arbres sous un amoncellement de feuilles ou un tas de cartons, solitaires et vivantes. En milieu d'après-midi, il passa par-dessus ce qui devait être la voie express de Long Island – ses pieds et ses jambes le conduisant urgemment il ne savait où – et longea un cimetière vallonné où s'alignaient des tombes inégales évoquant un clair de lune sur les rouleaux du ressac. Débouchant sur un large boulevard, il prit vers l'ouest et l'antenne de la tour nord du World Trade Center, sévèrement dressée sur son autre île, antenne à peine visible au-dessus du couvert nuageux qui dissimulait la masse des tours et en désincarnait les niveaux supérieurs, les laissant comme en sustentation, héliports jumeaux suspendus en l'air pour des destinations dans l'ionosphère, l'antenne esquissant le geste gracile de pointer vers le haut et la sortie. Il marchait vers l'ouest en direction du sommet des tours, les perdant périodiquement de vue dans le nuage ou la succession de bâtiments plus bas du boulevard, se fourvoyant, cherchant des points plus élevés, escaladant un escalier d'incendie afin de les retrouver, tendant vers elles comme vers un aimant jusqu'à ce qu'il atteigne la voie rapide reliant Brooklyn au Queens, la suivant vers le sud sur des voies de desserte, des accès de chantiers, conservant la voie express en vue au-dessus de lui, explorant plus d'une fois l'intimité de rues habitées par des inconnus, régions étrangères peuplées d'étrangers, avant de regagner les abords de la voie express, jusqu'à ce que, non pas un repère visuel mais une personne, une joggeuse avec bandana et manchettes assorties en tissu-éponge, lui parût le guider vers l'intérieur à travers une zone de peuplement plus dense, un canyon d'habitations mitoyennes en briques aux assises ouvragées nettoyées à la sableuse, chacune pourvue d'encadrements peints d'une couleur éclatante, cela jusqu'à ce qu'il s'arrête pour regarder du trottoir d'en face, dans le jour déclinant, les fenêtres d'une maison au fronton pourpre où venait d'entrer un homme voûté au chef argenté.

Comme si par le seul fait de frapper à sa porte il pouvait faire de cet homme le fantôme de son père, il monta les marches du perron, toqua et attendit. Après un temps, il heurta de nouveau et attendit. Une très vieille voix se fit entendre de l'autre côté du battant : « Saint Michel protège cette maison, l'archange, saint patron de la police. Il tua le dragon de la Révélation. Il brandit un glaive redoutable. Passez votre chemin. »

Il s'en alla. Ensuite, un pâté de maisons plus loin, ressortant d'un bureau de tabac, il ôtait la Cellophane d'un paquet de cigarettes quand sa mère passa devant lui. Non pas un fantôme, mais sa mère en chair et en os. Elle tourna au coin d'une rue et il lui emboîta le pas tout en la détaillant. Elle portait une jupe écossaise en laine et des bottes à talons bas. Cette mise insolite ne le dissuadait en rien. Elle traversa la rue, son trousseau de clés à la main, gravit un perron. La porte rouge se referma derrière elle. Les fenêtres s'éclairèrent.

Sur ce trottoir, tant de merles tentaient de jucher dans un même cerisier qu'ils auraient pu le faire s'abattre ou bien l'emporter dans les airs. Cet arbre avait troqué l'écorce annelée et cireuse de ses jeunes années pour celle plus rugueuse et plus sombre des vieux cerisiers, comme un déguisement enfilé pour les années à venir. Vollie ne s'approcha pas de la porte. Il se tenait à distance de la ramure dénudée, prêtant l'oreille aux caquètements et sifflements des oiseaux, comme si ceux-ci lui adressaient quelque pressante mise en garde, et aux grincements moins sonores des pousses et des branches mortes. Il ne quittait pas des yeux les fenêtres vivement éclairées, implorant un signe. Tous ces fantômes voulaient dire quelque chose, un message lui venant de l'autre côté, tout comme l'esprit qui ne s'exprime qu'à travers la musique avait longtemps cherché à l'instruire d'il ne savait quelle affaire d'importance ; mais quelle était donc la teneur de ce message ? « Ressors et dis-moi ce que je dois faire », dit-il.

Les lumières finirent par s'éteindre. Il ne s'approcha pas de la maison. Il trouva un bus à destination de Jackson Heights et, de là, rentra chez lui à pied, n'ayant pris ni petit déjeuner, ni déjeuner, ni dîner, ni aucune sorte de collation, n'ayant plus faim, ayant dépassé la faim, et se laissa tomber sur son lit, les os rompus, louchant de fatigue. Et il rêva de Wakefield.

Du soldat de première classe Herschel « Laisse-le dormir » Wakefield. Rêve consistant d'abord en une simple intuition de sa présence dans les ténèbres tenaillées par la faim, puis de son souffle court, puis de son odeur, qui aurait pu être indifférenciable de leur odeur à tous trois – Wakefield, le lieutenant et lui-même – sinon qu'une espèce de pourrissement s'y était insinuée, et enfin l'assurance que lui-même allait s'en tirer à la différence de ses deux compagnons parce qu'il tenait plus qu'eux à rester en vie.

Soudain, dans le rêve, tous trois s'apprêtaient à s'asseoir pour dîner – Wakefield, le lieutenant et non pas Vollie lui-même mais son père au chef argenté – à la ferme, avec sur la table des biscuits, une tarte, une salade diététique relevée dans un magazine, principalement composée de carottes, et un porcelet qu'ils faisaient cuire à la broche au-dessus d'un feu énorme sur le sol défoncé de la cuisine, la fumée s'échappant par un trou dans la toiture effondrée, une colonne de fumée pareille à une tour. Il se voyait assister à ce festin à venir sans toutefois y prendre part, et il attendait que les autres s'avisent de son absence, mais ils se bornaient à faire tourner la broche en buvant de la bière Falstaff en boîte, boîtes exemptes de buée malgré la proximité du feu, d'où il déduisait que ces bières étaient tièdes. « Papa, tu ne bois pas », protestait-il, mais personne ne l'entendait. « Dis-moi ce que je dois faire », disait-il encore. Alors l'escalier de la cave grinçait sous des pas. La porte de la cave s'ouvrait sur sa mère, des feuilles de chêne, de maïs et de cerisier lui poussant sur la tête en place de cheveux. Le reste de sa personne était d'eau à l'état liquide, qui miroitait à travers la fumée. Elle tendait un bocal de betteraves conservées dans du vinaigre à son mari, assis près du feu, pour qu'il l'ouvre, puis elle se muait en une brume sous l'effet de la chaleur. « Ne pars pas encore, maman », disait-il. Puis le rêve le quitta et il comprit qu'il dormait mais ne rêvait plus.

Pendant des semaines il n'eut plus de nouvelles de Lorch, de Van Aken, ni d'aucun des autres de l'officine. Impossible qu'ils l'aient tout bonnement laissé abandonner sa mission, mais il tâchait de se comporter comme si c'était le cas. En même temps, il s'attendait à entendre à tout moment la voiture qui ralentissait, les coups à la porte qui marqueraient l'aboutissement de son angoisse, angoisse qui, loin de s'apaiser avec le temps, s'accusait.

Le bien-fondé de cette appréhension s'imposa bientôt à lui. Son omniprésence et son absence de contours. Si Lorch avait agité une menace bien définie, il aurait su ce qu'il fallait craindre. Au lieu de cela, il se mit à redouter tout et tout le monde et ne se vit plus d'autre issue que de révéler à Lorch où se trouvait Hausmann.

Pourtant, plus la peur s'intensifiait, plus il était résolu à ne rien lui dire. Il était prêt à aller loin pour lui tenir tête. Que la cause de Lorch – ou de son client – fût juste ou pas n'avait jamais beaucoup importé et n'importait plus du tout désormais. C'était cela, découvrir son ennemi : la seule chose qui importait était de lui tenir tête.

Après les licenciements de l'hiver, Vollie se mit en quête d'un nouvel emploi et, grâce à un mot glissé par le Cubain Julito à un représentant syndical, il parvint à décrocher un travail temporaire à mi-temps au péage du pont de Bronx-Whitestone, qui, suspendu à de fins pylônes cintrés, reliait le continent à Unionport. Pylônes bleus sans le moindre ornement, le bleu cendré des horizons brumeux aux heures de pointe, comme pour dissimuler la structure géante dans les cieux. Un transistor diffusait de la musique en sourdine dans un coin de la cabine, mais la tâche de rendre la monnaie ne lui laissait pas le loisir de l'écouter. La lumière crue des phares de chaque voiture qui patientait sur sa file pouvait être Lorch venant le trouver – à quelle fin ?

Puis un soir de faible circulation faisant suite à une tempête de neige, la direction supprima un poste de nuit que Vollie pouvait difficilement se permettre de perdre, et il lui fallut rentrer chez lui de bonne heure. Il pénétra dans son logement sombre et silencieux. Les sièges, très vieux et imprégnés de poussière, étaient recouverts en brocart. Cave à vin reconvertie, la cuisine était dépourvue d'installation électrique et c'est à la lueur d'une lampe à pétrole qu'il fit chauffer sur le gaz une boîte de ragoût de bœuf. Il mangea à même la casserole, debout devant la gazinière, les pieds dans ses brodequins humides. Il gagna l'autre pièce, où il avait punaisé de la thibaude au plafond en guise d'insonorisation, et joua les dix premières *Kinderszenen*. Puis une résistance céda en lui. Il feuilleta la partition jusqu'à la onzième, celle qui s'intitulait « Croquemitaine », et la joua sur un tempo frénétique là où *Schneller* n'indiquait qu'un mouvement accéléré. Il plaqua le dernier accord, souleva la pédale, se saisit de la première enveloppe, qui avait glissé de la partition, et la décacheta d'un geste impulsif.

La lettre était écrite d'une encre pâle difficile à distinguer sur le papier bistre d'un sac d'épicerie, mais l'écriture était méthodique et soignée. Les côtés de la feuille avaient été déchirés le long d'une règle. La lettre n'était pas datée et ne comportait pas d'adresse à son destinataire, comme poursuivant l'exposé d'une pensée commencé sur une page précédente et que ni le temps ni l'éloignement n'eussent affecté l'interruption de la correspondance.

Juste au moment où un enfoiré dit aux amis que c'est pas la peine de compter sur Vollie vu qu'il vient pas et qu'on va pouvoir se brosser avant que je puisse vous présentez si Dieu veut, voilà qu'une de la bande (elle s'appelle Sally) rentre de vendre notre miel à Alamogordo et de faire un saut à la poste et qu'elle me demande comme ça : Bobby, qui tu connais à New York ? Personne ni mort ni vivant, je lui réponds. Eh bien, il y a là-bas quelqu'un qui te connaît, qu'elle me fait. Tiens, regarde. Et là, si c'est pas toi qui me sautes à la tête, je vois pas qui. Toi et personne d'autre. C'est comme ça que ça se passe quand on a un vieux pote. Il peut être longtemps parti et de l'eau passe sous les ponts, mais il finit par se pointer à la barrière et on le remet tout de suite, comme ma jument rouanne quand je suis rentré après mon temps de service. Elle m'a reniflé la main, elle m'a regardé avec ses grands yeux niais l'air de dire : Où t'étais passé, Bobby Heflin ?

Cette histoire de toi qui passes à Las Cruces, à deux pas d'ici, et qui montes pas nous voir m'est restée en travers de la gorge. Ça m'a longtemps travaillé, de savoir pourquoi j'étais fumasse. J'arrivais pas à comprendre. Pour finir, j'en suis revenu à la parole du Seigneur : Fils, tu n'as pas besoin de comprendre pour pardonner. En fait, Vollie Frade est de toute façon un incompréhensible salopard et si tu attends d'avoir pigé, tu resteras en rogne jusqu'au jour du Jugement. Ça te fera sûrement marrer que j'estime avoir besoin de te pardonner d'être pas venu nous dire bonjour, d'avoir pas séjourné quelques jours ici et d'avoir pas fait la connaissance des autres, mes amis. On a tous des trucs qui nous fâchent. Je comprendrai si tu m'en veux que je t'en veuille (mais comme je te disais, je t'en veux plus). J'espère que tu vas me pardonner de t'en avoir voulu, même si tu ne savais pas.

Nous vivons bien ici à notre façon. On s'en sort à peu près. Et j'espère que tu vas écrire bientôt pour nous raconter tout ce que tu as à raconter et qu'on a hâte de savoir. Mieux, ramène-toi et dis-nous-le de vive voix. Mieux encore, viens passer un moment. On a toute la place qu'il faut.

Nous faisons de notre mieux pour nous aimer les

uns les autres. On bosse dur en période de dèche, quand il nous faut aller prospecter pour trouver de l'uranium ou chasser les coyotes qui bouffent nos chats. Difficile de ne pas donner la mort. Ce qui est marrant c'est que mes amis savent tout sur toi suite à ce que je leur ai raconté de notre passage par l'école de la jungle, de notre séjour à Oki et de l'époque où on mangeait de l'émeu à Queenscliff et sur la plage de Coogee. Il y en a un qui a dit : Vous deux avez été tout en bas du monde et vous êtes remontés à son sommet. Ils t'aiment tout comme moi. Comment font-ils pour aimer quelqu'un qu'ils n'ont vu qu'en photo ? Quand on s'adonne à l'amour, ça devient un besoin qui vous prend et ne vous lâche plus. Je me demande si ça n'était pas le plan de paix secret de Nixon, répandre l'amour sur le monde comme un feu dévorant.

Mais ça ne marche qu'au coup par coup. Quand je ne pense pas à quelqu'un en particulier, j'y arrive pas. Parfois il me suffit de me concentrer sur une personne. Prends la mère de Sally. Elle réprouve que Sally vive ici avec nous, mais il m'arrive de me concentrer sur elle et je me mets alors à aimer cette vieille chouette qui bosse à mi-temps à Carson City au sein du pool de sténos du corps législatif et qui nous déteste à mort. Il est possible d'aimer n'importe qui dès lors que tu le choisis. Simplement, il faut le choisir. Le papier va manquer. Je vais m'en procurer pour la prochaine fois et je te répondrai aussitôt. Pasdeplacepoursigner. À toi, BH.

Il remit la lettre dans l'enveloppe et glissa celle-ci entre les pages de la partition. Il avait déjà introduit le pouce sous le rabat du deuxième pli et commencé à le déchirer quand il vit que ce courrier ne venait pas de Bobby mais d'une boîte de Springfield dans l'Illinois du nom de Pierson-Blatt Participations, et qu'il était adressé non pas à Vollie Frade mais à Dwight E. Tilly. Il renfermait non pas une lettre mais un chèque de banque à son nouveau nom pour un montant de 136 809 dollars et 27 *cents*.

C'est ainsi qu'il découvrit qu'ils étaient au courant depuis le début pour la boîte postale, qu'il avait été surveillé comme lui-même surveillait, qu'il avait sous-estimé leur capacité d'atteinte, que Lorch était capable d'une plaisanterie bureaucratique comme celle d'envoyer ce chèque à l'adresse qu'il avait essayé de lui cacher. Et c'est aussi comme cela qu'il apprit, par le chèque et la note qui l'accompagnait, qu'un bien avait été liquidé, comme cela qu'il apprit que sa mère était décédée.

Quand Trisha les fit entrer – Mr. Tilly et le médecin qu'il amenait pour examiner Hausmann –, il ne restait guère qu'une demi-heure avant le moment estimé du retour de Miss Colt. Les deux hommes étaient couverts de neige, une neige épaisse qui les avait retardés, mais ils étaient venus comme Mr. Tilly l'avait promis. Elle ressentit intérieurement ce pincement familier qui voulait dire qu'elle devait avoir davantage de foi en les autres. La preuve : ces deux-là se mettaient en peine pour aider quelqu'un dans le besoin.

Tout en sachant qu'elle se ferait congédier pour cela, elle savait en les faisant entrer que l'initiative était juste. Elle emmena le médecin, un sourd auquel elle devait s'adresser de face afin qu'il puisse lire sur ses lèvres, jusqu'à la penderie aux relents de naphtaline. Il valait mieux qu'elle n'entre pas, lui dit-il, car il allait se livrer à un examen complet. Elle lui objecta que le patient n'entendait pas l'anglais, mais il répondit que ce n'était pas un problème ; et quand elle dit qu'elle n'était pas une oie blanche, qu'elle le lavait avec une éponge deux fois par semaine, il répéta d'un ton comminatoire qu'elle devait rester dehors. Elle s'en revint donc au salon, où Mr. Tilly attendait debout, patient et immobile comme une pierre. « Vous êtes tellement gentil, dit-elle. Tous les deux, vous êtes vraiment gentils de lui venir en aide. »

Qu'allait-il se passer ensuite ? Vollie n'en avait pas la moindre idée.

Il dit à la fille d'aller dans la cuisine et d'y rester. Elle répondit qu'elle était tout à fait assez forte pour les aider à déplacer Mr. Hausmann s'il était nécessaire de l'évacuer, et que de plus il ne pesait rien.

« Va dans la cuisine, la coupa Vollie, et restes-y. » Même alors, elle lui renvoya une si veule expression de confiance qu'il sentit les poils de ses avant-bras se dresser sous les manches de son manteau et lui lança sèchement, comme à un chien qui aurait cherché à entrer dans la maison : « Fiche-moi le camp. » À peine s'était-elle insinuée derrière l'énorme rouleau de toile à voile qui obstruait presque complètement l'entrée de la cuisine qu'une détonation assourdie se fit entendre en provenance du fond du couloir. Puis une autre, tout aussi sonore.

Les bonnes manières de Vollie réagirent avant le reste de ce qui constituait sa personne. La voix intérieure d'un parent qui réprimande. Il sut avant même de le comprendre qu'il réprouvait l'attentat. Il était des choses que l'on faisait à l'intérieur, d'autres que l'on faisait dehors, et tirer une balle de revolver à l'intérieur de la maison, même avec un silencieux vissé au canon, était comme d'y proférer un juron, c'était mal élevé.

Et c'est à cette incongruité que, le temps d'une fraction de seconde, il attribua la réaction de la fille, qui se ruait hors de la cuisine. Ses mains et ses pieds se contractèrent, mais il resta planté sur place sans rien faire pour l'arrêter. Elle passa en hâte devant lui, levant haut les pieds comme un héron dans les herbes d'un marais, s'engouffra dans le couloir où Van Aken arrivait en sens inverse. « Qu'avez-vous fait ? » lui demanda-t-elle.

Le bras de Van Aken se leva d'un mouvement égal et tranquille pour l'écarter.

Soudain armée d'une résolution aussi absurde qu'inutile, rayonnante de certitude, elle se campa en travers de l'étroit passage. « Vous ne bougez pas de là », intima-t-elle. Dans la pénombre du couloir, Vollie vit le pistolet que tenait Van Aken, vit qu'il le pointait, vit la fille stupidement refuser de s'effacer.

Il assistait à la scène sans piper. Il aurait fallu attraper la fille, la jeter sur le côté. Pourtant, dans la microseconde où il aurait pu le faire, il resta inerte tout en se disant qu'il ignorait ce qui était en train de se passer.

Il habitait l'esprit enrayé, qui était comme la Charcutière en manque d'huile, incapable de faire feu. Il aurait dû agir et il n'en faisait rien. Il aurait dû, il aurait pu, et ne bougeait pas. « Monsieur Tilly, lui avait déjà hurlé la fille, il faut l'arrêter ! »

Une lueur s'était allumée, une lueur orange. Une lueur et une détonation. La fille avait pivoté sur elle-même, s'était cassée en deux, du sang sur son pull, sur les pans de sa jupe, tout si rapide que ç'aurait pu être simultané, sauf que cela avait constitué une séquence. Vollie vit la douleur se peindre sur les traits de la fille, son ultime goulée d'air, et aussi son effroi, tandis qu'elle s'effondrait sur le sol du couloir dans ses souliers vernis mouillés de sang au milieu des piles de journaux.

C'était une adolescente en collant à damiers, pull de laine avec une rayure en travers de la poitrine et sur les épaules, le tissu imprégné de sang, les genoux repliés derrière sa forme inerte. La séquence des trois détonations avait déjà commencé de se rejouer dans la tête de Vollie. Deux croches. Un long silence. Et une blanche. Ou bien la dernière ne parut-elle être une blanche que parce que sinon la mesure n'aurait pas été achevée ? Ou peut-être que quelque chose n'était pas terminé. Que la structure rythmique était bancale. Ou erronée l'indication de la mesure. Peut-être qu'il y avait eu quelque part une erreur dans la lecture des notations. Qu'il avait peut-être lui-même mal lues. Chaque coup de feu une détonation d'une vitesse démoniaque, un son qui n'était pas inconnu mais qui lui parut anormal car retentissant en intérieur. Quelqu'un à l'étage du dessus frappa le sol pour faire cesser ce vacarme. Les yeux de la fille étaient déjà vides, sa forme sans vie flaccide. Le sang s'écoulait d'elle sur les lames du plancher. Un silence sans bornes s'installa, sauf qu'il ne dut pas durer plus de quelques secondes avant que Van Aken enjambe la mare de sang, qui commençait à imprégner les journaux, et se dirige vers lui. Il avait laissé tomber son arme. Vollie avait gagné la porte d'entrée pour en tourner le verrou. Il se tenait devant le panneau, bloquant le passage. « Pourquoi avoir fermé cette porte ? » interrogea Van Aken. Vollie, figé, ne répondit pas. L'autre, agissant en mouvements fluides, naturels, assurés, automatiques, était allé ramasser le pistolet, il était revenu vers l'endroit où Vollie lui barrait la sortie, et avait déjà tiré une balle vers le sol – tout cela déjà accompli avant que l'esprit ralenti de Vollie se désenraie et qu'il finisse par demander : « Mais qu'est-ce que vous foutez ? »

L'assourdissante détonation. Un juron et une plainte. L'odeur âcre de la fumée. Mais pas d'éclair visible, Van Aken ayant fait feu vers le sol. Vollie perdit l'équilibre. Van Aken le repoussa sur le côté, ouvrit la porte, sortit et referma derrière lui.

Le juron et la plainte étaient peut-être sortis de la gorge de Vollie. Lui vint une intuition étrange concernant son pied ; cela n'avait probablement rien à voir avec le moment présent, mais provenait plutôt du souvenir d'une peur ancienne. Il lui fallait néanmoins en avoir le cœur net.

Il envoya un message mental vers son pied, puis il dit à voix haute : « Je vais taper du pied et si j'entends quelque chose, c'est qu'il est toujours là. »

Il n'entendit pas le coup contre le sol. Peut-être le coup de feu l'avait-il rendu sourd. Pourtant, il s'était entendu parler. Il était encore plus ou moins en position debout. Le voisin du dessus cogna sur son radiateur et Vollie entendit résonner les tuyauteries. C'est à cet instant qu'il s'effondra.

10

Il se releva.

Il ouvrit la porte. Son pied était comme un feu qui couve. De la fumée montait de ce qui restait de l'embout en cuir explosé de sa chaussure. Il s'accrocha au jambage. Sorti sur le perron, il tapa violemment du pied. Il ne ressentit rien. Il retrouva son aplomb et se planta dans la neige, puis, se retournant, il referma la porte.

De ce soir-là, jamais il ne revit aucune de ses connaissances de New York et jamais plus il n'y revint.

Il regagna tant bien que mal l'Electra, garée à une rue de là, traînant son pied brûlant derrière lui. Il embraya en tordant la cheville et lança le moteur.

Il rentra chez lui, sortit son trousseau à la lumière de la fenêtre du palier, trouva la bonne clé et entra dans l'appartement enténébré. Il remplit un sac à linge sale de sous-vêtements, chaussettes, T-shirts roulés en boule, y ajoutant sa brosse à dents et son rasoir, les *Kinderszenen*, un bocal d'œufs marinés, du thon en boîte. Une paire de chaussures ne voulut pas y entrer ; il les laissa choir et les attacha à l'extérieur du sac. Le temps qu'il arrive à un hôpital de l'Administration des anciens combattants, dans le Connecticut, la jambe correspondant à son pied estropié était parcourue jusqu'à la hanche de connexions électriques en surchauffe. Il la sortit de la voiture, mais quand il y fit porter son poids, tout devint blanc.

Il revint à lui sur l'aire de stationnement enneigée. Tout tournait. Il avait vomi mais avait réussi à ne pas souiller ses vêtements.

Quand il se présenta à l'entrée, l'infirmier de garde était en train de manger un sandwich mortadelle-mayonnaise provenant d'une boîte parée d'un autocollant disant : CROQUE LA POMME ET AUX CHIOTTES LE CORPS DES MARINES, tandis qu'un autre proclamait : PROPRIÉTÉ DU 2e BATAILLON DU 9e MARINES. « Qu'est-ce qui vous est arrivé ? demanda l'infirmier.

— Le deux-neuf était à Khe Sanh, pas vrai ?

— C'était avant mon temps, Dieu merci.

— Au deux-neuf, tu n'aurais pas connu un troufion du nom d'Espinoza ? Un petit mec.

— Non, je vois pas, répondit l'infirmier. C'était quoi, sa spé ?

— J'en sais rien. Il était simple troufion. Il remplissait des sacs de sable à la chaîne. Un type petit. Avec un air du genre : Moi, on me la fait pas. »

L'infirmier porta la main à sa tempe et inclina la tête comme pour écouter un bruit lointain. « Non. Rien au fichier.

— Bon, pas grave », dit Vollie.

L'autre se pencha par-dessus le comptoir dont le carrelage luisait sous les néons, pour regarder de plus près le pied de Vollie.

« Le deux-neuf, dit celui-ci. L'enfer sous un casque.

— C'est nous, ça. Tu veux que j'appelle quelqu'un pour regarder ce pied ?

— Je veux bien.

— Qu'est-ce qui lui est arrivé ?
— Je me le suis fait allumer. »

Dans un premier temps, on l'amputa des deux plus petits orteils. Ensuite, la région du système vasculaire environnant la blessure se révéla compromise et on ne tarda pas à la lui rogner. Puis il fit une ostéomyélite et il fallut le priver d'un troisième orteil.

« Morphine » vient de Morphée, divinité des songes. Ses rêves sous morphine étaient si longs, si doux et empreints d'une telle apparence de réalité, quoiqu'il ne reconnût pas le lieu de leur déroulement, qu'il finit par demander aux soignants de lui ôter la perfusion. S'ensuivirent des nuits où il ne put dormir à cause de la douleur, et d'autres, encore pires, où il dormit et fit des rêves de torture ; il y était le tortionnaire. Dans les moments suivant son réveil, il était baigné de gratitude pour la douleur qui logeait dans son corps et semblait être l'expédient dont usait ce corps pour tuer ce qui s'était mal passé et sauver le reste. La douleur était au bout du compte le tribut à verser pour ses erreurs, pour sa cruauté, pour les morts qu'il avait causées, celles qu'il avait ignorées, celles qu'il n'avait pas évitées, celles qu'il avait contemplées, paralysé et muet, laissant faire. Pas la totalité du prix à payer, seulement le début. Et dès lors qu'il sut pouvoir vivre dans la douleur, il comprit qu'il devait le faire.

Il lui fallut réapprendre à marcher, d'une manière différente, en faisant attention au terrain comme jamais auparavant. Sa logeuse de la pension où l'AAC l'avait placé après son hospitalisation lui montra comment procéder. Cette solide Écossaise originaire d'Ottawa était dépourvue de formation médicale, ce qui n'empêchait pas l'AAC de lui envoyer, et ce depuis la

Seconde Guerre mondiale, des hommes atteints aux extrémités inférieures. Elle ne croyait pas à la rééducation physique. Son idée était de poser le talon par terre, puis d'y appliquer ce qu'il restait du pied et de procéder de même avec l'autre talon. Elle n'autorisait aucun analgésique en dehors du café. Rien qu'un regard désabusé à l'heure du petit déjeuner, et elle vous bottait le train. Il apprit à pratiquer une démarche plus ou moins stable, mais qui était en même temps plus atomisée, chaque pas devenant un acte distinct destiné à maintenir le corps d'aplomb au-dessus du sol. Elle retoucha ses chaussettes. Elle ne jugeait pas utile de rappeler au pied ses anciens appendices en laissant du mou dans le vêtement.

Les autorités ou bien Lorch allaient le retrouver à tout moment. Pourtant, cela ne se produisit pas.

Des rêves de torture. Il y commettait les pires atrocités auxquelles il avait assisté, et plus encore.

On lui annonça dans le courant de l'été que le risque d'infection était passé. Il chargea ses affaires à bord de l'Electra et, laissant East Haven derrière lui, descendit dans le New Jersey puis gagna le bassin du Delaware et la Pennsylvanie, traversant la partie centrale de cet État, par laquelle il n'était jamais passé. L'autoroute serpentait parmi des douzaines de petites villes dont chacune devait sa relative prospérité à la manufacture de tel ou tel bien de consommation – une pastille pour la toux, la bague de la manivelle commandant les lames des persiennes –, articles dont, à en croire les panneaux d'accueil, la localité se proclamait capitale mondiale. Un État beaucoup plus long qu'il ne se l'était figuré, comme un État de l'Ouest mais couvert de forêts. Puis il arriva dans l'Ohio et un décor plus proche de ce qu'il connaissait. Un pays lumineux, dégagé, plan, qu'un glacier avait lissé dans sa plus grande partie. Dépourvu de collines, mais tout en moutonnements et bien drainé. Des vergers, des pâturages, de petites usines et des entrepôts, des gares de triage. Direction Dayton puis entrée dans l'Indiana, où un paysage plus plat connaissait sa vocation avec plus de certitude : produire du maïs et des haricots ; les cultures y paraissaient cependant rabougries et mal acclimatées. À Indianapolis, prenant sur lui pour se détourner d'une trajectoire plein ouest qui l'aurait conduit en Iowa, il obliqua vers le sud et la ville d'Effingham dans l'Illinois, où une halte pour routiers proposait des couchages et des douches à vingt-cinq *cents*. Constatant l'absence de bières dans les armoires réfrigérantes, il demanda au jeune employé, qui ne comprit pas la question, si l'on était dans un comté sec. Aussi, après avoir jeté son sac sur le lit, poussa-t-il jusqu'au centre-ville. Il y trouva une taverne, véritable musée du cerf : des trophées de chasse accrochés sur le bois sombre d'un panneautage de mauvaise qualité contemplaient de leurs yeux inertes et vides, pareils à ceux des statues antiques, les parois en miroir d'un bar faiblement éclairé.

Là-dessus, sur un écran de télévision à la définition grenue, Dentu-Creme vous rendait votre sourire. Et Arrid contenait un élément que ne comptaient pas les autres bombes de déodorant, le chlorhydrate d'aluminium. Et la sauce Wish-Bone Italian était conçue pour les véritables amateurs de salade.

Sa deuxième bière lui fut offerte par un dénommé Clifford d'Olney. Ainsi se présenta-t-il, à la manière d'un Arabe ou d'un Viking. Vollie dit qu'il était Tilly de Davenport. Très vite, il apparut à tous les types présents au bar qu'il fallait absolument que l'étranger, à savoir Vollie, accepte d'embarquer pour un vol à bord de l'avion d'épandage de Clifford. Dès ce soir, pardi.

« Peut-être une autre fois, dit Vollie.

— Vous êtes déjà monté dans un de ces petits zincs ? » lui demanda le barman, qui avait pris la tête pour lui imposer ce baptême de l'air.

Parce qu'il ne l'avait jamais fait, Vollie répondit que cela lui était déjà arrivé.

« Où ça, à l'armée ? »

Ayant désormais le choix du lieu, il répondit : « En Grèce.

— Ça, par exemple. Au-dessus des îles ou du continent ?

— Au-dessus de Patmos », dit Vollie. Tout juste se rappelait-il que le Livre de la Révélation avait été reçu par saint Jean alors qu'il se trouvait sur cette île. Tandis qu'il séjournait là, un ange à la tête nimbée d'un arc-en-ciel lui remit un autre petit livre, qu'il mangea. Ce livre lui répandit de l'amertume dans le ventre, mais il était doux comme miel quand il l'avait eu en bouche. Wakefield avait raffolé de cette histoire. Une fois, il lui était arrivé de dire : « J'ai tellement faim que je pourrais manger toute la Bible. »

« Avez-vous survolé le colosse de Rhodes ? interrogea le barman. J'ai toujours rêvé d'aller le voir. »

Dans leur dos, quelqu'un qui jouait au billard, lança : « Le colosse de Rhodes, il y a beau temps qu'il a sauté. Un coup des nazis.

— J'en ai vu des photos en couleurs, repartit le barman.

— Impossible. Les nazis l'ont fait sauter lors d'un exercice de bombardement et c'était avant l'invention de la photographie en couleurs.

— J'ai toujours voulu aller le voir et tu me dis qu'il n'existe plus ?

— Petits enfants, gardez-vous des idoles. Amen », dit le joueur de billard. Des tremblements saisirent ses bras, ses jambes, son cou, chacun de ses doigts. Mais quand il se pencha au-dessus de la table, tout s'apaisa et il expédia la boule dans une poche d'angle cependant que son adversaire, debout sur une chaise, appliquait des coups du plat de la main sur le côté du poste de télévision.

Était-ce du direct ou bien une cassette Memorex ? Et quand son mari se sentait patraque parce qu'il lui fallait un laxatif, elle se procurait Flavored Haley's M-O, le seul qui ne fût pas violent.

Le joueur de billard tremblait de plus belle. Il se pencha et joua son coup avec un corps en paix, immobile et déterminé, qui savait y faire et avait fait son choix. En pénétrant dans la poche, la boule fit entendre un bruit sonore qui n'était autre que ce choix rendu audible, la volonté précipitant le passé aux oubliettes.

Au même instant, une femme entra dans le bar par la porte latérale, qui donnait sur la ruelle. Quand elle se fut un peu approchée, éclairée par la lueur bleutée de la télé, elle devint la jeune Trisha, vêtue d'un pull dégouttant de sang, le teint d'une pâleur mortelle. L'homme qui était entré avec elle semblait ignorer qu'elle était morte, mais Vollie, lui, le savait.

« Je file », parvint-il à dire au barman tout en déposant une pièce de vingt-cinq *cents* sur le comptoir. Il sortit par-devant, son cœur battant la chamade, en lançant des regards alentour pour le cas où il verrait d'autres personnes qui ne pouvaient être là.

Il ne revit jamais aucun des gens de New York – en dehors de la fille, morte et cependant vivante. Porteuse d'aucun message, indifférente à sa présence, le coinçant dans une solitude contre nature.

Le lendemain à midi, il avait laissé St. Louis derrière lui. La nuit tombait lorsqu'il atteignit le Kansas, où il traversa cent répétitions de la même bourgade des Plaines. Le silo, la banque, la station-service, la coopérative, le tout regroupé autour de la gare routière. Rien à voir avec l'Iowa. Zéro variation topographique. Mais les routes étaient lisses et correctes. Mouillées dans le faisceau des phares. La musique émise en modulation de fréquence par la station de Topeka l'accompagna aussi loin dans l'Ouest que le comté Pawnee, et sans parasites. De la musique de fête, de la musique de masse, comme à Okinawa. Il roulait seul dans la nuit sans lune. Non pas une obscurité de tunnel, qui était par essence plus absence de durée que de lumière ; mais une obscurité du dehors, un engloutissement de tout ce qui se trouvait au-delà de la clé de voûte mouvante dessinée par les phares.

Peu après la traversée du comté de Hodgeman, alors qu'il allait franchir les limites de la ville de Kalvesta, quelque chose se détraqua dans le câblage entre ses yeux et sa cervelle en surchauffe. Tout autour de lui, une idée vague mais délirante prenait une forme physique. Une pensée inquiétante devenait une onde argentée s'étendant à l'infini. Au-dessus, une deuxième idée, plus tranquille, immobile, grise et paisible. L'idée perturbante se mit à bouillonner avec plus d'intensité autour de la voiture. De tous côtés une ondulation de vagues terrestres.

C'était du blé. Du blé d'hiver avec des épis secs et pesants qui oscillaient dans la nuit. Et là-haut l'émanation ininterrompue était le ciel – un ciel gris qui, quand les nuages s'éloignèrent vers le nord, devint une voûte noire piquetée d'étoiles rappelant le récipient émaillé dans lequel sa mère faisait bouillir les œufs. La terre descendait sans discontinuer à l'horizon vers un abîme. Les astres s'évanouirent. La couleur reprenait peu à peu ses droits. Roulant à travers un monde qui prenait de l'épaisseur, il arriva à Garden City et s'arrêta sur l'aire de stationnement d'un restaurant. Il s'installa sur la banquette arrière de l'Electra, se ramena son blouson en Nylon sur les yeux et rêva de sa mère et de son père.

Il fut réveillé par un policier qui cognait son trousseau de clés contre la vitre au-dessus de sa tête. Il se mit sur son séant, enveloppé dans la matrice en vinyle jaune qui sentait la sueur, le café et le plastique exposé au soleil.

« Debout là-dedans », dit le policier. Il avait tout d'un personnage vu en rêve, sur le point de se dissoudre, et dont le prudent rêveur pouvait se permettre de discuter les instructions juste pour voir ce qui allait se passer. Vollie referma les yeux et se laissa redescendre dans des univers de temps, de blé, le champ de haricots que ses parents parcouraient en bottes de caoutchouc pour couper chardons et autres indésirables avec des houes aiguisées de frais.

« Debout, j'ai dit », répéta le policier au milieu du ciel convulsé, et les Frade furent aspirés et emportés par le vent du rêve.

Un type en uniforme, maigre, avec un masque pâle en travers des yeux là où le soleil ne lui avait pas brûlé le visage, regardait par la fenêtre. Ou bien l'agent était revenu le houspiller, ou bien le sommeil avait emporté Vollie dans une distorsion temporelle d'innombrables années pour l'en ramener un moment seulement plus tard.

Il se redressa, baissa la vitre. L'échappement de la voiture de police lui lécha le visage. Des mucosités dans les sinus. Une corde raide, tendue au milieu des os de son cou, se prolongeait dans son dos et jusqu'à son bassin.

« Bonjour, monsieur, dit-il.

— Qu'est-ce que vous fabriquez ici ?

— Un café et un toast au beurre de cacahuètes, je vous prie.

— Fichez-moi le camp d'ici.

— Monsieur ? » Vollie déverrouilla la porte, sortit de la voiture ses pieds toujours chaussés et les posa sur l'État du Kansas en cette matinée de juillet 1974.

« Qu'est-ce que vous avez pris ?

— Monsieur, je dormais, monsieur. » Il était assis de travers, tassé sur lui-même, les yeux plissés.

« Ben voyons. Quel type de drogue avez-vous consommé ?

— Monsieur, j'ai roulé un bon moment.

— D'où est-ce que vous venez ?

— De Topeka, je crois bien.

— En ce cas pourquoi lit-on "État de New York" sur votre plaque ?

— Parce qu'avant, j'étais dans l'Est.

— Quelle est votre destination ce matin ?

— Monsicur, le Nouveau-Mexique, monsieur. Je vais me mettre en route si c'est pas bien vu de dormir.

— En effet, c'est pas bien vu par ici. Montrez voir votre attirail de camé. Vos chillums et autres bidules.

— Je dormais, monsieur.

— Fichez le camp d'ici. Allez dormir en Oklahoma, si c'est dormir que vous voulez. »

Il poussa vers le sud jusqu'à Liberal avant que le manque de sommeil le rattrape de nouveau. Il mangea trois œufs marinés au comptoir d'une station-service. Il trouva une remise derrière une institution baptisée Hangar de l'orthoptique et de la prothétique. Il y dormit sans être dérangé au milieu du matériel à entretenir les pelouses dans la chaleur torride du jour. Il fit des rêves de douleur et de mort. La mort le pénétra par le pied, envahit chacune de ses cellules et il devint son esclave et son instrument au centre de l'éternité que peut renfermer un rêve, cela sans cesser de lutter pour se libérer en se réveillant.

Dans l'après-midi, il ne lui resta plus qu'à parcourir un coin de l'Oklahoma et du Texas avant d'entrer au Nouveau-Mexique à Nara Visa aux alentours de dix-sept heures, heure des Rocheuses, et bien réveillé.

Le frémissement électrique qui lui montait du sternum était désormais un effet de l'espoir. La tribu était à l'autre bout et il savait comment s'y rendre.

La campagne resplendissait de roches couleur rouille et de têtes de bétail sur lesquelles la pluie s'abattait par grains qu'il voyait à des kilomètres avant que la voiture s'engage sous les nuées.

Il dormit une nouvelle fois à l'arrière, vitres baissées sur le froid du désert. Il sortit uriner au cœur de la nuit. Les étoiles étaient comme une cuisine en désordre sur un sol noir. Il n'avait pas souvenir de s'être trouvé aussi isolé, une sensation de solitude qui était l'affliction foncière de l'âme. La voiture était stationnée à plusieurs centaines de mètres de la route. Dans la lumière du petit matin, pas la moindre structure n'interrompait le paysage dans aucune direction. Nul véhicule en vue. Des cirrus s'étiraient dans un ciel qui semblait être le véritable ciel, débarrassé de son dôme factice, le ciel où toute chose était emportée pour disparaître à jamais. Il partit à pied en pratiquant sa nouvelle démarche à pas précautionneux, sur une piste qu'il suivit pendant trois heures sous le soleil à son zénith, chaussé de brodequins et vêtu d'un short de jogging. Son corps hâlé, couvert de poussière, lui semblait renouvelé et dispos. Des grouses et des scorpions traversaient le sentier pour s'enfoncer dans les herbes du désert. Des fleurs dont il ignorait le nom. Des nuages menaçaient mais ne crevaient pas. Des éclairs frappaient les montagnes à l'ouest, trop loin pour que le tonnerre porte jusque-là. Puis il chaussa des tennis, le pied gauche équipé d'une pièce de caoutchouc sur mesure pour conserver sa forme, et parcourut une huitaine de kilomètres le long d'un torrent jusqu'à ce que son pied biseauté finisse par le faire souffrir et qu'il ait trop chaud pour poursuivre. Il arriva à un bassin, ôta ses vêtements et s'avança jusqu'au bord de l'eau. Des mouches vrombissaient tout alentour. Le soleil lui arrivait en oblique par-dessus les reliefs, le soleil comme une brosse sur son cuir. Il était une toute petite entité se mouvant dans une large vallée ; des montagnes à l'ouest, la plaine caillouteuse à l'est. Cet endroit ne lui appartenait pas et il n'y était pas chez lui.

Toute la vie qui l'environnait était un épanouissement qui prendrait fin, chaque organisme voué à retourner sous peu à l'état de matière inerte. Mais rien, pas même la certitude de sa mort, ne pouvait rendre ce fleurissement moins que suffisant tant qu'il était en vie.

De l'eau jusqu'aux mollets sur les hauts-fonds, il ne redoutait pas le froid de l'eau, le connaissant parfaitement, le reconnaissant de sa vision. Ensuite, dans l'eau jusqu'aux genoux, il vit son moi animal du dehors, d'une certaine distance. Selon cette vue extérieure, une créature avait marché sans but le long d'un cours d'eau rapide au moment le plus chaud de la journée et poursuivi encore une partie de l'après-midi. Il regardait cette créature entrer dans l'eau. Le récit mensonger que l'esprit se faisait de lui-même s'apaisa. Combien de choses n'as-tu pas réussi à voir parce qu'il te fallait être là à regarder ? Que vis-tu de plus quand tu étais avec d'autres ? Le moi projetait une sphère autour de lui-même et croyait qu'elle était la limite du seul monde véritable, dont il était l'unique possesseur. Plutôt qu'eux-mêmes des univers, les autres semblaient être dans cette sphère des perforations par où entrait la lumière. Mais il avait senti de loin en loin, comme en ce moment, l'ampleur du monde exercer sa pression sur lui, le froid brutal de l'eau, même quand il ne pouvait distinguer la force qui s'appliquait ; ou ne pouvait l'entendre, comme la fois où il avait essayé d'écouter les Beach Boys dans le casque chez le disquaire de Saïgon sans parvenir à s'effacer pour laisser la musique le pénétrer. Pour l'entendre vraiment il aurait eu besoin d'amis avec lui, ou bien d'imagination, ce qui supposait des données provenant non seulement du filtre du moi mais aussi d'ailleurs. L'imagination vivait non pas au centre d'un monde créé par elle-même, mais à l'orée d'un monde déjà posé. Un monde où, élément insignifiant, elle n'était qu'observatrice. Il fallait l'œil de l'imagination pour voir ce qu'il était vraiment. Un homme au centre d'une accumulation de montagnes, de poussière, de routes, d'eau, un homme nu et frissonnant alors que la sueur lui ruisselle sur le dos. Dans le tunnel, sur une plaque de terre battue, il avait joué du piano avec seulement son oreille mentale, l'oreille du rêve, pour produire le son.

En nage, cramoisi et affamé, immergé jusqu'à la cage thoracique, le corps élémentaire qu'il était à l'évidence en ces instants, animal de plus au milieu de la vie microscopique qui grouillait dans l'air et l'eau. Ainsi qu'au milieu d'éléments non vivants. Le vent du désert sur le visage.

L'animal humain respirait profondément. L'eau remuait autour de ses testicules. Des taons s'abattaient sur une bouse de l'autre côté du torrent. Des libellules vrombissaient. Des nuages s'effondraient sur la montagne tandis que le soleil recuisait son versant méridional. D'autres nuages approchaient. En chemin, leurs lourds contenus se déversaient sans bruit sur la plaine. Ici, le soleil brillait encore. Des peupliers bordaient le cours d'eau. Les yeux noirs de l'animal humain se retiraient dans le crâne, bloc calcique qui persistait à n'être pas vivant au milieu de la chair vivante, roche morte renfermant l'esprit vivant. L'être humain n'était qu'un tas de cailloux pour un temps revêtu de chairs tièdes. Les cheveux. Et la peau irriguée par le sang qui véhiculait parmi ses cellules un distillat d'air inerte.

Sa poitrine solitaire à présent immergée, l'animal joignit les bras et plongea, rompant la surface, y disparaissant. Elle se reforma, brillante et lisse comme une flaque de mercure.

Le torrent qui alimentait le bassin poursuivait sa course sur le gravier et les bancs de sable. Les buissons de chamisa, de tête-de-chèvre et de feu-de-prairie dévoraient le soleil. Alentour, sur la pente qui s'élevait vers l'ouest, les rochers gisaient en formations que le vent érodait et façonnait par un lent, patient et invisible travail qui à chaque instant les changeait à jamais.

Il se mit à pleuvoir.

Il manquait presque toutes les barres et quelques-uns des poteaux à la barrière du parc à chevaux qui longeait la route. Aucune trace nulle part de fils barbelés. Le chemin défoncé qui partait de la route faisait bringuebaler tout ce qui dans l'habitable n'était pas fixé et boulonné. Il mordit sur la berne, plus lisse, et poursuivit ainsi de travers, comme un avion qui vire sur l'aile, en direction de l'intérieur de la propriété. Armoises et créosotiers griffaient les ailes de la voiture. Même vivants, genévriers et mesquites paraissaient morts ou moribonds depuis leurs pieds jusqu'à leurs rameaux desséchés. Des oiseaux juchaient dans les enchevêtrements épineux. Quelques vieux pneus d'engins agricoles étaient disséminés en guise d'abreuvoirs pour les bêtes, mais ils étaient vides. Ni bétail ni chevaux en vue.

Ne restait des anciennes dépendances que leur embasement en pierre, charpente et bardages ayant sans doute servi de combustible. La maison apparut au loin derrière un muret. La façade en était tavelée, son enduit tombé par plaques, laissant apparaître le grillage à poules cloué sur les briques d'adobe. Les débris de ciment avaient été enlevés. La structure s'était enfoncée dans le sol sableux, et l'eau de pluie avait dû séjourner à la base des murs, creusée au point que la maison semblait en sustentation au-dessus de son ombre. Le vent et les précipitations avaient grêlé les briques exposées aux éléments ; le tassement les avait fissurées. À peu près la moitié des vitres étaient intactes. Là où elles manquaient, l'orifice avait été bouché avec de la bâche. La bâtisse était longue et basse avec de nombreuses portes ouvrant sur une galerie. Un chat efflanqué jaillit de nulle part, un lézard dans la gueule. Il n'y avait pas d'autres voitures à l'horizon et point de traces de pneus. Au moment où il descendait de l'Electra, une femme vint s'encadrer sur le seuil d'une des portes.

Elle portait un T-shirt d'homme à col en V, distendu, informe, mais propre, une jupe couleur pêche qui balayait le sol mais laissait voir ses pieds chaussés de sandales et de petits anneaux à certains de ses orteils. Différents colifichets pendaient à son cou. Et aussi des choses utilitaires – une rallonge électrique, un ouvre-boîte à l'effigie de John Wayne. Ses cheveux longs étaient relevés en un chignon traversé d'un crayon. Vollie discernait la forme de ses seins sous le coton. Très jolie, avec l'air d'avoir faim, d'être aussi esseulée que désenchantée. Elle fumait. Elle jeta un regard au sol derrière elle et dit quelque chose.

Vollie s'approcha. Il lui manquait un couvre-chef qu'il aurait pu ôter pour saluer. Il tenait sa main en visière pour se protéger du soleil. Il n'alla pas plus loin que les dalles de l'allée bien balayée qui menait à la galerie.

« Vous avez besoin de téléphoner ? demanda-t-elle. On n'est pas raccordés.

— Vous êtes Sally ?

— Non.

— Je me suis peut-être trompé de maison. »

Elle se retourna pour appliquer une tape sur les mains d'un petit garçon qui cherchait à l'agripper. Il était vêtu d'un genre de maillot fait dans une taie d'oreiller. « Vous êtes acheteur ? Qui est-ce que vous vouliez voir ?

— Un ami à moi. Je croyais qu'il habitait ici avec d'autres personnes. Il s'appelle Robert A. Heflin. Le numéro de la maison est soudé sur un bout de fer à béton au bord de la route. Ça doit être quelque part dans le coin.

— Bobby Heflin, dit-elle.

— C'est ça. »

Elle renonça à repousser le garçonnet, qui se mit aussitôt à l'escalader comme un arbre, s'accrochant à son bras ballant comme à une branche, et se jucha bientôt sur sa hanche, tout fier, comme s'il ne se maintenait là que par sa seule force.

« Bobby est parti, annonça-t-elle. Autant vous le dire. À présent, tout le domaine appartient à la banque. Comme ce sont des chrétiens, à la banque, ils nous autorisent à loger ici tous les deux, du moment que je tiens l'endroit propre jusqu'à ce que ça se vende.

— Est-ce que Bobby rentre aujourd'hui ?

— Je ne m'attends pas à le voir rentrer dans les cent ans à venir. Il s'est tiré l'hiver dernier. »

Une fois, dans le tunnel, une seule fois, il avait entendu le lieutenant pleurer. Vollie et Wakefield se trouvaient dans une chambre emplie de matériel de transport américain réformé, le lieutenant dans une pièce adjacente. Dans le noir total, Wakefield s'entraînait à démonter et remonter un carburateur de moto sans autres outils que ses ongles, et le clapet du starter ne cessait de claquer. Soudain, ce bruit de claquement s'interrompit : Wakefield avait dû lui aussi entendre les sanglots. À ce moment, se trouva suspendue dans l'espace noir qui les séparait la question de savoir si Wakefield devait reprendre son bruyant bricolage, de sorte que tous trois puissent préserver la fiction selon laquelle le lieutenant ne pleurait pas, n'était pas en train de pleurer. Wakefield avait souvent pleuré. Vollie, jamais.

« Vous vous sentez bien ? demanda la femme.

— Oui, m'dame.

— Vous êtes sûr ?

— Oui. J'étais de ses amis.

— Vous avez fait tout le chemin de l'État de New York jusqu'ici à bord de cette Buick ?

— Oui, m'dame.

— Tout seul ? » L'enfant toujours dans les bras, elle semblait trouver qu'un tel voyage, seul dans une si grosse voiture, tenait du gaspillage.

« Mais oui.

— Aucun des autres n'est revenu, pourquoi voulez-vous qu'il revienne, lui ?

— Où sont-ils partis ? »

Elle le regardait en plissant les yeux sous un soleil déjà haut. « Vous n'avez pas l'air d'être un agent de recouvrement, dit-elle. N'empêche, peut-être que j'aurais mieux fait de ne pas répondre à cette question. D'où est-ce que vous connaissez Bobby ?

— De l'armée.

— Ah, mais oui ! Je vois qui vous êtes. Vous ne seriez pas le Volontaire ?

— Tout juste, m'dame.

— Mince alors, vous ne ressemblez pas du tout aux photos.

— Ma foi.

— Moi, c'est Louisa.

— Enchanté, m'dame.

— Et voilà Elroy P. Heflin.

— Je peux lui serrer la main ?

— S'il se laisse faire.

— Il est à vous ?

— Pas au sens d'ici-bas, si vous voyez ce que je veux dire. Nous le partagions. Mais où sont-ils tous passés ? Je crois que je me suis fait avoir. »

Vollie tendit la main. Le petit avança la sienne et ils échangèrent une poignée de main. Dans un rêve, il avait écrasé un enfant de cet âge sous les roues de son camion. Le garçonnet sourit, puis se détourna pour nicher le visage contre le sein rond de la femme.

« Le P, c'est pour quoi, jeune homme ?

— Dis donc ton second prénom à l'ami de Bobby. C'est un vrai moulin à paroles quand il ne fait pas son timide. Vas-y, dis-le. P– P–

— Pet, dit le garçon.

— Pardon ?

— Redis-le », suggéra Louisa avec beaucoup de patience et de douceur. Et ils attendirent.

« Paie, dit le petit.

— Comme quand on touche son salaire ? » demanda Vollie.

L'enfant lui tendit de nouveau la main pour qu'il la lui serre.

« Il plaisante. N'est-ce pas, Elroy, que tu plaisantes ? »

Mais Vollie ne comprenait toujours pas. Il réfléchit un instant, puis serra la petite main. « Comme quand on dit que ça fait longtemps ? »

Le parfait garçonnet s'esclaffa. Alors, l'esprit à la traîne finit par comprendre.

Et Louisa de dire : « Non, explique-lui que c'est la paix, qui signifie que nous sommes affranchis de la guerre. »

LE PARADIS

2011

Janis rêvait qu'il faisait traverser un pont à un troupeau de moutons pour gagner Riga. Les bêtes avançaient sans crainte dans les tintements de leurs clochettes. Là-bas devant, la ville grouillait de fusiliers, des bandes de loups affamés. Ses ouailles le suivaient partout. Une à une elles étaient abattues et dévorées, et leurs âmes filaient comme des fusées bleues dans le ciel nocturne.

Les âmes sont de couleur bleue.

Quand il s'éveilla, sa chambre baignait dans le calme. Les volutes des boiseries n'étaient que le fil tortueux du bois et non des fantômes torturés cherchant à lui parler. De l'autre côté de la fenêtre, un oiseau attaqua le nid de chenilles accroché sous l'avancée du toit. Un train de passage mugit. Pourquoi fallait-il que tous ses rêves se passent à Riga ? C'était ainsi depuis qu'il était arrivé au paradis.

Il se dit qu'il devait au moins envisager l'explication abracadabrante selon laquelle il n'avait en fait jamais quitté Riga. Peut-être que ce qu'il prenait pour des rêves de Riga était en fait la vie éveillée, et que ce qu'il tenait pour la réalité d'ici n'était qu'un songe. Parce que certaines conduites avaient été interverties.

Comme la salle de bains après que le Russe de sa mère eut fini de l'arranger : de l'eau froide dans la douche et de l'eau chaude dans la cuvette des toilettes. Ce cirque avait duré des semaines avant que papa vienne en visite et y mette bon ordre.

Il rejeta ses couvertures et emprunta le couloir avec les autres enfants qui vivaient ici dans le foyer et les étudiants en stage qui s'occupaient d'eux. Durant quelques jours, il examina cette théorie de près ; mais ses failles étaient difficiles à surmonter. D'une part, il volait dans ses rêves, respirait de l'eau et mangeait des vaches entières en une seule bouchée, ce qui semblait par trop incroyable. Les parcs, les greniers et les différents autres endroits où les gens parlaient letton changeaient trop vite pour qu'il comprenne comment il était passé d'un lieu à un autre : c'était le signe révélateur d'un rêve. Tandis que la chambre où il émergeait de ses rêves de Riga demeurait la même d'un matin à l'autre. Une vaste chambre, avec une commode rien que pour lui où il pouvait conserver les objets intéressants qu'il avait trouvés dehors. Un petit lit élevé au-dessus d'un autre lit identique, une fenêtre qui donnait sur un terrain vague et un pont sur lequel passaient jour et nuit des trains d'une longueur impressionnante, d'innombrables wagons de marchandises, de mouvantes montagnes de charbon pour alimenter quoi ?

Peut-être le soleil.

Il conclut que les rêves de Riga n'étaient que des rêves et que ceci était le lieu réel, le terrain vague et le reste. Il aurait aussi pu conclure que les mois qu'il avait passés ici étaient de vrais mois, mais cela n'avait pas de sens de parler de mois au milieu de l'éternité. Dès qu'un mois était passé, un autre se levait pour prendre sa place. Et ainsi de suite sans discontinuer. Ici le temps n'était qu'une façon de parler.

Il était conduit à l'église chaque matin. À onze heures, on était libre de faire un somme sur un tapis à côté des autres, ou bien, si un mal de croissance l'empêchait de trouver le sommeil, de rester allongé parfaitement immobile à prêter l'oreille aux bruits qu'ils faisaient en dormant, à sentir l'odeur de leur haleine et de leurs vêtements, tout en se glissant subrepticement par la pensée à l'intérieur de leurs rêves. Il s'étonnait de ce que même au paradis il dût souffrir du mal de croissance avant de s'endormir. Il ne se pouvait pas, du reste, qu'il fût en train de grandir. Si les enfants continuaient de grandir ici, en ce cas les adultes devaient continuer de se diriger vers le grand âge et la mort, ce qui eût démenti la raison d'être du paradis.

Dans sa précédente vie, ou plutôt dans sa *vie*, il s'était souvent demandé comment il se pouvait que certains d'entre nous fussent sauvés et allassent au paradis pour toujours, tandis que d'autres, qui étaient mauvais ou qui ne croyaient pas, fussent condamnés à l'enfer – car assurément certains enfants sauvés avaient des parents qui étaient damnés, et comment prendre part au paradis tout en sachant que ses parents sont en train de souffrir un tourment éternel ? La seule conclusion à laquelle il avait pu parvenir était que Dieu séparait les gens comme des glaçons dans leur bac et sélectionnait un à un ceux à sauver puis les plaçait dans un bol où Il les laissait fondre. Que devenait cette eau composée de ceux qui avaient obtenu leur salut ? Sans doute la buvait-Il. Qui qu'il en soit, il n'y aurait plus, à proprement parler, de *toi* pour se souvenir de tes parents. Cela ne semblait pas un tour bien honnête de la part de Dieu, même si mentir ou jouer des tours ne paraissait pas digne de Lui.

Il allait bientôt comprendre que Dieu ne faisait guère plus que nous rouler dans la farine. Ainsi, en premier lieu, Il avait habillé en pilote ce type à l'aéroport et fait en sorte qu'il parle à Janis en letton, cela alors qu'ils étaient en Allemagne ! Pourquoi ?

Il apprit aussi, ici en classe, que Dieu avait montré la pomme à Ève tout en lui recommandant de ne pas la croquer. Encore un tour, mais *pourquoi* ?

De plus, leur institutrice leur enseigna que Dieu avait dit à Abraham d'emmener son seul fils en haut d'une montagne pour l'y égorger. Assis en demi-cercle chacun sur sa natte, Janis et les autres élèves suivaient l'histoire dans leurs livres identiques. À côté de lui, la petite Doina se cachait les yeux derrière ses longs cheveux noirs. Leurs condisciples regardaient, frappés de stupeur, l'illustration montrant le garçon transportant, confiant, le bois destiné au bûcher sur lequel son corps devait être brûlé.

Janis, lui, n'avait pas peur.

Il posa doucement la main sur la jambe de sa voisine comme pour lui dire : Ne pleure pas, Doina, c'est rien qu'un tour. Au-dessus d'eux sur sa chaise, l'institutrice, avec son visage chiffonné et sa vieille poitrine massive, tourna la page. Les enfants l'imitèrent, mal à l'aise, le souffle suspendu. Janis, lui, était tranquille. L'image suivante montrait le garçon vêtu d'un caleçon ressemblant à une couche pour bébé, ligoté, tandis que son vénérable barbu de père levait le couteau au-dessus de lui, prêt à frapper, tout en souriant avec assurance à l'adresse des nuages. Cependant, sur la pente en contrebas, un bélier s'était empêtré les cornes dans un buisson, et dans un coin du ciel l'ange du Seigneur s'élançait dans cette direction avec ses énormes ailes emplumées. L'institutrice poursuivit sa lecture. Le garçon était épargné. Le bélier était tué à sa place. Elle expliqua ce que signifiait cette histoire, à la satisfaction de personne sinon la sienne. Janis referma le livre et le retourna, réfléchissant à ce tour joué par Dieu.

Puis, se penchant de côté, il se glissa le livre sous les fesses. Ce livre devait être puni. Il avait été injuste avec le bélier.

L'institutrice lut également un précepte tiré de la Bible selon lequel on ne devait pas ressasser bêtement les mêmes choses lorsque l'on priait ; pourtant, elle demanda ce même après-midi à tous les élèves de la classe de dire sur leur chapelet les mêmes trois prières pour préparer leur première communion. Il lui lança un regard de biais qui signifiait : Je ne suis qu'une souris, mais *ça*, c'est un piège à souris. Elle s'exprimait en allemand – il pensait que c'était de l'allemand – mais il la comprenait de mieux en mieux chaque jour, et les autres enfants aussi. Il n'y avait pas à s'enorgueillir de comprendre l'allemand. Il n'y avait pas travaillé ; cela se faisait tout seul. Mais il se sentait moins seul ainsi. Qu'il en vienne miraculeusement à comprendre l'allemand sans suivre un enseignement dans les règles était tout bonnement un autre des tours obscurs joués par Dieu.

Il se lassait de ces tours. La maîtresse leur recommanda : « Quand vous priez, faites-le dans votre chambre porte fermée, faites-le en secret », et voilà qu'ensuite elle les fit prier tous ensemble dans la classe ! Le paradis était pareil à un parcours d'obstacles.

Il se demandait si tous les enfants étaient entrés au paradis via un aéroport, comme c'était son cas, et s'il y était venu de cette façon parce que l'avion à bord duquel il se trouvait avait explosé. Il ne pensait pas que l'avion avait explosé parce qu'il avait cassé le pastel de son père. À quoi cela aurait-il rimé ? Toutefois, il se pouvait qu'il ait explosé *au moment où* il avait cassé le crayon.

Janis s'était attendu à des surprises, au paradis. Mais quand il y arriva, il ne fut pas moins surpris de s'être attendu à des surprises. En fait, il se souvenait de ses parents, encore qu'il oubliât de plus en plus tout ce qui tournait autour de son père. Il y avait un vol en avion, le pastel qu'il avait abîmé, des toilettes publiques. Mais les événements reliant tout cela lui échappaient chaque jour un peu plus.

Sa mère lui manquait terriblement. Les os des jambes tenaillés par le mal de croissance, il émergeait de rêves où ils parcouraient ensemble les allées d'un étincelant supermarché situé au bout de leur rue. Mais les souvenirs qu'il conservait d'elle étaient en train de se défaire. Avant qu'il arrive ici, ils formaient une seule séquence. À présent, ils étaient dissociés en épisodes. Il commença à entrevoir que Dieu n'avait pas l'intention de les lui enlever d'un coup, mais plutôt de les effacer les uns après les autres. C'était probablement plus gentil de procéder ainsi. Quand même, s'Il était tout-puissant, Dieu était sûrement capable de trouver le moyen de rendre le paradis moins ennuyeux. À moins qu'Il ne soit pas tout-puissant. Mais alors Il ne serait pas Dieu.

Pendant une semaine lors des vacances d'hiver, Janis et les autres enfants montèrent au sommet d'une colline au milieu des bois pour la redescendre en luge. Quand il dévalait à pleine vitesse, incapable de contrôler la trajectoire, accroché aux deux poignées, fonçant vers la ravine glacée en contrebas, Janis se demandait ce qui arriverait s'il percutait ce rocher là-bas et était tué, cela au paradis. Irait-il au paradis du paradis ? Et ne se souviendrait-il de rien ?

« Dis-moi, mon garçon, dit le prêtre.

— Oui, mon père ? » répondit le garçon.

Ils se passaient un ballon de football en plastique sur le terrain vague derrière la clôture du foyer Sainte-Thérèse. Le prêtre était en tenue de randonneur car il ne pratiquait plus de sports, étant désormais trop vieux pour cela. N'empêche, il était là.

Le jour déclinait.

« Maintenant, utilise ton cou-de-pied », dit le prêtre. Il frappa le ballon en montrant le geste qu'il préconisait. « Écoute, il va bien falloir que tout ça se termine. »

Le garçon se déjeta vivement la cheville, comme s'il avait un pied bot, lança la jambe, frappa le ballon comme recommandé, le renvoyant avec de l'effet à hauteur des yeux du prêtre, dont le système limbique n'informa pas avant de réagir les parties conscientes de sa personne – un complexe de mémoire musculaire enfouie, le talent inoublié d'un corps devenu plus lent qui se souvenait toujours de tout ce que le cerveau avait perdu. Le ballon, mangé des yeux, fut capté contre sa poitrine, retomba sur sa cuisse prestement relevée qui l'envoya haut, très haut. Son crâne luisant attendait désormais comme un globe dans l'espace. Le ballon redescendait dans le ciel violet. Les hexagones tournoyants se rapprochaient. Son cou recula et se raidit. Le ballon arriva sur son front comme la Révélation ricochant sur sa cervelle, et il le renvoya au garçon d'un coup de tête.

« Ton *nom* », voulut savoir le prêtre. Mais ce n'était pas la bonne question, pas vrai ?

Ses grands yeux gris-vert pénétrés de solennité, le garçon regardait le ballon à ses pieds, comme pour dire : *Je* ne compte pas, voici ce qui compte. Il ajusta son coup, suspendit son geste, tout yeux, des yeux non pour le sol ou lui-même ou le prêtre, mais pour le ballon, comme pour dire : *Vous* ne comptez pas, voici ce qui compte ; il visa de nouveau et shoota.

En contrebas du foyer pour enfants, dans le verdoyant quartier commerçant, sur la promenade le long du canal par lequel l'Este traversait le village, et à côté d'une boutique de vêtements sexuellement suggestifs pour jeunes gens, se dressait sous des pignons pentus une maison à colombages de trois étages dans le style médiéval qui avait enchanté les citoyens du dix-neuvième siècle en leur faisant miroiter la quiétude depuis longtemps révolue de la vie à l'intérieur d'une comptine. Mais les poutres entrecroisées sur sa façade ne soutenaient rien du tout : ce n'étaient que des lattes. La bâtisse était maintenue d'aplomb par des madriers invisibles ou une maçonnerie invisible ou quelque autre subterfuge. Cela faisait dix ans que les trois niveaux de cette aimable imposture étaient inoccupés ; mais le rez-de-chaussée était toujours habité par un prêtre solitaire, de haute taille, chauve, énergique, plus tout jeune, orthodoxe, versatile, débordé et très remonté.

Il claqua derrière lui la branlante porte d'entrée et partit à grands pas dans la rue. Une épaisse mallette à roulettes ronronnait à son côté sur le bitume comme un robot qui aurait peiné à suivre. Il appuya sur un bouton à l'intérieur de sa poche et la voiture garée contre le trottoir clignota, s'éveilla, s'anima. Il y replia sa grande carcasse, démarra et se mit à circuler dans la vallée de sophismes et d'aveuglement qu'est notre monde moderne.

Son téléphone diffusait un programme de jazz d'ambiance dans un système audio à quatorze enceintes tandis que la voiture roulait à bonne allure sur la voie express. Il consulta le calendrier à code couleur du téléphone afin de se remémorer au sein de quelle paroisse il devait aujourd'hui se noyer dans quelle mare sans fond de tâches administratives.

Or, voyez-vous, point de couleur correspondant au foyer pour enfants Sainte-Thérèse. Il était bien trop occupé pour faire beaucoup plus que laver la vaisselle avec les petits après avoir partagé chaque mardi leur dîner et les laisser lui rappeler comment graver des CD de musique sur l'ordinateur de la salle à manger. Son corps, son esprit et son cœur étaient rarement en phase, et même alors faussement, comme présentement sur la route ou avec quelques whiskeys dans le nez lors d'une réception de mariage, quand le subséquent relâchement le conduisait à des méditations sur la mort, à l'encontre de laquelle (pendant que dansaient des convives loisibles d'allègrement procréer à partir de leurs propres tissus) il braquait son esprit avec… avec courroux. Il n'était pas encore prêt à mourir.

Ayez pitié de nous, ô Seigneur. Et pardonnez-nous…

Au diable les orphelins, bon sang de bonsoir ! S'il ne gérait pas leurs finances, à quelqu'un d'autre de s'y coller.

Cependant, ce garçon qu'une crapule avait abandonné huit mois plus tôt à l'aéroport persistait – pour Dieu savait quelle raison – à ne parler qu'à lui. Les enseignants avaient fait suffisamment souvent appel à lui pour que s'établisse entre eux deux un rapport élémentaire, comme cela arrive en prison entre compagnons de cellule, chacun résigné à voir en l'autre son seul véritable interlocuteur, tout en s'irritant face à l'injustice de cet état de fait.

Le garçon n'avait pas de nom et voilà que soudain il en avait un. Le prêtre le lui avait donné par accident.

Quand l'enfant s'était mis à lui parler, cela avait été dans un anglais invraisemblable dénonçant l'opinion générale selon laquelle il ne pouvait être que slave. Les voyelles clochaient. Cela faisait vaguement penser à Bill Clinton – non, en moins classe, plus cow-boy –, plutôt à un chanteur de country texan nommé Willie Nelson, ou du moins est-ce ce que le prêtre confia, une seule fois, à l'un des encadrants. L'idée fit le tour du personnel, et ce fut le départ d'une nouvelle plaisanterie, que le garçon avait acceptée et qui mettait le prêtre en rage. Dès lors que le petit commença de répondre au nom de « Willy », il perdit tout espoir de découvrir un jour qui il était.

« Dis-moi, mon garçon, dit le prêtre.

— Oui, mon père ? répondit Willy, qui marchait à son côté, les yeux balayant le trottoir en quête d'insectes.

— Vise-moi ces idiots derrière leurs lunettes de soleil. La mode actuelle… ils se prennent pour des frelons ou quoi ?

— Pardon ? dit le garçon.

— Tu trouves ça *cool*, ces lunettes de soleil ?

— Oui.

— Elles mangent la moitié du visage de cette femme. Le fait de posséder de grands yeux rend séduisant, à ce qu'on dit.

— C'est quoi, *séduisant* ?

— Propre à attirer les autres vers soi », dit-il en allemand.

Le garçon hocha la tête avec l'air de comprendre.

« Regarde-la – mais de quoi te caches-tu ? dit le prêtre entre ses dents, suffisamment bas pour que la femme qui passait devant eux pour traverser la rue n'entende pas. Dis-moi, mon garçon.

— Quoi, mon père ?

— Ton nom. »

Le petit tapa du pied, avec légèreté, sur le trottoir, juste assez pour estourbir un mille-pattes. Il se fourra dans la bouche le reste de ses chips, puis déposa l'insecte dans le sachet vide avant de replier celui-ci. « Est-ce qu'on a le droit de tuer des insectes ici ? Ou bien faut-il que j'attende de les trouver déjà morts ?

— Vas-y, tue-les, répondit le prêtre. Tout le monde s'en moque. »

Tout autour d'eux dans le parc, la vie végétale de la banlieue de Hambourg était immobile et pourtant vivante, enflant sous une croissance dopée par la cupidité ; lumière et eau se muant en feuilles et fruits. Une économie de vie se poursuivant si lentement que nul ne l'avait jamais observée, bien que tous y crussent. La vie se perpétuant invisiblement partout.

« Attache tes chaussures, mon garçon, dit le prêtre.

— Quand je serre les lacets, elles me font mal.

— Tu parles de crampes du côté des orteils ?

— Oui, et au milieu du pied aussi. Et au talon.

— Ça, c'est toi qui pousses. »

L'enfant regarda ses pieds. Il leva des yeux interloqués, puis effrayés.

Peut-être le prêtre avait-il été trahi par son anglais. « Ce que je veux dire, c'est que tu es en train de grandir. »

Mais le petit n'en fut pas consolé. Il se haussa du col, raide et fier, comme un ecclésiastique courroucé, habitude nouvelle chez lui et en laquelle son compagnon voyait le sentiment du retour d'il ne savait quelle angoisse et la volonté de la réprimer.

« Quelle est la taille de ces chaussures ? Du trente ? Je vais demander qu'on t'en fournisse de nouvelles. »

« Je nourris une aversion à l'encontre d'un petit garçon, dit le prêtre à l'analyste, qui demeurait silencieux. S'il vous plaît, jetez-moi la pierre, qu'on puisse passer à autre chose.

— Pourquoi devrais-je…

— “Pourquoi devrais-je vous jeter la pierre, qu'avez-vous fait de mal ?”, vous apprêtez-vous à dire. Est-ce que vous n'êtes pas un peu gêné devant le côté tellement prévisible de votre profession ? »

Le prêtre, qui ne pouvait voir son analyste, assis derrière lui, l'entendit boire une petite gorgée d'une espèce de thé néopaïen qui sentait les sous-vêtements usagés et stimulait probablement la vésicule biliaire ou bien obscurcissait les facultés de scientifiques naturistes et sentimentaux qui, ayant fait médecine, choisissaient de se spécialiser dans la psyché, où que cela se situât dans le corps.

« Allez, accouchez, pourquoi ne le faites-vous pas ?

— Que j'accouche, Werner ?

— Dites-le : pourquoi cette aversion pour un garçonnet de cinq ans ?

— J'allais vous demander pourquoi Willy devrait…

— Ne l'appelez pas comme ça. Ce n'est qu'un nom inepte que les autres lui ont collé. Et ne dites pas que j'en use parfois. Je le fais ironiquement. Ne me parlez plus de lui ! C'est ma séance, pas la sienne.

— En quoi ce garçon…

— Je vous remercie.

— … mériterait-il, si vous ne l'aimez pas, le temps que vous lui consacrez ? Votre temps vaut son prix.

— Non, repartit le prêtre, aussi prolixe qu'acerbe. Mon temps est *gratuit*. L'eau d'un torrent jamais à sec. Et chacun vient y puiser autant qu'il veut. Mon temps est sans valeur. Le *vôtre* coûte cher.

— Votre temps est sans valeur ?

— Je ne suis plus prêtre. Je suis devenu un gestionnaire. Il est au catalogue. Débarrassez-m'en. Vendez-le.

— À cette Hollandaise dont vous parliez.

— Oui, ou plutôt non ! Pas à elle, soupira-t-il. Même si elle le prenait un moment, elle finirait par le ramener. Elle ne sait rien de lui. Ni elle ni personne. Lui-même est dans ce cas. Il se peut d'ailleurs qu'il ait déjà oublié sa langue maternelle. Je voudrais pouvoir me l'enlever comme on ôte une amygdale.

— Ah, déclara l'analyste avec gourmandise, il a donc pénétré aussi profondément ? »

Le prêtre tâtonna un moment à travers le maquis des inférences qui venaient de lui apparaître. Puis il se redressa et pivota pour rire au nez du praticien. « Le sexe, le sexe, le sexe, le sexe, le sexe. Cherche et tu trouveras. Maintenant, vous allez dire : “Je n'insinuais rien en rapport avec le sexe.” Mais bien sûr que si. Vous possédez un inconscient tout autant que moi. Je suis certain que vous ne croyez pas en cette chose farfelue qu'on appelle une vocation. C'est pourtant bien ce que j'ai eu. Je pensais savoir ce que c'est qu'être zinzin quand j'ai été nommé ici. D'être catholique à Hambourg, j'entends, sans parler d'y être un ecclésiastique. Ce n'était rien. Il fut un temps où les gens d'ici me témoignaient du respect. Nous avons emmené les enfants assister à un carnaval, l'autre jour ; eh bien figurez-vous que je n'avais pas mis mon col de prêtre. Quand je pense à ce que les saints ont enduré, quand je suis, moi, incapable d'affronter les regards narquois d'inconnus. Avant, les gens supposaient que j'étais au service d'autrui. Aujourd'hui, ils pensent… ils pensent… » Il avait hurlé, une sorte d'aboiement. Il se laissa retomber sur le divan.

Après un long silence, le médecin déclara : « Je suis certain que vous avez toujours la vocation, Werner. Vous êtes prêtre. Cela me semble évident. »

Le prêtre se plaqua les mains sur les oreilles. Il ne savait pourquoi. Il venait de repenser à une femme, employée d'un commerce de fruits et légumes dans une petite ville de montagne en France, où il avait passé un été d'étudiant désœuvré avant d'être touché par la vocation. Il faisait parfois ses courses dans ce magasin. Dans la deuxième semaine de son séjour, il était allé y acheter un melon. Au comptoir, cette femme lui dit que celui qu'il avait choisi n'était pas à point. Qu'il était pour les Américains, qui ne faisaient pas la différence. Elle allait lui en choisir un dehors. Elle en préleva un autre sur l'étal. La tige flétrie montrait que la plante avait donné son maximum avant de mourir. D'avoir été distingué par cette femme ou d'entendre le médecin se dire certain qu'il avait toujours la vocation – simplement, d'être reconnu – était l'unique réconfort auquel il aspirait encore ici-bas. Cela lui avait toujours manqué. L'espoir de recevoir cela de façon continuelle venant d'un être aux yeux duquel on serait toujours un *toi*, jamais un quelqu'un ou un type – cet espoir était ce à quoi il avait renoncé au profit de Dieu quand il avait consenti à sa vocation et s'était engagé à ne jamais se marier.

Les deux hommes avaient déjà épuisé la question du sexe. Le prêtre s'endormit quelques secondes, se réveilla. « Je crois qu'il comprend déjà assez bien l'allemand, dit-il, mais il n'a pas encore prononcé un mot dans cette langue. C'est quand ils ont besoin de tirer quelque chose de lui qu'ils m'appellent. Il ne veut parler à personne d'autre que moi. Et toujours en anglais. Toujours seul avec moi. Je parie que vous aimeriez poser vos sales pattes sur lui pour farfouiller en quête de symboles. Mais vous ne lui arracheriez pas une syllabe.

— Vous êtes en colère contre moi ? demanda l'analyste.

— Pas vraiment, répondit Werner, c'est juste le transfert. Je voudrais vraiment que vous me méprisiez et vous montriez un tantinet condescendant du fait que je suis croyant. »

Le vénérable analyste s'était toutefois fermement appliqué à ne pas regarder la foi de son client comme une plaie. Cela avait surpris puis troublé le prêtre. Il avait compté sur une joute portant sur la religion face à un adversaire athée, type de débat auquel il était parfaitement rompu. En refusant l'affrontement, l'analyste l'avait forcé à se pencher sur la véritable motivation qui l'avait amené ici :

Quelque chose s'était détraqué dans sa relation aux autres. Le garçon avait rendu la chose manifeste. Le prêtre n'attendait ni conseils ni – le mot lui répugnait – thérapie. Il avait voulu une analyse à l'ancienne. Lors de la première séance, il s'était assis en face du praticien et, les bras croisés de guingois, avait parlé sans discontinuer pendant trois longs quarts d'heure pour passer en revue une enfance dont il pensait vraiment, à l'entendre, qu'elle n'avait comporté ni traumas ni revers. « Comme vous le voyez, rien d'intéressant là-dedans pour un homme de votre profession, conclut-il avec un soulagement sincère. Ma venue ici ne se justifie en rien. » Sur quoi l'analyste émit l'idée que le fait d'avoir eu une mère tuée par l'effondrement du plafond d'une cave pendant un raid soviétique sur Breslau quand il avait sept ans, et d'avoir passé deux jours et deux nuits avec elle sous les décombres avant d'être sorti de là, et de ne voir aujourd'hui « rien d'intéressant » à cela, était en soi intéressant et méritait que l'on s'y arrête.

« La haine est sans fin, reprit le médecin avant de s'interrompre pour dire : Je m'interroge : est-ce qu'il vous prend pour Dieu le Père ?

— Il me prend pour un prêtre, malheureusement.

— Vous êtes très remonté ?

— Bien sûr, que je le suis.

— Contre cet enfant ?

— La femme veut l'emmener en Hollande. Quelle cour de justice va la prendre au sérieux et ne pas la renvoyer à son placard à balais ? Arrêtez avec ce garçon, vous dis-je.

— Vous êtes fâché contre lui.

— C'est ridicule.

— Ou alors contre moi ?

— Seulement en tant que substitut de… (Il se mit un polochon sur les yeux à la manière du petit enfant qui se cache la tête sous une couverture et se croit devenu invisible.) Je suis en colère contre Dieu, dit-il.

— Vous me confondez avec Dieu.

— Mes émotions font comme si, rien de plus.

— Vous faites semblant de haïr le garçon, conjectura l'analyste.

— Oui, c'est ça. Je fais semblant, c'est comme un jeu.

— Un jeu d'école maternelle. Le genre auquel on joue avant qu'il devienne nécessaire dans le jeu qu'il y ait un gagnant et un perdant.

— Je me sens coincé, sous un poids dans le noir, assoiffé comme si… comme si je respirais de la poussière… tout cela du fait que je le hais.

— La haine est sans fin… réitéra l'analyste.

— Oui, c'est ce que vous disiez.

— … mais l'amour s'applique à un nombre donné de jours. »

« Vous n'aviez pas à lui mentir sur les intentions de cette femme, dit le prêtre tout en marchant de long en large dans le bureau de Miss Fuchs, la directrice du foyer. Vous l'avez torsadé comme un fil de téléphone. Il m'a fallu le débrancher du mur et le laisser pendre et tournoyer jusqu'à ce que tous les nœuds aient disparu. »

Assise, contente d'elle et implacable derrière son bureau, Miss Fuchs lui répondit : « Ce n'est pas un mensonge de dire que cette personne aura pour intention, en entrant dans sa chambre, d'y faire le ménage. Il n'a pas à savoir tout de suite qu'elle a d'autres prétentions. Il paraît qu'il y conserve une collection d'abeilles. Nous devrions accepter pareille chose, selon vous ? Des *abeilles mortes*, mon père.

— Il leur parle en anglais quand il pense que personne ne peut entendre. “Là, c'est ton aile, dit-il. Et là, ton arrière-train, où tu fabriques du venin. Mais si tu l'utilises, tu vas mourir.”

— Elle va se présenter et lui expliquer pourquoi il ne peut pas garder des abeilles dans sa chambre. Et ils vont entamer une relation faite d'enseignement et de confiance.

— Il voit dans votre jeu, même si c'est confusément. Aujourd'hui, en effaçant quelques erreurs dans la leçon de mathématiques il a malencontreusement déchiré son devoir avec sa gomme, cela juste après que vous lui avez parlé. L'institutrice l'a recollé avec du ruban adhésif, mais il avait tellement honte qu'il a gardé le visage caché dans son T-shirt pendant le restant de la matinée. Il avait fait un peu de progrès, mais là… Épargnez-moi donc ces gloussements ! Vous ne mesurez pas à quel point il peut être réservé et zélé et insatiable. Dès lors qu'il pense avoir compris quelque chose, c'est définitivement acquis. Il est comme un astronome du temps jadis. Il recherche les mêmes informations que le reste d'entre nous, mais il aboutit à des systèmes complètement différents pour rendre compte de la façon dont elles s'agencent. Tous avec leur cohérence interne. Et parfois leur élégance. Il a dit aux abeilles qu'elles étaient au paradis, aussi a-t-il gardé du miel de son déjeuner à leur intention. Parce qu'au paradis beaucoup de choses vont à l'envers. Ces abeilles ne faisaient pas de miel pour les gens ; en conséquence de quoi, il lui appartient de leur en fournir.

— Oh, je vous en prie, dit Miss Fuchs d'un ton patient parfaitement horripilant. Il va dans un premier temps se montrer timide avec cette femme. Et ensuite, comme n'importe quel enfant, il s'habituera à elle et oubliera sa timidité. Peut-être avez-vous une vision erronée de ce qu'est l'enfance. »

Le prêtre eut un sourire crispé qui découvrit ses dents jaunes. Ses pattes-d'oie se prolongeaient jusque sur ses tempes et autour de son cuir chevelu comme les plumes d'un masque de carnaval.

« Toute l'année on lui a joué de mauvais tours, reprit-il. Êtes-vous au courant de la collecte qu'ont entreprise ces petits sadiques ? Ils ont déposé dans sa chambre un sac à pâtisseries rempli de pièces de dix *cents* accompagné d'un contrat qui disait : "Nous souhaitons t'offrir" – la somme, quelle qu'elle fût – en échange de quoi il devait retourner chez lui. Bien sûr, il n'a pas compris exactement ce qu'ils voulaient, mais il en a saisi l'essence. »

Miss Fuchs préleva une noix de cajou dans la coupe

posée sur sa table à café et se la jeta dans la bouche, conservant la main devant ses lèvres comme pour garder pour elle une réplique à l'emporte-pièce.

« L'institutrice était hors d'elle, poursuivit le prêtre avec véhémence. Je lui ai dit que c'était là le sadisme naturel des petits enfants. Bref, avec cet argent, Willy, volontaire comme il l'est, a acheté un briquet. Et il en a fait étalage. C'est sans doute un des autres qui le lui aura vendu. Bien sûr, il n'a pas voulu dire lequel. L'institutrice m'a fait venir encore une fois. Il a fallu que je reste auprès de lui tout un après-midi à le regarder essayer de faire fonctionner son briquet. Comment aurais-je pu le lui confisquer ? Absolument tous les élèves de la classe avaient signé ce papier. Et la meneuse était cette petite d'Ulm dont nous pensions qu'elle était de son côté face aux barbares. »

Après avoir mastiqué sa noix de cajou, Miss Fuchs l'avala. « Vous auriez dû lui dire que chaque pot a son couvercle. »

Le prêtre, sans reprendre sa respiration : « Est-ce qu'on ne pourrait pas envoyer une des stagiaires avec lui dans les douches pour lui laver les cheveux ? C'est de ça que se moquent les autres enfants : ses cheveux sentent le chien. » Il avait les paupières qui tombaient. Il avait abusé des biscuits éventés de Miss Fuchs, cela sur un estomac vide. L'insuline lui inondait le cerveau. Il s'allongea sur le sofa.

Miss Fuchs émit un son rappelant le cri du coucou et quitta son fauteuil de bureau pour venir se poster au-dessus de lui comme si, après avoir réussi à le terrasser, elle allait le ligoter sur le divan puis le bâillonner.

Tout en maudissant les gâteaux secs, il lui fit signe de s'écarter. « J'aurais simplement dû lui parler du pot et de son couvercle, reprit-il d'une voix faible. Ce qui veut dire ?

— Ce qui veut dire que Willy fera un jour la connaissance d'une personne à qui il racontera cet épisode, et que cette personne en tremblera de rage du fait de l'amour qu'elle lui portera. »

Le prêtre resta un moment immobile et silencieux, contemplant le hêtre qui brûlait dans l'âtre.

« On me dit qu'il répond au prénom de Wilhelm, à présent, dit Miss Fuchs. Il y a du progrès.

— Vous savez, j'ai un frère, plus jeune, que notre mère n'a jamais… allaité. (Le prêtre ferma les yeux et ôta ses souliers.) Quand il est arrivé, il n'y avait plus que le biberon. Parfois un œuf cru battu. Il n'entretient plus du tout de rapports avec nous. Il retapisse des sièges à Cologne. Un peu autiste sur les bords. Quand on s'adresse à lui, il a une façon de se tenir de biais comme s'il vous regardait avec l'oreille. Tout ça pour dire que Willy, n'importe quoi peut encore lui arriver. Vous ne vous figurez pas à quel point l'amour d'une femme peut être dangereux pour un garçon quand elle l'offre d'une manière hésitante.

— Pauvre Willy. Pourquoi ne pas l'entourer vous-même de toute votre affection, s'il vous fait tant pitié ?

— Il ne me fait pas pitié… » Il parut dormir quelques instants. Miss Fuchs alla jeter dans le feu le sachet en Cellophane et ce qu'il contenait encore de gâteaux secs. La fumée sentit brièvement la pollution industrielle et l'anis.

« Il ne me fait pas pitié, dit le prêtre en se réveillant. Je suis contrarié de tout ce temps qu'il me faut lui consacrer. Il a donné à cette Doina, la Roumaine, un petit chat qu'il avait attrapé avec une cagette et une boîte contenant un reste de pâté de foie. J'ai dû payer pour qu'on nous débarrasse de cette bestiole. Il lui avait déjà donné un nom.

— Ah mais oui, je comprends maintenant, dit Miss Fuchs. Quelqu'un n'arrêtait pas d'appeler Doina sur le téléphone du couloir du dortoir des filles. Elle disait comment se portait "Jack".

— Jamais auparavant ces deux-là n'avaient parlé animaux. C'était un cadeau inspiré par de l'amour. Pauvre Doina.

— Oh, elle n'en avait que faire. Ce chat lui donnait de l'urticaire. Elle voulait qu'il soit transformé en nourriture pour quelque autre créature. Le dorloter était bien la dernière chose à quoi elle aspirait.

— Ce qui me ramène à... commença le prêtre, retrouvant quelque vigueur.

— Bon, écoutez-moi, dit Miss Fuchs.

— Non, c'est vous qui allez écouter. Cette femme, je ne lui donne pas une demi-heure à Willy pour la rendre folle. Sait-elle seulement comment il a échoué ici ?

— Oui.

— Notre Willy est une fleur délicate.

— Nous sommes en train de parler d'une *professionnelle* du ménage. Elle prend trente-cinq euros de l'heure, non que cela vous regarde. Je l'ai essayée moi-même. Une perle. Impossible qu'il se doute de quoi que ce soit.

— Elle va l'essayer comme on essaie une chaussure.

— Vous n'êtes pas obligé de dire ça comme ça, mon père. Je suis simplement entrée dans sa chambre en disant : "Non mais qu'est-ce que c'est que ce désordre ? Je vais faire venir une dame pour nettoyer tout ça."

— Ce n'est pas seulement qu'il est incapable de nettoyer sa chambre. Vous ne comprenez pas à quel point il a honte de ne pas savoir s'y prendre. De tous les stratagèmes…

— Il faut me promettre de ne pas vous arrêter à sa coiffure, qui est excentrique. D'une manière générale, montrez-vous fair-play. Le style, ce n'est que le style. Par contre, la propreté, c'est la propreté. Vous ai-je dit qu'elle était hollandaise ? Elle vit ici pour le moment, mais elle ne compte pas rester lorsqu'elle l'aura pris avec elle.

— Je sais à quoi m'en tenir sur ce genre de personne.

— Il pourrait avoir une nouvelle vie. D'où qu'il soit originaire, ce n'est certainement pas de Hambourg.

— Vous l'avez manipulée en lui sortant les violons sur le triste parcours du petit.

— Non, mon père. Je n'en ai pas eu besoin. Elle l'a vu à l'aéroport.

— Je vous demande pardon ?

— Le jour où il est arrivé.

— Comment ça, dans le terminal ?

— Jamais avant cela elle n'avait envisagé une adoption, mais…

— Dans le *terminal* ?

— … elle s'est renseignée pour nous trouver. Je l'ai mise à l'épreuve. Des moisissures s'étaient accumulées dans la grille de ma hotte aspirante. Je ne le lui ai pas dit, je lui ai juste demandé de faire la cuisine et j'ai attendu de voir le résultat. Quand je suis revenue, tout était impeccable. Elle avait démonté la grille pour la mettre à tremper dans une solution dégraissante.

— Avez-vous seulement la moindre idée de ce que vous êtes en train de faire ? s'exclama-t-il.

— Avant que vous posiez la question : oui, il y a un mari, ou du moins il y en avait un. Et ils vont se remarier – je ne me rappelle pas. Ah, ma mémoire… » Et de se tapoter la tête d'un air insoucieux.

Le prêtre la regardait.

« Ne craignez rien, mon père. Nous sommes d'accord en ce qui concerne la question du mari.

— Je me défie, articula-t-il, des personnes inconstantes et impulsives. Willy n'est pas une brochure de régime en vente à côté de la caisse enregistreuse. Écoutez ! Un enfant qui pleure ! Peut-être que si je l'emmène chez moi, cela va me guérir de mon acouphène et me redonner le goût de vivre.

— Ne craignez rien, vous dis-je.

— Et Willy aura peur lui aussi tout le temps qu'elle sera dans sa chambre. Il sera terrifié à l'idée qu'elle s'apprête à renoncer par dégoût. Ou bien il devinera qu'elle vient faire son marché. »

Cela fut l'occasion pour Miss Fuchs, qui, étant née protestante, connaissait ses Écritures, de citer un passage de la petite bible qu'elle avait dans son sac à main car elle s'en revenait à l'instant d'une messe dans une paroisse voisine. Apporter une bible à un office catholique revenait à apporter ses propres victuailles à un dîner où l'on est convié ; mais elle avait découvert au cours de sa longue vie qu'il était plus efficace de se montrer au besoin brutal et supérieur que de laisser la frigidité de gens moins compétents contrecarrer d'excellents projets. Elle lut : « Ne les crains pas et ne crains pas leurs discours, quoique tu aies auprès de toi des ronces et des épines, et que tu habites avec des scorpions. »

Janis était encore au lit, ce samedi-là avant le petit déjeuner, quand sa porte s'ouvrit sur l'intruse. Elle entra dans la chambre et se mit au travail sans faire autrement attention à sa présence, aspergeant la grande fenêtre avec ce produit à l'odeur prenante utilisé dans l'ensemble de la Création pour nettoyer les vitres. Chaque carreau eut droit à sa feuille de journal, qui, repliée à deux reprises, laissait une surface sèche pour un polissage final. Elle s'appliquait particulièrement dans les angles, là où, comme il l'avait lui-même observé, des ménagères moins exigeantes avaient laissé un film de poussière dans lequel les pattes et les ailes des plus petits des insectes s'étaient accumulées. Dans la hiérarchie des odeurs, celle du produit à vitres appartenait au rang le plus élevé, à côté de celle du sèche-cheveux de sa mère réglé au plus chaud et de la pâte à pancakes (mais pas après son contact avec la poêle, ce qui rendait alors une odeur plaisante et totalement différente). Il humait l'arôme du produit lentement et profondément, imitant en cela la respiration inconsciente du sommeil ; mais il s'appliquait en réalité à épier chacun des mouvements de l'intruse entre les cils de ses paupières, qu'il veillait à tenir à peine entrouvertes. Elle offrait un tableau déroutant : sa tête était rasée sur tout un côté, cependant que de l'autre et sur le sommet du crâne elle avait les cheveux blancs d'une personne âgée. Sauf qu'encore plus blancs. Elle avait autour des yeux le maquillage fantaisie d'une adolescente ou d'une jeune adulte. Elle avait un teint vivement coloré, comme Doina quand elle courait dehors dans le froid. Peut-être était-elle moitié morte et moitié vivante.

S'il ne lui vint pas immédiatement à l'esprit de protester contre cette intrusion, cela tenait à plusieurs raisons. La peur de cette femme n'en faisait pas partie. Primo, elle était déjà au travail avant même qu'il eût vraiment décidé qu'il était réveillé. Secundo, elle excellait à ce qu'elle faisait, et chaque fois que quelqu'un était bon dans une activité, une sorte de bocal se constituait autour de cette personne qui vous permettait, vous et d'autres, de la regarder accomplir sa tâche mais interdisait toute interruption. Conformément à ce principe, les chiens, toujours excellents lorsqu'il s'agissait de manger, ne devaient jamais être caressés pendant cette occupation. Tertio, la femme le croyait endormi. Ou plutôt, elle se comportait comme si elle le croyait endormi. Ou bien plutôt comme s'il était trop petit pour qu'on le remarque. Ou non – elle se comportait comme si elle tenait pour certain qu'il n'était pas là, parce qu'il était mort et qu'on avait emporté son corps, comme si elle préparait la chambre pour un prochain occupant. L'idée qu'il était devenu un fantôme même pour les créatures du paradis lui devint si affreuse qu'il se mit sur son séant et toussa. Elle continua, comme si de rien n'était, à frotter la moulure supérieure de la fenêtre, emplacement que la poussière avait rendu duveteux comme le pelage d'un loir, ainsi qu'il l'avait constaté lors de ses investigations.

Les fantômes produisaient toutes sortes de bruits domestiques indistincts. Aussi, pour clarifier quel genre d'être il était, il s'étira et contrefit exactement un jeune humain qui bâille en se réveillant le matin.

Elle essora sa guenille dans le seau. Il bâilla derechef, avec insistance.

Alors, Dieu merci, elle lui adressa la parole et il comprit que, comme le prêtre, elle était au nombre des agents principaux de Dieu, car elle ne s'adressa pas à lui dans la langue du paradis mais en américain. « Ah, le voilà enfin réveillé, dit-elle sans quitter sa besogne du regard. Willy a-t-il passé une bonne nuit ? »

Bien sûr, il ne répondit pas. Il compta les cinq doigts d'une main et les cinq doigts de l'autre, comme si cela permettait de distinguer les gens des fantômes.

Elle fit ensuite ce que le prêtre n'aurait jamais osé faire. En général, les enfants remettaient leur linge sale le mercredi matin, quoique lui-même eût peut-être oublié de le faire ces derniers temps, et peut-être serait-il trop gêné la semaine prochaine pour déposer ses effets, d'autant plus sales, dans le couloir au vu de tout le monde, et peut-être que la semaine suivante il négligerait encore de le faire, ses vêtements étant encore plus sales. Toujours est-il que l'intruse alla ouvrir les tiroirs de la commode. Elle affecta une petite exclamation de surprise en y découvrant ses T-shirts. Oui, ils étaient tout bouchonnés. Et, oui, ils étaient souillés de sable, de terre, d'urine et de morve. Or quand elle déclara qu'elle allait les emporter pour les laver, sans formuler cela comme une proposition dont ils auraient pu débattre (non qu'il s'y serait opposé), il comprit qu'elle était le nouvel inspecteur. Il y en avait toujours de nouveaux. Chaque fois sous un déguisement différent et pour une nouvelle mise à l'épreuve de sa bonne compréhension des règles. *Nul n'a le droit de te retirer quoi que ce soit en ta possession.* Pourtant, elle jeta les vêtements dans un panier, ces vêtements qui étaient siens. Il était très fâché mais n'en montra rien sinon en comptant ses orteils puis de nouveau ses doigts dans le seul but de donner à cette femme une idée de ce qu'on ressent à être traité comme un fantôme. Il n'aurait pas dû être fâché à ce point contre elle. Elle ne faisait qu'accomplir la mission qu'on lui avait assignée.

Plus tard, après la partie de football, il passa un moment agenouillé sur le tapis du couloir, là où les manteaux et caoutchoucs des adultes en visite étaient accrochés à des patères en laiton. Il observait par la fenêtre basse les corneilles qui se relayaient dans leurs activités. L'une d'elles, perchée au sommet d'un réverbère, surveillait les abords pendant que les autres picoraient des insectes et des miettes parmi les cailloux sur lesquels étaient posés les rails. La guetteuse émit un croassement, se laissa choir vers le sol et se mit à chercher sa pâture. Un autre oiseau prenait son essor pour assurer son tour de veille en haut du réverbère, quand la femme à cheveux blancs passa derrière Janis, chargée de ses vêtements pliés et repassés et même probablement lavés. Son fardeau sur les bras, la femme s'adressa à lui : « Oh là là, veux-tu bien m'ouvrir la porte ? »

C'était un piège s'il en fut jamais. Et une mise à l'épreuve.

Le diable est un ange, comme chacun sait. On ne se le représente pas comme tel quand il vous met en tension face à un dilemme pour voir si vous allez rompre comme une corde de guitare, mais il est bien un ange (le prêtre le lui avait confirmé). Et comme tous les anges, le diable fait la volonté de Dieu. Déterminer si cette femme était elle-même le diable ou si elle ne faisait qu'accomplir quelque diablerie pour servir la volonté de Dieu n'était pas une question du ressort des garçons et des filles, mais de celui des prêtres. Peu importait qui elle était ou faisait semblant d'être. Ce qui importait était qu'elle *lui avait retiré quelque chose en sa possession*. Cela voulait dire ou bien qu'elle était mauvaise ou du moins qu'elle avait fait quelque chose de mauvais. Et la voilà à présent devant la porte, les bras encombrés, qui ne le regardait pas mais lui demandait de lui ouvrir. En d'autres termes, de l'aider à enfreindre une des règles. N'avait-il pas appris que celui qui aide un voleur devient lui-même un voleur ?

Il lui fallait choisir entre l'aider et ouvrir cette porte ou bien ne pas bouger et retourner à l'observation de l'entraide des bienheureuses corneilles du paradis. Une mise à l'épreuve. Il craignait de désobéir sans le vouloir et d'en encourir les conséquences. Une des lois de la Bible disait même que les enfants désobéissants pouvaient être lapidés à mort. Tous ses condisciples avaient leur avis au sujet de cette loi. Vos parents n'étaient pas censés accomplir eux-mêmes la lapidation. Ils devaient vous laisser devant la porte de la maison, et les hommes de la ville se chargeaient du châtiment.

C'est alors qu'une locomotive jaune et noire d'une terrible beauté, à la différence des voitures qu'elle remorquait, arriva lentement sur la voie, faisant s'égailler les corneilles.

Tout à coup, il sentit comme un choc électrique faisant naître en lui une idée.

Il s'était mépris. Il existait une autre explication à tout ce qu'il avait traversé. Tout s'éclairait d'un coup sans contradictions. S'il était mis à l'épreuve, c'est qu'il pouvait toujours mal agir. Et s'il pouvait toujours mal agir, c'est en fin de compte qu'il ne se trouvait peut-être pas au paradis. Au paradis, on ne fait que ce que Dieu veut. Et Dieu ne veut que le bien. Tout ce que Janis avait fait ici, même dormir, avait demandé du travail. Les mises à l'épreuve demandaient du travail. Or l'endroit où l'on travaille à apprendre à ne plus être vilain après sa mort n'est pas le paradis mais le purgatoire.

On aurait pu s'attendre à ce que le purgatoire comporte jambes cassées et ongles arrachés avec des pinces. Mais le châtiment devait être à la hauteur du crime. Pour lui les punitions étaient : Privé de dîner, Où était parti papa ?, Tout seul dans un pays étranger. Ainsi que des mises à l'épreuve comme celle de ce diable fait femme qui lui demandait de lui ouvrir la porte pour qu'elle puisse aller ranger ses vêtements dans sa chambre. Ses punitions ici étaient mentales. Donc la plupart des péchés de sa vie avaient été de cet ordre. À l'évidence, il avait bien agi auparavant, comme en répandant son lait sur le sandwich à l'œuf à l'aéroport ; parce qu'à présent Dieu le soumettait à un examen spirituel plus difficile.

« Willy, dit-elle avec sa douceur démoniaque. Mes bras fatiguent. Tu ne veux pas m'aider ? » Elle ne l'avait toujours pas regardé en prononçant son nom.

Si quelqu'un prend quelque chose qui ne lui appartient pas, mais cherche ensuite à le restituer, est-ce que le péché s'efface ? Dieu pardonne quand on se repent. Mais il nous faut au préalable reconnaître qu'on a mal agi. Or le diable femelle n'avait rien reconnu de ce genre. Elle s'était contentée de revenir avec les vêtements. C'est là que se situait la mise à l'épreuve : si une personne désire réparer sa faute mais ne dit pas qu'elle regrette, doit-on quand même l'absoudre ?

Oui, décida-t-il.

Il se leva et vint ouvrir la porte.

Quelque part dans les bois où se promenaient le prêtre et le garçon nichait un couple d'autours, oiseaux fort jaloux de leur territoire jusqu'à ce que leur progéniture prenne son envol. Au départ du sentier, des écriteaux avertissaient les randonneurs d'avoir à se montrer vigilants et prêts à se protéger, cela du printemps jusqu'au milieu de l'été. C'était le dernier jour de juillet.

« Ce hêtre, qu’est-ce qu’il fait ? » interrogea le prêtre.

Le garçon le déçut en répondant en allemand : « Il glorifie Dieu.

— Ce qui signifie ?

— Il… Je ne sais pas.

— Pourquoi user de ce mot si tu ne sais pas ce qu’il veut dire ? »

Le garçon rougit et enfonça les mains plus profondément dans ses poches. Les petites poches toutes propres étaient gonflées de nouveaux articles pour sa collection. Pour une fois, il n’avait rien dans les cheveux sinon des cheveux.

« Parfaitement lacées, tes chaussures, observa le prêtre.

— C’est Nora qui m’a montré.

— La Hollandaise ?

— Oui.

— De même, si tu sais qu’il existe un mot pour telle chose et que tu ne le connais pas, pourquoi lui en appliquer un autre ? C’est pour cela que je ne veux pas qu’on t’appelle Willy. Tu es quelqu’un d’autre. Dieu seul connaît ton nom. Est-ce que tu peux me le dire ?

— Mon père, il faut que je fasse pipi, sinon je vais faire dans mon pantalon.

— Va derrière cet arbre. »

Le garçon afficha un de ses airs graves. « On n’a pas le droit de faire ça dehors, dit-il.

— Certes, mais nous n’allons pas rentrer à Sainte-Thérèse avant l’après-midi. Et cela fait au moins un kilomètre qu’on n’a croisé personne. Donc personne ne va te voir et tout va bien se passer. »

Le regard du garçon se fit absent, tellement retiré en lui-même que le prêtre fut tenté de tendre la main pour la lui poser sur la tête et le rassurer. Au lieu de cela, il demanda d'un ton brusque : « Quoi, qu'est-ce qu'il y a encore ? Tu as peur que l'épervier te voie ?

— Ce n'est pas grave si quelqu'un me voit.

— Tu n'as pas compris. Il n'y a rien de honteux à se soulager la vessie. Si nous faisons ces choses en privé, c'est juste parce que les gens n'ont pas envie de nous voir le pantalon baissé. Ce serait mal élevé.

— Dieu nous voit, Lui.

— Dieu voit toute chose. »

Le garçon, qui sautillait sur place, lui adressa un regard plus maussade signifiant d'une part qu'il ne pouvait plus attendre et d'autre part qu'il avait déjà déduit, à partir du principe général selon lequel Dieu voyait tout, qu'Il le voyait en ce moment. Il ne voulait pas qu'on lui dise ce qu'il savait déjà, il voulait uriner.

Employant la tonalité sourde qu'il réservait habituellement au confessionnal, le prêtre déclara : « Si on se trouve dans les bois et qu'on s'écarte suffisamment du sentier pour ne pas être vu, les troncs des arbres deviennent des murs et leur feuillage compose un plafond. On se retrouve dans une pièce que Dieu a faite. »

Le garçon fit la moue et hocha la tête. « Vous crierez quand vous ne pourrez plus me voir ? »

Le prêtre acquiesça.

Le garçon s'enfonça au pas de course entre les fougères du bois de hêtres. « Où que tu sois, je ne te vois plus », lui cria le prêtre. Il eut le temps de dire trois Gloire au Père et d'élever son esprit jusqu'à Dieu avec humilité et confiance afin de s'assurer une indulgence partielle à l'intention de quelqu'un qui souffrait le châtiment temporel pour un péché spontanément confessé. Mais il n'était pas humble et n'avait pas confiance. Il pensait que tout le monde, mis à part lui, avait trompé et mis en péril le garçon.

Un rapace poussa son cri au loin, longue plainte répétée en incréments de six, aiguë au début et descendant d'un ton à la fin, un son qui, émis par un être humain, aurait signifié : *S'il vous plaît*, aidez-moi. Mais qui, sortant du gosier d'un autour, voulait dire : *N'approchez pas plus*.

Il était bel et bon d'inculquer aux enfants de jolies notions comme celle de la pousse des arbres glorifiant Dieu, mais cela l'agaçait que leurs enseignants les instruisent de façon si indigente, au point qu'ils se retrouvent incapables de distinguer le « Gloire au Père » de « Comment ça va ? ». Le garçon n'avait ainsi pas la moindre idée de ce qu'il disait quand il avait employé le mot « glorifier ».

« Allez, viens », lui lança le prêtre. Il dit encore la prière à trois reprises.

Le cri de l'autour lui répondit. Puis l'oiseau se fit entendre de nouveau, plus proche cette fois. Un congénère donna de la voix plus loin dans le chemin, produisant le même son plaintif, en fait une imprécation. Le prêtre s'était coupé en se rasant le crâne ce matin-là et le sang qui circulait sous la peau tendue dans la chaleur du soleil rendait sa plaie cuisante. Il entendait, bruissant sur les aiguilles et les feuilles en décomposition, les pas du garçon qui s'en revenait à travers les fougères. Un des autours décrivait des cercles au-dessus du sentier, mais à une telle altitude à présent qu'il devait avoir été emporté par un courant ascendant.

Un petit objet brun et blanc clignotait dans la direction où le bruit des pas du garçon sur les feuilles se faisait de plus en plus distinct. Le reflet oscillait comme le balancier d'un métronome. Puis le visage d'un faon se matérialisa. Ce n'étaient pas les pas du garçon que le prêtre avait entendus, mais ceux de cet animal qui venait à lui – confiant. Humblement confiant comme lui-même avait tenté de l'être en priant et n'y était pas parvenu. La queue blanche du faon dodinait derrière lui.

Le rapace tournait plus bas, comme suivant un écoulement.

Se pouvait-il qu'un autour se sente menacé par un faon de l'année ?

Le faon approchait. Il chassa d'un mouvement de tête une mouche venue se poser sur son garrot. Un sabot arrière lui gratta les côtes. Tout alentour était vert sauf la petite queue blanche, le pelage fauve et ses mouchetures claires, les sabots et le mufle noirs, les yeux candides. Le temps d'une fraction de seconde, le prêtre imagina voir une autre paire d'yeux juste derrière l'animal. Des yeux humains et omniscients au milieu du bois. Que savaient-ils ?

Il ramassa une pierre.

À la périphérie de sa vision, plus loin sur le sentier, les ailes rayées déployées du rapace fonçaient vers l'endroit où le faon et lui se tenaient.

Il fit quatre choses en même temps. Il lança la pierre par-dessus la tête du faon. Il lui cria : « Attention ! » Il se prit la tête entre les mains. Et il tomba par terre.

L'autour le télescopa à une telle vitesse que, lorsqu'il darda ses serres, le prêtre se sentit à la fois heurté et lacéré à la tête.

Après s'être soulagé sous les arbres, avoir fait tomber la dernière goutte et refermé sa braguette, Janis se perdit un peu. Comme il déambulait suffisamment près pour entendre le prêtre prier, il ne s'en faisait pas trop. Partout, les odeurs magnifiques des feuilles pourrissantes et de la sève de pin surchauffée lui promettaient qu'il ne serait pas mis à l'épreuve jusqu'à la fin des temps.

Dieu avait créé de telles odeurs pour vous consoler le temps du purgatoire. Il créait même ici des arbres qui poussaient à travers la mousse au sommet de gros blocs rocheux, avec des racines qui s'insinuaient dans les fentes de la pierre et, après des années de croissance, la fendait en deux. Ce qu'auguraient pareils prodiges, il était impossible de le deviner.

Et parce que son appétit à faire des merveilles était inextinguible, Dieu fit aussi une créature tachetée à peu près de la taille de Janis mais avec ses quatre membres posés sur le sol de la forêt et un visage blanc très mobile étrangement dépourvu de traits – ou du moins est-ce ce que Janis perçut dans un premier temps. Mais au purgatoire, il faut veiller à ne pas s'éprendre de ses compréhensions au point d'oublier que l'on en est pour le moment réduit à des conjectures. Chaque jour, à chaque moment, nous nous rapprochons d'une compréhension correcte : ce n'était pas le visage de la créature mais son arrière-train. La croupe blanche d'un jeune cervidé.

À l'instant où il vit qu'il ne s'agissait pas du visage mais de la croupe, il eut également entre les arbres une échappée de vue sur la trouée lumineuse du chemin, où le prêtre avait manifestement prévu la punition qu'il lui revenait d'appliquer si jamais Janis ne réussissait pas l'épreuve de trouver où aller se soulager. Le prêtre avait une pierre à la main, et une foi si grande dans les ordres qu'il avait reçus qu'il était à l'évidence prêt à lapider Janis à mort ; bien que celui-ci sût, s'il savait quelque chose, que le prêtre l'aimait bien et devait posséder une connaissance extraordinaire des intentions de Dieu s'il entendait accomplir un geste tel que tuer un enfant qui était déjà mort une fois.

Tout se déroulait conformément au dessein de Dieu.

Il fit monter la sève dans les arbres et la changea en aiguilles qui churent sur le sol de la forêt en sorte que Janis pût sentir leur parfum. Par l'entremise du prêtre, Il le mit à l'épreuve quant à l'endroit où uriner. Le garçon avait apparemment raté ladite épreuve. Et le prêtre était désireux de lui appliquer la punition décidée par Dieu, cela jusqu'au moment de lancer la pierre !

Janis vit les yeux du prêtre à travers le feuillage – et le savoir qu'ils recelaient.

Mais à l'instant précis où la main armait son lancer, l'ange de Dieu prit la forme d'un énorme oiseau aux yeux rouges avec des rayures noires sous les ailes, ailes qui se déployèrent en grand derrière la tête du prêtre pour le renverser à terre. La pierre alla se perdre dans les fougères.

C'est ainsi que Janis apprit à avoir foi en la Providence du Seigneur. Il semblait même injuste que d'autres dussent apprendre son existence et l'attendre pleins d'espoir et avoir foi en elle sans toutefois en faire l'expérience comme cela venait de lui arriver.

De si nombreux innocents avaient tant souffert. Par quelles épreuves était-il passé, pour sa part ? Ainsi, il en était récemment arrivé à la conclusion que son père n'était pas mort avec lui dans l'explosion d'un avion. Tout au plus se rappelait-il à présent que son père l'avait enfermé dans un compartiment des toilettes et l'y avait abandonné délibérément, parce qu'il savait que c'était là, dans ces toilettes, que Janis devait mourir. Que Dieu lui ait ordonné de faire ainsi ou qu'il l'ait décidé de son propre chef importait peu. Cela avait dû être aussi douloureux dans les deux cas. Son père était quelque part en train de souffrir et de prier pour être pardonné.

Le faon ne s'enfuit pas, il se volatilisa. Là où il s'était trouvé, Janis vit la pierre et la mit dans sa poche. Il se jura de la conserver toujours et de ne jamais en parler à personne. Elle constitua bien plus que l'acmé de sa collection d'objets glanés dehors. Elle était un cadeau et un prodige et un signe. Quand il désespérait, il lui suffisait de la tenir dans sa main pour que l'espoir revienne.

Avant de s'asseoir face au prêtre dans le bureau de Miss Fuchs, la dénommée Nora Wolbert l'informa ingénument que, quoi que pût être un foyer chrétien, le sien en était l'opposé et le resterait.

Il en révisa aussitôt son opinion sur cette personne. Il admirait les vrais croyants de toutes espèces et les reconnaissait à leur incapacité à se garder de confesser leur croyance alors même que cela risquait de saboter leurs autres intentions. Que sa croyance reposât sur l'incroyance était de peu d'importance.

Miss Fuchs apporta du café et des scones. Ses hôtes n'y touchèrent pas. Le prêtre commença l'entretien en néerlandais avec l'intention de laisser Miss Fuchs en grande partie à l'écart et de la voir, avec un peu de chance, céder à l'ennui et s'en aller. Nora portait un rubis dans le nez, différentes bagues de plastique en forme d'insectes à une main, une alliance normale à l'autre, des bottines vertes en vinyle et des lentilles de contact assorties. La tête enrubannée d'adhésif chirurgical, le prêtre n'avait pas l'air moins azimuté.

« Ceci n'est pas une consultation de préparation au mariage, déclara-t-il. Vous n'avez pas à prouver, pour que nous vous laissions le prendre chez vous, que vous élèverez le garçon dans l'Église. Mais il importe que vous sachiez que les règles de l'Aide à l'enfance stipulent que les parents adoptifs doivent garantir à l'enfant la libre pratique de sa religion.

— Oui, les enfants doivent être *libres*, plaça Miss Fuchs, qui n'avait pas tout compris.

— Avant toute chose, poursuivit le prêtre, je dois vous aviser de ce que la stabilité de votre vie familiale imposera de la part du juge une surveillance rigoureuse que vous trouverez probablement importune.

— J'y suis préparée, dit Nora.

— Donc, j'espère que, dussé-je être indiscret, vous allez répondre à mes questions en préparation aux enquêtes plus poussées auxquelles vous serez certainement soumise par la suite. »

Elle considérait calmement les photographies provenant de magazines en papier glacé punaisées sur un tableau en liège derrière le bureau de la directrice : enfants en train de glaner des composants électroniques dans une décharge ; enfants au ventre ballonné, à bec-de-lièvre ; enfants mangeant de la bouillie à mêmc les doigts de religieuses. « Je ne veux pas vous bercer d'illusions sur ma position et celle de mon mari, dit-elle. Bien sûr, s'il veut le faire, nous n'empêcherons pas Willy de prier, votre dieu ou n'importe quel autre dieu ; cela ne fait pas de différence. Toutes les religions sont fausses. »

Quelque intention qu'elle ait voulu mettre dans cette observation, elle l'énonça avec une netteté que le prêtre lui envia au point de ne pouvoir s'empêcher de la soumettre à son for intérieur. Toutes les religions sont fausses, se répéta-t-il in petto. Cela lui valut un afflux de paix, comme s'il venait de déposer les armes dans une bataille ou bien avait reconnu une erreur ou bien encore bu un poison fatal au terme d'une longue maladie. Durant un instant, il eut l'assurance que son être ne serait pas concentré en une essence mais dispersé, qu'il était non pas l'enfant de Dieu mais celui de personne. Il se trouva momentanément plongé dans le tiède bassin du rêve de n'avoir pas d'importance. La chaleur, la paix parfaite de ne compter pour rien. Et cependant il ne pouvait nier que Willy importait.

« Vous pourriez donner l'impression d'être plus respectueuse de la position du juge en utilisant une tournure comme "nous ne l'en *empêcherions* pas".

— Entendu.

— Votre mari, est-ce votre futur mari ou bien votre ancien mari ?

— Il n'y a eu que lui. Nous n'avons jamais divorcé. »

Miss Fuchs avait jusque-là suffisamment suivi pour dire : « Nous y voilà. Ne pas attendre qu'autrui découvre nos propres insuffisances.

— Je suis tombée amoureuse d'un autre homme et j'ai plaqué mon mari il y a deux ans, déclara Nora sans détour.

— Époque à laquelle vous avez quitté la Hollande pour venir ici ? demanda le prêtre.

— C'est exact.

— Vous êtes restée mariée à Mr. Wolbert tout en cohabitant à Hambourg avec ce deuxième homme ?

— Oui.

— Et aujourd'hui vous avez changé d'avis. Ne vous souciez pas de ce que je pense. Je ne ferai état que de mes observations devant la cour. Je n'y ai aucune compétence.

— Mon copain… »

On toqua à la porte. Miss Fuchs demanda qui c'était. Une des stagiaires passa la tête à l'intérieur pour demander à lui parler. Miss Fuchs sortit et referma derrière elle.

« Ne vous figurez pas que je vous juge, dit le prêtre.

— C'est pourtant ce que vous faites.

— Qu'est-ce qui vous en rend si sûre ? »

Un long pan de cheveux blancs parcourus de quelques mèches vertes et bleues qui rebiquait sous le menton de Nora, dissimulait un côté de son visage mince et lui faisait comme un cadre. La plus grande partie de sa personne était enveloppée dans un élégant pull, tricoté à la main, acheté au marché aux puces, usagé et se désagrégeant aux épaules à partir d'accrocs dont les bords avaient été reprisés, non pour les réparer mais pour les conserver sous une forme esthétique.

« Je vois le calcul dans l'attitude de Willy, dit-elle. Il est tellement sur le qui-vive. Il est tellement convaincu d'être ici car il a fait quelque chose de mal. Qui, à part vous autres, aurait pu lui inculquer une idée aussi obscène ?

— Nous y voilà, réagit tranquillement le prêtre en hochant doucement la tête. Votre mépris. Parlez-m'en un peu.

— Cher monsieur, je n'ai pas besoin de votre concours pour voir clair dans mes opinions. »

Ils étaient séparés par une amaryllis poussant dans un pot de sphaigne. Le prêtre la poussa sur le côté afin de regarder bien en face la femme qui demandait à devenir la mère de Willy. Ils semblaient partager, encore à l'état de potentialité, une même compréhension des choses, à savoir que, après avoir sincèrement cru voir chez l'autre un ennemi, ils allaient peut-être tout aussi sincèrement trouver en lui l'allié qu'ils recherchaient. L'estomac de Nora gargouilla de façon audible. Une étrange émotion contradictoire commençait à perturber le prêtre. Cela semblait être le souhait que, nonobstant ses premières appréhensions et en dépit de – ou à cause de – la défiance qu'elle lui témoignait, cette femme soit bien la mère que Dieu voulait pour le garçon, et que le juge consente à l'adoption.

« J'ai entendu dire que vous ne croyez pas que je me trouvais à l'aéroport, dit-elle.

— En ce cas, vous aurez mal entendu. Si vous dites que vous étiez à l'aéroport, je n'ai aucune raison de ne pas vous croire.

— Walther venait de me quitter et je retournais à Amsterdam pour demander à mon mari s'il voulait bien que je revienne. Vous imaginez si je me sentais morveuse.

— Si vous n'aviez pas eu honte, de quel droit est-ce que je vous le reprocherais ? Vous deviez être très triste.

— Très triste. Vos années de bienveillance vous ont donné une pénétration remarquable. J'étais dévastée.

— Je ne voulais pas minimiser, juste éviter de trop présumer. Quand on aime, se faire rejeter est… (Il hocha la tête, refoulant une impulsion inconsidérée.) C'est comme se dépouiller de sa peau et se faire jeter dans les ronces.

— Qu'est-ce que vous en savez ?

— Mon grand-père avait coutume de dire qu'il était marié, pas mort.

— Et vous, vous êtes marié à l'Église ?

— C'est exact.

— Et vous n'avez pas les yeux dans votre poche ?

— Bien sûr, dit-il en riant. Moins qu'autrefois.

— Et il vous arrive de tomber amoureux ?

— C'est arrivé, oui.

— Mais vous n'avez jamais craqué pour votre jeune

prostitué, n'est-ce pas, ni prié pour qu'il vous aime en retour ?

— Je prends sur moi pour ne pas céder à vos provocations, madame Wolbert, mais j'espère que vous n'allez pas y voir une volonté de vous prendre de haut. Moi-même, il m'arrive souvent de manier le sarcasme. Je ne souhaite pas ferrailler avec vous. Souvent, mais pas toujours, quand quelqu'un d'autre me juge, un calme étrange me gagne. Psychologiquement parlant, je vais vous confesser que je me sens momentanément déchargé du fardeau d'avoir à me juger moi-même.

— C'est intéressant.

— Est-ce que cela vous parle ?

— Pas du tout.

— Peut-être pouvons-nous néanmoins passer un traité. Je respecterais le fait que vous avez souffert d'une façon que je ne peux partager, et vous pourriez respecter le fait que j'ai souffert de même. Venons-en maintenant à ce que vous allez dire au juge.

— Qu'est-ce qu'elle va souhaiter savoir ?

— Ce sera un homme.

— Vous le connaissez ?

— Je le connais bien, malheureusement.

— S'agit-il d'un de vos – comment dit-on déjà ? – de vos communiants ?

— Non, il est – comment se décrirait-il ? Il se dépeindrait probablement comme un humaniste laïque, mais l'humanisme suppose une loyauté à ses semblables qu'il n'a jamais pratiquée. Et aussi de tenir la clairvoyance en haute considération, vous n'êtes pas d'accord ? Or il ne possédera jamais la conscience de soi nécessaire pour se rendre compte à quel point il est déçu de ce que sa carrière a marqué le pas au tribunal des tutelles. J'ai joué au racket-ball avec lui.

Un jour, il succombera à un infarctus en pratiquant ce jeu. La compétition qui a cours en lui se manifeste sous forme de férocité en toutes circonstances où il entrevoit la possibilité de l'emporter. Dans l'exercice de sa profession, il n'a pas d'adversaires déclarés. Si bien qu'il va vous attribuer ce rôle et vous éreinter. Il se figurera vous interroger au service du Code civil mais il servira en réalité le tortionnaire en lui.

— Vous voulez dire le malade ?

— Ils sont une même entité.

— D'accord.

— La première des deux considérations que le Code civil exige qu'il tienne pour prioritaires est l'intérêt de l'enfant. La deuxième est que l'on doit compter qu'une relation parent-enfant s'établira entre adoptant et adopté. C'est énoncé ainsi. Dans votre cas, il va très certainement s'attaquer à ce qui *semble être*, pardonnez-moi, la nature capricieuse de votre intérêt pour cet enfant. Je pourrais tenter d'arguer qu'en dehors de vous et votre mari aucun autre couple offrant les conditions requises ne risque de se manifester, surtout compte tenu de l'âge du garçon et de ce que le psychiatre présentera sans doute comme une grave blessure émotionnelle subie à l'aéroport, sinon plus tôt, entraînant son refus de parler et allez savoir quels problèmes à venir pour la famille adoptive. Il est abîmé et nous avons de la chance de trouver quelqu'un qui est disposé à l'affronter.

« Peut-être tout cela est-il exact, mais le juge ne s'y arrêtera pas. Il voudra rationaliser son impression première qui est que vous utilisez l'enfant comme un pansement sur votre humiliation. Une fois que vous vous sentirez mieux par rapport à ce Walther, vous pourriez ne plus supporter le petit, voire l'abandonner. Vous devez savoir que cela arrive de temps en temps. L'enfant refuse de s'attacher ou bien les adoptants en viennent à le regarder comme une présence étrangère dans leur foyer. Même si vous ne le savez pas, la plupart des enfants rejettent leurs parents pendant au moins une partie de leur adolescence. Une mère biologique, ou au moins une mère qui s'est occupée de l'enfant dès son plus jeune âge conserve un amour inconditionnel qui l'aide à surmonter son mépris durant cette période. Vous croyez peut-être l'aimer, mais sous des pressions extrêmes le lien se rompt à son point le plus faible. Et cette faiblesse est, aux yeux du juge, le fait que votre relation trouve ses origines dans un *choix* plutôt que naturellement. Un couple marié commence lui aussi par un choix, mais ce choix est réciproque. Par conséquent, il est deux fois plus fort. Même si le jeune enfant consent à vivre au sein de votre foyer, il n'a pas atteint l'âge d'un véritable choix.

« Ce que j'essaie de vous dire, madame Wolbert, c'est que le juge tient le lien animal pour véritable et le lien choisi – parce que révocable – pour factice. Je ne partage pas cette vision. À vrai dire, si je puis donner mon opinion, je pense que cette vision devrait répugner à quiconque se dit humaniste. Je pense que votre choix peut tout à fait être définitif. Le juge n'est pas de cet avis. Il présume que vous ne pouvez pas aimer ce garçon parce que vous l'aurez décidé. Et que le seul véritable amour est celui qui vous frappe sans que vous l'ayez choisi. »

Elle écarta ses cheveux avec le doigt orné d'une mante religieuse en plastique.

« Ce que j'ai vu à l'aéroport… commença-t-elle avec hésitation.

— Allez-y.

— Oui, je l'ai vu et j'ai tout de suite éprouvé de l'attachement pour cet enfant qui pleurait, là sous mes yeux.

— Cela se conçoit.

— Mais cela n'a pas été un amour instantané. J'ai quarante-sept ans. Je ne suis pas dupe.

— L'amour suppose une quantité de jours passés ensemble, dit le prêtre.

— Vous voulez dire que je ne peux pas l'aimer en passant si peu de temps auprès de lui.

— C'est cela.

— Je l'ai vu et je veux faire ça, dit-elle. Est-ce que ce n'est pas suffisant ?

— Je dirais que c'est presque tout.

— D'accord, mais ce que j'ai vu à l'aéroport… » Elle sembla faire un effort de concentration. Elle se ramena les cheveux derrière l'oreille – elle avait les oreilles si proéminentes qu'on pouvait penser qu'elle s'était mise dès l'adolescence à les cacher sous ses cheveux, puis à un moment de l'âge adulte s'était rasé un côté de la tête afin d'attirer l'attention sur elles et de surmonter son complexe. « J'ai aussi vu un homme. Vers la fin de la trentaine. Qui tremblait, les yeux exorbités. Peut-être était-il en manque. Je l'ai vu entrer dans des toilettes. Il y a tout le temps des gens au bout du rouleau dans les aéroports, pas vrai ? Je me souviens de m'être dit : J'espère que je n'ai pas aussi mauvaise mine. Et j'ai sorti mon nécessaire pour me remaquiller les yeux, après quoi je me suis sentie mieux. Je ne suis pas certaine de l'avoir vu avec Willy. Je crois l'avoir vu entrer dans les toilettes avec un petit garçon, mais j'ai peut-être inventé. Je me rappelle avoir vu un enfant avec une parka noire, un petit vêtement de ski. Et c'est ce que portait Willy plus tard quand je l'ai vu qui pleurait. Mais l'homme en question était-il vraiment accompagné d'un petit garçon et était-ce ce même garçon que j'ai vu qui pleurait devant les comptoirs d'embarquement… ?

— Vous n'avez parlé de cela à personne.

— Je suis presque certaine que je l'ai inventé. Il y avait tellement de monde. Et puis Walther était parti. Je pensais ma vie terminée.

— Quand vous avez revu le garçon par la suite…

— Oui. Je me suis tout de suite demandé s'il s'agissait du même enfant. Mais je me suis dit : Et si c'est le même, quelle différence ça fait ? À l'époque, je me disais que rien n'avait plus d'importance. Est-ce que le juge a vraiment besoin de savoir tout ça ?

— Ne l'appelez pas un juge.

— C'est bien comme ça que vous l'appelez.

— Il est juge, mais la loi l'investit aussi de la charge d'assister les parties concernées ; il est donc une sorte de travailleur social.

— Comment faut-il l'appeler ?

— Si vous lui donnez du monsieur le juge, même si c'est ce qu'il est, il pensera que vous vous moquez de lui.

— Est-ce qu'il faut lui parler des toilettes ?

— Vous dépeignez une présomption. Le juge – mais il est également autre chose qu'un juge – préfère se charger lui-même des présomptions. C'est vous qui êtes sur la sellette, pas un homme que vous n'avez peut-être jamais vu.

— J'étais là, assise sur mon sac, à me dire : Laisse le personnel de l'aéroport se charger de ça. C'est à la police de retrouver ses parents.

— J'ai pensé la même chose. Je ne dirais pas que l'enquêteur de la police se soit montré complètement indifférent, mais quand je le harcèle pour savoir s'il a avancé, il me fait la leçon sur la détresse qui, imagine-t-il, a conduit la mère de Willy à lui faire cela. Ce n'est pas comme si elle l'avait abandonné dans les bois, me dit-il. Elle l'a laissé là où les autorités ne pouvaient manquer de le trouver et de prendre soin de lui. » Le prêtre crut voir un sourire narquois étirer brièvement la bouche de son interlocutrice lorsqu'il ajouta : « L'enquêteur parle de délit compassionnel. » Mais Nora n'avait pas souri ; ce petit sourire était le sien et il se le reprocha.

« Vous n'êtes pas d'accord avec ça ? demanda-t-elle avec gravité.

— J'estime que chacun a le droit de savoir d'où il vient. De savoir qui sont les personnes dont il est issu. Or je pense que Willy est en train d'oublier ces données. Donc non, je ne suis pas d'accord. J'admets que ce policier m'a mis en colère. Il m'a demandé : "Tenez-vous vraiment à dépenser du temps et de l'argent pour retrouver cette femme…"

— Ou cet homme.

— Ou cet homme, sans doute – "… et à la traduire en justice ?".

— Et moi, pour quelle raison serais-je sur la sellette ?

— À quoi cela pourrait-il ressembler au pire ? Je parlerais d'une aventurière qui s'est bien amusée et qui se retrouve aujourd'hui seule et trop âgée pour tomber enceinte sans beaucoup de complications. Mais elle veut un enfant parce que, maintenant qu'elle a sabordé son couple, elle aimerait avoir de la compagnie. Le mari reste suffisamment loyal pour ne pas s'opposer à sa volonté. Il attestera par conséquent qu'ils partagent toujours le même toit, alors qu'en réalité ils ont l'intention de divorcer ou de vivre séparément.

— Ce n'est pas si terrible, j'imagine.

— Ni si éloigné de la vérité ?

— Je ne dirais pas ça.

— Y avait-il des questions que vous souhaitiez me poser ?

— Je crois que je ne m'attendais pas à passer si vite devant un juge.

— Non, pas un juge.

— Comment dois-je l'appeler ?

— C'est un juge, à ceci près qu'il est un peu moins qu'un juge. C'est un juge manqué. Mieux vaut ne pas l'appeler du tout.

— Je ne m'attendais pas à passer si vite en audience. Avant que Willy ait seulement commencé à vivre avec moi, je veux dire.

— Qui vous a dit qu'il s'agissait d'une audience ? demanda le prêtre non sans irritation. Une audience, c'est un affrontement. Non, il s'agit d'un entretien.

— Est-ce que mon mari doit être présent, juste pour un entretien ?

— Vous ne voudriez pas qu'il le soit ? »

Nora posa un regard sur les peu appétissants scones.

« L'interprétation commune des directives émises par l'Aide à l'enfance peut se résumer à une exigence de facto que l'enfant soit placé chez un couple marié.

— Je le sais, dit-elle.

— Ou chez un couple de même sexe vivant en tant que partenaires enregistrés par l'état civil, quoi que l'on puisse penser de tels arrangements.

— Je sais.

— Mais pas chez une femme vivant seule, a fortiori une femme née plus de quarante ans avant la date de naissance de l'enfant. Votre mari a-t-il conscience du fait qu'un couple marié doit adopter conjointement ?

Les couples mariés, quel que soit le stade de leur mariage, *peuvent* et *doivent* adopter conjointement. »

Nora s'essuya les yeux et le nez avec un mouchoir en papier. « Eh merde, dit-elle. Oh, excusez.

— Je ne vous jette pas la pierre.

— Si vous le dites, qui suis-je pour prétendre le contraire ?

— Cela se tient. »

Elle interrogea le plafond : « Que suis-je prête à demander de plus à cet homme ?

— Comme s'appelle-t-il ?

— Encore un truc que j'ai oublié de dire.

— Je vous écoute.

— Mon mari, il s'appelle Kees. J'ai omis quelque chose et il faut que je vous le dise, à vous qui êtes prêtre.

— Je suis esclave dans les mines du péché. Quoi que vous disiez, je l'ai déjà entendu auparavant.

— Vous supposez qu'il s'agit d'un péché.

— C'est vrai. Ne m'en veuillez pas. Pour le charpentier tout est clou.

— Jésus était charpentier.

— Je dépose les armes. Qu'avez-vous omis ?

— Ne me croyez pas si vous voulez. Mais dès l'instant où j'ai vu Willy qui pleurait à la porte d'embarquement et me suis demandé s'il était le garçon que j'avais déjà vu plus tôt, j'ai su que tout ceci allait se produire. Tout. J'ai su que, quand j'arriverais en Hollande, Kees refuserait de me reprendre avec lui. J'ai su que je ne pourrais pas m'ôter cet enfant de la tête. J'ai su que j'allais revenir à Hambourg et que je prendrais le premier boulot venu pour y rester. J'ai su que personne d'autre ne viendrait le réclamer. J'ai su que Kees accepterait d'être le père au moins légalement parlant. J'ai vécu pendant près d'un an avec une vision que j'ai vue se révéler d'un coup. Je me rappelle même avoir vu Miss Fuchs quitter la pièce comme elle vient de le faire, et que je serais en colère après vous. Et ensuite, que je vous ferais un peu plus confiance et me montrerais plus franche.

— Ce n'est pas une mince vision que vous avez eue là.

— Mais elle s'arrête là. À vous entendre, on ne peut pas gagner.

— Si, c'est possible. Il va essayer de mettre en place un affrontement. Si vous évitez de lui tenir tête, il se retrouvera sans personne à terrasser. Non, il se pourrait fort bien que nous vous confiions Willy d'ici une semaine.

— J'ai tout vu se profiler jusqu'au moment présent, mais j'ignore tout de ce qui va suivre.

— Un entretien, voilà ce qui va suivre.

— Et non pas une audience. (Elle s'ébouriffa les cheveux et sourit.) J'espère vraiment que ça va marcher. »

Il découvrit soudain, comme par l'effet d'une bouffée d'émotion, qu'il l'espérait lui aussi. « Aviez-vous d'autres questions à me poser ?

— Qu'est-ce qui vous est arrivé à la tête ?

— J'ai été attaqué par un animal sauvage.

— Non ? souffla-t-elle.

— Un rapace.

— Je ne peux pas le croire.

— C'est parce que ma vocation exige que j'épouse un amour de la vérité que personne ne croit ce que je dis. Nous vivons une époque d'ironie désenchantée. Nous disons que nous *ne pouvons* croire alors que nous n'avons pas seulement *essayé* de croire. »

Nora préleva un scone puis le remit en place.

« J'ai vu cet oiseau foncer vers moi, mais sans réaliser, avant qu'il me renverse, que j'étais pour lui une menace.

— Vous saviez que vous ne le menaciez en rien, mais comment aurait-il pu le savoir, lui ?

— Peut-être n'avait-il pas tort, avança le prêtre.

— Comment cela ?

— Peut-être étais-je habité d'intentions intolérables pour mon esprit conscient et donc pour moi invisibles. Peut-être la bête sauvage en moi s'apprêtait-elle à commettre quelque chose de terriblement méchant. Et que, me trouvant dans l'incapacité d'empêcher cela, j'ai inconsciemment inventé d'autres intentions, plus acceptables. Bien sûr, il est par définition impossible d'y voir clair. Comme dit l'autre, l'inconscient est *réellement* inconscient. Mais l'oiseau qui m'a attaqué ne voyait face à lui qu'un autre animal dont il ne connaissait que les mauvaises intentions, et il a agi pour m'empêcher.

— Vous empêcher de faire quoi ?

— Quelles étaient mes intentions avouables ? Ou bien qu'est-ce que l'oiseau me voyait sur le point de faire ?

— Les deux.

— Il y avait un faon à la lisière du bois. Je me suis dit qu'il fallait que je le protège du rapace. J'ai lancé une pierre dans sa direction pour le faire décamper.

— Et l'oiseau, qu'est-ce qu'il a cru que vous alliez faire ?

— Il pensait sans doute que je projetais de tuer ses petits. »

SECONDE PARTIE

LE NOUVEAU PAYS

11

Il avait fait le voyage à bord de l'Electra jusque chez Bobby Heflin dans le désert. Il était descendu de voiture, la main en visière pour se protéger du soleil de l'après-midi. La femme qu'il prenait pour Sally était apparue dans l'encadrement d'une des portes, une rallonge électrique et un ouvre-boîte en sautoir, pour lui dire que la maison n'était pas raccordée au téléphone. « Bobby est parti », lui annonça-t-elle ensuite. Les autres avaient eux aussi décampé dans le même temps. La propriété était à vendre. Le tout appartenait à la banque.

Elle s'appelait Louisa. Et tandis qu'il se pénétrait de l'idée que l'avenir qu'il était venu chercher ici était déjà révolu, elle le présenta au petit garçon avec qui il échangea une poignée de main. Elle lui demanda s'il avait faim et il reconnut que oui, il mangerait volontiers un morceau. Il ne précisa pas qu'il n'avait rien avalé depuis le petit déjeuner de la veille à Liberal, au Kansas. Elle insista pour qu'il entre. Il les suivit, elle et l'enfant, à l'intérieur. Du bois de pin brûlait dans la cuisinière. Une odeur nouvelle pour lui à l'époque. Jamais cette femme ne perdrait ce pouvoir fabuleux de changer un quelconque moment en éternité. Sur un coin de la plaque de fonte, une viande cuisait à feu doux dans une sauce verte dont l'arôme n'était pas déplaisant. La femme déposa un peu de cette viande sur des tortillas qu'elle disposa sur un plat en terre cuite, après quoi elle y versa un peu de sauce et lui montra comment replier les galettes de maïs en deux. Jamais il n'avait mangé de tacos. Il desserra les dents. La combinaison des parfums fut comme une musique dans sa bouche. Puis il avala et ce fut tout.

L'esprit de la viande était la mort, certes, mais quand les gens de l'église lui avaient donné un vieux coq l'autre jour, Louisa avait tout de suite su qu'en faire. Et puis il fallait que le petit Elroy grandisse en dépit de la corruption qui partout nous environnait. Elroy s'était emparé de la louche et la léchait tout en construisant sur le plancher une structure branlante à base de menu bois, réalisant une vision que lui seul était capable de voir. Elle aimait bien la façon qu'il avait de grimper à ses jupons. Elle voulait qu'il devienne fort. Il n'avait pas choisi de naître dans un monde qui se mourait. Elle n'allait certes pas prendre des décisions susceptibles de lui atrophier le squelette ou de le rendre anémique. Certains des autres avaient prétendu qu'un supplément minéral pouvait apporter tout le nutriment non organique nécessaire à la croissance d'un enfant, de sorte qu'il n'était même pas utile de recourir au lait. C'était à l'époque où ils débattaient pour savoir si l'un des gars devait aller travailler pour rapporter de l'argent ou s'il valait mieux vendre les dernières vaches. Il avait été question de se procurer ce complément alimentaire minéral à partir des roches parsemant le ranch.

Elroy était dans son corps un élément constitutif de l'endroit ; il était fait des plantes qui y poussaient, il appartenait au lieu ; et elle croyait en l'amour qu'ils avaient bâti ensemble ; mais attention, elle n'était pas folle. Le petit pouvait jouer avec les cailloux, il n'allait pas devoir les manger. Bref, la dame de l'église avait déjà tué le coq en question au moment où elle-même repartait avec les autres denrées, celles qui se conserveraient. Farine de maïs, lait en poudre. Avec tout ça ils n'avaient plus d'électricité. Louisa serait obligée de mettre la viande en conserve, est-ce qu'elle savait faire ça ?

Bien sûr que oui. Qui ignorait comment cela se faisait ? Au début elle ne mangea qu'un morceau de cette viande, pour se remémorer qu'aucun de nous n'était pur, que nous avions tous une bête à l'intérieur. Ensuite, un petit bocal tous les quelques jours parce qu'elle ne voulait pas perdre ses forces. Elle mastiquait la part du petit pour en faire de la pulpe, puis elle lui donnait un baiser et lui en glissait un peu entre les lèvres. Jamais auparavant il n'avait mangé de viande. Mais elle avait fini par être en paix avec sa décision. Elle devait montrer à cet enfant que ce n'était pas corruption que de manger la chair d'une autre créature si la faim était pure. Le petit avait ri. Tout pour lui était un jeu. Grimper à la jupe et recevoir un baiser à la viande de coq, redescendre et déglutir, se hisser derechef.

Elle savait qu'il y avait eu quelqu'un qu'on appelait le Volontaire à l'époque où Bobby était un meurtrier. Qu'ils avaient mangé des oiseaux bizarres en Australie, probablement tué des bébés au Viêtnam et que, de cent autres façons, ils avaient omis de préserver la pureté de leur corps. Et aussi que le Volontaire faisait peur à voir. Le voilà aujourd'hui assis là en chair et en os, sans aucune ressemblance avec le soldat à demi nu des photos prises sur une plage. Enfin, c'était manifestement la même personne, mais bon sang, ce qu'il avait pu changer. Pour dire le vrai, il faisait beaucoup plus peur à présent que sur les photos. C'était à cause de ses yeux. Il la regardait et elle le regardait. Il dit que le maïs et les choses à la viande étaient rudement bons, merci. Des taços, répéta-t-elle.

Était-ce vrai ce qu'on lui avait dit, que ses yeux se rouvraient pendant son sommeil ? Qu'aucun de ses copains ne le lui avait dit, et que pour voir s'il était possible d'insérer des trucs dans ses rêves ils avaient accroché devant ses yeux grands ouverts un magazine ouvert sur une planche de bande dessinée montrant un diable faisant rôtir des gens dans les flammes de l'enfer ? Qu'au matin, ils lui demandèrent s'il avait bien dormi et qu'il répondit avoir passé une très bonne nuit. Qu'ils voulurent savoir s'il avait fait des rêves et qu'il leur répondit non, aucun ?

Il dit que non, que c'était une blague qu'ils avaient faite à Bobby. Cependant, à y repenser, peut-être dormait-il lui aussi les yeux ouverts et peut-être les autres lui avaient-ils joué le même tour. Impossible de le savoir, pas vrai ?

Elle se souvenait aussi que le Volontaire était un fils de ferme de l'Iowa.

Non, dit-il – réponse aussi spontanée que fatidique. Il n'avait pas grandi dans une ferme. Il était originaire de la ville de Davenport, dans la plaine inondable. Il se nommait Tilly, Dwight de son prénom. C'est à cet instant qu'il finit de tuer et brûler le garçon résiduel qu'il s'était préparé à faire revivre en venant ici, celui que Bobby connaissait, et qu'il en dispersa les restes. Elle dit qu'elle était heureuse de faire sa connaissance, Tilly, Dwight. Son dos nu et ses clavicules avaient été rougis par le soleil. Par la suite, tant qu'elle l'eut à la bonne, elle l'appela Dwight. La plupart des autres personnes qu'il rencontrerait utiliseraient plutôt son nom de famille. Quand elle se sentait coupée de lui ou qu'elle doutait, elle l'appelait le sergent, et quand il lui objectait qu'il n'était plus dans l'armée, qu'il était affranchi de son passé, aussi pourquoi l'appelait-elle comme ça ?, elle rétorquait que c'était parce qu'elle entendait ne jamais oublier qu'il était un tueur.

Jamais avant ce jour il n'avait mis les pieds à l'intérieur d'une maison en pisé. Elle était sombre et dure en toutes ses surfaces, comme une grotte, et très ancienne. Les solives à peine équarries étaient fortes et bien sèches. Bâtie pour faire une saine et solide habitation, et il se demandait bien pourquoi Bobby avait laissé les extérieurs se dégrader à ce point. La banque exigeait qu'elle tienne les sols en terre battue propres et nets, sans jouets traînant çà et là, pour le cas où se présenterait un acheteur. La loi du monde stipulait que la banque possédait désormais la totalité du ranch Heflin, cela depuis les feuilles des mesquites jusqu'aux roches situées à quinze kilomètres de profondeur, et avait par conséquent le droit de la vendre, ce qu'elle essayait de faire pour la somme extravagante de soixante-dix-sept mille dollars. Quelque crétin la financerait à neuf pour cent sur trente ans et la paierait au bout du compte trois fois son prix – enfin, bon. C'était à l'évidence un poison pour l'ego que de s'imaginer posséder une parcelle de terre. Si la banque en était aujourd'hui propriétaire, à *elle* de s'inoculer ce poison. Les gens étaient possédés par des lieux et non l'inverse. S'il fallait, selon la règle commune, avancer un nom ayant sa juste place sur l'acte, ce nom ne pouvait être que Elroy P. Heflin. Parce qu'il était né dans cette pièce et n'avait jamais de toute sa vie passé une nuit ailleurs qu'ici.

Tilly passa cette première nuit sur un petit lit dans une des chambres d'amis. À partir de la deuxième nuit, il partagea le lit de Louisa.

Le monde avait exigé que le garçon eût un nom. La loi requérait un nom. Ils l'appelèrent Heflin, non pas d'après Bobby mais d'après l'endroit auquel, avant lui, trois générations de Heflin avaient donné le leur, l'endroit qu'elles lui avaient laissé conformément à la loi du monde. Et c'était merveille, pour beaucoup d'entre eux, au moins la majeure partie du temps, que personne, vraiment personne, n'aurait su dire avec certitude lequel des garçons était le père d'Elroy. Tous avaient le teint plus ou moins rose. Et la baise tous azimuts, tout le monde s'envoyant en l'air avec tout le monde, Seigneur, c'était le paradis. Ils *créaient* quelque chose. Ils avaient choisi l'amour. Ici même au sein de cette courte vie, sans attendre la suivante, et c'est ainsi qu'ils en étaient arrivés à convenir que ce qu'ils faisaient n'avait pas vraiment à voir avec Jésus, comme il l'avait semblé dans un premier temps. Il arrivait même que les garçons baisent entre eux. Il avait fallu un long moment pour qu'ils s'y habituent. Était-ce convenable ? N'était-ce pas qu'un égarement de la bête ? Peut-être. Mais chacun doit traiter sa bête avec clémence.

Tous admettaient le principe de réalité. Ils ne s'intéressaient pas à la drogue. Si une drogue aidait à débloquer quelque chose, pas de problème. Mais on ne pouvait charrier toute la matinée de l'eau pour le jardin si on était sous acide. Ce qui risquait d'arriver, c'est d'en renverser beaucoup. Elle raconta tout cela à Tilly quelques semaines plus tard, tandis qu'ils trimballaient des seaux remplis aux antiques fûts de récupération d'eau de pluie en vue du bain qu'ils allaient partager. La pompe à main de l'évier de la cuisine ne débitait pas assez pour remplir une baignoire. Le garçon les suivait en traînant derrière lui une branche de mesquite destinée à un bûcher funéraire qu'il était en train d'élever derrière la maison. Le soleil pesait sur eux comme sur toute chose pendant qu'ils remontaient leurs seaux. Elle demanda à Tilly comment il faisait pour garder l'équilibre en l'absence d'orteils. L'habitude, supposait-il. Puis elle lui demanda si c'était la seule blessure qu'il eût rapportée de la guerre. Au lieu de répondre qu'il s'était fait amocher le pied après son retour aux États-Unis mais que la protubérance qu'il avait dans le dos, là où elle posait le bout de son majeur quand elle l'enlaçait pendant l'amour, était un effet de la balle nord-vietnamienne toujours enfouie quelque part dans sa chair, il décida de laisser Louisa lui échafauder un nouveau passé. Oui, dit-il, c'était la seule.

Certains des gars avaient laissé derrière eux quelques vêtements qu'elle lui donna pour son usage.

Tous les sept, filles et garçons, étaient dans la fleur de l'âge. Et ils étaient capables de baiser et baiser encore, même en plein milieu de la journée à l'extérieur si le vent était modéré. Alors, un de la bande arrivait et demandait : « Je peux me joindre ? » C'était la formule dont ils étaient convenus. Si le moment était mal choisi, la chose la plus exclusive qu'on lui répondait était : « Attends une minute, bébé. » Le plus souvent, c'était : « Oui. » Ou bien : « Et comment ! » Ou encore : « Oh oui, s'il te plaît. » Ils étaient efflanqués et robustes. Et vois-tu, elle avait appris une chose, la vanité ne corrompait que quand on y sacrifiait à l'excès. Parce que quand on était vain de sa famille, comme elle avait été vaine des pieds blancs de Lucy et de leurs ongles peints, comme des puissants poplités de Conrad, on avait l'impression d'un amour généreux se communiquant de vous vers autrui et d'autrui vers vous. Si ce n'était pas bien de se trouver jolie, alors ce n'était pas bien de trouver Lucy jolie, ou Katerina.

Quatre femmes, elle-même, les deux susnommées et Sally, qu'il fallait sans cesse cacher dans l'arroyo pour que les porcs[1] ne la trouvent pas. Notez que le shérif de ce comté n'était pas classé au rang des porcs. Les autorités locales avaient Bobby à la bonne, cela faisait tellement de temps qu'il y avait des Heflin sur cette propriété. Mais des flics en uniforme de l'État du Nevada étaient venus plus d'une fois fureter par ici, ce qui était archi-illégal, dans l'idée de capturer Sally pour la ramener de force à Carson City chez sa mère. Tous étaient bien d'accord rapport à cette femme. Elle les éclairait en profondeur sur le pouvoir meurtrier de l'amour quand on le pointe comme un fusil sur quelqu'un en disant : Tu es à moi. Leur propre amour était un feu dans la nuit du désert qui les attirait tous librement autour d'un rayonnement central, d'une lumière qui les nourrissait.

Faisant preuve de pragmatisme, tous les sept s'efforçaient de pardonner à la bête que nous sommes tous outre notre âme. Chacun savait sans le dire qu'il fallait plus de femmes que de mecs. Ils pratiquaient une approche du genre : Pourquoi faire semblant ? On voit bien comment ça se passe pour les taureaux. Nous nous la coulons douce et nous savons que c'est aussi précieux que fragile. Et nous savons que cela prendra fin. Aussi, préservons cela et respectons-le et aimons-nous les uns les autres et pardonnons aux hommes leurs

1. En ces années 1970, les policiers étaient souvent appelés des porcs (*pigs*) par les marginaux et les jeunes activistes.

accès de jalousie, ou quand Untel roule sur lui-même et décide de baiser Lucy plutôt que ma pomme. J'ai une bête moi aussi. J'ai un fusil que j'ai envie de pointer, afin de garder quelque chose pour moi en le tuant. Je me dis : Cela blesse ton orgueil, mais bon. Et aussi : Lucy a des seins magnifiques. Tout simplement magnifiques, pour l'instant. Sa peau brillante et sans défaut comme un film de peinture dans lequel elle arrivait à l'instant de la baignade. Et les côtes nues de Conrad, le poil animal dense et frais de ses bras et ses jambes. Les membres travaillant, le saillant des os se dessinant sous la chair, les muscles accomplissant ce pour quoi ils ont été faits, se contorsionnant, s'accrochant. Et il m'échoit d'être allongée ici à les contempler. N'est-ce pas une sorte de grâce ?

L'unité qu'ils formaient. Impossible de se le figurer si on n'en faisait pas partie. Ils ne se berçaient pas d'illusions. Ils savaient que chacun de nous meurt seul de son côté. Mais il y avait entre-temps de l'amour. L'amour que l'on *fait*, tu vois ce que je veux dire ? Pas celui qu'on attend. Celui qu'on construit.

Louisa avait désormais vingt-cinq ans et sa prime jeunesse était déjà derrière elle. Elle aimait bien son physique. Elle se passait quotidiennement de l'huile de noix de coco sur tout le corps et jusqu'aux orteils. Pendant les trois années ou peu s'en faut qu'ils avaient passées là, ils avaient connu chaque jour, grâce à l'amour, le paradis sur terre. Rien de ce qui s'était passé dans le dénouement de leur histoire n'infirmait cela. Les temps allaient forcément changer. Ce n'est pas pour faire une discrimination entre les sexes, mais les hommes ne sont pas aussi naturellement ouverts à l'amour. Par exemple, un homme ne pouvait posséder qu'un partenaire à la fois, alors qu'une femme était capable d'en accueillir trois simultanément. Cela ne prouvait rien. Mais pourquoi refuser de prendre en compte le côté physique, je veux dire. Les hommes doivent apprendre l'amour, ils en sont capables mais il faut qu'ils l'aient *décidé*.

Tous savaient qu'ils se sépareraient. *D'ici là*, continuons comme ça. Elle ne regrettait rien. Mais leur histoire était bel et bien terminée. Et il lui arrivait souvent de se sentir puissamment seule. Elle n'aimait pas se poser la question de savoir si elle était moins bonne que les autres. Toujours est-il que ce fut probablement une bénédiction qu'elle ait été, à l'époque de leur séparation, la seule capable d'allaiter encore un peu Elroy, si bien qu'il fut décidé d'un commun accord qu'elle devait le garder auprès d'elle. Avec la pilule contraceptive et le recours au tire-lait, les quatre femmes avaient essayé de produire du lait. Une bête en lui dès le commencement, sa préférence entre elles quatre avait varié d'une semaine à l'autre. Elles ne parlaient pas de qui était la mère. La mère, c'était Katerina, mais elles n'en parlaient pas. Le petit les appelait toutes « Ma ». Pour les hommes, il disait « Monsieur ».

« Le sexe, il n'y a que ça de vrai, Dwight Tilly », lui dit Louisa un soir tout en touchant sa nudité et en lui laissant caresser la sienne. Cela faisait deux mois qu'il habitait la maison Heflin, taraudé par l'amour et par un espoir qui les englobait tous trois – Louisa, Elroy et lui –, un espoir excédant à ce point toutes ses projections antérieures qu'il voulait abandonner encore une fois son nom pour la laisser lui en donner un nouveau et tout recommencer. Au lieu de cela, c'est à cette époque qu'il devint Dwight Tilly pour de vrai. Elle l'appelait par ce nom et il la croyait. Une porte définitivement refermée derrière lui. Si Bobby repassait dans le coin et lui disait : Je croyais que tu t'appelais Frade… Mais cela n'avait pas d'importance. Jamais il ne revit Bobby.

Sauf dans des visions de torture. De Bobby ou d'un des deux autres, Conrad et Luther. Des visions de jalousie concernant ces hommes qu'elle aimait collectivement plus que lui, à tel point qu'il quittait fréquemment leur lit pour aller marcher nuitamment dans le désert et tenter de se faire disparaître. La jalousie qui l'assaillait sans désemparer comme une meute de chiens le chassant de la maison. Disparaître. Lui laisser les quatre-vingt-dix-neuf dollars qu'il avait encore. Lui laisser la voiture.

Puis le froid du désert le mordait et il regagnait la maison. Un feu de bois de pin dans la cuisinière. Elroy endormi sur son petit lit. Louisa allongée dans la pièce voisine sous une courtepointe. Il écartait celle-ci mais hésitait à se recoucher. Il se demandait si, quand il l'effleurait dans son sommeil, elle ne le prenait pas pour un des autres. Elle se retournait et, ouvrant une petite main prématurément ridée, lui caressait la barbe, la lui grattait en souriant, cela sans cesser de dormir.

Il disait : « Louisa. » Ce nom lui était en soi une torture. Les autres avaient dû l'utiliser. Ils l'avaient utilisée, elle. Ils l'avaient ployée en avant. L'avaient soulevée et reposée. Elle les avait griffés. Les avaient appelés par leur nom. Ces seins à la rondeur parfaite n'étaient pas à lui. Tout comme la fumée de pin n'était pas sienne, pas plus que l'enfant ou la maison. Quelqu'un d'autre avait léché cette côte, sachant qu'elle n'était pas à lui mais avec le *sentiment* qu'elle l'était ; avait peut-être lâché une boutade, quelque chose comme Bébé, j'ai donné cette côte à Dieu pour qu'Il te façonne, et s'était esclaffé mais avec le *sentiment* que c'était vrai, que cette côte faisait partie de lui. Tout comme lui-même, petit garçon, avait eu le *sentiment* qu'il était vrai que les gens, à l'instar du maïs, étaient constitués de terre et d'eau.

Il voulait se déshabiller et se coucher contre elle, nu et en cuiller comme ils en avaient l'habitude. La porte refermée sur Elroy, la cuisinière, la Création. Louisa et lui seuls dans le noir. Mais s'il la touchait il resterait collé à elle. Chaque partie de lui-même qui la toucherait y adhérerait. Il le savait. Elle le lui avait fait comprendre par le biais du langage privé, implicite, de deux personnes ensemble qu'il pouvait se coller là où bon lui semblait, mais que lorsqu'elle s'éloignerait nulle partie d'elle-même ne se détacherait. Il y aurait uniquement des parties de lui collées à elle, et elle se baignerait, s'en dépouillant comme d'une boue qui aurait séché. Cependant qu'il resterait allongé là, écorché, se mourant d'amour.

Un soir de cet automne, Louisa prépara un dîner de gâteaux de maïs et de haricots bouillis. Ils dirent les grâces et mangèrent. Tilly demanda au petit garçon ce qu'il était en train de construire avec l'enchevêtrement de branches de mesquite appuyé contre l'arrière de la maison. L'édifice comprenait à sa base une ouverture suffisamment grande pour qu'il la franchisse en s'aplatissant et en rampant sur les coudes et les genoux. « C'est une caverne, répondit Elroy.

— Qu'est-ce que tu as besoin d'une caverne ? lui demanda Tilly.

— C'est pour y habiter quand ils nous chasseront d'ici. »

Tilly partit d'un grand rire.

Louisa se raidit.

Elroy racla dans le pot le reste de la marmelade de

pêche qu'ils utilisaient pour agrémenter leurs gâteaux de maïs, puis il montra le récipient vide à Louisa en ouvrant des yeux suppliants.

Elle se leva pour aller fouiller les placards, pendant que Tilly s'informait auprès du petit de l'architecture des cavernes. Devaient-elles être constituées d'une partie souterraine ou bien se trouver enfermées sous des rochers ? Une caverne digne de ce nom devait-elle faire l'objet d'une découverte ou bien pouvait-on la construire ? Quelles sortes de lézards y rencontrait-on ? Où conserver la farine si la caverne ne comportait pas de garde-manger ? Toutes questions auxquelles l'enfant répondit sans hésiter. De retour, Louisa déclara qu'il n'y avait plus de compote et lui donna un bout de rayon de miel en miettes. Tout en mastiquant, Elroy expliqua avec force détails comment les choses allaient bientôt se terminer ici, leur conseillant de songer à bâtir chacun sa caverne.

Tilly glissa un regard à Louisa, au moment où elle resservait le petit en haricots. Elle reposa la cuiller, se toucha les yeux d'un revers de poignet, puis posa les mains dans son giron.

Elroy se tourna vers Tilly avec un froncement de sourcils, de l'air de solliciter un conseil d'homme à homme. C'est alors seulement que Tilly remarqua que Louisa prenait sur elle pour ne pas pleurer, et comprit que le petit, à qui cela n'avait pas échappé, avait façonné toutes ses réponses dans le but de lui mettre du baume au cœur. Il retourna au garçonnet un regard signifiant qu'il n'avait pour l'instant aucun conseil à donner.

Le petit dit à Louisa qu'il était désolé.

« Pourquoi le serais-tu ? » lui demanda-t-elle.

Il était désolé parce que sa caverne n'était

suffisamment spacieuse que pour lui, expliqua-t-il, sinon elle aurait pu y loger avec lui. Il n'avait les matériaux que pour bâtir une caverne à sa taille, pas plus.

Ce soir-là, après avoir refermé la porte de la chambre sur Elroy et sur la cuisinière, Tilly vint s'allonger à côté de Louisa. « Je n'ai pas été franc avec toi rapport à l'argent », commença-t-il.

Louisa, assise au bord du lit, se brossait les cheveux. « Tu ne m'en as pas volé, de ça je suis sûre, dit-elle. Qu'est-ce qu'il y a, tu as un emprunt sur l'Electra ? N'y pense plus. Ils ne vont pas te trouver ici. »

Tilly se glissa jusqu'au bas du lit et, se retournant pour lui faire face, s'assit en tailleur comme un mendiant. Elle lui tendit un pied et gémit d'une façon qui signifiait qu'elle voulait qu'il lui en masse vigoureusement la plante avec son pouce. Il lui saisit le pied à deux mains mais ne commença pas le massage. « Il y a de l'argent que je pense pouvoir me procurer si je le décide. »

Elle se promenait la brosse dans les cheveux, inspectant les pointes. Elle paraissait plus intéressée par cette activité que par l'argent.

« Tu ne m'écoutes pas », dit-il.

Elle récupéra son pied et s'assit bien droite en affichant un sourire d'ironique complaisance. « De l'argent liquide ?

— Oui, mais ça ne veut pas dire que j'ai tout à fait le droit de l'utiliser.

— Tu as enfreint la loi ?

— Non.

— Mais tu as fait quelque chose en douce.

— Ça a plus à voir avec ce que je n'ai pas fait.

— Que se passe-t-il si tu ne récupères pas cet argent ? À qui va-t-il ?

— Je ne sais pas.

— Tu disais que tu n'avais peut-être pas le droit de l'utiliser.

— C'est ce que je pensais, mais maintenant je me demande. »

Elle émit un son sourd, plutôt affectueux, qui signifiait quelque chose dans un idiome personnel qu'il ne savait pas encore déchiffrer.

« J'ai fait faux bond à des gens, dit-il. J'aurais pu faire beaucoup pour eux, et je n'en ai rien fait.

— Dans ce cas, pourquoi te paieraient-ils ? »

Ne s'arrêtant pas à son choix du verbe « payer », il se borna à répondre : « Il n'y avait personne d'autre à qui appartenait cet argent. Ça ne veut pas dire que je l'ai mérité. » Elle avait ramené sous elle le pied qu'elle lui avait repris et ses jolis orteils ornés d'anneaux ; il l'aurait bien récupéré, mais ne le lui demanda pas. « Une enveloppe est arrivée au courrier. Il y avait un chèque de banque à l'intérieur.

— C'est plus gros qu'un chèque normal, c'est ça ?

— Oui, mais je ne l'ai pas encaissé. Ce chèque, il était jaune. » Son pied en forme de coin reposait devant lui sur les draps comme une créature d'un autre monde. « Je l'ai gardé longtemps dans la poche de poitrine de mon manteau, peut-être comme dans l'idée de l'oublier là. Et puis un jour, à New Haven dans le Connecticut, où je réapprenais à marcher, je me suis retrouvé sans cigarettes. Or j'avais laissé mon argent dans la chambre où je logeais. J'en étais peut-être à une centaine de mètres, mais j'aurais pu dire à l'époque combien de pas ça représentait. Et puis il m'est apparu que j'avais mon manteau sur le dos et donc le chèque. J'avais toujours ma carte d'identité dans la poche de devant de mon pantalon. Je me trouvais à ce moment-là devant un marchand de tabac et je pouvais voir à travers la vitrine les paquets de cigarettes rangés derrière la caisse. Il y avait une banque de l'autre côté de la rue. J'y suis allé, j'ai montré ma carte d'identité et j'ai rempli le formulaire pour ouvrir un compte. Puis j'ai donné le chèque à la caissière et je lui ai demandé vingt dollars. Elle m'a dit qu'elle ne pouvait pas avancer de l'argent sur un chèque d'un tel montant. Je lui ai demandé s'il était possible d'avoir cinq dollars. Elle a dit qu'il faudrait attendre deux semaines pour qu'il soit crédité. Alors, j'ai repris le chèque et je suis retourné dans l'entrée. Là, j'ai ressenti comme une balle ou un coup de couteau dans le dos sous les côtes, mais je n'avais rien qui clochait à cet endroit. J'ai ressorti le chèque, je l'ai plié plusieurs fois, j'ai appuyé sur le bouton de la petite trappe du cendrier, j'y ai fourré le chèque avec les mégots et je suis parti.

— Et tu ne te vois pas appeler ces gens pour leur demander de te faire un nouveau chèque ? C'est ça que tu es en train de me dire ? Après les avoir laissés tomber et avoir fait ce que tu as fait de leur chèque ?

— Ces gens sont morts.

— Ah.

— C'est juste une société qui détient cet argent. Je suis sûr que je pourrais avoir un autre chèque. Mais je n'en veux pas. À moins que. Voilà, c'est de ça que je voulais te parler.

— S'il est question d'argent, tu t'adresses à la mauvaise personne. La dernière fois que j'ai vu un chèque, c'était à Robert Lee, Texas, il y a trois ans.

— Et si j'obtenais un nouveau chèque, que je l'encaissais et que j'achetais ici ?

— C'est dingue. Pourquoi tu ferais ça ?

— Comment ça pourquoi ? Pour qu'on puisse rester ici, pardi.

— Pour obtenir un emprunt, il faudrait que tu fasses preuve d'un revenu régulier, dit Louisa d'un ton dédaigneux.

— Je n'aurais pas besoin d'emprunter.

— Il faudrait que tu élèves du bétail. C'est le seul moyen de tirer un revenu suffisant pour joindre les deux bouts sur une propriété de cette taille. On a essayé tout le reste.

— Je pourrais élever du bétail. On pourrait.

— Et il faudrait que tu apprennes le métier. Ça n'a rien à voir avec les camions et ce que tu faisais avant.

— Il se pourrait que je m'y connaisse déjà un peu. »

Ils restèrent un moment à écouter le vent qui faisait battre la toile goudronnée remplaçant une des vitres de la fenêtre.

« C'est le Seigneur qui te pose une question, dit-elle.

— À toi aussi.

— Non, pas à moi. C'est ton argent.

— Pas si je ne l'utilise pas. »

Elle se redressa, adossée à la tête sculptée et sombrement vernie du lit dans lequel Bobby Heflin était né. « Si quelqu'un a merdé, c'est toi. Ne me demande pas d'en prendre ma part.

— Tu dis toujours que c'est mal de posséder. Il faut croire que ça ne l'était pas tant que ça quand ton copain était propriétaire et qu'il te logeait ici. Et que tu écartais les cuisses pour le dérangement. »

Louisa se leva, enfila ses sous-vêtements, ses longues chaussettes, sa robe et un des lourds chandails d'homme qu'elle portait dans la maison, puis elle alla se poster dans un angle de la chambre et, les bras croisés, fixa son regard sur Tilly.

Lui : « Tu veux bien partager la connerie de Bobby mais pas la mienne. Pourquoi ça ? »

Elle se tenait tout près de la porte mais restait dans la pièce comme pour bien marquer son refus d'être blessée.

« Tu veux aller dormir dans une autre chambre ? dit-il. Vas-y, qu'est-ce que t'attends ?

— J'ai sans doute ma part de responsabilité, dit-elle. Mais pas la totalité. Je pense que je vais rester pour t'écouter finir de vider ton sac.

— D'accord. Est-ce que tu tiens à vivre ici ?

— Pas tant que ça, si c'est pour que tu me regardes tous les jours comme tu le fais en ce moment. Plus tard tu diras : Je ne voulais pas toucher ce sale chèque, mais je l'ai fait pour elle.

— Ça veut dire non ?

— Ça veut dire ce que j'ai dit. Et je n'ai pas l'intention de te réclamer des excuses pour la méchanceté que tu as laissé échapper il y a une minute. Même Elroy est capable de présenter des excuses, mais pas toi, c'est pourquoi je n'en attends pas. Je suppose que c'était ta bête qui s'exprimait et non le reste de ta personne. Seulement, sergent, tu devrais savoir, à l'heure qu'il est, que ce n'est pas vrai, ce que tu viens de dire sur Bobby et moi. Et je ne veux pas que tu reviennes là-dessus.

— Il n'en reste pas moins que j'ai à décider si je récupère l'argent et achète le ranch. »

Elle se déshabilla de nouveau et revint se brosser les cheveux sur le lit.

« Ça va si je m'allonge à côté de toi ? demanda-t-il.

— C'est bon, mais ne me touche pas tant que je suis en colère. »

Il rampa vers la tête de lit, creusa son oreiller et glissa son corps nu et piteux sous le drap, qui fleurait bon Louisa. Elle était assise tout près de lui, mais à l'extérieur de la literie comme déjà retirée dans le monde des visions, où les êtres perdus pour nous peuvent être vus et même flairés mais jamais touchés.

« Je hais l'argent, dit-il.

— Moi aussi, dit-elle.

— Je ne vais pas le faire, dit-il. Ma décision est prise. Nous allons devoir partir ailleurs. »

Elle attacha ses cheveux, se glissa sous le drap et dit : « C'est bon, tu peux me toucher si tu en as envie. »

Un soir, quelques jours avant que le cul-bénit de la banque se présente avec un bœuf braisé et leur annonce que la vente était conclue et qu'ils allaient finalement devoir vider les lieux, Tilly et Louisa étaient au lit dans le noir, en nage après s'en être beaucoup donné. Elle lui tenait la main. Il aurait voulu se la couper pour la lui offrir.

Ils entendaient le garçonnet s'agiter de l'autre côté de la porte fatiguée. Il finit par appeler : « Monsieur ? De l'eau ? »

Tilly se leva, enfila son slip, plongea la louche dans le seau et la lui apporta. Elroy la prit dans ses petites mains, cependant que Tilly restait prêt à la rattraper par le manche. Après avoir bu la moitié du contenu, l'enfant se rendormit aussitôt à poings fermés. Peut-être n'avait-il jamais été tout à fait réveillé. Tilly porta la louche à sa bouche et but ce qu'il restait d'eau. C'était la seule eau qu'Elroy eût jamais bue. Un goût cuivré. L'enfant oublierait peut-être ce goût, mais s'il le retrouvait un jour sur sa langue, le temps l'engouffrerait tout entier.

Plus tard cette semaine-là, ils arrivèrent à Las Cruces. Elroy ne devait jamais revoir son lieu de naissance.

12

Ils dormirent sur les banquettes en vinyle de l'Electra, sur l'aire de stationnement d'une église luthérienne de Las Cruces.

Dans la nuit, le garçon s'assit derrière le volant et demanda : « Où je suis ? »

Tilly et Louisa étaient allongés à l'arrière, étroitement emboîtés sous leurs manteaux. Elle ne s'était pas réveillée. Il attendit sans bouger d'entendre le bruissement du plaid et le crissement du vinyle signifiant que le petit s'était recouché. Il y eut une rafale de vent, puis le silence revint. Tilly reposa la tête contre le cou de Louisa et s'abîma dans des rêves aussi agités que décousus – des granges, une remise, une soue, une broyeuse actionnée à la main et vissée à un bastaing vertical avec laquelle on concassait le grain pour les poules. Puis des maisons en boîtes de Coca sur des pilotis bas avec des toitures en chaume de paille, broyées ou bien brûlées par le napalm, une fumée noire s'élevant comme une cascade inversée.

Sur le siège avant, le garçon déclara à haute voix, à l'adresse de personne : « C'est pas pour de vrai. »

Tilly se redressa en ayant soin de ne pas réveiller Louisa, déverrouilla la portière et sortit en chaussettes dans la lumière pareille à une vapeur de mercure du parking désert. Il tira de la poche de son jean le trousseau et ses deux dernières clés, la clé de contact de l'Electra et celle qui commandait la fermeture des portes. Le vent glacial se remit à souffler. Il déverrouilla la portière côté chauffeur et l'ouvrit. Le garçon, les yeux en soucoupes, la mine renfrognée, s'était rassis avec l'air de le mettre au défi de faire passer ce monde manifestement illusoire pour le monde réel au lendemain d'une apocalypse qui aurait laissé les gens sans lits ni même cuisinières près desquelles dormir, avec pour seule lumière extérieure l'éclairage verdâtre d'un réverbère qui changeait les hommes en goules.

« Viens par ici », lui dit Tilly.

Elroy se laissa soulever dans les plis du plaid. Vague rumeur au loin de la circulation sur l'autoroute. Haleine nocturne laiteuse de l'enfant, relent de la transpiration nocturne de l'homme dans ses vêtements de plusieurs jours. La nuit froide du désert recouvert de nuages bas.

Tilly se baissa à l'arrière et inséra l'enfant dans le creux formé par les bras et les cuisses de Louisa. Elroy remua, se nicha, prit ses aises. Il n'y avait pas de place sur la banquette pour un troisième occupant. Tilly prit son vêtement de pluie, qui avait appartenu à un des autres types, et monta à l'avant. Ayant relevé l'accoudoir, il s'allongea et s'enveloppa dans le ciré. Il glissa les orteils dans le pli de la banquette et peu à peu se réchauffa. Il était tourné vers les dessous du système de chauffage sous le tableau de bord côté passager. Une neige dure crépitait sur le métal du toit. Il prêta l'oreille à la respiration sonore mais égale d'Elroy et de Louisa, leurs deux souffles décalés mais fondus, les bruits animaux élémentaires, l'air de l'un se mêlant à celui de l'autre – il les écoutait mais ne les voyait pas, ne distinguant que les surfaces inertes de l'habitacle et les vitres qui luisaient d'une buée verte, ainsi que sa propre forme approximative sous le linceul du ciré. Trois personnes ensemble dans l'obscurité, une séparée des deux autres. Comme, dans les ténèbres du tunnel, le lieutenant dans la chambre voisine, quand Wakefield et lui l'avaient entendu pleurer.

Le lendemain matin, ils se rendirent à une halte pour camionneurs située à la lisière de la ville. Ayant tiré de leurs bagages des rechanges de sous-vêtements et des chemises de coton propres, ils entrèrent s'offrir une douche de cinq minutes. Étant minces tous les trois, ils purent se serrer dans un seul compartiment. Mais le jet était très puissant et le petit redouta de s'y exposer. Tilly y mit les mains afin que l'eau tombe sur lui avec moins de violence pendant que Louisa lui débrouillait en hâte les nœuds des cheveux. Ils partagèrent l'antique serviette marquée de taches de rouille qu'on leur avait fournie, puis ils s'habillèrent. Au comptoir du snack-bar, ils mangèrent des toasts de pain de seigle avec de la confiture de framboise, des œufs et du porridge. Tilly et Louisa burent leur café en regardant la télévision. Elroy, qui n'avait jamais vu de télévision, la regardait avec un air agacé, comme si elle était un démarcheur venu à l'heure du déjeuner. L'écran montrait deux livreurs en combinaison de saut largués par erreur dans l'espace.

Après que Tilly eut réglé la note, Louisa lui souhaita bonne chance et il partit de son côté en direction du centre pour se rendre à la Direction de la circulation automobile. Là, il montra son permis de conduire délivré par l'État de New York et remplit les formulaires pour le faire valider au Nouveau-Mexique en tant que licence d'entrepreneur de remise, licence exigée pour toute forme de conduite commerciale. Il passa les épreuves écrites et les réussit. Puis il passa l'épreuve de conduite et fut reçu. Après qu'il eut lu à voix haute la ligne de lettres du tableau optométrique, le fonctionnaire lui dit : « C'est bon, mon vieux. Vous avez réussi. »

Ce permis, valable pour une durée d'un an, expirerait au dernier jour de son mois de naissance. Il lui coûterait trois dollars et vingt-cinq *cents*. L'employé lui demanda sa date de naissance. Tilly jeta un coup d'œil à son vieux permis, le lui montra, et dit être né le 14 novembre 1948. L'autre lui demanda où il résidait. Tilly dit qu'il venait de déménager. L'autre dit que ce n'était pas un problème, où habitait-il à présent ? Tilly lui dit d'écrire « Sans domicile fixe. »

« Je ne peux pas faire ça.

— D'accord. Mettez 100, Louisa Street, Alamogordo, Nouveau-Mexique.

— C'est là que vous habitez ?

— Oui, m'sieur.

— Pourquoi ne pas l'avoir dit tout de suite ?

— Il se pourrait que nous en repartions.

— Ça fait une sacrée tirée pour venir d'Alamo. Pourquoi ne pas vous être adressé à la DCA là-haut ?

— Ils ne font pas le permis pour la conduite commerciale.

— Ah bon ?

— Pas le samedi.

— Je l'ignorais. Bien, ceci vous autorise à conduire un véhicule à moteur pour le transport de personnes ou de biens contre rémunération. Vous pouvez conduire tout ce que vous voulez sauf un bus scolaire.

— Entendu.

— Vous pouvez conduire un tank Sherman. Mais si

vous voulez conduire un bus ou autre véhicule transportant des enfants contre rémunération, vous devez attendre un an et trouver trois personnes responsables qui vous connaissent bien pour signer une attestation comme quoi vous êtes une personne de bonne réputation et de bonne conduite.

— Très bien.

— Pour tout ça, il faut vous enregistrer à Albuquerque. Vous ne comptez pas transporter des écoliers ?

— Non, m'sieur.

— Attendez un peu, on va vous plastifier votre permis. Après ça, vous allez faire un camionneur de première, façon Red Sovine[1]. Un petit instant. Je vois que vous avez mis "marron" pour vos yeux.

— Oui.

— Ils sont verts.

— Non, m'sieur, ils sont marron.

— Je vais mettre "verts". Allez faire un tour devant le miroir. Vous serez rentré à Alamo pour l'heure du dîner. »

Peu de temps plus tard, Tilly entendit appeler son nom et revint au comptoir.

« Vous vous êtes regardé dans le miroir ?

— Non, m'sieur. Mais je vous crois sur parole. »

Revenu au routier, il trouva Louisa et Elroy dans la pièce sans fenêtre de la laverie automatique. Le petit, assis par terre, regardait bouche bée le linge qui tournait de l'autre côté du hublot de la machine à laver. Louisa était occupée à annoter les premières pages d'un numéro du *Las Cruces Sun-News* qu'elle avait

1. Chanteur de country (1917-1980) dont les chansons racontaient la geste des camionneurs.

trouvé dans la poubelle. Elle lisait toujours armée d'un crayon pour souligner ou noter *oui* ou *non* dans la marge ou encore écrire *mensonges, c'est honteux, vous nous prenez pour des idiots ?* directement sur le texte imprimé comme si elle débattait avec.

« Je lis ici : "Le Président Ford propose une amnistie conditionnelle aux insoumis et aux déserteurs", dit-elle. Tu dois réaffirmer ton allégeance aux États-Unis. Mais tu dois ensuite faire deux années de travaux d'intérêt public, après quoi tu récupères un casier vierge. »

Il attendit le reniflement indigné qui devait suivre – il goûtait tous les bruits rhétoriques de Louisa : un sifflement saluait une chance insensée ; *hmm* signifiait qu'elle était d'accord, allez-y foncez ; un roucoulement de colombe était signe de commisération. Mais elle laissa cette fois la nouvelle sans commentaire et porta son attention ailleurs sur la page.

« Cet article te donne une idée, observa-t-il.

— Comme solution de repli, dit-elle. Au bout du compte. Si tu ne trouves rien d'autre.

— Je vais mettre les choses au clair.

— La solution totale et absolue, dit-elle avec détachement mais sans le regarder.

— Je vais les trouver et je leur dis : "Je vous promets, je suis une tapette. J'ai déserté." Comme ça, j'obtiens le droit de balayer les rues à deux dollars de l'heure. »

Elle piqua un fard et tourna la page.

« Excuse, dit Tilly. C'était du sarcasme.

— Laisse tomber.

— Ça partait d'une bonne intention de ta part.

— Je crois que c'est pas ça. Je crois que je cherchais à faire comme si tu étais quelqu'un d'autre.

Je crois que j'essayais de faire comme si tu t'étais tiré en douce.

— C'est ce qu'ont fait les autres ?

— Ou bien que tu avais été appelé et qu'on te cachait. Or tu ne te planques pas. Tu es là avec ta marque de tueur sur le bras. Et moi je suis avec toi. Des fois, je ne sais que faire de ma peau.

— Je vais trouver quelque chose très bientôt.

— Tu étais classé comment dans l'ordre de la conscription ? Je ne le sais même pas. Dis-moi que tu étais 1-A. Dis-moi que tu n'as pratiquement pas eu le choix.

— Je n'ai pas été appelé.

— Je ne te suis pas.

— Si tu viens les trouver pour signer un engagement, pourquoi auraient-ils besoin de t'appeler ? »

Après avoir fourré le journal dans la poubelle au milieu des pelotes de fibres textiles, elle se remonta les cheveux et y glissa son crayon. Puis elle croisa les bras, le regarda brièvement avant de détourner les yeux. « Ben dis donc.

— Quoi ?

— C'est comme ça que Bobby en est venu à t'appeler le Volontaire ? Parce tu t'es engagé de ton propre chef ? »

Tilly réfléchit un moment avant de répondre : « Oui, c'est pour ça. Tu croyais quoi ?

— Je pense que je le savais tout en ne voulant pas le savoir.

— Je ne suis pas désolé.

— Je sais bien. Tu n'es jamais désolé.

— Ça ne veut pas dire que je le referais.

— J'ai besoin de réfléchir à tout ça.

— Dis-moi à quoi tu réfléchis.

— Je pense à si les filles de mon lycée me voyaient en ce moment.

— Tu es belle. Tu es tout le temps belle. »

Elle eut un rire. Elle avait le regard lointain, effet d'une appréhension. « L'amour n'obéit à aucun principe, pas vrai ? »

Tilly eut un serrement de gorge. Il toussa, mais rien n'y fit. Il se tourna vers le garçon, toujours assis par terre, pour lui demander d'une voix altérée : « Elle te plaît, cette émission de télé sur les vols spatiaux ? »

Louisa recroisa les bras, regardant le petit, s'adressant à l'homme. « Il m'a dit : "J'y crois pas une seconde." Ce sont ses mots.

— On envoie des gens dans l'espace, Elroy. En haut de fusées.

— Vas-y, dit Louisa, prépare-le à la vérité du monde.

— J'aime bien cette émission, dit Elroy en montrant le hublot savonneux.

— Tu as été reçu ? demanda Louisa à Tilly.

— Oui.

— Montre-le-moi. »

Il lui montra le permis. Elle eut un sourire en voyant la photo. Lui : « Retourne ce truc et regarde-moi. De quelle couleur sont mes yeux ?

— Verts.

— Ils sont marron.

— Va te regarder. Ils sont verts. Qu'est-ce que ça dit ici ? (Elle retourna le document.) Qu'ils sont verts. C'est la vérité.

— Ils sont marron. Les yeux ne changent pas de couleur une fois qu'on est adulte, je me trompe ?

— Va regarder.

— Je n'ai pas envie.

— Pourquoi pas ?

— J'ai pas envie, c'est tout. On va devoir faire attention. Ce truc nous a coûté une fortune.

— Fini, le champagne et les huîtres.

— On va s'en tirer.

— Je sais, dit-elle.

— Ah oui ? Comment ça ? »

Elle lui posa la main sur la joue et lui gratta la barbe. « Est-ce qu'on n'est pas bien en ce moment ?

— Oui.

— Eh bien, continuons comme ça.

— D'accord. Elroy, on lève le camp.

— Attends, dit le petit.

— Allez, viens. Ce ne sont même pas nos fringues.

— Attends quand même.

— C'est quoi ce nom de rue débile ! dit-elle en regardant le permis en détail.

— Le premier truc qui m'est venu.

— Ma douce bête. » Elle souriait et pleurait, toute de pudeur et de confusion, comme elle le faisait parfois après l'amour, d'une façon qui ne trahissait pas ses sentiments mais les rendait plus déconcertants pour lui. « As-tu seulement jamais mis les pieds à Alamogordo ?

— Je me suis dit qu'il connaîtrait le nom de toutes les rues par ici.

— Elroy Heflin, amène-toi, dit-elle en s'essuyant les yeux sur sa manche de manteau.

— Non, attends, dit le petit.

— Qu'est-ce qui fait briller le soleil ? lui demanda Louisa.

— L'amour, je sais, répondit Elroy. Attendez. J'aime bien la machine.

— Allez, lève-toi, dit Tilly.

— Et qu'est-ce qui te plaît dans cette machine ?

— Allez, debout, on y va.
— J'aime bien qu'elle s'arrête jamais. »

Tilly échangea un billet contre des pièces de dix *cents* à la caisse du snack-bar. Puis tous les trois retournèrent dans le centre, où il avait repéré la bibliothèque municipale. Là, ils passèrent en revue d'autres journaux, après quoi ils se relayèrent au téléphone à pièces de l'entrée pour écumer les offres d'emploi.

La nuit venue, ils firent un feu dans le désert, improvisèrent un gril avec des pierres et deux démonte-pneus et firent cuire des épis de maïs auxquels ils ajoutèrent des tomates étuvées. Elroy demanda du piment vert, mais il n'y en avait pas. Tous trois baissèrent la tête. Louisa rendit grâce pour le feu. Tilly rendit grâce nommément pour Louisa et pour Elroy. Elroy rendit grâce pour le piment. « Nous n'avons pas de piment, lui dit Tilly. Remercie pour ce qu'on a. Pas pour ce qu'on n'a pas.

— Pour… ? dit Louisa.
— Laisse-le réfléchir.
— Pour… ? » réitéra Louisa.

Le feu crépitait. Pas un souffle d'air. La fumée dérivait autour d'eux comme un filet sous l'eau.

« Je pourrais contempler un feu jusqu'à la fin des temps, dit Louisa.
— Moi aussi, dit Tilly.
— Pour mes yeux, amen, déclara fermement Elroy.
— Bravo, dit Tilly.
— À la bonne heure », renchérit Louisa.

Par la suite, afin que le petit eût de quoi relever son maïs, Tilly subtilisa une bouteille de Tabasco dans le snack-bar de la halte où ils prenaient leurs douches. Elroy exigeait une douche quotidienne, cela d'un ton résolu qu'il n'employait pas par ailleurs. Ils se pliaient à sa volonté malgré la dépense. Ils s'enfermaient dans la salle d'eau et se déshabillaient. Elroy entrait sous la douche en émettant de petits cris de saisissement et de bravade, puis se plantait sous le jet, les yeux fermés, les bras en l'air, les dents serrées, pendant que Tilly et Louisa se savonnaient sans perdre de temps.

Elroy ne se souciait pas d'être tout nu. Tilly n'était pas aussi intrépide. Même les mots le mettaient mal à l'aise. Jamais avant Louisa il n'avait entendu une femme prononcer à haute voix les termes désignant les parties intimes féminines. Ni un homme, en dehors des versions ordurières.

« Vagin, dit-elle en montrant l'emplacement tandis qu'elle s'essuyait.

— Chut. Les hommes n'aiment pas ce mot.

— Utérus.

— Arrête. Je sais ce que c'est. Simplement, je n'ai jamais entendu personne le dire tout haut. »

Elle n'en croyait rien, même si quand elle désignait ainsi du geste telle partie de son anatomie, le regard habituellement franc de Tilly se faisait fuyant. « Comment appelles-tu l'équipement d'une vache au moment du vêlage ? lui demanda-t-elle.

— Une nuit, dit-il, une hereford au pré s'est mise à meugler. On l'entendait de la maison ». Il frissonnait, attendant qu'elle en ait terminé avec la serviette. Elroy avait déjà remis son slip et ses chaussettes. « C'était quand j'étais petit. Un vieux a été obligé d'appeler le véto. Au téléphone il a dit : “Venez vite, sa matrice est toute sortie.”

— Non !

— Ça dit bien ce que ça veut dire, non ? »

Elle eut un rire, puis demanda : « C'était qui, ce

vieux qui a appelé le vétérinaire ? Je croyais que tu avais grandi en ville. »

Il se tenait avec son pénis et ses testicules en évidence devant une femme et un enfant. Il n'était pas à l'aise, mais il s'aperçut qu'il n'éprouvait aucune honte.

« C'était qui ? insista Louisa.

— Je me souviens pas. Un vieux. » C'était son père qui avait appelé. Il fut tout près de le dire. Le chef argenté de son vieux père luisant dans la pénombre près du téléphone.

« C'était qui ? singea Elroy.

— Le véto s'est pointé. Il a tout repoussé à l'intérieur et il a fait des points de suture. Il n'a pas eu à mettre des mots dessus. »

Tilly finit par trouver un emploi de chauffeur chez un prospecteur pétrolier. On lui apprit comment enrouler les chaînes sur la tige de forage. Son timing aux chaînes fut tout de suite excellent. Les autres types travaillant sur le derrick l'aimaient bien.

Ils venaient de partout, pas deux qui fussent originaires du même État. L'un d'eux, disait Tilly, n'allait par devenir bon avec les chaînes avant d'avoir perdu un bout de doigt. Tilly délaça son brodequin de ses mains noires de cambouis, ôta sa chaussette, montra son pied en forme de coin et demanda : « Ça vous va, ça ? » Les autres applaudirent. Il y en eut même deux pour tomber à genoux afin de l'examiner de plus près avec des hochements appréciateurs. Ils montrèrent à leur tour leurs moignons de doigt, les faisant jouer comme une dame sa nouvelle bague. Celui du Wyoming fit circuler une boîte de petits gâteaux aux prunes confectionnés à leur intention par sa fille, Sophie, généreuse séductrice en chaussures coquées que plus d'un des types avaient connue en secret. Au bout d'une heure, tous rentrèrent chez eux. Rien qu'une heure. Le travail était dur et ils attachaient beaucoup de prix à leur sommeil. Tilly ne s'était plus aussi aisément fondu dans une bande depuis les Comets, l'équipe de basket-ball de son lycée de Calamus.

Louisa faisait des ménages à Las Cruces. Elle aimait bien travailler en présence de la maîtresse de maison et entendre ce que le médecin avait dit du croup de la petite Peggy. Il s'agissait de familles de cadres dans l'industrie minière. Cuivre et plomb. Et aussi d'hommes travaillant à la propulsion des fusées et missiles. Cela l'intéressait d'apprendre comment ces gens cultivaient la paix dans leur foyer. Il fallait placer philodendrons et citronniers derrière les fenêtres près du piano – non, un peu plus à droite. Oui, là c'est parfait. En attendant, songez à l'angoisse qu'il leur fallait porter. Le meurtre à l'échelle planétaire, ces débauches de tueries qui rendaient la paix possible là où ils dormaient sur leurs deux oreilles. Elle enviait la force qu'il fallait pour ignorer pareilles choses.

La femme d'un militaire au sein de l'Air Force était allongée sur le divan, se mourant d'un cancer de la thyroïde. Mais elle s'était traînée jusqu'à la salle de bains pour se maquiller. Un collant taupe. Un chemisier en mousseline accordé à ses boucles d'oreilles. Elle se prénommait Marlene. Elle était en train de composer un recueil de poésies intitulé *Mon choix de continuer*. Le sujet et Marlene elle-même fascinaient Louisa, qui brûlait de connaître la teneur de ces poèmes.

« Vous ne voulez pas me les laisser lire ?

— Non.

— Je vous en prie, j'en ai tellement envie.

— Ils ne sont pas terminés. Et ils ne sont pas bons.

Or il n'est pas question que je les montre avant qu'ils le soient. » Marlene arborait un air d'endurance, alors que son oncologue avait assuré qu'elle était en phase terminale. Un air affirmé, non pas d'acceptation mais de survivance. Elle dit : « Débarrassez-nous de cette chaussure sur la tablette de cheminée. Qui a mis ça là ? » Il s'agissait d'un vase orange en forme de bottine de dame.

« C'est moi, répondit Louisa. Je l'ai trouvée dans le placard.

— Jetez-moi ça. Pourquoi faudrait-il que je l'aie plus longtemps sous les yeux ? Vous croyiez bien faire. Je comprends… Non, ne touchez pas au thermostat. Il ne fait pas froid ici. C'est moi qui ai froid. Je ne suis pas de ces personnes trop orgueilleuses pour se couvrir d'une couverture. »

Elle n'en avait toutefois pas à portée de main. « Je m'en occupe », dit Louisa en partant cacher la bottine de verre et quérir un plaid.

« N'en faites rien, dit Marlene. Je vais me lever dans pas longtemps. Revenez par ici. Il ne faut pas laisser les paresseux vous faire courir partout. »

Louisa revint dans le séjour, les mains vides.

Marlene gisait là, secouée de frissons. « On nous a offert ça comme cadeau de départ quand nous avons dû quitter la base de Vandenberg. Henry a pratiquement inventé l'A-10 et là-dessus voilà que le haut commandement nous affecte ici avant même que nous ayons vu quelqu'un le faire voler. Je me lève dans une minute. »

Louisa nettoyait le grand miroir accroché au-dessus de la cheminée. Elle demanda ce qu'était l'A-10.

« Un avion à réaction. On l'appelle le Thunderbolt. Appui aérien rapproché, principalement un tueur de tanks, expliqua Marlene, le souffle court. Si jamais les

Soviétiques lancent leurs divisions blindées à travers la trouée de Fulda – ce qu'à Dieu ne plaise –, les Thunderbolt les pulvériseront – et une statue de Henry sera élevée dans chaque école de guerre d'Europe. »

Louisa en savait peut-être plus sur la trouée de Fulda que ne le pensait Marlene. « Je ne comprends pas. Dans quel but les Russes enverraient-ils des chars à travers l'Allemagne ?

— Ils l'ont bien fait la dernière fois.

— Mais l'Europe est parsemée d'armes thermonucléaires.

— Certes, ma chère. Mais nous n'en ferons pas usage. Sinon pour répondre à une attaque nucléaire. S'ils veulent nous attaquer, ils utiliseront des moyens plus modérés. »

Louisa était comme ces chrétiens qui préfèrent ne pas parler de Jésus en dehors de leur congrégation de crainte de laisser échapper l'affreuse vérité que si peu de gens connaissaient. Elle n'avait aucune inclination à persuader. Elle ne voulait effrayer personne. Mais il arrivait parfois que la vérité lui échappe comme un éternuement. « Dès le début, Marlene, il y aura échange de frappes nucléaires. Rien ne pourra empêcher ça. Ça ne durera pas une journée, une heure ou deux peut-être. Quelques populations survivront. Puis elles succomberont aux radiations. »

Marlene la regardait. « Personne ne va succomber aux radiations à part moi », dit-elle.

Louisa s'empara d'un châle en cachemire sur le fauteuil.

« Non », dit Marlene. Mais Louisa lui en avait déjà enveloppé les pieds.

« De toute façon, ce n'est pas assez chaud. » Marlene gisait magnifique et austère avec sa peau fanée et ses bagues en argent, faisant naître sous ses paupières fardées de bleu des poèmes farcis d'un implacable savoir.

« Quelle armée s'est jamais alignée avec des sabres si elle possédait des mitrailleuses ? demanda plus tard Louisa à Tilly. Ces avions antichars dont m'a parlé Marlene, ce sont des jouets. Pourquoi est-ce qu'on les fabrique ? S'agit-il vraiment d'une commande publique ? Il doit y avoir une autre raison. Qu'est-ce qui te fait rire ?

— Un tantinet sinistre.

— Quoi donc ?

— Tout ce que tu lui as sorti sur la fin des temps. »

Elle commença à rire elle aussi, puis elle comprit qu'il avait pris pour une simple marque de pessimisme sa déclaration à propos d'un échange de tirs nucléaires. « Qu'est-ce que tu crois qu'on faisait au ranch Heflin, qu'on priait pour la paix ?

— Oui, quelque chose comme ça.

— Allons donc, bébé, ça sert à rien. Je veux dire, personne ne sait quand la fin va arriver, mais elle arrive. On n'était pas débiles. On ne pensait pas qu'on pouvait l'empêcher. S'il ne te restait qu'une seule minute, à quoi l'occuperais-tu ? Voilà ce à quoi on pensait.

— On croirait entendre Bobby.

— Va te faire voir. On avait tous le même discours. On ne sait pas pour quand c'est, bien évidemment. Mais cette guerre qui a cours en ce moment est la dernière. En ce moment, elle connaît juste une accalmie.

— Tu crois à ce que tu dis ?

— On s'en fout, de savoir si j'y crois ou pas. C'est la vérité. » Elle affichait l'air désemparé d'un témoin oculaire dont la parole est mise en doute.

« Si tu y croyais, comment se fait-il que vous ayez décidé de faire un bébé ?

— Eh bien, on ne l'a pas décidé.

— En tout cas, vous l'avez fait.

— On avait décidé tout le contraire. »

Bien conscients de courir ce risque, ils avaient tenu une réunion, assis tous les sept en tailleur sur le plancher près de la cuisinière. Il n'y avait qu'une seule solution à leur dilemme s'ils entendaient rester honnêtes et aimants, mais tous n'y étaient pas prêts, aussi décidèrent-ils de laisser passer une nuit et de se réunir de nouveau le lendemain pour reprendre leur délibération. Ils discutèrent trois jours de plus et finirent par convenir d'aller tous ensemble au Mexique, où l'on se faisait opérer pour pas cher et où ils se feraient tous stériliser.

« Ah, commenta Tilly. Je crois que je le savais. » En fait, compte tenu du fait que ni elle ni lui ne prenaient de précautions, il avait supposé… non, il était présentement incapable d'envisager la chose inepte et extravagante qu'il avait supposée. Cet espoir qu'il avait laissé fleurir dans le jardin de son ignorance.

« Tu pensais que je prenais la pilule ? » proposa-t-elle. Fine mouche, elle lui offrait l'occasion de sauver la face.

« Oui », mentit-il.

Tous les sept étaient montés dans le fourgon de Luther et s'étaient rendus à Ciudad Juarez. Tout le monde devait y passer ce même week-end.

« Il y en a donc deux qui ont menti ?

— C'est ça.

— Comment ont-ils procédé, ils sont entrés à la clinique et en sont ressortis en faisant mine de boitiller ?

— C'est à peu près ça.

— Vous aviez passé un pacte et deux d'entre vous l'ont rompu. Ils ont menti aux autres.

— Oui, au moins deux. » Il voyait bien qu'elle se faisait violence pour ne pas se dérober à ses questions. Il continua néanmoins à les poser, incapable d'arrêter à présent que son ignorance avait volé en éclats. « La dénommée Katerina et un des types ?

— Au moins l'un d'entre eux, oui.

— Et vous ne vous êtes pas souciés de savoir lequel ?

— D'accord, quelqu'un avait menti. Est-ce qu'il aurait fallu pousser chacun dans ses retranchements ? Est-ce qu'on aurait dû dresser un tribunal ?

— Pourquoi pas ? Si vous vouliez en avoir le cœur net.

— J'avais pensé que tu comprendrais », dit-elle sans chercher à dissimuler sa déception.

Ils vivaient dans une caravane de petit gabarit installée en vue de la gare routière où Vollie était pour la première fois descendu d'un car sous le ciel du Nouveau-Mexique, un ciel qui resplendissait d'un espoir indéfini. Ils mettaient depuis quelque temps de côté une part fixe de leurs gains mensuels. Il lui faisait accroire que cet argent n'était qu'une poire pour la soif. Jamais il ne dit franchement qu'ils pourraient un jour l'utiliser comme premier versement pour l'acquisition d'une maison. Il semblait percevoir l'angoisse que cela causerait à Louisa d'admettre qu'elle était capable d'aspirer à pareille abomination, pareille capitulation, à savoir devenir propriétaire – en l'occurrence une petite maison de ranch à Rincon, en parpaings avec un vieux pêcher dans la cour et six cents mètres cubes de droit d'eau pour le jardin. Elle avait trouvé ce bien dans les avis de saisies. Qu'est-ce qui lui arrivait ? Voilà qu'elle se voyait propriétaire. Maudissant le va-et-vient des autocars qui lui ruinait le sommeil, elle était convenue avec cet homme d'améliorer leur sort en économisant pour le mirage d'un avenir, alors même qu'elle savait bien que seul existait le présent.

« Nous étions plus importants, dit-elle, ce que nous avions mis sur pied comptait plus que de démasquer tel ou tel. Peut-être que ça a été la première fêlure et que nous n'avons pas voulu la voir. Mais tu sais quoi ? Je suis contente que nous ne l'ayons pas vue.

— Comment avez-vous pu ignorer un mensonge pareil ?

— On ne l'a pas ignoré.

— Vous étiez bien forcés de réagir, non ?

— C'est ce qu'on a fait : on a décidé de s'aimer les uns les autres. »

Louisa ne fut jamais à lui. Elle n'avait pas besoin de le lui signifier. Cela irradiait en permanence de sa personne comme une lumière de couleur. Dans la rue à Las Cruces, un jeune garçon leur demanda de l'argent. Il avait les cheveux tout emmêlés et qui sentaient mauvais. Il portait la mort dans ses yeux jaunes. Ses dents de devant, rangées comme des touches de piano, étaient d'un garçon dont les parents s'étaient jadis enorgueillis. Louisa lui répondit qu'elle n'avait pas d'argent sur elle mais qu'elle voulait bien le serrer dans ses bras. Avec un hochement de la tête et de toute l'échine, il répondit : Ça alors, ce serait super. Ensuite de quoi il regarda Tilly, debout derrière elle, et Elroy, qui s'accrochait à sa veste, puis il revint à Tilly, qui l'observait avec intensité, et pour finir il passa son chemin sans qu'il se soit rien passé.

Louisa n'en voulait pas à Tilly d'avoir le *sentiment*,

qu'il *savait* erroné, qu'elle était sienne. En voulait-elle aux nerfs sectionnés qui lui disaient qu'il avait toujours des orteils, qui le cuisaient alors qu'ils n'existaient plus ? Elle ne lui appartenait pas, attendu que personne n'appartenait à personne. On ne s'appartenait pas plus à soi-même. Notre bête intérieure nous ordonnait de faire cent choses farfelues qui n'étaient pas possibles. Posséder de la terre. Posséder une personne. Domestiquer la bête reviendrait à la retirer à elle-même. Quand le jeune SDF se déroba à son étreinte, Louisa se retourna pour regarder Tilly et lui dit par la suite l'avoir vu tenir la bride à sa bête. Oui, elle était heureuse de n'être pas prétexte à violence ni objet de violence. Mais un accès de violence physique n'était rien à côté de la façon dont nos bêtes respectives nous agressaient jour et nuit lorsque nous essayions de les changer en quelque chose d'autre que ce qu'elles étaient. Il pensait probablement avoir enfoui la sienne, mais Louisa voyait comment elle se nourrissait de sa résistance, décuplait sa résistance et la lui renvoyait en pleine face.

« Quelle femme n'attend-elle pas de son homme qu'il maîtrise sa colère imbécile ? » demanda-t-il.

Qu'il la fustige, oui, répondit-elle. Qu'il tire dessus à boulets rouges. Faire violence à une créature de violence ne faisait qu'accroître la violence ayant cours de par le monde.

Tilly lui demanda quel choix on avait. Il aurait pu anticiper sa réponse.

« Tout ce qu'on peut faire avec la bête, c'est l'aimer », dit-elle. Il avait été un tueur. Il avait désiré la puissance de l'Amérique, les outils de l'Amérique ne pouvaient que démultiplier sa capacité à tuer. Il avait en fait été l'instrument, le démultiplicateur que l'Amérique avait utilisé parce qu'elle était une tueuse. Et bien plus dangereuse, car, contrairement à l'individu, elle ne possédait pas le pouvoir d'équilibrage de l'amour. « Tu *crois* maîtriser ta colère, rien de plus, lui dit-elle.

— Est-ce que j'ai jamais levé la main sur toi ?

— Hmm, non bien sûr, répondit-elle en lui grattant la barbe. Sauf que tu crois que je ne la vois pas.

— Que tu ne vois pas quoi ?

— La chose que tu es au bord de faire à tout moment. Et tu penses que c'est uniquement ta force de caractère qui t'en empêche.

— Tu penses que j'ai envie de te tabasser, c'est ça que tu dis ?

— Ce que je dis… tiens-tu vraiment à ce que je le dise ? Je ne voudrais pas te déboussoler ni te faire peur ni rien.

— Vas-y, dis.

— Je dis que tu regardes autour de toi avec l'air de trouver que le monde entier est parfait et qu'il fonctionne, et qu'il n'y a qu'une seule chose qui cloche. C'est toi. Et que tu pourrais le parachever seulement en t'en retirant. Genre, en disparaissant. »

Comme il ne répondait rien, elle demanda : « Eh bien ?

— Je cherche à décider si je comprends de quoi tu me parles. »

Elle fit entendre son petit bruit de flûte à coulisse, qui signifiait qu'elle allait attendre.

Les puits de pétrole n'étaient pas rentables et tous les gars furent virés. Après avoir rapporté ce qui restait de matériel de forage à la gare de marchandise de Deming, ils se rendirent dans un bar pour manger un pozole et un ragoût au piment vert. Ce piment, pareil à de l'acide de batterie, était accompagné d'un verre de lait pour se rafraîchir la bouche. Un à un, ils portèrent un toast à leurs patelins respectifs. Indian Springs, Géorgie ; Waldo, Arkansas ; Windom, Texas ; Chillicothe, Ohio ; Wartrace, Tennessee ; Davenport, Iowa ; Egbert, Wyoming ; Comayagua, Honduras ; Buffalo, Missouri ; Mobridge, Dakota du Sud, et enfin Glendevey, Colorado. À la fin, Missouri porta un toast aux pâtés aux prunes de Sophie, la fille de Wyoming. Tous hurlaient de rire, excepté Dakota du Sud, qui lança par-dessus la large table une assiette de tortilla façon Frisbee, fendant ainsi la lèvre de Missouri. Tennessee faillit tomber de sa chaise tant il s'esclaffait. Là-dessus, Wyoming, le père jusqu'ici sans méfiance, empoigna un verre à liqueur et le balança sur le crâne de ce dernier. Il y eut du sang versé et des empoignades. Dans la mêlée, des spectateurs furent projetés à terre. Alors même qu'ils se bagarraient encore, il semblait préférable qu'ils se brouillent les uns les autres plutôt que de repartir de Deming toujours possédés par un esprit de camaraderie. Plus tard, chacun remonta à bord de son pick-up. Ils signèrent pour d'autres chantiers en Arabie Saoudite, au Venezuela, en Louisiane, au Canada, en Indonésie, en Alaska, au Bahreïn. Seul Tilly resta au Nouveau-Mexique, avec Louisa et le petit.

Pendant qu'il recherchait du travail, ils durent puiser dans l'argent qu'il destinait, sans se l'être jamais dit, à l'acquisition de la maison de Rincon.

Louisa voulut mettre Elroy à l'école. Il avait à présent cinq ans et se demandait à quoi rimait tout cela. La secrétaire de l'établissement ne voulait pas l'inscrire si Louisa n'était pas sa mère ou sa tutrice légale. Et l'employé du tribunal de district ne voulait pas la laisser retirer les papiers pour devenir sa tutrice si elle n'était pas mariée. Aussi Louisa et Tilly se présentèrent-ils dès le lendemain au même endroit. Un magistrat les maria et ils remplirent les formulaires initiaux pour devenir les tuteurs d'Elroy. Au bout de trois mois et sans qu'ait été menée la moindre enquête officielle, sans même une entrevue avec un fonctionnaire, ils reçurent un courrier disant que leur demande était acceptée et qu'il leur fallait se présenter de nouveau au tribunal. Là, ils signèrent les documents en présence d'un homme de loi et le garçon devint leur. Ils allèrent acheter du soda dans une station-service afin de célébrer l'événement. Après avoir déposé Louisa et Elroy à la maison, Tilly prit la direction du nord et poussa jusqu'à Elephant Butte avec l'espoir de se faire engager comme mécanicien dans une des grandes exploitations cultivant le coton et la luzerne dans la vallée du Rio Grande. Il dit qu'il savait aussi souder. Il aurait même lié des bottes de foin s'il l'avait fallu, mais personne ne recrutait. Loyer et dépenses d'alimentation avaient déjà mangé tout l'argent destiné à l'achat de la maison.

Ce soir-là dans la caravane, il lui demanda : « Tu penses qu'on va s'en tirer ?

— J'en suis sûre », répondit-elle.

Des années maigres. Des années d'amour. Il savait que tous trois finiraient par se séparer. Impossible de dire quand ni qui provoquerait la chose. Il espérait que ce ne serait pas lui, mais alors ce serait forcément elle. *D'ici là, continuons comme ça.*

13

Les gens qui habitaient le ranch Heflin avaient dit à Elroy qu'il était issu de chacun d'eux. Nul n'avait plus de droits sur lui que n'importe quel autre. Nul n'était tenu plus que les autres de lui donner à manger ou de le surveiller ; c'était leur rôle à tous. Tout comme les mesquites, il appartenait à ce lieu, où il avait été conçu.

Ce n'est qu'après avoir vécu quelques années dans le monde, au milieu de tels et tels gens, ici et là, qu'il comprit à quel point ces premières personnes lui avaient menti. Il fallait exactement deux individus pour en faire un autre ; les deux qui l'avaient fait l'avaient abandonné ; et nul n'appartenait à un lieu quel qu'il soit.

Seul Tilly semblait dire la vérité. Tilly les avait choisis, lui et sa mère, oubliant les autres, et il ne s'en cachait pas. Elroy savait qu'il y avait entre Tilly et lui une solidarité unique qui paraissait se renforcer avec le temps.

Néanmoins, il ne se départit jamais complètement de sa première compréhension des choses, à savoir qu'il était issu de tous et qu'il existait un endroit – qui fleurait l'odeur du ranch – où tous les vivants et les morts avaient leur foyer. Tous les gens se côtoyant en bonne intelligence aujourd'hui et à travers les siècles passés et à venir. Habiter là, c'était être au paradis ; être empêché d'y entrer, c'était séjourner en enfer.

Après que toutes ses tentatives pour trouver du travail autour de Las Cruces eurent échoué, Tilly fut finalement engagé en tant que technicien par le Service de gestion du territoire. Ses tâches consistaient à entretenir des clôtures en fil barbelé dans des coins reculés ainsi qu'à faire des analyses des sols et des eaux de surface en quête d'isotopes radioactifs. Le salaire était dérisoire, mais on lui fournissait un camping-car, où tous trois emménagèrent, et un plein d'essence hebdomadaire.

Le matin, Louisa emmenait le petit à bord de l'Electra – encore fiable pour la mécanique mais dont la carrosserie tombait en morceaux – à travers le lit craquelé par le soleil d'anciennes mers, le déposait à l'école, puis s'en allait repasser les nappes et les draps d'autres gens. Des gens gentils, sots, ivres d'espoir, qui plantaient des pacaniers dans leur jardin en vue d'un avenir qui n'arrivait pas. Et pourtant… pourtant, la tentation de faire comme s'il était en chemin la taraudait parfois comme une envie de nuire.

Ce soir-là, ils couchèrent le petit sur le sofa escamotable. Dehors, Tilly déploya la table à cartes en aluminium logée sous la fenêtre arrière du camping-car et en posa les deux pieds au sol. Puis ils s'attablèrent pour jouer à une variante du bridge appelée « la ruelle » que Tilly avait apprise pendant le stage de survie. On avait le droit de poser des couleurs différentes même si l'on avait une carte de la couleur demandée, cela à condition que personne ne vous y prenne. Si l'on se faisait prendre à tenter une telle renonce, on chutait automatiquement ; on perdait toute sa mise et l'adversaire remportait la sienne. Le fait de prendre le tricheur sur le fait se disait de nombreuses façons. Beaucoup de marines appelaient cela « mettre au trou ». Quand Louisa aux yeux de lynx le démasquait, elle appelait cela « la nique ».

« Je te nique, dit-elle en abattant la main sur la pile des levées de Tilly pour la retourner. J'avais posé le roi de pique et tu n'as pas suivi à la couleur. Ah, tu vois ? Tu chutes.

— Ah, merde, dit Tilly.

— Chut, il va t'entendre. » Elle tira le crayon de ses cheveux et nota le nouveau score sur un bout de papier, à la lueur de la lampe tempête, dans la nuit étrangement calme du désert. « Tu redescends de trois, six, neuf, *douze*. Je monte de neuf. »

Il la regardait ; elle le regarda, différemment.

Ils n'avaient plus les moyens d'acheter de la bière ou des cigarettes. Mais la fumée du feu de camp se chargeait de les intoxiquer. Elle battit rapidement le paquet entre ses longs doigts, puis appuya là où les cartes se recouvraient partiellement, en ploya les extrémités opposées pour former le pont, et elles s'interfolièrent. Elle répéta l'opération, puis déposa le jeu pour qu'il le coupe. Mais il se contenta d'une tape sur le dessus. Elle distribua et retourna la dernière carte : la couleur d'atout était carreau. Avec le joker et trois carreaux dans une main de sept cartes, il annonça une enchère de six.

« Tu ne manques pas de culot. Moi, je dis un, annonça-t-elle en notant la chose.

— On va bien voir. Il faut que je ressorte du trou. » Il posa la reine de pique, elle suivit avec le quatre et il fit le pli.

« Tu ne m'as jamais demandé comment ça a fini par foirer au ranch Heflin.

— Tu as envie de me le dire ?

— Il y a juste que tu ne me l'as jamais demandé. Pourquoi donc ? »

Il posa de nouveau du pique, elle changea de couleur et il déposa sa seconde levée en travers de la première.

« Tu crois peut-être qu'on s'est tous mis à se manger le nez quand l'argent est venu à manquer ? C'est pas ce qui s'est passé. »

Il posa le valet de trèfle et elle se redressa, contrariée d'être une nouvelle fois prise en défaut.

Il regarda ses cartes et dit : « Chérie, maintenant tu vas payer pour m'avoir mis au trou.

— Tu n'enrages pas à l'idée que tu aurais pu te pointer plus tôt et faire partie de la bande ? »

Aux cartes, elle était plus que combative. Elle poussait n'importe quel avantage à fond. Elle paraissait n'avoir aucune idée des extrémités jusqu'où elle était prête à aller pour l'emporter.

Il joua le joker, ce qui obligeait Louisa à abandonner son atout le plus fort. « Putain », dit-elle avant de lancer le roi de carreau en travers de la table. Elle leva les yeux vers les étoiles, puis revint à lui et, le regardant en face : « Même si tu étais venu plus tôt, ça n'aurait rien changé. »

Tilly ramassa le pli. Sa nature confiante ne détecta pas la pique qui arrivait. Elle reprit : « Tu n'aurais jamais pu faire partie du groupe. T'es pas notre genre, sergent. »

Il se tourna vers l'obscurité recouvrant l'étendue plate de désert où le camping-car était stationné, en quête d'un raz-de-marée imminent ou d'une personne qu'il savait décédée, de quelque impossibilité révélatrice capable de l'informer qu'il était en train de faire un cauchemar.

« Il s'est passé qu'un soir on s'est tous désapés.

— Pourquoi fais-tu ça ? Est-ce que tu cherches à me mettre suffisamment en colère pour que je lève la main sur toi, histoire de prouver que tu as raison à propos de mon caractère ?

— Luther et Katerina partaient le lendemain pour l'Oregon avec le fourgon. Sally et Lucy rentraient au Nevada, d'où elles étaient originaires. Et Bobby et Conrad allaient se renseigner pour se rendre en Thaïlande. Tous, nous étions nus, et tous, nous pleurions. On était dehors autour du feu. Et Elroy était à l'intérieur, endormi, comme en ce moment. »

Tilly reposa ses cartes.

« Bobby est venu derrière moi et il s'est mis à m'embrasser dans le cou. Il était maigre. Les autres portaient la barbe, mais lui n'arrivait pas à s'en faire pousser une. Et je sentais sa queue se dresser derrière moi contre ma jambe. »

Prenant appui sur les accoudoirs de son fauteuil pliant, Tilly se leva. Il monta prendre une couverture à bord du camping-car. Il l'emporta jusqu'à l'Electra. Louisa était toujours assise à la table à cartes. Il tourna la clé de contact et partit à travers le désert sans traces, sans se soucier des buissons ou des ornières, les ailes secouées de vibrations. Après avoir parcouru sept ou huit kilomètres, il fit halte, s'allongea et tenta de dormir sous la couverture. Mais, ne trouvant pas le sommeil, il finit par s'asseoir au volant et, seul dans le noir, se prit à demander aux instruments du tableau de bord ce qu'il convenait de faire. À demander à son père au chef argenté ce qu'il devait faire. Il apercevait le feu de camp dans les lointains solitaires. Avec son sang qui bouillonnait de la sorte, il se gardait bien de rebrousser chemin.

Son père lui aurait dit : Ne fais rien dans la hâte si tu entends le faire comme il faut. Mais son père n'était pas là, et ses mains et ses pieds, comme mus automatiquement, engagèrent la voiture dans un demi-tour et la ramenèrent au campement. Il redoutait de descendre et de la frapper, il craignait que cela ne lui fasse du bien et ne lui paraisse juste.

Au moment où il descendit de voiture, Louisa, enveloppée dans sa veste à lui, qui avait appartenu au dénommé Conrad, remettait du bois dans le feu.

Elle pleurait. « Tu ne pourras jamais comprendre à quel point ils me manquent, lui dit-elle. Tu ne peux rien pour moi. Tu penses qu'on a tout simplement été à court d'argent. Oui, on était fauchés, et alors ? S'il y avait toujours eu de l'amour, l'argent n'aurait pas compté. On aurait trouvé une solution. Il faut croire qu'on a renoncé à l'amour. C'est la seule explication possible. Qu'est-ce qui a cloché avec nous ? Ça n'a pas été la faute de quelqu'un en particulier, mais la faute à tous. » Elle s'essuya les yeux d'un revers de manche et dit : « S'il te plaît, terminons la partie. »

Tilly reprit sa place. « J'ai oublié qui commence, dit-il entre ses dents.

— Mon œil, que tu as oublié. C'est toi qui menais. »

Il avait effectivement oublié, mais quand il regarda les trois cartes d'atout qu'il avait en main, cela lui revint d'un coup. Il avisa les quatre plis qu'il lui avait déjà pris, et le déroulement de la partie se reconstitua dans son souvenir : il se rappela qu'il avait chuté au tour précédent mais qu'il était en train de l'emporter dans celui-ci et qu'il attaquait maintenant avec une main pleine d'atouts.

Louisa étudiait le score et ses cartes. Elle avait une façon renversante de pleurer, de donner libre cours à son chagrin, puis, une fois que c'était fait, de revenir aux affaires du présent.

Tilly joua la reine d'atout.

« Enfoiré, dit-elle.

— Tu te rappelles quand tu as dit que je pensais que le monde était juste et achevé à ceci près que j'en faisais partie ?

— Oui.

— Et que je voulais en sortir et comme qui dirait disparaître ?

— Oui. Est-ce que ce n'est pas, d'ailleurs, ce que tu as fait à l'instant ? »

Il ramassa le pli. « Je ne veux pas en sortir, dit-il. Je veux y rester. »

Elle fit son bruit de colombe, celui de la commisération. Cela voulait dire : Mon pauvre, c'est pas de chance.

« Je veux rester, répéta-t-il.

— Impossible. C'est fini.

— Non, je veux rester avec toi.

— Qu'est-ce qu'il te faut de plus ? Nous sommes mariés. Devant la loi.

— Tu sais bien ce que je veux dire.

— Tu pourrais me découper en morceaux et me manger comme une génisse, pour ce que la loi en a à faire.

— La lettre que Bobby m'a écrite disait : Aime tous et tout. Est-ce que je ne peux pas en faire partie ?

— Non.

— Je ne peux pas faire partie de tous les hommes ?

— Non, tu ne comprends pas. Alors, c'est non.

— Qu'est-ce que je dois comprendre ?

— J'ai dit non. »

Selon la nouvelle règle, le petit était tenu de proposer chaque soir au moins une chose inédite dont rendre grâce au Seigneur avant que le dîner puisse commencer. Il regardait les steaks fumants baignés d'une sauce rouge et grasse dans le plat posé au centre de la table. Les pommes de terre et leur somptueuse crème. Sa réflexion lui fronçait le front. Dehors, la neige tombait sur les montagnes désertes. C'est alors qu'il se rappela un projet qu'il avait imaginé et demanda à sortir de table.

« Parle plutôt avant que cette viande ait refroidi », lui dit Tilly.

Mais Elroy promit qu'il n'en avait que pour une seconde et Louisa l'autorisa à quitter la table. Il se dirigea vers son cartable, posé sur le sofa, en sortit la liste qu'il avait dressée à l'école quand, muni d'un crayon et d'une feuille de papier, il avait réfléchi aux choses pour lesquelles il pourrait remercier le Ciel dans les jours à venir. Il y jeta un coup d'œil, puis la remit dans son sac, revint à table et se jucha sur sa chaise.

« Eh bien ? lui demanda Louisa.

— Je rends grâce pour l'ours.

— Elroy… commença Tilly.

— Non, laisse-le s'expliquer. Quel ours ?

— L'ours dans mon rêve.

— Elroy, on a faim. Arrête ça. Choisis quelque chose de bien réel.

— De quelle couleur était-il, cet ours ? demanda Louisa.

— Il était brun. C'était un grizzli.

— Qu'est-ce qu'il a fait ? Pourquoi rends-tu grâce pour lui ?

— Quand les loups m'ont attaqué, l'ours les a tous zigouillés. »

Réorganisant la zone de ressources couverte par Tilly, le SGT mit un terme à sa mission. L'administrateur local lui proposa de suivre une formation pour un emploi de contrôleur des concessions d'exploitation pétrolière et gazière, mais cela l'aurait envoyé travailler dans l'est du Texas. Louisa, qui était originaire de cette région, s'était juré de ne jamais y remettre les pieds, ce qu'il respectait. Aussi poussèrent-ils jusqu'au comté de McKinley, non loin du pays navajo, où Tilly fut recruté comme responsable du bocard dans une usine qui retraitait du minerai d'uranium.

Ce comté de McKinley était si éloigné qu'Elroy n'en avait jamais entendu parler. Ils auraient aussi bien pu changer d'État. Le pays alentour était rouge. À l'école, les enfants navajos le tinrent à l'écart. De même que les Hispaniques, dont les familles étaient là depuis des siècles. Idem des Mexicains, implantés là de plus récente date, qui étaient les plus petits par la taille, les plus enclins à partager leur déjeuner et les plus portés à la bagarre. Les seuls autres Blancs étaient deux filles. À Las Cruces, Elroy, plus jeune, frayait avec les filles ; il n'en faisait rien dans ce nouveau pays qui était un second départ s'offrant à lui et à ses sept ans. Au lieu de cela, il faisait du vélo en solitaire le long des immenses arroyos ou bien regardait la télé ou bien encore étudiait le monde secret des antiques placards fleurant le cèdre et de l'électroménager dépassé de leur maison de location. L'histoire cachée à l'intérieur des objets. La main qui avait enfoncé le clou auquel il accrochait son blouson dans sa chambre. L'homme relié à ladite main. La piste par laquelle cet homme était arrivé jusqu'ici. Les gens de l'Est ou du Sud qui l'avaient engendré. Les cheminements qui les avaient conduits à l'endroit où ils l'avaient conçu. La façon dont chacun d'eux était issu de deux autres personnes, elles-mêmes d'encore deux autres chacune, les pistes divergeant à mesure que l'on remontait dans le temps. L'infinité d'individus qu'il avait fallu dans un passé sans bornes pour produire cet homme qui enfonça cette pointe et mourut à son tour.

Un précédent locataire avait laissé, installé sur le mur de l'office, un vieux téléphone noir de la Western Electric, le modèle avec l'écouteur au bout de son fil et un cône séparé, où l'on parlait, fixé sur l'appareil lui-même, si bien que l'on téléphonait face à la paroi. Ce téléphone n'était pas en service car ils n'avaient pas de quoi payer l'abonnement.

S'étant enfermé dans l'obscurité totale de l'office, Elroy, juché sur le tabouret qu'il y avait installé, se créa mentalement une succession de chiffres, se les répéta pour les mémoriser, puis les composa sur le cadran.

Il se colla le froid écouteur en zinc sur l'oreille et se concentra, mais il n'entendit rien, pas même le bruit de la mer comme dans un coquillage.

Néanmoins, au bout de plusieurs minutes, il se tourna vers l'appareil et dit : « Entendu. » Il attendit encore, plus longuement cette fois, puis il dit : « Je sais bien. » Il se tenait parfaitement immobile dans l'imposante caverne de l'office, dans la paix des ténèbres, pressant contre son oreille cet écouteur qui avait été en contact avec les oreilles des gens qui avaient vécu ici, des personnes invisibles mais présentes. Celles qui observaient et écoutaient de l'autre côté. Au bout de plusieurs minutes, il dit : « Forcer ce rigolo à sortir de la jungle, comme vous l'avez dit. »

La porte s'ouvrit dans un jaillissement de lumière et Tilly se pencha à l'intérieur pour prendre un sac de haricots sur l'étagère. « Excusez-moi, dit-il, je croyais que cette cabine téléphonique était libre.

— C'est pas une cabine téléphonique.

— Ah bon ?

— C'est un office.

— À qui parles-tu ?

— Des fois à mes supérieurs. Des fois à mon lieutenant.

— Tu ne leur dis pas grand-chose.

— Je suis censé écouter cinq minutes pour une minute où je parle, comme tu m'as dit de faire.

— Très bien, et eux qu'est-ce qu'ils te disent ?

— Des rapports en provenance du front, tu vois bien », dit Elroy en secouant la tête d'un air las.

Tilly le considéra un instant, puis demanda : « Comment se déroule la bataille ?

— Il y a pas de bataille.

— Quelle est l'opération en cours ?

— Ils recherchent quelqu'un.

— Rien qu'une seule personne ? Ils ont envoyé toute l'armée ou bien… quoi ?

— Une division.

— Oh, une division… pour coincer un homme ?

— Oui m'sieur. C'est l'opération.

— Et qu'est-ce qu'il a fait, ce gus ?

— Comment ça, ce qu'il a fait ?

— Pour être dans la mouise au point qu'on le traque.

— Il a rien fait du tout. Il est innocent.

— Qu'est-ce qu'ils disent qu'il a fait ?

— Ils disent qu'il a ouvert le feu sans autorisation, déclara gravement Elroy.

— Est-ce qu'il a fait mouche ?

— Oui m'sieur, et ensuite il s'est sauvé.

— Qui a-t-il touché ?

— C'est justement ce que je leur dis : il est innocent parce que c'est pas une personne qu'il a abattue, c'est un animal, un buffle d'eau.

— Comment s'appelle-t-il, ce rigolo ?

— Ils veulent pas me le dire.

— Tu es à l'arrière, tu reçois les rapports et tu commandes une division. Cela fait de toi, je dirais, un général de division, et ils ne veulent pas te donner le nom du type ? »

Elroy parut réfléchir à cet aspect des choses.

« Ça me rappelle vaguement la fois où quelqu'un voulait savoir dans quelle division j'étais, dit Tilly. Mais ça ne peut pas avoir de rapport avec l'opération en cours ?

— Non m'sieur, répondit Elroy. Toi, tu as appartenu à deux divisions.

— Tu te souviens probablement desquelles. »

Elroy baissa la tête et se la prit entre les mains. Et Tilly d'ajouter comme pour lui-même : « Voilà que je cherche à me rappeler ce que je t'ai dit.

— Attends ! Ne m'aide pas.

— Il s'agissait de…

— Stop, je sais. Tu as fait partie de la 2e division et ensuite de la 1re. »

Comme Tilly ne se rembrunissait pas, Elroy sut qu'il avait vu juste, et il se mit à sourire. Tilly eut une ombre de sourire et dit : « Bien vu, citoyen. Et comment appelle-t-on la 2e ?

— La Silencieuse.

— Et la 1re ?

— On l'appelle la Vieille Dure.

— Comment se fait-il que ces zozos ne veuillent pas dire à leur général qui ils recherchent ?

— C'est toi qui as dit que j'étais général. C'est pas vrai. Je suis simple soldat. J'ai pas accès aux données.

— Ah ?

— L'info est cloisonnée, comme tu dis des fois.

— Je vois. Tu me diras quand ils le trouveront ?

— Oui m'sieur, dit Elroy. Referme la porte, s'il te plaît, sinon ils vont rien me dire. »

Il le pensait. La communication avec les personnes présentes et cependant invisibles ne se faisait que lorsqu'il se trouvait seul dans le noir.

Un mois plus tard, Elroy était assis dans la cuisine en train d'apprendre ses tables d'addition, Louisa penchée au-dessus de l'évier lavant le bonnet de laine crasseux de ce dernier, brodé à la gloire des Broncos de Denver, et Tilly accroupi sur le pas de la porte, occupé à délacer ses chaussures de travail, quand se produisit une chose qui avait tout d'une supplique provenant de la population infinie de ceux qui nous précédèrent, et adressée à la présente maisonnée.

« C'est quoi, ce bordel ? lança Elroy.

— Elroy, exprime-toi correctement », le reprit Tilly.

Louisa désigna du menton l'office et le téléphone. « C'était ça, ton idée d'un cadeau ? »

Le téléphone sonna pour la deuxième fois.

« Bien sûr que non, dit Tilly.

— Tu dépenses un argent que nous n'avons pas, et sans me le dire, et je suis censée être surprise et ravie ? Enlève-moi ces pompes radioactives ou bien reste dehors. »

Pour avoir vu cela à la télé, Elroy savait comment on se sert d'un téléphone, mais jamais il n'avait eu quelqu'un au bout du fil. « Notre numéro est top secret, dit-il. Est-ce que je peux aller décrocher ?

— Nous n'avons pas de numéro. Reste où tu es, lui dit Tilly. (Puis, s'adressant à Louisa en accentuant chaque mot sans toutefois élever la voix :) Je n'ai pas fait réactiver la ligne.

— Et moi encore moins », dit-elle, paraissant le croire à présent.

Le poste fit entendre une troisième sonnerie.

« Il peut pas sonner, dit Elroy. Mais il sonne quand même. »

Chacun restait paralysé par sa propre incertitude. Elroy craignait que ne lui échappe cette première et peut-être dernière occasion de parler avec les gens qu'il n'avait rencontrés que dans sa tête. « *S'il vous plaît*, laissez-moi répondre. »

Tilly lui en donna la permission d'un hochement de tête. Aussitôt, Elroy courut à l'office et referma derrière lui.

« Laisse ouvert, Elroy », lui lança Louisa tandis que retentissait une nouvelle sonnerie, chacune pouvant être la dernière.

L'enfant rouvrit la porte, puis empoigna le pesant écouteur et dit : « Ici la maison Heflin. Elroy à l'appareil. »

La voix miraculeuse qui arriva à son oreille demanda : « Suis-je bien au 18422, Highway 53, à Ramah, au Nouveau-Mexique ?

— Oui, m'sieur », répondit Elroy. Il écouta pendant un temps, puis répéta « Oui, m'sieur. » Et, se retournant vers la cuisine : « Il veut parler à D. E. Tilly. C'est toi, non ? Il dit de te dire… "L'argent mal acquis…

fond comme neige, mais… qui en récolte… petit à petit… fait sa galette."

— *Lâche ce téléphone* », lui intima brutalement Tilly.

Effrayé par ce ton de voix, Elroy laissa tomber l'écouteur comme une grenade dégoupillée dans l'entrée d'une grotte et courut jusqu'à l'évier pour se réfugier contre Louisa.

Tilly courut empoigner l'écouteur et se le coller à l'oreille.

Le sol foncé de la cuisine était sali d'une poudre jaune de minerai d'uranium déposée par ses semelles.

Il referma la porte et dit : « Tilly à l'appareil. »

Le monde des âmes.

Au dîner ce soir-là, Elroy était toujours sous l'emprise du miracle, quelle qu'en fût la signification, et quand arriva son tour de dire les grâces, il déclara : « Pour ceux qui viennent avant nous. »

Tilly porterait pendant des années cette veste qui avait appartenu au dénommé Conrad. De même, il pèlerait pendant des années ses fruits à l'aide d'un canif qui avait appartenu aux ascendants de Bobby et qu'il avait trouvé au ranch au fond d'un tiroir. Ignorant de l'aspect physique des autres compagnons de Louisa, il les verrait bien des années plus tard sous l'apparence d'inconnus, de sympathiques randonneurs arrivant dans sa direction sur les pistes désertes des monts Jemez qu'il arpenterait en solitaire dans son grand âge, des gens au rire facile en veste de Gore-Tex marchant d'un bon pas avec des bâtons télescopiques. Jamais ils ne demandaient à récupérer ces objets qu'ils avaient laissés derrière eux avec leur moi d'avant, et ils poursuivaient leur chemin sur le sentier enneigé.

S'il lui arriva un jour de croiser vraiment un de ces individus sans visage du temps que Louisa passa au ranch avant sa venue, il ne le sut jamais.

Le lendemain matin du jour où sonna le téléphone, Louisa était occupée à se passer dans les cheveux un peigne enduit d'huile quand elle remarqua que le rasoir de Tilly avait disparu. Ses chaussettes n'étaient plus dans la commode qu'ils se partageaient. Et son canif ne se trouvait pas sur l'appui de fenêtre.

Il était complètement sorti de leur vie, n'y laissant ni une empreinte de chaussure ni une chemise.

Il s'était dématérialisé – tout comme il était apparu de nulle part sur le ranch Heflin, posant ses yeux d'assassin sur le corps délaissé de Louisa comme si cela pouvait racheter les morts qu'il avait causées, comme si elle n'était pas une guenille essorée puis abandonnée mais l'arbre en fleur qu'il découvrait soudain après avoir battu le pays à sa recherche. Ce matin où elle découvrit qu'il était parti, Elroy, prenant immédiatement acte du nouvel ordre des choses, la regardait pardessus son petit déjeuner avec pour la première fois ce même regard de tueur, qui, avec le fanatisme de ses huit ans, se promettait de ne jamais lui pardonner la chose : elle avait combiné cela en usant d'il ne savait quels moyens et dans il ne savait quel but, et tout en léchant lentement et en silence, comme un homme, le jaune d'œuf sur son couteau, il se jura, de par cette lame sur sa bouche, de la haïr jusqu'au bout de la terre.

Sur le comptoir, une boîte qui avait contenu du café, emplie de billets froissés pour un montant de quatre cent vingt-trois dollars.

Si elle savait depuis longtemps que Tilly s'envolerait

un jour, sans prévenir ni laisser de traces sinon un peu d'argent liquide – si bien qu'elle n'avait jamais cessé de distraire de ses revenus à elle de petites sommes qu'elle cachait dans le double fond de sa boîte à couture, et avait déjà décidé avant que cela se produise de ne pas chercher à le retrouver –, si elle l'avait *su* au lieu de seulement le subodorer, pourquoi alors fut-elle surprise le jour où cela arriva ? Elle le comprit par la suite : il ne s'agissait pas de sa propre surprise, mais de celle d'Elroy qu'elle avait endossée.

Elle allait emmener le petit à McAlester, en Oklahoma, dans l'appartement d'une amie de lycée. Elle y décrocherait un emploi au pénitencier. Au fil des ans, elle s'élèverait jusqu'au poste de coordinatrice administrative du service de psychologie comportementaliste. Elle ferait la connaissance d'un camé originaire de Pennsylvanie qui avait décroché en prison, y suivait une formation de soudeur et apprenait à regarder pour la première fois son avenir avec espoir. Il bénéficierait peu après d'une libération conditionnelle.

Il la demanderait en mariage. Elle dirait oui. Mais comme elle et Tilly n'avaient jamais véritablement divorcé, elle ferait quelques tentatives infructueuses pour retrouver ce dernier via d'anciens employeurs. Un avocat de McAlester lui conseillerait de l'accuser d'abandon du domicile conjugal, même si cela prendrait plus de temps qu'un divorce normal.

C'est Elroy, alors âgé de douze ans, qui échafauderait le projet de retrouver la piste de Tilly. Commençant par l'Alabama, il parcourrait les annuaires téléphoniques des rayonnages de la bibliothèque municipale. Avec un crayon à pointe fine, il établirait sur quatre pages de papier à classeur une liste de candidats possibles. Il en viendrait à connaître le pays par les

Tilly qui y vivaient. Les cartes des indicatifs régionaux, les toponymes se répétant État après État. Les Georgetown, les Franklin, les Salem, les Bristol. Rentrant à la maison en marchant, tranquille et recueilli, à côté de son vélo, il remettrait à Louisa cette liste, le candidat le plus probable figurant au centre d'un cartouche tracé au crayon gras : *Forages Tilly & Co.*, entreprise sise dans la petite ville de Vado dans le comté de Doña Ana au Nouveau-Mexique. Il se posterait devant le réfrigérateur ouvert, faisant mine de ne pas écouter tandis qu'elle composerait le numéro. La lente tonalité sortant du combiné serait audible dans toute la pièce.

Ensuite, la voix métallique. Elle commencerait à dire qui elle était. Elle se tairait pour écouter. Elle dirait qu'elle aussi était contente de l'entendre. Elle dirait qu'elle s'en tirait vraiment bien et Elroy aussi.

Elle et Elroy rencontreraient Tilly à mi-chemin, à Amarillo, au Texas. Ils mangeraient des œufs et des toasts de pain de seigle dans un petit restaurant, tout comme autrefois. Tout en se passant le pot de confiture et le pot de crème, ils concluraient tous trois un traité tacite : aucune explication requise, aucune avancée. Elroy, qui dépassait à présent Louisa en taille mais n'était pas encore aussi grand que Tilly, lui sourirait timidement par-dessus la table, sans piper. Ayant acheté un petit système de forage, Tilly se serait constitué une modeste aisance en creusant des puits pour des particuliers. Il aurait deux employés à mi-temps. Il serait en train d'économiser pour acquérir un deuxième équipement.

Tout ne serait pas pardonné.

Louisa et Tilly consommeraient leur divorce devant

un juge de Tulsa. Après avoir quitté le tribunal, Louisa suivrait le pick-up de Tilly sur près de deux cent cinquante kilomètres en direction de l'ouest, croisant les doigts pour que, remarquant cette Chevette qui roulait derrière lui, il se gare sur le bas-côté de l'Interstate. Alors, se rangeant derrière lui, elle descendrait de voiture pour lui avouer qu'elle avait fait une erreur, ce fameux soir dans le désert où il lui avait demandé s'il pouvait entrer. Elle avait dit non alors qu'elle aurait dû dire oui. Et elle voudrait qu'il lui repose la question ici même, avec les semi-remorques qui faisaient trembler le sol au passage, de sorte à pouvoir cette fois dire oui. Oui, cette fois – plaise au Ciel –, elle dirait oui. Mais une Monte Carlo et une Buick LeSabre s'intercaleraient entre eux, et la Chevette allait être à court d'essence. À Weatherford, elle s'arrêterait pour faire le plein, puis elle rentrerait à McAlester et épouserait l'autre homme.

Sa mère monterait de Lufkin, Texas, pour la cérémonie. Une vieille femme timide en robe foncée, les yeux fatigués ravivés par le crayon et des doubles-foyers. Elle serait présentée à Elroy. Elle sourirait de ses lèvres invisibles et fouillerait dans son sac à main pour en tirer un dollar d'argent et le lui donner. Quand elle comprendrait qu'il n'était pas du sang de Louisa, elle demanderait à récupérer la pièce.

Des années passeraient. Louisa et Tilly se perdraient une nouvelle fois de vue.

Puis elle l'appellerait au bureau de son affaire de forage pour lui raconter qu'Elroy, seize ans, atteignait l'âge d'homme et qu'il était brusquement devenu fou furieux, lançant une chaise à travers l'écran de télévision quand son beau-père lui avait demandé de baisser le volume pendant qu'ils étaient à table, qu'il avait frappé un professeur au visage, qu'il avait balancé le linge sur la grand-route, sa haine pour elle comme une bombe qui avait fini par exploser, qu'il avait refermé un capot de voiture sur la main d'un autre élève en cours de mécanique et qu'il venait de se faire renvoyer du seul lycée de McAlester. Il ne faisait pas mystère des drogues qu'il consommait. Il avait pris le pick-up de son beau-père à la suite d'un pari avec un de ses copains de l'équipe de foot et l'avait précipité contre une maison en bois abandonnée pour voir si elle allait s'effondrer.

Leonard, son mari, lui avait demandé de choisir. Il était en voie de guérison ; pas question d'avoir les drogues d'Elroy à la maison. Il fallait choisir. C'était Elroy ou lui. L'un d'eux était de trop. Il avait formulé son ultimatum dans la cuisine de la maison de deux chambres, style ranch, qu'ils louaient, avec Elroy planté là tout frais sorti de la douche, dégoulinant, uniquement vêtu de sa serviette, avec une acné stéroïde sur sa poitrine et ses épaules hypertrophiées, fumant une cigarette, buvant directement au carton de lait chocolaté à la vitamine D et lâchant avec un sourire narquois : « N'écoute pas ce type, m'man. Il vaut pas tripette. » Elle dit au téléphone qu'elle avait le cœur tout à l'envers. Il fallait bien qu'elle ait un endroit où loger, pas vrai ? Jamais elle ne pourrait assumer le loyer seule. Et elle aimait Elroy, même si, d'accord, oui, c'est vrai, elle avait parfois peur de lui. Est-ce que Tilly ne pensait pas qu'il convenait de le placer en urgence sous le toit d'un homme en qui il avait confiance ? Elle était perdue. Elle pleurerait dans le téléphone tandis qu'il omettrait de se proposer.

Puis elle lui demanderait sans détour de prendre Elroy en garde si cela lui était possible, au moins pour un temps. « Je ne veux pas qu'il finisse dans la peau d'un assassin », ajouterait-elle.

Tilly arriverait à McAlester à bord d'un pick-up enduit de la poussière de trois États. Le hayon abaissé, Elroy et lui chargeraient sur le plateau, attacheraient et recouvriraient d'une bâche les quelques sacs en plastique contenant les biens terrestres du garçon, tandis que Louisa, sortie dans la cour, affectant de tailler les plumbagos, verserait silencieusement des larmes de dépit devant ce dont elle était responsable, sur le fait de n'avoir pas trouvé de meilleure solution. Le pick-up repartirait avec ses deux passagers, la laissant blême, amaigrie, forte, ravagée par le chagrin.

Après avoir traversé le désert jaune du nord du Texas, Tilly et Elroy entreraient dans celui, plus rouge, du Nouveau-Mexique. Puis, suscitant l'ahurissement et l'indignation durables de l'adolescent, Tilly le conduirait non pas chez lui dans le comté de Doña Ana, mais à Albuquerque pour l'installer dans un pensionnat catholique de garçons. Il lui rendrait visite chaque semaine, et Elroy prendrait périodiquement le car pour aller faire de courts séjours au domicile spartiate de Tilly, où aucune photographie de qui que ce fût n'ornait le dessus de cheminée, où l'on ne trouvait que des livres d'histoire et des revues professionnelles sur le forage, et où l'homme élancé de ses premiers souvenirs, celui qui lui avait apporté de l'eau avec une louche dans son lit d'enfant, qui lui avait toujours parlé du ton de l'immédiateté et de la compréhension réciproque qui sont la marque d'une amitié durable, aurait été au fil des ans remplacé par cet individu empâté, sourcilleux, dissimulé et dissimulateur, qui réglerait ses frais de pension, lui achèterait ses vêtements et une cafetière électrique pour le dortoir, mais ne le regarderait plus jamais droit dans les yeux, avec cette franchise, ce calme, cette connivence des temps de leur réciprocité.

Elroy s'en tirerait bien au lycée, obtenant son diplôme du secondaire, cela malgré une plainte pour voies de fait simples et d'une autre pour rixe dans l'espace public, les deux se soldant par une période de mise à l'épreuve grâce à l'intervention d'un avocat engagé par Tilly. Il s'inscrirait pour un premier cycle universitaire en ingénierie navale. S'emportant lors d'un désaccord au cours d'une partie de dames avec un compagnon de chambre, il lui fracturerait la mâchoire et une clavicule. Il serait condamné pour voies de fait aggravées ayant causé de sérieuses lésions corporelles, soit un délit de troisième catégorie, et le juge du tribunal de deuxième instance d'Albuquerque le condamnerait à onze mois dans un établissement de redressement à Los Lunas.

Libéré, il s'en irait rouler sa bosse, finissant par échouer dans le Maine. Il téléphonerait à Tilly les jours fériés. Quand un ami de rencontre lui demanderait où vivait sa mère, il affirmerait qu'il n'en savait rien, considérant que la question avait trait à la dénommée Katerina portée sur son acte de naissance et non pas à Louisa, dont il avait reçu, pendant son séjour à Los Lunas, de nombreuses lettres auxquelles il n'avait jamais répondu, toutes portant la même adresse d'expéditeur à McAlester, ce qui laissait supposer qu'elle vivait toujours là-bas.

Il purgerait une peine de six ans de prison à Thomaston dans le Maine pour opposition aux forces de l'ordre, mise en danger de la vie d'autrui et agression aggravée de classe B avec une arme dangereuse – un pied chaussé. L'administration ne le libérerait qu'à l'approche de la fin de son temps. Ce serait en 2003. Il aurait soif de vivre. Il aurait trente et un ans. Il aspirerait à découvrir le monde. Il rencontrerait un recruteur de l'armée, qui, après des semaines de démêlés administratifs, lui obtiendrait une dispense permettant de fermer les yeux sur ses condamnations passées. Il s'engagerait pour être peu après affecté en Europe de l'Est. Dans un bar de Riga avec ses copains, une timide serveuse en minijupe zébrée lui demanderait : « Y a-t-il encore autre chose que je peux vous apporter, mon ami ? »

Ces deux derniers mots auraient été saisis au vol dans un documentaire télévisé doublé en anglais sur les méthodes de vente des marchands de cerfs-volants sur les plages de Beyrouth. Cela, Elroy l'ignorerait. Il se figurerait que le gouffre entre lui et les femmes venait enfin d'être comblé par les deux mots prononcés par cette fille, qui les lui avait adressés à lui et non pas aux autres soldats, révélant ainsi son intention de le choisir pour l'amour. Sa conviction qu'elle avait voulu l'élire par ce biais l'en persuaderait elle aussi, pour un temps, alors qu'en fait elle n'avait nullement eu en tête de lui témoigner la moindre marque d'intérêt.

Ensuite, affecté à Koundouz, il recevrait des éclats dans la jambe et lâcherait une rafale de son fusil M4, tuant trois hadjis et en blessant un quatrième qui filerait en répandant derrière lui un filet vermeil dans une rue encombrée d'éventaires et subitement désertée de sa population. Un bélier dépouillé, encore attaché à ses cornes, ses chairs rougeoyant sous le long voile de son sang, pendrait au-dessus d'un étal. Les perroquets en cage pousseraient des cris, certains cherchant à s'envoler. Le feu de son fusil ferait exploser un melon kharbouza et criblerait de projectiles les robes cousues de perles scintillantes et les foulards assortis écarlates et moutarde, toilettes dans lesquelles les femmes de ce pays ne se laisseraient jamais voir par un Occidental. Et aucune âme qui vive ne se trouverait plus dans cette rue à midi, hormis ce hadji fuyant le feu soutenu du fusil et laissant derrière lui le sang de sa vie.

Ensuite, il y aurait le Koweït et Bichkek et, plus au sud, la province de Helmand en Afghanistan. Alors qu'il aurait retiré son casque pour se gratter sous le coussinet pare-balles lui protégeant la nuque, un morceau d'oreille lui serait arraché, et après seulement entendrait-il le tir du sniper qui avait manqué de le tuer. Il rouvrirait le feu quand deux hommes tenteraient de descendre en rappel le long d'un immeuble, chacun suspendu au câble vert d'une rallonge électrique nouée aux volets d'une pièce du troisième où du linge bleu claquait au vent. Ces deux hommes tomberaient dans la rue. Il ne verrait jamais leur visage. Un observateur des forces spéciales confirmerait leur décès. Il tirerait sur une femme qui faisait feu sur lui, et tous deux manqueraient leur cible. Il prendrait l'avion pour Riga, puis retournerait au Koweït. Il retournerait à Riga, puis irait à Bagram. Au Nouveau-Mexique et retour à Koundouz. Il aurait soif de connaître le monde. Il emmènerait le petit Janis sur la plage lettone de Jurmala. Le frêle squelette du garçonnet travaillerait sous sa chair rose s'ébattant dans l'eau, et sur le rivage Elroy fouillerait le périmètre du regard à trente kilomètres à la ronde côté mer et côté terre, guettant le moindre signe de danger pour son unique parent.

« Janis, appela-t-il, pas si loin. » Le garçon continua de nager mais sans plus s'éloigner, parallèlement à la plage à présent, comme s'il avait entendu son père et lui obéissait.

De haute taille, ébloui par le soleil, d'un blanc

électrique, en short de bain bon marché, affaibli par la fatigue de ses voyages, Elroy était dans l'eau jusqu'aux genoux, les pieds engourdis. Il n'osait pas s'avancer plus en raison du froid. Tout jeune qu'il était, Janis y était accoutumé ; l'eau glacée le saisissait au début, mais cela ne le rebutait pas. À la maison, il lui arrivait souvent que la douche ne fût pas plus chaude. Il barbotait vigoureusement. La fierté qu'il inspirait à Elroy était un élancement de douleur parfaite dans ses côtes. Un adolescent était passé avec un appareil photo instantané et avait vendu leur photo à Elroy. Incapable de la regarder, il l'avait fourrée dans son pantalon sur la plage ; il faudrait qu'il la donne à quelqu'un.

Les eaux étaient larges, propres, brunes dans les fonds, presque inaudibles dans leurs mouvements, bien que formant le bras d'une grande mer. L'étendue des hauts-fonds ne pouvait se déterminer du rivage.

Le petit avait les cheveux qui lui collaient au crâne comme une casquette. Il semblait s'éloigner.

Les mains en porte-voix, Elroy hurla : « Trop loin. »

Au lieu de faire demi-tour pour revenir vers la plage, Janis poursuivait vers le large. Sa tête n'était plus visible, cachée par les éclaboussures que projetaient ses pieds. On aurait dit que ceux-ci se découvraient une puissance nouvelle.

En un instant, Elroy vit le danger, il vit l'entêtement de son fils et se mit à courir. L'eau entravait sa course. Le fond plongeant rapidement, elle lui arriva bientôt, glacée, à hauteur des côtes. Une énergie s'empara de lui, un afflux dans le sang. Il plongea. Il se mit à nager, mal mais vigoureusement. Il appelait Janis qui, mû par sa puissance toute neuve, n'était plus qu'une turbulence dans le fluide, une toute petite bombe.

Le garçon était en train de lui échapper. Le garçon le semait.

Le souffle venait à lui manquer. Il continua de nager. L'ayant entendu ou renonçant à fuir, Janis s'arrêta et se mit à nager sur place. Elroy arriva à sa hauteur, la petite tête dansant comme un bouchon, jambes et bras s'activant sans peine. « Quand je t'appelle, tu viens », tenta de dire Elroy, mais aucun son ne franchit sa gorge : il était hors d'haleine. Le garçon arborait un grand sourire. Un banc de sable se devinait à quelques brasses de là. Ils s'y dirigèrent. Les pieds d'Elroy rencontrèrent le fond. L'eau lui arrivait aux épaules.

« Viens par ici ! » cria-t-il. Il pleurait de rage. Le petit, confiant, nagea jusqu'à lui, s'agrippa à ses épaules comme dans l'intention d'y grimper.

Elroy saisit à deux mains la tête de son fils comme un ballon qu'on lui aurait envoyé et l'enfonça sous la surface. Il l'y maintint.

L'autre corps parut se débattre.

Le goût sur ses lèvres, celui de l'eau de mer pourtant, était étrangement douceâtre.

Les petits pieds effleuraient ses jambes comme des nageoires de poisson. S'il lui avait noué une jambe autour du buste, le corps de l'enfant serait resté submergé.

Qui n'avait pas suivi le déroulement la scène n'y aurait vu que du feu.

Il se mordit la lèvre. L'eau sur sa langue lui sembla un aliment.

Le soleil faisait de la surface une feuille de métal qui l'aveuglait. Il leva la main gauche pour se la passer sur les yeux.

Son autre main ne lâchait pas la petite tête – il ne lui disait pas de la lâcher – mais elle lui échappa.

Le corps immergé s'était libéré. Janis creva la surface, suffoquant.

Il ne tarda pas à trouver un emplacement plus élevé où il prit pied, reprenant son souffle en longues inspirations méthodiques, observant Elroy de ce regard toujours direct et inquiet qui interrogeait, calculait et théorisait – et cependant savait déjà.

Tout ceci devait être dans la nature des choses, disait ce regard. Aucun de nous n'est protégé, je le comprends bien. Une vague va survenir qui nous fera perdre pied.

14

L'année suivante, après qu'Evija lui eut écrit qu'elle partait vivre en Espagne et qu'il devait venir chercher le petit, Elroy demanda à Tilly s'il pouvait ramener Janis de Riga et le faire séjourner quelque temps chez lui dans sa maison de Los Alamos. Tilly ayant accepté, il se rendit en Lettonie pour y prendre son fils. Malheureusement, cela ne se fit pas. C'est ainsi, voyez-vous, ça ne s'est pas fait.

Il crécha un moment sur le sofa de Tilly, puis son unité fut redéployée au Kirghizistan. Où qu'il allât à l'étranger, Riga, Bagram, Bichkek, il logeait dans des structures abandonnées par l'Armée rouge. Il était fier de prendre ainsi directement un territoire à l'adversaire au lieu de participer à une guerre par procuration, comme Tilly avait eu à le faire. Toutefois, chaque redéploiement lui retirait quelque chose, un tribut de sang qui le laissait affaibli. Il passa sergent-chef. Il était enfin supérieur en grade au vieux, même si l'usage au sein de l'armée exigeait, contrairement à celui du Corps des marines, que l'on dît « sergent » quand on s'adressait à un sergent-chef – comme s'il avait supplanté Tilly mais que personne ne pût le dire.

Elroy gravissait peu à peu les échelons, mais que

possédait-il ? Techniquement parlant, il était toujours propriétaire d'un pick-up, un petit 4 × 4 Nissan acheté à crédit lors d'une précédente affectation afin de pouvoir se déplacer sur l'immense base de Bagram, mais il n'avait pas pris le temps de le revendre avant son départ et l'avait abandonné là-bas sur une aire de stationnement. Cela et d'autres mauvaises opérations financières l'avaient laissé complètement fauché, à tel point que, au terme de son dernier poste au Kirghizistan, quand il rentra à Los Alamos, où Tilly acceptait de l'héberger pour de courtes périodes, il se vit contraint d'utiliser en secret le rasoir de ce dernier, ne le rinçant que deux fois pour réduire l'usure de la bande lubrifiante et le séchant soigneusement avec le bas de son T-shirt avant de le replacer dans l'armoire à pharmacie, qui ne renfermait aucun médicament. C'est ainsi qu'il découvrit que Tilly n'avait pas d'assurance maladie et que, décidant d'y mettre bon ordre, il se renseigna auprès des services chargés des anciens combattants.

Un an plus tard, en novembre 2012, Elroy, alors âgé de quarante ans, revint au Nouveau-Mexique pour une permission d'une semaine ponctuant une affectation de plus, la sixième. Il était à l'affût d'une solution pour quitter l'armée, s'en échapper avant que sa cervelle ne soit entièrement consumée, avant que son corps ne le trahisse ou qu'il ne trahisse son corps, une voie qui ne le soumette pas à la tentation et le délivre du mal, un moyen et un lieu pour vivre et subsister, toutes choses qu'il ne trouvait nulle part.

La présente affectation se trouvait de nouveau près de Bagram, où, comme il pouvait s'y attendre, son pick-up avait disparu de l'aire de stationnement sur laquelle il l'avait laissé des années plus tôt, mais où l'agence de recouvrement qui avait désormais repris l'emprunt le harcelait toujours par téléphone, courriels et SMS. De Bagram, à l'insu de Tilly, il avait contrefait certaines signatures, envoyé à l'administration des anciens combattants des demandes de prestations au nom du vieux, pris rendez-vous par Internet, toujours en son nom, à l'antenne d'Albuquerque, puis posé sa demande de permission de mi-affectation. Ensuite, le dernier jour de ladite permission, il avait embarqué Tilly à bord de la Lincoln de celui-ci (au prétexte d'avoir besoin de quelqu'un pour le ramener d'une intervention en chirurgie dentaire à Albuquerque), ne lui révélant le véritable motif du voyage qu'au bout d'une centaine de kilomètres, au sortir du comté de Sante Fe, sur l'Interstate 25.

« Gare-toi immédiatement, lui dit Tilly. Je vais rentrer à pied. »

Elroy continua de rouler comme si de rien n'était.

« Je n'ai aucun problème avec l'agent orange, dit Tilly. Personne n'en a déversé sur moi.

— La question n'est pas de savoir si on en a déversé sur toi, répondit Elroy. Ce qui compte, c'est que cela aurait pu arriver. Ces gens-là pensent qu'ils te doivent une allocation. Il te suffit de les laisser te la verser. »

Le vieux regardait défiler le désert derrière sa vitre. L'arrière de sa tête chenue semblait sur le point de prendre feu. Il se tortilla sur le siège craquelé par le soleil. Mavis, sa chienne somnolente, glissa de son giron. Cette bête mal en point, rescapée de la fourrière, au long museau de pointer, regardait toujours Elroy d'un air de profonde indifférence. Ce que je sais, disait cette expression, je ne vais même pas prendre la peine de m'en ouvrir.

La chienne remonta se loger dans le giron de Tilly, blotissant son menton entre ses genoux.

Tilly, à l'adresse de la vitre passager : « Tu veux que je leur dise que le Corps des marines ne m'a pas balancé de l'agent orange sur la tête mais qu'il aurait pu. Et si c'était impossible sur le papier mais qu'ils l'aient fait quand même ? Est-ce qu'ils touchent une allocation alors que c'est moi qui casque ? Fais demi-tour. »

Elroy poursuivit en direction du sud. Ils passèrent sous un pont rose. Un matelas éventré était posé en travers du rail de sécurité. « Tu sais bien qu'ils s'en servaient.

— Ils en répandaient partout, Elroy. Combattre dans le désert n'est pas donné à tout le monde. Si on faisait deux pas hors de la zone défoliée, on n'y voyait plus rien. Mais ils ne m'en ont jamais balancé sur la tête. Je n'ai rien qui cloche. »

Il était exact qu'il n'avait apparemment aucun problème de santé.

« Ce n'est que de l'argent, dit Elroy. Je ne te comprends pas.

— Rien n'est que de l'argent.

— Il provient de quelque part, on l'envoie ailleurs, rien de plus. Tu te comportes comme si le moindre argent était porteur d'une malédiction. »

La chienne chancelait tout en regardant défiler les panneaux indiquant la direction de casinos situés sur les routes désertiques menant à des pueblos. Tilly glissa la main sous son aisselle pour caresser la tache blanche de son poitrail. Elle leva la tête et lui donna un baiser.

« Si un de tes stents se fait la malle ou s'il te faut un pontage avant que ton assurance santé ait pris effet, les frais vont te nettoyer de tout ce que tu possèdes, dit Elroy, qui commençait à s'échauffer. Et ensuite, où est-ce que tu crécheras ? »

Mavis ne goûta pas ce ton de voix et le lui fit savoir.

« Te fâche pas, ma belle, lui dit Elroy. Mais ton patron, qu'est-ce qui lui reste pour vivre une fois payée la mensualité sur la maison ? Ça s'élève à combien, mille dollars par mois ? »

La chienne n'aurait su le dire. Un cliquètement se fit entendre dans le système de chauffage sous le tableau de bord côté passager. Mavis tourna la tête pour s'y intéresser. Le ventilateur ne s'était pas encore déclenché. Elle pointait impatiemment son museau barbu vers l'appareil.

« Huit *cents*, c'est ça ? l'interrogea Elroy. Je vais te dire, Mavis, ton maître n'a aucun sens de la planification financière.

— Qui est-ce qui dit ça ? intervint Tilly. Tu débarques ici et tu ne peux pas faire autrement qu'utiliser mon rasoir. Tu crois que j'ai pas remarqué ? Et qu'est-ce que tu dois encore sur ce véhicule que tu as laissé dans l'Hindou Kouch ? Et comment tes agences de recouvrement ont-elles eu mon téléphone ?

— T'as qu'à raccrocher quand ils appellent.

— Quelle part de ta solde va à cette femme ? demanda Tilly.

— J'en sais rien.

— Elroy, il faut fixer une limite, avec les gens.

— Je l'ai fait.

— Non, tu ne l'as pas fait.

— Je lui ai dit : terminé.

— Tu mens.

— J'ai fixé la limite, comme tu m'as dit de le faire.

— Attends voir. Plus de croisières ou bien plus d'argent du tout ?

— Elle n'obtient plus rien de moi, pas même dix *cents*.

— Comment ça ? Comment est-ce que le petit fait pour manger si tu n'envoies plus rien ? Le socialisme, c'est terminé.

— J'ai pas d'argent, je lui en donne pas, c'est pas plus compliqué que ça.

— C'est pour ça qu'elle ne te laisse plus voir le petit ? »

Elroy actionna la commande des essuie-glaces. Le pare-brise fut aspergé de fluide. La route disparut un temps pendant que les balais allaient et venaient. « Eh oui, dit-il, tu y crois, toi ? »

La ventilation se déclencha dans une bouffée qui sentait l'huile dégrippante, à quoi la chienne donna un coup de dents dans le vide.

C'est alors qu'Elroy trouva comment piéger Tilly : « Si tu ne me dis pas de quel type de couverture ou de capital tu disposes et que tu tombes malade, qui va payer tes factures ? »

À cela, Tilly ne répondit pas. Elroy l'avait coincé. Il aurait mieux aimé vivre éternellement que mourir en laissant une dette à son nom.

Quand ils furent devant l'immeuble abritant le AAC, Elroy sangla Mavis dans le gilet de Nylon rouge frappé de l'inscription *Chien d'handicapé* qu'il avait volé. La chienne agita la tête et mordit la garniture réfléchissante, mais il lui dit qu'elle ne voulait pas rester dehors dans le froid, pas vrai ? Pas vrai ?

De l'autre côté du Plexiglas, la préposée à l'accueil du public alla prendre un épais dossier des mains de la réceptionniste. Les deux hommes la suivirent dans son box fluorescent, où des photos de ses enfants et petits-enfants ornaient une paroi en panneaux modulaires revêtus d'un capitonnage acoustique. Un vieux pyjama de bébé était accroché par un cintre miniature sur le côté du moniteur de l'ordinateur. Ce pyjama était brodé de l'insigne rouge et jaune du 10e régiment des marines.

« Comment allez-vous, monsieur ? demanda-t-elle. Sommes-nous souffrant aujourd'hui ?

— Le 10e, dit Tilly. Arme de Décision.

— C'était à mon petit garçon, c'est son abuelita qui le lui avait fait. Il suit actuellement une formation dans la Navy. Sa sœur est dans le régiment où était mon mari. C'est à peine croyable. Nous avons mis le pyjama d'uniforme au mauvais enfant. Le régiment a laissé tomber la vieille devise. Ils sont Roi de la Bataille, à présent.

— Je me sens bien. Demandez plutôt au sergent-chef ici présent s'il a mal quelque part. »

Elroy, qui regardait le pyjama de loin, installa Mavis sur ses genoux et se mit à caresser le cartilage bosselé derrière ses oreilles, bien qu'elle ne semblât en retirer aucun plaisir.

« Je n'ai rien trouvé dans le dossier à propos de votre chien, monsieur Tilly. Est-ce que vous l'utilisez dans le cadre de problèmes d'anxiété liés à votre temps de service ? Nous devrions pouvoir vous obtenir une subvention le concernant. » Elle portait à chaque bras une multitude de fins bracelets en argent, une épingle enchâssée d'une turquoise dans ses cheveux gris et une broche où des brillants noirs et blancs entouraient le logo des San Antonio Spurs. Son pouce était revêtu d'un dé en caoutchouc avec lequel elle saisissait prestement, un à un, le coin des feuilles du dossier, tout en maudissant le collègue négligent qui avait réuni ces documents de façon aussi anarchique.

Elroy présenta la chienne de profil. « Mavis est une femelle. Vous savez qu'il se pourrait que j'aie rencontré votre fille au Koweït. Est-ce que le 10e n'était pas là-bas ? Ou plutôt non, c'est à Manas, au Kirghizistan que je les ai vus.

— Merci du renseignement, sergent. Ma fille ne me dit pas où elle se trouve exactement. C'est un jeu où je dois le deviner à la couleur du sable derrière elle quand on se skype.

— Voulez-vous m'expliquer, madame Baca, pourquoi je suis ici ? intervint Tilly.

— Votre fils ne vous l'a pas dit ? Vous avez signé une procuration à votre représentant en matière d'indemnités.

— J'ai fait ça ?

— Oui, tu l'as fait, confirma Elroy.

— Et la personne qui vous représente a établi les formulaires adéquats pour vous amener jusqu'ici. Excusez-moi. » Elle ouvrit un fichier Acrobat sur son ordinateur, le parcourut du regard et, sans quitter l'écran des yeux, demanda : « Vous et le sergent Heflin n'êtes pas spécialement parents ? »

Tilly la regardait. Il n'eut pas un regard pour Elroy, occupé qu'il était à gratter son oreille mutilée. Le bout qui le démangeait n'était plus là.

« Appelez ça comme vous voulez, dit Tilly. J'étais son tuteur.

— Ah, la hiérarchie s'est inversée, dit-elle.

— Mon œil, dit Elroy. Je resterai son subalterne jusqu'à sa mort.

— Tous, notre heure viendra, observa Tilly. Mais c'est pas pour tout de suite.

— Il ne me laisserait pas veiller sur sa chienne.

— Madame Baca, je vais vous dire une chose qui va mettre Elroy en pétard. Il va penser que je le dis pour l'embêter, mais ce n'est pas tout à fait le cas. Personne n'a jamais déversé de l'agent orange sur moi.

— C'est sans importance, monsieur.

— Ah, tu vois ? dit Elroy.

— Comment une chose peut-elle être sans importance si elle n'est pas arrivée ?

— Parce que nous avons une loi votée par le Congrès, monsieur. La loi traite les anciens combattants du Viêtnam non en tant qu'individus mais en tant que groupe. Et nous avons une ligne de conduite définie par le secrétaire aux Anciens combattants. Je vous pose deux questions. Avez-vous servi en République du Viêtnam, quelle qu'ait été la durée de ce service, entre le 9 janvier 1962 et le 7 mai 1975 ?

— Mais c'est le cas de tout le monde, s'étonna Tilly. C'est la durée du conflit.

— En effet, monsieur.

— Alors, oui.

— Deuxièmement, un médecin a-t-il diagnostiqué chez vous une des pathologies listées de la page 4 à la page 7 de votre livret ?

— Mais il y a là tout ce qui peut clocher chez un être humain, objecta Tilly.

— La dioxine est une substance plus dangereuse et rémanente que les autorités ne le savaient à l'époque. Si vous avez été sur place et que vous présentez l'une de ces affections, alors il existe une présomption de lien entre ce dont vous souffrez et votre temps de service. Nous pouvons vous traiter et peut-être vous offrir un dédommagement financier qui sera fonction de votre taux d'invalidité.

— Qui a parlé d'invalidité ? Elroy, qu'est-ce que tu as raconté à ces gens ? Je croyais que la démarche avait à voir avec l'assurance maladie. (Tilly regarda avec dégoût le livret posé sous ses yeux.) Qu'est-ce que c'est que la neuropathie périphérique ? Le petit doigt me démange et vous allez me verser de l'argent pour ça ?

— Monsieur, je ne peux pas vous contraindre à accepter l'argent du gouvernement, mais je peux vous dire qu'il est dans votre intérêt de parcourir attentivement cette liste et de me faire savoir tous les maux, parmi ceux figurant ici, qui vous ont été diagnostiqués au cours de votre vie adulte.

— *Doigts palmés*. Non mais regardez-moi ça. *Imperforation de l'anus*.

— Il s'agit là, monsieur, de défauts congénitaux.

— Tout ce que je relève ici, c'est le bouchage d'une de mes artères. Il paraît que c'est dû aux graisses saturées, ensuite on me dit que c'est génétique, puis que c'est le tabac, et voilà que maintenant ce seraient des produits chimiques avec lesquels je n'ai jamais été en contact. Je fais aussi un excès de sucre dans le sang. »

Les bracelets s'arrêtèrent de tinter. Les doigts volaient au-dessus du clavier. « Un médecin vous a-t-il diagnostiqué un diabète de l'adulte de type 2 ? »

Tilly soupira.

La femme regarda Elroy. Elle regarda Tilly. « Votre plus proche parent doit être mis au courant de ces choses, monsieur.

— Bien, madame, dit Tilly.

— Ceci afin de pouvoir prendre des dispositions s'il faut vous faire soigner en urgence.

— Oui, madame.

— Oui, vous êtes d'accord, ou oui, un médecin vous a diagnostiqué un diabète de l'adulte de type 2 ?

— Oui, oui, tout ce que vous voudrez. »

Elle se mit à taper avec force sur son clavier. Elle revint à la paperasse, feuilleta un moment. « Au diable ce dossier », dit-elle en le refermant d'autorité avant de retourner à son écran.

« La page suivante a trait aux problèmes de santé découlant de blessures reçues au combat. Votre procuration médicale ne fait pas état de blessures.

— C'est juste.

— Bon sang, mais visez-moi ce pied, intervint Elroy. Ôte ta chaussure et montre-le.

— Ma chaussure, c'est mes oignons.

— Montre-le.

— Je ne vois mentionnées nulle part dans votre dossier des blessures survenues après votre retour au pays. Quelque chose nous a-t-il échappé, monsieur ?

— Pour ça, oui », dit Elroy.

La chienne, toujours posée dans son giron, fit entendre un glapissement. Tilly tendit le bras pardessus son abdomen pour lui caresser le museau.

« Montre-lui ton foutu pied, insista Elroy.

— Je vois mentionnés ici des soins à la suite d'une blessure par arme à feu à une extrémité inférieure survenue en février 1974.

— C'est ça, dit Elroy, mais vous n'avez pas la bonne date.

— Je lis ici que cette blessure vous est arrivée aux États-Unis après votre temps de service. »

Elroy avait rarement vu le regard sombre et réservé de Tilly revenir, comme en ces instants, à l'incertitude d'une sorte de jeunesse, voire à une attente de conseils – ni d'Elroy ni de son for intérieur. Celui dont il quêtait le conseil était présent mais non pas visible et ne s'adressait qu'à lui.

« Il a reçu un Purple Heart[1] pour ce pied. »

La fonctionnaire regarda Elroy. Elle regarda Tilly.

« D'abord, c'est la farine raffinée qui fait grimper mon taux de sucre, déclara ce dernier avec circonspection, et voilà maintenant que c'est un herbicide.

— Comment peut-on avoir perdu trace d'un Purple Heart ? dit Elroy. Même moi, je l'ai eu.

— Merci pour vos états de service, sergent.

— Il en a même eu deux, dit Tilly. Un brave, notre Ellie.

— Je ne vois pas de Purple Heart mentionné ici. Il ne s'agit pas… non, il ne s'agit pas d'une erreur. Cette blessure est arrivée après le temps sous les drapeaux. C'est la seule autre fois où votre père est apparu dans un service de soins pour anciens combattants.

— Je croyais que tu avais eu un Purple Heart.

— Je n'ai pas eu le moindre Purple Heart.

— Comment est-ce possible ? Je croyais que tu avais mangé une balle à l'armée.

— Eh non, dit Tilly à l'adresse de la fonctionnaire comme si c'était elle qui posait la question. Je n'ai pas reçu une balle à l'armée, j'ai reçu une balle au pied. Ce n'est pas ce qui est dit ?

— Extrémité inférieure gauche, confirma la fonctionnaire.

— De quelle couleur étaient mes yeux ?

— Marron.

— Combien est-ce que je pesais ?

— Soixante-neuf kilos quand vous avez été rendu à la vie civile.

— Mince, dit Tilly en se tassant sur sa chaise.

1. Décoration militaire américaine décernée aux soldats tués ou blessés au combat.

— Vous étiez tout en muscles, dit-elle. J'aurais besoin d'une adresse e-mail.

— Il paraît que c'est facile à se procurer. »

Elle s'adressa à Elroy : « Comment le rendre plus coopératif ?

— Il n'a pas d'e-mail.

— Comment procédez-vous quand vous faites des achats en ligne ?

— Il se sert de ma messagerie. Après quoi je suis obligé de l'appeler d'une zone de guerre pour lui dire que, félicitations, son colis est en route. Est-ce qu'il vous faut une carte de crédit ? Il se sert de la mienne et ensuite il me rembourse quand je suis ici.

— Vous volez sans visibilité, monsieur Tilly.

— Oui, madame.

— Seriez-vous membre des hélicoptères noirs[1] ou bien êtes-vous chargé d'étouffer l'affaire de Roswell ?

— Un type qui se méfie de tout, voilà ce qu'il est, dit Elroy.

— Sans adresse e-mail, le système ne me laisse pas passer à la page suivante.

— Vous n'avez qu'à mettre la mienne, suggéra Elroy.

— On a besoin de moi, on frappe à ma porte. Où est le problème ?

— Soit dit en passant, madame, ça se passe pas du tout comme ça. Sa résidence en copropriété dispose d'un gardien qui ne sait dire que : “On n'entre pas.” »

Tandis qu'Elroy épelait l'adresse, Tilly, assis face à la chienne toujours sur les genoux de ce dernier, fit

1. Selon une théorie du complot ayant cours aux États-Unis, des appareils non éclairés sont utilisés nuitamment par des agents du « nouvel ordre mondial » en vue d'envahir le pays.

un geste comme celui d'un pêcheur décrivant la taille de la truite qu'il a remise à l'eau. Mavis sauta sur lui, lui posant une patte sur chaque cuisse, chancelant un peu lorsque ses griffes glissèrent sur le pantalon de velours, trouva son équilibre et s'assit sur son arrière-train, pattes de devant tendues. Elle leva les yeux vers son maître, puis vers les deux autres, puis de nouveau vers son maître, sa préférence étant pour lui. Sa truffe explora l'ouverture de son blouson en direction de ses aisselles, reniflant cette odeur naturelle, menthe et feuilles mortes, qui était lui et lui seul. Il tira de sa poche un petit pain à cheeseburger et le lui donna à manger.

« Il est précisé ici que vous jouez du piano, dit la fonctionnaire.

— C'est gênant, glissa Tilly à Elroy.

— Si jamais vous développez une neuropathie périphérique inconciliable avec la pratique du piano, on peut vous obtenir une indemnité pour manque à gagner.

— Il ne joue pas pour de l'argent, dit Elroy. Il ne joue même pas s'il pense qu'il y a quelqu'un chez lui qui pourrait l'entendre.

— Est-il très bon pianiste ?

— M'est avis que quand on fait quelque chose autant que lui avec le piano, on devient bon, dit Elroy.

— Est-il seulement honorable ou bien joue-t-il comme Liberace quand il ressent la musique ?

— Il est capable de vous planter une lame en plein cœur. Mais pour ce qui est de son visage, c'est le zéro Celsius. Vous avez déjà vu le fameux Lang Lang ?

— Lang Lang est un clown, plaça Tilly.

— Il y a sur YouTube un pianiste chinois avec une coiffure très 1982 que Monsieur Tilly apprécie bien, mais il n'aime pas ses mimiques. Monsieur Tilly entend la musique de l'intérieur.

— Il faut que vous sachiez que je n'ai pas quitté la pièce, fit observer Tilly.

— Tu ne veux pas savoir ce que les gens diront de toi après ta mort, sur qui tu étais et ce que tu as fait ? lui demanda Elroy.

— Non.

— Vous n'êtes pas du tout curieux ? interrogea la fonctionnaire.

— Pourquoi, vous avez une indemnité pour ça aussi ?

— Tu ne t'es jamais posé la question ? demanda Elroy.

— Jamais.

— Pourquoi pas ? »

Une nouvelle fois, Tilly regarda la femme comme si c'était elle qui avait posé la question. « Tout le monde tient tellement à être important.

— Mais tout le monde *l'est*, monsieur Frade. (Elle ferma les yeux, secoua la tête.) *Tilly*, je voulais dire *Tilly*. »

Il sembla dans un premier temps que le visage du vieil homme s'était simplement vidé de son sang. Ensuite, chose anatomiquement plus improbable, que le flux sanguin s'était inversé. Il devint blanc, puis plus blanc, blanc à en devenir bleuâtre comme du lait écrémé. Les traits marqués par l'effroi et l'impuissance. Elroy et la fonctionnaire attendaient qu'il s'en tire par une pirouette, mais son esprit fort l'avait déserté. La chair autour de ses yeux gonflait.

« Ah, je m'en veux, dit la femme.

— Ce n'est rien, madame, dit Elroy.

— En général, je suis bonne avec les noms. C'est

pour ça que je suis bonne dans mon boulot. On dirait que le cœur de votre père s'est arrêté. Tout le monde *est* important, monsieur. Mais la personne de Kansas City qui a établi ce dossier devrait être virée. Il y a deux hommes là-dedans ! » Elle souleva à deux mains l'épaisse chemise vert fané et la laissa retomber avec mépris sur la table. Ses bracelets dansèrent. « Il y a là-dedans Mr. Tilly et un certain Mr. Frade, et les papiers sont tellement mélangés que j'ai du mal à vous distinguer l'un de l'autre.

— Ce n'était pas intentionnel de sa part », dit Elroy à Tilly.

Mavis, qui suivait la scène, étira le cou pour lécher la gorge de son maître.

Tilly tourna son regard vers la fonctionnaire. « Frade, dit-il. Vollie Frade ?

— Oui, *Dios mío*. Vous l'avez connu ? Je tombe sur ce diminutif un peu partout.

— Est-ce qu'il était affecté au 26e Marines à Dong Ha ?

— Ma foi oui, c'est bien lui. C'était un ami à vous ? »

Jamais Tilly n'avait affiché avec autant d'intensité l'expression de qui s'entretient dans l'urgence avec d'invisibles conseillers. « Puis-je vous demander ce qu'il est advenu de lui ? dit-il de sa voix blanche.

— Vous pouvez. De mon côté, je ne peux pas vous renseigner.

— Vous *ne voulez pas*, intervint Elroy. Cet homme ne vous demande pourtant pas grand-chose. » Cependant, même remonté comme il l'était, il comprit que quelque chose le dépassait.

« Madame, reprit Tilly, je ne vous demande rien de trop personnel. Juste les grandes lignes.

— Il est mort », dit-elle pour finir.

La chienne ne quittait pas son maître des yeux.

Le sang revenait lentement au visage de Tilly. « Il est mort ? »

La femme feuilleta le dossier, en sortit une page. La lampe installée derrière elle en révélait le filigrane. « En 1971. Je ne peux vraiment pas vous montrer le document. Il est dit ici : *Lieu du décès, zone d'affrontements 1, Quang Nam, Viêtnam*. Et aussi : *Tué au combat, engin explosif*.

— Il est mort », répéta Tilly sans s'adresser à personne. Il semblait sourire.

Et à son catalogue en cours de constitution des impénétrabilités de Tilly et à celui de ses propres premières suppositions ensuite discréditées à son sujet, Elroy ajouta un nouvel élément, à savoir que ce Vollie Frade, dont la fonctionnaire venait de faire état, n'avait pas été un ami dont la disparition aurait justifié la présentation de ses condoléances, mais un ennemi durable.

« Il est mort, répéta encore Tilly avec soulagement.

— Mais Vollie n'était pas son vrai prénom, précisa la fonctionnaire.

— C'est juste, dit Tilly. Il se prénommait Eugene. »

Ils s'en furent. Elroy s'assit à la place du mort et se mit trois cachets de zolpidem sous la langue afin de commencer à se régler sur le fuseau horaire de Bagram. Il perdit conscience avant qu'ils aient dépassé Algodones.

Quand il se réveilla, les ténèbres englobaient son unité d'habitation conteneurisée quelque part dans le bac à sable sans lune de Koundouz. Puis il posa ses pieds nus sur le tapis berbère et plongea dans le séjour de la maison du vieux à Los Alamos. Le souvenir superficiel lui revint d'un moment de son sommeil où Tilly lui prenait le bras dans un crépuscule parcouru d'un vent desséchant et le hissait hors de la voiture et sur son dos, ses pieds traînant à sa suite. Ensuite, une autre réminiscence, un rêve peut-être, où le vieux le dépouillait de ses chaussettes.

Il se mit debout, tenaillé par la faim. La pièce tournait. En fait d'aliments solides, il ne trouva dans la cuisine que de gros paquets de nouilles au porc lyophilisées, des pois wasabi sans cholestérol en poches aluminium individuelles, toutes choses dont la fraîcheur remontait à l'année précédente. S'étant rechaussé, c'est en plein délire hypnotique qu'il monta à bord de la Lincoln dans l'idée d'aller voir si le Quickie Mart de White Rock était encore ouvert. Le type à la radio conviait à un programme de musique variée les agités, les couche-tard, les rêveurs éveillés, les équipes de nuit du centre, du nord, du nord-est du Nouveau-Mexique et des monts Sangre de Cristo. Il était deux heures vingt-trois du matin, heure des Rocheuses. Elroy passa la marche arrière pour sortir de l'allée du garage, mais la pédale d'accélérateur était coincée. Il s'aperçut alors qu'il avait le pied sur la pédale de frein. Il redescendit de voiture et rentra manger du thon en boîte devant l'ordinateur, sur lequel se succédaient des publicités : la vie étant de courte durée, on lui suggérait de vivre une histoire d'amour ; un tenancier de salle de sport haïssait ce type qui avait fait connaître le seul complément alimentaire qui brûlât la graisse abdominale pendant votre sommeil ; les chrétiens pouvaient, d'un clic, faire des rencontres ; ces salopes de Russie étaient en manque de bites.

Ayant coiffé ses écouteurs, il écouta Lang Lang interpréter un prélude de Chopin en se tortillant, en se balançant, en multipliant les mimiques suggestives. Puis il suivit le fil et regarda Arthur Rubinstein jouer le même prélude en 1958 avec une barre de fer en guise de colonne vertébrale et un visage angélique d'un blanc cadavérique ; ensuite, le même morceau par Vladimir Horowitz en 1977, les poches sous les yeux, le lent écoulement nasal, seuls révélateurs que la tête qui dirigeait la musique la recevait peut-être aussi et pouvait s'en trouver changée ; puis il cliqua sur la fenêtre de recherche pour y taper *Bichkek* et *enchilada*, ce qui conduisit YouTube à proposer une vidéo qu'il avait lui-même envoyée sous un faux nom. Le décompte des vues, 112, lui confirma que personne ne l'avait encore regardée à part lui. Il attendit que se termine une pub vantant la nouvelle Chrysler 200, *Importée de Detroit*, puis la vidéo débuta, montrant d'abord ses genoux tandis qu'il feignait de dormir sur le sofa chez Tilly l'année précédente entre deux missions. En fait, il était en train de positionner la caméra cachée de son portable, qui était en train de filmer cette vidéo. Un amoncellement de coussins. Un flou et une surexposition pendant que se faisait la mise au point. Puis le faux feu de cheminée dans la pièce voisine et la silhouette de marbre derrière le piano demi-queue. L'optique zooma sur l'impénétrable visage de Tilly qui jouait les dernières notes de « Cataract Rag ».

Puis un temps de silence, un raclement de gorge, un repositionnement du buste. Et Tilly commençait de jouer ce même prélude de Chopin, tandis que des lueurs bleutées étaient projetées sur lui par le match de football passant à la télé toute proche, dont le son était coupé, et que l'image prise par le téléphone dansait au rythme de la respiration d'Elroy. Tilly jouait le dernier accord et appuyait sur la pédale, le plaquait une deuxième fois en faisant ressortir une des notes qui le constituaient, puis une fois encore en accentuant une autre note, et une autre, décortiquant cet accord en quête d'on ne savait quelle tonalité ou signification, sans que rien sur son visage suggérât ce qu'il cherchait à entendre.

À l'ordinateur, Elroy était toujours chaussé de ses rangers au bout coqué en fibres de carbone, à demi délacées, quand Mavis, qui avait repéré la lueur de l'écran, se présenta de l'autre côté de la baie coulissante et s'assit sous les étoiles, attendant qu'il remarque sa présence, prêtant l'oreille aux bruits du désert, souhaitant être admise à l'intérieur. Cette chienne contente de soi qui avait obtenu de vivre là sans en avoir jamais demandé la permission. Elle émit des glapissements plaintifs. Il alla ouvrir la porte. Heureuse, la chienne se tassa sur son arrière-train, s'apprêtant à sauter. Il attendit qu'elle ait quitté le sol, ouvrant les pattes de devant pour l'étreindre, et lui lança un grand coup de pied dans les côtes. Dans un cri, elle partit en tournoyant en l'air. Avec un craquement réjouissant, elle retomba sur l'arête du mur en stuc qui ceignait la propriété.

Il referma la porte coulissante. Il était désormais allongé sur le sofa dans cette région déserte entre conscience et sommeil, ouvrant un œil de loin en loin pour voir si la chienne était revenue derrière la vitre. Mais elle ne reparut pas. Il se mit à neiger.

Au matin, les branches du pin ployaient sous de lourds amoncellements de neige qui dégouttaient au soleil, un soleil qui avait déjà dépassé la crête des congères. Les deux hommes burent leur café sur un estomac vide, debout dans l'encadrement de la baie et sans échanger une parole. Puis Tilly demanda dans le vide : « Où est passée Mavis ? », d'un ton monocorde comme s'il s'attendait à ce que le vide lui réponde qu'elle était morte, comme s'il avait prédit le moment et la manière de sa mort mais n'entendait pas demander des comptes à son assassin. Et ce refus d'accuser Elroy de ce dont celui-ci se savait déjà obscurément coupable sans toutefois l'avoir *fait* ni *vécu*, comme si non pas lui mais sa chaussure avait frappé la chienne, ce refus – soit parce qu'il ne voulait par reprocher à Elroy ce qu'il avait toujours su qu'il ferait, soit parce qu'il voulait le mettre en face de son geste tout en le privant même du soulagement de se voir accuser – amena l'intéressé à interroger pour la première fois son cœur. Qu'ai-je fait là ?

Sortant de nulle part, Mavis fit son apparition, brisant la croûte neigeuse sous ses pas, boitillant, une patte avant repliée contre le poitrail. Elle s'approcha des rangers d'Elroy, s'assit et se pencha pour commencer à les lui lécher. Abaissant sa patte blessée, elle s'assit plus fermement, bien droite, sur son arrière-train.

Ils montèrent tous trois à bord de la Lincoln et, au bout d'une heure de route, s'arrêtèrent à la sortie sud de Santa Fe pour un petit déjeuner dans un établissement qui n'était guère plus qu'un appentis sur le pignon d'une station-service et où le *chile verde* présentait une petite saveur piquante avant de s'embraser dans votre bouche comme du pétrole lampant. Elroy ne commanda qu'un café. La serveuse le remercia de servir sous les drapeaux. Tilly lui demanda d'un ton de sarcasme apparemment irréfléchi s'il n'avait jamais appris à manger sans tacher son uniforme. Elroy lui répondit qu'il ne faisait qu'essayer de remettre ses hormones à l'heure en jeûnant le temps du voyage afin d'être dispos dans le nouveau fuseau horaire.

Cette repartie, qui était explication plutôt que

justification, arracha le vieux à son espèce de torpeur. « Tu sais quoi ? dit-il. J'aurais pu me passer de dire ça.

— Te bile pas pour ça », lui répondit Elroy.

Tilly regardait son chili comme s'il lisait dedans. « C'était pas nécessaire. Je n'aime pas le ton dont j'use parfois avec toi. Tu as accompli un sacré bout de chemin. Tu mérites mon respect. » Il parut sur le point d'ajouter autre chose, mais ce fut tout.

Elroy, déjà miné par la faim, prit une tranche de bacon dans l'assiette de Tilly, la trempa dans la sauce et la mangea. Tilly lui proposa toute l'assiette – des œufs, des haricots, de la viande – en la poussant vers lui, affirmant qu'il n'avait pas faim. La résolution d'Elroy s'envola et il dévora le tout pendant que Tilly sirotait son café. Ensuite de quoi il sentit une épaisseur dans sa poche de cuisse. Il défit le Velcro, sortit un billet de cinquante, fila à la station-service et en revint avec dix tickets de loterie à gratter. Il en donna la moitié à Tilly et s'attaqua avec l'ongle du pouce à l'encre polymérisée argentée des siens – l'espoir, la plus folle des griseries. Et quand Tilly, l'air effaré et dégoûté par cette dépense, refusa de toucher voire de regarder les tickets, Elroy les reprit et se mit à les gratter frénétiquement en disant : « Tu ne peux pas gagner si tu ne joues pas », promettant à Tilly les gains de ces cinq dernières chances. Tilly se borna à le regarder faire d'un air d'exaspération, à moins qu'il ne fût irrité par les vapeurs du *chile*, et peu importait car tous les tickets se révélèrent perdants.

Après quoi ils reprirent la voiture pour se rendre à l'aéroport d'Albuquerque et Elroy repartit en mission. Tilly roula encore une heure en direction du sud jusqu'à la ville de Socorro.

15

La Lincoln quitta l'Interstate 25, traversa le centre de Socorro et s'engagea sur l'aire de stationnement du centre d'activités de l'Old Camino Real Regency, assemblage de constructions en stuc, certaines de plain-pied, d'autres pourvues d'un étage, nichées entre des indigotiers en jarre, des herbes résistantes à la sécheresse, des cactées rouges et jaunes disposées autour de jardins de rocaille. Arrivant à hauteur des emplacements réservés aux hôtes de la SFL, SARL, la Lincoln de Tilly ralentit et son clignotant s'alluma. Mais elle ne s'engagea pas et le clignotant s'éteignit. Paraissant s'être ravisée, elle continua tout droit, sortit de l'aire de stationnement et, laissant la ville derrière elle, prit la route 60 en direction de l'ouest.

L'emplacement où la Lincoln avait été à deux doigts de se garer appartenait au plus récent des services relation clients du réseau SFL – plus officiellement, le réseau SFL Partenaires, émanation du conglomérat jadis connu sous l'appellation de Société Frisk Lambert, structure qui s'était recentrée neuf ans plus tôt sur ses activités constitutives dans les branches de l'aérospatiale, de l'approvisionnement, d'infrastructures œuvrant à l'adduction d'eau et au traitement des effluents, de l'ingénierie pour la défense et de gestion de capitaux privés. Avec un actif sous gestion de quatre milliards de dollars, SFL Partenaires aurait pu se trouver une niche dans le monde du capital-risque et avait fait des tentatives en ce sens au temps de son ancienne société mère dans les années 1990. Les résultats, s'ils n'étaient pas aussi calamiteux que ceux d'autres derniers arrivés dans le capital-risque, n'impressionnèrent ni les administrateurs ni les investisseurs. Toutefois, en dépit des pertes, une clientèle de plus en plus âgée avait témoigné à la société une remarquable loyauté même pendant l'affaissement de la bulle technologique, faisant par là même de la branche capitaux privés une activité précieuse dans l'optique d'une séparation. Lors de cette même réunion du conseil d'administration où il fut évident que les administrateurs, qui défendaient depuis longtemps l'option de se défaire de ladite branche, allaient finir par l'emporter, la logique de la vivisection de plus grande ampleur que l'entreprise accomplirait au début de l'année 2002 apparut clairement ; après quoi les branches ainsi séparées partirent dans des directions différentes en quête de gains plus juteux, particulièrement ceux pressentis par la société d'ingénierie liée à la défense, qui se positionnait activement auprès des militaires tant américains qu'alliés pour servir leurs pressants besoins – avec un peu de chance, suffisamment pressants pour justifier des contrats sans appel d'offres – en vue de guerres imminentes et prolongées.

Pendant ce temps, la fidélité de ses clients amortis avait fait de la branche patrimoine privé la mieux placée pour conserver le nom de la société mère, bien que sous forme d'acronyme. SFL Partenaires continua donc de tenir la main parcheminée de modestes investisseurs qui espéraient boitiller jusqu'au tombeau avec, au bout du compte, un peu plus que ce que requérait le pourboire du chauffeur de corbillard.

La clientèle maintint typiquement ses capitaux dans des trusts testamentaires. C'est peut-être l'allusion désinvolte, faite par le directeur administratif et financier pendant une réunion du conseil d'administration, à la prédominance dans ses livres d'un si grand nombre de clients utilisant toujours des supports testamentaires n'offrant même pas l'avantage post-mortem d'éviter une homologation, qui avait en premier lieu fait basculer les administrateurs les plus conservateurs en faveur de la scission de la branche patrimoine privé. La question de savoir si les responsables qui avaient toléré cette prédominance voyaient l'avenir encore plus confusément que les clients n'avait pas vraiment d'importance : l'ensemble de la branche était un poids mort.

Après la dissolution, les administrateurs de la toute neuve SFL, SARL, ne s'épuisèrent pas à tenter de vendre la vieille marque sclérosée à de nouveaux clients – autant essayer de fourguer des Oldsmobile à des étudiants. Au lieu de cela, ils s'intéressèrent à des gestionnaires de patrimoine indépendants et aux activités d'entreprises spécialisées susceptibles d'apporter à la nouvelle entité des fichiers clientèle existants en même temps que la réputation et le carnet d'adresses de leurs dirigeants. Ces nouveaux managers fonctionnèrent comme des sous-marques plus agiles sous l'égide d'une société toujours reconnaissable pour ceux qui souhaitaient se pencher sur son acronyme et y retrouvaient les vénérables noms de Frisk et Lambert. Il était plus facile d'acheter de l'innovation que de la cultiver sur un sol fatigué. Les entreprises spécialisées dans la technologie faisaient cela en permanence.

Les actifs contenus dans les portefeuilles existants des managers que l'on recrutait tendaient plus souvent à se situer du côté d'instruments plus futés tels que des fiducies révocables entre vifs, avec parfois le manager tenant lui-même lieu de fidéicommissaire. Le caractère à la fois personnel et aléatoire de ces relations client-manager comportait souvent une prévision stratégique à plus long terme et des objectifs de croissance plus ambitieux que le client traditionnel de la SFL ne le recherchait. En de rares cas, les nouveaux responsables menaient de semblables opérations sans même que le bénéficiaire soit au courant, soit en raison d'une clause de confidentialité contenue dans l'acte de fiducie, soit parce que ledit bénéficiaire ne pouvait être localisé, ou bien encore, comme cela arriva dans au moins un cas, parce qu'il refusait toute communication avec le gestionnaire.

Cette dernière fiducie quasi orpheline était apparue dans les livres de la SFL en même temps que son responsable gestionnaire peu de temps avant la crise du crédit hypothécaire de 2008. La base centrale de données de la SFL ne contenait guère plus d'informations que le numéro de Sécurité sociale de son seul bénéficiaire, un dénommé Dwight Elliot Tilly, né le 14 novembre 1948 à Davenport, Iowa.

La SFL n'avait reçu aucune communication de la part du susdit, quoique des vérifications périodiques de solvabilité montrassent que la Sécurité sociale n'avait pas versé son numéro dans son index des décès, cela à l'époque où la politique de la société n'exigeait pas de tenter d'identifier des bénéficiaires secondaires. Toutefois, si les tablettes de la SFL ne contenaient aucune trace de communication avec cet unique bénéficiaire, certains des managers recrutés étaient connus pour avoir négligé de charger dans la base de données des informations portées dans le compte Outlook et le tableur de leurs ordinateurs personnels comme de ceux de leurs assistants de direction et comptables. Ces responsables, anciennement free-lance, qui étaient « venus du froid », avaient généralement des listes de clients établies de longue date, mais ne voulaient plus s'embêter avec la bonne forme ni même prendre une assurance responsabilité pour couvrir l'homme qui lavait les fenêtres de leur bureau. Il était notoire qu'ils négligeaient de communiquer leurs données à la société, manquement que certains au sein de la commission déontologie et conformité soupçonnaient d'être un moyen délibéré de continuer à gérer certains de leurs comptes client sous l'égide légale de la SFL tout en laissant ouverte l'option de garder par-devers eux de tels clients « occultes » pour le cas où une autre boîte leur aurait fait les yeux doux ou s'ils décidaient de faire de nouveau cavaliers seuls. Dans la pratique, ces hypothétiques actifs occultes représentaient toutefois un pourcentage infime du capital géré par la firme. De plus, la plupart des membres de la commission susdite, tous basés au bureau de Vancouver, à qui il appartenait d'éplucher les dossiers, étaient frais émoulus de leur école de commerce et ne montraient nul désir de harceler des cadres supérieurs dont l'un ou l'autre pourrait un jour, quelque part au sein du réseau planétaire des professionnels de la gestion de patrimoine, se révéler le catalyseur dont ils auraient besoin pour se propulser vers les sommets. Et puis, avant de mourir, les anciens verraient la nécessité de transmettre leurs comptes à quelqu'un.

Un de ces hauts responsables, qui était techniquement rattaché au bureau de Fort Worth mais pouvait tout aussi bien se présenter à l'antenne de Hong Kong ou à celle d'Arlington afin d'y emprunter un ou deux stagiaires pour l'été et la machine à pelliculer ; qui gérait nombre de gros comptes privés parfaitement accessibles à l'examen des gens de Vancouver, ainsi que, pouvait-on supposer, plusieurs de ces comptes « occultes » moins dissimulés aux Canadiens que négligés par eux, cela par déférence pour la façon dont les anciens avaient mené les affaires dans les années 1970 et 1980 ; qui gérait justement de fait le compte « occulte » du susnommé D. E. Tilly ; et qui, enfin, s'était matérialisé plus tôt dans le mois à l'officine de Socorro, implantée deux ans auparavant pour répondre aux besoins des colonies de retraités en pleine éclosion dans les proches localités de Las Cruces et de Truth or Consequences, était un svelte personnage de soixante-dix ans qui travaillait en gardant toujours sa porte ouverte, qui apportait du café et des bizcochitos à tous ses intérimaires et s'était attiré l'admiration de tous en appelant le siège dans le courant de sa première semaine sur place pour menacer de prendre sa retraite si on n'autorisait pas Socorro à dénoncer son contrat avec les techniciens incompétents et malveillants chargés de la maintenance de la photocopieuse. Il s'appelait Percy Lorch.

Tilly n'ayant jamais touché le chèque très ancien de la Pierson-Blatt, la somme de cent trente et quelques milliers de dollars était revenue au compte en banque du trust, dont Lorch s'était fait le fiduciaire remplaçant selon les termes de la clause « porté disparu » de l'acte constitutif dudit trust. Il s'était nommé gestionnaire de son capital et, en cette qualité, n'avait eu d'autre choix que de réinvestir les recettes, conformément à sa responsabilité fiduciaire, cela depuis 1975.

La Lincoln ralentit, son avertisseur directionnel clignota, mais elle rechigna à entrer sur l'aire de stationnement de la SFL et poursuivit son chemin. Son chauffeur n'entra pas à Pueblito D et dans les bureaux temporaires qu'y occupait Lorch, et il ne fit pas valoir sa qualité de titulaire du trust – démarche qui, comme l'avait précisé Lorch lors de différents échanges téléphoniques importuns au fil des ans, le dernier remontant à mardi dernier, n'avait pas de valeur légale. Le capital appartenait pour toujours à Tilly, qu'il se fît connaître ou pas pour son propriétaire, sauf si Lorch et lui se voyaient pour le réattribuer.

« Il ne disparaît pas parce que vous ne voulez pas admettre qu'il est vôtre, lui avait dit Lorch.

— Comment avez-vous eu ce numéro ? demanda Tilly dans le combiné de son téléphone, qui ne figurait pas dans l'annuaire.

— Je ne peux toucher au capital sinon pour l'investir. Vous ne comprenez donc pas ? Nul ne peut légalement l'utiliser. *Crescit eundo*[1] – il grandit de jour en jour – au bénéfice d'une entité de papier, cela jusqu'à ce que vous disiez qu'il devrait en aller autrement.

— Qu'est-ce que vous fichez au Nouveau-Mexique ?

— J'y conduis un projet particulier. Est-ce que vous vous êtes mis à la pêche sur le tard, sergent Tilly ? Lire l'eau, c'est lire les marges du courant, les démarcations, les flancs du changement. C'est là qu'évolue la truite qui a faim. Partout où l'on trouve un paysage ou une nation traversant des perturbations on trouve l'entrepreneur. Le secret de la gestion pour une croissance du capital n'est pas d'avoir le goût du risque, c'est de percevoir de la beauté dans la destruction de

1. Devise de l'État du Nouveau-Mexique.

systèmes obsolètes et de se réjouir à la perspective d'en créer de nouveaux. S'appesantir sur le passé, c'est rester pauvre. Voyez les Islamiques…

— Ne me rappelez plus. »

Lorch fit entendre un bruit inarticulé d'agacement. « Vivez comme bon vous semble, mais n'y a-t-il vraiment personne d'autre que vous pourriez aider ?

— Fichez-moi la paix.

— La SFL à Socorro. Allez voir notre site. Je vais vous donner notre numéro. Faites comme si vous n'en preniez pas note. » Mais Tilly raccrocha.

Cependant, après avoir déposé Elroy à l'aéroport, Tilly prit la direction de Socorro.

Il poussa jusque-là mais ne s'y arrêta pas. Il ressortit de l'aire de stationnement et partit vers l'ouest sur la 60 à travers un pays monotone et désolé. Un néant froid et stérilisé par le soleil. Il traversait le lit d'une ancienne mer. Il n'avait pas neigé sur ce secteur. Au loin, les montagnes rousses promettaient l'avenir véritable qui pouvait encore prendre possession de lui. Non pas la promesse des cités regorgeant d'or que les conquistadors avaient cherchées en ces parages, mais le monde plus lointain, le monde rêvé qui prenait la forme des hauteurs de l'horizon, mais aurait pu se composer d'éléments surnaturels, abriter des créatures surnaturelles. L'avenir des montagnes, toutes les choses promises seraient mises à exécution, toutes celles sous-entendues affirmées haut et fort, le soleil brillerait également sur tous les côtés de tout ce qu'il toucherait.

Le terrain s'adoucit et prit des couleurs. Des grandes armoises et différents arbrisseaux crevaient le lit de la mer. Des cerfs arpentaient sans but les herbages.

La plaine s'interrompit et fit place à des moutonnements. La route se mit à monter. L'ombre des nuages courait à l'assaut des pentes. La Lincoln était déjà en train de franchir la partie plus élevée qui, peu de temps plus tôt, avait composé l'avenir surnaturel et qui, une fois atteinte, devenait seulement la promesse d'un autre paysage qui allait suivre.

Un faucon décrivait des cercles sous un nuage.

Quand la route redescendit, une silhouette blanche comme sel apparut au premier plan, en contrebas sur le côté. Bientôt, elle se dédoubla de l'autre côté de la chaussée. Puis elle se reproduisit pour devenir un agencement de monuments, approximativement de la taille d'un homme, identiques et isolés, se dressant à intervalles réguliers et continuant de se multiplier. La route attirait inévitablement la voiture à eux. Comme celle-ci persistait à ne pas les atteindre, ces formes blanches d'apparence humaine devinrent suprahumaines, prirent des proportions colossales. Il s'agissait de socles surmontés d'une coupe. La route impavide allait à tout moment obliquer et s'en écarter ; mais elle n'en faisait rien. Les formes devenaient plus complexes. Elles partageaient une même posture, tournées vers le ciel et les lointains, pareilles à des fleurs immaculées recherchant toutes un même soleil, avec des pistils identiques, blancs eux aussi et dressés.

En un instant, le déguisement de la distance se défit – ou alors Tilly pénétra dans la réalité que les silhouettes occupaient depuis le début. Il était en train de rouler vers une immense plaine peuplée d'antennes hémisphériques, réparties sur des kilomètres de désert, braquées en un silencieux concert vers les cieux, à l'écoute. Seules mais, compte tenu de leur même orientation, ensemble. Et la route, loin de changer de direction, fonçait en plein milieu comme pour mettre à mal cette quiétude familiale. Leur présence colossale se dressait tout à l'entour. Elles s'érigeaient, indifférentes, attentives. Elles ne révélaient rien de ce qu'elles entendaient, ne s'en trouvaient changées en aucune façon visible. Chaque antenne une coupe blanche avec une volée de marches blanches menant à sa concavité pour des gens qui n'étaient pas là, qui semblaient n'être jamais venus et qui ne viendraient jamais. Chacune d'elles reposait sur un socle monté sur une voie ferrée au milieu de laquelle poussaient bigelovies et graminées. Des antilopes déambulaient entre elles. Le faucon avait disparu.

Vingt-sept antennes blanches auxquelles, bien que simples demi-mondes, rien ne faisait défaut, qui écoutaient et ne produisaient aucun son.

Puis elles retombèrent dans le sillage. Le paysage était désormais vide hormis des yuccas épars au feuillage comme des gerbes de sabres. Tilly poursuivait sa route, traversant Datil puis Pie Town, se dirigeant moins vers l'ouest que vers le soleil.

À Quemado – contourner Socorro plutôt que le fuir, se focaliser sur l'itinéraire et ainsi concentrer son esprit –, il obliqua vers le nord-nord-est et s'engagea à travers un paysage mort en laissant le soleil sur sa gauche. Quand la route s'infléchit en direction de Cuba, il s'engagea sur une piste qui s'élevait vers une mesa et un groupe de constructions en bardeaux abandonnées de longue date qui avaient jadis été un hameau. Il avait besoin de dormir. Un hangar sans fenêtre était marqué d'une croix. Un sentier descendait vers une arête éboulée, un puits et un amoncellement de déchets miniers. Un serpent à sonnette gisait sur un four en adobe – un bol en terre retourné et tout lézardé. Mavis se précipita en aboyant et revint au pied de son maître en donnant toujours de la voix, mais le reptile était mort. Tilly se versa un peu d'eau sur la tête, bien que le vent fût froid et que la nuit du désert approchât rapidement. La chienne donnait des coups de dents sur l'eau qui dégoulinait. Son maître se gratta le cuir chevelu. Le soleil commençait à décliner. Tilly n'avait rien avalé depuis le matin. Il s'assit sur un panneau de particules brun-rouge cloué en travers du portique de la chapelle. Le désert s'élevait vers le soleil et finit par le toucher.

La faim aiguisait sa vue. La terre tout entière était rouge. Puis elle vira au violet. Et jusqu'aux herbes étiques. Il regardait le soleil et cependant s'en détournait, il regardait tout sauf le soleil, ce jusqu'à ce que l'astre eût suffisamment faibli pour ne plus l'éblouir.

Le même soleil se levait en ce moment sur Bagram. La voiture refroidissait en faisant entendre des cliquètements dans la poussière.

À mesure que la montagne commençait de l'éclipser, le soleil devenait une ouverture dans l'espace-temps par laquelle chaque personne qui l'avait jamais regardé de n'importe quel avant-poste pouvait parler et entendre. Il dit au lieutenant qu'il était toujours de ce monde. Il dit à la prostituée de Da Nang qu'il avait fini par jeter sa barrette quand Elroy lui avait envoyé un portefeuille de Dubaï. Et il demanda à son père de lui dire ce qu'il devait faire, mais il n'obtint pas de réponse. Il dit à sa mère qu'il avait commis une erreur, mais elle ne lui répondit pas plus, comme si elle attendait qu'il dise d'abord de quoi il s'agissait. Il dit à Bobby qu'il s'était présenté au ranch comme il l'y avait invité dans ses lettres, mais qu'il ne l'y avait pas trouvé. Il avoua à Wakefield lui avoir volé de la nourriture. À Louisa, où qu'elle pût être, il dit son véritable nom. Regardant le soleil posé sur l'arête montagneuse, il confessa à Elroy… mais il ne put le faire, ne put même penser à ce qui devait être dit.

Parce qu'il ne demandait pas à être pardonné, nul pardon ne lui fut accordé, par aucun d'entre eux. Et il demanda à la jeune Trisha ce que diable elle avait voulu faire en se campant de la sorte dans le couloir pour signifier à un homme armé d'un pistolet brûlant qu'elle ne le laisserait pas passer.

De tous ces fantômes, seule Trisha lui répondit. Au fil des ans, elle avait croisé son chemin dans des visions, cela au moins aussi souvent que les autres, et toujours, comme les autres, en détournant le regard, comme s'il avait réussi à devenir parmi eux la non-personne qu'il avait voulu être.

Cette fois cependant, elle se tourna vers lui dans son pull ensanglanté et lui demanda ce que Lorch lui avait un jour demandé : « Vous connaissez le plus excellent des moyens, n'est-ce pas, monsieur Tilly ? Ce moyen, c'est l'amour. »

L'illumination violacée des ossements du village fantôme et des pins dans la ravine en contrebas incluait l'homme assis devant la chapelle, occupé à contempler la croûte de soleil qui subsistait. Il abaissa la tête, la secoua, projetant dans les airs l'eau bleue contenue dans ses cheveux. La chienne se dressa, trotta jusqu'à lui et se posa sur son arrière-train. Il passa deux fois la main sur son pelage pour le lisser. Quand il releva la tête, le soleil s'était couché.

Tout au long de la nuit, d'invisibles petits animaux trottinèrent sous les lames du plancher de la chapelle étouffante où il dormait et rêvait. Au matin, sa décision était prise.

Il ne mangea rien. Il roula tout droit jusqu'à Cuba, prit la direction du sud, dépassa Albuquerque et retrouva Socorro en milieu de journée. Il ne déjeuna pas non plus. Il gara la voiture, la chienne s'élançant par-dessus lui à peine eut-il commencé d'ouvrir la portière. Il l'arrêta par le collier, l'attacha au volant et descendit.

Mr. Lorch n'était pas là, déclara la fille en regardant tour à tour son téléphone, puis Tilly, puis de nouveau son téléphone. Est-ce qu'un autre responsable pouvait faire l'affaire ?

« Je vais attendre, dit-il.

— Ils disent tous ça », dit-elle à son téléphone – en fait non, elle s'adressait à Tilly tout en tapant un texto destiné à quelqu'un d'autre. « Mr. Lorch, c'est particulier. Êtes-vous déjà client ?

— Non.

— Pour les clients répertoriés, je suis autorisée à l'appeler.

— Peut-être que j'en suis un. »

Elle eut un rire en direction de ses pouces qui faisaient des claquettes sur la face vitrée du téléphone.

Son ordinateur tinta, tinta de nouveau. Un indicatif complexe : deux tintements brefs, puis un long, un court et un long.

« Il va vous voir maintenant. » Sans lever les yeux, elle inclina la tête de côté pour indiquer l'ordinateur. « C'est notre code. Ne lui dites pas que je vous l'ai dit.

— Comment sait-il que c'est moi ? »

Elle montra le minuscule objectif d'une caméra au dos de l'ordinateur.

« Est-ce que j'entre directement ? »

Elle eut un grand sourire. « Mr. Lorch souhaiterait vous retrouver dans la cour Regency, à l'extérieur de Pueblito C.

Dans la cour, un homme à cheveux blancs, sourcils légèrement froncés, vêtu d'un costume sur mesure et chaussé de bottes de cow-boy, marchait de long en large dans la neige en parlant dans un smartphone. S'il l'avait croisé dans la rue, Tilly ne l'aurait pas reconnu. Il était plus grand qu'avant, ce qui était impossible. Peut-être avait-il juste perdu du poids. Son visage était détourné.

Il lança un regard de biais dans la direction de Tilly, montra son téléphone et leva un doigt. D'un mouvement de bras, il incita Tilly à aller s'asseoir sous le préau sur un banc orné d'une mosaïque aux couleurs vives figurant des vaches et des serpents, mais ce dernier ne s'y assit pas. L'homme bien mis portait le type de lunettes autrefois dites à monture d'écaille, bien que celle-là fût en acétate avec un effet marbré iridescent.

« Je sais, ma chérie, disait-il. Tu étires une ressource limitée au-delà de ses capacités… non, tu ne… exaaactement, et c'est pour ça que ta dermatite est repartie de plus belle… exaaactement. » Il sortit un stylo de sa poche, en fit sauter le capuchon avec le pouce et écrivit *Petite-fille, rééduc* sur l'extérieur d'une chemise, puis il la montra à Tilly sans le regarder et leva un doigt. « Celle-là, tu devrais l'apporter à ta mère… je te remercie… non, mais nous t'aimons et nous voulons te voir traverser tout ça avec… exaaactement. Tu es notre petit soldat. Nous t'aimons tous et moi je t'aime. » Il orienta ses doubles-foyers vers le téléphone, le tapota rapidement de nombreuses fois avec les pouces et le remit à son oreille. « Oui, tu as tout à fait raison. Et tu promets d'appeler dans une semaine ? Appelle juste l'un de nous. Je sais que je peux te faire confiance. C'est ça, tu me le montreras à La Jolla. » Il baissa les yeux sur le téléphone, appuya sur sa tranche et se tourna vers Tilly. Ce dernier reconnut d'un coup, au milieu de ce visage, les yeux de l'homme qu'il avait connu.

« Ah, ça alors ! lança Lorch. Qu'est-ce que vous vous imaginiez que j'allais faire pendant tout ce temps, vous empoisonner ?

— Vous n'auriez pas un bonbon ? » demanda Tilly.

Le préau commençait à tourner autour de lui. Les dalles du sol et les morceaux de la mosaïque avec. Un chasseur-bombardier Phantom approchait de la ville. Son rugissement crût en volume et fréquence. Lorch semblait ne pas l'entendre. C'était le bruit d'un Phantom de passage, sauf qu'il ne diminuait pas. Le vacarme atteignit son maximum et ne décrut pas, comme si Tilly s'était fait cueillir et déposer auprès des réacteurs de l'appareil. Il sut qu'il tombait une fraction de seconde avant de s'effondrer.

Quand il revint à lui, Lorch cherchait à lui engager entre les lèvres le bec verseur d'un carton d'eau de noix de coco parfumée à la mangue. Il se mit à tousser.

« Il faut pas la respirer, Œil-de-faucon ; il faut la boire. Vous n'avez pas le droit de mourir étouffé avant que j'aie fait de vous un bénéficiaire subsidiaire. Siri, demande à Gloria de joindre le docteur Beavers au téléphone. » Avant que Tilly avale un peu du liquide douceâtre et s'évanouisse derechef, le téléphone tinta deux fois et annonça qu'il composait l'indicatif de Gloria Pacheco.

Quand il revint à lui pour la seconde fois, Lorch lui dit : « Il n'y a pas de honte à avoir. Les problèmes de glycémie sont la calamité de notre époque. Il en va ainsi de tous les empires sur le déclin. D'aucuns imputent la chute de Rome aux homosexuels. Pour ma part, j'incrimine l'alimentation. Il y a une limite à ce que les îlots de Langerhans d'une grande nation peuvent tolérer de la domination des voies commerciales si on ne veut pas que la patrie nage dans le sucre. J'ai moi-même fait un temps du diabète, là-bas. Ensuite, j'ai fait le régime paléo et ça a réglé le problème. Je suis devenu très strict sur ces questions. Allez, asseyez-vous et dites-moi un peu comment ça s'est passé pour vous. N'ayant plus les facilités d'accès d'autrefois, je n'en sais vraiment rien. L'Internet est de toute manière supérieur à tous les outils d'identification et de localisation que nous avions à notre disposition. Il m'a suffi de demander à Siri de demander à Gloria de faire une recherche sur LexisNexis et elle m'a envoyé sur mon portable quelques infos sur votre résidence en copropriété. Regardez-moi ça, voilà qu'il se remet à neiger. N'essayez pas de vous lever avant que je revienne. »

Il reparut avec une assiette de crackers et deux plaids en polyester. La neige s'accumulait sur les gravillons de la cour. Sur les dalles de l'allée, elle disparaissait comme si elle n'avait jamais existé. Tilly était assis, complètement relâché, sur une chaise en fer. Lorch jeta une couverture sur lui, la lui borda dans le dos et sous les fesses, tout en lui laissant les bras à l'extérieur. Il lui déposa l'assiette sur les genoux, se drapa l'autre couverture autour des épaules à la manière d'un poncho, puis s'abîma dans la contemplation de la neige.

Les crackers contenaient du piment vert.

« Vous vous rappelez le temps où on pouvait encore fumer ? demanda Lorch. Bon sang, ce que j'aimais fumer sous la neige. Les Yankees n'ont jamais rien pigé à la neige. Quand on vivait tous là-haut à Stamford, mes petits-enfants rouspétaient toujours dès qu'il s'agissait de la déblayer. “C'est de la *neige*, leur disais-je. Est-ce que ce n'est pas merveilleux ? Comment pouvez-vous ne pas la regarder même une minute ?” Cette attitude n'était pas leur faute. Pour eux, la neige était aussi banale que de faire les courses et régler avec la carte Visa. Je remercie le Ciel que les quelques notions de pénurie que j'ai assimilées dans l'enfance aient persisté en dépit de l'aisance de ma vie ultérieure. Vous voyez ce que je veux dire ? C'est toujours ainsi que je vous ai perçu, fidèle à votre jeunesse impécunieuse. J'ai supposé que vous vous en tiriez avec ce que vous vous faisiez, et ne comptiez pas sortir de votre coquille tant que ce ne serait pas absolument nécessaire. Bien sûr, vous auriez pu me le faire savoir de façon plus courtoise. »

Les dalles étaient à présent suffisamment froides pour que la neige tienne. Tilly aurait pu s'allonger sous cette couche blanche et s'endormir.

« Voulez-vous que je vous entretienne un peu de la carrière de votre capital ? Vous comprenez bien qu'au bout d'un moment j'ai commencé à douter de voir jamais ce jour arriver – l'horizon de la perception de vos gains était proche de jamais, ce qui a permis une gestion de croissance sur le long terme et vous a évité d'être exposé à des risques qui, sinon, auraient pu se révéler quelque peu alarmants. Vous avez bien failli tout perdre à deux reprises avant que j'accepte l'évangile de la diversification. Une fois avec les champs pétrolifères du Hill Country. La deuxième fois, avec une compagnie aérienne qui… Disons que ses avions n'ont jamais décollé. Je ne bats pas ma coulpe dans cette affaire, mais quand il a semblé qu'Eastern et la

Pan Am allaient boire le bouillon, j'ai cru entrevoir du potentiel au milieu du naufrage. Comme tout le monde, vous vous êtes refait pendant la période Greenspan[1]. Vous avez mené quelques bonnes opérations, d'autres qui l'étaient moins. Mais globalement, je tiens à vous féliciter pour votre sang-froid. »

Le cracker se fracassa entre les dents de Tilly.

« Un seul regret : je n'ai pas vu venir le Big Pharma[2]. Pourquoi n'ai-je pas remarqué les nouvelles maladies fantaisistes que l'on diagnostiquait à mes enfants ? (Lorch ôta ses lunettes, se tamponna de l'index le coin intérieur de l'œil, regarda le bout de son doigt et rechaussa ses lunettes.) Ils étaient trop près. J'espère que cela ne vous défrise pas si les principes s'entremêlent. Le produit de la vente foncière et votre part de profit sur votre opération, que vous ne nous avez pas laissés vous verser, sont allés dans le même pot. »

Tilly mangea un autre cracker. Son délire s'estompait. « Je me suis toujours demandé pourquoi vous ne gardiez pas cet argent pour vous.

— Ne croyez pas que je n'aie pas été tenté de le faire. Mais je regarde l'intitulé de l'instrument juridique qui me fait dépositaire de ce capital, et j'y vois un mot qui vient du vieux norrois *traust*. Ce vocable a traversé des mers glacées et des langues barbares en ne perdant qu'une seule lettre en chemin. Il est passé maintes fois des conquérants aux conquis, qui sont ensuite devenus à leur tour les conquérants, mais il

1. Alan Greenspan : économiste qui fut président de la Réserve fédérale de 1987 à 2006.

2. Ce terme désigne l'ensemble de l'industrie pharmaceutique mondiale qui, selon une théorie du complot, s'organiserait à des fins financières contre le bien commun.

a conservé le même sens[1]. Je n'avais pas le droit de saper deux mille ans d'histoire. La confiance, c'est la confiance. »

Gloria apporta deux tasses de camomille. « Beaver a envoyé un texto, dit-elle d'un air embarrassé. Il a écrit : *Conduis-le à l'hôpital, tête de…*

— Très bien.

— *Conduis-le à l'hôpital, tête de nœud.* Tenez, regardez.

— Rien d'inhabituel. Il m'appelle comme cela depuis le collège.

— Est-ce que je dois appeler une ambulance, monsieur Lorch ?

— Courez plutôt nous prendre chacun une paire de tacos au poulet. Ça vous dit, sergent ?

— Rouge ou vert ? s'enquit la secrétaire.

— Rouge, répondit Lorch.

— Vert », répondit Tilly.

La fille partie, Lorch reprit : « J'ai commencé à m'en faire pour vous il y a à peu près quatre ans. Je me disais : Pense à l'âge qu'il a. Il va probablement craquer sous peu quand il va devoir inscrire un ou deux rejetons à l'université. C'est pourquoi j'ai repris les rênes. Obama allait probablement remporter la primaire. Des gens me demandaient : "Alors, Percy, avec cet Obama qui arrive, as-tu déjà misé sur le lingot ?" Vous savez ce que je leur répondais ? Je leur répondais : "Dieu non, je n'ai pas peur. *Yes we can.*" Ensuite, je me suis dit : Mais enfin, Lorch, vas-tu vraiment faire de ce vieux Tilly la victime de ton optimisme ? Je ne voyais pas Obama vous être profitable.

1. L'anglais *trust*, qui compte de nombreuses acceptions dans les domaines juridique et financier, a pour sens premier « confiance ».

Un sentiment que j'avais. Dommage que je n'aie pas eu le même en ce qui concerne mes propres capitaux. Vous avez beaucoup vendu début 2008. Vous avez payé vos plus-values. Là-dessus, il gagne la primaire. J'ai écouté son discours au stade de football de Denver et je me suis mis à flipper un peu pour vous. Vous savez qu'il n'y a pas un poil de racisme en moi, ça vous le savez, mais je connais mes compatriotes et j'ai pensé : Avec cet homme à la barre, nous allons être gênés aux entournures. En ce qui me concernait, j'étais tranquille ; pour vous, j'avais des craintes. C'est pourquoi vous avez fortement court-circuité le marché – juste à temps pour le grand n'importe quoi du mois de septembre[1].

« Ne vous en faites pas pour moi, je me suis redressé. Quiconque possède un peu de patience a déjà récupéré. Vous, cependant, n'avez pas eu à vous remettre de quoi que ce soit. Pour vous, le chemin de l'école a descendu en pente douce dans les deux sens et au soleil. Depuis 2009, vous avez manifesté un intérêt particulier pour les marchés émergents, surtout l'Inde. Toutefois, à votre âge, vous en avez marre de payer pour la gestion active de vos fonds ; vous avez porté la diversification à l'extrême et placé la majeure partie de vos actifs dans des fonds indiciels, excepté votre exposition aux obligations, qui consiste principalement en bons du Trésor individuels que vous projetez de mener à maturité. Vous avez foi dans le crédit de votre gouvernement.

— C'est quoi ce régime paléo où on a le droit de manger des tacos ? interrogea Tilly.

— Le mien sera enveloppé d'une tortilla croquante

1. Septembre 2008, la crise dite des *subprimes*.

à base de graines de lin déshydratées. Pas de fromage, pas de guacamole.

— Et le mien ?

— Maïs blanc, tortilla souple. Je ne vous recommanderais pas de vendre immédiatement le contenu de votre portefeuille, une fois que nous aurons transféré le trust à votre nom. Découvrez vos avoirs avant de décider lesquels liquider et dans quel ordre. Vous verrez que chacun a son charme. Sauf pour les fonds indiciels, vous êtes totalement sans filet. Nous sommes, selon moi, déjà au maximum en termes de sécurité. On ne connaît plus les perturbations qui conduisent les industries à la ruine ou dans des convulsions de la croissance. Je pense que la sécurité entre dans une période réfractaire jusqu'au prochain épisode convulsif à l'échelle planétaire, qui n'est peut-être pas pour tout de suite. Elle semble continuer de s'affermir, mais cette apparence procède en grande partie de l'élan en avant qu'elle a connu au cours de la dernière décennie.

« Un entrepreneur ayant un goût pour l'histoire se tournera plutôt vers des industries qui paraissent avoir été longtemps en sommeil, en état d'assoupissement technologique. Pensez au prêt-à-porter habillé masculin, au ketchup en bouteille. Rien d'important n'a changé en un siècle. La technologie est devenue invisible, indiscutable, comme si on l'avait découverte et non pas inventée, fermée au changement. Or, il y a un moment ou un autre où quelques-uns de ces secteurs attendent véritablement au seuil de l'événement historique ou de la percée technologique qui changera à jamais tout pour tout le monde. D'où mon nouveau projet ici. Voulez-vous que je vous en parle ? »

De gros flocons tombaient avec une étrange lenteur à travers la quiétude de la cour. Un blanc matelas sur les bancs de pierre et le yucca du jardin de rocaille. La douce amertume de l'air ionisé d'une chute de neige sur le désert.

« Certains voient d'un mauvais œil le changement technologique recherché par l'entrepreneur. Ce qu'il nomme apathie, ils l'appellent la paix. Je peux le comprendre. Que reprochait-on à la vieille télécommande de la télé ? En quoi tous ces satanés nouveaux boutons ont-ils amélioré le sort de l'homme sur son trône ? Cet homme pense pouvoir se retirer sur un lointain continent du moi et y prospérer. Mais il a confondu le statu quo avec un état de nature. Il n'admet pas que des cycles de dévastation sont nécessaires pour que la vie se perpétue. De nombreuses espèces de conifères portent des pommes contenant leurs graines dans une résine si dense qu'elles ne peuvent être confiées au vent que par un incendie. Le manzanita et le pin gris en sont deux exemples. L'entrepreneur n'est pas le feu de forêt. Il est le vent qui dissémine les graines sur un sol noir de cendres redevenu fertile. Voulez-vous savoir quelle est la prochaine vieille industrie au seuil d'un changement époustouflant ? »

Tilly, qui avait mangé deux crackers, décida de s'arrêter là.

« Il s'agit d'une vieille industrie toute neuve, comme souvent en ces matières. La téléphonie est restée en sommeil pendant des décennies – et voyez comment aujourd'hui on trimballe dans sa poche la puissance de calcul de mille gros ordinateurs du temps de Reagan, et on donne à cette chose le nom désuet de “téléphone”, comme s'il s'agissait d'un banal objet domestique. Je vais vous dire ce que j'entrevois.

« J'entrevois le moment où les technologies requises vont prochainement converger vers une nouvelle et dernière frontière. Dans quelques années, tous les hommes qui ont marché sur la Lune seront morts. L'avenir de l'espace pourrait en sembler une chose du passé. Mais je crois qu'aujourd'hui est le moment où les capitaux congrûment investis peuvent accomplir leur magie catalytique. Et ici est le lieu où faire cela. Je veux parler du Nouveau-Mexique. La convergence ici des meilleurs spécialistes au monde de la propulsion spatiale et du meilleur savoir-faire en génie nucléaire. Ces gens résident déjà sur place, sur le corridor de l'Interstate 25 entre Los Alamos et Las Cruces via Socorro. Je ne suis pas tout seul à penser cela. Les autorités tant de l'État que locales approchent en ce moment de l'achèvement d'un complexe de deux cents millions de dollars, un *spaceport*, à trente-cinq kilomètres au sud de Truth or Consequences. Il s'agit d'une stupéfiante infrastructure située en plein désert. Elle est équipée d'un labyrinthe de conduites souterraines qui conditionnera l'air pour un refroidissement et un chauffage passifs. La toiture est revêtue de terpolymères éthylène-propylène-diène. Vu du ciel, cela ressemble à une orchidée géante dans les teintes terre. Mes collègues du secteur public et mes partenaires dans le privé estiment que nous sommes parvenus au point d'équilibre de l'histoire, au point d'inflexion. Vous espérez – je le vois à votre œil brillant – que je ne parle pas de simple tourisme en orbite basse. Vous vous demandez même peut-être comment vous pourriez investir vos ressources à ce moment crucial si jamais vous êtes déçu par la croissance lente, selon les projections, des produits à revenu fixe de votre portefeuille. Il est parfaitement naturel que ce soient les entrepreneurs et non les gouvernements qui prennent désormais l'initiative. Songez aux investisseurs en actions anglais qui instituèrent la compagnie de Virginie et fondèrent Jamestown en 1607. Le revenu potentiel de ce projet nouveau va vous paraître une évidence dès l'instant où je vais vous en parler.

« Je vous parle, bien évidemment, du projet, émanant du secteur privé, de construire un millier de hauts-fourneaux nucléaires destinés à produire de l'oxygène et du gaz à effet de serre, cela en vue de créer, dans quelques courtes années, une atmosphère retenant la chaleur et respirable, propice à une vie humaine confortable et *heureuse* sur la planète Mars.

— Qu'est devenu Van Aken ? interrogea Tilly.

— Arthur est parti en retraite. Écoutez plutôt la suite…

— Il était déjà en retraite à l'époque.

— De l'armée. Peu de temps après votre opération, il a aussi pris sa retraite de l'officine.

— J'ai toujours pensé au plus profond que vous obéissiez à un code de conduite, dit Tilly.

— Merci. Arthur a fini par se marier. À une femme de Hong Kong, cadre dans l'industrie minière. Elle m'a tout de suite plu. Elle avait dans les soixante-dix ans, mais si vous lui demandiez ce que les carbonatites de Tanzanie avaient de si particulier, elle redevenait une étudiante chinoise passionnée de géologie. Juste avant qu'il meure, je leur ai rendu visite au terrain de golf où ils résidaient dans la baie de Bodega, en Californie. Il y avait des cervidés qui se promenaient partout sur les pentes du rivage ; il était interdit de les chasser. Arthur, obsédé par la question, faisait paisiblement le siège de l'association des propriétaires pour qu'on lui permette d'installer une clôture électrique qui tiendrait ces animaux à l'écart des roses de sa femme. Il était sous benzodiazépine, cela se voyait. Cela m'a attristé.

Il était à tous égards un grand homme. Il m'a donné un coup de main à l'époque où mon fils traversait sa crise d'adolescence, et où je ne voyais pas vers qui d'autre me tourner. Vous savez, ce désintérêt pour l'école et ce regard lointain, l'air de penser que sa mère et moi étions les pires trous du cul de Virginie. Ça lui a passé, Dieu merci. Arthur m'a dit que ça passerait, mais je ne le savais pas sur le moment. Chaque jour, il me manque. Mais revenons à la planète Mars.

— Vous souvenez-vous d'un homme du nom d'Egon Hausmann ? » demanda Tilly.

Lorch le regarda. « Drôle de façon de poser cette question.

— Est-ce que c'était son vrai nom ?

— Oui, c'était son nom de naissance.

— Arthur l'a tué.

— Sans blague.

— Je l'ai amené dans la maison où vivait ce vieillard. Je me disais : Il va seulement lui soutirer des informations. Je mentais, mais seulement à moi-même. Là-dessus, Arthur l'a tué. Il est mort, n'est-ce pas ? Je ne suis pas allé voir.

— Pourquoi parlez-vous comme cela ? Je n'aime pas ce ton rêveur.

— Il y avait une fille qui prenait soin de lui. Elle avait coutume d'aller voir les garçons jouer au basket. Toujours impeccable. Parfois un petit carnet à la main. Je lui ai parlé peut-être trois fois. Je ne sais pas si vous vous souvenez, je lui ai dit que Van Aken était médecin, qu'il allait ausculter le vieux. Un autre mensonge, que j'ai à peine relevé. Est-ce que Van Aken vous a dit ce qui s'était passé ? Après qu'il a eu abattu le vieux, la fille a essayé de l'empêcher de quitter la maison.

Qu'est-ce qui lui est passé par la tête ? Van Aken lui a logé une balle en plein cœur.

— Prenez un autre cracker, dit Lorch en poussant la boîte vers Tilly.

— J'avais déjà vu des gens se faire tuer. Même comme ça, de tout près. Il est arrivé que j'y sois pour quelque chose. Je ne savais pas qu'ils continueraient de vivre dans ma tête. D'année en année, ils sont toujours plus vivants. »

La bouche de Lorch s'ouvrit. Pour une fois, aucune parole n'en sortit. Il était en train de recalculer sa position. Que Tilly l'informât de détails opérationnels, pensant qu'il n'était pas au courant, froissait sa vanité ; cependant, le contredire serait revenu à admettre qu'il savait. Il regarda derrière lui par-dessus chacune de ses épaules. Son téléphone sonna dans sa poche de veste, émettant le tintement synthétisé d'un carillon. Il l'ignora. « Si vous avez l'impression d'avoir été trompé lors de vos rapports avec Arthur, j'en suis désolé.

— Mes rapports avec Arthur ? Tordus, même pour vous. Hausmann avait-il seulement fait quelque chose de mal ?

— Avez-vous sur vous un dispositif d'enregistrement ? interrogea Lorch.

— J'ai eu beaucoup de temps pour réfléchir à tout ça, dit Tilly. Je pense que vous disiez la vérité au moins sur une chose. Vous ignoriez qui était votre commanditaire et ce qu'il avait contre Hausmann, et vous ne vouliez pas le savoir. Toute l'opération reposait sur le fait que vous ne chercheriez pas à savoir qui se trouvait derrière tout ça ni quelles étaient ses raisons. Et parce qu'aucun de nous ne le saura jamais, nous avons les mains propres. J'ai tué des gens au

Viêtnam et je ne sais même pas combien. À aucun moment je ne les ai vus de près. J'ignorais à quoi tout ça servait. Je ne posais pas la question.

« Cependant, une part de moi-même devait savoir que vous alliez tuer ce vieil homme. Pourquoi auriez-vous monté toute cette opération si vous n'aviez pas l'intention de le supprimer ? Je me suis dit que je ne savais pas ce qui se passait, mais j'ai ordonné à la fille d'aller dans la cuisine. Pourquoi ai-je fait ça, si je ne croyais pas qu'elle courait un danger ? Quand Van Aken est ressorti, elle s'est avancée dans le couloir. J'ai été tenté d'aller me placer devant elle ou de l'écarter du passage, mais je me suis retenu. J'étais là à me répéter : Je ne sais pas ce qui se passe. C'était un mensonge de plus. J'en savais assez pour empêcher mes mains et mes pieds de faire ce qu'ils tentaient de faire. »

Le téléphone de Lorch s'était tu. Il posa la main sur sa poche de poitrine comme pour s'assurer qu'il était toujours là. « Enquêter sur les motifs des clients premiers relativement à leurs commandes de renseignements n'était pas encouragé par les protocoles. Est-ce que par hasard mon téléphone dysfonctionnerait ?

— C'est là que votre code entre en jeu. Je n'arrivais pas à comprendre pourquoi vous n'arrêtiez pas de me bassiner pour que j'accepte cet argent. Aujourd'hui, je crois que j'ai compris. Votre code dit que si tout le monde est payé, alors vous n'avez pas de sang sur les mains. L'argent nettoie tout comme par magie. »

Lorch se réenveloppa dans sa couverture tout en regardant ses boots bicolores surpiquées, l'air de réfléchir, le visage coloré. « Ce que je peux vous dire, c'est que Hausmann, au cours de sa carrière, tout en se trouvant engagé dans un champ d'activités pas sans rapport avec le nôtre, aurait commis des infractions propres à activer des protocoles internes de balance morale. Si le champ d'activité que nous partagions avait relevé d'une juridiction opérant à découvert, les infractions de Hausmann auraient dû être jugées par des gens incapables de comprendre le caractère sensible des opérations dans lesquelles nous nous trouvions couramment engagés.

— Vous pensez qu'en parlant sans discontinuer vous n'aurez pas à entendre ce qui se passe dans votre tête, dit Tilly.

— À ces niveaux, il arrive que les agences de renseignement cultivent des arrangements informels en fait de juridiction. Elles en viennent à juger préférable d'entendre elles-mêmes les témoins et de rassembler elles-mêmes les preuves, et lorsqu'une éventuelle condamnation est recommandée, elle est appliquée en interne.

— Appliquée en interne, répéta Tilly.

— Les décisions qui furent prises regardant Hausmann furent probablement dictées par des considérations de balance morale que l'intéressé lui-même aurait préconisées s'il s'était trouvé…

— Mais qu'est-ce que c'est que ça, la "balance morale" ? Je ne sais même pas ce que ça signifie. Vous estimez pouvoir faire quelque chose et ensuite le *défaire* ?

— Pourquoi parlons-nous de cela ? Cherchez-vous à me faire perdre mon sang-froid ? Êtes-vous toujours furieux à cause de votre pied ?

— J'ai jamais entendu parler de ça, la "balance morale". C'est un truc que vous avez inventé ? La fille est morte. Qu'est-ce qui va balancer ça ?

— Êtes-vous venu ici pour entrer en possession de votre capital ou pas ?

— Non, répondit Tilly. Je voulais m'assurer que vous étiez au courant pour la fille. Je pensais que oui. Je crois que je ne me trompais pas.

— Ne restez pas un loser toute votre vie. Vous savez bien que c'est pour l'argent que vous êtes venu. J'ai réglé la commission comme convenu. J'ai payé ce qui était dû. Pourquoi est-ce que vous m'asticotez ? Vous êtes agaçant et vexant.

— Vous voyez cette commission comme une dette dont vous êtes redevable pour ce que vous avez fait de mal. Quoi qu'ait mérité Hausmann, vous ne pourrez jamais justifier ce qui est arrivé à cette fille, et moi non plus. Selon votre code, je suis le seul que vous puissiez payer, attendu que les personnes à qui vous devez véritablement quelque chose sont mortes. Selon votre code, jusqu'à ce que je prenne cet argent, la dette pèse sur vous.

— Vous êtes tenu par contrat verbal d'accepter ce paiement.

— Je me dis que si je ne prends pas votre argent, je n'ai jamais travaillé pour vous.

— Nous vous avons donné une voiture !

— Je me dis que j'ai volé cette voiture. » Il faisait froid et Tilly n'en avait que plus chaud sous sa couverture. Il flaira une fumée de bois de pin provenant d'une cheminée quelque part – l'odeur de la vie éternelle survenant là même autour de nous et nous en faisions partie. « J'ai eu une idée tout à l'heure pendant que j'attendais dehors. J'ai tout oublié regardant l'avenir. Le passé aussi, le temps d'une minute, sauf que je me suis souvenu que je n'avais pas mangé et que j'avais faim. Tout ce qu'il me faut, c'est un petit quelque chose à manger. Deux tacos feront l'affaire. Ce sera suffisant.

— Prenez votre argent, insista Lorch. Allez. Prenez-le tout de suite.

— J'imagine que, plus cet argent fait des petits, plus vous avez de mal à en ignorer la puanteur. C'est comme un organe qui se met à pourrir en vous. Nous ne sommes pas si différents, vous et moi. Je me demande quel genre de magie l'argent opère. Il en faut pour vivre ; il vous rend malade ; et il n'existe pas.

— "Ne devez rien à personne, sinon que vous vous aimiez l'un l'autre", dit Lorch. Épître aux Romains 13, 8. Je me suis toujours efforcé de me comporter correctement avec vous, sergent. Pourquoi ne voulez-vous pas faire de même avec moi ? »

Gloria reparut avec les tacos, achetés au camion non loin de là, trois tacos rangés dans un grand sac en papier marqué des initiales *D.E.T.* S'y trouvait également une liasse de documents dans un classeur en accordéon marqué du logo de la SFL, une complexité de hampes et de boucles à la fois familières et illisibles, comme la griffe de son père au chef argenté.

Ayant remis le classeur dans le sac, Tilly déballa un des tacos et ouvrit la bouche. La combinaison des saveurs de la viande, du *chile* et de la tortilla fut comme une musique. S'il avait jamais connu pareil soulagement, il ne s'en souvenait pas. Cela avait atteint la perfection dans l'instant, du fait de l'instant, et il s'y était abandonné. Chaque partie de son être renaissait avec gratitude.

Puis il déglutit et cet instant fut derrière lui.

16

Les trois heures que dura le trajet du retour à Los Alamos lui furent un temps de réflexion limpide, l'esprit aussi dégagé que, devant lui au nord, le ciel sans nuages. Son esprit devint ce ciel. Ses pensées étaient bleues. Elles ne portaient apparemment sur aucun objet particulier ; et pourtant, en une région non éclairée par la conscience, inexplorée sinon lors de rêves et de visions, un mur était en train de s'effondrer sous la force du passé. Il fallut pour qu'il s'en aperçoive l'intensité d'un défilé de souvenirs sensuels – la fumée d'un feu de pin, du poulet mijotant dans une exotique sauce verte, la faim qui déchire l'estomac. Une femme devant le fourneau occupée à répartir des cuillerées de viande sur des tortillas. Il l'avait enfouie loin de sa pensée, mais elle n'avait rien perdu de son pouvoir. Il toucha par l'esprit sa peau électrisante, couverte de poussières, moite, fraîche, et sentit en dessous le dessin de ses côtes.

La fumée de pin – odeur de l'espoir détruit et renouvelé dans le même instant. Le renouveau amené par la destruction. Bobby et le monde d'amis qu'il lui avait promis, n'étaient plus là. Mais elle, l'était toujours.

Le gardien ouvrit la barrière jaune de l'entrée de

la résidence. Tilly se gara et, sitôt la portière ouverte, Mavis s'élança, passant au-dessus de lui pour sauter à terre. Il déballa le troisième et dernier taco et le jeta sur les rocailles du jardin. L'ayant englouti d'un coup, la chienne courut pour le dépasser et entrer la première dans le vestibule obscur. Tilly alluma la lumière dans la petite cuisine carrelée aux placards trop encombrés de conserves pour se fermer. Il passa le courrier en revue.

Des livrets de bons de réduction. Cent cinquante dollars de remboursement sur le package téléphone + câble + Internet. Vingt pour cent de remise accordés aux nouveaux souscripteurs sur les stages de guérison par les pierres. Une carte postale lui rappelant le rendez-vous dentaire de Mavis le jeudi suivant.

Il y avait aussi une enveloppe en papier kraft d'un format inhabituel, en métrique. Il la retourna. Le recto était frappé d'un tampon carré portant dans un angle le chiffre 165 et en bas les mots *Mitteldeutscher Fachwerkbau, 1644/64 Bad Münstereifel.* Au-dessus de cette raison sociale, la représentation d'un bâtiment de cinq étages en partie à colombages avec de nombreuses fenêtres peintes en blanc. Le long du bord supérieur du timbre-poste, le mot *Deutschland.* Le coin supérieur gauche de l'enveloppe était porteur d'autres mots imprononçables représentant peut-être l'adresse de l'expéditeur, peut-être une église car y figurait ce qui semblait être le nom d'un saint.

Tilly ouvrit l'enveloppe, sortit le pli et commença à lire. Parvenu à la deuxième page, il s'interrompit brusquement, replia la lettre, la remit dans l'enveloppe, la déposa dans un tiroir.

Il regarda un moment la façade de ce tiroir.

Il se servit une bière, puis la vida dans l'évier, rinça

le verre et l'emplit d'eau du robinet. Il rouvrit le tiroir, en sortit l'enveloppe et reprit la lettre au début.

Cher Monsieur Dwight Elliot Tilly,

Je vous écris alors que je me trouve pris sous une accumulation de responsabilités professionnelles si étouffantes que j'en trouve à peine le temps de dormir. Et cependant me voici en train de vous écrire à deux heures du matin à propos d'un dilemme auquel m'ont soumis des forces qui me dépassent. Veuillez ne pas négliger ce courrier en le supposant de la main d'une personne dérangée ou qui a du temps à perdre.

Je le répète : je n'ai pas de temps. Me voici pourtant en train de vous écrire.

Je suis prêtre catholique au sein de l'archidiocèse de Hambourg, en Allemagne. J'exerce mon ministère sur trois paroisses, dont l'une abrite un foyer pour jeunes enfants, sur lequel je n'ai, je tiens à le souligner, aucune autorité légale ni pastorale. Néanmoins, ma présence auprès de ces enfants a fait naître chez eux une attente à laquelle je n'ai pas réussi à me dérober.

Voilà guère plus de deux ans, les services de la protection de l'enfance ont placé dans ce foyer un garçon âgé entre quatre et six ans que l'on avait trouvé à l'aéroport international de Hambourg-Fuhlsbüttel.

Je joins à ce courrier la première photo qui fut prise de lui.

Peu après avoir été trouvé, il s'est évertué à communiquer avec différents membres du personnel de l'aéroport dans une langue que nul ne comprenait, mais que l'on pense aujourd'hui avoir été de l'estonien. À la fin de cette première journée, il s'est pour ainsi dire fermé et n'a plus parlé à personne.

Ce n'est qu'après plusieurs semaines au foyer qu'il s'est remis à parler un peu. Je vous prie de ne pas inférer du regrettable fait qu'il communique uniquement avec moi que j'aie noué avec lui un lien particulier. Ce n'est pas le cas. Pas plus que je ne tire vanité de la confiance qu'il me témoigne. Il me parle en anglais, langue que je pratique. Cette préférence pour l'emploi de l'anglais semble être la seule et unique raison qui l'a amené à me choisir pour interlocuteur.

Regardant son passé, ce garçon ne livre absolument rien et il a jusqu'à présent refusé de révéler son nom. Les tentatives peu soutenues des autorités locales pour localiser la personne responsable de son arrivée à Hambourg-Fuhlsbüttel ont échoué. Notre meilleure chance de parvenir à le confier à une famille adoptive a également fait long feu. Je ne vais pas me répandre en détails démoralisants. En bref, le juge s'est prononcé contre. Il nous a même imposé d'interrompre tout rapport avec la candidate à l'adoption.

Le mois dernier, j'ai pris le taureau par les cornes. Au prix d'une certaine pression morale, j'ai pu me procurer auprès d'un élément de la Kriminalpolizei le fichier des données passagers pour la journée en question, soit une liste des 35 438 voyageurs munis d'un billet ayant pris l'avion à Hambourg-Fuhlsbüttel. Tout avait été passé en revue sauf ces noms.

Je dois reconnaître que, parvenu à ce point, mon courage a vacillé, non pas devant l'étendue de la tâche, mais à cause de mon incapacité à envisager comment, en termes pratiques, j'allais pouvoir la mener à bien. Je priais devant mon ordinateur, m'endormais, me réveillais et priais de plus belle, et puis, le deuxième soir, une théorie et une méthode m'apparurent simultanément.

Je vous demande de considérer avec moi la possibilité qu'en abandonnant cet enfant, l'individu qui en avait la garde n'a peut-être pas agi de façon préméditée, mais qu'il a au contraire improvisé, comme je l'ai toujours pensé. Qu'il aura pris des billets pour l'enfant et pour lui-même, ou elle-même s'il s'agit d'une femme, et que pour une raison que l'on ignore il aura changé d'avis et embarqué seul. Si vous pensez que je m'enorgueillis de cette hypothèse, vous faites erreur. Je suis consterné de ne pas l'avoir envisagée plus tôt.

Au terme de deux semaines de travail, prises sur mon sommeil, attendu que je n'avais pas d'autres créneaux où les prendre, après avoir écarté de la liste les noms des voyageurs ayant bien embarqué, je trouve énormément de cas où des gens ont raté leur vol. (Une grève en France et des bourrasques à Copenhague.) Mais je relève seulement trois cas dans lesquels une paire de voyageurs munis de leur billet partagent un même nom et où un seul des deux porteurs du nom semble apparaître sur la liste d'embarquement. Un de ces noms allant par deux appartient à la langue kwa, parlée par la nation igbo vivant dans le delta du Niger ; un autre est porté par deux passagères, assorti donc de prénoms féminins. Je les ai éliminés.

Le troisième se partage entre un prénom masculin et un autre, ambigu quant à son genre. Une recherche Internet relative à celui-ci n'a rien donné.

Pour le premier, on trouve trace de la condamnation prononcée dans l'État américain du Maine à l'encontre d'un dénommé Elroy P. Heflin, avec 1971 pour année de naissance. En croisant le nom avec cette année de naissance je n'ai rien trouvé d'utile sinon l'adresse (sur une caution ayant trait à un prêt pour l'achat d'une automobile Nissan) à Los Alamos, USA, que vous verrez imprimée sur l'enveloppe renfermant cette lettre. Veuillez pardonner mon indélicatesse d'avoir téléphoné au bureau de l'expert assesseur du comté de Los Alamos afin de découvrir votre nom en lien avec ce bien. Je ne trouve en ligne nulle mention de personnes semblant être vous et ne peux donc en déduire aucune autre connexion entre vous et ce Mr. Heflin. J'avais espéré tomber sur un parent, mais suis obligé, au lieu de cela, de m'en remettre à vous dans l'espoir que vous soyez le bâilleur ou le propriétaire suivant du domicile naguère occupé par Mr. Heflin et puissiez être de ce fait en position de corroborer ou confirmer l'hypothèse finale que je vais exposer ci-dessous.

Veuillez ne pas déduire de mon investissement dans cette démarche que je souhaite voir mon gouvernement renvoyer l'enfant à la garde de quelqu'un qui, si ma supposition est correcte, l'a traité de façon aussi monstrueuse. Notez que je ne lui écris pas nommément à cette adresse : même s'il y vivait encore aujourd'hui, il me paraît évident que ma demande de renseignements ne rencontrerait de sa part que mensonge et dérobade. Gardez-vous également de conclure que je désire voir Mr. Heflin être appréhendé et condamné pour son forfait. Le Seigneur saura le juger.

Mon désir est plus modeste. Depuis son arrivée ici à l'époque où il ne voulait pas communiquer avec autrui, il s'est mis à parler assez bien l'allemand. Si j'étais son parent, je serais fier de sa vivacité. Mais il s'est tellement attaché, et avec tant de réussite, à ne rien révéler de ce qui a précédé sa venue ici, et à en quelque sorte occulter sous un nouveau savoir ce qu'il savait auparavant, que j'en suis aujourd'hui arrivé à la ferme conviction qu'il ne se souvient plus de son nom.

Je m'en remets aux procédures d'adoption exposées dans la section 6.3.2 des recommandations énoncées par le groupe de travail des services de l'Aide à l'enfance, qui, afin de favoriser le développement cognitif et psychologique de l'enfant, contre-indiquent clairement le changement ou la perte de son prénom.

Si l'enfant n'est pas présentement en mesure de porter le contenu de son passé, il est de la responsabilité de ceux qui assurent sa tutelle de conserver ce savoir jusqu'au moment où sa maturité lui permettra de le réendosser.

Bref, je souhaite seulement vérifier que la personne – patronyme : Heflin ; prénoms Elroy Peace – est, comme je le soupçonne, le parent de l'enfant sur la photographie jointe. Et confirmer de la sorte que l'identité figurant sur la liste originale des voyageurs munis d'un billet – patronyme : Heflin ; prénoms : Janis E. – est bien celle de l'enfant hébergé ici.

J'ai espoir en votre corroboration et attends votre réponse.

Respectueuses salutations,

Rév. Werner W. Wurs

17

Si seulement Elroy avait accepté de lui parler, Louisa aurait pu déposer le poids qui lui pesait sur la poitrine. Le côté merdique des choses, les nouvelles, le cœur en capilotade, tout. Écoute, ça faisait beaucoup. Elle portait cela dans sa cage thoracique, entre les poumons ; son souffle en était oppressé. Elle prenait soin de son corps – elle faisait des étirements et arpentait d'un pas vif les bas-côtés de la grand-route avec de lourdes pierres dans les poings, mangeait des fibres, des sardines et des amandes, buvait du jus d'orange enrichi en calcium –, mais viendrait le jour où le poids qu'elle portait devant elle lui déformerait la colonne vertébrale et la laisserait voûtée, marchant en regardant ses pieds. *Rien qu'une fois, laisse-moi te parler de ce que je deviens.* Elle ne lui aurait pas demandé d'autre faveur.

Ensuite de quoi, si elle était en mesure de l'aider, Elroy pourrait la solliciter ponctuellement, à n'importe quel sujet. Elle ne lui demandait pas de gober le logiciel de l'attachement familial et tout ce qui s'ensuit. Ils auraient pu se contenter d'un petit signe de temps en temps. Peut-être aurait-il eu besoin d'une adresse où faire suivre son courrier quand il était redéployé. Des choses comme ça. Peut-être avait-il des enfants, à présent, de petits enfants ayant contracté la gale, et comment faisait-on pour soulager les démangeaisons et les ulcérations ? Elle lui aurait expliqué au téléphone comment préparer un bain d'avoine. *Que je te sois une ressource d'une façon ou d'une autre*.

Chaque semaine de son incarcération à Los Lunas, elle lui avait écrit une lettre de deux pages. Il n'y répondit jamais. Après un temps, le courrier lui fut retourné avec le tampon DESTINATAIRE INCONNU, aussi supposa-t-elle qu'il avait été libéré et avait commencé une nouvelle vie. Elle savait qu'il y parviendrait. Elle le *savait*.

Elle lui avait préféré Leonard, son mari. Quelque raisonnable, ou peu judicieuse, qu'ait été sa décision, elle n'en avait pas moins fait un choix. Personne n'avait décidé à sa place. Sur quoi Elroy en avait tiré les conséquences, comme il lui était loisible de le faire. Elle n'avait pas l'intention d'en appeler à son sens de l'équité. Ni d'implorer son pardon. Mais si seulement il acceptait de lui parler, elle entendait lui proposer d'inaugurer entre eux un rapport adulte de bonne intelligence. Il n'était pas nécessaire qu'ils oublient leurs torts, mais peut-être pouvaient-ils les regarder comme des faits du passé. De même, ils pouvaient peut-être accepter le fait qu'ils avaient vécu ensemble comme mère et fils pendant seize ans. On ne refaisait pas l'histoire. Prétendre l'ignorer était une posture bidon. Pourquoi ne pas *utiliser* cette persistance comme une ressource contre l'angoisse des incertitudes de l'avenir ? Elle était sa mère. Il n'allait pas en *avoir eu* une autre.

Pauvre gentil et infortuné Leonard – *écoute une minute que je te dise les faits, et ensuite tu pourras le détester si tu veux* – avec ses tatouages et son dentier ; Leonard le junkie qui, la première fois qu'elle avait posé les yeux sur lui, se traînait à travers l'entrée exiguë du service des cliniciens du comportement, allant rejoindre le groupe de parole avec de la peur et de la détermination dans le regard ; qui finit par décrocher grâce à Dieu ; qui sortit de prison prêt à renaître ; qui voulut l'épouser et qu'elle épousa ; qui, des années après son dernier shoot, continuait de tremper leurs draps de sueur avec des rêves de honte où il se piquait de nouveau ; qui se réveillait en grattant la veine saphène à l'intérieur de sa cuisse où, dans son rêve, il s'était injecté le produit, se réveillait certain d'être de retour en Pennsylvanie, en train d'ôter le garrot sur le siège passager de la Catalina de son frère aîné, se réveillait en prison, se réveillait au fond d'un fossé.

« Tu n'es dans aucun de ces endroits, lui disait-elle alors. Tu es avec moi dans notre lit. »

Et ils se rendormaient ensemble dans leur petite maison de location pour se réveiller avec le jour. Elle le déposait à l'usine d'armement de McAlester, où il était employé comme aide-soudeur à l'unité de production de palettes qui fabriquait les supports sur lesquels les munitions étaient expédiées vers les bases de la Navy et de l'Air Force installées de par le monde. Des projectiles d'artillerie dernier cri. Des ogives pour les systèmes de missiles SLAM et Harpoon guidés par GPS, chacune renfermant deux cent cinquante livres de Destex. Et après sa journée à elle au vaste pénitencier surnommé le Big Mac, elle passait le prendre avec la Pontiac Sunbird qu'ils se partageaient, et ils rentraient à la maison.

Ce soir-là après le dîner, elle l'envoya chercher des bananes et de l'aspirine à la station-service Phillips 66. Un policier le fit se ranger sur le bas-côté : l'éclairage de sa plaque d'immatriculation arrière ne fonctionnait pas.

Leonard connaissait tous les policiers blancs du comté de Pittsburgh, dans l'Oklahoma, parce qu'il faisait les sols et nettoyait les toilettes du bar qu'ils fréquentaient à Longtown, mais celui-là était du même bistre que sa chemise d'uniforme, son chapeau, sa ceinture, la gaine de son pistolet et les ganses de son pantalon, et il dit à Leonard de s'écarter de la voiture. Alors qu'il inspectait la banquette arrière de la Sunbird, une autre voiture de patrouille s'arrêta derrière eux et un second policier s'approcha, la main sur la crosse de son revolver, tout en jetant des regards en arrière vers la circulation de l'Interstate. Lorsqu'il fut plus près, il salua Leonard en l'appelant par son prénom, s'informa des rosiers de Louisa et déclara qu'il espérait que son collègue n'allait rien découvrir dans la voiture d'un coreligionnaire qui pût compromettre sa liberté après deux condamnations pour infraction à la législation sur la drogue pour lesquelles il avait payé sa dette et dont il s'était repenti.

Leonard ne répondit pas.

Dans les lueurs changeantes du trafic, le premier policier ressortit de la Sunbird avec un sac en papier froissé à la main et demanda au second policier d'où il connaissait ce monsieur. L'autre lui dit que ce devait être par l'église baptiste de McAlester, mais que cela ne devait pas l'empêcher de poursuivre sa fouille. Le premier policier s'excusa pour le dérangement, mais expliqua que, après avoir envoyé le numéro d'immatriculation au fichier central, il n'avait pu faire autrement que de procéder à un contrôle. Les deux policiers attesteraient par la suite que Leonard n'avait à aucun moment cessé de leur témoigner la civilité due à leur qualité de représentants de la loi. Le premier policier tira du sachet les croûtes d'un sandwich à la mortadelle, une boîte vide, écrasée, qui avait contenu des biscuits au chocolat, un noyau de nectarine. Il tendait le tout au fur et à mesure à Leonard, qui l'en déchargeait. Puis il retourna à l'intérieur de la voiture, cependant que son collègue déclarait que, ma foi, il allait contrôler pour la bonne forme la personne de Leonard, et de commencer à le palper de haut en bas. Arrivé aux aisselles, il demanda à Leonard s'il ne transportait pas une arme illégalement dissimulée sous le bras. Leonard répondit que non et ils se mirent à rire. Puis, avant que le policier en eût terminé, le central l'appela via l'émetteur-récepteur accroché par un Velcro à l'épaulette de sa chemise d'uniforme pour l'informer d'avoir à s'occuper d'une échelle de couvreur tombée sur l'Interstate du haut du pont autoroutier de la route 64, direction Muldrow.

C'est comme cela qu'il revint au premier policier, qui avait fini d'inspecter la voiture et n'y avait rien trouvé de suspect, de poursuivre la fouille au corps de Leonard. Il s'arrêta sur une protubérance que dessinait une de ses chaussettes. Peut-être qu'à ce contact Leonard tressaillit ou grimaça, car le policier s'excusa pour le cas où il aurait appuyé sur une ecchymose. Il releva la jambe de pantalon, abaissa la chaussette et décolla un pansement fixé au-dessus de la cheville intérieure de Leonard, révélant la peau pâle et poilue où n'apparaissait nulle trace de blessure. Il soupesa le pansement, la bouche crispée par le doute, le soupesa encore, puis sépara le coton du sparadrap et découvrit, emballé dans une pochette en film plastique de la taille de l'ongle du pouce, trois grammes et demi de méthamphétamine brunâtre et crayeuse. Il y enfonça le doigt, l'air embêté, et dit : « J'aurais mieux aimé que ça ne vous arrive pas. » Or, si la petite quantité que le policier palpait du bout de l'index constituait une infraction qu'il aurait été possible de traiter comme un délit mineur, les quarante-sept emballages identiques qu'il découvrit ensuite dans la boîte à fusibles, sous le tableau de bord côté conducteur, suffisaient en revanche pour établir la possession à des fins de revente.

Louisa connaissait toutes les infractions figurant au casier judiciaire de Leonard, ainsi que le barème des peines prononcées contre les récidivistes. Le soir où elle fut avisée par téléphone qu'il avait été arrêté, elle partit marcher seule, en proie à la stupeur, derrière la maison qu'elle n'allait pouvoir louer seule, à travers la forêt de feuillus récemment reboisée, parmi les troncs couchés d'arbres difformes abandonnés au pourrissement, le long du réservoir boueux, franchissant des barrières, parvenant à une zone résidentielle, finissant par déboucher sur une rue. Marchant et réfléchissant au choix qui l'attendait.

Tels étaient les événements et la manière dont elle avait conduit sa vie.

Traversant les jardins d'autres gens. Le ronronnement des climatiseurs. Personne dehors. Sachant obscurément que, à moins de faire un choix à présent face à ce coup du sort, de saisir la rebutante possibilité, elle mourrait comme cela, exactement comme cela, dehors et inconnue des gens qui occupaient les maisons alentour, en femme privée de proches. Cherchant une porte ouverte n'importe où.

Sur une allée gravillonnée, une fille assise au volant, une Blanche avec des dreadlocks et des extensions tressées violettes, faisait ronfler le moteur de sa voiture tout en appelant à cor et à cri quelqu'un qui se trouvait encore dans la maison. Louisa s'assit d'autorité à côté d'elle comme si la voiture lui appartenait, et lui demanda de l'emmener au téléphone à pièces de la station-service.

La fille la regarda de travers, genre : Je vais te tuer, connasse. Mais Louisa devait être à faire peur, et l'autre, se ravisant d'un coup, s'enquit de ce qui lui était arrivé. Et quand Louisa se demanda pourquoi elle n'était pas tout simplement rentrée téléphoner de la maison, elle découvrit qu'elle aurait trouvé par trop cruel envers Leonard de passer de chez lui un appel aussi déloyal, éprouvant cela avant même de comprendre la nature du coup de fil qu'elle s'apprêtait à passer.

Quand elles arrivèrent devant la station-service, il y avait beau temps que le téléphone avait été arraché de sa guérite en aluminium, d'où les fils emmêlés jaunes et rouges pendaient comme les vaisseaux d'un membre arraché. La fille dit qu'elle n'était pas pressée et lui prêta son téléphone portable. Louisa n'appela ni un avocat pour la défense de Leonard, ni à son travail, ni les gens de l'église qui, depuis dix ans, incluaient dans leurs prières l'espoir que frère Leonard continuât de suivre l'étroit chemin, mais elle composa le numéro de l'entreprise de forage de Tilly, gardé en mémoire mais jamais utilisé, pas une fois, depuis l'appel fatidique quatre ans plus tôt, quand elle avait supplié Tilly de la débarrasser d'Elroy. *Je n'ai jamais voulu que ce soit pour toujours. Je voulais que tu prennes la mesure de ta force et de ton problème auprès d'un homme en qui tu avais confiance.* Tandis que grésillait la tonalité, elle se répétait les paroles qu'elle allait prononcer, qui toutes se ramenaient à l'une ou l'autre version du traître aveu selon lequel elle avait fait une erreur ce fameux soir dans le désert quand il lui avait demandé s'il pouvait entrer. Elle avait dit non et elle aurait dû dire oui. Voulait-il le lui redemander aujourd'hui ? S'il te plaît ? Pendant ce temps, le pauvre Leonard avait besoin d'elle comme jamais.

Elle ne demandait pas le pardon. Elle énonçait des faits.

Au bout de quatre sonneries, une voix enregistrée lui apprit que le numéro qu'elle appelait n'était plus en service. La fille à la voiture lui dit : « Madame, vous ne croyez pas que je devrais vous conduire voir votre diacre ? » Louisa appela les renseignements d'Albuquerque, de Las Cruces, de Santa Fe, disant le nom, l'épelant de différentes manières, et il n'y avait nulle part d'abonné du nom de Tilly.

Leonard fut jugé pour possession aux fins de revente de dix-sept grammes d'une substance classée au tableau II. C'était sa troisième condamnation pour trafic de stupéfiants et il fut frappé d'une peine d'emprisonnement à perpétuité. À perpétuité.

Elle divorça de lui peu de temps après, malgré ses larmes, celles d'un homme adulte en prison. Alors qu'elle était à son travail, elle le voyait passer qui se rendait à ses séances de groupe. Elle ne se cachait pas le visage. Tout au long, sans le savoir, elle s'était tenue embusquée, attendant de lui infliger cela, attendant qu'il tombe. Telle était sa vie, est-ce qu'Elroy comprenait ?

Elle habita un moment chez une amie, puis vécut seule dans deux pièces au-dessus d'un marchand de pots d'échappement, conservant son emploi à la prison, où le personnel et les détenus n'ignoraient pas qu'elle avait un garçon enfermé ailleurs. Comme il y avait désormais un modem dans le bureau du coordinateur en matière de réinsertion, Louisa avait demandé à l'adjointe de ce dernier de l'aider à faire une recherche sur le Web. D'un clic, elles balayèrent des journaux de toute la planète et trouvèrent Elroy de nouveau incarcéré dans l'État du Maine. Elle lui écrivit aussi là-bas et ses lettres restèrent sans réponse.

Leonard mourut en prison d'un œdème pulmonaire en mai 2004.

À la même époque, un agent du fisc appela Louisa à son travail pour essayer de lui faire divulguer l'adresse du caporal Elroy Heflin, de l'armée des États-Unis. Elle lui demanda comment elle pouvait être sûre qu'ils parlaient du même individu. Le fonctionnaire lui cita alors les quatre derniers chiffres d'un numéro de Sécurité sociale. Ce fut comme si un éclair lui frappait l'oreille via la ligne téléphonique. Son fiston avait été changé en un nombre qu'elle reconnut sans erreur possible comme une vache reconnaît son veau. Elle tenta alors de tirer les vers du nez de son correspondant, mais il ne voulut pas en dire plus. Pourquoi aurait-elle parlé ? Si l'autre ne voulait rien lui révéler, pourquoi l'aurait-elle renseigné ? Au moins savait-elle qu'Elroy était désormais dans l'armée, qui comportait après tout de nombreuses fonctions autres que celles de tuer et de se faire tuer. Elle eut toujours de l'espoir pour lui.

Ce que ses collègues savaient d'Elroy, ils l'avaient appris par ouï-dire. Elle ne leur parlait pas de lui là-bas, uniquement à l'église, où elle s'entretenait silencieusement, parmi d'autres personnes, avec Dieu, dont la relation en cours avec Elroy pouvait être supposée, que celui-ci l'acceptât ou pas, Dieu par Lequel elle imaginait pouvoir lui faire passer de petits billets dans les couloirs d'un lycée céleste, Dieu attrapant le billet au vol pour le lui glisser plus tard en cours de maths.

À l'église, pendant que les autres chantaient et témoignaient de Jésus, Louisa parlait aussi au Seigneur d'une autre question. À savoir qu'un soir de ses jeunes années, dans le désert pendant une partie de cartes, un homme venu de ce qui équivalait à un autre monde lui avait demandé la chose même qu'elle se disait le plus désireuse de donner à tous les gens, mais parce qu'il était une seule personne, non pas tous mais lui seul, la lui demandant à elle seule, elle avait dit non.

Elle était assise sur le coussin qu'elle avait apporté sur son banc de bois foncé entre les murs en pin blanchis à la chaux de l'église de Victory Park à McAlester. Elle et Dieu tentaient de comprendre quel esprit de seconde zone avait pris possession d'elle, à moins que ce ne fût un manque de volonté ou une absence de vision. Ou encore un possible défaut de conception, comme Il l'admit à contrecœur.

Là-dessus, sa mère fit une chute en sortant de la baignoire de la maison qu'elle louait au Texas, et se fracassa un fémur et le bassin. Renonçant à son vœu solennel de ne jamais remettre les pieds à Lufkin, Louisa prit un congé sans solde pour aller faire la toilette de cette mère qui avait sombré dans la démence et qui n'avait personne d'autre, lui brasser son Coca afin d'en chasser le gaz, lui écraser ses patates douces avec de la margarine, faire manger cette femme qu'elle n'avait plus le cœur de juger, lui passer un eye-liner qu'elle jugeait désormais moins vulgaire que bien singulier, et personne ne passait, personne. Et un jour, pendant « Jeopardy ! », la catégorie des questions étant Drapeaux du monde, un champ d'un rouge intense apparut à l'écran avec en son centre un soleil jaune aux rayons stylisés barré de deux groupes de trois bandes rouges, et l'indice était que le rouge de ce drapeau représentait la valeur, le jaune à la fois la paix et la richesse, les bandes courant sur l'orbe la yourte ou foyer de la famille et aussi l'univers, Louisa s'écria à l'adresse du téléviseur : « C'est le Kirghizistan ! », connaissant tous les drapeaux des nations belligérantes où Elroy pouvait se trouver cantonné dans le cadre de l'opération Enduring Freedom. Elle ne faisait pas erreur, il s'agissait bien du Kirghizistan, et, tout à son contentement, elle appliqua une tape sur le dos de la main de sa mère, mais la vieille main osseuse resta inerte : sa mère était morte.

Je suis seulement en train de te dire ce dont je dois me décharger, sinon j'y laisserai un jour le dos.

Elle vendit les affaires de sa mère. Elle régla tout le monde à Lufkin, l'hôpital et le podologue, la note de la station-service et les dettes auprès de l'église. Il lui resta sept cent vingt dollars sur l'héritage. Mais quand elle rentra à McAlester, elle découvrit que, en dépit des promesses qu'on lui avait faites regardant son congé sans solde, l'activité de son service venait de passer en sous-traitance. Après trois mois à vivre à bord de la Sunbird, sans puiser dans son héritage, qu'elle conservait sous le tapis de sol côté passager, elle trouva à Sallisaw un emploi de caissière des paris mutuels dans l'arrière-salle d'un casino appartenant à un conglomérat de la nation cherokee qui avait aussi des intérêts dans la santé, l'environnement, le bâtiment, l'hôtellerie, l'immobilier, la sécurité et la défense.

Et qu'aurait dit la jeune Louisa – fière vagabonde, qui ne possédait que sa beauté, son amour de l'humanité et sa conviction que l'espèce était condamnée – à la femme d'aujourd'hui, mèches grises écartées du visage par le peigne en celluloïd de sa mère, toujours mince, en forme quoique débarrassée de plusieurs ganglions lymphatiques et nævi précancéreux, d'une partie d'un sein, et résidant désormais à Sallisaw, ville tirant son nom d'une ancienne activité de salaison des viandes, sur le boulevard West Houser Industrial dans un ancien motel transformé en complexe d'appartements de plain-pied, d'une superficie de trente-huit mètres carrés, dotés du câble, de l'air conditionné, d'un ventilateur plafonnier, de quelques prestations incluses, d'une buanderie collective, interdits aux chiens, aux oiseaux et aux serpents, loyers payables au mois, un pommier sauvage dans la cour ?

Cette fille aurait dit : Mieux vaut être ici, comme ça, que se mettre en tête de devenir propriétaire.

Et qu'aurait-elle dit si elle avait appris que la Louisa d'aujourd'hui venait de décider d'arrondir sa galette en mettant chaque semaine une petite somme de côté – parce qu'elle allait trahir une dernière fois cette fille parfaite au corps parfait qui ne savait presque rien sinon que l'amour était inestimable, que posséder de la terre était une mauvaise chose, et à côté de laquelle elle ne s'était pas encore beaucoup améliorée –, qu'aurait-elle dit si elle avait appris que Louisa faisait des économies en vue de s'acheter un terrain et d'y construire une maison ?

Nul ne pourra m'en faire partir, voilà ce qu'elle voulait. Si cela signifiait être propriétaire, alors elle le serait. Si posséder était une mauvaise chose, alors elle s'en rendrait coupable.

Elle ne battrait pas sa coulpe. Elle rognait sur tout, résiliant son abonnement de téléphonie mobile, se nourrissant de riz complet, qu'elle puisait dans un seau refermable de cinquante livres. Elle achetait ce riz et autres denrées non périssables en vrac dans un magasin survivaliste dont le caissier la connaissait de nom et lui disait pour badiner qu'il était heureux de voir une femme se maintenir suffisamment en forme pour porter le seau elle-même et qui était prête à prendre en compte les événements sans précédent qui étaient arrivés dans ce pays, qui s'y produisaient en ce moment et y surviendraient prochainement, avec la forme de gouvernement qui se profilait, l'islam radical sur le point d'instituer la charia. Mais une femme au moins serait prête, à ce qui semblait.

Les discours de ce genre faisaient aussi florès à l'église. Son nouveau lieu de culte, l'église baptiste missionnaire de Shiloh. Le présent y était appelé le Monde actuel. Le futur, le Temps de la Moisson. L'événement catalyseur entre ces deux périodes était nommé une situation de P.A.L.F. pour ça va nous péter à la figure, prononcé lettre par lettre pour éviter la vulgarité, ou encore la F.D.M.T.Q.N.L.C., la fin du monde tel que nous le connaissons. Nous étions entrés dans une longue phase intermédiaire, aucun de nous ne sachant quelle en serait la durée, et les défis auxquels nous préparer ne se limitaient plus au seul holocauste nucléaire, mais s'étendaient maintenant à l'invasion par voie terrestre à travers une poreuse frontière sud, les attentats à l'IEM, l'impulsion électromagnétique, qu'un ennemi pourrait utiliser pour griller l'ensemble du réseau électrique nord-américain, laissant l'Internet inopérant, vos comptes bancaires n'étant plus qu'un souvenir, la nation cyborg vulnérable, désemparée, la respiration coupée. Le soleil pourrait être cause d'un phénomène comme celui qui se produisit lors de la super-tempête solaire de 1859, appelée événement de Carrington, lorsqu'une lumière blanche flamboya dans la photosphère solaire, que le champ magnétique de la terre convulsa dix-huit heures plus tard et qu'on pouvait lire le journal à minuit sous l'éclairage d'aurores sanglantes.

À l'église, il était question de l'inéluctabilité de semblables EMC, éjections de masse coronale. Et de l'ALT, l'approvisionnement à long terme. On y parlait aussi des bonnes vieilles joyeusetés, des quatre cavaliers de la Révélation, le blanc, le rouge, le noir, le pâle, de la séparation du blé humain de la balle humaine. Et quand elle entendait dire : « En ces temps-là, les hommes rechercheront la mort et ne la trouveront point, ils désireront mourir et la mort les fuira », ces paroles la rassuraient, mais pourquoi ? Parce qu'il s'agissait de cette fin des temps à l'ancienne à laquelle elle s'était attendue depuis toute petite. Des hommes à cheval, l'ouverture des sceaux. Et parce que, quoiqu'elle sût que ce n'était pas le sens du verset, elle y lisait que la mort allait peut-être fuir Tilly et Elroy, même s'ils la recherchaient. Ils pouvaient bien se cacher dans leur trou, l'amour les en ferait sortir.

Si vous n'étiez pas emporté auprès du Père, vous alliez devoir prendre votre mal en patience. Certains mangeraient, d'autres mourraient de faim. Les bips-bips qu'on entendait sur les bennes à ordures et les engins de chantier quand ils passaient la marche arrière étaient des présages de mise en garde : revenir en arrière était périlleux et probablement irréalisable. Nous sommes déjà dépossédés de notre pays.

Haricots secs. Lentilles en vrac. Ce sont les gens de l'église qui lui avaient parlé de l'existence de ce magasin. Chaque fois qu'elle s'y rendait, elle y voyait l'un d'entre eux en train de farfouiller parmi les stocks de poudres protéinées à base de soja et de lait déclinées en de multiples parfums. Elle ne pouvait leur avouer qu'elle faisait ses courses là pour économiser autant que possible afin de se livrer à la pure folie de l'acquisition d'un terrain où bâtir une maison. Telle huile était spécialement élaborée à partir de graines de colza pour être utilisable dans un générateur si elle venait à rancir avant d'avoir pu être consommée.

Le magasin proposait, rangés dans de grandes caisses, des stocks de munitions pour toutes sortes d'armes individuelles. Les éléments distincts nécessaires à la fabrication de cartouches pour armes légères, des presses manuelles pour sertir des balles dans des douilles de cuivre réutilisées, des moules à balle à une ou deux cavités pour la confection de nouveaux projectiles à partir de ceux que l'on retrouvait ou bien à partir des baguettes de plomb de vieilles fenêtres ou de tout autre endroit où l'on pouvait récupérer de ce métal. On y trouvait aussi de l'étain, du zinc et de l'antimoine à mélanger avec le plomb, afin de durcir l'alliage et d'abaisser sa tension de surface pour qu'il épouse au mieux les cannelures du moule. Il y avait des tablettes et de la teinture d'iode pour la potabilisation de l'eau une fois que les robinets auraient cessé de fonctionner, et des compteurs Geiger solaire avec fixations spéciales permettant de les attacher au collier d'un chien. Il y avait tout ce dont on pouvait s'attendre à avoir besoin si l'on était déterminé à survivre. Pourtant, il n'y en avait pas en suffisance, et Louisa était tentée de coincer ces gens dans la nef latérale pour les secouer et leur demander qui ils envisageaient de ne pas sauver.

Ce que je te dis, Elroy, c'est que je me suis trompée.

Le magasin offrait des autocollants à mettre sur les pare-chocs. Il y avait NE DEVENEZ PAS UNE VICTIME DE PLUS. Il y avait LE PRIX DE LA LIBERTÉ EST LA VIGILANCE. Il y avait DIEU RECYCLE : IL VOUS FIT À PARTIR DE POUSSIÈRE. Il y avait également PAS PARFAIT, JUSTE ABSOUT. On trouvait aussi le visage de Lénine, celui de Gandhi, le visage de Jésus avec différentes expressions, aimant, en colère, versant des larmes. On trouvait encore MON FILS EST DANS L'ARMÉE DES ÉTATS-UNIS. Ainsi que ÊTES-VOUS PRÊT ? Il y avait MON ZOMBIE A MANGÉ VOTRE DIPLÔME. Il y avait QUAND LA TYRANNIE SE FAIT LOI, LA RÉBELLION DEVIENT UN DEVOIR. Il y avait REPENTEZ-VOUS.

Elle payait son riz, le chargeait dans la voiture, puis prenait la direction du casino, forteresse sans fenêtre abritant une insoucieuse espérance isolée de toute indication de l'heure locale, où elle distribuait les reçus des paris sous des batteries d'écrans retransmettant en temps réel les courses de lévriers et de pur-sang qui se déroulaient d'un bout à l'autre du continent, à Hazel Park, à l'hippodrome de Los Alamitos, au cynodrome de Palm Beach, à Thistledown, Vernon Downs et Assiniboia Downs, au champ de courses de Wheeling Island, cela au milieu d'hommes solitaires à la coupe en brosse, la face grêlée comme une brique passée à la sableuse, qui fumaient tout en prenant des notes avec un crayon réduit à la longueur de la moitié d'un doigt, des hommes qui inhalaient de l'espoir avec chaque inspiration, clopinant derrière une canne en métal dont ils tenaient fermement le manchon en mousse, l'étui en vinyle de leurs lunettes dépassant de leur poche de poitrine, des hommes en fauteuil roulant et scooter électrique remorquant une bonbonne d'oxygène, voyant toujours l'argent se profiler, le poursuivant toujours. Son travail terminé, elle rentrait chez elle. Ses phares accrochaient le pommier sauvage dressé, saisi et solitaire, dans la cour au-dessus de l'entrelacs des rameaux dépenaillés qu'il avait engendrés, s'estimant heureux d'avoir tenu bon là où nul autre de son espèce n'avait seulement tenté sa chance.

Telle était sa vie.

Lorsqu'ils se garaient, les autres locataires avaient

coutume de reculer leur pick-up ou leur break jusqu'à leur porte d'entrée, comme s'ils prévoyaient une prompte fuite pour échapper aux représentants de la loi. Elle reconnaissait la face de ces véhicules sinon celle de leurs propriétaires quand elle apercevait ceux-ci de jour, sortant de chez eux en consultant leur téléphone, avant de monter en voiture, le nez toujours sur l'écran, et de démarrer en jetant alternativement un œil sur la rue et un autre sur l'appareil posé dans leur giron.

Cela faisait neuf ans qu'elle économisait et, déduction faite de dépenses occasionnelles – quote-part de son assurance santé, paroissiens nécessiteux, personnes qui n'appartenaient pas à la congrégation mais en étaient connues et se trouvaient dans le besoin –, elle avait amassé aux alentours de six mille cinq cents dollars, suffisamment pour un terrain constructible de huit cents mètres carrés. À ce train, elle aurait assez pour faire bâtir aux alentours de l'année 2055, si les prix n'avaient pas monté. Elle aurait alors cent sept ans, et la hideuse logique de l'endettement avait fini par commencer d'agir sur elle – dès lors qu'on admettait l'idée centrale que des gens puissent posséder un lieu, on était incorporé dans la grande tempête d'ordures de la cupidité et du meurtre.

Telle était sa vie. Jadis solide, cette vie était à présent compromise, vacillante et mortelle comme le filament d'une ampoule électrique. Elle ne dépendait de personne et personne ne dépendait d'elle. Elle connaissait la face de toutes les voitures qui vivaient sur son aire de stationnement, comme si chacune de ces calandres était un visage. Ce soir-là, tous ces véhicules étaient garés le nez vers la route et tous étaient connus d'elle, sauf un.

Dieu te protège, où que tu sois…

Elle ralentit. C'était une soirée étouffante. Aucun réverbère n'éclairait le périmètre de bitume de son bâtiment.

… et ne tire pas encore un trait sur moi.

Chose inhabituelle ici, la voiture d'un visiteur restant pour la nuit. Dans ces studios, il n'y avait pas place pour un sofa. Louisa se gara en marche arrière à quelque distance de ce véhicule inconnu, dans lequel une silhouette était assise de travers, immobile. Au moment où elle se déplaça pour descendre, la silhouette bougea et l'imita. Louisa était déjà imprudemment sortie, se tenait debout sur la chaussée, quand la hantise l'étreignit d'un vol, d'un viol, d'un assassinat. Des femmes se faisaient tuer comme cela, sur une place de stationnement, devant l'entrée de leur logement en location, des femmes plus toutes jeunes dont la mort n'apportait rien sinon un assouvissement de la pulsion homicide de leur assassin. Elle et la silhouette avaient refermé leur portière, les ténèbres étaient partout. On aurait dit que le tueur reproduisait dans le noir chacun de ses plus infimes mouvements. Se fût-elle penchée au-dessus de sa banquette arrière pour sortir le sac de riz qu'il eût fait de même au-dessus de la sienne pour y prendre son pistolet ou son gourdin.

Parce que l'ange de la mort nous convoque tous individuellement et bien que, s'il nous est parfois donné de vivre ensemble, nous devions mourir seuls, ce tueur-là prononça son prénom – non en bureaucrate monté des Enfers le tirant avec indifférence d'une liste de damnés, mais comme quelqu'un pour qui le prononcer était une dépense qu'il ne pouvait se permettre et avait néanmoins décidé de s'autoriser. « Louisa, c'est toi ? »

À son tour, dans le noir, elle dit son nom.

C'est en articulant son nom, mais non pas en le connaissant *puis* en le disant, mais par sa bouche elle-même, le corps émettant le mot et l'esprit l'entendant, qu'elle comprit se trouver en présence de Tilly. Mais le nom dont elle avait usé était Dwight.

Ils se tenaient dans le coin cuisine, sous la suspension constituée d'une roue de charrette festonnée de tubes fluorescents entre des ampoules dépolies. Elle lui proposa un thé sucré. Il dit d'accord et resta planté là sans y tremper les lèvres.

Le verre transpirait dans sa main.

Elle ôta le peigne de sa mère, se remonta les cheveux au sommet de la tête et le remit en place. Son cœur battait à rompre. « Pourquoi ne t'assieds-tu pas ? demanda-t-elle.

— Ça va.

— Pourquoi tu parles tout bas ?

— Leonard dort, non ? »

Elle se sentait perdre la raison : postée sur une corniche vertigineuse, elle faisait un pas dans le vide et le pied qu'elle abaissait avec fermeté ne reposait sur rien. Alors, elle faisait un pas en arrière, retrouvant un appui. « Nous… » commença-t-elle, mais les mots se bousculèrent dans sa gorge et pas un de plus ne put la franchir.

« Dis-moi s'il risque d'être contrarié. J'aurais bien appelé, mais l'ordinateur ne connaissait pas ton numéro.

— Quel ordinateur ?

— Le Web. Il sait jusqu'à ton âge et où tu vivais avant. Tout le monde est là-dedans.

— Pas toi », dit-elle. Elle entendait tout lui révéler

par ce biais – son cœur, la totalité de son cœur. Elle attendit pour voir s'il avait compris.

Il rougit. Cela lui monta d'un coup jusqu'à la racine des cheveux.

Le silence entre eux était une torture.

Il portait une veste imperméable couleur fer qui faisait entendre des bruissements synthétiques à chacun de ses mouvements ; un jean noir, informe, comme emprunté à quelqu'un de plus corpulent ; une ceinture qui faisait une fois et demie le tour de sa personne, avec des trous percés à intervalles irréguliers ; des chaussures de sport à semelle verte et lacets orange fluo. Ses yeux étaient durs, très las, emplis de perplexité. Il avait son odeur, celle de leur lit d'autrefois. Son accent, quand il parlait, était celui de Nulle Part, Amérique. Les cheveux étrangement argentés et luisants. Les mains fortes, rouges, ridées, parcourues de veines, avec sur le dos des doigts des taches couleur de viande dorée à la poêle.

À un moment du siècle précédent, quelqu'un avait installé à la fenêtre un climatiseur aujourd'hui depuis longtemps vide de son liquide réfrigérant, mais pourvu d'un ventilateur qui fonctionnait encore. Louisa alla dans la pièce à vivre pour allumer cet appareil et ouvrir la fenêtre opposée. Un courant d'air artificiel se fit, qu'elle respira.

Quand elle se retourna, il avait sorti de la poche intérieure de sa veste une enveloppe fatiguée en papier kraft au coin noirci d'une écriture étrangère, et elle sut en un éclair de compréhension à retardement qu'il était venu lui annoncer la mort d'Elroy.

La glace fit un bruit sec dans son verre. Il sortit la lettre de l'enveloppe, la lissa du plat de la main et la lui tendit. Ayant chaussé une paire de loupes prise dans un tiroir, elle la lut rapidement jusqu'au bout sans prononcer une parole.

Elle se vit en train de tomber dans la nuit, d'abord lentement puis à des vitesses de plus en plus vertigineuses à travers un vide infini, chute qui se poursuivait dans un univers sans bornes où il n'y avait personne d'autre qu'elle.

Parvenue au bout de sa lecture, elle se plaqua la main sur le front. « Oh, Seigneur, je vais me sentir mal. »

Elle lut la lettre une deuxième fois, répétant à haute voix certains membres de phrase, se les gravant en tête. Il y avait, agrafée à la dernière page, la photo d'un petit garçon vêtu d'une parka de ski noire, avec une épaisse chevelure en désordre. Il avait une saisissante expression d'attente.

« Tu es sûr que c'est lui ?

— Je n'y ai pas regardé de trop près », murmura Tilly. Il avait les épaules voûtées. Il se dandinait comme si le véritable Tilly, celui qu'elle connaissait, cherchait à s'extraire de la fausse enveloppe que constituait la peau de ce vieil homme. « De toute façon, je ne l'ai jamais vu. Elroy devait le ramener chez moi. Il est parti en Europe pour le récupérer. Et il est revenu sans.

— Il ne t'a jamais montré de photo ?

— Non, jamais.

— Ce courrier remonte à six mois. Tu n'as rien fait depuis ?

— J'ai d'abord voulu essayer de comprendre ce que ça voulait dire.

— Qu'est-ce qu'a dit Elroy à son retour d'Europe ?

— Il a dit : “Ça ne s'est pas fait, c'est tout.” »

Cette donnée irrévocable resta en suspens dans le vide. Tilly l'avait énoncée avec précision, sans intonation susceptible de révéler ce qu'il pensait en être la teneur cachée, laissant à Louisa le soin de l'interpréter pour elle-même, d'imaginer l'Elroy qu'elle connaissait l'énonçant, de suivre l'enchaînement des implications.

« Mais que diable est devenue la mère ?

— Elle devait laisser partir le petit, le temps d'un séjour », dit Tilly, toujours du même ton neutre. Louisa avait oublié ce talent qu'il avait pour ne jamais vous imposer sa propre lecture des choses et vous laisser au contraire libre de vos propres conclusions, même si elles vous faisaient peur.

« Mais où a-t-elle été pendant tout ce temps ? Ne faut-il pas supposer qu'elle a cherché à le retrouver ? Et avec les autorités qui se sont mises de la partie, comment est-il possible qu'ils ne se soient pas retrouvés ? Il y a quelqu'un qui ne dit pas la vérité.

— D'accord. Mais qui ?

— Cela doit être quelqu'un qui cherche à faire endosser le mauvais rôle à Elroy.

— Mais qui ? » S'il nourrissait ses propres suppositions, Tilly ne les aimait pas ou s'en méfiait, si bien qu'il ne s'en ouvrait pas. Elles l'avaient piégé comme naguère son argent.

« Je ne crois pas que ce soit ce prêtre, dit Louisa.

— Est-ce la mère qui mentirait ?

— Elle n'apparaît même pas ici, dit-elle en regardant la lettre. Quelqu'un l'a écartée de cette histoire.

— Retournons dehors, dit Tilly. Je ne tiens pas à le réveiller.

— Quelqu'un ment et ne veut pas que la mère y mette son nez. Qu'est-ce qu'Elroy a dit exactement quand il est rentré de son voyage ? »

Dwight le lui redit.

« Il cherchait à dissimuler la vérité et il attendait de toi que tu l'interroges sur tout ça, reprit-elle. Afin que tu lui dises quoi faire. Je pense que la mère n'a pas tenu ses engagements quand il s'est pointé là-bas. Mais si ce n'était que ça, il l'aurait dit. Il se serait senti tiré d'affaire. Pour une raison qu'on ignore, il a choisi d'éluder. Il y a quelqu'un qui ne veut pas de la mère dans le tableau. Il lui est arrivé quelque chose. Mais quoi ? »

Tilly se tenait à la porte d'entrée, les mains enfoncées dans les poches de sa veste. « Elle n'arrêtait pas de chercher à lui soutirer de l'argent, dit-il. Des trucs débiles pour lesquels il n'avait pas les moyens. Elle avait envie de voyager et voulait qu'il paie pour ça. Je t'en dirai plus dehors. Je n'aime pas me trouver la nuit dans la maison d'un autre quand il dort. »

Le ventilateur du climatiseur frémit et le courant d'air agita les feuilles de papier dans la main de Louisa.

« J'ai du mal avec cette photo », dit-elle.

Dwight la regardait avec une expression tendue.

« Ce sont ses yeux. Ce sont ceux d'Elroy. Ce sont les mêmes. »

Il retourna dans le coin cuisine pour vider dans l'évier le thé qu'elle lui avait servi, et remplir son verre au robinet.

« L'eau n'est pas bonne ici, dit-elle. Elle contient du chrome hexavalent, des traces de fragmentation hydraulique et de fertilisants, et je ne sais plus quoi encore. »

Il but quand même, en détournant le regard.

« On lui a transplanté ses yeux ou alors c'est peut-être un clone, dit-elle. C'est tellement évident que c'en est écœurant. Regarde un peu.

— Je te crois.

— Regarde.

— Je préfère pas.

— Regarde.

— Non, s'engoua-t-il.

— Regarde-la.

— Je n'y tiens pas.

— Regarde-moi cette photo.

— Cette eau a le goût de la flaque qui se forme sous ton siphon dans le placard où tu ranges tes produits de ménage.

— Regarde-la, te dis-je.

— C'est non.

— Oh mais si. Regarde-la immédiatement.

— Non.

— Si. Tu vas me faire le plaisir de la regarder.

— Non.

— Tiens. »

Elle lui fourra la photo sous le nez. Il finit par s'exécuter et jeta un coup d'œil à la photo.

Il la lui rendit. Elle vit, réfléchie dans le regard pénétrant de Tilly, la conclusion à laquelle elle venait elle-même d'aboutir. Une communication éperdue avait cours. Une révision des données. Tous deux aux prises avec celles-ci, s'évertuant à trouver une solution autre que celle qu'il ne voulait pas énoncer.

« Tu as déjà tout élucidé, dit-elle.

— Je ne dirais pas ça.

— Mais tu crois connaître la réponse. Et tu es venu ici pour m'exposer le tout. Et voir si j'arrive à la même explication.

— Je voudrais savoir comment tu vois les choses, dit Tilly. Ta tête a toujours mieux fonctionné que la mienne.

— Tu penses que si la mère ne s'est jamais manifestée, c'est parce qu'Elroy l'a tuée. Tu penses qu'il est allé là-bas pour récupérer le petit, que sa mère s'était ravisée et ne voulait plus le laisser partir, qu'alors la bête en Elroy a pris le dessus et qu'il l'a assassinée. »

Elle trouva incroyable que Tilly reste coi, se bornant à attendre qu'elle en dise plus.

« Je t'en prie, reprit-elle, ne fais pas en sorte que je sois seule à dire ça tout haut, alors que l'idée est de toi. En ce qui me concerne, je n'y crois pas une seconde. Je ne peux pas. Il faut qu'un de nous deux n'y croie pas, sinon ce serait trop cruel pour lui.

— D'accord, répondit Tilly. Disons que c'est la moitié de l'idée que je me suis faite.

— C'est ton hypothèse. C'est toi qui le connais, à présent. Tout ce que je sais, c'est comment il a toujours été. Il ne ferait pas de mal à quelqu'un auquel il est attaché, non ? Qu'est-ce que tu veux dire par "la moitié" ? »

Tilly lui demanda pourquoi elle pensait qu'Elroy avait laissé le petit à l'aéroport – question formulée comme un constat.

Elle n'avait aucune certitude. Elle avait entendu dire que les aéroports grouillaient désormais de policiers armés jusqu'aux dents, le doigt sur la détente, cela afin que les usagers se sentent en sécurité.

Le cou de Tilly était agité de minuscules frémissements sous la lumière artificielle. Ce qui cherchait à sortir de lui n'était pas une connaissance des faits, comme il semblait le croire, mais de fausses allégations qui couvaient en lui. Louisa savait lire ses pensées et il attendait qu'elle l'en accouche. Il croyait savoir pourquoi Elroy avait abandonné l'enfant à l'aéroport.

« Tu penses qu'il a eu peur de le tuer lui aussi », dit-elle.

Tout s'était terriblement mal passé. Toutefois, ce désastre n'avait pas signé la fin de l'histoire.

Dwight regarda autour de lui, mesurant pour la première fois l'exiguïté du logement, et il demanda si Leonard et elle ne vivaient plus ensemble.

Ils ressortirent et montèrent à bord de la voiture de Louisa. Elle l'emmena au réservoir. Là, ils s'engagèrent à pied sur la piste en terre, se gardant des mocassins d'eau, ces serpents qui vivaient dans la vase au pied de la levée. La lune les éclairait. Une brume planait au milieu des bois, irradiée par les projecteurs LED de fermes éloignées. Les arbres tors que les bûcherons avaient laissés sur place dessinaient en noir des bandes irrégulières dans l'espace fluorescent.

Elle lui raconta ce qui était arrivé entre Leonard et elle. Comment elle avait réagi. Les choix qu'elle avait faits. Les derniers jours de Leonard à l'hôpital de Tulsa, un agent pénitentiaire en faction devant la porte. Après que ses poumons eurent commencé à s'emplir de fluide, les reins et le foie s'étaient mis à ne plus fonctionner. Elle lui lisait les passages soulignés de la bible qu'on lui avait fournie en prison. Personne d'autre ne venait le voir. Ils lui avaient menotté la cheville au pied du lit. De temps en temps, ses yeux s'entrouvraient. Ils semblaient voir. Puis ils se refermaient. Un jour, elle entendit des infirmières qui riaient dans le couloir. Elle sortit leur parler. Deux femmes noires, dont l'une se prénommait LaQuanda et l'autre Ruth. Elles étaient en train de regarder une vidéo sur un smartphone. Elles lui demandèrent d'où elle était originaire et elle leur dit qu'elle était de l'est du Texas. L'une était de Little Rock, l'autre de la Barbade. Elles voulurent savoir d'où était Leonard, et elle leur dit qu'il venait d'une petite ville minière de

Pennsylvanie occidentale que plus personne n'habitait et dont elle avait oublié le nom. Celle qui s'appelait LaQuanda demanda ce qu'il avait fait pour écoper de la perpétuité.

L'autre affectait de regarder une feuille de température.

Louisa leur expliqua la chose, mais elles ne furent pas consternées par cette injustice. Ruth raconta qu'on avait admis le mois dernier pour une opération du cerveau un assassin détenu à Big Mac. Avant qu'elles prennent leur service, on les avait avisées que ce tueur appartenait à la Fraternité aryenne, et instruites des périodes où il devrait rester entravé. Tandis qu'elles le préparaient pour l'intervention, il leur avait demandé de ne pas jeter sa queue-de-cheval, qu'elles allaient devoir couper. Elles acceptèrent. Quand elles lui rasèrent l'arrière de la tête, deux tatouages apparurent en capitales gothiques. L'un était GUERRE, l'autre ARTIS. Quand LaQuanda lui demanda ce que voulait dire le second, il répondit que c'était le prénom de sa mère.

« Fichtre », dit Dwight.

C'était le mot de son père, se souvint Louisa – ce père qu'il avait toujours prétendu n'avoir jamais connu. Une fois, rien qu'une fois, dans leur lit à Ramah, après qu'ils avaient fait l'amour, il avait lâché « Fichtre » et elle avait éclaté de rire. Et tout en glissant dans le sommeil, il avait dit : « C'est à peu près ce que mon père avait de pire question jurons. Il pouvait le sortir après avoir mangé une part de tarte. » Il s'était trahi, mais jamais elle n'avait cherché à lui tirer les vers du nez. Il avait vécu dans un autre monde, y avait été quelqu'un d'autre. Pensait-il vraiment qu'elle n'y voyait que du feu ou bien croyait-il qu'elle avait vécu la même chose ? Qui parmi nous n'a eu qu'une seule vie ?

« Qui t'a refilé cette chemise ? lui demanda-t-elle sous l'ombre des arbres. Elle te va comme un sac. »

Cette chemise avait toujours été à lui, dit-il. Dans les mois qui avaient suivi l'arrivée de la lettre du prêtre, il avait perdu tout intérêt pour la nourriture et avait fondu du quart de son poids. Il avait pris l'habitude d'aller marcher des heures dans les monts Jemez, tâchant d'entrevoir quels choix s'offraient à lui.

Dans les Jemez, à Bandelier, il avait grimpé jusqu'aux habitations excavées dans le roc par les Anasazis. Les cendres d'une éruption volcanique s'étaient compactées au fil du temps pour former des falaises de tuf où ces Indiens avaient creusé leurs demeures. Escaladant les échelles de bois, il avait pénétré dans les hautes cavernes de roche lisse, de l'entrée desquelles des familles avaient contemplé pendant des siècles le ciel étoilé, douillettement installées sous le surplomb, à l'abri des pillards, la fumée de leurs feux aspirée dans des conduits percés à travers le dôme minéral. Les Anasazis avaient disparu de là quatre cents ans plus tôt, ne laissant derrière eux que ces abris-sous-roche et des pétroglyphes gravés à flanc de falaise, à peine visibles au soleil, figurant des oiseaux et des êtres humains schématiques, hurlant bouche grande ouverte, ainsi que des spirales refermées sur elles-mêmes, ces derniers motifs reproduits partout dans le pueblo, leur signification inconnaissable. Même le nom que se donnait ce peuple s'était perdu. Anasazi était un vocable navajo signifiant « ancêtres de nos ennemis ».

Ils cheminèrent toute la nuit à travers les bois et les hautes herbes des marécages, tenant conseil, s'interrogeant l'un l'autre sur ce qu'ils allaient faire.

18

Tilly ne savait pas nouer une cravate. Louisa s'en chargea pour lui. Elle était devenue une experte à la maison de redressement, où elle conservait une collection de cravates de différentes longueurs afin que les garçons soient bien mis pour aller voir leur père au parloir.

Elle et Tilly se tenaient dans leurs plus beaux atours devant le petit miroir de la salle de bains. Elle manipulait la bande de soie avec assurance autour du cou tiède et coloré de ce dernier. Leurs pieds nus pointaient dans des directions singulières, cela seulement leur permettant de tenir à deux dans cet endroit minuscule. Au moment d'engager l'extrémité la plus large à travers le devant du nœud, elle se haussa sur la pointe des pieds pour veiller à ce que le bord ne se replie pas sur lui-même. Pendant ce temps, le regard de Tilly l'embrassait du sternum jusqu'aux jambes, là où ses muscles soléaires et gastrocnémiens contractés se distinguaient nettement. Ils respiraient l'air mêlé de leurs deux respirations et les odeurs de leurs deux corps.

Ils furent cette fois mariés par un ministre du culte. Après la cérémonie, ils burent du café et mangèrent des donuts au sous-sol de l'église en compagnie de quelques connaissances du casino venues la congratuler et lui dire au revoir.

Plus tard dans la semaine, ils mirent les affaires de Louisa en cartons et louèrent un fourgon. Lorsqu'ils traversèrent la ville de Higgins, située à la frontière nord du Texas, elle laissa l'État d'Oklahoma une fois pour toutes derrière elle. Ils gagnèrent le Nouveau-Mexique et déchargèrent ses affaires à la périphérie de Bandelier, dans un ancien dépôt de matériel d'exploitation forestière où Tilly avait stocké les siennes depuis que sa petite résidence avait été vendue. Les parois, faites de tôles vissées, ne gardaient guère la chaleur à l'intérieur ni n'empêchaient les courants d'air, mais l'entassement des cartons en provenance de leurs deux foyers faisait un coupe-vent dans ce hangar mal éclairé. Le temps que leur nouvelle maison sorte du sol, ils vécurent là comme des squatters, faisant la cuisine sur un réchaud de camping et prenant leurs douches à la YMCA de Los Alamos.

Bien que peu portés à la dépense, ils avaient acheté une voiture neuve, airbags et quatre roues motrices, que Louisa prenait quotidiennement pour se rendre sur le site du chantier. Ils avaient choisi cet emplacement ensemble, à quatre-vingts kilomètres de là, sur le versant occidental des monts Sangre de Cristo, à quelques minutes à pied de l'école de la ville de Chimayo. Ils ne feraient pas d'emprunt, Tilly allait tout financer.

Pendant qu'ils étaient encore en Oklahoma, il était allé dans une succursale de la SFL pour signer un formulaire de dépôt direct en vue de percevoir le trust. Quand il en ressortit, Louisa l'attendait au volant de sa vieille voiture, qu'ils s'apprêtaient à mettre à la casse. « Ça y est, la guerre est bel et bien terminée ? lui demanda-t-elle.

— Oui.

— Et c'est toi qui as gagné ?

— Il n'y a pas eu de vainqueur, mais nous récupérons le butin. »

Elle démarra. Tilly versait des larmes. « C'est pas que du butin, je me trompe ? demanda-t-elle.

— Je crois bien, dit-il. C'est en partie un cadeau. »

Quelques jours plus tard, son compte fut crédité d'une somme si importante que, en comparaison, le travail qu'ils avaient accompli pour accumuler quelques économies – les années de labeur, les soins médicaux remis à plus tard, les privations quotidiennes que chacun s'était représentées comme de petites victoires – paraissait dérisoire.

Mais ils avaient fait leur choix.

Les jours de semaine, en chemin pour se rendre au chantier, elle s'arrêtait prendre le courrier à la poste de Los Alamos. Son passeport lui fut envoyé deux mois après qu'elle en eut fait la demande. Pour une raison inconnue, celui de Tilly tardait à arriver.

Elle aimait voir la maison prendre forme. Un refuge bâti sur un terrain qui était leur. Il s'agissait d'une maison en adobe, en briques de terre et de paille, avec un préau et, dans les pièces principales, des solives apparentes qui dépassaient à l'extérieur par-delà la rive du toit, un âtre traditionnel dans chaque chambre à coucher et des gouttières pour éviter que l'eau de pluie ne mine les fondations comme cela s'était produit au ranch Heflin. Elle voulait que cette maison dure mille ans.

Ne possédant pas de réfrigérateur dans le hangar, ils dînaient le plus souvent d'une soupe en boîte. Après, ils s'adonnaient à la lecture ou bien devisaient dehors près d'un feu de bois. Parfois, ils prenaient la voiture pour s'enfoncer dans les Jemez jusqu'au départ d'une piste non balisée. Là, vêtus de grosses chaussettes et de leur manteau d'hiver, guidés par des lampes torches qui éclairaient leur haleine, ils s'engageaient sur un sentier tout en montées et descentes, tours et détours à travers des bois de pins puissamment parfumés. Empruntant une crevasse ouverte dans la roche, ils arrivaient à une source chaude, se débarrassaient de leurs vêtements, s'immergeaient dans un des bassins et s'abîmaient dans la contemplation des galaxies ou bien des nuages quand la neige tombait sur les montagnes et se dissolvait dans les vapeurs flottant au-dessus des eaux chaudes. De jeunes hippies venaient là de Santa Fe, se dévêtaient avec timidité, parlant à voix basse, fumant de l'herbe. Ayant pris une longue inspiration, l'un d'eux collait la bouche à un didjeridoo et enfonçait la tête sous l'eau pour y jouer son chant monotone. D'autres soirs, Louisa et Tilly avaient l'endroit pour eux seuls.

Après trois mois de démêlés – et pour finir l'intervention d'un coup de fil de Lorch à Washington –, le passeport de Tilly arriva enfin. Ils descendirent alors à Albuquerque, laissèrent la voiture dans le parking longue durée, enregistrèrent leurs bagages, passèrent les contrôles et embarquèrent à bord de leur avion.

Au moment du décollage, Louisa dit une prière. C'était son baptême de l'air. Quand l'appareil eut atteint l'altitude de croisière, Tilly lui demanda si ça allait. Elle répondit que oui tout en actionnant le bouton en bout d'accoudoir comme pour voir à quoi il servait, mais elle était toujours en train de s'adresser à Dieu et d'attendre tout conseil qu'Il pourrait être disposé à lui donner. Quand l'appareil en fut à rouler sur la piste d'atterrissage de l'aéroport international de Newark, le Seigneur avait, de fait, commencé à lui parler – de Ses inclinations les plus sombres, de Son goût pour la destruction, de Sa propension à nous conduire en des régions désolées et dans les surcroîts de désolation qu'elles renfermaient.

Les passagers suivirent un à un l'allée centrale de l'avion pour s'engager sur la passerelle et franchir la porte du terminal où ils formèrent un courant humain, des milliers de gens s'écoulant comme une substance unique dans les veines d'une créature pour eux inconnaissable car ils en étaient une partie constitutive.

Et Dieu parla par le marmonnement des bagages à roulettes, le bip-bip des chariots électriques transportant les personnes âgées jusqu'à leur porte d'embarquement, les nombreux idiomes que Louisa ne comprenait pas, le glissement des semelles sur les carrelages, le battement rythmique des trottoirs roulants. Tout cela se fondant en une seule voix qui lui répondait d'une façon qu'elle peinait à entendre.

Au contrôle des passeports, elle se tenait à côté de son bagage, patientant, prêtant l'oreille avec attention.

Elle tendit le sien au fonctionnaire. Il l'ouvrit, le posa à plat sur l'écran noir entrecroisé de lasers rouges, et elle comprit enfin ce que la voix lui disait et pourquoi. Elle avait le bras passé à celui de Tilly et elle l'attira à elle.

Elle lui dit qu'elle devait s'arrêter là. Il ne fallait pas qu'elle s'éloigne de la maison plus qu'elle ne l'avait déjà fait. Elle était absolument désolée. Il devrait poursuivre sans elle. Elle prendrait une chambre d'hôtel à l'extérieur de l'aéroport et attendrait son retour.

« Je pensais que vous seriez physicien ou mathématicien, dit le prêtre, venu du désert et de la cité secrète du Jugement. »

Il invita Tilly à s'asseoir sur une chaise miniature, coque en polypropylène assujettie par d'invisibles rivets à un cadre en tubes d'acier. Une douzaine de sièges semblables étaient disposés par groupes de trois autour de tables de travail tout aussi petites. Il y avait également une fontaine à eau et une bibliothèque fort basses, ainsi que de petites poubelles prévues pour de petits détritus. Aucun bureau de taille adulte ne présidait, à la différence de la salle de classe unique de l'école de Calamus, que Tilly avait fréquentée dans son enfance. S'il avait bien compris, l'établissement où le prêtre avait organisé la rencontre n'était pas l'école mais le foyer des enfants, et la pièce en question n'était pas destinée à l'enseignement mais à l'étude individuelle ou en groupes. Là, un adulte était placé devant l'inadaptation de sa taille, l'étendue de sa non-appartenance, et aspirait enfin à connaître sa juste place au milieu de choses à la fois visibles et invisibles. Tout amaigri qu'il était désormais, Tilly craignit que son poids excessif n'eût raison de cette chaise. Il s'y assit prudemment.

« Il paraît que le sable fut aspiré à l'intérieur de la boule de feu, commença le prêtre, et changé en verre liquide qui retomba en pluie sur le désert, et qu'il crépite sous les pas quand on y marche. Est-ce vrai ?

— Peut-être dans le Sud, à White Sands, répondit Tilly, là où le tir a eu lieu, le test. Los Alamos, c'est là qu'ont été faits les calculs et la métallurgie. On y mène des tas d'autres recherches, à présent. Au club des anciens combattants, je joue au gin rami avec un scientifique spécialiste de la matière condensée. Et aussi avec un autre qui s'occupe de théorie biophysique et avec une paire de nanotechnologistes. Des professeurs viennent d'Afrique du Sud et de

Bangkok pour utiliser l'accélérateur linéaire. J'ignore de quoi il retourne. Je n'ai jamais travaillé là-dedans.

— En ce cas, si vous permettez, pourquoi habiter là-bas ? »

Tilly fut à deux doigts de rétorquer : Et vous, pourquoi vivez-vous en Allemagne ? Mais il se rappela à temps sa tendance à regarder comme un ennemi quiconque cherchait à savoir ce qu'il avait dans la tête. N'empêche, un de ses oncles du côté Frade s'était fait tuer non loin de là, dans la poche de la Ruhr à l'approche de la fin de la Seconde Guerre mondiale, Fred, le frère de son père, dont celui-là ne parlait jamais et dont la chambre à l'étage était devenue celle de Vollie.

Tilly avait atterri la veille à Paris et pris un train rapide comme l'éclair qui l'avait bientôt déposé à Bruxelles, où il était monté dans l'express intercités qui l'avait transporté à grande vitesse sur des étendues de champs moissonnés, au long de solides habitations en briques aux toits en tôle percés de lucarnes. La frontière franchie, les panneaux de signalisation qui défilaient en abord du ballast furent en allemand, langue qui, pour lui qui manquait d'autres associations durables avec elle, était celle du meurtre de masse, et les trains allemands les véhicules qui avaient emporté à leur insu des foules de gens vers leur fin. Son corps traversait à trois cents kilomètres par heure ce qui subsistait de l'esprit de ces morts désincarnés. Pourquoi de telles intuitions n'étaient-elles jamais venues le visiter à Los Alamos ? Les défunts n'avaient nulle envie d'aller là où leur mort avait été inventée ; ils hantaient les lieux où ils avaient vécu. « Pourquoi ai-je habité Los Alamos ? répondit-il. Je voulais une copropriété avec le chauffage par le sol et des baies coulissantes donnant sur le patio. Je n'habite plus là-bas. »

La cruelle musique d'enfants babillant en allemand leur arriva du couloir, puis ils entrèrent en file indienne. Leurs tennis ne produisaient aucun son sur le sol en liège. D'autres, toujours dans le couloir, faisaient entendre les bruits de boutons-pressions et de fermetures Éclair des manteaux qu'ils enlevaient.

Les deux hommes parlèrent d'Oppenheimer, de Harry Truman, de Harry Belafonte, puis de gens parfaitement inconnus, de pécheurs au confessionnal. Le prêtre portait un même intérêt à toute chose. La *diversité* des êtres le fascinait. Leurs déviances et leurs corruptions. L'inimitable moi responsable de ce que l'individu avait fait. Et Tilly fut tenté de lui demander s'il ne s'était pas mépris depuis le début, depuis que, en proie à la fièvre dans sa chambre d'enfant, un rêve l'avait convaincu que son moi était l'obstacle qu'il devait renverser, et pourquoi ce moi persistait malgré ses tentatives pour le gommer.

« Une de mes anciennes voisines était la bonne d'Edward Teller, dit-il. Vous voyez qui c'était ?

— Mais oui. Teller, le soi-disant père de la bombe à hydrogène. Je suppose que nous devons tous être le père de quelque chose. Sa réputation doit beaucoup à ses propres intrigues.

— C'est ce qui se dit.

— Ce n'est pas lui qui a résolu le dilemme de l'allumage de la fusion, mais le Polonais Stanislaw Ulam. Cela a été bien documenté dans des articles récents. Visqueux personnage que ce Teller. Il n'a jamais pu admettre pleinement le mal qu'il avait fait. Une figure fascinante. Et tragique. Nous vivons tous dans son ombre. Il avait un pied artificiel.

— Elle ne m'en a jamais parlé.

— Il est tombé sous le tramway à Munich lorsqu'il

était jeune homme, son pied a été broyé. Qu'a bien pu vouloir signifier le destin au travers de cet accident ? »

Au mur, un écorché humain grandeur nature avec le nom de tous les muscles, et aussi un tableau périodique couleur bonbon, à la septième rangée duquel des carrés gris avaient été collés pour des éléments portant les numéros atomiques 113, 115, 117 et 118, qui n'avaient pas de nom car leur existence n'avait pas encore été démontrée.

« À Munich ? dit Tilly. Je le croyais hongrois.

— Il est une catégorie d'érudits qui n'ont pas de patrie à proprement parler. De quoi d'autre se souvient-elle à son sujet ?

— De pas grand-chose. Elle est sénile. Chaque fois que je la rencontrais dans la journée en train de promener son chien à l'intérieur de la résidence, elle savait parfaitement où elle se trouvait. Par contre, la nuit…

— Ma sœur était comme cela », dit le prêtre. Il avait vu mourir tous ses frères et sœurs. Il ne s'en ouvrit pas. Le visage crispé et le regard fixe de l'Américain ne révélaient rien sinon qu'il allait écouter attentivement tout ce que le prêtre avait à lui dire. Ce dernier aurait voulu dire qu'il ne restait personne, qu'il avait au fil des ans donné les derniers sacrements à ses frères et sœurs avant de les regarder partir – tous sauf son dernier frère, une âme emballée à la diable dans du papier d'aluminium comme un sandwich qu'il ne voulait pas partager, personnage qui avait donné pour consigne aux administrateurs de l'hospice de ne pas accepter de visites.

« Teller proposa d'utiliser des armes thermonucléaires sous l'eau pour créer un port en Alaska, pour libérer le pétrole dans les sables bitumeux canadiens, défléchir les astéroïdes menaçant de frapper la terre.

Enrico Fermi a dit de lui qu'il était à sa connaissance le seul monomaniaque possédant plusieurs manies.

— Vous parlez l'anglais comme un natif.

— Un natif d'où ?

— De n'importe où. »

Le prêtre considéra ses doigts blancs. « Et donc de nulle part. Si je manie correctement cet idiome, peut-être suis-je passé à côté de ma vocation : j'aurais pu faire un imposteur au service du crime.

— Les gens du coin disent que Teller était un rat.

— Un rat ? Voilà que vous allez m'en apprendre, mon cher. Laissez-moi deviner. Cela doit désigner un mangeur de fromage, mais le sens plus profond m'échappe.

— Quelqu'un qui trahit une personne à laquelle il est censé être loyal.

— Ça, oui. Quand j'évoquais tout à l'heure le mal qu'il n'a jamais admis avoir commis, je pensais non seulement à la super-bombe mais aussi à sa trahison et à sa destruction d'Oppenheimer. Et maintenant dites-moi, qu'est-ce qui, au départ, vous a amené au Nouveau-Mexique ? Si je me souviens de vos antécédents, vous êtes issus d'un des États fertiles.

— Je suis parti à la recherche d'un ami à moi qui vivait là-bas.

— Et l'avez-vous trouvé ? »

Tilly changea de position sur sa chaise en plastique. « Ça ne vous dérange pas que je pose cette question ? Je conçois qu'un jeune homme puisse aller dans le désert en quête de quelque chose qui serait invisible en d'autres lieux. Mais cela semble une drôle de destination si on cherche l'amitié. Bien sûr, j'associe presque exclusivement cet endroit aux armes atomiques.

— Je ne l'ai jamais revu.

— Et qu'est-ce qui vous a fait rester ? »

Tilly adopta son regard indéchiffrable, du moins le crut-il.

Le prêtre laissa s'écouler un silence, induit par ce qui pouvait passer pour un sens chèrement acquis de l'empathie et de la bienséance. Et finit par demander : « Comment s'appelait-elle, votre bonne raison pour rester au Nouveau-Mexique ?

— C'est donc à ce point évident, même pour vous, un prêtre ?

— J'aimerais avoir une carte de visite professionnelle à distribuer. On y lirait : *Révérend Werner Wurs – être physique, possesseur de chair et de glandes.* »

Tilly fit entendre un grognement amusé.

« Ça ne sonne pas pareil en allemand, ajouta le prêtre.

— Il s'agissait de la femme qui figure ici, sur les documents.

— Vous ne voulez pas dire son nom », observa le prêtre.

Depuis le professeur de roumain au Presidio de Monterey, Tilly n'avait plus jamais connu l'intuition qui lui venait présentement, à savoir que, bien qu'il n'eût rencontré cet homme qu'une heure plus tôt, c'était maintenant et avec lui qu'il devait jouer la grande affaire de sa vie, car après cela ils ne se reverraient plus. De non pertinentes questions se bousculaient. Des conseils qu'il regrettait depuis toujours de n'avoir pas reçus de son père au chef argenté. Des nouvelles personnelles attendaient d'être révélées, par le truchement du prêtre, au vieil homme enfoui dans le temps. Des choses que son père méritait de savoir. *J'ai égaré ton nom. J'ai vendu la ferme.*

« Le nom ne perd jamais son pouvoir sur nous, dit le prêtre. J'ai connu une femme il y a cinquante ans, une marchande de fruits et légumes dans le sud de la France. Aujourd'hui encore, je revois son nom de baptême, même à l'envers sur le journal qu'on lit devant moi dans le tram. Où qu'il apparaisse, il m'étreint violemment le cœur. J'en oublie de respirer. Mais vous n'avez pas fait tout ce chemin pour parler des femmes. »

Une lourde porte claqua et les voix des derniers enfants qui s'en repartaient s'éteignirent. Tilly les vit bientôt par la fenêtre dans la cour de récréation, courant furieusement en rond, se bandant réciproquement les yeux avec les manches de leur manteau, observant le ciel d'un air grave.

« Non que je m'attendisse à vous voir faire le voyage, reprit le prêtre. Vous auriez pu téléphoner dans un premier temps.

— Je ne parle pas allemand.

— Ou envoyer un e-mail.

— Je n'ai pas de messagerie. Peut-être ne voulions-nous pas renoncer à l'effet de surprise.

— Serions-nous en situation de confrontation, vous et moi ? interrogea le prêtre.

— J'espère que non.

— Mais vous vous attendiez à ce que, si j'avais su que vous projetiez de venir, je cherche à vous en dissuader ? Peut-être à ce que nous redoublions d'efforts pour placer le garçon au sein d'un foyer allemand qui fasse l'affaire, plutôt que de le confier à des gens comme vous, susceptibles de le rendre à son père ?

— Ce n'est pas notre intention, assura Tilly. Le père du garçon ignore que je suis ici. J'ai perdu tout contact avec lui.

— Vous avez coupé les ponts, vous voulez dire.

Aucun de nous ne peut plus se permettre l'illusion d'avoir perdu le contact. À l'ère d'Internet, ou bien nous interrompons ou bien nous conservons nos relations. Si le tribunal l'exige, êtes-vous disposé à garantir que Mr. Heflin n'aura aucun contact avec l'enfant ?

— Je vous le garantis sans attendre.

— Il ne mettra pas les pieds dans la maison ?

— Il ne saura pas où se trouve la maison.

— Et Mrs. Tilly est d'accord ?

— L'idée ne lui plaît pas, mais elle convient que c'est nécessaire. »

Le début d'un *Concerto brandebourgeois* commença de se faire entendre en sourdine autour de la personne du prêtre. Il se contorsionna pour tapoter ses nombreuses poches comme un homme attaqué par des mouches, finit par localiser son smartphone et en pressa la tranche à travers son vêtement. La musique se tut. « Il vous a fallu pas mal de temps avant de faire le déplacement.

— Mon passeport a été retenu. Un document militaire donnait une date de naissance erronée. Ça a donné lieu à un examen plus poussé.

— Quelque chose justifiait-il un examen minutieux de vos antécédents ? Vous me pardonnerez cette habitude de questionner : les gens viennent souvent à moi avec l'espoir de se voir demander ce qu'ils regrettent.

— Chercheriez-vous à me faire confesser quelque chose ?

— *Faire* confesser quelqu'un – une vue de l'esprit. Les paroles contrites qui ne viennent pas librement du cœur constituent peut-être une intéressante perversion pour les psychanalystes, mais personne n'est abusé et personne n'est aidé. Je ne vois pas de raison pour que nous soyons antagonistes. Si les faits que vous avez exposés dans le dossier satisfont à l'examen, je serai tout disposé à soutenir votre demande. Venons-en aux choses sérieuses. Mr. Heflin, votre… » Le prêtre tapota la face vitrée de son smartphone, lui posant une question en allemand, y lisant la réponse instantanée. « Votre beau-fils ?

— Pas exactement. Il n'y a pas eu de père avant moi et je n'ai jamais été marié à la mère biologique. À vrai dire, je ne l'ai jamais rencontrée.

— Pas de père du nom de Heflin. Par conséquent, Heflin est celui de la mère ?

— Non.

— Heflin était le nom du conjoint de la mère biologique, qui ne fut cependant pas le père biologique ?

— Non.

— Ce nom de Heflin fut tiré au hasard d'un chapeau ? Veuillez m'expliquer ça.

— Ils ont choisi son nom.

— Non, non. Je parle du patronyme.

— Ils l'ont choisi. Comme ils ont aussi choisi le prénom.

— Non, non. Nous ne nous sommes pas compris. Par “nom de baptême”, j'entends le nom choisi. Le patronyme est ce qui nous intéresse. »

Tilly détourna les yeux pour regarder le tableau, lavé de frais et attendant qu'on y trace quelque chose à la craie. « Nous avons adopté légalement Elroy quand il avait cinq ans. Après cela, nous avons été seuls responsables de lui. Dans la pratique, je suis son père. Rien d'autre n'importe.

— Bien au contraire, cela importe absolument et pour toujours. »

Dehors, un cri d'extase monta de la cour. Tilly sursauta. Le prêtre, lui, resta immobile, le dos droit, légèrement incliné vers l'avant comme un oculiste se livrant à l'examen d'une rétine. La neige avait commencé de tomber dans la grise atmosphère allemande sur les bonnets et les membres ballonnants des enfants.

« Est-ce qu'il est là ? »

Le prêtre répondit avec circonspection : « Vous ne le distinguez pas au milieu des autres ?

— Non, pas avec leurs vêtements d'hiver sur le dos. »

Ils allèrent se poster à la fenêtre – le chauve et l'homme au chef argenté.

« C'est celui en manteau vert avec la capuche bordée de fourrure, dit le prêtre. Ne le prenez pas mal, la fourrure est synthétique. »

Le garçon, de haute taille, s'élevait lentement sur la chaîne d'une balançoire, tandis que les autres lui hurlaient dessus. Sa capuche retomba en arrière, révélant un visage particulier, petit et camus, surprenant en ce que, sur le moment, il n'évoqua rien à Tilly. Le prêtre regardait l'homme qui se tenait à son côté, et celui-ci regardait l'enfant qui se hissait à travers la neige comme un saumon lutte contre les rapides.

« Le dossier que vous avez déposé est parfaitement bien ficelé, dit le prêtre.

— Il a été monté par un avocat.

— Cet homme semble posséder une très bonne connaissance de notre législation sur ces questions.

— Nous avons engagé un avocat-conseil ici.

— Cela n'a pas dû être donné.

— Selon lui, Elroy ne sera pas inquiété par les autorités, sauf s'il essaie de remettre les pieds ici. Êtes-vous de cet avis ?

— Je suppose qu'Interpol a d'autres chats à fouetter, si c'est à cela que vous pensez. Il est probable que le juge vous acceptera, Mrs. Tilly et vous, en tant que plus proches parents. Étant donné votre âge, il ne confierait pas la garde à l'un de vous seul ; mais ensemble comme vous l'êtes, votre demande ne devrait pas poser de problème, au moins sur le plan éthique. Il y a toutefois quelque chose qui me turlupine. »

Tilly continuait de contempler la neige et l'étrange enfant qui grimpait le long de la chaîne, tandis qu'un autre se tenait à proximité, les yeux sur son téléphone, scandant les secondes.

« Mrs. Tilly et vous aviez divorcé.

— C'est exact.

— Et elle est la belle-mère de Mr. Heflin.

— Dans la pratique, sa mère.

— De même que, du seul point de vue pratique, on doit vous considérer comme son père. Et vous vous êtes réconciliés et remariés.

— Oui.

— Cependant, le dossier est muet quant à la date de cette seconde union. A-t-elle eu lieu avant que vous receviez ma lettre ? La cour voudra savoir quand exactement Mrs. Tilly et vous vous êtes remariés.

— Cela s'est fait il y a six mois.

— À la bonne heure. Toutes mes félicitations. Cela doit être – non, ce serait beaucoup m'avancer que de prétendre connaître les défis qu'entraîne un mariage à votre âge. Mais vous voyez bien la question que se posera le juge quant à la stabilité du ménage ? Un mariage arrangé en vue de se concilier la cour… Pardonnez-moi si je présume. »

Tilly attendait qu'un voile se lève, cherchant à discerner chez le garçon ce que Louisa avait vu sur la photo.

« Pourquoi Mrs. Tilly n'est-elle pas venue avec vous ? Si vous me trouvez par trop indiscret, il vous suffit de répondre qu'elle souffre d'une phobie de l'avion.

— Nous l'avons pris ensemble à Albuquerque. Au moment de passer le contrôle des passeports à Newark, elle a changé d'avis. Son idée est que la vie comporte pour chacun de nous un périmètre à ne pas dépasser, une distance donnée du lieu d'où l'on est parti. On reçoit une mise en garde quand on est sur le point d'aller trop loin. Une fois qu'on l'a fait, on ne peut pas revenir en arrière.

— Pourtant, vous êtes ici.

— J'ai franchi mon périmètre il y a bien longtemps. Elle m'attend dans un hôtel à Newark. Elle pense que si elle était rentrée attendre à la maison, cela serait revenu à dire qu'elle doutait que vous nous laisseriez le ramener avec nous.

— Le dire à qui ?

— Vous voyez bien.

— Non, je ne vois pas.

— À Dieu.

— Si je peux vous donner un conseil, quand vous serez devant le juge, il sera sans doute préférable de lui dire que votre femme a la phobie de l'avion plutôt que de mêler Dieu à tout ça. Le juge va également vouloir s'assurer des moyens matériels du ménage.

— Vous n'avez pas vu ce qu'il en est de notre situation financière ?

— J'incline à penser que trois millions deux cent mille dollars suffisent largement, mais je parle du foyer lui-même.

— La maison est presque achevée. Nous avons commencé d'y emménager. Je peux lui demander d'envoyer des photos. Il y a une école en bas dans le village. Pensez-vous que le juge va faire obstruction ?

— Où est-ce ?

— Pas loin de Santa Fe. Une localité du nom de Chimayo. Est-ce que le juge va faire obstruction ?

— Jamais le juge n'accordera une suite favorable s'il pense qu'il n'y a que l'un de vous deux pour prendre soin de l'enfant. Il en conclura, et je le rejoindrai sur ce point, que le petit sera mieux ici sous la houlette des services de l'État que s'il devait vivre privé d'un de ses deux parents.

— Cela se conçoit.

— Vous voyez le garçon qui se laisse redescendre le long de la chaîne ? Le garçon avec le manteau vert. Vous distinguez son visage à présent ?

— Oui, dit Tilly.

— Désolé de vous avoir joué un mauvais tour, monsieur Tilly, mais ce garçon se prénomme Georg et il n'est arrivé ici que le mois dernier. »

Tilly se retourna vivement.

« Ne vous fâchez pas. »

En fait, l'Américain avait l'air moins fâché que trahi, et le prêtre put craindre que le lien naissant entre eux ne fût rompu. Et c'était lui qui l'avait rompu, qui avait une fois encore fait en sorte d'être rejeté, alors qu'il aurait pu devenir un ami.

« Je ne vois pas bien ce qui vous a poussé à faire ça, lui dit l'Américain. Je n'ai jamais dit que je l'avais déjà rencontré. Sachez que jamais nous n'accepterons qu'il grandisse de cette façon.

— De quelle façon ?

— Seul.

— Je me demande si Mrs. Tilly et vous êtes véritablement ensemble, dit le prêtre dans un élan accusatoire qu'il regretta aussitôt. Je me demande si l'un ou l'autre d'entre vous a le moindre lien avec cet enfant.

— Ce n'est le cas de personne d'autre.

— À une exception près, peut-être. » Le prêtre n'en dit pas plus. La question de savoir qui resta en suspens comme une araignée tissant sa toile entre eux, l'un voyant son envers, l'autre son endroit. Sous certains angles, cette toile était invisible, et chacun des deux hommes ne voyait la créature se mouvoir dans le vide que selon un cheminement né de sa propre imagination.

« Il faut que nous fassions cela, Louisa et moi.

— Et si le juge disait : "Dommage. Votre *il faut* ne correspond pas au mien" ?

— Je sais que j'ai laissé tomber Elroy. Il s'est mis à faire n'importe quoi à l'adolescence. Il détruisait des objets. Il donnait des coups de pied et des coups de poing. J'ignore si ça le soulageait ou bien lui apportait une espèce d'euphorie, mais c'était mon boulot de le remettre dans le droit chemin et j'ai échoué.

— Et si le juge disait : "Cet enfant n'est pas un autel au-dessus duquel vous pourriez vous racheter" ? »

L'Américain persistait de façon exaspérante à ne pas se mettre en colère. « Vous avez vos règles, je le comprends bien. Mais s'il n'y a personne d'autre pour se charger de lui, pourquoi nous en empêcher ?

— C'est qu'*il y a* quelqu'un d'autre. » Constatant qu'ils étaient au bord du malentendu, le prêtre choisit d'en profiter pour assener à son interlocuteur sa version de qui était ce quelqu'un d'autre. « Elle s'appelle Wolbert », dit-il.

Mais l'Américain venait de sortir son portefeuille de sa poche de pantalon, il en avait tiré un bout de papier et disait : « Nous nous sommes préparés à ça.

— Son nom de baptême est Nora.

— Est-ce que vous avez un ordinateur dans votre téléphone ?

— Je lui ai conseillé de ne pas renoncer.

— Pouvez-vous accéder à Internet avec votre téléphone ?

— Mais le juge l'a contrée à chaque tournant.

— Savez-vous comment on fait ? »

Le cou du prêtre se raidit. « Évidemment. »

L'Américain lut une adresse Web. L'autre consentit à l'entrer dans la fenêtre du navigateur de son téléphone. L'Américain lui dicta un nom d'utilisateur. Puis le mot de passe *Feuàvolonté1971*. Le prêtre dit avoir cru comprendre que Mr. Tilly n'avait pas d'e-mail, mais ce dernier, comme s'il récitait un texte appris par cœur, lui demanda s'il savait comment avoir accès au fichier des contacts personnels à l'intérieur d'un compte.

« Pour quoi faire ?

— Cherchez le nom D-R-U-V-I-E-T-E. Prénom E-V-I-J-A. »

Le prêtre tapa les caractères d'un pouce adroit. Il lut une adresse électronique.

« Vous devriez avoir aussi un numéro de téléphone correspondant à ce nom.

— Je le vois, mais si ce n'est pas votre compte de messagerie, est-ce que ce n'est pas là celui de Mr. Heflin ?

— C'est exact.

— Nous sommes en train de contrevenir à la loi. À qui est ce numéro de téléphone ?

— À la mère. »

Un projectile frappa la vitre. Elle fut éclaboussée de neige. Le prêtre ne se détourna pas pour identifier le coupable.

« Je refuse d'y croire, dit-il.

— Vous êtes farci de certitudes concernant Elroy,

mais à lire votre lettre on dirait que vous n'avez seulement jamais envisagé que la mère puisse exister. C'est son téléphone. Appelez-la.

— Je ne suis certain de rien. C'est pour cela que je vous ai écrit. Que va-t-il se passer si j'appelle à ce numéro ?

— Essayez et vous verrez. Le petit a une mère comme tout le monde.

— Monsieur Tilly, si j'en suis venu à vous traiter en adversaire, j'espère que vous me le pardonnerez. Mais veuillez comprendre que pendant quarante années j'ai dû faire face à l'idée, fondée sur ma vocation, que je tiendrais les femmes pour des êtres toxiques ou des sorcières ou des créatures pas tout à fait humaines, ou que j'ignorerais leur présence. Je ne nie pas que cet enfant a une mère quelque part. Nous avons tout essayé pour l'identifier. Nous nous sommes tournés vers toutes les ONG susceptibles de nous aider. Nous avons adressé des demandes de renseignements un peu partout, de l'Argentine à la Suisse, tout cela à l'aveuglette, je le reconnais. Personne, nulle part, ne signale la disparition du petit. N'importe quelle démarche de la part de cette personne lui aurait permis, à l'heure qu'il est, de nous contacter. Je refuse de croire qu'elle n'est plus de ce monde. En conséquence de quoi – et cela me coûte beaucoup psychologiquement parlant de l'admettre –, la seule conclusion à laquelle j'arrive est qu'elle ne veut rien avoir à faire avec lui.

— Pourquoi ne pas l'appeler pour en avoir le cœur net ?

— Je suppose que vous l'avez déjà fait.

— Elle ne décroche pas, dit Tilly.

— Si je vous ai traité en adversaire, comprenez que j'y suis obligé, mais seulement jusqu'à un certain point.

C'est toujours d'Amérique que vous avez appelé ? Elle l'aura vu et se sera gardée de répondre.

— Allez-y, appelez d'ici. Si vous parvenez à ce qu'elle réponde, vous aurez droit à mes applaudissements.

— Je ne suis pas votre adversaire, répéta le prêtre.

— Ne vous en faites pas, mon père, je le sais. Est-ce que le juge l'est, lui ?

— Le juge n'est pas un adversaire. Il est Méphistophélès. »

Cela fit rire l'Américain. Un rire ni dédaigneux ni poli, un rire sincère. Décontracté. L'air entra en lui et en ressortit dans un jaillissement. « À la bonne heure, dit-il. Rentrons-lui dans le mou. »

Le prêtre eut l'air effarouché. L'Américain lui expliqua l'expression. Ne comprenant pas, le prêtre demanda une paraphrase.

« Vous et moi allons lui faire mordre la poussière », dit Tilly.

Ils se serrèrent la main. Le prêtre se départit de son scepticisme au moment de cette poignée de main et comprit qu'il œuvrait depuis le début au service de cet homme.

Il lui restait cependant à composer le numéro. Ce fut comme si les fluides de son oreille interne s'épanchaient. Le haut et le bas se confondaient. Il farfouilla dans sa poche de veste, y trouva une gaufrette à la fraise, en déchira l'emballage et l'engloutit tandis que le téléphone sonnait, priant pour que personne ne réponde ou, mieux, qu'un disque lui apprenne que la ligne n'était plus attribuée. Il offrait son cœur au Seigneur avec confiance, reconnaissance, appréhension, peur. Il restituait au Seigneur l'entièreté de la vie qu'Il lui avait donnée, et quelqu'un décrocha à l'autre bout, une voix répondit dans une langue dont il sut avec certitude que ce n'était pas de l'estonien. Il avait étudié l'estonien dans le temps libre dont il ne disposait pas.

De retour à Newark, Tilly prit la navette de l'hôtel et trouva Louisa au bar de la réception, occupée à lire un journal d'un air furibond et à en couvrir la surface de ses commentaires.

L'heure du dîner approchait, mais ni l'un ni l'autre ne pouvaient manger et ils revinrent sur tout ce qui s'était passé : le voyage, le prêtre, le petit garçon grimpant à la chaîne, la retraitée qui avait décroché le téléphone, le prêtre essayant quatre langues avant de parvenir à communiquer, dans un russe rudimentaire, avec la vieille qui, d'une voix de harengère, lui suggéra de rappeler à Miss Druviete, dans le cas où il serait parvenu à la retrouver, qu'elle devait toujours quatre mois de loyer à sa propriétaire. Quatre mois ! Un mois dont Miss Druviete pouvait peut-être se voir exonérer, attendu que la vieille avait mis depuis longtemps son pauvre mobilier au clou, et, allez, disons un autre mois pour le téléphone que ladite Miss Druviete avait laissé dans l'appartement et que la vieille s'était approprié, encore qu'elle ait dû faire l'emplette d'un chargeur, en sorte qu'en calculant approximativement soixante-quinze jours de loyer étaient encore en souffrance. Somme considérable pour une femme qui n'avait pour vivre que ses économies d'assistante fleuriste. Mais elle avait tiré un trait sur cet argent. Cela faisait trois ans qu'elle n'avait pas vu Miss Druviete.

Plutôt que de dîner, Tilly et Louisa vidèrent deux bourbons chacun – jamais ils n'avaient bu d'alcool fort ensemble. L'occasion exigeait cette folle entorse.

Elle toucha la main tachetée de Tilly. « Je pense que ça va marcher, dit-elle.

— Moi aussi. Mais il faut que nous y allions ensemble la prochaine fois. Si nous ne nous présentons pas tous les deux, ils ne le laisseront pas partir. Le juge ne va pas nous recevoir avant le mois de mars. »

On était le 17 janvier 2014, un vendredi. Louisa fit entendre à l'arrière de sa gorge comme un bruit de porte qui grince. C'était un bruit inédit et Tilly ne savait pas encore ce qu'il signifiait.

À l'étage, les stores laissés ouverts sur le trafic surchargé de l'autoroute, ils étaient allongés dans le noir, nus et dépourvus de honte. Repassant les choses en revue, puis ne parlant plus.

Il pensait, tout en la touchant, à chaque partie du corps de Louisa, appelant chacune par son nom et la rattachant à l'emplacement qui lui correspondait dans son esprit à lui. L'esprit profond qui connaît les choses élémentaires avant tout apprentissage. L'eau et les pieds, le soleil et les aliments. L'esprit qui connaît le temps de notre sortie de la vie et conserve la trace de notre avènement. Il la mémorisait une fois pour toutes. Il portait au centre de son être une pierre où il grava le nom de Louisa.

19

Potter Frade fit entrer Annie Frade dans la maison obscure.

Il se tenait derrière elle dans le petit vestibule, elle tendit les bras en arrière et il la débarrassa de son manteau de laine. Elle tapa du pied sur le paillasson pour faire tomber la neige de ses galoches. Elle avança la tête dans le couloir qui donnait sur le salon, cela sans quitter le paillasson, comme s'il était la base de départ dans une partie de chat. Elle eut un regard de côté pour la cuisine et en l'air vers les chambres.

« La maison, la maison, c'est le retour à la maison », chantonnait Frade, épaules tendues, penché en avant pour déboucler ses brodequins et nouer ses chaussures d'intérieur en chevreau. Ses oreilles en pointe lui donnaient l'air d'un lutin. « Nous pourrions changer le papier peint, si vous voulez, dit-il en montrant la tapisserie parcourue de rides. Maman sera d'accord.

— Est-ce que vous me montrez la chambre maintenant ou bien y a-t-il autre chose ? » interrogea-t-elle.

Mais il dit : « Le cellier est de ce côté. »

Elle le suivit, lui et sa lampe, jusqu'au détour du couloir.

« Mrs. Frade dort là-bas », dit-il avec un geste vers l'étroit corridor conduisant à la chambre de sa mère, qui, s'étant absentée pour la nuit de noces, dormait en ville chez des parents.

La poudre sur la gorge d'Annie émettait un parfum de pêche. Il alluma une nouvelle lampe et lui fit traverser le cellier, où s'entassaient haricots en saumure et écorces de pastèques, puis gagner la cuisine et la porte de derrière. Il l'ouvrit et montra la grange, invisible dans les ténèbres, et l'antique remise à sel qu'il avait récemment démontée et pourvue de parois vitrées pour en faire une serre à légumes.

« Je peux avoir un verre d'eau, Frade ? » demanda-t-elle.

Il actionna dans des grincements le levier de la pompe en fer. La pièce sombre lui paraissait étrangère en la présence d'une épouse.

Le fluide envahit la bouche d'Annie, une âcre saveur minérale. Avant longtemps, l'eau de la ville se serait écoulée d'elle, et son corps se composerait de celle-là, de l'élément dont était constitué son mari. Habiter un lieu, c'est en boire l'eau.

Il rinça le verre à la pompe. Même ses habits du dimanche sentaient le foin. Ouverte, cette porte de derrière laissait entrer la puanteur du fumier de vache entreposé dans la proche pâture. « On pourrait construire un auvent de ce côté pour vous faire un coin de lecture. »

Le vent lui picotait le visage, elle referma la porte.

« Et si nous montions dans la chambre ? » dit-elle.

Il prit le lourd sac de voyage de sa femme et tous deux s'engagèrent dans l'escalier. À la lueur de la lampe, les balustres de la rampe repeints de frais avaient des reflets de céruse. Les amples hanches d'Annie actionnaient ses jambes marche après marche, et les têtes de clou jetaient des éclats sous les semelles de ses souliers.

L'étage se divisait en deux chambres à coucher, une de chaque côté. Les affaires d'Annie étaient empilées sur le palier, là où son frère les avait apportées dans l'après-midi. Une lampe électrique était posée sur le tout, mais la vieille maison n'était pas encore reliée au réseau.

« Choisissez la chambre qui vous plaît, dit Frade. Je dors dans celle-ci, mais vous pouvez la prendre. L'autre était celle de Louis et Fred. » Il lui montra la chambre inutilisée, sorte de réduit meublé seulement d'un lit et d'une commode.

Elle le suivit des yeux dans la petite pièce vide en tâchant sans grande réussite de peindre un sourire sur sa physionomie robuste et colorée. « Est-ce qu'on peut voir la vôtre, s'il vous plaît ? »

Dans sa chambre à coucher, un plafond plus haut permettait à Frade de n'avoir pas à baisser la tête. Sur les parois de bois blanc, des cartes topographiques étaient fixées par de petites pointes en laiton. Deux lits superposés, une table à piétement croisé près de la fenêtre, une assiette de biscuits d'avoine. Les éléments démontés d'un moteur deux-temps de tronçonneuse étaient posés sur la commode à côté d'un diagramme arraché à un catalogue. Une photographie de ses deux frères, qui étaient morts, l'un de la diphtérie, l'autre plus récemment à la guerre ; un miroir à main et une bassine devant la fenêtre ; dans la poubelle, le monticule des cheveux qu'il s'était coupés pour le mariage. Elle ouvrit le tiroir supérieur de la commode et y vit trois de ses caleçons à rayures, bien repassés, et un tas de carottes de tabac à chiquer.

Tandis qu'il lui parlait en long et en large des pièces du moteur, elle voyait sa pomme d'Adam se mouvoir à l'intérieur de sa gorge rasée, l'endroit par lequel le sang montait lui alimenter le cerveau.

Elle lui reprit son sac. Puis elle s'approcha de sa gorge et la prit entre ses mâchoires. Il était maigre et elle avait une grande bouche. Une main plaquée sur sa nuque, elle avait les dents autour de son larynx, qui sentait le wintergreen.

Il avait voulu lui expliquer que le moteur de cette tronçonneuse avait besoin de nouveaux segments, rien de plus. C'est alors qu'elle le mordit. Cela faisait un peu mal. Et il se tut. Une partie mal définie de ses entrailles le mettait au supplice. Douleur qu'il ne parvenait pas à localiser avec précision, près du bas de son pelvis, comme un gonflement. Il la prit par les épaules et la fit pivoter. Il lui semblait incivil de leur part à tous deux de se comporter de la sorte. Bien que se tenant dans sa propre chambre, il était incertain de l'endroit où il se trouvait comme de ce qu'il était en train d'y faire. Un rang de perles fantaisie courait comme autant de rivets le long des os de la colonne vertébrale d'Annie. Du bout des doigts, il entreprit d'en défaire la boucle.

Elle soupira – la robe blanche en laine, très apprêtée, qu'elle tenait de sa grand-mère, lui était cause de terribles démangeaisons. La porte était restée entrebâillée, elle fit un pas pour la fermer.

Il suivit le mouvement, sans cesser de s'affairer maladroitement sur le corset comme s'il cherchait à récupérer dans la terre un petit pois mal semé.

Elle pressait le corps contre le battant, l'adjurant de la laisser sortir, de lui pardonner d'être aussi sotte, le suppliant de la ménager.

Il avait passé sa vie dans un nuage de pollen, de poussière de grain, au milieu des excréments et des abats fumants des bestiaux ; pourtant, ses sinus palpitaient comme au supplice en inhalant la transpiration du cuir chevelu d'Annie et le beurre au cacao et blanc d'œuf dont elle s'était servie pour se coiffer. Qui aurait dit qu'une chevelure de femme pouvait contenir autant d'épingles ? Elle avait l'oreille aussi duveteuse qu'une feuille d'aubergine.

Un corset la contenait étroitement jusqu'aux reins, un deuxième jeu de côtes, extérieures et transverses.

Dans la pâture, une bande de chiens errants découvrirent la portée de chatons qu'il avait noyés ce matin-là dans l'abreuvoir aux chevaux puis enfouis dans la neige. On les entendait japper tout en attaquant la croûte glacée.

« Il faut d'abord défaire les nœuds, lui dit-elle. Et ensuite les crochets en dessous. » Celle des femmes de sa famille qui avait serré les lacets de ce corset y avait fait des doubles nœuds de la taille d'une jointure de doigt de nouveau-né. Il fouilla dans la commode, y trouva un crayon, mais épointé ; en quatre coups de canif, il le tailla en pointe, puis s'en servit pour desserrer les rubans de soie.

Le visage toujours plaqué contre la porte, elle lui demanda de baisser la lumière et, quand il se fut exécuté, elle se défit de sa robe et de son corset, les laissant choir sur le sol, puis elle se retourna, un avant-bras cachant ses seins. Elle alla s'asseoir sur le lit, en baissant la tête pour ne pas se cogner à la couchette du dessus. Elle n'était plus vêtue que de ses bas et de sa culotte. Elle s'était entièrement empourprée. Son ventre luisait dans le rai de lune réfléchi par la neige. Sa taille était marquée de l'empreinte des baleines du corset. Elle se tordit la bouche en un sourire implacable, mais ne put le conserver.

Il s'approcha d'elle dans la pénombre, tout en se

défaisant de sa veste. Il fit tomber ses bretelles et déboutonna sa chemise, négligeant la cravate jusqu'au moment d'ôter ladite chemise. Il bouchonna le tout sur la commode. Puis il se pencha sans façons, une main sur le mur, pour ôter son pantalon et ses chaussettes trempées.

Ayant connu la faim dans ses jeunes années, il était incapable de distinguer le serrement qui lui tenaillait à présent les entrailles des tiraillements qu'il avait éprouvés enfant, ce besoin d'avoine le matin après qu'il était monté se coucher sans souper. À l'époque, son père lui donnait pour tout déjeuner une pomme, dont il dévorait jusqu'aux pépins.

Présentement, son corps était au supplice, de ses pieds gourds à ses organes brûlants et jusqu'à sa cervelle, qui enflait contre les parois de son crâne. Et il la voyait, les avant-bras couvrant ses seins, mains glissées sous les aisselles, longs pouces entourant à demi ses épaules.

Elle bouillait de chaleur, bien qu'il fît manifestement très froid car le vent du dehors entrait en un courant d'air qui agitait les rideaux. Toujours assise sur la couchette du bas, environnée des reliques d'une enfance de garçons, elle se pencha pour retirer un bas puis l'autre. Une fois, au sortir d'un bal, une éternité plus tôt, elle l'avait vu pleurer en expliquant que Harold, son jars, venait de mourir.

Elle lui tendit ses bas, se couvrant la poitrine de l'autre bras, et lui demanda de les ranger quelque part. Dans le rayon de lune, les cheveux argentés de Potter dessinaient un épi là où les plaques de son crâne s'étaient soudées après avoir cessé de grandir. Sa longue échine révéla ses omoplates quand il s'inclina très bas pour enlever son caleçon. Il se redressa. Elle le regarda venir à elle. La pénombre enveloppait son visage, en sorte qu'il paraissait la regarder avec l'arrière de la tête. Il était devenu un monstre prédateur, avec le devant derrière et une queue qui lui montrait le chemin. Il approchait, malfaisant, nu et frissonnant. Couvrant sa chose avec les mains, il vint s'asseoir à côté d'elle.

Elle défit les boutons de sa culotte et s'allongea nue sur le lit. Elle sentait l'odeur de cet homme, une odeur comme celle qui flottait dans le salon quand son père avait fini de prendre son bain. Une odeur déplaisante comme celle d'un gâteau trop riche.

Sur la face antérieure de Frade, les poils dessinaient un T en travers de la poitrine et vers le bas, laissant les flancs imberbes.

Il se tourna et s'allongea sur elle, sa petite bouche hermétiquement fermée. Ses pieds humides et glacés sentaient la moisissure.

Il releva la tête face à la paroi blanchie à la chaux, où se voyaient les ombres jaunâtres déposées au fil des ans par la graisse de ses cheveux. Le corps d'Annie, là où il touchait le sien, y adhérait comme une pâte. Elle s'était tout entière saupoudrée de talc. Là où il ne la touchait pas, elle dégageait de la chaleur comme un fourneau.

« *Frade* », articula-t-elle.

Elle aurait voulu ajouter : « Dis-moi que tu es un homme bien. »

Un son monta de sa gorge auquel elle tenta de donner la forme de cette question, « Es-tu quelqu'un de bien ? », mais il n'en sortit qu'une faible plainte pareille à une chaise qui grince.

Ensuite, une douleur vive.

Au début, elle ne sentit rien, puis cette douleur s'imposa. Mais dans l'intervalle, juste avant de l'éprouver, entre la peur de mourir sur-le-champ et l'idée que sa mort lente avait commencé, elle eut le temps de se dire : On verra bien.

20

Dans la deuxième semaine de février 2014, dès le jour où il fut rayé des cadres et enfin rendu à la vie civile, Elroy prit un C-117 de Bagram à la base aérienne d'Incirlik en Turquie, puis un autre jusqu'à Francfort, où il embarqua sur un vol commercial pour Heathrow. Pendant son transit à Heathrow, il s'enferma dans un compartiment des toilettes pour y pleurer jusqu'à l'annonce finale de l'embarquement de son vol à destination de Dallas/Fort Worth.

De là, il s'envola pour Albuquerque, où il prit le train jusqu'à Santa Fe, puis un car pour Los Alamos, se faisant déposer à l'embranchement menant à la résidence de Tilly.

Il parcourut la route cabossée à pied. Le gardien dans sa cabine vitrée leva les yeux de ses mots croisés pour lui demander la nature de sa démarche. Il était midi, mais une lumière fluorescente emplissait tous les recoins de la petite serre où ce type, genre armoire à glace, consultait ses listes. Il ne vit pas sur le tableur du contrôle des accès qu'un Mr. Tilly souhaitât que son lieu de résidence actuel fût divulgué.

« Quoi, il a déménagé ? » demanda Elroy.

Mais ce n'était pas ce qu'avait dit le gardien. Et il

ne vit rien sur ses fiches indiquant qu'il pût répondre par oui ou par non à la question susdite.

Elroy redescendit la route en tôle ondulée. Parvenu à la grand-route, il gagna la bande rugueuse du bas-côté de la chaussée, sortit son téléphone de son sac à dos, puis s'assit sur celui-ci. Son forfait mobile avait expiré pendant son temps à l'étranger. Néanmoins, il alluma l'appareil et tapota vigoureusement sur l'écran comme pour le contraindre à donner un signal. Il finit par le ranger. Aucune voiture ne passait. Pas un bâtiment en vue dans l'une ou l'autre direction. Il neigeait sur les hauteurs des Jemez. Des cistes violets fleurissaient au milieu de la pierraille. Le reste du désert était couleur camouflage, comme son sac à dos. Ses chaussures de marche étaient déjà recouvertes d'une confortable couche de poussière.

Il se leva et reprit la direction du complexe résidentiel, cette fois en évitant la route et en décrivant une boucle à travers les pins. Il fit passer son sac par-dessus une clôture en barbelés, puis, se hissant dans un arbre proche de celle-ci, il sauta de l'autre côté. Il monta au sommet d'une butte et descendit l'autre versant au milieu d'un épais bois de trembles dépourvus de feuilles. Parvenu à la lisière, il découvrit les arrières de la résidence, dont, de l'endroit où il se trouvait, le périmètre visible était entièrement protégé par un haut mur stuqué, impossible à escalader sans un minimum d'équipement. À l'intérieur, les baies vitrées d'une centaine de maisons passives, de plain-pied et mitoyennes, regardaient le canyon au sud, chacune ouvrant sur un patio en béton qui ne pouvait guère accueillir plus d'un transat. Sur certains de ces patios, un yucca poussait dans une potiche, mais hormis cela aucune trace de vie n'était visible. Un parfum d'assouplissant pour textiles flottait jusqu'à ses narines, provenant de l'évacuation d'un sèche-linge quelque part parmi les habitations. Il entendit un rire de femme. Il crut entendre une mesure de piano, mais en fait non. Une publicité télévisée pour la Storm Squad 3 – l'équipe de météorologues la plus fiable du Nouveau-Mexique. Il ne parvenait pas à distinguer laquelle de ces toitures identiques, rouges, en acier, était ou avait été celle de Tilly. Il longea le mur sans y trouver une ouverture.

Après en avoir sorti son couteau de poche et une barre protéinée au chocolat, il cacha son sac à dos dans l'environnement kaki des abords du complexe, puis il reprit la direction de la ville. Il ne toucha pas à la barre protéinée. Il poursuivait son jeûne. Elle lui servait seulement à le protéger de la peur d'avoir faim. Il la sentait contre sa jambe et s'imaginait l'ouvrant pour la humer. Le froissement du papier, le parfum de poudre de cacao. Il continuerait de jeûner jusqu'à ce qu'il arrive là où il se sentirait chez lui ; alors, il se restaurerait à l'heure des repas correspondant au fuseau horaire. Et son corps saurait où il se trouvait à la surface de la terre.

À quelques kilomètres de White Rock, une station-service s'était adjoint une baraque à burritos. Sur la porte de celle-ci, un écriteau annonçant un accès wi-fi gratuit. À l'intérieur flottaient des odeurs de liquide de direction assistée et de *carne adovada*. Il demanda le mot de passe de la wi-fi au jeune Blanc, visage empâté, pupilles dilatées, qui tenait la caisse. Ce dernier pressa contre son torse le combiné téléphonique qu'il utilisait et répondit qu'il ne voyait pas de quoi Elroy voulait parler. S'adressant alors à la jeune Mexicaine occupée à nettoyer la table à vapeur derrière la vitre hygiénique, Elroy lui demanda en espagnol le mot de passe, et elle le lui donna. Il lui demanda ensuite s'il restait de la *carne adovada*, mais elle répondit qu'elle avait déjà tout rangé. Il voulut alors savoir s'il lui restait des *carnitas* ou du poulet froid. Après avoir essuyé sa table à vapeur et essoré son torchon au-dessus d'un seau, elle répéta d'un ton sans réplique et sans lever les yeux qu'elle avait déjà tout rangé.

L'application Skype de son téléphone recherchait du réseau. Il se tenait dans le coin près de la porte, à côté d'un présentoir garni de revues d'annonces de camions et de catalogues de stages de soins par les cristaux, la polarité et l'équilibrage des chakras, des dépliants sur des séjours de *reiki*.

L'application ne parvenait pas à se connecter. Il entra de nouveau le mot de passe et attendit. Dans sa poche, la barre protéinée touchait presque ses organes génitaux. Cette fois, il réussit à accrocher du réseau et utilisa ce qui lui restait de crédit Skype pour composer le numéro de téléphone de Tilly. Une Lexus gris perle passa sur la route dans la lumière déclinante. Le téléphone appelait celui de Tilly en faisant entendre des gloussements.

Mais un disque lui apprit que le numéro n'était plus en service ; aucune autre information n'était disponible.

Il n'avait pas dormi depuis Incirlik. La nuit d'hiver, une nuit de nouvelle lune, était en train de s'étendre au-dessus du désert.

Il essayait de réfléchir.

Il jeta un œil aux dépliants. Il avait été établi que, en fonction des organes étudiés, la fréquence correcte du corps humain variait entre soixante et soixante-douze mégahertz. Les fréquences insuffisantes exposaient les systèmes tissulaires aux virus, bactéries et champignons. Mais les participants au séminaire de la Mesa Sacrée découvriraient l'usage de l'huile de rose et des cristaux sélénites, avec des fréquences excédentaires de trois cents mégahertz, qui, lorsque appliqués en association avec une purification énergisante par brûlage de plantes ou imposition de pierres, favorisaient des écosystèmes tissulaires hostiles à la maladie. En mariant les découvertes récentes sur les processus mitochondriaux au savoir des Aztèques, des structures tissulaires humaines purifiées étaient désormais de l'ordre du possible. Les conceptions antérieures sur les taux sans danger de toxines étaient aujourd'hui obsolètes. Une fois la purification réalisée, il était possible de la préserver par un rajeunissement du côlon et un juste équilibre alimentaire des lipides à base de plantes. Apprendre à connaître ses bonnes fréquences était l'affaire de toute une vie. Cette vie recommençait aujourd'hui. Vous alliez accueillir dans votre bouche la connaissance d'un peuple disparu. Il existait une voie nouvelle basée sur une voie ancienne oubliée, récemment redécouverte par des archéologues travaillant au Yucatán.

Il essayait de réfléchir. Mais il lui fallait pour cela du papier et un crayon, or il n'avait ni l'un ni l'autre.

Guérir était une question de voltage. L'huile de citronnelle était, à tout âge, indispensable pour la souplesse des tendons.

L'employé se posa de nouveau le combiné sur la poitrine, le temps de dire à Elroy qu'il était dans le passage. Elroy ressortit dans le froid de la route et prit la direction de White Rock. La neige tombait toujours sur les Jemez. Après avoir payé le car qui l'avait amené de Santa Fe, il n'avait plus en tout et pour tout que vingt-six dollars. Il aurait pu retourner à Santa Fe pour passer la nuit au foyer St. Elizabeth, mais le temps qu'il atteigne la gare routière de White Rock, le dernier car était parti. Ses cartes de crédit avaient atteint le plafond autorisé. Sa dernière solde ne serait créditée sur son compte que deux jours plus tard.

Mourant de sommeil, il s'engagea dans un canyon en contrebas de la route. Dans le noir, il cassa avec le pied trois genévriers et les traîna jusqu'au lit asséché d'un petit cours d'eau. Il parcourut du regard les buissons dénudés et l'herbe rase du désert. À l'aide de son couteau il coupa un peu de la bigelovie environnante, puis il se glissa sous les genévriers, ramena la bigelovie sous lui pour s'isoler du gravier du sol et s'allongea, réchauffé par son activité. Il se prit à contempler les étoiles entre les brindilles réticulées et les écailles de sa tente en genévrier. Il se refroidissait.

Il ouvrit la barre chocolatée et mordit dedans. Son pancréas, ses surrénales ou autre élément de son système endocrinien entrèrent en éruption à cette rupture du jeûne. Il mastiqua et déglutit. Après quoi l'aliment disparut, ne fut plus qu'un fantôme d'amour hantant ses cellules, ne le protégeant de rien, et il s'endormit.

Au matin, il urina dans les bigelovies, puis remonta la route en direction de Los Alamos jusqu'à un petit restaurant, le *Tio Rudy's*, où il commanda un pichet d'eau chaude, une tasse de café et trois *sopaipillas*, ce qui allait lui coûter quatre dollars vingt-cinq, service compris. Ces *sopaipillas* n'étaient rien d'autre que de la fécule et de la graisse, un en-cas de fête foraine plutôt qu'un vrai repas, mais elles entraient dans son budget, et il les mangea lentement, les yeux sur la porte qui faisait face à la route.

L'établissement avait la wi-fi et, tout en buvant son eau, il alluma son téléphone, alla sur le site d'ESPN et regarda un minidocumentaire sur la quinzième année de Peyton Manning en NFL avec les Broncos de Denver, saison dont, se trouvant déployé sur le terrain, Elroy n'avait pu voir les rencontres mais qu'il avait suivie aux actualités et sur laquelle il était revenu dans les moments où son téléphone trouvait du réseau et où il avait besoin de quelque chose à regarder et admirer. Car tout le monde avait tiré un trait sur Manning, tout le monde disait qu'il était fini, cela avant qu'il se présente à Denver pour cette fameuse saison. Il sortait d'une terrible blessure aux cervicales qui l'avait mis hors service à Indianapolis et aurait dû signer la fin de son parcours. Mais les chirurgiens lui avaient remis la tête à l'endroit et c'est un homme nouveau qui était arrivé à Denver – bien qu'apparemment lui seul en fût persuadé –, sur quoi il s'était mis à dérouler les plus belles prestations de sa carrière.

Manning était surnommé le Shérif. Il avait le nez cassé d'un vieux boxeur. Sur l'écran qu'Elroy avait dans la main, ses yeux lointains et renfoncés bougeaient derrière le masque du quarterback, des yeux pleins d'autorité qui étaient en eux-mêmes un organe de décision. Vous les sentiez vous dire ce qu'il fallait faire. Avec l'âge il était devenu plus dominateur qu'avant, plus maître de soi. Il hochait la tête pendant tout le *huddle*, hochait en gagnant la ligne de mise en jeu et, tout en étudiant la défense adverse, en agitant ses bras tendus pour calmer la foule, en levant et abaissant le pied pour commander un changement dans le positionnement de ses joueurs, il hochait la tête tout en parcourant des yeux le terrain d'est en ouest et du nord au sud, hochait en venant se placer derrière son centre, de l'air de dire : J'ai approuvé tout ce que j'ai vu. Ce que j'ai fait qui a fonctionné et ce que j'ai foiré.

Tout est de mon fait. J'en accepte les conséquences. On appelait aussi Manning le Vieux Sphinx.

Il était dix-neuf heures trente et la dernière *sopaipilla* était déjà refroidie quand Tilly passa la porte d'entrée du restaurant. Elroy aurait pu ne pas le reconnaître si la serveuse ne l'avait appelé Dwight au moment où il entrait. Flottant dans ses vêtements gris, il avait tout d'un rat de belle prestance. Il avait perdu une vingtaine de kilos.

Quand Elroy emporta son café, la dernière *sopaipilla* et la fiole de miel jusqu'au box où il s'était assis, Tilly chercha la serveuse du regard de l'air de dire : Il n'y a pas d'autre endroit où ce rigolo pourrait s'installer ?

« Chef, c'est moi », dit Elroy.

Après un laps de temps, les yeux trahirent une identification soudaine – et quelque chose d'autre qu'Elroy ne sut pas déchiffrer. « Elroy », dit le vieil homme. Il poussa un juron et afficha un grand sourire. Il offrait une vision terriblement étrange, souriant ainsi et aussi amaigri.

« J'espérais te trouver ici », dit Elroy.

Non, ce n'était pas cette perte de poids qui donnait à Tilly un air étrange. C'était ce sourire désemparé qui, sur ses traits tirés et las, avait subjugué une force antagoniste. Bientôt toutefois, comme contre sa volonté, ce visage retrouva l'expression de vigilance qui lui était habituelle et ne trahissait rien de ses mouvements intérieurs. Ni approbatrice ni désapprobatrice, mais attentive, ne laissant rien lui échapper. Ce sphinx dont Elroy aspirait jadis à devenir la copie.

La serveuse apporta à Tilly un pichet de café noir. Elroy lui proposa la dernière *sopaipilla*, mais Tilly ne voulait rien manger. Elroy lui demanda quand il avait projeté de l'informer de son déménagement. « Je t'en informe maintenant, répondit-il.

— Et le téléphone ?

— Ça ne me disait plus d'avoir le téléphone.

— Et si j'avais eu besoin de te joindre ?

— Une lettre adressée à ma boîte postale. C'est comme ça que Bobby Heflin et moi procédions.

— C'est ce que j'ai fait. Vu que je savais que tu n'aimes pas le téléphone. »

Quand Elroy lui demanda s'il était possible qu'il loge un moment chez lui, Tilly marqua un temps d'hésitation presque imperceptible avant de répondre : « Bien sûr. »

Il possédait à présent un Subaru Impreza Premium de 2013, avec un intérieur cuir ivoire qui fleurait le neuf et un variateur de vitesse mécanique, caractéristique inquiétante en ce qu'il ne serait jamais capable de réviser lui-même une transmission de ce type. C'était une concession non pas au luxe mais à une impotence imminente. Ils poussèrent jusqu'à l'embranchement de son ancienne route. Là, Elroy sauta de voiture pour courir à travers les pins récupérer son barda.

Ils poursuivirent jusqu'aux abords du monument national Bandelier, où Tilly en était manifestement réduit à habiter une caverneuse structure en tôle ondulée pourvue d'une porte roulante suffisamment haute et large pour accueillir une dépanneuse. Le piano occupait un angle près d'un poêle industriel rougeoyant, sous une lampe fluorescente qui pendait au bout d'une chaîne fixée au plafond non isolé. Sur le sol de béton, le tapis qu'Elroy avait envoyé du Kirghizistan était entouré du vieux sofa et du grand fauteuil toujours tapissé des poils blancs de la chienne. Elroy ne reconnut pas le reste du maigre mobilier, tout utilitaire. Les rayonnages métalliques croulaient de cartons représentant plus d'affaires personnelles qu'il n'en aurait prêté à Tilly. Un matelas à deux places était posé à même le sol avec quatre oreillers et des couvertures de laine. Un étagement bas de boîtes de classement séparait du reste de l'espace intérieur une table à tréteaux supportant un ordinateur de bureau et une imprimante laser. L'atmosphère sentait la poussière soulevée par un radiateur électrique. Le générateur à gaz installé à l'extérieur produisait un vacarme qui faisait trembler les parois. La seule fenêtre était placée au-dessus d'un évier dépourvu de robinet. Entrée en même temps qu'eux, Mavis trottina vers un coin de la cuisine bien tenue et, après avoir tourné trois fois sur elle-même dans une caisse tapissée de papier déchiqueté, s'y allongea. Une brosse à cheveux de femme, un crayon à sourcils, un carnet à spirale, une bible et deux mains de cartes à jouer étaient posés sur la table comme si une partie avait été interrompue et reprendrait bientôt. Tilly fourra tous ces objets dans le placard métallique blanc qui avait été une armoire à pharmacie. Sur la table également, un grand atlas ouvert sur une page montrant un réseau dense de lignes ferroviaires, de noms de ville et de frontières sinueuses. Un littoral peu familier. Tilly referma le volume et tâcha en vain de le faire entrer dans le placard peu profond.

« Pas besoin de faire de la place pour mes affaires, dit Elroy. Elles vont rester dans mon sac.

— Aucun problème. Mets tes affaires où tu veux. »

Il n'y avait pas de réfrigérateur, juste un garde-manger. Elroy regarda à l'intérieur. « Je ne vois là que de l'eau minérale et de la soupe.

— Ça m'embête, j'ai pas une bière à t'offrir.

— Pas grave.

— Tu aurais dû écrire que tu allais passer.

— J'ai écrit », dit Elroy.

Il voyait les rouages de la pensée fonctionner sous le crâne du vieux. Il voyait les pensées elles-mêmes, les impulsions électriques, les décharges chimiques. Il les voyait mais ne pouvait les lire.

Tilly glissa l'atlas le long du garde-manger, près du balai. Il n'eut pas besoin de prendre appui sur le mur pour se redresser. Du fait de sa perte de poids, ses mouvements étaient alertes et vigoureux, comme si ce dont il souffrait lui avait en même temps rendu la jeunesse.

« Chef, on dirait que t'as diminué d'un tiers. Est-ce que l'administration t'envoie ton chèque ?

— Probablement, répondit Tilly.

— Ils te l'envoient ou pas ? Moi, je reçois des tas d'e-mails disant que ça va arriver. Au fait, est-ce que par hasard tu n'aurais reçu aucune de mes lettres ? Va relever ta boîte postale ou bien va voir ton autre boîte à la résidence. Elles contiennent des chèques que tu ne touches pas.

— J'ai eu tes lettres. Je t'ai dit que je n'ai que faire de chèques. J'ai tout ce qu'il faut ici.

— Chef, sauf ton respect, en dehors de cette voiture, tu n'as rien. Retournons en ville, histoire de te faire quelques courses.

— Vas-y. Je t'attends ici. »

Elroy ôta un débris végétal de ses cheveux.

« Prends la voiture, lui dit Tilly. Qu'est-ce qui te retient ? Tu es gêné en ce moment ? »

Il s'agissait d'une cosse de bigelovie avec un petit caillou couleur rouille coincé à l'intérieur. « Ça ira mieux dans deux ou trois jours. »

Tilly ouvrit son portefeuille, y pêcha les billets qui

s'y trouvaient et les tendit à Elroy. Il y avait là une centaine de dollars. C'est alors que, pour une fois, le vieillard habituellement si réservé en dit plus qu'il ne l'aurait voulu : « Vas-y. Il faut que je reste ici pour passer quelques appels. »

Elroy sentit le sol se dérober sous lui ou s'incliner brutalement comme le pont d'un navire en train de sombrer.

« Pourquoi faut-il que tu me racontes des conneries ? demanda-t-il.

— Quoi ? Qu'est-ce que j'ai dit ?

— Tu le sais bien.

— Quoi ? J'ai oublié.

— Tu n'oublies rien. Tu l'as dis et tu le pensais. »

Tilly regardait le sol comme s'il y avait vu courir un cafard. « J'avais la tête ailleurs, dit-il.

— Tu parles, que t'avais la tête ailleurs. T'arrêtes jamais de cogiter. T'as pas bazardé ton téléphone. T'as changé de putain de numéro.

— Ce que j'ai voulu dire, c'est que j'avais changé de fournisseur, avant, c'est ça que je voulais dire.

— Tu remets ça.

— Comment ça ?

— C'est comme quand tu disparais du jour au lendemain.

— Elroy, j'allais t'écrire pour te dire où j'étais.

— Non, c'est faux, lança Elroy, qui pleurait sans chercher à s'en cacher. Tu allais refaire le coup. Et bonne chance à moi pour te retrouver à Vado ou je ne sais où.

— Assieds-toi une minute, lui dit Tilly, alors que lui-même se relevait. Je n'aime pas te voir comme ça. Arrête ça. Tu vas te reprendre. Ça va aller.

— Non, ça ne va pas, dit Elroy. Rassieds-toi.

— Elroy, dis-moi ce qui te tracasse.
— Ne bouge pas de ce fauteuil.
— Ça va aller.
— Personne m'écoute. Non, ça va pas. Je repars.
— Quand tu arriveras là-bas, il faut que tu en parles. Tu ne peux pas aller dans un poste avancé si tu es dans cet état. Pense à ton unité.
— T'as lu aucune de mes lettres.
— Mais si, voyons.
— C'est faux. J'ai pas rempilé, si tu veux savoir. Je t'ai tout expliqué par écrit. T'es blousé, là. Je sais bien ce que t'as fait. Mes lettres, tu les as mises dans un coin sans les ouvrir, je me trompe ? C'est bien le genre de truc que tu ferais. Où elles sont ? Elles sont ici quelque part ? »

La chienne s'approcha du vieil homme, mais Elroy leva la main et elle s'abstint. Elle ne fit pas un pas de plus et s'assit sur son arrière-train sans quitter les deux hommes des yeux.

« Je te mettais au courant de tout, reprit Elroy. Pourquoi tu m'as pas répondu ?
— Qu'est-ce que tu voulais ? De l'argent ? C'est pour ça que tu m'as écrit ?
— Ouvre-les et tu le sauras. Pourquoi est-ce que tu touches pas tes chèques, histoire de t'acheter à bouffer ? Je t'interdis de te lever. » Elroy s'essuya le nez sur sa manche et la morve s'étira en un long filet.

« Ellie…
— Ne m'appelle pas comme ça. Rassieds-toi. Pas question que tu te débines une fois de plus. Je te tiens. Je vois bien ce que tu es en train de faire. Tu es malade et tu baisses les bras. Tu vas me dire que t'as pas faim, mais c'est un mensonge. C'est même pas un vrai lit que t'as là-bas.

— C'est bon, tu me tiens.

— Un peu, que je te tiens. »

Tilly était allé à son bureau de fortune pour ouvrir un sac en papier kraft et y fourrer des documents. Il le referma, en roula le haut et se le mit sous le bras. « Je vis à Pecos, sauf que je n'y ai pas encore transporté toutes mes affaires. La voiture ne peut emporter que quelques cartons à la fois. Si j'avais su que tu venais, j'aurais pris de meilleures dispositions. Reste aussi longtemps que tu en as besoin. Cet endroit se réchauffe plus vite que tu ne penses. Je viens presque tous les matins pour prendre des trucs, mais je ne te dérangerai pas.

— J'ai besoin de faire le point.

— Très bien. Il y a une boîte qui livre le propane pour le générateur. Tu peux éclairer tant que tu veux.

— Je pense qu'un type du temps du lycée va me faire avoir du travail dans une équipe de maintenance de l'autoroute. Ensuite, je pourrai te payer un loyer.

— Oublie le loyer. Tu disais que tu n'as pas rempilé ?

— On parlera de ça une autre fois. Dis-moi plutôt pourquoi t'es parti vivre à Pecos.

— Ça, je n'ai pas le droit de le dire.

— Encore tes foutaises.

— Elroy, je suis désolé de ce que j'ai dit à propos du téléphone.

— Ah ouais ?

— Oui, je suis désolé d'avoir été difficile à joindre. »

Elroy, qui avait cessé de pleurer, recommença, mais plus paisiblement. « Prouve-le, dit-il.

— Il y a une chose que je te dois.

— T'es pas obligé de me parler de tes affaires.

— Je ne sais pas si tu te souviens, mais à une

époque, quand tu étais petit, on a eu un téléphone qui ne fonctionnait pas.

— Est-ce qu'on a eu un jour un téléphone qui marchait ?

— C'était à Ramah. Un jour, voilà que ce téléphone s'est mis à sonner, même que ça t'a flanqué une peur bleue.

— Je me rappelle pas.

— C'était une vieille connaissance qui appelait. Quelqu'un avec qui j'avais coupé les ponts. Il m'avait fait attribuer un numéro et m'appelait. C'est toi qui as décroché et tu me l'as passé.

— Tu ne me dois pas cette information, chef, si c'est à ça que tu pensais.

— Le type en question avait une somme d'argent dont il estimait qu'elle me revenait, et moi je n'en ai pas voulu. Mais j'ai changé d'avis depuis. Et je voudrais que tu en aies une partie. Je veux que tu te poses.

— Quoi ? fit Elroy, stupéfait. Tu penses me devoir de l'*argent* ?

— Accepte-le. Tu peux rester ici aussi longtemps que ça te chante. Laisse-moi seulement emporter quelques petites choses et ensuite je te fiche la paix.

— Pourquoi est-ce que je peux pas venir à Pecos ? »

Les yeux de Tilly révélaient un conflit intérieur, immenses et rajeunis au centre d'un visage amaigri, sur le qui-vive et vulnérable. Il respirait avec effort. « Je ne peux pas t'emmener là où je vis, dit-il.

— Qu'est-ce que j'ai fait ? demanda Elroy. J'ai rien fait.

— Je passerai te voir, d'accord ?

— T'as une copine et tu veux pas que je la voie ? demanda Elroy. J'ai vu sa brosse à cheveux. Tu as honte de moi, c'est ça ?

— Reste ici.

— C'est dingue. Tu serais pas en maison de retraite ? C'est quoi ta maladie pour qu'on t'autorise pas à recevoir des visites ?

— Je vais te ramener la Lincoln dès aujourd'hui pour ton usage.

— Entendu, dit Elroy. Bon, allons-y.

— Attends-moi ici », dit Tilly.

Ayant atteint son pic de concentration dans le sang d'Elroy, le sucre des *sopaipillas* commençait à refluer. La redescente, la nausée. En même temps, il ne pouvait être certain que ce n'était pas la composition du sang de Tilly qu'il éprouvait plutôt que la sienne. Une fois, alors qu'ils travaillaient ensemble sur un moteur de pick-up, une poulie s'était mise à tourner, écrasant le pouce de Tilly entre la gorge de celle-ci et la courroie de distribution. La douleur avait instantanément remonté le bras d'Elroy jusqu'à son cerveau, comme si son propre pouce s'était trouvé pris dans la machine. « Mais tu ne vas pas pouvoir rentrer chez toi à Pecos si tu laisses la Lincoln ici.

— Je vais demander à un copain de la VFW de m'emmener.

— Laisse-moi m'en charger. Je vais te ramener.

— Elroy, je ne peux pas te faire venir chez moi.

— Mais je n'ai rien fait de mal. »

Tilly ramassa son sac et partit vers la porte.

Ce fut comme si le local sombre devenait tout blanc. Un effet de l'insuline ou de l'adrénaline ou de la testostérone ou des glucocorticoïdes. Ou encore l'esprit du vieil homme traversant le corps d'Elroy pour s'en aller ailleurs. Ce fut comme si les tissus de ce dernier inversaient leurs fonctions : du sang dans les nerfs, de l'électricité dans les artères et les veines. Il se dressa et sortit son couteau de sa poche. Avant que Tilly ait atteint la porte, il l'attrapa par l'épaule, le fit pivoter et lui appliqua le talon de sa main sous le nez pour lui étirer le cou vers l'arrière, puis il lui enfonça sa lame dans la gorge.

Le sang jaillit instantanément.

Avec une apparence de sourire, Tilly dit : « Elroy, non. » Dans sa gorge, le souffle se fondit au sang et les mots sortirent dans un gargouillement comme s'il était sous l'eau. Il toussa et s'étrangla quand une inspiration aspira le sang dans sa trachée et ses poumons.

Il y avait ce sang. Il était d'un très beau rouge et c'était celui de Tilly. Elroy aimait cet homme avec une acuité qu'il n'avait jamais connue dans un amour pour quiconque. Il ressortit la lame. Il fit tourner le couteau dans la paume de sa main. Il sentit que Tilly était déjà trop affaibli pour lutter. Il le saisit par sa couronne argentée, fit passer le couteau de l'autre côté de son cou et fit glisser la lame en travers de sa gorge. Le flux écarlate s'étendait comme un vêtement, un voile fait du sang de Tilly.

En leur fonctionnement ralenti, les yeux du vieux semblaient ne comprendre une chose qu'à présent, ils regardaient Elroy de l'air de le reconnaître, de voir une chose que ce dernier n'appréhendait pas encore, de considérer avec horreur et admiration sa déraison, sa force, sa jeunesse, ce courage qu'il le savait posséder bien que l'intéressé ne le sût pas lui-même. La connaissance que Tilly semblait avoir toujours eue de ce qu'était Elroy. Le savoir qu'il avait conservé par-devers lui dans l'attente du jour tant espéré où Elroy pourrait lui aussi assouvir sa faim du monde et se réaliser, un homme et non plus un enfant, un individu à part entière en pleine connaissance de ce qu'il était, de sa place, de son grade, de son matricule, et de ce fait habilité à être dépositaire du savoir d'autres êtres qui ne se connaissaient pas encore, à se voir confier d'autres personnes.

Il voyait Tilly s'éloigner et s'abîmer dans le séjour des âmes, là où il avait expédié le hadji en rappel le long de l'immeuble, celui qui s'accrochait à une rallonge électrique verte, donnait du pied dans le volet, l'envoyant cogner contre la façade de pierre brune, sous le linge bleu qui flottait au-dessus de lui comme un esprit, l'homme qu'il avait atteint au bas de l'omoplate et vu exploser en suspens au-dessus du vide. Le corps s'était détaché du bras. La soif de continuer à vivre qui animait ce bras, la main toujours refermée sur le câble. Alors même que le reste du corps tombait pour se perdre parmi les toits en contrebas. La main privée du corps.

Les parents qui avaient fait cette main. Qui avaient eu chacun un nom. Qui eux-mêmes avaient été conçus par deux autres personnes, qui avaient jadis été des corps ignorants de ce qu'ils étaient, ignorants du passé et des moi conservés pour elles par les personnes venues avant elles, et celles-ci également par celles d'avant. Ceux qui nous firent, tous sachant ce qu'il est advenu après eux, aucun ne sachant ce qu'il advint avant.

JENSEITS

2029

Willy avait vingt-quatre ans quand le prêtre s'éteignit. La responsable médicale de la maison de retraite diocésaine l'appela pour lui annoncer la chose. Tandis qu'elle parlait, rien ne bougeait dans l'appartement de Willy. « Il y a une heure encore, il lisait dehors », dit-elle.

Il la remercia de son appel, puis sortit marcher dans la rue jusqu'au moment où il passa devant une vitrine où était accroché un vélo de randonnée d'occasion de marque Kross. Il s'arrêta pour le regarder. Des passants défilaient derrière lui.

Il entra, acheta le vélo et s'en fut avec à travers l'Augustusplatz, s'arrêtant à la bibliothèque universitaire pour prendre un pull dans son casier, puis il sortit de Leipzig et partit vers un au-delà indéfini.

Il était trois heures de l'après-midi. Il avait été recruté comme jeune chercheur au sein de l'Institut de géophysique et de géologie dans une unité travaillant sur les nuages stratiformes arctiques et les effets de transfert radiatif dans ces nuages de cristaux de glace distribués horizontalement et verticalement. Ici, aucune nébulosité. La grand-route lui fit traverser Naumburg. D'un côté, des colzas poussaient en formation serrée selon un angle oblique ; de l'autre, du seigle. La nuit tomba sur les prés et les bois de pins, sur le cycliste solitaire chevauchant la machine qui clignotait à l'intention de personne, la fréquence des éclats se calquant sur la vitesse à laquelle il pédalait.

Il roula deux jours, parcourant trois cents kilomètres avant de s'arrêter pour déjeuner dans un restaurant cachemirien de Würzburg. Devant le buffet, il utilisa l'écumoire pour égoutter la sauce du gushtaba, puis empila les boulettes de mouton sur son assiette. Il se choisit une table face à la porte du fond, là où un escalier descendait d'un logement situé au premier. Il se mit à manger. La patronne regagna sa cuisine. Il était à présent seul dans la salle à manger. Son téléphone tinta, il le fit passer en mode silencieux et recommença à manger avec appétit. Son riz était dans un bol à part. Les marches de l'escalier se mirent à grincer sous les pas de deux personnes descendant l'une derrière l'autre. Elles parlaient hindi ou kashmiri ou bien ourdou avec les inflexions mesurées et discrètes d'un couple marié de longue date. Leurs pieds apparurent au passage sur une grille : ceux d'une femme dans des baskets de couleurs vives suivie d'un homme portant des chaussures orthopédiques et des chaussettes à losanges révélées par les bords roulés de son pantalon de lin. Alors que le couple débouchait dans la salle à manger, il se leva, alla déposer un billet de vingt euros sur le comptoir et s'en fut.

Dans la ville suivante, il acheta un kit de réparation, des sacoches imperméables à fixer sur le porte-bagages et au guidon, ainsi qu'un casque. Il passa bientôt en Suisse. Il envoya un texto à son colocataire pour lui demander de rapporter à la bibliothèque universitaire les livres dont il lui donnait le titre. Il démonta ensuite son téléphone mobile, se servit d'une aiguille à coudre pour en sortir la batterie au magnésium, qu'il jeta avant de fourrer les pièces détachées du téléphone au fond d'une sacoche. Suivant le Rhône vers l'ouest, il entra en France. Il dormait dans des forêts domaniales et, une fois, dans un vignoble, laissant son vélo appuyé contre le poteau métallique d'un ventilateur antigel dressé comme une sentinelle au milieu du feuillage dense. Il établissait son bivouac après le coucher du soleil et levait le camp avant l'aube. Il ne chapardait pas. Pour se nourrir, il avait du fromage et du muesli. Ayant passé Lyon, il continua de suivre le Rhône jusqu'au Vaucluse, puis il obliqua vers l'est à travers les massifs du Luberon et du Mercantour, évitant les villes et les littoraux surpeuplés. Trois jours lui suffirent pour traverser l'Italie du Nord et entrer en Slovénie. Nul ne le connaissait dans l'un ou l'autre des pays où il passait. Ayant longé la côte adriatique de la Croatie, il atteignit la ville monténégrine de Petrovac. Au matin sur la plage, il retourna les poches de ses sacoches en quête du carnet où il avait noté ses dépenses, les kilomètres parcourus, les températures hautes et basses rencontrées, les conditions de vent, la périodisation et la durée des schémas d'abreuvement d'un bouquetin à une pièce d'eau du Mercantour. Il avait égaré ce carnet. Il remonta en selle. À midi, s'étant enfoncé dans les terres, il étala sa serviette de camping en polyamide sur le gravier du lac Skadar, à la frontière albanaise, et fit un somme. Il se réveilla au bord de l'eau verte, entre des falaises vertes barrées de chutes d'eau. Le soleil, caché par des nimbus bas, ne le réchauffait pas, mais il se leva, se dévêtit et emporta un savon sur les hauts-fonds. S'étant lavé, il lança son savon sur la berge et partit à la nage vers le milieu du lac, perdant bientôt de vue les choses qu'il avait laissées sur la rive, ainsi que toutes les créatures vivantes qui s'y trouvaient. Les eaux sombres étaient d'un froid engourdissant. Lorsqu'il reprit pied sur le rivage, son vélo, ses vêtements, ses vivres et son équipement avaient été volés.

Vêtu de sa seule serviette, il remonta à pas prudents la piste pierreuse jusqu'à un terrain de camping, emprunta le téléphone d'un randonneur pour demander qu'une voiture vienne le chercher de Podgorica. Un taxi vint le prendre pour le ramener en ville. La serviette toujours autour des reins, il entra dans un magasin de sport. Les enfants le regardaient, les mères détournaient le regard. Ayant relevé et identifié son odeur corporelle, la caisse automatique autorisa son accès à son compte bancaire en Allemagne. Il se retrouva bientôt dehors en vêtements de Lycra de couleurs vives avec aux pieds des chaussures de VTT à semelles rigides. Après avoir confié les emballages translucides de ses achats à la benne à ordures d'une galerie marchande monténégrine, il sangla ses nouvelles sacoches au nouveau vélo dont il venait de faire l'emplette, et les chargea de son nouvel équipement, après quoi il gagna un parc à l'abandon en périphérie de la ville, s'acheta une bière et une miche de pain d'orge et se restaura en contemplant la circulation.

Il poursuivit vers l'est à travers les Alpes dinariques, passant par le Kosovo et la Serbie jusqu'à la lisière de la Roumanie, où il apprit aux actualités diffusées dans un café qu'un cessez-le-feu avait été rompu entre les forces romano-moldaves et les rebelles de Transnistrie soutenus par la Russie ; il était fortement conseillé aux ressortissants non roumains de l'UE de ne pas franchir la frontière roumaine. Il choisit donc de faire route au nord à travers la grande plaine de Hongrie, puis il gravit les pistes pentues des Carpates qui le firent passer en Slovaquie. Il chuta à deux reprises, remonta en selle et continua. De toute une journée il ne croisa personne sur ces routes en terre. Au crépuscule dans le Haut Tatras, alors qu'il était accroupi au bord d'un torrent pour boire une eau étincelante, un renard apparut en amont et commença à s'abreuver. L'animal le vit à son tour et inclina la tête de l'air de prêter attention à ce qu'il disait. Quand toute la longueur de son corps émergea des épicéas et des épilobes, ce ne fut plus un renard mais un loup. La bête ne bougea plus et tous deux s'observèrent sans aménité.

Dans un bruissement d'aiguilles d'épicéas, le loup se dématérialisa.

Il redescendit en Pologne par des grand-routes qui épousaient le cours de l'Oder. Filant à bonne vitesse à travers des marécages piquetés de moulins à vent, il finit par arriver dans la cité de Wrocław, jadis l'allemande Breslau.

Il téléchargea dans le navigateur de son vélo une applet qui superposa le plan de la Breslau de 1942, croisé avec les registres paroissiaux de l'époque, sur le Wrocław actuel, dont l'ensemble des citoyens allemands avaient été chassés depuis longtemps et où les noms de rue et de lieu avaient été polonisés. Le quartier où le navigateur plaçait le domicile de la famille Wurs n'avait pas été renommé mais oblitéré. Il tapota sur le trapèze représentant la parcelle des Wurs, envoya les indications au processeur et fournit l'énergie cinétique pendant que le navigateur le guidait de virage en virage. Il arriva bientôt devant l'entrepôt frigorifique d'une épicerie syrienne. Interrompant l'action des pignons de son vélo, il fit en roue libre le tour du bâtiment pour en gagner la façade.

Il entra et demanda au jeune caissier s'il était possible de voir la direction. Une vieille femme se présenta en sourcillant. Il lui demanda en allemand, puis en français, s'il restait dans les environs un témoignage, mur de cave calciné ou fragment de mur en briques, des habitations qui se dressaient là avant le siège des Soviétiques en 1945. Elle lui demanda s'il était un inspecteur du Service des étrangers. Il répondit que non, qu'il était chercheur, spécialiste de l'atmosphère. Elle demanda s'il appartenait au Service de la géodésie ou à l'Agence de commercialisation des produits agricoles. S'il était fonctionnaire de l'État polonais, lui fit-il remarquer, ne se serait-il pas adressé à elle en polonais ? « Nous sommes arrivés ici en 2016, dit-elle alors. Les seules photos ou archives que je possède de cet endroit sont celles de ma famille, qui habite l'appartement au sous-sol et travaille ici dans ce magasin. » Elle lui fit cadeau d'un sachet en Mylar contenant des abricots secs. Il se mit à en mastiquer un, planté là, sentant la transpiration. Elle lui demanda s'il était allemand. Il répondit que oui. Elle lui demanda si c'était sa propre famille qu'il recherchait et, après un court instant d'hésitation, il répondit par l'affirmative. Elle lui demanda s'il avait une petite amie ou un petit ami. Comme il disait que non, elle dit pourquoi pas ? un jeune gars vigoureux comme lui. Il dit qu'il envisagerait peut-être ce genre de chose une fois qu'il aurait élu domicile quelque part. « Je suis arrivée ici avec ma mère, dit-elle, avec ma sœur, mon mari, mon fils, plusieurs brosses à dents et un rouleau de papier hygiénique. » « Ah bon ? » dit-il. « Les autres sont ton foyer », dit-elle.

Il défit l'antivol de son vélo et continua vers le nord-est le long de la Baltique à travers ce qui avait été les États indépendants de Lituanie, de Lettonie et d'Estonie avant la récente conclusion des guerres de Réunification slave, États qui étaient à présent devenus des républiques russes, avec des enclaves littorales de concentration ethnique balte sous mandat de l'Onu. Il traversa la totalité de la Lettonie en deux jours qui lui firent couvrir quatre cent cinquante kilomètres le long du golfe de Riga, jambes tremblantes, estomac grondant et cheveux ruisselant de sueur. Il ne dormit pas avant le jour suivant quand il atteignit Tallinn en Estonie, où il prit le ferry pour Helsinki. Il remonta le côté finlandais du golfe de Botnie et le redescendit le long de la rive suédoise sur des routes pavées pareilles à des canaux creusés à travers des forêts de sapins et de bouleaux aux feuilles jaunies avec les jours qui raccourcissaient. À Malmö, il s'engagea sur la piste cyclable surélevée du pont de l'Øresund, lisse et luisant nuitamment comme la langue d'un dragon, les feux au sommet des flèches semblables à des yeux flamboyants, puis il entra dans un tunnel pareil à une gorge ménagée dans une île artificielle. Après quatre kilomètres sous terre, la chaussée l'expulsa dans la nuit danoise, où les lumières de Copenhague coloraient le dessous compact d'altocumulus perlucidus. Il traversa le Danemark, empruntant encore deux ferries. Il rentra en Allemagne à hauteur de Flensburg, passa par Hambourg, Uelzen, Flechtingen, villes et bourgades familières faites d'aluminium et de béton. Magdebourg, Gommern, Zerbst. Après qu'il eut franchi l'Elbe, la route s'orienta plein sud en direction de la Saxe et l'amena pour finir à Leipzig, où le reste de ses économies lui permit de commander deux omelettes de trois œufs, sans sauce, sans épices, fromage à part. Il pédala jusqu'à l'université, d'où il était parti trois mois plus tôt, laissa son engin sur le râtelier à vélos, monta les degrés du perron, traversa le hall en marbre, passa sous la toiture en panneaux de verre de la cour intérieure, gravit des marches aux arêtes nettes depuis leur rénovation. Des rais de soleil réchauffaient les puits d'un intérieur tout blanc, les longs tunnels de marbre segmentés par des arches sculptées de rosaces entre des statues de faunes et de dryades dansant en camisole. Il s'engagea dans un renfoncement abritant les deux ascenseurs. Contre la paroi, sur le coffre métallique où était logé un extincteur, quelqu'un avait laissé un gobelet à café en carton, le bord mâchonné sur son pourtour par les dents d'un inconnu.

Il avait le regard tourné vers l'angle du mur. Derrière lui, quelques personnes approchèrent, s'interrogeant les unes les autres quant à l'heure de fermeture de la bibliothèque. Il attendit que l'ascenseur émette son tintement, que les portes s'ouvrent sur leurs coulisses, que les gens y pénètrent, que la cabine les avale et que le silence retombe, avant d'appuyer le nez dans l'angle de marbre froid, de s'y cacher le visage et de pleurer : le prêtre était mort, il se retrouvait seul.

« Je disposais d'une petite brouette, un jouet pour ainsi dire, et d'une pelle-bêche pliante de la Wehrmacht, lui dit un jour le prêtre, et je sortais bâtir la patrie. »

Jour et nuit, le jeune Werner avait chargé sa brouette de gravats provenant de maisons que l'armée avait démolies. Il les transportait aux endroits indiqués par les ingénieurs du Volkssturm. Ils étaient en train de construire une piste aérienne en plein centre de la ville. Des chasseurs-bombardiers soviétiques mitraillaient les rues. Ils volaient au ras des toits, lâchaient leurs rafales et reprenaient de l'altitude. Il y en eut un une fois qui faisait un bruit de machine à coudre. Il aperçut le visage du jeune pilote en train de faire feu de son cockpit. On enveloppait les morts dans des draps de lit. On les enterrait dans des fosses communes. « On se tient droit, on redresse le menton, même dans les coups durs », lui répétait sa mère. Cela faisait plus d'un an qu'il n'avait pas vu ses jeunes frères et sœurs, partis chez une tante à la campagne. Bien peu avaient le privilège de dormir chez eux. Plus tôt cet hiver-là, ses copains étaient partis à pied avec leurs mères. Vers l'ouest, de nuit dans la neige, des milliers y étaient restés. Sa mère, assistante d'un médecin, avait été assignée à demeurer sur place pour le siège. La ville était désormais fermée, une forteresse.

Il poussa sa brouette jusqu'à la maison en sinuant autour de monticules d'éclats d'obus qui auraient pu crever le pneu. Il la nettoya avec une balayette. Il l'accota contre la maison, bien tenue dans la rue en ruines. « Laisse ta pelle dehors, lui dit sa mère. Elle est toute sale. » Mère et fils dînèrent à la lueur d'une lampe à carbure. Ils lavèrent et essuyèrent la porcelaine. Ils descendirent dormir en bas.

Cette nuit-là, couché dans la cave, il fit un rêve. Il se réveillait en suspens au-dessus du sol. Le plafond explosait. Son corps était projeté contre un mur. Il perdait conscience au moment où la maison s'effondrait sur lui. Il se réveillait de nouveau au milieu de fumées suffocantes. Il avait la moitié du visage enseveli dans les cendres et les décombres. L'œil, le nez, tout sauf un coin de la bouche qui dépassait. Des forces indistinctes l'empêchaient de bouger la tête. Quelque chose de moite adhérait à la plante de son pied. Il le palpait avec les orteils. C'était souple, froid et humide.

Il s'agissait du corps de sa mère, immobilisé contre son pied. Sa mère avait été broyée, elle était morte. Sous les plaques de ciment, la pression des briques brûlantes sur son torse et sur ses membres, il ne pouvait pas plus respirer qu'ôter le pied de l'endroit où il la touchait.

Willy avait quatorze ans quand le prêtre lui raconta tout cela. Ce dernier ne garda rien pour lui. La terre qu'il avait avalée. L'odeur d'excréments des vêtements de sa mère. Partout les ténèbres absolues. La prière pour qu'il lui fût permis de mourir…

Et puis, quelques jours plus tard, l'ombre qui se dessina dans le noir. Elle tremblotait, diminuait. Se fit plus nette. Elle prit un contour distinct, soudain définie par une lampe.

De la lumière. Un poudroiement. Des voix humaines.

La douleur insoutenable de l'espoir fichée comme une aiguille dans son petit corps et jusqu'au fond de l'orbite de son œil.

Le prêtre lui servit un pied de porc cuit au four, des pommes de terre rissolées, une salade de radis qu'il avait préparés dans la cuisine de son presbytère de Brême. Willy triturait le contenu de son assiette sans vraiment y toucher. Chacun buvait un petit verre de bière. Le prêtre ne portait pas son col romain, mais une cravate bleue sous un pull de laine. C'était la première vraie soirée d'automne. Willy n'avait pas pris de veste si bien que plus tard, quand il ressortit, le froid le transperça. Le prêtre le ramena en voiture jusqu'à son pensionnat. Au moment de se séparer, il lui dit : « J'arrête de détourner la correspondance que Mrs. Tilly t'adresse. Si tu ne veux pas qu'elle fasse le voyage pour ta confirmation, il va falloir le lui dire toi-même. Ton indifférence à son endroit est une erreur puérile. Je ne veux plus m'en faire le complice.

— Entendu.

— Tu penses que tout se paie. Même si ce sont les innocents qui sont contraints de payer. Certaines choses nous échoient gratuitement.

— C'est bon. Je vais lui envoyer un texto pour lui dire que je ne tiens pas à ce qu'elle se déplace.

— Pour l'amour du Ciel, si tu dois faire ça, trouve un autre moyen de le lui faire savoir. Tu n'as donc aucune pitié ? »

Mais il ne savait pas encore ce qu'était la pitié.

Il s'appelait Wilhelm Köhler. Il avait bien fallu lui donner un nom. Il aimait bien ce nom. Il sortait de nulle part, ne pointait dans aucune direction et lui laissait les coudées franches.

Mais il en possédait aussi un autre. Il ne le disait à personne. Cet autre nom n'avait aucune valeur devant la loi. Jamais il ne le coucha par écrit. Le prêtre le connaissait, mais il n'était plus de ce monde. C'était pourtant son véritable nom, mais il doutait de s'en ouvrir jamais, car si la personne à qui il aurait pu le confier existait, c'était par-delà la démarcation qui le séparait de tous ses semblables. L'infranchissable limite. Et cependant il subodorait que tous nous pensons vivre à l'extérieur de cette limite tout en paraissant aux yeux les uns des autres faire partie du lot vivant ensemble à l'intérieur. Qui qu'elle fût, son visage, sa voix, assurément son nom – tout cela était dissimulé. Tout était en suspens. Il n'avait pas dit son nom à Doreen au lycée, ni à Verena pendant ses années à l'université. Cela ne voulait pas sortir. Ou plutôt, il n'était pas encore devenu celui qui pourrait le faire.

Déjà au temps de son adolescence il savait combien il était naïf de croire qu'une unique autre personne vous attendait. Mais mesurer la naïveté de cette idée ne la disqualifiait pas pour autant. Cela signifiait en fait qu'elle devait être vue, identifiée, le nom confessé, avant qu'il ne consentît à cette vérité qu'aucune communion de ce genre avec une autre personne n'était possible. Un pont basculant existait au-dessus d'un gouffre, qui nous conduisait, si nous le franchissions à temps, au monde radieux qui n'était pas là, inondé de soleil et surpeuplé.

À mesure qu'il prenait de l'âge, ce pont se relevait inexorablement devant lui. Son cuir s'épaississait, il gagnait en bon sens. Il avait le sentiment que peut-être *elle* – mais était bientôt désillusionné. Il imputait cela à celle-là – ou à telle autre – tout en s'avouant sa propre complicité, son scepticisme et sa mortifère tournure d'esprit. Il gardait son nom en réserve comme s'il possédait ce pouvoir qu'il lui prêtait dans son enfance, en ne le révélant pas, de le revêtir d'invisibilité. Pour devenir une partie de la terre, de l'eau qui l'imprégnait, des fourmis dans le jardin, des fragments de quartz qui brillaient dans le ballast de la voie derrière le Kinderheim. Le nom était un corps étranger accroché dans ses poumons.

L'été de ses trente-neuf ans, il prendrait un vol thermosphérique pour se rendre à Windhoek, en Namibie, à l'occasion de la conférence biennale du projet international de chimie atmosphérique globale. Nanti d'un soda au marula, il occuperait un fauteuil dans un auditorium étouffant du cinquième étage pour suivre une discussion sur la nucléation aérosol hétérogène. À la moitié de la séance, il y aurait une coupure d'électricité. Après quelques secondes de complète obscurité, les téléphones mobiles de deux cents scientifiques en nage commenceraient à se manifester, les interfaces donnant les nouvelles en d'innombrables langues, les courriels, l'actualisation des vols, les résultats de cricket, les fluctuations du rendement des obligations souveraines de cités-États âpres au gain à l'intérieur de métavers où des populations de citoyens virtuels vivaient et mouraient sans jamais savoir qui les possédait ni qu'elles étaient possédées, ni pourquoi leur propriétaire s'intéressait autant à elles, sans qu'il sût lui-même pourquoi il jouait à ce jeu, contre qui il jouait, ce qui constituait la victoire.

Il suivrait des couloirs labyrinthiques, tâtonnant au long des parois de béton pour se guider vers le balcon. Il rencontrerait la porte d'un sas de chargement frappée d'une mise en garde illisible dans le noir et équipée d'un dispositif de sécurité qui avait dysfonctionné à la suite de la coupure de courant, basculant en mode antipanique au lieu de rester verrouillée, en sorte que cette issue qui aurait dû être fermée ne l'était pas. Il pousserait cette porte et, par une nuit sans lune, poserait le pied sur une plateforme d'atterrissage de moins de trois mètres sur trois, réservée aux livraisons légères au cinquième étage par la voie aérienne sans pilote, un quai de déchargement surplombant la rue et dépourvu de rambarde. La lueur des étoiles définissait au loin, par-delà la ville en black-out, la ligne de crête des montagnes. Derrière lui, la porte s'ouvrirait de nouveau.

Une silhouette se précipiterait dehors, téléphone à la main, oreilles tenant une longue chevelure écartée d'un visage absorbé dans la lumière bleutée, un grain de beauté entre bouche et menton. Elle avancerait à grands pas, inconsciente, vers le bord du plateau, vers l'abîme. Il tendrait vivement le bras. Sa main jaillirait vers l'encolure du chemisier d'une inconnue. Ses doigts, frappés par la chance et peu méritants, agripperaient solidement le col. De toute sa force, il la ramènerait de la nuit où elle avait déjà commencé de tomber, et l'entraînerait dans leur subséquente vie commune.

REMERCIEMENTS

L'auteur souhaite remercier le Dorothy and Lewis B. Cullman Center for Scholars and Writers de la bibliothèque publique de New York ; la fondation Civitella Ranieri ; la fondation John Simon Guggenheim ; la Jentel Artist Residency ; Aleksis Karlsons et la Baltic Writing Residency ; Ellen Levine et le New York Community Trust ; la Maison Dora Maar ; la MacDowell Colony ; Maddalena Fossombroni, Pietro Torrigiani Malaspina et le Castello di Fosdinovo ; la fondation Whiting ; et la Corporation of Yaddo pour son généreux soutien pendant l'écriture de ce livre – sans oublier Elisabeth Calamari, Bill Clegg, Nicola DeRobertis-Theye, Marion Duvert, Will Heyward, Sophie McManus et Justin Tussing pour leurs conseils éclairés.

TABLE DES MATIÈRES

MIXTE
Papier issu de
sources responsables
FSC® C003309

10/18, une marque d'Univers Poche,
est un éditeur qui s'engage pour
la préservation de l'environnement
et qui utilise du papier fabriqué à partir
de bois provenant de forêts gérées
de manière responsable.

10/18 – 92 avenue de France, 75013 PARIS

Imprimé en France par CPI

N° d'impression : 3040509
X07780/01